COLECȚIE COORDONATĂ DE
Magdalena Mărculescu

De aceeaşi autoare:

Amurg

Lună nouă

Eclipsa

Zori de zi

Gazda

Noua şi scurta viaţă a lui Bree Tanner

Twilight 10th Anniversary Edition: Life and Death

Stephenie Meyer

Chimista

Traducere din engleză de Constantin Dumitru-Palcus

3
TREI

Editori:
Silviu Dragomir
Vasile Dem. Zamfirescu

Director editorial:
Magdalena Mărculescu

Redactor:
Domnica Drumea

Design copertă: Mario J. Pulice
Foto copertă: Kelly Campbell

Director producție:
Cristian Claudiu Coban

Dtp:
Florin Paraschiv

Corectură:
Rodica Petcu
Duşa Udrea

Descrierea CIP a Bibliotecii Naționale a României
MEYER, STEPHENIE
Chimista / Stephenie Meyer; trad.: Constantin Dumitru Palcus. — Bucureşti: Editura Trei, 2016
ISBN 978-606-719-920-8
I. Palcus, Constantin Dumitru (trad.)
821.111(73)-31=135.1

Titlul original: The Chemist
Autor: Stephenie Meyer

O.P. 16, Ghişeul 1, C.P. 0490, Bucureşti
Tel.: +4 021 300 60 90 ; Fax: +4 0372 25 20 20
e-mail: comenzi@edituratrei.ro
www.edituratrei.ro

ISBN: 978-606-719-920-8

Această carte este dedicată lui Jason Bourne şi Aaron Cross
(şi, de asemenea, Asyei Muchnick şi lui Meghan Hibbett,
complici entuziaşti ai obsesiei mele)

Capitolul 1

Sarcina de azi devenise un fapt obişnuit pentru femeia care acum îşi spunea Chris Taylor. Se trezise mult mai devreme decât i-ar fi plăcut, apoi demontase şi pusese în ordine dispozitivele de siguranţă pe care le folosea de obicei în timpul nopţii. Era o mare bătaie de cap să le aranjezi seara, pentru ca la prima oră a dimineţii să le strângi iar, dar nu merita să-şi rişte viaţa pentru un moment de delăsare.

După această corvoadă zilnică, Chris se urcase în sedanul ei banal — vechi de ani buni, dar fără vreo avarie majoră care l-ar fi făcut să iasă în evidenţă — şi şofase ore în şir. Traversase trei graniţe principale şi nenumărate linii minore de pe hartă şi, chiar şi după ce ajunsese îndeajuns de departe, evitase să intre în oraşele întâlnite în cale. Ăsta era prea mic, ăla avea doar două căi de acces, celălalt părea să aibă atât de puţini vizitatori încât i-ar fi fost imposibil să nu iasă în evidenţă, în pofida tuturor elementelor banale din care-şi alcătuise camuflajul. Memoră câteva locuri în care ar fi putut dori să se întoarcă — un magazin cu materiale de sudură, unul cu articole militare şi o piaţă de legume şi fructe. Se apropia sezonul piersicilor şi trebuia să-şi facă provizii.

În sfârşit, după-amiaza târziu, ajunse într-un loc aglomerat în care nu mai fusese niciodată. Chiar şi biblioteca publică era plină de oameni.

Îi plăcea să intre în biblioteci când era posibil, era mai greu să i se ia urma.

Parcă maşina pe latura vestică a clădirii, dincolo de aria de acoperire a singurei camere de supraveghere instalate deasupra intrării. Înăuntru, toate computerele erau ocupate şi în jur mişunau destui care aşteptau să se elibereze vreunul, aşa că-şi ocupă timpul căutând ceva adecvat în secția de biografii. Constată că deja citise tot ce ar fi putut să-i fie util. Apoi găsi ultima carte a autorului ei preferat de romane de spionaj, un fost membru al Navy SEAL, şi mai luă şi câteva titluri de pe raft. În timp ce-şi căuta un fotoliu comod în care să aştepte, avu un sentiment de vinovăție. Să furi dintr-o bibliotecă i se părea de-a dreptul ruşinos. Dar avea suficiente motive să nu-şi facă o legitimație de bibliotecă şi exista o oarecare probabilitate să găsească în acele cărți lucruri care să-i ofere mai multă siguranță. Iar siguranța era întotdeauna mai importantă decât vinovăția.

Îşi dădea seama că gestul ei era 99% inutil — era improbabil să găsească ceva de utilitate concretă într-o operă de ficțiune —, dar parcursese deja cu mult timp în urmă literatura ştiințifică disponibilă. În absența unor surse de încredere, se mulțumea cu cele mai obscure. Se panica mai mult ca de obicei când nu avea *nimic* de studiat. Şi chiar găsise o informație ce părea utilă în ultima ei captură. Începuse deja s-o includă în rutina ei.

Se aşeză într-un fotoliu ponosit într-un colț mai ferit de unde putea să vadă destul de bine compartimentele cu computere şi se prefăcu apoi că citeşte cartea de deasupra teancului. După cum îşi împrăştiaseră obiectele personale pe birouri — unul chiar se descălțase de pantofi —, era clar că utilizatorii computerelor aveau de gând să stea acolo multă vreme. Locul cel mai bun era folosit de o adolescentă care-şi adusese un teanc de enciclopedii şi dicționare, având pe chip o expresie chinuită. Fata nu părea să fi intrat pe rețelele de socializare — chiar își nota conștiincioasă titlurile și autorii generați de motorul de căutare. În timp ce aștepta, Chris își ținea capul aplecat deasupra cărții, pe care o cuibărise în îndoitura brațului stâng. Cu lama ascunsă în mâna dreaptă, detașă cu mișcări experte senzorul magnetic lipit de cotor și îl ascunse între pernă și brațul capitonat al fotoliului. Prefăcându-se dezinteresată, trecu la următoarea carte din teanc.

Chris era pregătită, cu cărțile fără etichetele antifurt în rucsac, când adolescenta plecă să găsească altă sursă de informare. Fără să sară brusc în picioare sau să arate că ar fi grăbită, Chris se așezase pe scaun înainte ca toți ceilalți să-și dea seama măcar că își rataseră șansa.

De obicei, avea nevoie de trei minute ca să-și verifice e-mailul.

După asta, urmau alte patru ore — dacă nu conducea la întâmplare — în care să se întoarcă la locuința ei temporară. Apoi, bineînțeles, reasamblarea dispozitivelor de siguranță înainte să se poată culca, în sfârșit. Ziua de verificare a e-mailului era întotdeauna lungă.

Deși nu exista nicio legătură între viața ei prezentă și acest cont de e-mail — fără adrese de IP repetate, fără discuții despre locuri sau nume —, de îndată ce termina de citit și, dacă era necesar, de răspuns la e-mail, avea să iasă pe ușă și să părăsească în viteză orașul, îndepărtându-se cât mai repede de acea localitate. Pentru orice eventualitate.

Pentru orice eventualitate devenise mantra involuntară a lui Chris. Ducea o viață în care pregătirile erau esențiale, dar, după cum își spunea adesea, fără ele n-ar mai fi avut viață deloc.

Ar fi fost frumos să nu mai fie nevoită să riște astfel, dar banii n-aveau cum să-i ajungă la nesfârșit. De obicei, găsea câte o slujbă neînsemnată la vreun local de familie, preferabil unul care-şi ţinea situaţia financiară scrisă de mână, dar în genul ăsta de joburi se câştigau bani la limita subzistenţei — pentru hrană şi chirie. Niciodată de ajuns pentru lucrurile scumpe din viaţa ei, cum ar fi documentele de identitate false, aparatura de laborator şi diferiţii compuşi chimici pe care-i strângea. Aşa încât avea o prezenţă cât mai discretă pe internet, unde reuşea să-şi găsească din când în când câte un client care să şi plătească, şi făcea tot ce-i stătea în puteri pentru ca genul ăsta de muncă să n-o aducă în atenţia celor care voiau să o vadă moartă.

Ultimele două zile de e-mailuri nu dăduseră deloc roade, aşa încât văzu cu încântare că avea un mesaj nou în căsuţă. Încântarea dură cam două zecimi de secundă, cât îi luă să proceseze adresa expeditorului.

l.carston.463@dpt11a.net

Fix aşa — adresa lui reală de e-mail, care ducea direct la foştii ei angajatori. În timp ce simţea cum i se zbârleşte părul de pe ceafă şi adrenalina îi inundă corpul — *Fugi, fugi, fugi* părea că îi urlă în vene — o parte din ea nu reuşi să-şi stăpânească uimirea în faţa unei asemenea aroganţe. Întotdeauna subestimase cât de incredibil de nepăsători puteau să fie.

Nu se poate să fie deja aici, îşi zise ea cuprinsă de panică, căutând deja cu privirea indivizi cu umerii prea laţi pentru costumele închise la culoare, tunsori cazone, pe oricine s-ar fi apropiat de locul în care se afla. Se uită pe geam şi-şi zări maşina — părea intactă, dar, pe de altă parte, nici nu stătuse cu ochii pe ea.

Deci o găsiseră din nou. Dar nu aveau cum să ştie unde va hotărî să-şi verifice e-mailul. În această privinţă respecta cu religiozitate principiul alegerii întâmplătoare.

Chiar în acel moment, o alarmă se declanşase într-un birou cenuşiu curat şi ordonat sau în mai multe, posibil cu lumini roşii intermitente. Bineînţeles că această adresă de IP era urmărită cu prioritate. Urmau să fie mobilizate echipele. Dar chiar dacă foloseau elicoptere — şi exista această posibilitate —, tot mai avea câteva minute la dispoziţie. Suficient cât să vadă ce dorea Carston.

Subiectul mesajului era N-ai obosit să fugi?

Nemernicul!

Deschise mesajul, care nu era lung.

Politica s-a schimbat. Avem nevoie de tine. Ar fi de ajutor nişte scuze neoficiale? Putem să ne întâlnim? Nu ţi-aş cere asta, dar sunt vieţi la mijloc. Multe, multe vieţi.

Întotdeauna îi plăcuse de Carston. Părea mai uman decât mulţi dintre cei în costume negre din departament. Unii dintre ei — mai ales cei în uniforme — erau de-a dreptul înspăimântători. Dar asta era probabil o ipocrizie, ţinând cont de specificul activităţii în care fusese angrenată.

Aşadar, era de la sine înţeles că stabiliseră contactul prin intermediul lui Carston. Ştiau că era singură şi speriată şi trimiseseră un prieten vechi ca s-o facă să se simtă în largul ei. Era logic şi probabil că ar fi sesizat manevra şi singură, cu atât mai mult cu cât aceeaşi manevră fusese folosită într-unul dintre romanele pe care le furase.

Îşi îngădui să tragă aer în piept şi să reflecteze intens o jumătate de minut. Trebuia să se concentreze pe următoarea mişcare — să iasă din biblioteca aia, din oraşul şi din statul ăla, cât mai repede posibil — şi să hotărască dacă acea mişcare era suficientă. Mai era sigură identitatea ei actuală sau avea nevoie de o schimbare?

Totuşi, ceea ce insinua oferta lui Carston nu o lăsă să se concentreze.

Şi dacă...

Dacă asta chiar era o cale prin care să-i convingă s-o lase în pace? Dacă certitudinea că era vorba de o capcană se născuse din paranoia şi din prea multele lecturi de romane cu spioni?

Dacă misiunea era îndeajuns de importantă, poate că-i vor da în schimb viaţa.

Neverosimil.

Cu toate acestea, nu avea niciun rost să pretindă că e-mailul lui Carston se rătăcise.

Răspunse aşa cum credea că sperau ei să răspundă, deşi abia dacă-şi schiţase un plan.

Obosită de multe lucruri, Carston. Unde ne-am întâlnit prima oară, peste o săptămână, la prânz. Dacă văd că eşti însoţit, am dispărut, bla-bla-bla. Nu mă-ndoiesc că ştii care-i mersul. Nu fi prost.

Aproape instantaneu se răsuci şi se ridică să plece cu o mişcare fluidă pe care şi-o perfecţionase şi care o făcea să pară mult mai relaxată decât era. Număra secundele în minte, estimând timpul necesar unui elicopter ca să parcurgă distanţa dintre Washington DC şi locul în care se afla. Desigur, puteau să alerteze forţele locale, dar nu era stilul lor.

Nu era deloc stilul lor uzual, şi totuşi... avea senzaţia nefondată, dar apăsătoare, că ei s-ar fi putut plictisi de stilul ăsta. Nu ajunseseră la rezultatele aşteptate şi nu prea aveau răbdare. Erau obişnuiţi să obţină exact ceea ce doreau, fix când doreau. Şi o voiau moartă de trei ani.

Acest e-mail semnifica în mod cert o schimbare de politică. Dacă *era* într-adevăr o capcană.

Trebuia să presupună că era. Modul ăsta de a vedea lucrurile, de a-şi construi lumea, era motivul pentru care încă mai respira. Dar o mică parte a creierului ei începuse deja să spere prosteşte.

Ştia că ia parte la un joc cu o miză măruntă. O singură viaţă. Doar viaţa ei.

Iar viaţa aceasta, pe care o conservase împotriva unor forţe copleşitoare, era doar atât şi nimic mai mult: o viaţă. Cel mai elementar dintre lucrurile elementare. O inimă care bate şi doi plămâni care se dilată şi se contractă.

Era vie, da, şi luptase din răsputeri ca să rămână aşa, dar în nopţile ei cele mai grele se întreba uneori pentru ce anume se lupta. Merita viaţa pe care o ducea toate aceste eforturi? N-ar fi fost *liniştitor* să închidă ochii şi să nu-i mai deschidă niciodată? Nu era neantul mai suportabil decât teroarea neîncetată şi efortul permanent?

Un singur lucru o împiedicase să răspundă *Da* şi să aleagă una dintre soluţiile nedureroase care-i stăteau la dispoziţie pentru a ieşi din scenă, şi anume un simţ de competiţie hiperdezvoltat. Îi folosise mult în şcoală, iar acum o ajuta să rămână în viaţă. Nu voia să-i lase *să câştige*. Nici prin cap nu-i trecea să-i lase să-şi rezolve problema cu uşurinţă. Probabil că în final aveau să-i vină de hac, dar pentru asta trebuiau *să se străduiască*, fir-ar să fie, şi să şi sufere pe deasupra.

Era în maşină acum şi la şase intersecţii de cea mai apropiată intrare pe autostradă. Peste părul scurt îşi pusese o şapcă de baseball neagră, ochelarii bărbăteşti îi acopereau în mare parte faţa şi un hanorac larg îi masca silueta zveltă. Un observator neatent ar fi putut să creadă că e un adolescent.

Cei care o voiau moartă suferiseră deja puţin şi, amintindu-şi, se pomeni că zâmbeşte. Era ciudat cât de puţin o deranja acum ideea de a ucide oameni, ba chiar cât de multă satisfacţie îi dădea. Devenise însetată de sânge, ceea ce era paradoxal, dacă luai în calcul toate aspectele. Petrecuse şase ani sub tutela lor şi, în tot acel timp, nu reuşiseră nici pe departe s-o doboare, s-o transforme într-o persoană căreia să-i placă munca pe care o presta. Dar cei trei ani în care fugise de ei schimbaseră o mulţime de lucruri.

Ştia că nu i-ar fi făcut plăcere să ucidă o persoană nevinovată. Era sigură că acel prag nu fusese trecut şi nici n-avea să fie. Unii oameni din domeniul ei de activitate — fostul ei domeniu — erau realmente psihopaţi, dar îi plăcea să creadă că tocmai ăsta era motivul pentru care colegii nu erau la fel de buni ca ea. Aveau motivaţii greşite. Faptul că detesta ceea ce făcea îi dădea puterea de a face cel mai bine lucrurile.

Acum, să ucidă însemna să câştige. Nu tot războiul, doar câte-o bătălie măruntă, dar fiecare dintre ele rămânea o victorie. Inima altcuiva înceta să bată, iar a ei continua să pulseze. Cineva venea să-i facă de petrecanie şi, în loc de o victimă, găsea un animal de pradă. Un păianjen solitar, invizibil în spatele capcanei de funigei.

În asta o transformaseră. Se întreba dacă se mândreau cât de cât cu realizarea lor sau dacă doar regretau că nu o striviseră la timp.

După ce străbătu câţiva kilometri pe autostradă, se simţi mai bine. Maşina ei era un model popular, o mie de vehicule identice însoţind-o acum, iar plăcuţele de înmatriculare furate urmau să fie înlocuite de îndată ce găsea un loc ferit în care să se oprească. Nu exista nimic care s-o lege de oraşul din care tocmai plecase. Trecuse de două ieşiri şi o luase pe a treia. Dacă voiau să blocheze autostrada, habar n-aveau unde ar fi trebuit să o facă. Era încă ascunsă. Încă în siguranţă. Deocamdată.

Bineînţeles, nici nu se punea problema să se ducă direct acasă. Drumul de întoarcere dură şase ore, ocolind pe mai multe autostrăzi şi şosele obişnuite, verificând în permanenţă că n-o urmărea nimeni. Când ajunse în sfârşit la mica ei locuință închiriată — echivalentul arhitectural al unei rable — era deja pe jumătate adormită. Se gândi să-și facă o cafea, comparând în minte beneficiile aduse de cofeină cu povara unei sarcini suplimentare, și decise să se folosească de ultimele rămășițe de energie ca să termine ce avea de făcut.

Urcă târându-și picioarele cele două trepte șubrede ale verandei, evitând din reflex locul mâncat de putregai din stânga primeia, și descuie broasca dublă a ușii blindate pe care și-o instalase în prima săptămână când se stabilise acolo; pereții — doar grinzi din lemn, placaj, plăci de rigips și vinilin — nu ofereau același grad de siguranță, dar statisticile arătau că intrușii atacă prima dată ușile. Nici gratiile de la ferestre nu erau obstacole de netrecut, dar erau de ajuns ca să-l îndemne pe eventualul spărgător de locuințe să caute o țintă mai ușoară. Înainte să răsucească mânerul, apăsă butonul soneriei. Trei apăsări în succesiune rapidă care unui observator i-ar fi părut o apăsare lungă. Pereții subțiri abia dacă reușiră să estompeze clinchetul soneriei. Intră rapid, ținându-și respirația, pentru orice eventualitate. Nu auzi niciun zgomot de pași pe cioburi de la vreun geam spart, așa că expiră și închise ușa în urma ei.

Își concepuse singură sistemul de siguranță al locuinței. Profesioniștii pe care-i studiase la început aveau propriile lor metode. Niciunul nu avea metodele ei speciale. Nici autorii diferitelor romane pe care acum le folosea ca manuale neverosimile. Toate celelalte lucruri pe care avusese nevoie să le știe puteau fi găsite pe YouTube. Câteva piese dintr-o mașină de spălat veche, un microcontroler comandat online, o sonerie nouă și diverse alte achiziții îi fuseseră de ajuns ca să-și instaleze o capcană solidă.

Încuie ușa și apăsă pe întrerupătorul cel mai apropiat ca să aprindă luminile. Era montat într-un panou comun cu alte două întrerupătoare. Cel din mijloc era fals. Al treilea, cel mai îndepărtat de uşă, era conectat la acelaşi semnal de tensiune scăzută ca şi soneria. La fel ca acea instalaţie şi uşa, panoul era mai nou cu câteva decenii decât orice altceva din mica încăpere din faţă, care era o combinaţie de cameră de zi, sufragerie şi bucătărie.

Toate arătau aşa cum le lăsase: mobilier ieftin, redus la minimum, nimic masiv după care să se ascundă un adult — blaturi de bucătărie şi mese goale, fără ornamente sau opere de artă. Un mediu steril. Cu pardoseala în nuanţe avocado şi muştar şi tavanul cu tencuială texturată, semăna puţin cu un laborator.

Poate că mirosul contribuia la impresia de laborator. Camera era atât de meticulos igienizată, încât un intrus probabil s-ar fi gândit că mirosul de substanţe pentru întreţinerea piscinelor venea de la dezinfectantele de curăţenie. Dar numai dacă pătrundea în casă fără să declanşeze sistemul de securitate. Dacă declanşa sistemul, n-ar mai fi avut timp să remarce prea multe detalii legate de încăpere.

Restul casei era alcătuit dintr-un dormitor mic şi o baie, aranjate în linie dreaptă de la uşa principală la peretele îndepărtat, cu nimic în drum de care să se împiedice. Stinse lumina, ca să nu se mai întoarcă la întrerupător.

Cu mişcări de somnambul, intră în dormitor. Nu mai aprinse veioza, pentru că prin jaluzele pătrundea suficientă lumină de la neonul roşu al benzinăriei de peste drum. Mai întâi, luă două dintre pernele umplute cu fulgi de pe patul dublu care ocupa cea mai mare parte a spaţiului şi le aranjă astfel încât să semene cu un corp omenesc. Apoi îndesă în feţele de pernă pungile umplute cu sânge fals pentru costumele de Halloween. De aproape, sângele nu arăta prea veridic, dar pungile erau pentru un atacator care spărgea fereastra, dădea la o parte jaluzelele şi trăgea din acel loc.

În lumina slabă de neon n-ar fi reuşit să detecteze diferenţa. În continuare, se ocupă de cap — masca pe care o folosise era o altă achiziţie de la reducerile de după Halloween, o imitaţie parodică după un politician care se făcuse de râs la alegeri —, culoarea pielii era destul de realistă. O umpluse cu cârpe ca să aibă aproximativ mărimea capului ei şi-i cususe o perucă brunetă. Şi cel mai important, ascuns între şuviţele de nailon era un fir conductor subţire, care se strecura printre saltea şi somieră. Un fir identic trecea prin pernă şi străpungea capul aşezat pe aceasta. Trase cearşaful şi pătura de pe pat, aranjă, apoi răsuci laolaltă capetele celor două fire. Joncţiunea era foarte fragilă. Dacă atingea capul, fie şi foarte uşor, sau mişca doar un pic corpul, firele se separau.

Se ridică şi îşi verifică opera cu ochii mijiţi. Nu era cea mai reuşită, dar forma din pat semăna cu o persoană care dormea. Chiar dacă un intrus n-ar fi crezut că era Chris, tot trebuia să-l neutralizeze pe cel din pat înainte de a porni în căutarea ei.

Prea obosită ca să-şi îmbrace pijamaua, îşi dădu doar blugii jos. Era suficient. Luă a patra pernă şi trase de sub pat sacul de dormit; parcă erau mai mari şi mai grele ca de obicei. Le târî în baia minusculă şi le aruncă în cadă. Simţea că nu mai are putere pentru ritualul de seară: nu se mai spălă pe faţă, ci doar pe dinţi.

Pistolul şi masca de gaze erau sub chiuvetă, ascunse sub un teanc de prosoape. Îşi trase masca pe cap, strânse curelele, apoi îşi puse palma peste filtru şi inhală pe nas, ca să-i verifice etanşeitatea. Masca i se lipi de figură cum trebuia. Întotdeauna se întâmpla la fel, dar nu lăsa niciodată obişnuinţa sau oboseala să o facă să sară peste verificările de siguranţă. Puse pistolul în savoniera montată pe perete, deasupra căzii. Nu-i plăcea să folosească pistolul — ştia să tragă binişor în comparaţie cu un civil complet neantrenat, dar nu ca un profesionist. Totuşi, nu avea de ales. Într-o zi, inamicii ei urmau să-i descifreze sistemul şi cei trimişi să o lichideze aveau să poarte şi ei măşti de gaze.

Sincer, era surprinsă că şmecheria ei o salvase atâta timp.

Având ascuns sub breteaua sutienului un tub filtrant sigilat, se târî în dormitor. Îngenunche în dreapta patului, lângă gura de ventilaţie din podea, pe care n-o folosise niciodată. Grilajul care o acoperea probabil că nu era atât de prăfuit cât ar fi trebuit, şuruburile din partea de sus erau strânse doar pe jumătate, iar cele de jos lipseau, dar era sigură că o persoană care s-ar fi uitat pe fereastră n-ar fi observat aceste detalii şi nici n-ar fi înţeles ce înseamnă dacă le-ar fi văzut. Sherlock Holmes era cam singurul din cauza căruia *nu* era îngrijorată că ar fi încercat să-i ia viaţa.

Desfăcu cele două şuruburi şi dădu capacul la o parte. Câteva lucruri ar fi fost imediat evidente pentru cel care s-ar fi uitat în interiorul gurii de ventilaţie. Unu, capătul era etanşat, prin urmare nu mai era funcţională. Doi, găleata albă mare şi cutia cu baterii probabil că n-aveau ce să caute acolo. Ridică apoi capacul găleţii şi imediat o întâmpină acelaşi miros chimic care infuzase camera din faţă, atât de familiar încât abia dacă-l remarcă.

Căută în spatele găleţii şi scoase mai întâi un mic dispozitiv improvizat alcătuit dintr-o bobină, braţe metalice şi fire electrice subţiri, apoi un flacon din sticlă de mărimea unui deget şi, în sfârşit, o mănuşă de cauciuc. Aşeză bobina — piesa pe care-o recuperase de la o maşină de spălat stricată — astfel încât braţele ce ieşeau din ea să fie pe jumătate cufundate în lichidul incolor din găleată. Clipi de două ori, încercând să rămână treză şi vigilentă, pentru că asta era partea delicată. Îşi puse mănuşa pe mâna dreaptă, apoi scoase tubul de sub breteaua sutienului şi îl ţinu pregătit în mâna stângă. Cu dreapta, inseră cu grijă flaconul în găurile pe care le făcuse în brațele metalice. Flaconul se afla sub suprafața acidului, pudra albă din interiorul lui fiind inertă și inofensivă. Totuși, în cazul în care curentul electric care trecea prin firele fixate atât de fragil pe pat era întrerupt, pulsul ar fi declanșat închiderea brațelor metalice acționate de bobină și sticla s-ar fi spart. Pudra albă s-ar fi transformat în ceva nici inert, nici inofensiv.

În esență, era aceeași instalație pe care-o avea și-n camera din față, doar că aici conexiunea era mai simplă. Capcana aceasta era funcțională doar în timp ce dormea.

Puse la loc mănușa și capacul gurii de aerisire și apoi, fără să se simtă pe deplin ușurată, se întoarse în baie. Ușa, la fel ca gura de ventilație, ar fi putut oferi un indiciu cuiva la fel de atent la detalii ca domnul Holmes — benzile de cauciuc moale aplicate pe toate marginile nu erau o dotare standard. Nu izolau complet baia de dormitor, dar aveau să-i ofere un oarecare răgaz.

Se lăsă ușor în cadă, pe sacul de dormit pufos. Îi luase ceva timp până se obișnuise să se culce cu masca pe față, dar acum nici măcar nu se mai gândea la asta în timp ce adormea recunoscătoare.

Intră în coconul din puf de gâscă și nailon, până când simți în șale conturul pătrățos al iPad-ului. Era conectat la un prelungitor care se alimenta de la cablajul din camera din față. Dacă în acel circuit puterea electrică ar fi fluctuat, iPad-ul ar fi vibrat. Știa din experiență că era de ajuns s-o trezească, chiar și așa obosită cum era. Mai știa că putea să desigileze tubul — rămas în mâna ei stângă, strâns la piept ca un ursuleț de pluș — și să-l atașeze la masca de gaze în mai puțin de trei secunde, în ciuda faptului că ar fi fost pe jumătate trează, pe întuneric și ținându-și respirația. Se antrenase de foarte multe ori, apoi își dovedise îndemânarea în cele trei situații de urgență care nu fuseseră antrenamente. Supraviețuise. Organismul ei funcționa.

Epuizată cum era, trebuia să-și lase mintea să treacă în revistă părțile rele ale zilei înainte de a-i îngădui să rămână inconștientă. Era groaznic — ca o durere-fantomă a unui membru amputat, care, fără vreo legătură cu corpul ei, era totuși prezentă — să știe că o găsiseră din nou. Nici răspunsul pe care-l dăduse la e-mail n-o mulțumea. Planul îi venise în minte prea impulsiv ca să fie sigură de el. Și îi impunea să acționeze mai rapid decât i-ar fi plăcut.

Știa teoria — uneori, dacă alergi direct spre tipul care ține în mână pistolul, poți să-l iei prin surprindere. Fuga era întotdeauna mișcarea ei preferată, dar de data asta nu vedea o cale de ieșire. Poate mâine, după ce creierul ei obosit își va fi revenit.

Înconjurată de rețeaua ei de protecție, adormi.

Capitolul 2

În timp ce aştepta să apară Carston, se gândi la dăţile în care departamentul încercase s-o ucidă.

Barnaby — doctorul Joseph Barnaby, mentorul ei, ultimul prieten pe care-l avusese — o pregătise pentru prima tentativă. Dar cu toată prudenţa lui, cu toată planificarea şi paranoia adânc înrădăcinată, numai norocul chior, sub forma unei ceşti de cafea în plus, îi salvase viaţa.

Începuse să aibă probleme cu somnul. Se împlineau şase ani de când lucra cu Barnaby şi, cam pe la jumătatea acestei perioade, el îi spusese ce bănuia. La început, n-a vrut să creadă că ar fi putut să aibă dreptate. Doar îşi făceau treaba conform ordinelor primite, şi o făceau bine. *Nu te poţi gândi la asta ca la o situaţie pe termen lung,* insistase el, deşi lucra în aceeaşi divizie de şaptesprezece ani. *Oamenii ca noi, care trebuie să ştim lucruri pe care nimeni nu vrea să le ştim, în cele din urmă devin incomozi. Nu trebuie să faci nimic greşit. Poţi să fii un om cât se poate de loial. Ei sunt cei în care nu poţi avea încredere.*

Aşa îi rezumase ce însemna să lucrezi pentru „băieţii buni".

Suspiciunile lui au devenit mai conturate, apoi s-au transformat în planificare, iar după aceea în pregătiri fizice.

Barnaby punea mare preţ pe pregătire, chiar dacă în final nu-i servise la nimic.

Stresul începuse să se acumuleze în acele ultime luni, pe măsură ce data plecării se apropia, aşa că apăruseră problemele cu somnul. În acea dimineaţă de aprilie, ca să-şi pună creierul în funcţiune, avusese nevoie de două cafele în loc de una. Dacă adaugi încă o cafea la vezica mai mică decât media din corpul ei mignon rezultă un doctor care, în loc să stea la birou, aleargă spre toaletă. Şi acolo era când gazul ucigaş pătrunsese prin gurile de aerisire în laborator. Barnaby se aflase exact unde trebuia să fie.

Ţipetele lui fuseseră cadoul final primit de la el, ultimul avertisment.

Amândoi fuseseră siguri că, atunci când atacul se va produce, nu va avea loc în laborator. Prea mare încurcătura. De obicei, cadavrele provocau suspiciuni, iar asasinii inteligenţi căutau să n-aibă de-a face cu genul acesta de dovezi. Nu atacau când victima se afla chiar în sufrageria lor.

Ar fi trebuit să ştie că nu era bine să subestimeze niciodată aroganţa oamenilor care-i doreau moartea. Ei nu-şi făceau probleme din pricina legilor. Îi cunoşteau prea bine pe oamenii care făceau acele legi. De asemenea, ar fi trebuit să respecte puterea prostiei pure de a lua prin surprindere o persoană inteligentă.

În următoarele trei împrejurări, lucrurile se desfăşuraseră mai simplu. Presupunea că angajaseră nişte profesionişti, ţinând cont că fiecare lucrase singur. Numai bărbaţi până acum, deşi în viitor era posibil să apară şi o femeie. Unul încercase s-o împuşte, altul s-o înjunghie, iar al treilea să-i crape ţeasta cu levierul. Toate tentativele dăduseră greş pentru că actele de violenţă fuseseră îndreptate asupra pernelor. După care, agresorii muriseră.

Gazul invizibil, dar extrem de toxic inundase mica încăpere — dura doar două secunde şi jumătate după ce conexiunea dintre fire era întreruptă. Apoi asasinul putea să spere că va mai trăi aproximativ cinci secunde, în funcție de înălțimea şi greutatea sa. Cinci secunde deloc plăcute.

Amestecul pe care-l preparase nu era identic cu cel folosit de ei la uciderea lui Barnaby, dar era destul de asemănător. Era modul cel mai simplu pe care-l ştia pentru a ucide pe cineva atât de repede şi atât de dureros. Şi, spre deosebire de multe dintre armele pe care le avea, era o sursă regenerabilă. Nu avea nevoie decât de o rezervă de piersici şi de un magazin cu accesorii pentru piscină. Nimic care să necesite acces restricționat sau măcar o adresă poştală, nimic pe care urmăritorii ei să-l poată depista.

Chiar o călca pe nervi că reuşiseră s-o găsească din nou.

Fusese furioasă încă de ieri, din clipa în care se trezise şi, cu trecerea orelor, în timp ce-şi făcea pregătirile, mânia îi sporise.

Se forțase să doarmă după-amiază şi apoi şofase toată noaptea următoare într-o maşină destul de bună, pe care o închiriase cu un act de identitate destul de suspect pe numele unui oarecare Taylor Golding şi un card de credit obținut de curând pe acelaşi nume. Dimineața devreme, sosise în oraşul în care şi-ar fi dorit cel mai puțin să fie, iar asta îi sporise furia. Returnase maşina la o filială Hertz de lângă Aeroportul Național Ronald Reagan, după care traversase la o altă companie şi închiriase una nouă, cu plăcuțe de înmatriculare pentru Districtul Columbia.

În urmă cu şase luni ar fi procedat altfel. Şi-ar fi strâns lucrurile din căsuța închiriată, şi-ar fi vândut maşina pe Craiglist, şi-ar fi cumpărat una nouă cu bani gheață de la cineva căruia nu-i păsa de acte şi apoi ar fi călătorit la întâmplare câteva zile până ar fi găsit un oraş nu foarte mare, care să i se pară potrivit. Acolo ar fi luat de la capăt procesul de rămânere în viață.

Dar acum apăruse acea speranță stupidă şi de neînțeles că, în sfârşit, Carston spunea adevărul. O speranță foarte slabă. Probabil că, în sine, n-ar fi fost o motivație suficientă. Era altceva — o îngrijorare măruntă, dar care nu-i dădea pace, că avusese o responsabilitate şi nu-i păsase de ea.

Barnaby îi salvase viața. De mai multe ori. De fiecare dată când supraviețuise unei tentative de asasinat, reuşise pentru că el o avertizase, o educase, o pregătise.

Dacă acum Carston o înşela — lucru de care era 97% sigură — şi îi pregătea o cursă, însemna că tot ce-i spusese era o minciună. Inclusiv faptul că aveau nevoie de ea. Iar dacă n-aveau nevoie de ea, reieşea că găsiseră pe altcineva să le facă treburile, cineva la fel de bun.

Poate c-o înlocuiseră cu mult timp în urmă, poate că asasinaseră un întreg şir de angajați, dar se îndoia. Chiar dacă departamentul avea bani şi acces la informații, singura problemă era personalul. Era nevoie de timp ca să găsească, să educe şi să antreneze un om valoros ca Barnaby sau ca ea. Oamenii cu genul ăsta de talente nu creşteau în eprubete.

Pe ea o salvase Barnaby. Cine avea să-l salveze pe tânărul naiv pe care-l recrutaseră după ea? Nou-venitul avea să fie strălucit, aşa cum fusese şi ea, dar n-ar fi înțeles elementul cel mai important. Uită de *slujeşte-ți patria,* uită de *salvarea unor ființe nevinovate,* uită de *tehnologia înaltă* şi de *ştiința revoluționară* sau de *bugetul nelimitat*. Uită de salariul din şapte cifre. Ce zici de ideea de a nu fi ucis? Fără îndoială că persoana care ocupa vechiul ei post habar n-avea că până şi propria supraviețuire era sub semnul întrebării.

Ar fi vrut să-l poată preveni pe acel individ. Chiar dacă nu putea să aloce tot timpul pe care Barnaby şi-l dedicase pentru a o ajuta. Chiar dacă nu putea fi vorba decât de o conversație: *Așa îi răsplătesc pe oamenii ca noi. Să fii pregătit!*

Dar asta nu era o opțiune.

Își petrecuse dimineața organizându-se. Se cază la un hotel mic numit Brayscott, sub numele de Casey Wilson. Actul de identitate folosit era la fel de suspect precum cel pe numele de Taylor Golding, dar două dintre liniile telefonice sunau în timp ce era trecută în registru și recepționera nu-i acordă prea mare atenție. În schimb o anunță că avea camere disponibile la acea oră, dar că va trebui să plătească o zi în plus, întrucât ziua hotelieră începea abia la 3:00 după-masă. Casey acceptă fără să protesteze. Recepționera păru să răsufle ușurată. Îi zâmbi lui Casey, fiind prima oară când se uita la ea cu adevărat. Casey își controlă tresărirea. Nu conta dacă fata asta își va aminti chipul ei, pentru că în următoarea jumătate de oră avea să-și construiască o cu totul altă înfățișare.

Casey folosea intenționat nume neutre. Era una dintre strategiile pe care le învățase din dosarele de caz pe care i le dăduse Barnaby, un lucru pe care-l făceau spionii adevărați, fiind totodată ceva de bun-simț, la care se gândiseră și scriitorii de ficțiune. Logica era că oamenii care ar fi căutat-o în hotelul ăsta ar fi început cu numele evident feminine din registru, ca Jennifer și Cathy. Abia în faza a doua s-ar fi uitat după nume ca Terry, Casey sau Drew. Și orice răgaz în plus era bun. Un minut suplimentar îi putea salva viața.

Casey îl refuză cu o mișcare din cap pe băiatul care sărise să-și ofere serviciile și își trase trolerul până la lift. Își feri fața de camera montată deasupra panoului de control. Odată ajunsă în cameră, deschise trolerul și scoase din el o servietă-diplomat mare și o geantă de voiaj neagră cu fermoar. În afară de aceste două obiecte, valiza ei era goală.

Dezbrăcă sacoul care, alături de puloverul gri subțire și pantalonii negri, îi compunea ținuta profesională și-l atârnă pe umeraş. Puloverul era prins cu ace la spate ca să stea mulat pe corp. Le scoase; puloverul larg o făcea acum să arate mai mică şi poate puțin mai tânără. Îşi şterse rujul şi aproape tot fardul de pe pleoape, apoi verifică efectul în oglinda mare de deasupra comodei. Mai tânără, vulnerabilă; puloverul larg sugera că se ascundea în el. Se gândi că era de ajuns.

Dacă ar fi urmat să se vadă cu o femeie manager de hotel, ar fi jucat un rol uşor diferit, poate că ar fi încercat să adauge nişte vânătăi false cu fard de ochi albastru şi negru, dar pe cartea de vizită de la recepție scria William Green şi nu credea că era nevoie să mai piardă timpul cu aşa ceva.

Nu era un plan perfect, iar asta o deranja. I-ar fi plăcut să mai aibă la dispoziție o săptămână ca să poată analiza toate repercusiunile posibile. Dar era cea mai bună opțiune pe care o putea pune în aplicare pe loc. Probabil că era excesiv de complicat, dar era prea târziu să regândească totul.

Sună la recepție şi ceru să vorbească cu domnul Green. I se făcu legătura rapid.

— William Green la telefon... cu ce vă pot fi de folos?

Vocea era entuziastă şi exagerat de caldă. Îi veni imediat în minte imaginea unui tip cu înfățişare de morsă şi o mustață stufoasă la pachet.

— Ăă, da, sper că nu vă deranjez...

— Nu, fireşte că nu, doamnă Wilson. Mă aflu aici ca să vă ajut în orice mod posibil.

— N-am nevoie de ajutor, dar ar putea să sune puțin cam ciudat... Mi-e greu să vă explic.

— Nu vă faceți griji, doamnă, sunt sigur că vă pot fi de folos.

Părea extrem de sigur pe el. O făcu să se întrebe cu ce fel de solicitări neobişnuite mai avusese de-a face.

— O, Doamne..., spuse ea ezitând. Poate că mi-ar fi mai uşor să vă vorbesc față în față.

Rosti asta astfel încât să sune ca o întrebare.

— Desigur, doamnă Wilson. Din fericire, voi fi disponibil peste un sfert de oră. Biroul meu e la parter, imediat după recepție. E bine așa?

— Da, vă mulțumesc mult, spuse ea ușurată și cu un glas tremurător.

Numără cu atenție bancnotele de care avea nevoie din teancul aflat în servietă, apoi puse gențile în dulap. Băgă banii în buzunar și așteptă treisprezece minute. Coborî pe scări ca să evite camerele din ascensor.

În timp ce domnul Green o invita în biroul lui fără ferestre, constată amuzată că imaginea pe care și-o făcuse despre el nu fusese prea departe de adevăr. Fără mustață — niciun pic de păr, exceptând niște vagi sprâncene albe —, dar în toate celelalte privințe arăta ca o morsă.

Nu-i veni greu să facă pe femeia înspăimântată și, pe la jumătatea poveștii despre fostul ei iubit care o abuza și care furase bijuteriile de familie, știa că manevra reușise. Managerul se zbârli într-un fel foarte masculin, dând impresia că ar vrea să țină un discurs despre monștrii care lovesc femeile plăpânde, dar în general își păstră cumpătul, mulțumindu-se să o asigure că va avea grijă de ea și că va fi în siguranță în acel hotel. Ar fi ajutat-o, probabil, și fără bacșișul generos pe care i-l dădu, dar nu strica să fie mai sigură. El promise să le spună doar angajaților care urmau s-o ajute, iar ea îi mulțumi călduros. Managerul îi ură succes și se oferi să aducă poliția, dacă i-ar fi fost de folos. Casey îi mărturisi cu mare tristețe cât de ineficiente fuseseră pentru ea poliția și ordinele de restricție. Lăsă de înțeles că se putea descurca singură dacă beneficia de ajutorul unui bărbat solid și puternic ca domnul Green. El se arătă măgulit și se grăbi să iasă ca să facă pregătirile necesare.

Nu era prima dată când juca această carte. Barnaby i-o sugerase inițial, când puneau la punct ultimele detalii ale planului lor. La început, ideea o enervase şi se simţi oarecum ofensată, dar Barnaby fusese întotdeauna pragmatic. Era o femeie mignonă; în mintea multora, asta o făcea să pară o victimă. De ce să nu folosească în avantajul ei această supoziţie? Să joace acest rol pentru a nu ajunge să fie o victimă.

Casey se întoarse în camera ei şi se schimbă în hainele pe care le ţinea în servietă, alegând în locul puloverului un tricou negru cu anchior şi adăugând o centură neagră şi lată cu un model complicat din piele împletită. Tot ce dădea jos trebuia să încapă în servietă, pentru că urma să lase acolo valiza şi să nu se mai întoarcă în hotel.

Era deja înarmată; nu ieşea niciodată fără să-şi ia măsuri de precauţie. Dar acum trecuse la versiunea de alertă maximă a protecţiei personale, înarmându-se până-n dinţi — la propriu; îşi inserase o coroană falsă plină cu ceva mult mai puţin dureros decât cianura, dar la fel de mortal. Era trucul cel mai vechi dintr-un motiv întemeiat: funcţiona. Uneori ultima mutare care-ţi rămânea era să scapi pentru totdeauna din mâinile inamicilor.

Geanta de voiaj neagră avea două piese ornamentale din lemn la mijlocul baretei de umăr. În geantă se aflau bijuteriile ei speciale în cutii mici, capitonate.

Fiecare piesă era unică şi de neînlocuit. Nu va mai avea nicicând posibilitatea să-şi procure nişte ornamente ca acestea, aşa că era foarte grijulie cu comoara ei.

Trei inele — unul din aur roz, altul din aur galben şi ultimul din argint. Toate aveau cârlige mici ascunse sub trape micuţe, ingenios lucrate. Culoarea inelului indica substanţa cu care era placat cârligul. Foarte simplu — era în stilul ei.

Urmau cerceii, cu care umbla întotdeauna cu mare grijă. N-ar fi riscat să-i poarte în această etapă a călătoriei; avea să aştepte până se apropia de ţintă. După ce-i punea la urechi, trebuia să-şi mişte cu mare atenţie capul. Arătau ca nişte simple globuri din sticlă, care însă era atât de subţire, că un sunet mai puternic ar fi putut s-o spargă, dată fiind presiunea din interiorul micilor sfere. Dacă cineva o înşfăca de ceafă sau de cap, sticla s-ar fi spart cu un pocnet surd. Ea şi-ar fi ţinut respiraţia — putea să facă uşor asta timp de un minut şi cincisprezece secunde — şi ar fi închis ochii, dacă era posibil. Atacatorul n-ar fi ştiut să procedeze la fel.

La gât avea un medalion destul de mare din argint. Era ostentativ şi ar fi atras atenţia oricui ştia cine era ea cu adevărat. Nu conţinea nicio substanţă letală, avea doar rolul de a distrage atenţia de la adevăratele pericole. În interior era fotografia unei fetiţe cu o claie de păr blond. Numele întreg al copilului era scris de mână pe spatele pozei; arăta ca o bijuterie pe care ar purta-o o mămică sau o mătuşă. În orice caz, această fetiţă era singura nepoată a lui Carston. Casey spera că, dacă era prea târziu pentru ea, persoana care i-ar fi găsit cadavrul ar fi fost un poliţist adevărat şi acesta, neavând cum să o identifice, ar fi fost obligat să facă săpături în jurul acestei singure probe, ajungând astfel la cel responsabil de uciderea ei. Probabil că nu l-ar fi afectat prea tare pe Carston, dar ar fi putut să-i creeze o situaţie neplăcută, în care să se simtă ameninţat sau îngrijorat că ea răspândise informaţii şi prin alte locuri.

Pentru că ştia destule despre catastrofele ţinute sub tăcere şi atrocităţile secrete ca să-i creeze lui Carston mai mult decât o situaţie neplăcută. Dar nici acum, la trei ani după prima ei condamnare la moarte, nu se obişnuise pe deplin cu ideea de trădare sau cu posibilitatea foarte reală de a cauza panică. Nu avea cum să prevadă ce prejudicii ar fi putut să provoace dezvăluirile ei, răul pe care l-ar putea face unor cetăţeni nevinovaţi. Aşa că se mulţumi doar să-l facă pe Carston *să creadă* că acţionase atât de necugetat. Poate că îngrijorarea i-ar fi provocat un anevrism. Un medalion drăguț umplut cu picături de răzbunare care să facă mai suportabilă pierderea jocului.

În schimb, şnurul pe care era pus medalionul *era* letal. Avea rezistența la rupere a unui cablu de frânare de avion şi era îndeajuns de tare ca să stranguleze o persoană. Şnurul se închidea cu un magnet, nu cu o clemă; în niciun caz nu-şi dorea să fie gâtuită cu propria armă. La nevoie, capetele şnurului se puteau introduce şi în fantele ornamentelor din lemn de pe bareta genții; după ce monta şnurul, piesele din lemn deveneau mânere. Forța fizică nu era unul dintre atuurile ei, dar miza pe elementul-surpriză. Faptul că era pregătită îi dădea un avantaj.

În interiorul modelelor complicate ale centurii din piele erau ascunse mai multe seringi acționate cu arcuri. Le putea extrage individual sau putea să declanşeze un mecanism care să scoată instantaneu toate vârfurile ascuțite dacă un atacator încerca să o imobilizeze. Amestecul de substanțe ar fi creat haos în organismul lui.

În buzunare ținea bisturie înfăşurate în bandă adezivă.

Lame pentru încălțăminte, una care ieşea brusc din bombeu, alta din călcâi.

Mai avea în geantă două cutii metalice pe care scria SPRAY CU PIPER — una conținea ceea ce indica eticheta, cealaltă, ceva care provoca o deteriorare permanentă a organismului.

Un flacon elegant de parfum, din care ieşea gaz, nu lichid.

Într-un buzunar, ceva care arăta ca un tub de balsam de buze.

Şi alte obiecte ciudate, pentru orice eventualitate. Plus lucrurile mărunte pe care le luase în cazul în care — dar era o probabilitate foarte mică — operațiunea s-ar fi încheiat cu succes. Un bidonaş galben, în formă de lămâie, chibrituri, un stingător de incendii portabil. Şi bani, o mulțime. Puse în geantă şi cardul de acces; n-avea să revină în acest hotel, dar, dacă lucrurile mergeau bine, altcineva avea s-o facă.

Echipată cu o astfel de armură trebuia să se mişte cu mare atenție, dar se antrenase suficient ca să aibă încredere că se va descurca. Era liniştitor să ştie că, dacă cineva îndrăznea să-i stea în cale, n-avea să-i fie bine.

Ieşi din hotel salutând-o din cap pe recepționeră, cu servieta într-o mână şi geanta neagră pe braț. Se urcă în maşină şi merse până la un parc aglomerat de lângă centrul oraşului. Lăsă maşina în parcarea unui centru comercial şi intră în parc.

Îl cunoştea bine; aproape de colțul de sud-est era o toaletă în care intră. Aşa cum se aşteptase, fiind dimineață şi zi de şcoală, era pustie. Scoase din servietă un alt rând de haine, un rucsac făcut sul şi alte câteva accesorii. Îşi schimbă îmbrăcămintea, punând în servietă hainele pe care le purtase. Apoi puse servieta împreună cu geanta de voiaj în rucsacul mare.

Când ieşi, înfățişarea feminină dispăruse. O luă spre marginea sudică a parcului, mergând relaxat şi concentrându-se să nu-şi legene şoldurile, ca să nu se trădeze. Deşi nu erau semne că ar fi urmărit-o cineva, era întotdeauna mai bine să acționeze ca şi cum chiar asta se întâmpla.

Se apropia ora prânzului şi parcul începu să se umple de oameni, cum bine ştia. Nimeni nu-i dădea atenție tânărului androgin care stătea pe o bancă la umbră şi scria concentrat mesaje pe smartphone. Nimeni nu se apropie îndeajuns de mult ca să vadă dacă telefonul era măcar pornit.

Peste drum era cafeneaua preferată a lui Carston pentru prânz. Nu era locul de întâlnire pe care-l sugerase ea. De asemenea, era şi cu cinci zile mai devreme.

Din spatele ochelarilor bărbăteşti, cerceta aleile. Manevra asta se putea să nu funcționeze. Poate Carston îşi schimbase obiceiurile. În definitiv, erau nişte lucruri periculoase. Ca faptul de a aştepta să fii în siguranță.

Analizase sfaturile pe care atât poveştile reale, cât şi romanele le dădeau în privința deghizărilor, concentrându-se pe cele logice. Nu-ți pune o perucă platinată şi tocuri înalte doar pentru că eşti o brunetă scundă. Nu te gândi la lucruri pe care în mod clar nu le-ai purta; gândeşte-te la lucruri *discrete*. Gândeşte-te la ce atrage atenția — ca blondele şi tocurile cui — şi evită. Valorifică-ți atuurile. Uneori, ceea ce crezi că te face neatrăgătoare îți poate salva viața.

Demult, pe când ducea o viață normală, o nemulțumea înfățişarea ei băiețoasă. Acum se folosea de ea. Dacă-ți puneai un pulover larg şi o pereche de blugi tociți, cu un număr mai mari, orice ochi care căutau *o femeie* nu te-ar fi remarcat. Avea părul tuns scurt, băieţeşte, uşor de ascuns sub şapcă, iar adidaşii prea mari şi mersul legănat îi completau aspectul de băiat la vârsta adolescenței. Cine s-ar fi uitat cu atenție la față ar fi putut observa unele discrepanțe. Dar de ce s-ar fi uitat? Parcul se umplea de oameni de vârste şi sexe diferite. Nu ieşea cu nimic în evidență şi nimeni dintre cei care o vânau nu s-ar fi aşteptat ca ea să fie aici. Nu mai revenise în Washington DC de la prima încercare a departamentului de a o omorî.

Ăsta nu era punctul ei forte — să iasă din culcuş, la vânătoare. Dar măcar era ceva la care se gândise în prealabil. Majoritatea lucrurilor pe care le făcea într-o zi obişnuită îi solicitau doar o mică parte din atenție şi inteligență. Restul minții analiza în permanență posibilități şi imagina scenarii. Acum se simțea ceva mai încrezătoare. Lucra pe o hartă mentală pe care o construise mai multe luni.

Carston nu-şi schimbase obiceiurile. La 12:15 fix se aşeză la masa din fier forjat din faţa cafenelei. Cum se aşteptase Casey, o alesese pe cea orientată astfel încât chipul să-i fie ascuns de umbrela de soare. Cândva, Carston avusese părul roşcat. Acum nu mai avea prea mult păr, dar tenul îi rămăsese acelaşi.

Chelneriţa îl salută, făcu un semn din cap către carneţelul din mână şi se întoarse înăuntru. Aşadar, comandase ca de obicei. O altă greşeală care-ţi poate veni de hac. Dacă ar fi vrut să-l ucidă pe Carston, ar fi putut s-o facă fără ca acesta să ştie vreodată că ea fusese pe-acolo.

Se ridică, puse telefonul în buzunar şi-şi atârnă rucsacul pe umăr.

Aleea ducea în spatele unei movile cu un pâlc de arbori. Carston nu putea s-o vadă. Era timpul pentru un nou costum. Îşi schimbă ţinuta. Şapca dispăru. Îşi dădu jos jerseul pe care-l pusese peste tricou. Strânse centura şi-şi rulă blugii, transformându-i în varianta feminină a unor pantaloni băieţeşti. Adidaşii schimbară locul cu balerinii din rucsac. Făcu toate astea relaxat, ca şi cum îi era cald şi mai dădea jos din haine. Avea noroc cu vremea. Poate că spectatorii ocazionali erau surprinşi să vadă o fată apărând de sub îmbrăcămintea masculină, dar se îndoia că avea s-o ţină minte cineva. Astăzi în parc erau prea multe stiluri diferite. Soarele îi scotea întotdeauna la iveală pe ciudaţi în DC.

Îşi puse din nou geanta pe umăr. Văzând că nimeni nu se uită la ea, lăsă rucsacul în spatele unui copac izolat. Dacă-l găsea cineva, nu conţinea nimic de care ea să nu se poată lipsi.

Îndeajuns de sigură că n-o vedea nimeni, îşi puse o perucă, apoi, cu mare grijă, şi cerceii.

Putea să-l înfrunte pe Carston în haine băieţeşti, dar de ce să-şi dezvăluie secretele? De ce să-l lase să facă legătura cu cel care-l supraveghease? Asta dacă îl observase pe băiat. Era posibil ca în curând să aibă nevoie să fie din nou băiat, aşa că n-avea rost să irosească acea deghizare. Ar fi putut să mai câştige timp purtând costumul de la hotel, dar dacă nu şi-ar fi schimbat deloc înfăţişarea, imaginea înregistrată de camerele de securitate cu circuit închis din hotel ar putea fi uşor legată de materialul filmat de orice cameră publică sau privată care o avea acum în obiectiv. Întârziind mai mult cu schimbarea înfăţişării, eliminase cât mai multe legături care se puteau face; dacă cineva încerca să-l găsească pe băiat ori pe femeia în ţinută business, sau pe vizitatoarea parcului care era acum, ar fi avut de urmat un traseu complicat.

În ţinuta feminină îi era mai puţin cald. Lăsă adierea de vânt să-i usuce transpiraţia adunată sub jerseu, după care ieşi în alee.

Se apropie de Carston din spate, urmând acelaşi traseu pe care-l folosise şi el, câteva minute mai devreme. I se adusese mâncarea — pui cu parmezan — şi părea complet absorbit de ce avea în farfurie. Dar Casey ştia că se pricepea mai bine decât ea să pară ceea ce nu era.

Se aşeză liniştită pe scaunul din faţa lui. Carston avea gura plină când ridică privirea.

Ştia că e un actor bun. Presupunea că-şi va ascunde reacţia reală şi va arăta altceva înainte ca ea să sesizeze vreun semn al celei dintâi. Întrucât nu păru deloc surprins, Casey presupuse că-l luase complet pe nepregătite. Dacă ar fi aşteptat-o într-adevăr, s-ar fi purtat de parcă apariţia ei subită îl şocase. Dar privirea fixă aruncată peste masă, fără să facă ochii mari, mestecând calm — toate astea arătau că omul îşi controla surprinderea. Era aproape 80% sigură.

Îi înfruntă în tăcere privirea lipsită de expresie în timp ce el termina de mestecat.

— Probabil c-ar fi prea simplu să ne întâlnim conform planului, spuse el.

— Prea simplu pentru lunetistul tău, desigur.

Rostise cuvintele pe un ton firesc, fără să ridice vocea, aşa cum făcuse şi el. Oricine ar fi auzit-o ar fi crezut că e vorba de o glumă. Dar celelalte două grupuri de la mese vorbeau şi râdeau zgomotos. Trecătorii aveau căştile în urechi sau vorbeau la telefon. Nimănui nu-i păsa de ceea ce spusese, cu excepția lui Carston.

— Eu n-am făcut niciodată asta, Juliana. Trebuie să ştii acest lucru.

Era rândul ei să nu pară surprinsă. Trecuse atât de mult de când cineva i se adresase cu numele adevărat, încât părea al unei străine. După surpriza inițială, simți un mic fior de plăcere. Era bine că numele ei i se părea străin, însemna că făcea lucrurile cum trebuie.

Ochii lui remarcară în treacăt peruca, destul de asemănătoare cu părul ei adevărat, dar acum Carston avea să presupună că ea încerca să ascundă cu totul altceva. O privi din nou. Aşteptă încă un moment un răspuns, dar, văzând că ea tace, continuă, alegându-şi cu grijă cuvintele:

— Ăă... elementele care au hotărât că trebuie să fii... retrasă au... căzut în dizgrație. Din capul locului n-a fost o decizie populară, iar acum aceia dintre noi care au avut mereu păreri diferite nu mai sunt conduşi de acele elemente.

Putea să fie adevărat. Dar probabil că nu era.

Carston răspunse expresiei de scepticism de pe chipul ei.

— Ai avut vreo... neplăcere în ultimele nouă luni?

— Şi eu care credeam că în sfârşit te-am întrecut la jocul de-a v-ați ascunselea.

— S-a terminat, Julie. Dreptatea a învins puterea.

— Ce dragi îmi sunt finalurile fericite, răspunse ea cât putu de sarcastic.

Carston tresări, rănit de tonul ei... sau prefăcându-se că ar fi.

— Nu e chiar atât de fericit, spuse el fără grabă. Un final fericit ar fi însemnat că eu nu te-aş mai fi contactat. Ai fi fost lăsată în pace pentru tot restul vieţii. Şi ar fi fost o viaţă lungă, în măsura în care asta ar fi stat în puterile noastre.

Casey dădu din cap ca şi cum ar fi fost de acord, ca şi cum l-ar fi crezut. Pe vremuri, întotdeauna presupusese că individul din faţa ei era ceea ce părea a fi. Multă vreme fusese întruchiparea băieţilor buni. Acum, în mod ciudat şi aproape distractiv, era ca un joc să încerce să descifreze ce însemna de fapt fiecare cuvânt.

Atâta doar că apoi o voce mică o întreba: „Şi dacă nu e vorba de niciun joc? Dacă e adevărat... şi eu aş putea fi liberă?"

— Ai fost cea mai bună, Juliana.

— Doctorul Barnaby a fost cel mai bun.

— Ştiu că nu vrei să auzi asta, dar el n-a avut niciodată talentul tău.

— Mulţumesc.

Carston ridică din sprâncene.

— Nu pentru compliment, explică ea. Mulţumesc că nu încerci să-mi spui că moartea lui a fost un accident.

Toate cuvintele rostite pe un ton relaxat.

— A fost o decizie greşită, cauzată de paranoia şi lipsa de loialitate. O persoană care e în stare să-şi trădeze partenerul îl vede întotdeauna complotând exact la fel. Oamenii lipsiţi de onestitate nu cred că există oameni oneşti.

Chipul ei rămase împietrit în timp ce-l asculta.

Niciodată, în trei ani de fugă permanentă, nu trădase niciun secret care-i fusese încredinţat. Nici măcar o singură dată nu le dăduse urmăritorilor ei vreun motiv să o creadă trădătoare. Cu toate că încercau s-o ucidă, ea rămăsese loială. Iar asta nu contase câtuşi de puţin pentru departamentul ei.

Nu contau multe pentru ei. Preț de o clipă, își aminti cât de aproape fusese de ceea ce căuta, de locul la care ar fi putut ajunge până acum prin metoda ei cea mai rapidă de cercetare, dacă n-ar fi fost întreruptă. Părea că nici acel proiect nu contase pentru ei.

— Dar acum cei neloiali sunt într-o situație jenantă, continuă Carston. Pentru că n-am găsit niciodată pe cineva la fel de bun ca tine. La naiba, n-am găsit niciodată pe cineva care să fie măcar pe jumătate la fel de bun ca Barnaby. Sunt uluit de cât de ușor uită oamenii că talentul autentic e o marfă rară.

Așteptă, evident sperând ca ea să vorbească, sperând că va întreba ceva, că va arăta vreun semn de interes. Dar ea se mulțumi să-l privească politicos, așa cum cineva s-ar uita la străinul care-i încasează banii la casă.

Carston oftă și apoi se aplecă spre ea, părând dintr-odată concentrat.

— Avem o problemă. Ne trebuie genul de răspunsuri pe care numai tu poți să ni le dai. Nu există altcineva care să facă treaba asta. Și e interzis să dăm greș.

— *Voi* nu aveți voie să dați greș, nu *noi*, spuse ea simplu.

— Te cunosc mai bine de-atât, Juliana. Îți pasă de cei nevinovați.

— Pe vremuri. Ai putea spune că partea aia din mine a fost ucisă.

Carston tresări din nou.

— Juliana, îmi pare rău. Întotdeauna mi-a părut rău. Am încercat să-i opresc. Mă simțeam atât de ușurat când le scăpai printre degete. *De fiecare dată* când le scăpai printre degete.

Nu putea să nu fie impresionată de faptul că el recunoștea totul. Fără să nege, fără să invoce pretexte. Niciuna dintre explicațiile de genul „A fost doar un accident nefericit în laborator“ la care se aşteptase. Sau „N-am fost noi, ci duşmanii statului“. Fără baliverne — doar admitea ce se întâmplase.

— Iar acum ne pare rău tuturor.

Vocea lui scăzu în intensitate şi ea se văzu nevoită să ciulească urechile ca să audă ce spune.

— Pentru că nu te mai avem şi or să moară oameni, Juliana. Mii de oameni. Sute de mii.

De data asta, Carston aşteptă ca ea să reflecteze la spusele lui. Lui Casey îi luă câteva minute să analizeze toate implicaţiile posibile.

Vorbi cu glas la fel de scăzut, dar se asigură că nu trăda nici interes, nici emoţie. Doar enumera nişte adevăruri evidente pentru ca discuţia să poată continua.

— Ştii pe cineva care are informaţii de cea mai mare importanţă.

Carston încuviinţă.

— Nu-l poţi lichida, pentru că asta le-ar arăta celorlalţi că ştii ce fac. Ceea ce ar grăbi acel mers al lucrurilor care ai prefera să nu se întâmple.

O nouă încuviinţare mută.

— Vorbim aici despre chestiile urâte, da?

Un oftat.

Nimic nu punea pe jar departamentul ca terorismul. Fusese recrutată înainte ca pulberea uitării să se aşeze în întregime în jurul hăului unde Turnurile Gemene se înălţaseră cândva. Prevenirea terorismului fusese întotdeauna componenta principală a misiunii ei — cea mai solidă justificare. În acelaşi timp, ameninţarea terorismului fusese manipulată şi transformată în cu totul altceva, până când în final aproape că încetase să mai creadă în ideea că făcea munca unui patriot.

— Şi ceva de proporţii, spuse ea — dar nu fu o întrebare.

Dintotdeauna, cea mai mare sperietoare fusese că, la un moment dat, cineva care ura cu adevărat Statele Unite avea să pună la cale un atac nuclear.

Asta fusese umbra întunecată care ținuse ascunsă de ochii lumii profesia ei, care o făcuse indispensabilă, oricât de mult ar fi vrut Cetățeanul Joe să creadă că ea nu există.

Şi *chiar* se-ntâmplase — de mai multe ori. Oamenii ca ea împiedicaseră acele situații să se transforme în imense tragedii umane. Era un troc. Un fapt abominabil de mică amploare versus un măcel generalizat.

Carston clătină din cap şi dintr-odată avu o privire hăituită. Casey nu-şi putu înăbuşi un fior când îşi dădu seama că era vorba de varianta numărul doi. Nu existau decât două temeri atât de mari.

E un atac biologic. Nu rosti cuvintele cu glas tare, doar le articulă mişcând din buze.

Primi drept răspuns expresia sumbră a lui Carston.

Casey privi în jos o clipă, formând în mintea ei liste de posibilități, pe două coloane. Coloana numărul unu: Carston era un mincinos talentat care spunea lucruri despre care credea că ar motiva-o să viziteze un loc în care oamenii erau mai bine pregătiți să se descotorosească de Juliana Fortis pentru totdeauna. Individul avea o gândire rapidă, ştiind să apese butoanele cele mai sensibile.

Coloana numărul doi: cineva avea o armă biologică de distrugere în masă, iar cei aflați la putere nu ştiau unde era şi nici când urma să fie folosită. Dar cunoşteau pe cineva care ştia.

Casey îşi dădea seama că era puțin vanitoasă. Ştia că era bună. Probabil nu găsiseră pe cineva mai bun.

Totuşi, avea să parieze pe coloana numărul unu.

— Jules, nu vreau să mori, spuse el cu glas scăzut, ghicindu-i parcă gândurile. Dacă mi-aş fi dorit asta, nu te-aş fi contactat. N-aş fi *ţinut* să mă-ntâlnesc cu tine. Pentru că sunt sigur că în clipa asta ai asupra ta cel puţin şase mijloace de a mă ucide şi toate motivele din lume ca să foloseşti măcar unul dintre ele.

— Chiar crezi că veneam aici doar cu şase mijloace? întrebă ea.

Carston se încruntă neliniştit o clipă, apoi decise să râdă.

— Exact ce-ţi spuneam. Nu sunt sinucigaş, Jules. Îţi vorbesc la modul cel mai sincer.

Se uită la medalionul de la gâtul ei şi Casey se abţinu să zâmbească. Reveni la tonul ei relaxat.

— Aş prefera să-mi spui doctor Fortis. Cred c-am trecut de punctul în care ne spuneam pe numele mici.

Carston afişă o expresie rănită.

— Nu-ţi cer să mă ierţi. Ar fi trebuit să fac mai mult.

Casey dădu din cap, deşi, din nou, nu era de acord cu el, doar participa la conversaţie.

— Îţi cer să mă ajuţi. Nu, nu pe mine. Ci pe oamenii ăia nevinovaţi care or să moară dacă nu faci ceva.

— Dacă oamenii ăia mor, nu e vina mea.

— Ştiu, Ju... doctor Fortis. Ştiu. Vina o să cadă asupra mea. Dar pentru ei n-o să mai conteze cine e de vină. Pentru că vor fi morţi.

Ea îi susţinu privirea.

Expresia lui se schimbă într-una mai întunecată.

— Ai vrea să auzi ce ar păţi acei oameni?

— Nu.

— Ar fi prea mult chiar şi pentru stomacul *tău*.

— Mă îndoiesc. Dar chiar nu contează. Ce *s-ar putea* întâmpla e neesenţial.

— Aş vrea să ştiu ce e mai important decât sute de mii de americani morţi.

— O să ți se pară oribil de egoist, dar pentru mine faptul că respir e mai important decât orice altceva.

— Moartă nu ne poți ajuta, ripostă Carston direct. Ne-am învățat lecția. Asta n-o să fie ultima dată când vom avea nevoie de tine. Nu vom mai repeta greşeala.

Îi displăcea să se lase convinsă, dar balanța se mai înclină puțin. Ceea ce spunea Carston *avea* logică. Fără doar şi poate că nu era străină de schimbările politice. Şi dacă totul era adevărat? Putea să se prefacă indiferentă, dar Carston o cunoştea bine. I-ar fi fost foarte greu să se împace cu ideea în cazul unui dezastru de o asemenea amploare, dacă ar fi crezut că ar fi avut o şansă să facă ceva. Tot aşa procedaseră la început, când o ademeniseră în cea mai groaznică profesie din lume.

— Presupun că n-ai dosarele la tine, spuse ea.

Capitolul 3

În seara asta se numea Alex.

Alesese să se îndepărteze puțin de Washington DC și ajunsese într-un mic motel la nord de Philadelphia, unul dintr-un șir de șase aliniate pe autostradă, la ieșirea din oraș. Unui urmăritor i-ar fi luat ceva timp să le verifice pe toate, chiar dacă mai întâi și-ar fi restrâns cumva căutările la această parte a orașului. Nu lăsase nicio urmă ca să-l aducă măcar pe posibilul urmăritor în Pennsylvania. Și totuși, avea să doarmă în cadă în noaptea asta, ca de obicei.

În camera mică nu era nicio masă, așa că întinse dosarele pe pat. Numai să se uite la ele o epuiza. Nu fusese simplu să le primească — să-i spună lui Carston să i le trimită prin curier sau ceva de genul.

Informațiile erau pregătite, îi spusese Carston. Sperase că ea va veni la întâlnire și ar fi adus dosarele în ziua stabilită. Ea insistase să primească acele copii pe hârtie, iar Carston acceptase. Apoi îi dăduse instrucțiunile de livrare.

Dificultatea consta în ștergerea urmelor la ambele capete.

De exemplu, nu putea pur și simplu să-l pună pe Carston să lase dosarele într-un tomberon și să angajeze pe cineva să i le-aducă — mișcarea nu putea trece neobservată. Urmăritorii aveau să-l vadă pe cel care lua dosarele și apoi să nu-l mai scape din ochi. Acea persoană putea să ducă dosarele într-o altă ascunzătoare, înainte ca ea să ajungă undeva în apropiere, dar ochii nevăzuți aveau să fie deja la pândă. Undeva pe traseu pachetul trebuia să iasă din câmpul lor vizual suficient de mult pentru ca ea să poată efectua mica manevră prin care să-i păcălească.

Aşa încât Carston îi lăsase, conform instrucțiunilor, o cutie la recepția hotelului Brayscott. Domnul Green era pregătit. Credea despre Carston că era un prieten care furase înapoi acele bijuterii de familie de la fostul soț violent, care cu siguranță îl urmărea. Prin urmare, domnul Green îi dăduse codul pentru ca ea să poată viziona dintr-o cafenea cu internet aflată la câțiva kilometri de hotel imaginile transmise de camera de supraveghere. Doar pentru că nu văzuse oameni care să-l urmărească pe Carston nu însemna că nu erau acolo, dar el a părut că lasă pur şi simplu cutia şi pleacă. Managerul respectă fidel toate instrucțiunile primite, cel mai probabil pentru că ştia că ea urmăreşte totul. Cutia ajunse în ascensorul de serviciu şi coborî la spălătorie, de unde, transferată în căruciorul unei cameriste, îi fu adusă în cameră şi apoi pusă în valiza neagră banală de către mesagerul motociclist, căruia-i dăduse cardul de acces şi cinci sute de dolari. Mesagerul o luase pe o rută ocolitoare, respectând instrucțiunile pe care ea i le dăduse de la un telefon cu cartelă ajuns deja la gunoi, şi în cele din urmă lăsase cutia la vânzătoarea confuză de la centrul de copiat acte aflat vizavi de cafenea.

Cei care o urmăreau, spera ea, erau încă la hotel, aşteptând-o să intre pe uşa din față. Probabil că erau mai inteligenți, dar chiar dacă ar fi fost o echipă din zece oameni, n-ar fi fost de ajuns ca să-i urmărească pe toți necunoscuții care ieşeau din hotel. Dacă vreunul ar fi luat-o pe urmele mesagerului ei, i-ar fi fost greu să țină pasul. Nu putea decât să se roage că nimeni n-o urmărea acum.

Trebuia să se mişte repede. Următoarea oră era partea cea mai periculoasă a planului.

Bineînțeles, ştia că în materialele trimise era ascuns un dispozitiv de urmărire. Îi spusese lui Carston că le va scana ca să vadă dacă exista aşa ceva, dar el probabil bănuia că nu va avea aparatura necesară. Făcu un set de copii color cât putu de repede. Dură cincisprezece minute: mult prea mult. Copiile ajunseră în valiză, iar originalele, într-o pungă de hârtie pe care i-o dăduse fata de la recepție. Lăsă cutia în coşul de gunoi de acolo.

Timpul se scurgea împotriva ei acum. Se urcă într-un taxi şi-i spuse şoferului să meargă spre o zonă destul de rău famată a Washingtonului, căutând primul loc care să-i ofere izolarea de care avea nevoie. Nu era timp pentru ezitări, aşa că-l puse pe taximetrist s-o aştepte la capătul unei alei dubioase. Era genul de comportament pe care şoferul avea să şi-l amintească în mod cert, dar n-avea încotro. Deja era posibil ca ei s-o urmărească. Se grăbi spre celălalt capăt al aleii înfundate — cum ar fi să fie prinsă într-un loc ca ăsta! —, se ascunse în spatele unui tomberon şi curăță cu piciorul un loc de pe asfaltul crăpat.

Zgomotul venit din spate o făcu să sară ca arsă şi să se întoarcă instantaneu, cu mâna pe centura neagră, degetele ei căutând din reflex seringa ascunsă în partea stângă.

Pe cealaltă parte a aleii, un individ buimac, întins pe un pat din cutii de carton şi cârpe, se uita la ea cu o expresie fascinată, dar nu zise nimic şi nici nu dădu vreun semn c-ar vrea să se apropie sau să plece de-acolo. Nu avea timp să se gândească la ceea ce urma să vadă el. Pândindu-l totuşi cu coada ochiului, se concentră asupra pungii cu documente originale. Scoase din geantă bidonaşul în formă de lămâie şi stropi punga de hârtie. Mirosul de benzină umplu aerul din jurul ei. Expresia individului nu se schimbă. Apoi ea aprinse chibritul.

Supraveghe atentă mica vâlvătaie, ţinând stingătorul pregătit, pentru eventualitatea în care flăcările ar fi început să se împrăştie. Omul fără adăpost păru plictisit de această parte. Se întoarse cu spatele la ea.

Aşteptă până când şi ultima bucăţică de hârtie se făcu scrum şi abia apoi stinse focul. Încă nu ştia ce se afla în dosare, dar cu siguranţă erau informaţii de foarte mare însemnătate. Nu lucrase niciodată la un proiect care să nu fie aşa. Îşi plimbă vârful pantofului prin cenuşă, frecând-o de asfalt. Nu mai rămăsese niciun fragment, era sigură de asta. Îi aruncă o bancnotă de cinci dolari omului străzii înainte să fugă înapoi la taxi.

De acolo, urmară câteva taxiuri, două drumuri cu metroul şi câteva străzi parcurse pe jos. Nu putea fi sigură că scăpase de urmăritori. Putea doar să facă tot posibilul ca să fie pregătită. Ultimul taxi o duse în Alexandria, unde închirie o a treia maşină cu un al treilea card de credit nou-nouţ.

Iar acum se afla lângă Philadelphia în această cameră, în care un odorizant puternic se lupta cu mirosul stătut de fum de ţigară, în timp ce ea privea gânditoare teancul de hârtii de pe pat.

Numele subiectului era Daniel Nebecker Beach.

Avea douăzeci şi nouă de ani. Ten palid, înalt, constituţie medie, păr lung, şaten — din cine ştie ce motiv, lungimea părului o surprinse, probabil pentru că avea foarte des de-a face cu militari. Ochi căprui. Se născuse în Alexandria, fiul lui Alan Geoffrey Beach şi al Tinei Anne Beach, născută Nebecker. Un frate, Kevin, mai mare cu un an şi jumătate. Familia lui trăise în Maryland aproape în toată perioada copilăriei sale, exceptând un răstimp scurt petrecut în Richmond, Virginia, unde mersese la liceu timp de doi ani. Daniel a urmat cursurile Universității Towson, având engleza ca specializare secundară. La un an după absolvire, şi-a pierdut ambii părinți într-un accident de maşină. Şoferul care-i lovise a murit şi el; avea o concentrație de alcool în sânge de 0,21 g/l. La cinci luni după înmormântare, fratele lui Daniel a fost condamnat din cauza drogurilor — fabricare de metamfetamină şi vânzare către minori — la nouă ani de închisoare în Departamentul de Corecție din Wisconsin. Daniel s-a căsătorit un an mai târziu, dar a divorțat după doi ani; fosta soție s-a recăsătorit aproape imediat după ce divorțul grăbit s-a pronunțat şi a făcut un copil cu noul soț — un avocat — la şase luni de la nuntă. Nu era greu de ghicit ce se întâmplase de fapt. În acelaşi an, fratele a murit în urma unei încăierări, în închisoare. O lungă perioadă dificilă.

În prezent, Daniel preda istoria şi engleza la un liceu într-o zonă rău famată a Washingtonului. De asemenea, antrena echipa de volei a fetelor şi coordona un consiliu al elevilor. Doi ani consecutiv elevii îl votaseră Profesorul Anului. În ultimii trei ani, adică de când divorțase, Daniel îşi petrecuse verile lucrând pentru Habitat for Humanity, mai întâi în oraşul mexican Hidalgo şi apoi în Egipt, în El Minya. În a treia vară îşi împărțise timpul între cele două.

Nicio fotografie a părinților decedați sau a fratelui. Era una cu fosta soție — un portret de nuntă. Era brunetă şi nu puteai să nu o remarci — era punctul focal al fotografiei. Daniel stătea discret în spatele soției şi prezența ei îl punea în umbră, cu toate că zâmbetul lui larg era mai sincer decât expresia ei atent studiată.

Lui Alex i-ar fi plăcut ca dosarul să fie complet, dar ştia că, obsedată de detalii cum era, uneori aştepta prea mult de la cei mai puțin perfecționişti.

În aparență, Daniel era întru totul curat. Familie decentă (comportamentul autodistructiv şi apoi moartea fratelui erau justificate de accidentul în urma căruia îşi pierduse părinții). Victimă în căsnicia eşuată (nu era neobişnuit ca soția unui profesoraş militant să-şi dea seama că salariul acestuia n-avea să susțină un stil de viață luxos). Preferatul copiilor săraci. Altruist în timpul liber.

Dosarul nu preciza ce anume atrăsese prima oară atenția agenției guvernamentale, dar, după ce săpaseră puțin, apăruseră şi neregulile.

Se părea că începuse în Mexic. Pe atunci nu-l urmăreau, aşa că s-au orientat doar după situația lui financiară. Contabilii criminalişti au alcătuit un istoric bine documentat. Mai întâi, contul lui bancar, în care după divorț erau doar vreo două sute de dolari, a cunoscut dintr-odată un plus de zece mii. După alte câteva săptămâni, încă zece mii. La sfârşitul verii se adunaseră şaizeci de mii. S-a întors să lucreze în State, iar cele şaizeci de mii au dispărut. Poate o plată în cash pentru un apartament ori o maşină extravagantă? Nu, nimic vizibil, nimic care să reiasă din documente. Anul următor, pe când se afla în Egipt, n-au mai apărut creşteri bruşte ale veniturilor. Să fi jucat la cazino? O moştenire?

În sine, istoricul ăsta n-ar fi fost de ajuns să atragă atenția cuiva fără să fi primit un pont de undeva, dar Alex nu reuşi să găsească în dosar vreun indiciu. Chiar dacă primise un pont explicit, cineva de la Departamentul de Contabilitate trebuie să fi lucrat ore suplimentare sau să fi fost foarte, foarte plictisit, pentru că, deşi cazul nu era urgent, analistul urmărise cele şaizeci de mii de dolari cu înverşunarea unui copoi. În cele din urmă, i-a găsit într-un cont bancar nou din Insulele Cayman. Alături de altă sută de mii.

Atunci, numele lui Daniel a fost pus pe o listă care nu ținea de CIA, FBI sau NSA, ci de IRS. Nici măcar nu era o listă prioritară. Numele lui nu era printre primele; era doar o persoană a cărei situație urma să fie verificată.

Alex se întrebă pentru o clipă în ce fel îl afectase moartea fratelui. Se părea că Daniel îl vizitase destul de des, fiind singura rudă pe care o mai avea. Soția îl părăsește, fratele moare. Îndeajuns să împingă pe cineva s-o apuce pe căi greşite.

Sumele din cont continuau să crească şi nu se potriveau deloc cu ceea ce ar fi câştigat un cărăuş de droguri sau chiar un dealer. Niciuna dintre aceste ocupații nu era plătită atât de bine.

Apoi banii au început să se mişte şi au devenit mai greu de urmărit, dar în total s-au adunat cam zece milioane de dolari pe numele lui Daniel Beach, plimbați din Caraibe în Elveția, de acolo în China şi înapoi. Poate era o manevră de fațadă, cineva folosindu-se de numele lui ca să-şi ascundă averea, dar, ca regulă generală, interlopii nu-şi încredințau fondurile unor profesoraşi neavizați.

Ce putea să facă el ca să câştige atât?

Bineînțeles că au început să verifice cu cine se asociază şi rezultatele n-au întârziat să apară. Un ins cu numele Enrique de la Fuentes apărea într-o imagine alb-negru neclară, înregistrată de camera de supraveghere din parcarea motelului din Ciudad de México în care se cazase Daniel Beach.

Alex ieşise din joc de câțiva ani, astfel că numele acesta nu însemna nimic pentru ea. Chiar dacă ar fi continuat să lucreze în departament, probabil că nu s-ar fi numărat printre cazurile ei obişnuite. Lucrase ocazional la problema cartelurilor, dar drogurile nu făceau niciodată să se aprindă luminile roşii şi să declanşeze sirenele aşa cum o făceau potențialele războaie şi actele de terorism.

Enrique de la Fuentes era un magnat al drogurilor, iar aceştia — chiar şi cei mai bătăioşi, dornici să urce în ierarhie — rareori ajungeau în atenția departamentului. În general, guvernului american nu-i prea păsa dacă magnații drogurilor se omorau între ei şi, de obicei, războaiele lor aveau un impact foarte redus asupra vieții americanului de rând. Traficanții de droguri nu voiau să-şi ucidă clienții, pentru că asta ar fi däunat afacerii.

În toți anii petrecuți în cadrul departamentului, deşi avea acces la informații de înaltă securitate, Alex nu auzise nici măcar o dată de vreun magnat al drogurilor care să fie interesat de armele de distrugere în masă. Desigur, dacă se putea scoate un profit, nu puteai să excluzi pe nimeni.

Totuşi, una era să vinzi droguri şi alta era să porneşti un război.

Enrique de la Fuentes pusese stăpânire pe o bandă columbiană medie printr-o preluare ostilă (eufemistic vorbind) pe la mijlocul anilor '90 şi apoi încercase de câteva ori să înființeze o bază de operații la sud de granița cu Arizona. De fiecare dată fusese respins de un cartel învecinat, care ocupase ambele părți ale frontierei dintre Texas şi Mexic. Îşi pierduse răbdarea şi începuse să caute metode din ce în ce mai neortodoxe ca să scape de inamici. Şi în sfârşit găsise un aliat.

Alex trase adânc aer în piept.

Ăsta era un nume pe care-l cunoştea — îl cunoştea şi-l detesta. Să fii atacat din afară e şi-aşa abominabil. Simțea cea mai profundă repulsie față de genul de persoană care se naşte având libertatea şi privilegiile unei națiuni democratice şi apoi se foloseşte exact de acele privilegii şi de acea libertate pentru a ataca sursa acestora.

Această organizație teroristă internă avea mai multe nume. Departamentul o numea Şarpele, ca urmare a unui tatuaj pe care-l avusese unul dintre foştii ei şefi, mort acum, şi a versului din *Regele Lear: „Mai tăios decât dintele de şarpe....“*. Jucase un rol important în anihilarea câtorva dintre conspirațiile lor cele mai mari, dar cea pe care reuşiseră să o ducă la capăt încă îi provoca reale coşmaruri din când în când. Dosarul nu preciza cine făcuse primul contact, ci doar că se ajunsese la un acord. Dacă de la Fuentes se achita de partea lui de înțelegere, urma să primească suficienți bani, oameni şi arme ca să scoată din joc cartelul mai mare. Iar teroriştii primeau ce-şi doreau — destabilizarea națiunii americane, teroare, distrugere şi toată atenția presei la care visaseră vreodată.

Situația era foarte gravă.

Căci ce instrument mai potrivit să creezi haos puteai folosi decât un virus de gripă mortal, creat în laborator? Mai ales unul pe care puteai să-l controlezi.

Alex sesiză când spionii intrară pe fir. Explicațiile erau mult mai clare.

Spionii o numeau TCX-1 (în dosar nu se menționa ce însemnau literele şi, cu toată pregătirea medicală, nici ea nu avea habar). Guvernul ştia de existența virusului gripal TCX-1, dar se credea că fusese eradicat în timpul unui raid secret în nordul Africii. Laboratorul fusese distrus, indivizii prinşi (şi executați, aproape toți), iar de TCX-1 nu se mai auzise niciodată.

Până a reapărut în Mexic, cu câteva luni în urmă, împreună cu o rezervă de vaccin salvator de vieți, care se găsea deja într-un medicament prototip.

O apucase încă o migrenă, de genul celor localizate, căci simțea o durere ascuțită în tâmpla stângă. Dormise câteva ore după ce se cazase şi înainte de a începe să studieze dosarele, dar nu fusese de ajuns. Se duse până la baie şi scoase din gentuța de cosmetice cutia cu Motrin, înghițind patru pastile fără apă. Îşi dădu seama două secunde mai târziu că avea stomacul absolut gol şi pastilele aveau să i-l perforeze fără doar şi poate. În geanta de voiaj avea întotdeauna o rezervă de batoane proteice, aşa că înfulecă la repezeală unul şi se întoarse la citit.

Teroriştii ştiau că erau supravegheaţi în permanenţă, aşa încât i-au dat lui de la Fuentes informaţii. Acesta avea să le furnizeze efectivele — preferabil, alcătuite din oameni care nu ies cu nimic din comun.

Aici a intrat în scenă profesorul de liceu.

Din ce reuşiseră să deducă analiştii, Daniel Beach, băiatul bun în toate privinţele, se dusese în Egipt şi procurase virusul TCX-1 pentru un magnat al drogurilor însetat de putere şi imprevizibil. Şi, în mod clar, încă făcea parte din scenariu. Din dovezile disponibile, reieşea că el urma să fie cel care avea să răspândească virusul TCX-1 pe pământ american.

Formula de inhalant care conţinea vaccinul era deja pusă în circulaţie. Clienţii graşi n-aveau să fie nicio clipă în pericol şi poate că asta era a doua parte a scenariului. Până şi cel mai imprevizibil dintre magnaţii drogurilor trebuia să fie pragmatic când era vorba de bani. Prin urmare, poate că cei care nu erau clienţi aveau să afle unde era salvarea — iar asta avea să creeze o clientelă nouă şi disperată. Daniel Beach era fără îndoială imun deja. Să pună virusul în circulaţie nu era o misiune dificilă. Nu trebuia decât să şteargă cu un tampon infectat o suprafaţă folosită cu regularitate — o clanţă, o tejghea, o tastatură. Virusul fusese conceput a se răspândi cu iuţeala fulgerului — nici măcar nu era necesar să expună prea mulţi oameni. Câţiva în Los Angeles, câţiva în Phoenix, câţiva în Albuquerque şi câţiva în San Antonio. Daniel îşi făcuse deja rezervări la hoteluri în fiecare dintre aceste oraşe. Peste trei săptămâni urma să pornească în această călătorie fatală — chipurile, pentru a vizita mai multe sedii ale organizaţiei Habitat for Humanity şi a-şi pregăti deplasarea pe teren din toamna viitoare.

Şarpele şi de la Fuentes încercau să organizeze cel mai devastator atac întreprins vreodată pe teritoriul american. Şi, dacă era adevărat că traficantul deținea deja virusul transformat în armă și vaccinul, aveau mari șanse de reușită.

Carston nu glumise. Ceea ce Alex crezuse inițial că era doar o prefăcătorie menită să-i provoace compasiune părea acum să fi fost o uluitoare demonstrație de autocontrol. Dintre toate dezastrele posibile care-i poposiseră pe birou — pe vremea când avea unul —, acesta era cel mai cumplit și văzuse destule la viața ei. La un moment dat, mai fusese vorba de o armă biologică având potențialul de a provoca un astfel de dezastru, dar nu ieșise niciodată din laborator. Aici era un plan fezabil aflat deja în desfășurare. Și nu era vorba despre câteva sute de mii de oameni care urmau să moară — numărul victimelor urma să se apropie de un milion, poate depășind acest prag, până când Centrul pentru Prevenirea și Controlul Bolilor avea să gestioneze situația. Carston știuse că ea va descoperi toate aceste lucruri. Diminuase intenționat proporțiile dezastrului ca să pară mai realist. Uneori, adevărul era mai urât decât ficțiunea.

Miza era mai mare decât se așteptase. Știind asta, îi venea mai greu să-și justifice jocul mărunt, cu miză mică. În fața acestui dezastru se mai putea gândi oare să-și salveze propria viață? Făcuse pe neînduplecata cu Carston, dar dacă exista vreo șansă ca povestea asta să nu fie doar o capcană, putea alege altceva decât să încerce s-o oprească?

Dacă Daniel Beach dispărea, Enrique de la Fuentes ar fi aflat că cineva era cu ochii pe el. Exista riscul să acționeze mai curând decât plănuise. Daniel trebuia să vorbească și trebuia să o facă repede. Apoi trebuia să se întoarcă la viața lui obișnuită, să fie văzut și să-l tempereze pe magnatul megaloman până când băieții cei buni i-ar veni de hac.

La început era o procedură standard ca subiecții lui Alex să fie lăsați în libertate pentru o perioadă scurtă. Era un aspect important al specializării ei; Alex se pricepea cel mai bine să obțină informații fără să facă rău subiectului. (Înaintea ei, Barnaby fusese cel mai bun și singurul om care făcea asta.) CIA, NSA și majoritatea secțiilor guvernamentale similare aveau propriile echipe pentru interogarea subiecților care erau programați pentru eliminare după aflarea informațiilor. Cu timpul, fiindcă se dovedise mai eficientă chiar decât cele mai bune echipe, Alex avusese și mai mult de lucru. Deși celelalte secții preferau să rămână izolate, ținându-și informațiile doar pentru oamenii lor, rezultatele vorbeau de la sine.

Oftă și se concentră din nou pe prezent. Unsprezece fotografii cu Daniel Beach erau înșirate pe perne. Cele două ipostaze erau greu de pus laolaltă. În primele imagini semăna cu un cercetaș, părul ușor ondulat sugerând cumva inocență și intenții curate. Dar, deși era evident același chip în fotografiile spionilor, totul era diferit. Părul era mereu ascuns sub glugi sau șepci de baseball (pe care le folosea și ea în mod frecvent); postura era mai agresivă; expresiile erau reci și profesionale. Mai avusese de-a face cu profesioniști. Era nevoie de timp, probabil mai mult de un weekend. Se uită din nou la cele două fețe asemănătoare, dar incompatibile și se întrebă în treacăt dacă Daniel suferea de fapt de o tulburare psihică sau dacă ceea ce vedea era o transformare totală, iar ființa inocentă nu mai exista.

Nu că ar fi contat — deocamdată.

Durerea de cap îi sfredelea parcă interiorul globului ocular. Știa că nu orele de lectură o provocaseră. Nu, sursa durerii era decizia pe care o avea de luat.

Adună dosarele și le îndesă într-o valiză. Subiectul legat de decimarea populației din sud-vestul Americii avea să ia o pauză de câteva ore.

Acum se afla în altă mașină decât cea în care fusese dimineață. Înainte de a se caza la motel, o returnase pe cea închiriată în Baltimore, apoi luase un taxi până în York, Pennsylvania. Taximetristul o lăsase la câteva minute de mers pe jos de casa în care un bărbat cu numele de utilizator Stubbins îşi vindea maşina Toyota Tercel veche de trei ani, după cum suna anunţul pe Craiglist. Plătise cu bani gheaţă folosind numele Cory Howard, după care mersese cu noua maşină până în Philadelphia. Era o pistă care *putea* fi urmărită, dar nu le-ar fi fost deloc uşor.

Se îndepărtă câţiva kilometri de motel, apoi alese o speluncă ce părea să aibă destui clienţi. Era o opţiune bună din două motive. Unu, avea să se remarce mai puţin în aglomeraţie. Doi, mâncarea era probabil comestibilă.

Zona unde erau mesele era plină, aşa că mâncă la barul mic. Oglinzile din spatele barului îi permiteau să vadă uşa şi ferestrele fără să se întoarcă. Era un loc bun. Comandă un hamburger unsuros, rondele de ceapă şi cremă de ciocolată. Toate, delicioase.

Încercă să nu se mai gândească la nimic în timpul mesei. În ultimii nouă ani devenise expertă în a-şi separa foarte clar gândurile. În timp ce se concentra asupra mâncării şi-i urmărea din priviri pe oamenii din jurul ei, durerea de cap se domoli până la o pulsaţie surdă. Treptat, medicamentul îşi făcu efectul şi durerea dispăru complet. Comandă şi o felie de plăcintă — cu nuci pecan —, deşi se săturase deja şi doar ciuguli din desert. Trăgea de timp. După ce termina de mâncat, trebuia să ia o decizie.

Durerea de cap reveni când ajunse în maşină, aşa cum prevăzuse, deşi nu era la fel de intensă ca înainte. Conduse la întâmplare pe străduţele liniştite din zona rezidenţială unde, dacă ar fi urmărit-o cineva, ar fi sărit imediat în ochi. Mica suburbie era întunecată şi pustie. După câteva minute, ajunse aproape de oraş.

În mintea ei rămăseseră două coloane cu posibilităţi.

Prima coloană, cea în care Carston o minţise ca s-o atragă în capcană, începea să pară tot mai puţin probabilă. Totuşi, trebuia să rămână vigilentă. Întreaga poveste putea fi inventată. Toate dovezile, departamentele coordonate şi analiştii cu stiluri de scris diferite, alături de fotografiile din toată lumea puteau face parte dintr-o lucrătură foarte minuţioasă şi complexă. Şi nici măcar nu era lipsită de riscul eşecului, pentru că n-aveau de unde şti că ea nu va refuza, pur şi simplu.

Dar de ce să fi pregătit Carston toate aceste informaţii dacă sperase s-o aducă la o întâlnire aranjată dinainte? Puteau s-o ucidă uşor fără toată această mistificare. N-ai nevoie decât de un teanc de foi albe când te aştepţi să vezi creierii ţintei tale împrăştiaţi pe asfalt înainte să aibă şansa de a deschide servieta. Cât de repede putea fi pus la cale aşa ceva? Apariţia ei bruscă nu-i dăduse timp să fabrice şmecheria pe genunchi. Cine era Daniel Beach în acest scenariu? Unul de-ai lor? Sau un civil neştiutor plimbat prin decoruri exotice cu ajutorul Photoshopului? Ei ştiau de bună seamă că putea verifica unele informaţii.

În ultimul dosar îi propuseseră şi un plan de acţiune. În cinci zile, cu sau fără ea, aveau să-l salte în timp ce ieşea să alerge, un obicei pe care-l urma cu regularitate sâmbăta dimineaţa. Nimeni n-avea să-i sesizeze lipsa până la reluarea cursurilor, luni. Dacă se întâmpla totuşi să-l caute cineva, putea lăsa impresia că-şi luase o mică vacanţă. Dacă ea era de acord să-i ajute, va avea la dispoziţie două zile ca să obţină informaţiile necesare, după care ar fi fost liberă să plece. Sperau că va consimţi să păstreze legătura cu ei. O adresă de e-mail pentru situaţii de urgenţă, un site de socializare, chiar şi rubrica de mică publicitate a unui ziar.

Dacă nu accepta să preia misiunea, urmau să se descurce fără ea, cât puteau de bine. Dar să încerce să nu lase urme fizice asupra informatorului avea să fie greu… foarte greu. Iar eşecul era greu de acceptat.

Se gândi cu nerăbdare la toate bunătăţile care o aşteptau în laborator. Lucruri pe care n-ar fi putut să le obţină niciodată în lumea reală. Secvenţiatorul ADN şi aparatul de reacţie în lanţ prin polimerază. Anticorpii gata fabricaţi cu care-şi putea umple buzunarele, dacă invitaţia era pe bune. Desigur, în eventualitatea în care Carston fusese onest, n-ar fi avut nevoie să mai şterpelească acele lucruri.

Încercă să-şi imagineze cum ar fi să doarmă din nou într-un pat. Să nu mai care tot timpul o ditamai farmacia de toxine. Să folosească în fiecare zi acelaşi nume. Să intre în contact cu alte fiinţe umane într-un fel care să nu provoace moartea nimănui.

Nu te baza pe asta, îşi spuse. *Nu lăsa ideea să-ţi intre-n cap şi să-ţi afecteze judecata. Nu te lăsa prostită de speranţă.*

Oricât de plăcute erau unele dintre închipuiri, se lovi de un zid când încercă să vizualizeze paşii pe care va trebui să-i facă pentru a le transpune în realitate. Îi era imposibil să se vadă întorcându-se prin uşile de oţel lucios în locul în care Barnaby murise urlând. Mintea ei refuza categoric să construiască imaginea.

Vieţile a un milion de oameni erau o povară grea, dar, în multe privinţe, rămâneau o idee abstractă. Nu avea senzaţia că exista ceva care să-i dea impulsul necesar ca să treacă prin uşile acelea.

Trebuia să meargă pe căi ocolite, cum s-ar spune.

Doar cinci zile.

Avea atâta treabă de făcut.

Capitolul 4

Operaţiunea asta o lăsa fără banii puşi deoparte pentru zilele negre.

Gândul nu-i dădea pace, era fără încetare undeva, într-un ungher al minţii. Dacă scăpa cu viaţă până săptămâna viitoare şi nimic nu se schimba în relaţia de lucru cu departamentul, urma să aibă probleme financiare serioase. Nu era ieftin să-ţi schimbi viaţa de trei ori pe an.

Chiar şi obţinerea fondurilor disponibile fusese o procedură majoră, din capul locului. Avusese bani — salariul fusese fără doar şi poate un factor în decizia de a accepta postul la început — şi, înainte de asta, moştenise o sumă frumuşică la moartea mamei, din asigurarea ei de viaţă. Dar când lucrezi pentru nişte paranoici puternici care probabil notează în dosarul tău şi când schimbi mărcile de pastă de dinţi, nu ai cum să-ţi retragi pur şi simplu toţi banii şi să-i ascunzi într-o cutie de pantofi sub pat. Dacă încă nu aveau de gând să-ţi facă ceva, puteai să le oferi un motiv. Dacă aveau de gând, nu făceai decât să-i determini să se grăbească. Puteai să-ncerci să-ţi retragi toţi banii la plecarea din oraş, dar asta-ţi limita capacitatea de a plăti pentru pregătirile în avans.

Ca atâtea altele, fusese stratagema lui Barnaby. Nu-i explicase detaliile ca să-l protejeze pe prietenul sau prietenii care-l ajutaseră să aranjeze lucrurile.

În autoservirea situată la câteva etaje deasupra laboratorului, ea şi Barnaby se lăsaseră ascultaţi în timp ce discutau despre nişte investiţii promiţătoare. De fapt, Barnaby le numise promiţătoare şi îşi dădea silinţa, chipurile, s-o convingă. Conversaţia lor nu avea nimic ieşit din comun. Probabil că, în diferite versiuni, aceeaşi discuţie avea loc pe lângă automatele de apă din mai multe birouri obişnuite. Ea se prefăcea că se lasă convinsă, iar Barnaby îi promitea cu glas tare că va aranja totul. A trimis banii prin virament la o firmă de investiţii sau o companie care părea să aibă denumirea unei firme de investiţii. După câteva zile, acei bani au fost depuşi — minus un „comision" de 5% pentru a-i recompensa pe prieteni pentru timpul şi efortul lor — într-o bancă din Tulsa, Oklahoma, pe numele Fredericka Noble. Ea a primit înştiinţarea despre acest nou cont într-un plic nemarcat, ascuns într-un exemplar din revista *Extranodal Lymphomas* la biblioteca districtuală. Tot în plic a găsit şi un permis de conducere pe numele Fredericka Noble, cu fotografia ei.

Nu ştia unde era ascunzătoarea lui Barnaby. Nu ştia nici care urma să fie noul său nume. Ar fi vrut să plece împreună cu Barnaby — pe atunci, singurătatea uriaşă pe care o presupunea stilul ei de viaţă îi provoca deja coşmaruri —, dar el considerase că ar fi fost lipsit de înţelepciune. Amândoi aveau să fie mai în siguranţă dacă plecau separat.

Alte investiţii, alte plicuri mici. Câteva alte conturi au fost create pentru Freddie, dar au mai fost şi conturi şi acte de identitate pentru Ellis Grant din California şi Shea Marlow din Oregon. Toate cele trei identităţi erau creaţii solide, care aveau să reziste la o verificare atentă. Freddie a fost dată în vileag prima dată când departamentul a găsit-o, dar asta i-a sporit precauția. Ellis şi Shea erau încă sigure. Erau posesiunile ei de preț şi le folosea rar şi cu mare grijă, astfel încât asocierea cu dr. Juliana Fortis să nu le contamineze.

De asemenea, a început să cumpere bijuterii — chestii veritabile şi, cu cât mai mici, cu atât mai bine. Diamante galbene care i se părea că n-ar fi mai de soi decât nişte safire galbene, dar care costau de zece ori mai mult. Lanțuri groase din aur; pandantive din aur solide şi grele. Mai multe pietre prețioase disparate, pe care pretindea că are de gând să le monteze în bijuterii. Ştiuse tot timpul că n-avea să obțină nici jumătate din cât plătise pe ele, dar bijuteriile puteau fi transportate uşor şi ulterior convertite în lichidități, fără ştirea nimănui.

De la un telefon public, Freddie Noble a închiriat o căsuță în apropiere de Tulsa, folosind un card de credit nou ataşat contului bancar din oraş. Căsuța a venit la pachet cu un proprietar în vârstă şi foarte amabil, bucuros să-i aducă toate cutiile pe care le expediase prin poştă — lucrurile de care urma să aibă nevoie când o va lăsa în urmă pe Juliana Fortis, de la prosoape şi perne la pietrele ei prețioase nemontate, condensatoarele de reflux şi recipientele pentru fierbere — şi-şi încasa chiria fără să comenteze absența ei. Îi mai lăsa ici şi colo câte-un indiciu că intenționa să iasă dintr-o relație cu probleme, iar proprietarului îi era de ajuns. Proviziile le-a comandat de la computerele bibliotecii, dând o adresă de e-mail pe care n-o accesa niciodată de pe laptopul de-acasă.

A făcut tot posibilul să fie pregătită, după care a aşteptat ca Barnaby să dea semnalul. În final, i-a comunicat într-adevăr că era timpul să fugă, dar nu aşa cum plănuiseră.

Banii, adunați cu atâta grijă într-un timp atât de lung, îi zburau acum printre degete de parcă ar fi fost moştenitoarea răsfăţată a unei averi. Şi-au făgăduit că va fi doar o sesiune de shopping în speranţa că-şi va câştiga libertatea incertă. Ştia câteva metode ca să câştige bani adevăraţi, dar erau periculoase şi implicau riscuri pe care nu şi le permitea.

Oamenii aveau nevoie de medici dispuşi să încalce regulile. Unii voiau doar un doctor care ştia să supravegheze administrarea unui tratament neaprobat de Food and Drug Administration, ceva provenit din Rusia sau Brazilia. Alţii aveau nevoie să le fie extrase gloanţele din corp, dar nu voiau să facă asta într-un spital, unde poliţia avea să fie înştiinţată imediat.

Nu avea o activitate constantă pe internet. Câţiva clienţi o contactaseră la ultima ei adresă de e-mail, care acum nu mai exista. Ar fi trebuit să se-ntoarcă pe forumurile unde era cunoscută şi să-ncerce să ia legătura cu câţiva oameni, fără să lase vreo urmă nouă. Era dificil; dacă departamentul îi găsise acele e-mailuri, probabil că ştiau şi despre restul. Măcar clienţii ei înţelegeau. Mare parte din ceea ce făcea pentru ei se încadra de la semilegal la complet ilegal şi n-ar fi fost surprinşi de dispariţiile ei ocazionale şi de numele noi sub care apărea.

Bineînţeles, să lucreze de partea întunecată a legii însemna alte pericole pe lângă cele existente. Ca bossul mafiot căruia serviciile ei i se păruseră foarte convenabile şi considerase că ar fi trebuit să se stabilească permanent în Illinois. Ea a încercat să-i spună lui Joey Giancardi povestea ei fabricată, pe care o turuia de fiecare dată, fără să se compromită — în definitiv, dacă se puteau câştiga bani din vânzarea de informaţii, Mafia nu era renumită pentru loialitatea faţă de outsideri —, dar tipul a fost insistent, ca să nu spunem mai mult. I-a dat asigurări că, beneficiind de protecţia lui, n-avea să mai fie niciodată vulnerabilă. În final, a fost nevoită să distrugă acea identitate, o viaţă atent construită sub numele de Charlie Peterson, şi să fugă. Nu era exclus să existe membri ai Familiei care s-o caute şi acum. Dar nu era ceva care să-i dea mari bătăi de cap. Când era vorba de efective şi de resurse, Mafia nu putea să se compare cu guvernul american.

Şi poate că Mafia nici n-avea timp de pierdut cu ea. Erau o mulţime de doctori pe lume, şi cei mai mulţi dintre ei coruptibili. E drept că, dacă i-ar fi ştiut adevărata specializare, Joey G s-ar fi străduit mai mult s-o păstreze.

Măcar Joey G îi fusese de folos la schimbarea bijuteriilor în bani gheaţă. Iar cursul scurt de traumatologie n-avea să-i prindă rău. Un alt avantaj al faptului de a lucra în clandestinitate: nimeni nu se supăra prea tare dacă rezultatele nu erau excepţionale. Moartea era ceva obişnuit şi nu era necesară o asigurare de malpraxis.

Ori de câte ori se gândea la Joey G, îşi amintea şi de Carlo Aggi. Nu-i fusese un prieten adevărat, doar un apropiat. În acea perioadă fusese omul de legătură şi prezenţa cea mai constantă din viaţa ei. Deşi avea înfăţişarea tipică a unui mardeiaş, întotdeauna se purtase frumos cu ea, tratând-o ca pe o soră mai mică. Aşa încât o duruse mai mult decât în celelalte cazuri când nu fusese în stare să facă nimic pentru Carlo. Un glonţ îi ajunsese în ventriculul stâng. Era prea târziu pentru Carlo cu mult înainte să-i fie adus trupul neînsufleţit, dar Joey G nu-şi pierduse speranţa; Charlie făcuse treabă bună pentru el în trecut. A avut o replică de-a dreptul filosofică atunci când Charlie a declarat decesul: *Carlo a fost cel mai bun. Ce să-i faci, uneori câştigi, alteori pierzi.* Urmată de o ridicare din umeri.

Nu-i plăcea să-şi amintească de Carlo.

Ar fi preferat să aibă la dispoziţie câteva săptămâni în plus ca să se gândească la celelalte lucruri — să-şi elaboreze stratagema, să-şi analizeze punctele slabe, să-şi perfecţioneze pregătirea fizică —, dar planul lui Carston îi fixase un termen-limită. Trebuia să-şi împartă timpul scurt între supraveghere şi organizarea spaţiului de lucru, aşa că niciuna dintre sarcini nu fusese îndeplinită perfect.

Probabil că o supravegheau în eventualitatea în care ar încerca să facă o mişcare fără ei. După vizita neaşteptată pe care i-o făcuse lui Carston, aveau să anticipeze aşa ceva. Dar ce variantă avea? Să se prezinte la muncă aşa cum se aşteptau?

Văzuse destul ca să fie sigură că Daniel urma să aibă acelaşi program astăzi ca în ultimele trei zile. Ceva legat de ţinutele sale aproape identice — blugi, cămaşă cu nasturi, haină sport, toate având doar mici diferenţe de nuanţe — o făcea să presupună că omul era un tipicar. După orele de şcoală, rămânea să stea de vorbă cu elevii şi să lucreze la planul de lecţii pentru a doua zi. Apoi, cu câteva dosare şi laptopul în rucsacul purtat pe umărul stâng, părăsea şcoala, făcându-i secretarei semn cu mâna din mers. Traversa şase intersecţii şi lua metroul la Congress Heights în jur de 6:00, când valul de navetişti atingea punctul culminant. Avea de mers direct pe Linia Verde până la Columbia Heights, unde era micul său apartament. Ajuns acolo, mânca o cină semipreparată, scoasă din congelator, şi corecta lucrările elevilor. Se culca în jur de 10:00, fără să pornească niciodată televizorul, din câte văzuse ea. Era mai greu de urmărit dimineaţa — avea storuri din trestie care erau practic transparente când lumina venea din interior, dar opace în lumina matinală. Ieşea în stradă la 5:00 pentru o primă tură de alergat, se întorcea după o oră şi apoi ieşea din nou după alte treizeci de minute, îndreptându-se spre staţia de metrou aflată la trei străzi distanţă, cu părul lung şi ondulat încă ud după duş.

Cu două dimineţi înainte îl urmase pe traseul de alergare de la o distanţă sigură. Bărbatul menţinea un ritm alert şi rapid, fiind evident un alergător experimentat. În timp ce-l privea, a constatat că-şi dorea să fi avut mai mult timp pentru alergat. Nu-i plăcea să alerge aşa cum părea să le placă altora — întotdeauna se simţea foarte expusă pe marginea drumului, fără nicio maşină cu care să poată fugi —, dar era important. N-avea să fie niciodată mai puternică decât persoana pe care o trimiteau după ea. Şi, cu picioarele ei scurte, n-avea să fie nici mai rapidă şi nu exista nicio artă marţială pe care s-o înveţe şi care să-i ofere un avantaj în faţa unui ucigaş profesionist. Dar rezistenţa îi putea salva viaţa. Dacă trucurile ei puteau să-i asigure depăşirea momentului de criză, trebuia să fie în stare să continue să fugă mai mult decât o putea urmări ucigaşul. Ce mai mod de a muri — cu răsuflarea tăiată, cu muşchii cedând la efort, paralizată de propria lipsă de pregătire. Nu voia să iasă din scenă în felul acesta. Aşa că alerga cât de des putea şi făcea exerciţiile pe care reuşea să le facă în locuinţele ei mici. Îşi promise că, atunci când operaţiunea asta se va fi terminat, avea să găsească un loc bun pentru jogging — unul cu multe rute de scăpare şi ascunzători.

Dar traseul lui de alergare, ca şi apartamentul şi şcoala erau locuri prea expuse pentru ca ea să acţioneze. Cea mai simplă cale de a face asta ar fi fost să-l ridice de pe stradă când îşi termina tura de alergat, epuizat şi neatent, dar băieţii răi ar fi ştiut şi ei. Ar fi fost pregătiţi să o contracareze. Acelaşi lucru era valabil şi pentru porţiunea parcursă pe jos până la şcoală. Aşa că operaţiunea trebuia să aibă loc în metrou. Ei ştiau că metroul era o altă opţiune posibilă, dar nu puteau să acopere toate liniile, toate staţiile, supraveghind totodată şi fiecare porţiune a traseului lui Daniel.

Peste tot erau instalate camere video, dar prea multe nu putea să facă în privinţa asta. Când avea să se termine, inamicii ei vor fi avut un milion de imagini clare din care să vadă cum arăta fața ei acum, după trei ani. Nu surveniseră multe schimbări, după părerea ei, dar fără doar şi poate că i-ar actualiza dosarul. Totuşi, asta era tot ce puteau să facă. Cât lucrase în cadrul departamentului, învățase ce însemna să răpeşti o țintă de pe stradă, aşadar ştia că dificultățile erau mult mai mari decât te-ar fi făcut să crezi serialele TV cu spioni. Scopul camerelor video din metrou era să ajute la prinderea unui suspect *după* comiterea infracțiunii. Ar fi fost imposibil ca ei să aibă resursele şi efectivele necesare pentru a acționa în timp real pe baza filmărilor. Aşa încât camerele nu le puteau indica decât unde *fusese*, nu unde *avea să fie*, şi fără acea informație filmarea era inutilă. Tot ce puteai afla cu ajutorul înregistrărilor — cine era, de unde obținuse informația, care-i era motivația — erau lucruri pe care le ştiau deja.

Oricum, nu-i venea în minte o opțiune mai puțin riscantă.

Astăzi se numea Jesse. Alesese o ținută profesională — costumul negru, tricoul cu anchior dedesubt şi, desigur, centura din piele. Avea o altă perucă, cu un aspect mai natural; părul tuns drept avea o altă nuanță, castaniu-deschis. Îşi pusese o bentiță neagră simplă, iar ochelarii cu rame metalice subțiri nu-i ascundeau chipul, dar îi mascau subtil forma pomeților şi fruntea. Fața ei era simetrică, cu trăsături delicate; nimic nu ieşea în evidență. Ştia că în general oamenii n-o remarcau. Dar mai ştia şi că nu avea o înfățişare atât de comună încât cineva care o căuta să n-o recunoască. Avea să-şi țină capul jos ori de câte ori va putea.

Îşi luase servieta în locul genții de voiaj. Ornamentele din lemn de la bareta de umăr erau aplicate acum pe mânerul servietei. Aceasta avea un cadru metalic, era grea, şi, la nevoie, se putea folosi de ea ca să se apere. Medalionul, inelele, dar nu şi cerceii. Având în vedere ceea ce urma să facă, cerceii ar fi fost periculoşi. Lamele din pantofi, bisturiele, balsamul pentru buze, diferitele spray-uri... armura aproape completă. Astăzi toate astea n-o făceau să se simtă mai încrezătoare. Partea asta a planului ieşea din zona ei de confort. Nu-şi imaginase vreodată că va fi nevoie să răpească pe cineva. În ultimii trei ani nu se gândise la vreun scenariu care să nu se reducă la a ucide sau a fugi.

Jesse căsca în timp ce conducea maşina pe străzile întunecate. Nu dormise destul şi se părea că nici în următoarele zile nu urma să aibă parte de prea mult somn. Avea câteva substanțe care s-o țină trează, dar prăbuşirea putea fi întârziată doar cel mult şaptezeci şi două de ore. Trebuia să fie foarte bine ascunsă când acea prăbuşire se va produce. Spera că nu va fi necesar să le folosească.

Erau o mulțime de locuri goale în parcarea pentru navetişti de la Ronald Reagan. Parcă aproape de o stație de autobuz şi aşteptă sosirea autobuzului. Cunoştea aeroportul ăsta ca pe propriul buzunar. Se simțea năpădită de o senzație care-i lipsise multă vreme — confortul oferit de împrejurimile familiare. Alți doi pasageri apărură înainte de venirea autobuzului, ambii cu bagaje şi fețe obosite. Aceştia o ignorară. Ea luă autobuzul până la terminalul trei, după care se întoarse pe podul pietonal la stația de metrou. Parcurse această rută în circa cincisprezece minute, în pas vioi. Un lucru drăguț legat de aeroporturi — toată lumea mergea repede.

Se gândise să poarte cizmele platformă, ca să pară mai înaltă, dar apoi îşi zisese că avea să meargă pe jos — şi poate chiar să fugă, dacă lucrurile ieşeau rău — prea mult astăzi. Purta pantofii negri fără toc, care erau aproape ca nişte adidaşi.

În timp ce se alătura mulțimii care cobora pe peroane, încercă să-şi ascundă fața de camerele din tavan. Căută cu privirea un grup căruia să i se alăture. Jesse era sigură că urmăritorii vizau o femeie singură. Un grup mai mare — orice grup — era un paravan mai bun decât machiajul sau peruca.

Erau câteva grupuri de oameni care se îndreptau spre linii împreună cu ea în timp ce primul val al orei de vârf începea să umple scările rulante. Alese un mic grup alcătuit din doi bărbaţi şi o femeie, toţi în costume business negre şi cu serviete. Femeia avea părul blond lucios şi, încălţată cu pantofi cu toc cu vârfuri ascuţite, era mai înaltă decât Jesse cu aproape douăzeci şi cinci de centimetri. Jesse îşi făcu loc pe după alţi câtiva oameni până ajunse să fie cumva ascunsă între femeie şi peretele din spatele lor. Oricine ar fi examinat noul grup ar fi remarcat-o în mod firesc pe blonda înaltă, în afara cazului în care ar fi căutat-o pe Juliana Fortis.

Grupul lui Jesse se mişcă hotărât prin mulţime, alegând să aştepte într-un loc aproape de marginea peronului. Niciunul dintre ceilalţi călători nu părea să o fi remarcat pe femeia scundă care se mişca în tandem cu ei. Înghesuiala era prea mare.

Trenul îşi făcu apariţia, trecând iute pe lângă ei şi apoi oprindu-se brusc. Grupul lui Jesse ezită, căutând un vagon mai puţin aglomerat. Se gândi să-i părăsească, dar blonda era şi ea nerăbdătoare şi-şi croi drum în cel de-al treilea vagon. Jesse se ţinu aproape de ea, având acum trupul lipit atât de blondă, cât şi de o femeie corpolentă din spatele ei. Între ele, avea să fie aproape invizibilă, oricât de incomodă ar fi fost poziţia.

Merseră pe Linia Galbenă până la staţia Chinatown. Acolo Jesse părăsi grupul şi se alătură unui cuplu, două femei care puteau să fie secretare sau bibliotecare, în bluzele lor cu nasturi şi ochelarii de vedere cu rame în formă de ochi de pisică. Merseră împreună pe Linia Verde până la staţia

Shaw-Howard, Jesse stând cu capul înclinat către bruneta mai scundă, prefăcându-se absorbită de povestea despre recepția de nuntă din ultimul weekend, care nu avusese inclus un bufet suedez, ce mizerie! Pe la mijlocul relatării, le lăsă pe secretare în tren şi se contopi cu mulțimea care ieşea din metrou. Execută o întoarcere rapidă prin aglomerația de la toaleta pentru femei şi apoi se alătură mulțimii care cobora pe peron ca să prindă următorul tren. Acum sincronizarea avea să însemne totul. N-avea cum să se ascundă în turmă.

Şuieratul trenului care intra în stație o făcu să-i sară inima în piept. Se concentră cât putu de tare. Avea senzația că e ca un sprinter care aşteaptă în blocstart să audă focul de pistol. Apoi metafora care-i trecuse prin minte o făcu să se cutremure — era foarte posibil ca un pistol să fie în realitate gata să tragă, doar că ăsta ar fi avut gloanțe adevărate şi n-ar fi fost îndreptat spre cer.

Trenul se opri scrâşnind şi Jesse o luă din loc.

Înaintă în forță de-a lungul vagoanelor, făcându-şi loc cu coatele prin valul de pasageri format la deschiderea uşilor. Căută cu privirea silueta înaltă cu păr ondulat. Erau atât de multe corpuri care treceau pe lângă ea, blocându-i vederea. Încercă să pună mental câte-un X pe fiecare cap care nu se potrivea. Se mişca prea repede? Nu îndeajuns de repede? Trenul plecă din stație când ajunse la ultimul vagon şi nu putea fi sigură că omul ei nu fusese în el; totuşi, nu credea că fusese. După calculele ei, cel mai probabil era în următorul tren. Îşi muşcă buza când uşile se închiseră. Dacă rata ocazia asta, trebuia să încerce din nou la următorul lui drum. Nu voia să fie nevoită să facă asta. Planul lui Carston urma să fie pus în aplicare, iar situația avea să fie cu atât mai periculoasă.

Continuă să meargă grăbită spre ieşire.

Făcu din nou circuitul prin toaletă, trăgând puțin de timp şi prefăcându-se că-şi verifică machiajul pe care nu-l avea. După ce numără în gând până la nouăzeci, se alătură din nou şuvoiului de navetişti care se îndrepta spre peroane.

Acum aglomerația era şi mai mare. Jesse îşi alese un loc aproape de un grup de bărbați la capătul îndepărtat al peronului şi încercă să se facă nevăzută printre sacourile lor negre. Bărbații vorbeau despre acțiuni şi tranzacții la bursă, lucruri ce păreau atât de îndepărtate de viața lui Jesse, încât puteau foarte bine să țină de domeniul SF-ului. Se anunță sosirea următorului tren şi Jesse se pregăti din nou să cerceteze mulțimea cât mai repede. Păşi pe lângă brokeri şi examină primul vagon care se oprise în dreptul lor.

Mişcându-se iute, ochii lui Jesse trecură în revistă următorul vagon. *Femeie, femeie, bătrân, prea scund, prea gras, prea brunet, fără păr, femeie, femeie, copil, blondă...* Vagonul următor...

Era ca şi cum el o ajuta, ca şi cum ar fi fost de partea ei. Stătea chiar lângă geam, privind afară, înalt, cu părul ondulat pe care-l remarcai pe loc.

Jesse îi cuprinse cu privirea pe ceilalți pasageri în timp ce se îndrepta spre uşile deschise. Mulți inşi îmbrăcați în costume business — oricare dintre ei putea fi angajat al departamentului. Dar nu observă niciunul dintre semnele evidente, nu văzu umeri prea lați înghesuiți în costumele făcute pentru oameni normali, nici căşti în urechi, nici porțiuni umflate ale sacourilor, nici contacte vizuale între călători. Nimeni nu purta ochelari de soare.

Asta e partea, îşi zise ea în gând, *în care or să-ncerce să ne-nhațe pe amândoi şi să ne ducă la laborator. Doar dacă nu cumva e o capcană, caz în care Daniel, cu părul lui ondulat şi înfățişarea inocentă, ar fi unul dintre ei. Poate că e chiar cel care mă va împuşca. Sau mă va înjunghia. Sau vor încerca să mă dea jos din tren ca să mă-mpuşte într-un loc mai ferit. Sau să mă facă knockout şi să mă arunce pe şine.*

Dar, dacă toată povestea e adevărată, or să vrea să rămânem amândoi în viață. Vor încerca probabil ceva similar cu ceea ce mă pregătesc să-i fac lui Daniel. Apoi mă vor căra la laborator, iar şansele mele de a mai ieşi vreodată de-acolo sunt... nu tocmai încurajatoare.

Prin minte îi trecură o mie de alte finaluri nefericite în timp ce uşile se închideau. Se apropie repede de Daniel, prinzându-se de aceeaşi bară ca să-şi păstreze echilibrul, degetele ei mai jos de ale lui, palide şi mult mai lungi. Îşi simțea inima ca strânsă în pumn de cineva; durerea creştea invers proporțional cu proximitatea față de țintă. El nu părea s-o observe, continuând să se uite pe geam cu o expresie absentă, care nu se schimbă când pătrunseră în întunericul unui tunel şi nu putea să vadă decât reflexiile din interiorul vagonului. Nimeni din vagon nu făcu nicio mişcare către ei.

Nu reuşea să-l vadă în Daniel Beach pe celălalt tip din fotografiile din Mexic şi Egipt, care-şi ținea părul sub şapcă şi emana o siguranță de sine agresivă. Bărbatul absent de lângă ea putea să fie un poet din Lumea Veche. Trebuia să fie un actor desăvârşit... sau era posibil oare să fie un psihopat cu acte, suferind de tulburare de identitate disociativă? Nu ştia ce să creadă în privința asta.

Jesse se încordă când se apropiară de stația Chinatown. Trenul se zgâlțâi la intrarea în stație şi trebui să strângă mai tare bara ca să nu se lase împinsă în Daniel Beach.

Trei oameni — doi bărbați şi o femeie — coborâră din tren, dar niciunul nu se uită la Jesse. Trecură repede pe lângă ea, ca şi cum s-ar fi grăbit să ajungă la slujbă. Alți doi bărbați urcară în vagon. Unul îi atrase atenția lui Jesse — un bărbat solid, cu o constituţie de atlet profesionist, purtând un hanorac cu glugă şi pantaloni de trening. Îşi ţinea ambele mâini în buzunarul din faţă al hanoracului şi, exceptând cazul în care ar fi avut nişte mâini uriaşe, ţinea ceva în ele. Nu se uită la Jesse când trecu pe lângă ea, mulţumindu-se să se ducă în spatele vagonului, unde se agăţă de un mâner. Jesse îi urmări reflexia cu coada ochiului, dar individul nu părea interesat nici de ea, nici de ţintă.

Daniel Beach nu se mişcase. Era atât de absorbit de gândurile lui, încât Jesse constată că se relaxează în preajma lui, de parc-ar fi fost singura persoană din tren de care nu trebuia să se ferească. Ceea ce era o prostie. Chiar dacă nu era o capcană, chiar dacă era exact cine i se spusese că ar fi, omul ăsta tot plănuia să devină un asasin în masă în viitorul foarte apropiat.

Atletul scoase din buzunarul hanoracului nişte căşti pătrăţoase şi-şi acoperi urechile cu ele. Firul ducea în jos, spre buzunar. Probabil la telefonul lui, dar poate că nu.

Jesse hotărî să facă un test la oprirea următoare.

Când se deschiseră uşile, se aplecă de parc-ar fi vrut să netezească o cută inexistentă la pantaloni, apoi se îndreptă brusc şi făcu un pas spre uşă.

Nimeni nu reacţionă. Atletul cu căştile pe cap avea ochii închişi. Oamenii urcau, coborau, dar nimeni nu se uită la ea, nimeni nu încercă să-i blocheze ieşirea sau să ridice brusc mâna ascunsă stângaci sub geacă.

Dacă inamicii ştiau ce are de gând să facă, o lăsau să acţioneze în felul ei.

Asta însemna că totul era real sau doar voiau ca ea să creadă că era, deocamdată? Încercarea de a le ghici manevrele îi dădea dureri de cap. Strânse din nou bara când trenul se puse în mişcare.

— N-a fost staţia ta?

Se uită în sus şi-l văzu pe Daniel Beach zâmbindu-i — un zâmbet dulce şi sincer, care aparţinea celui mai popular profesor al şcolii, militantului pentru Habitat for Humanity.

— Ăă, nu, zise ea clipind repede, cu gândurile învârtindu-i-se prin cap.

Oare ce-ar fi spus un navetist obişnuit?

— Pentru o clipă... ăăă... am uitat pur şi simplu unde mă aflu. Toate staţiile încep să se-amestece.

— Ai răbdare. Mai sunt doar opt–nouă ore până la weekend.

Zâmbi din nou, blând. Jesse era mai mult decât incomodată de ideea de a socializa cu subiectul ei, dar Daniel emana o normalitate stranie — posibil contrafăcută — care-i înlesnea asumarea rolului pe care trebuia să-l joace: o navetistă prietenoasă. Un om obişnuit.

Observaţia lui îi provocă un mic hohot râs. Săptămâna ei de lucru abia începea.

— Ar fi minunat dacă aş avea weekendurile libere.

El râse şi apoi oftă.

— Cam nasol. Avocatură?

— Medicină.

— Şi mai rău. Dacă te porţi frumos, te lasă vreodată să-ţi iei liber?

— Foarte rar. Dar e în regulă. Şi-aşa nu mă prea dau în vânt după petreceri.

— Şi eu sunt prea bătrân pentru aşa ceva, recunoscu el. Un adevăr de care-mi aduc aminte în fiecare seară, cam pe la zece.

Jesse zâmbi politicos în timp ce el râdea şi încercă să nu lase să i se vadă privirea neliniştită. Era în acelaşi timp înfiorător şi periculos să fraternizeze cu următoarea ei misiune. Niciodată nu i se întâmplase să interacţioneze cu subiecţii ei înainte. Nu-şi putea permite să se uite la el ca la o persoană.

Trebuia să vadă numai monstrul — cu milionul de morți posibili — astfel încât să rămână impasibilă.

— Deşi îmi place câteodată să iau cina în oraş, spunea el.

— Mmh, murmură ea distrată.

Îşi dădu seama că sunase ca şi cum ar fi fost de acord.

— Bună, spuse el. Mă cheamă Daniel.

Spre surprinderea ei, constată că uitase ce nume trebuia să poarte azi. Bărbatul îi întinse mâna şi ea i-o strânse, fiind extrem de conştientă de greutatea inelului ei otrăvit.

— Bună, Daniel.

— Bună..., răspunse el şi ridică din sprâncene.

— Ăă, Alex.

Ups, ăsta era un nume mai vechi. Acum, ce era să facă?

— Încântat de cunoştință, Alex. Uite, n-am făcut asta niciodată. Dar... ei bine, de ce nu? Pot să-ți dau numărul meu de telefon? Poate ne găsim timp să ieşim la o cină liniştită cândva?

Îl privi de-a dreptul şocată. Omul îi făcea avansuri. Un bărbat îi făcea avansuri. Nu, nu un bărbat. Un viitor criminal în masă care lucra pentru un magnat al drogurilor psihopat.

Sau un agent care încerca să-i distragă atenția?

— Te-am speriat? Îți jur că sunt inofensiv.

— Ăă, nu, doar că... nimeni nu mi-a mai făcut vreodată o invitație în metrou.

Ăsta era purul adevăr. De fapt, de câțiva ani, nimeni nu-i făcuse niciun fel de invitație.

— Nu ştiu ce să zic.

Un alt adevăr.

— Uite cum facem. O să-mi scriu numele şi numărul de telefon pe bucata asta de hârtie şi-am să ți-o dau, iar când ajungi în stație poți s-o arunci în primul coş de gunoi pe care-l vezi, pentru că nu-i frumos să faci mizerie pe jos, şi să mă uiți în secunda următoare. Un inconvenient foarte mic pentru tine — doar câteva secunde pierdute cu coşul de gunoi.

Zâmbea în timp ce vorbea, dar avea privirea îndreptată în jos, concentrat să scrie pe spatele unei chitanţe, cu un creion.

— Eşti foarte amabil. Apreciez.

El ridică privirea, continuând să zâmbească.

— Sau nu trebuie s-o arunci. Poţi să foloseşti hârtia ca să mă suni şi apoi să petreci câteva ore stând de vorbă cu mine la cina la care o să te invit.

Vocea monotonă din difuzoare anunţă staţia Penn Quarter şi ea se simţi uşurată. Pentru că începea să se întristeze. Da, avea să petreacă o seară cu Daniel Beach, dar niciunul dintre ei n-o să savureze prea mult întâlnirea.

Dar tristeţea n-avea ce să caute aici. Atât de mulţi oameni nevinovaţi morţi. Copii, mame şi taţi morţi. Oameni de treabă care n-au făcut niciodată rău nimănui.

— E o decizie grea, răspunse ea cu glas scăzut.

Trenul se opri din nou, iar ea se prefăcu împinsă de bărbatul din spatele ei, care cobora din tren. Ţinea deja în palmă acul potrivit. Întinse mâna de parcă ar fi vrut să se prindă de bară şi apucă mâna lui Daniel ca din întâmplare. Bărbatul tresări surprins, iar Jesse se ţinu strâns de el, ca şi cum ar fi încercat să-şi menţină echilibrul.

— Au... scuze, te-am speriat, spuse ea.

Îi dădu drumul la mână şi lăsă seringa minusculă să-i alunece din palmă în buzunarul sacoului. Avea antrenament în prestidigitaţie.

— Nu-ţi face probleme. Eşti bine? Individul ăla chiar te-a împins.

— Da, sunt bine, mulţumesc.

Vagonul se puse din nou în mişcare şi ea văzu cum culoarea dispare rapid de pe chipul lui Daniel.

— Hei, dar *tu* eşti bine? îl întrebă ea. Arăţi cam palid.

— Ăă, ce zici?

Daniel se uită în jur, confuz.

— Arăţi de parcă eşti pe cale să leşini. Scuzaţi-mă, îi spuse ea femeii aflate pe scaunul de lângă ei. Îi daţi voie prietenului meu să stea jos? Nu se simte prea bine.

Femeia făcu o grimasă şi apoi se uită preocupată în cealaltă direcţie.

— Nu, spuse Daniel. Nu... te deranja pentru mine. Sunt...

— Daniel? zise ea.

Bărbatul se legăna puţin acum, alb ca varul.

— Dă-mi mâna, Daniel.

Daniel o privi năuc şi-i întinse mâna. Ea îl apucă de încheietură, mişcându-şi buzele în timp ce se uita la ceas şi se prefăcea că numără în gând.

— Medicină, bâigui el. Eşti doctoriţă.

Partea asta era mai apropiată de versiunea din scenariu şi Jesse se simţi mai în largul ei.

— Da, şi nu sunt încântată de starea ta. Te dai jos la staţia următoare cu mine. O să ieşim la aer.

— Nu pot. Şcoala... nu pot să-ntârzii.

— Îţi dau eu scutire. Nu mă contrazice, ştiu ce fac.

— Bine, Alex.

L'Enfant Plaza era una dintre staţiile cele mai mari şi mai haotice de pe acea linie. Când se deschiseră uşile, Alex îşi puse braţul pe după mijlocul lui Daniel şi îl conduse afară. El îi cuprinse umerii cu braţul, pentru sprijin. Asta n-o surprinse. Triptamina pe care i-o injectase îi făcea pe oameni să fie dezorientaţi, docili şi foarte prietenoşi. Drogul aparţinea unei clase de barbiturice numite popular serul adevărului şi avea câteva efecte similare cu ecstasy; ambele erau bune pentru alungarea inhibiţiilor şi inducerea unei atitudini cooperante. Îi plăcea această sinteză anume datorită confuziei pe care o provoca. Daniel se va simți incapabil să ia vreo decizie şi va face tot ce-i va spune ea până când efectul va dispărea, dacă nu cumva îi va cere un lucru care să-i forțeze limitele zonei de confort.

Fusese mai simplu decât sperase, mulțumită întâlnirii neaşteptate. Plănuise să-l înțepe mai întâi, apoi să joace scena obişnuită cu „E vreun doctor pe-aici? Păi, da, întâmplător *eu* sunt doctor!", ca să-l facă să vină cu ea. Ar fi funcționat, dar el n-ar fi fost la fel de docil.

— În regulă, Daniel, cum te simți? Poți să respiri?

— Desigur. E bine să respiri.

Mergea repede, trăgându-l după ea. Drogul ăsta rareori provoca rău cuiva, dar întotdeauna există şi excepții. Ridică privirea ca să-i verifice culoarea chipului. Era încă palid, dar buzele nu căpătaseră nuanța aceea verzuie care prevesteşte greața.

— Ți-e rău de la stomac? îl întrebă.

— Nu, nu, sunt bine...

— Mă tem că nu prea eşti. Am să te duc la mine la cabinet, dacă n-ai nimic împotrivă. Vreau să mă asigur că nu e ceva grav.

— Mulțumesc, dar nu... Am ore?

În ciuda faptului că era dezorientat, ținea pasul cu ea cu uşurință. Avea picioarele de două ori mai lungi decât ale ei.

— O să sunăm să le spunem ce se-ntâmplă. Ai numărul de la şcoală?

— Da. Stacey... în birou.

— Am putea s-o sunăm de pe drum.

Asta însemna o mică întârziere, dar nu avea de ales; trebuia să-i alunge îngrijorarea ca să rămână supus.

— Bună idee, zise Daniel.

Dădu din cap aprobator şi, scoțând un BlackBerry din buzunar, bâjbâi cu butoanele.

Ea îi luă cu blândețe telefonul din mână.

— Care-i numele de familie al lui Stacey?

— E la „Birou recepție".

— Îl văd. Bun, am să formez eu. Uite, spune-i lui Stacey că ești bolnav și că te duci la doctor.

El luă ascultător telefonul și așteptă ca Stacey să-i răspundă.

— Alo, spuse. Stacey, sunt Daniel. Da, domnul Beach. Nu mă simt prea bine, mă duc la doctorul Alex, să mă consulte. Îmi pare rău că-ți dau vestea asta. Scuze și mulțumesc. Da, mă fac bine, desigur.

Ea tresări puțin când îl auzi rostindu-i numele, dar de vină era obișnuința. Nu conta. Nu va mai fi Alex o vreme, atâta tot.

Era un risc să-l ia de la școală. Enrique de la Fuentes ar fi putut să observe asta dacă nu-l scăpa din ochi pe mesagerul morții. Dar în mod cert n-avea să se alarmeze prea tare pentru o absență de o zi. Când Daniel va apărea nevătămat luni dimineață, magnatul drogurilor se va liniști.

Luă telefonul lui Daniel și-l băgă în buzunar.

— Ți-l țin eu, bine? Te cam clatini și nu vreau să-l pierzi.

— În regulă.

Daniel se uită în jur și se încruntă când văzu tavanul gigantic din beton arcuindu-se deasupra.

— Unde mergem?

— La cabinetul meu, ai uitat? O să ne urcăm în trenul ăsta acum.

Nu văzu niciuna dintre fețele din celălalt tren în acest vagon. Dacă o urmăreau, o făceau de la distanță.

— Uite un loc. Poți să te-odihnești.

Îl ajută să se așeze, lăsând pe furiș telefonul să-i cadă lângă picior și apoi împingându-l sub scaun cu vârful pantofului.

Urmărirea unui telefon mobil era calea cea mai uşoară ca să găseşti pe cineva fără niciun efort. Telefoanele mobile erau o capcană pe care o evita întotdeauna. Era ca şi cum te-ai fi dat singur pe mâna inamicului.

Pe de altă parte, nici n-avea pe cine să sune.

— Mulţumesc, spuse Daniel.

Încă o mai cuprindea cu braţul, deşi acum, când el şedea, iar Alex era în picioare, ajunsese s-o ţină de mijloc. Se uită în sus la ea cu o privire tulbure şi zise:

— Îmi place faţa ta.

— Oh... ăă... mulţumesc.

— Îmi place mult.

Femeia de lângă Daniel se uită la Alex şi-i examină faţa. *Minunat.*

Femeia nu păru impresionată.

Daniel îşi rezemă fruntea de şoldul ei şi închise ochii. Apropierea era oarecum tulburătoare, dar totodată liniştitoare într-un mod ciudat. Trecuse multă vreme de când o fiinţă umană o atinsese cu afecţiune, chiar dacă acea afecţiune ieşise dintr-o eprubetă. Oricum ar fi fost, nu putea să-l lase să adoarmă, deocamdată.

— Ce predai tu la şcoală, Daniel?

Bărbatul îşi ridică faţa pieziş, cu obrazul lipit de şoldul ei.

— Mai ales engleza. E preferata mea.

— Serios? Am fost groaznică la toate materiile umaniste. Cel mai mult mi-a plăcut ştiinţa.

El făcu o grimasă şi zise:

— Ştiinţa!

O auzi pe femeia de lângă el murmurând spre alt vecin:

— E beat.

— Nu trebuia să-ţi spun că sunt profesor, zise Daniel, oftând adânc.

— De ce?

— Femeilor nu le place asta. Cum spunea Randall: „Să nu te oferi niciodată să dai informații".

Felul în care rostise cuvintele arăta clar că-l citase pe Randall cuvânt cu cuvânt.

— Dar să fii profesor e o meserie nobilă. Educi viitorii doctori şi oameni de ştiință ai lumii.

El o privi cu tristețe.

— Dar se câştigă prost.

— Nu toate femeile sunt atât de mercantile. Randall ar trebui să se-ntâlnească cu alte femei.

— Soției mele îi plăceau banii. Fostei soții.

— Îmi pare rău să aud asta.

Daniel oftă din nou şi închise ochii.

— Mi-a frânt inima.

Încă un acces de milă. De tristețe. Alex ştia că n-ar fi spus niciodată aceste lucruri dacă n-ar fi fost drogat cu amestecul de ecstasy şi serul adevărului. Acum vorbea mai clar. Nu pentru că drogul nu-şi mai făcea efectul, ci pentru că mintea lui se adapta la situație.

Îl bătu uşor cu palma pe obraz şi-i spuse cu voce veselă:

— Dacă s-a lăsat cumpărată aşa uşor, probabil că nu merită să plângi pentru ea.

Ochii lui se deschiseră din nou. Aveau o nuanță foarte blândă de căprui, un amestec plăcut de verde şi cenuşiu-deschis. Încercă să şi-i imagineze având o expresie intensă — asortați cu şapca de baseball a unui bărbat sigur pe sine întâlnindu-se cu de la Fuentes — şi nu reuşi.

Nu ştia ce-ar fi trebuit să facă dacă într-adevăr el ar suferi de o tulburare de identitate disociativă. Nu se confruntase niciodată cu aşa ceva.

— Ai dreptate, spuse el. Ştiu că ai. Trebuie s-o văd aşa cum era, nu cum mi-am imaginat c-ar fi.

— Întocmai. Ne facem nişte idei despre oameni, ne creăm o imagine şi apoi încercăm să punem persoana adevărată în interiorul mulajului fals. Şi nu întotdeauna lucrurile ies bine.

Vorbe goale. Habar n-avea despre ce vorbea. În toată viața ei fusese implicată într-o singură relație pe jumătate serioasă, care nu durase mult. Şcoala avusese prioritate în fața tipului, la fel cum, timp de şase ani, pusese munca înainte de orice altceva. Aşa cum dorința de a rămâne în viață era acum mai puternică decât orice.

— Alex?

— Da?

— Sunt pe moarte?

Ea îi zâmbi liniştitor.

— Nu. Dacă aş fi crezut că eşti pe moarte, aş fi chemat o ambulanță. O să te faci bine. Vreau doar să mă asigur.

— În regulă. Va fi nevoie să-mi iei sânge?

— Posibil.

— Mi-e cam frică de ace, zise el cu un oftat.

— O să fie bine.

Nu-i plăcea că o deranjau minciunile. Dar era ceva legat de încrederea lui simplă, de felul în care accepta fără nicio bănuială orice lucru pe care-l făcea ea... Trebuia să iasă din starea asta.

— Mulțumesc, Alex. Mult.

— Doar îmi fac meseria.

Iar asta nu era o minciună.

— Crezi c-ai să mă suni? spuse el cu speranță în glas.

— Daniel, nu-ncape îndoială că vom petrece o seară împreună, îi promise ea.

Dacă n-ar fi fost drogat, ar fi sesizat încordarea din glasul ei şi i-ar fi văzut privirea de gheață.

Capitolul 5

Restul a mers aproape prea uşor... să fi însemnat asta ceva? Simţea că paranoia ei era deja atât de mare, încât nu mai înţelegea dacă îngrijorarea era reală sau nu.

Daniel se urcă fără să protesteze în taxi la staţia Rosslyn. Alex ştia cum se simţea el acum — împreună cu Barnaby încercaseră cele mai multe dintre preparatele neletale ca să ştie la ce să se aştepte. Substanţa pe care i-o injectase lui Daniel te făcea să te simţi ca atunci când ai un vis plăcut, în care problemele şi grijile le rezolvă altcineva şi n-ai nevoie decât de o mână de care să te ţii şi să fii împins în direcţia corectă. În însemnările lor, numiseră drogul *Urmează-ţi liderul*, deşi în rapoartele oficiale avea o denumire mai impresionantă.

Fusese o experienţă relaxantă şi, dacă n-ar fi fost obsesia ei pentru control, chiar şi atunci, în trecut, poate că ar fi repetat-o.

Îl făcu să vorbească despre echipa de volei pe care o antrena şi tot drumul Daniel i-a povestit despre fetele din echipă, până când Alex a avut impresia că ştia cum le cheamă pe toate şi ce calităţi are fiecare pe teren. Taximetristul nu le dădu nicio atenţie, fredonând o melodie, dar prea încet ca Alex să-şi dea seama care era.

Daniel nu părea să observe pe unde merg, dar când aşteptară nefiresc de mult la un semafor, ridică privirea şi se încruntă.

— Cabinetul tău e foarte departe.

— Da, este, recunoscu ea. Am un traseu groaznic.

— Unde locuieşti?

— În Bethesda.

— E un loc frumos. Columbia Heights nu-i la fel de frumos. Cel puțin, zona în care locuiesc eu.

Taxiul se puse din nou în mişcare. Alex era încântată. Planul mergea foarte bine. Chiar dacă i-ar fi cronometrat cât îi luase să urce şi să coboare din ultimul tren, le-ar fi fost extrem de dificil să urmărească un taxi într-o mare de maşini care îşi încrucişau drumurile în traficul de la ora de vârf. Uneori, pregătirea părea să fie o formulă magică. Îți lăsa impresia că poți forța evenimentele să ia forma pe care o doreşti doar planificându-le îndeajuns de *meticulos*.

Daniel nu mai era aşa de vorbăreț acum. Aceasta era faza a doua, în care urma să se simtă mai obosit. Dar trebuia să-l mai țină puțin treaz.

— De ce mi-ai dat numărul de telefon? îl întrebă când observă că ochii încep să i se închidă.

El zâmbi visător.

— N-am mai făcut asta niciodată.

— Nici eu.

— Probabil că mai târziu am să mă simt jenat c-am făcut-o.

— Dar nu şi dacă o să te sun, nu-i aşa?

— Poate. Nu ştiu, nu-mi stă-n fire să mă port astfel.

— Şi-atunci de ce-ai făcut-o?

Ochii lui blânzi nu-i părăsiră nicio clipă pe ai ei.

— Îmi place fața ta.

— Ai mai spus asta.

— Chiar îmi doream să te mai văd o dată. Asta mi-a dat curaj.

Alex se încruntă, cuprinsă de vinovăție.

— Ți se pare aiurea? întrebă el, îngrijorat.

— Nu, mi se pare foarte drăguț. Nu sunt mulți bărbații care i-ar spune unei femei aşa ceva.

Daniel clipi rar, cu fața lipsită de expresie.

— De obicei, nu fac asta. Sunt... prea laş.

— Mie îmi pari destul de curajos.

— Mă simt diferit. Cred că datorită ție. M-am simțit altfel de cum ți-am văzut zâmbetul.

De îndată ce ți-am injectat drogul, îl corectă Alex în gând.

— Ei bine, ăsta chiar e un compliment, spuse ea. Am ajuns, poți să te ridici?

— Desigur. Dar aici e aeroportul.

— Da, aici mi-am lăsat maşina.

Fruntea lui se încruntă, apoi se destinse.

— Tocmai te-ai întors dintr-o călătorie?

— Da, tocmai am ajuns în oraş.

— Şi eu plec uneori în călătorii. Îmi place să merg în Mexic.

Alex ridică brusc privirea. Daniel se uita drept înainte, atent pe unde calcă. Pe chip nu i se citea nicio urmă de nelinişte. Dacă începea să-l preseze, docilitatea lui s-ar fi transformat în suspiciune. Putea să se agațe de un trecător şi să încerce să fugă. Putea să devină agitat şi să atragă atenția asupra ei.

— Ce-ți place la Mexic? întrebă ea cu băgare de seamă.

— E foarte cald şi aerul foarte uscat. Îmi place asta. N-am stat niciodată într-un loc în care să fie foarte cald, dar cred că mi-ar plăcea. Totuşi, mi se înroşeşte pielea foarte repede. N-am reuşit niciodată să mă bronzez. Tu arăți de parcă ai stat mult la soare.

— Nu, aşa m-am născut.

Moştenise tenul de la tatăl ei absent. În urma unui test genetic aflase că tatăl ei fusese un amestec de coreean, hispanic şi galez. Întotdeauna se întrebase cum o fi arătat. Deşi părinţii ei veneau din locuri atât de diferite — mama fiind de origine scoţiană —, chipul ei era cât se poate de obişnuit; putea să fie de aproape oriunde.

— Ce bine de tine. Eu sunt nevoit să folosesc o grămadă de cremă de protecţie solară. Altfel mi se arde pielea. E dezgustător. N-ar trebui să-ţi spun asta.

— Promit c-am să uit, spuse ea râzând. Ce altceva îţi mai place?

— Să lucrez cu mâinile. Să ajut la construirea caselor. Nu c-aş fi de meserie. Doar dau cu ciocanul unde mi se spune. Dar oamenii sunt foarte amabili şi generoşi. Îmi place mult asta.

Totul era foarte verosimil şi Alex simţi un fior de teamă. Cum de reuşea să-şi joace în continuare rolul cu atâta uşurinţă, când substanţele chimice acţionau în organismul lui? Doar dacă nu cumva căpătase rezistenţă. Doar dacă nu cumva departamentul ei crease un antidot, îl pregătiseră pe Daniel şi acum el era cel care conducea jocul. Simţea cum i se face pielea de găină. Dar nu era obligatoriu ca departamentul să-l fi pregătit. Explicaţia putea fi legătura lui cu de la Fuentes. Cine putea să ştie ce efecte stranii aveau drogurile în combinaţie cu substanţa ei? Atinse cu limba coroana falsă de pe măseaua din spate. Departamentul ar fi omorât-o pur şi simplu, dacă ăsta ar fi fost obiectivul. În schimb, de la Fuentes ar fi vrut probabil s-o pedepsească pentru încercarea de a-i dejuca planurile. Dar cum putea să afle dinainte? Cum reuşise Daniel să ghicească atât de repede că era un agent din tabăra adversă? Şi ea nici măcar nu mai lucra pentru cineva acum.

Nu te abate de la plan, îşi spuse. *Urcă-l în maşină şi o să vezi ce-i cu el.*

— Îmi plac şi casele de-acolo, spunea Daniel. Ferestrele nu se-nchid niciodată, laşi pur şi simplu aerul să circule. Unii nici n-au geamuri. Îți spun, e mult mai frumos decât în Columbia Heights. Poate că nu-i mai frumos ca-n Bethesda. Pariez că doctorii locuiesc în case elegante.

— Eu nu. Stau într-un apartament închiriat, nimic neobişnuit. Dar nu petrec prea mult timp acolo, aşa că nu contează.

El încuviință dând din cap ca un înțelept.

— Eşti ocupată să salvezi vieți.

— Mă rog, nu prea. Nu lucrez la urgențe sau ceva de genul ăsta.

— Dar îmi salvezi *mie* viața.

Ochi mari, cenuşiu-verzui, încredere totală. Ştia că, dacă acest comportament era sincer, vorbea drogul din el. Dar tot se simțea neliniştită.

N-avea încotro decât să continue să-şi joace rolul.

— Doar îți fac un control. Nu eşti pe moarte.

Măcar asta era adevărat. Era posibil ca băieții de la departament să-l ucidă până la urmă pe omul ăsta. Cu toate că ar fi putut să-l scape. Deşi... după ce ea va împiedica dezastrul, Daniel Beach n-avea să mai iasă niciodată din închisoare. Ceea ce o făcea să se simtă...

Un milion de morți. Copilaşi nevinovați. Bunicuțe simpatice. Primul Călăreț al Apocalipsei călare pe un cal alb.

— Oh, uite şi-un autobuz, spuse el cu un glas moale.

— Ăsta ne va duce la maşina mea. După care nu va mai trebui să mergi pe jos.

— Nu mă deranjează. Îmi place să merg cu tine.

Se uită la ea zâmbind şi urcă împleticit scările. Alex îl prinse înainte să cadă, apoi îl conduse spre cel mai apropiat scaun din autobuzul aproape gol.

— Îți plac filmele străine? întrebă Daniel din senin.

— Hmm, unele, cred.

— E un cinema bun la universitate. Dacă totul merge bine la cină, am putea merge la un film data viitoare.

— Uite, facem o înțelegere, spuse ea. În cazul în care o să-ți placă de mine după o seară împreună, în mod cert o să văd cu tine un film pe care n-o să-l înțeleg.

Daniel zâmbi, cu pleoapele îngreunate.

— Tot o să-mi placă de tine.

Povestea devenea complet ridicolă. Ar fi trebuit să existe o cale prin care să schimbe subiectul. De ce se simțea ea ca un monstru aici? Bine, *era* un monstru, dar se împăcase cu ideea asta, în mare măsură, şi ştia că e genul de monstru care trebuia să existe pentru binele comun. În unele privințe era ca un doctor normal — trebuia să producă suferință pentru a salva nişte vieți. Ca atunci când extirpi un membru cangrenos pentru a salva restul corpului, doar că altfel. Suferința e aici, salvatorul în altă parte. Iar acolo e mult mai multă nevoie de salvare.

Gândea rațional, ca întotdeauna, ca să suporte situația. Cu toate acestea, nu se mințise niciodată întru totul. Ştia că nu exista într-o zonă morală gri; exista în întregime în negru. Mai rău decât ca Alex să-şi facă treaba bine era ca altcineva să o facă prost. Sau nimeni să n-o facă deloc.

Şi chiar dacă acceptase în totalitate eticheta de *monstru*, nu era niciodată genul de monstru care ucidea oameni nevinovați. N-avea să-l ucidă nici pe ăsta, care era foarte vinovat... şi continua să se uite la ea cu ochii mari, ca de cățeluş.

Copilaşi morți, îşi repetă ea. *Copilaşi morți, copilaşi morți, copilaşi morți.*

Nu-şi dorise niciodată să fie spion sau să lucreze sub acoperire, dar acum constata că nici emoțional nu era potrivită pentru aşa ceva. Mai mult decât paradoxal, se părea că era capabilă de multă compasiune. Ăsta era motivul pentru care nu stăteai niciodată de vorbă cu subiectul tău înainte de *a discuta efectiv* cu el.

— Gata, Daniel, coborâm. Poți să te ridici în picioare?

— Îhâm. Oh, uite, lasă-mă să-ți duc geanta.

Ridică o mână moale spre servieta ei.

— Lasă c-o țin eu.

Deşi, în realitate, simțea numai furnicături în degetele strânse în jurul mânerului.

— Acum tu trebuie să te concentrezi să-ți păstrezi echilibrul.

— Sunt tare obosit.

— Ştiu, uite, maşina mea e chiar acolo. Cea argintie.

— Sunt multe maşini argintii.

Tocmai asta era ideea.

— E chiar aici. Bun, hai să te pun în spate, ca să te poți întinde puțin. Mai bine-ți dai jos haina, că nu vreau să ți se facă prea cald. Şi pantofii, uite-aşa.

Ca să aibă mai puțin de furcă mai târziu.

— Dar îndoaie-ți genunchii, ca să-ți încapă picioarele. Perfect!

Daniel stătea acum cu capul pe rucsac, o poziție incomodă, dar nu părea să-i pese.

— Eşti atât de drăguță, Alex, murmură el, cu ochii închişi. Eşti cea mai drăguță femeie pe care-am cunoscut-o vreodată.

— Şi tu eşti drăguț, Daniel, recunoscu ea.

— Mulțumesc, abia reuşi el să îngaime şi apoi adormi.

Repede, Alex luă din portbagaj pătura bej, de aceeaşi culoare ca scaunele, şi îl acoperi cu ea. Apoi scoase o seringă din geantă şi îi înțepă o venă de la gleznă, aplecându-se ca să nu poată vedea nimeni ce făcea. *Urmează-ți liderul* avea să-şi piardă efectul cam într-o oră, dar era obligatoriu ca Daniel să doarmă mai mult.

Nu e un agent, hotărî Alex. Un agent poate că ar fi acceptat să se lase drogat şi răpit, dar niciodată nu i-ar fi dat voie să-l scoată din circuit în felul ăsta. Atunci nu era decât un criminal în masă plătit.

*

Laboratorul temporar pe care-l crease se afla în regiunea rurală a statului Virginia de Vest. Închiriase o fermă mică şi frumoasă, cu un şopron părăsit, vopsit în alb; în interior, pereţii şi tavanul erau acoperiţi cu aluminiu. Podelele erau din beton, cu guri de drenaj aflate la distanţe potrivite. În spate era o cămăruţă cu un pat; în anunţ se spunea că exista un spaţiu suplimentar pentru musafiri, încântător de rustic. Era sigură că existau mulţi vilegiaturişti naivi care ar fi găsit aspectul rustic fermecător, dar pe ea n-o interesa decât ca apa curentă şi electricitatea să funcţioneze. Ferma şi şopronul erau situate în mijlocul unei livezi de meri de aproape o sută de hectare, care la rândul ei era înconjurată de alte hectare de pădure. Cel mai apropiat vecin se afla cam la doi kilometri. Proprietarii livezii câştigau bani în afara sezonului închiriind spaţiul orăşenilor dornici să trăiască în mijlocul naturii.

O costase o avere. Se încrunta de fiecare dată când îşi amintea suma, dar n-avusese încotro. Avea nevoie de o construcţie izolată cu un spaţiu pe care să-l poată folosi.

Lucrase nopţile ca să pregătească toate cele necesare. Ziua, îl filase pe Daniel de la distanţă sigură, apucase să doarmă puţin în maşină în timp ce el îşi ţinea orele. Era complet epuizată, dar tot mai avea o mulţime de făcut înainte ca ziua de lucru să se încheie.

Prima oprire: o ieşire de pe autostradă care nu se remarca prin nimic, la mai bine de o oră de mers faţă de oraş. Un drum de ţară îngust, ce părea să nu mai fi fost folosit de nimeni de zeci de ani, o purtă departe în pădure. Trebuia să ducă undeva, dar nu merse destul de departe ca să vadă unde. Încetini sub un petic de umbră deasă, opri motorul şi se apucă de treabă.

Dacă Daniel era angajat de departament sau, mai probabil, de una dintre organizaţiile cu care acesta colabora strâns — CIA, câteva secţii militare, alte organizaţii care efectuau operaţiuni sub acoperire care, la fel ca departamentul, nu aveau denumiri oficiale —, trebuia să aibă asupra lui un dispozitiv electronic de urmărire. Aşa cum avusese şi ea cândva. Cu un gest absent îşi trecu degetul peste cicatricea de la ceafă, acoperită de părul scurt. Preferau să-l insereze la cap. Dacă o singură parte a corpului putea fi recuperată, capul era cel mai indicat pentru identificare.

Deschise portiera din dreapta spate şi îngenunche pe pământul reavăn, lângă capul lui Daniel. Începu cu locul unde şi ea, şi Barnaby avuseseră montat dispozitivul, atingând uşor pielea cu vârfurile degetelor, apoi încă o dată, apăsând mai tare. Nimic. Văzuse câţiva subiecţi străini ale căror dispozitive fuseseră scoase din spatele urechilor, aşa că verifică şi acolo. Apoi îşi trecu degetele prin părul lui, pipăindu-i scalpul ca să găsească umflături sau locuri dure. Buclele lui erau moi şi miroseau frumos, a citrice. Nu că-i păsa cum mirosea părul lui, dar cel puţin nu era nevoită să-şi bage mâinile într-o claie slinoasă, urât mirositoare.

Acum urma partea de efort fizic. Dacă de la Fuentes îl ţinea sub supraveghere pe omul ăsta, probabil că dispozitivul era extern. Mai întâi, aruncă pantofii în pădurea de lângă drum — păreau să fie locul cel mai probabil în care să fie ascuns dispozitivul. Mulţi bărbaţi poartă zilnic aceeaşi pereche de pantofi. Apoi îl dezbrăcă de cămaşă, recunoscătoare că avea nasturi, deşi tot era greu să o tragă de sub el. Nu se obosi să-i scoată maioul peste cap. Luă din buzunar o lamă şi tăie ţesătura în trei bucăţi care se puteau desprinde uşor. Îi examină pieptul — nu avea cicatrici sau umflături suspecte. Pielea de pe trunchi era mai albă decât cea de pe braţe; avea un bronz uşor, pe care fără îndoială îl căpătase când ajutase la construirea caselor în Mexic. Sau când adusese virusuri periculoase din Egipt — şi acolo soarele era foarte puternic.

Avea mai degrabă muşchi de sportiv decât muşchi formaţi la sală. Nu o musculatură evidentă, doar o suprafaţă netedă care arăta că era activ, fără a fi obsedat de felul cum arată.

Îl rostogoli cu mare greutate şi el căzu în spaţiul dintre banchete, cu burta pe ridicătura dintre locurile de la picioare. Avea două cicatrici discrete pe omoplatul stâng, paralele şi egale ca lungime. Le exploră cu atenţie, apăsând pielea din jurul lor, dar nu simţi nimic altceva în afara ţesutului fibros hipertrofic, prezent în mod normal acolo.

Apoi îşi spuse că ar fi trebuit să-i dea jos blugii înainte să-l întoarcă. Fu nevoită să se urce peste el şi să-i cuprindă torsul cu ambele braţe ca să-i desfacă nasturii de la şliţ. Mulţumită că nu purta blugi mulaţi, se mută apoi la cealaltă portieră ca să-i poată trage pantalonii în jos. Nu era surprinsă să vadă că purta boxeri, nu chiloţi normali; se potriveau cu modul lui de a se îmbrăca. Îi dădu jos, apoi îi scoase ciorapii şi, adunând toate hainele, le ascunse după un buştean căzut. Făcu apoi cale întoarsă ca să aducă şi rucsacul. Laptopul ar fi fost o ascunzătoare foarte potrivită pentru orice dispozitiv electronic de urmărire.

Nu era prima dată când era nevoită să dezbrace singură ţinta. În laborator avusese oameni care-i pregăteau subiectul — Barnaby îi numea „lachei“ —, dar ea nu fusese întotdeauna în laborator, aşa că în timpul primei deplasări pe teren, la Herat, în Afganistan, învăţase să le fie profund recunoscătoare lacheilor. Să dezbraci un ins care n-a mai făcut baie de câteva luni nu era deloc plăcut — mai ales în condițiile în care nici ea n-avea la dispoziție un duș după aceea. Măcar Daniel era curat. Ea era singura care transpirase de la efortul depus.

Găsi o șurubelniță în portbagaj și schimbă repede plăcuțele de înmatriculare de Washington DC cu cele pe care le furase de la o mașină similară dintr-un depozit de fier vechi din Virginia de Vest.

Ca să nu-i scape ceva, examină sumar partea din spate a picioarelor, tălpile și palmele lui Daniel. Nu văzuse niciodată un dispozitiv de urmărire la mâini sau picioare, probabil fiindcă uneori extremitățile sunt tăiate pentru a transmite anumite mesaje. Nu remarcă vreo cicatrice. Nu văzu nici bătături care să sugereze că făcea antrenament de tir sau că folosea frecvent arme. Avea mâini moi de profesor, cu câteva porțiuni de piele tăbăcită de la munca fizică.

Încercă să-l ridice din nou pe banchetă, dar realiză că era un efort zadarnic. Nu era o poziție prea comodă pentru somn, dar oricum n-avea să se trezească. Mai târziu, o să aibă dureri, deși era de-a dreptul ridicol să se gândească la asta.

În timp ce-l înfășura cu o pătură pe Daniel, îi construia povestea din documentele pe care le citise și din dovezile din fața ei.

După părerea ei, Daniel Beach era un ins plăcut și în general de treabă. Atracția pentru fosta nevastă hrăpăreață era explicabilă. Probabil că era ușor să te îndrăgostești de el. Dar pesemne că după o vreme fosta soție ajunsese să ia dragostea lui ca pe ceva de la sine înțeles și începuse să se concentreze pe lucrurile pe care nu le avea — un apartament drăguț, bijuterii, mașini. Probabil că începuse să invidieze viața pe care o duceau ceilalți și așa mai departe.

Dar în acelaşi timp exista şi o parte întunecată a lui, adânc îngropată, născută probabil din suferinţă şi din faptul că-şi pierduse părinţii, că fusese trădat de soţie şi că apoi îşi pierduse şi fratele. Dar nu lăsa acea parte din el să iasă la suprafaţă, o ţinea departe de viaţa liniştită pe care părea să o ducă. Nici nu era de mirare că putea să vorbească atât de senin despre Mexic. Pentru el existau două versiuni ale Mexicului: cea luminoasă, care-i plăcea profesorului, şi cea periculoasă, în care sălăşluia monstrul. Probabil că în mintea lui ocupau locuri cât se poate de îndepărtate.

Nu era un psihopat, spera Alex. Doar un ins sfâşiat pe dinăuntru, care nu voia să renunţe la imaginea pozitivă pe care şi-o făcuse despre sine, dar care avea nevoie de eliberarea pe care i-o oferea partea sa întunecată.

Alex simţea că îl evaluase corect, ceea ce îi schimbă puţin planul. Ce făcuse ea însemna o mare performanţă. La unii subiecţi, cele mai bune rezultate le obţinea personajul clinic şi lipsit de emoţii — halat alb, mască chirurgicală şi oţel inoxidabil lucios; la altele, ameninţarea sadicului nebun (deşi Barnaby avusese întotdeauna mai mult succes cu acel rol; avea şi înfăţişarea potrivită pentru asta — smocuri rebele şi dezordonate de păr alb, ca şi cum tocmai ar fi fost electrocutat). Fiecare situaţie era uşor diferită — unii se temeau de întuneric, alţii, de lumină. Alex plănuise să meargă pe aspectul clinic — era rolul cel mai confortabil din arsenalul ei —, dar acum decise că Daniel va avea nevoie să fie înconjurat de întuneric ca să lase acea parte din el să iasă la suprafaţă. Cu Daniel Întunecatul avea nevoie să vorbească.

Până să ajungă acolo, condusese la întâmplare. Dacă cineva urmărise hainele sau obiectele personale ale lui Daniel, nu voia ca acea persoană să-i însoţească mai departe.

Se gândi pentru a mia oară la cele două liste de posibilităţi din mintea ei. Prima era o capcană foarte complexă. A doua însemna o poveste adevărată şi în joc erau un milion de vieţi. La care se adăuga şi a ei, desigur.

În timpul lungului drum cu maşina, balanţa se înclină în sfârşit şi rămase definitiv într-o parte. Cel aflat în maşina ei nu era agent guvernamental, de asta era sigură. Iar dacă era un cetăţean nevinovat, ales la întâmplare ca s-o atragă în cursă, rataseră deja cele mai bune ocazii s-o anihileze. Nu avusese loc niciun atac, nicio tentativă de a o urmări... pe care s-o fi remarcat.

Se gândi la tonele de informaţii incriminatoare despre Daniel Beach şi nu se putu abţine. Era o credulă. Aşa că mai bine se apuca de salvarea vieţilor.

Parcă pe aleea fermei în jur de 11:00, moartă de oboseală şi de foame, dar 95% sigură că nu lăsase nicio urmă care să-i aducă pe cei de la departament sau pe de la Fuentes în pragul uşii. Cercetă repede din priviri casa, încercând să-şi dea seama dacă cineva intrase (şi murise, cum ar fi păţit când ar fi deschis uşa), şi apoi, după ce-şi dezactivă dispozitivele de siguranţă, duse maşina în şopron. De îndată ce trase uşa şopronului şi resetă „alarma", se apucă să-l pregătească pe Daniel.

Toate celelalte sarcini fuseseră îndeplinite. Cumpărase cronometre de la un magazin Home Depot din Philadelphia şi conectase la ele becuri în mai multe camere ale casei. Ca un călător care pleacă pentru câteva săptămâni, luase măsuri ca locul să pară ocupat. Un radio conectat la unul dintre cronometre asigura zgomotul de fond necesar. Casa era o momeală bună. Orice intrus s-ar fi ocupat mai întâi de ea înainte să avanseze spre şopronul întunecat.

Acesta avea să rămână în întuneric. Construise un fel de cort în mijloc, ca să ascundă lumina şi să amortizeze sunetul, împiedicându-l totodată pe Daniel să vadă împrejurimile. Structura rectangulară avea puţin peste doi metri înălțime, trei metri lungime și patru metri și jumătate lungime. Era construită din țeavă de PVC, prelată neagră și corzi de *bungee-jumping*, fiind căptușită la interior cu două straturi de spumă poliuretanică lipită cu bandă adezivă. Rudimentar, e drept, dar mai funcțional decât o peșteră, iar în trecut se descurcase bine cu asta.

În centrul cortului se afla o placă metalică supradimensionată cu picioare negre tip armonică, reglabile pe înălțime. Fusese lăsată la vedere în șopron — pentru autenticitate, fără îndoială — și era un fel de masă de operații de uz veterinar. Era mai mare decât avea nevoie — veterinarul ăsta avusese de-a face cu vaci, nu cu mâțe —, dar rămânea o achiziție pe cinste. Era unul dintre obiectele care o determinaseră să închirieze această capcană exorbitantă pentru turiști. Mai era o masă cu blat metalic, pe care o amenajase ca birou, cu computer, monitoare și o tavă cu obiecte care, spera ea, aveau să servească doar ca elemente de decor. Suportul pentru perfuzii era aproape de capătul mesei, având atârnată o pungă cu soluție salină. Alături, un cărucior metalic cu rotile, luat din bucătărie; o mulțime de seringi micuțe, dar cu aspect amenințător erau aliniate pe o tavă din oțel inoxidabil. O mască de gaze și un tensiometru se aflau pe un suport din sârmă sub seringi.

Și, bineînțeles, elementele de imobilizare pe care le cumpărase de pe eBay, potrivite pentru închisori sau unități medicale, și pe care le fixase cu ajutorul unor găuri realizate cu dificultate în placa din inox. Nimeni nu scăpa de ele fără ajutor din afară. Iar cel care l-ar fi ajutat ar fi avut nevoie de o lampă de sudură.

Își lăsă două ieșiri, niște deschizături în prelată. Lângă cort avea un pat, sacul de dormit, o plită, un frigider mic și toate celelalte lucruri necesare. De cămăruța cu pat era atașată o baie, dar era prea departe ca să doarmă în ea și oricum n-avea cadă, doar un duş. Trebuia să renunţe la aranjamentele ei obişnuite în acest weekend.

Cu ajutorul unor curele dintre cele folosite la mutarea mobilei reuşi să extragă din maşină corpul inert al lui Daniel şi să-l pună pe un mic şasiu rulant, lovindu-l la cap de câteva ori. *Probabil* nu atât de tare încât să-i provoace o comoţie. Apoi îl cără la masa coborâtă la înălţimea cea mai joasă, şi-l rostogoli pe aceasta. Era încă sub influenţa drogurilor. Îl aşeză pe spate, cu braţele şi picioarele desfăcute cam la patruzeci şi cinci de grade de corp, apoi ridică masa. Blocă pe rând elementele de imobilizare. N-avea să se mişte din acea poziţie o vreme. Urma să-i pună perfuzia. Din fericire, era foarte bine hidratat sau poate doar avea venele foarte vizibile. Introduse acul cu uşurinţă şi porni perfuzia. Lângă soluţia salină adăugă o pungă de nutriţie parenterală. Asta va fi toată hrana de care va avea parte în următoarele trei zile, dacă dura atât de mult. O să i se facă foame, dar va rămâne cu mintea ageră când va dori ea să fie aşa. Îi puse pulsoximetrul pe degetul mare de la picior — ar fi reuşit să-l scoată de pe unul dintre degetele de la mână — şi electrozii uscaţi pe spate, câte unul sub fiecare plămân, pentru monitorizarea respiraţiei. Trecu rapid termometrul electric peste fruntea lui Daniel şi constată că avea o temperatură normală.

Nu era la fel de expertă cu cateterul pentru vezică, dar era o procedură destul de simplă, iar el nu era în stare să protesteze dacă ceva nu mergea cum trebuia. Va avea şi-aşa destul de curăţat, n-avea nevoie şi de urină.

Gândindu-se la asta, aşeză material absorbant pe podea, de jur împrejurul mesei de operaţii. În mod sigur va fi şi vomă, dacă era nevoie să treacă de faza întâi. Dacă va fi şi sânge, depindea de felul cum răspundea la metodele ei normale. Bine măcar că avea aici un drenaj funcţional.

Se făcuse răcoare în şopron, aşa că-l acoperi cu o pătură. Trebuia să mai rămână adormit o vreme, iar răcoarea în contact cu pielea goală nu era un lucru bun. După o clipă de ezitare, luă o pernă de pe patul din cămăruţă şi i-o aşeză sub cap. *E doar pentru că nu vreau să se trezească,* îşi dădu ea asigurări. *Nu pentru că părea să stea într-o poziţie incomodă.*

Inseră o seringă mică în perfuzie şi-i administră încă o doză de somnifer. Erau asigurate cel puţin încă patru ore de somn.

Faţa inconştientă a lui Daniel era tulburătoare. Prea... senină, într-un fel. Nu-şi amintea să fi văzut vreodată o îmbinare de trăsături cu o expresie atât de nevinovată. Era greu de imaginat că genul ăsta de linişte interioară exista în aceeaşi lume în care trăia şi ea. Pentru un moment, se temu din nou că avea de-a face cu o tulburare mentală ce depăşea toate experienţele ei anterioare. Pe de altă parte, dacă Enrique de la Fuentes căutase pe cineva în care alţii să aibă instinctiv încredere, aceasta era exact genul de înfăţişare pe care şi-ar fi dorit-o. Aşa se explica poate de ce magnatul drogurilor îl alesese pe acest profesor de şcoală.

Îi puse masca de gaze la care înşurubă un cartuş filtrant. Dacă măsurile ei de siguranţă îl ucideau pe Daniel, nu mai putea obţine informaţiile de care avea nevoie.

Făcu un ultim rond în perimetru. În casă erau aprinse toate luminile programate. În liniştea nopţii, i se păru că aude acordurile pop ale emisiunii Top 40.

După ce se asigură că toate punctele de acces erau blocate, mâncă un baton proteic, se spălă pe dinţi în baie, fixă alarma la ora 3:00, pipăi pistolul de sub pat, strânse tubul filtrant la piept şi se cuibări în sacul de dormit. Corpul ei era deja adormit, iar creierul începuse a gândi cu încetinitorul. Abia avu timp să-şi pună masca de gaze înainte să rămână complet inconştientă.

Capitolul 6

La 3:00 dimineața era trează, îmbrăcată şi hrănită, încă epuizată, dar gata să înceapă. Daniel continua să doarmă, nepăsător şi liniştit. Când se va trezi, avea să se simtă odihnit, dar dezorientat. Habar nu va avea ce oră sau măcar ce zi era. Disconfortul era un instrument valoros în activitatea ei.

Îi luă perna şi pătura, simțind o undă de regret. Dar acest aspect era important. Oricât de bine antrenat ar fi fost, orice subiect simțea un mare disconfort când apărea gol şi neajutorat în fața inamicului. Regretul va fi ultimul sentiment pe care şi-l va permite timp de câteva zile. Blocă restul. Trecuseră mai bine de trei ani, dar putea să simtă cum înlăuntrul ei lucrurile se blocau. Corpul ei îşi amintea cum să facă asta. Ştia că deținea tăria de care avea nevoie.

Avea părul încă ud de la colorarea rapidă şi-şi simțea fardul gros pe față, deşi în realitate îşi pusese foarte puțin. Nu ştia cum să facă un machiaj complicat, aşa că aplicase un fard de pleoape închis, rimel gros şi un ruj roşu-întunecat. N-avusese de gând să-şi schimbe atât de repede culoarea părului, dar părul negru şi camuflajul de pe față făceau parte din noua strategie. Halatul de laborator şi salopeta bleu pe care le adusese stăteau frumos împăturite în geantă. În schimb, acum era îmbrăcată din nou în cămaşa neagră strâmtă şi în jeanşi negri. Era bine că în casă existau o maşină de spălat şi un uscător. Cămaşa va trebui spălată curând. De fapt, ar fi trebuit spălată de ieri.

Era straniu felul în care puţină pudră colorată şi nişte cremă grasă puteau să schimbe percepţia despre tine a unui observator. Se privi în oglinda din baie şi se declară încântată de cât de dură şi de rece îi arăta faţa. Îşi pieptănă părul pe spate, apoi străbătu şopronul spre camera de interogatoriu.

Montase reflectoare care atârnau de structura din PVC de deasupra, dar pe moment le lăsă stinse, aprinzând doar două lămpi portabile. Banda adezivă neagră şi spuma poliuretanică gri păreau să aibă aceeaşi culoare în întuneric. Temperatura aerului scăzuse în timpul nopţii. Pe braţele şi pe stomacul subiectului pielea se făcuse ca de găină. Îi aplică din nou termometrul pe frunte. Tot în limite normale.

În sfârşit, porni computerul şi-şi setă protocoalele. Va trece pe economizorul de ecran după douăzeci de minute de inactivitate. În cealaltă parte a computerului era o cutie neagră mică având o tastatură numerică deasupra şi o luminiţă roşie pe o parte, dar o ignoră deocamdată şi trecu la treabă.

O încercă un sentiment ciudat în timp ce injecta perfuzia cu substanţa care urma să-l trezească pe subiect, dar şi-l reprimă cu uşurinţă. Dacă Daniel Beach avea două personalităţi, şi ea avea. Acum era persoana pe care departamentul o numea Chimista, iar Chimista era o maşină. Implacabilă şi neîndurătoare. Monstrul *ei* era liber acum.

Şi spera ca şi al lui să iasă la iveală pentru joc.

Noul drog picură în venele lui, iar Daniel începu să respire întretăiat. O mână cu degete lungi se strânse şi trase de cătuşe. Deşi încă era în mare parte inconştient, se încruntă uşor când încercă să se întoarcă pe-o parte. Îşi răsuci genunchii, trăgând de piedicile de la glezne, şi deodată ochii i se deschiseră.

Alex stătea tăcută la capul mesei şi-l privea cum intră în panică; respiraţia i se accelerase, pulsul îi crescuse şi corpul i se zbătea în chingi. Privea cu disperare în întuneric, încercând să înţeleagă unde se afla, să găsească ceva familiar. Se opri dintr-odată, ascultând încordat.

— Hei? şopti el.

Alex rămase nemişcată, aşteptând momentul prielnic.

Timp de zece minute, Daniel se zbătu sălbatic în chingile care-l imobilizau, încercând totodată să desluşească şi altceva în afară de zgomotul strident al propriei respiraţii.

— Ajutor! strigă el în sfârşit. E cineva aici?

— Salut, Daniel, răspunse ea cu glas scăzut.

Capul lui se mişcă brusc în spate, întinzându-şi gâtul ca să vadă de unde venea vocea. Nu era instinctul unui soldat profesionist, observă Alex, să-şi expună gâtul în felul ăsta.

— Cine-i acolo? Cine eşti?

— Nu prea contează cine sunt, Daniel.

— Unde mă aflu?

— La fel de irelevant.

— *Ce vrei?* aproape că strigă el.

— Ei, uite — te-ai prins. *Asta-i* întrebarea care contează.

Ocoli masa pentru ca el să o poată vedea mai bine, deşi, fiind luminată din spate, faţa îi rămânea ascunsă în umbră.

— N-am nimic, protestă el. N-am nici bani, nici droguri. N-am ce să-ţi dau.

— Nu vreau lucruri, Daniel. Vreau... nu, *am nevoie* de informaţii. Şi singura cale ca tu să ieşi de-aici este să mi le dai.

— Nu ştiu nimic... nimic important! Te rog...

— Încetează! se răsti ea pe neaşteptate, făcându-l să-şi înghită vorbele, şocat.

— Mă asculţi acum, Daniel? Partea asta e crucială.

El încuviinţă, clipind repede.

— Trebuie să obțin aceste informații. Nu există altă opțiune. Şi, dacă voi fi nevoită, Daniel, te voi face să suferi până când îmi vei spune ceea ce trebuie să aflu. Te voi răni grav. Nu *vreau* neapărat să fac asta, dar nici nu mă deranjează. Îți spun lucrurile astea ca să poți lua o decizie acum, înainte să încep. Spune-mi ce vreau să ştiu şi te voi elibera. E simplu. Îți promit că nu-ți voi face rău. Eu voi câştiga timp, iar tu vei scăpa de multă suferință. Ştiu că nu vrei să-mi spui, dar te rog să înțelegi că oricum ai să-mi spui. Poate c-o să dureze un timp, dar în cele din urmă n-o să te mai poți opri. Toți cedează. Aşa că alege acum. O să-ți pară rău dacă n-o faci. Ai înțeles?

Le ținuse acelaşi discurs multor subiecți în cariera ei şi de obicei era destul de eficient. Cam în 40% dintre cazuri, ăsta era momentul în care subiectul începea să mărturisească. Nu se-ntâmpla des să-şi *termine* confesiunea, fireşte, şi întotdeauna mai rămânea ceva de cercetat, dar exista o şansă reală ca subiecții să-şi recunoască încă de la început vinovăția şi să ofere nişte informații parțiale. Statisticile variau în funcție de persoana căreia i se ținea discursul; în cazul celor proveniți din mediul militar, cam în jumătate dintre situații prima divulgare avea loc înainte să le provoace durere. Doar între 5 şi 10% dintre spionii adevărați spuneau ceva fără ca Alex să apeleze la suferința fizică. La fel stăteau lucrurile şi în cazul fanaticilor religioşi. Pentru linguşitorii de joasă speță, discursul dădea rezultate în sută la sută dintre cazuri. Omul aflat la conducere nu mărturisea niciodată un sigur detaliu fără suferință.

Spera cu adevărat ca Daniel să fie doar un linguşitor supraestimat.

Daniel o privea fix în timp ce vorbea, cu o expresie de groază pe chip. Apoi, în timp ce Alex se apropia de final, chipul îi căpătă o expresie confuză. Nu asta aştepta Alex.

— M-ai înțeles, Daniel?

— Alex? Alex, tu ești? spuse el șocat.

Tocmai acesta era motivul pentru care nu trebuie să intri în contact cu ținta înainte. Acum era nevoită să renunțe la scenariu.

— Bineînțeles că ăla nu e numele meu adevărat, Daniel. Știi asta.

— Ce?

— Numele meu nu e Alex.

— Dar... ești doctor. M-ai ajutat.

— Nu sunt genul ăla de doctor, Daniel. Și nu te-am ajutat. Te-am drogat și apoi te-am răpit.

Chipul lui deveni sobru.

— Te-ai purtat frumos cu mine.

Ea își înăbuși un oftat.

— Am făcut ceea ce trebuia ca să te aduc aici. Acum vreau să te concentrezi, Daniel. Am nevoie să-mi răspunzi la întrebare. O să-mi spui ce vreau să aflu?

Văzu din nou îndoiala apărând pe chipul lui. Neputința de a crede că ea chiar îl va face să sufere, că toate astea i se întâmplă cu adevărat.

— O să-ți spun tot ce vrei să știi. Dar, îți repet, nu știu nimic important. N-am niciun număr de cont bancar sau, nu știu, vreo hartă a vreunei comori sau altceva. Cu siguranță nimic care să merite toate astea.

Încercă să gesticuleze cu mâna legată strâns și brusc păru să-și dea seama pentru prima oară că era dezbrăcat. Pielea i se înroși — fața, gâtul și o porțiune de pe piept — și trase din reflex de curele ca și cum ar fi încercat să se acopere. Respirația și pulsul începură să i se accelereze din nou.

Fie că era vorba de agenți sub acoperire sau doar de comisionari mărunți ai teroriștilor, cu toții urau să se trezească goi în fața ei.

— Nu vreau nicio hartă cu vreo comoară. Nu fac asta pentru mine, Daniel. O fac pentru a proteja nişte vieţi nevinovate. Hai să vorbim despre asta.

— Nu înţeleg. Cum pot eu să te ajut? De ce n-aş vrea s-o fac?

Nu-i plăcea cum se desfăşurau lucrurile. De multe ori, cei care se încăpăţânau să-şi susţină ignoranţa şi nevinovăţia cedau mai greu decât cei care-şi asumau vina, dar erau hotărâţi să nu-şi vândă guvernul, jihadul sau camarazii.

Se duse la birou şi luă prima fotografie. Era un prim-plan cu Enrique de la Fuentes.

— Să-ncepem cu acest om, spuse Alex, ţinând fotografia la nivelul ochilor lui şi luminând-o cu una dintre lămpile mobile.

Faţa perfect inertă, absolut nicio reacţie. Semn rău.

— Cine-i ăsta?

Alex oftă exasperată.

— Faci o alegere greşită, Daniel. Te rog să te gândeşti bine.

— Dar nu ştiu cine-i omul ăsta!

Ea îl fixă cu o privire resemnată.

— Sunt absolut sincer, Alex. Nu-l cunosc pe omul ăsta.

Un nou oftat.

— Atunci cred că trebuie să începem.

Expresia de stupefacţie apăru iarăşi pe chipul lui. Nu mai avusese niciodată de-a face cu aşa ceva într-un interogatoriu, îşi zise ea. Toţi ceilalţi care se aflaseră pe masa ei ştiuseră de ce se află acolo. Se confruntase cu teroare, rugăminţi şi, uneori, sfidare stoică, dar niciodată cu atitudinea asta neobişnuită, încrezătoare: *N-o să-mi faci rău.*

— Chestia asta e un fel de... fantezie cu fetişuri? întrebă el cu glas scăzut, părând uşor stingherit, în pofida situaţiei. Nu prea cunosc regulile pentru chestiile astea...

Se întoarse ca să-şi ascundă un zâmbet nepotrivit. *Vino-ţi în fire*, îşi porunci ea. Apoi se duse spre birou. Apăsă o tastă oarecare, ca să ţină computerul pornit, după care luă tava cu recuzită. Era grea şi câteva obiecte se ciocniră între ele când o mişcă. Aduse tava lângă el, aşezând-o lângă seringi şi potrivind lumina astfel încât instrumentele metalice să lucească puternic.

— Îmi pare rău că treaba asta te dezorientează, spuse ea pe un ton neutru. Vorbesc cât se poate de serios, te asigur. Vreau să te uiţi la instrumentele mele.

El le privi şi ochii i se măriră. Alex se strădui să vadă dacă cealaltă latură a lui Daniel cel Întunecat ieşea la suprafaţă, dar nu sesiză nimic. Ochii lui rămăseseră tot blânzi, chiar dacă era cumplit de speriat. Nevinovat. Prin minte îi trecu fulgerător replica lui Norman Bates din filmul lui Hitchcock: *Cred că am una dintre feţele alea pe care nu poţi să nu le crezi.*

Se cutremură, dar el nu remarcă, rămăsese cu privirea fixată pe instrumente.

— Nu trebuie să folosesc foarte des chestiile astea, îi spuse, atingând cleştele uşor, apoi plimbându-şi degetul pe bisturiul supradimensionat. Mă cheamă când vor ca subiectul să rămână mai mult sau mai puţin... intact.

Mângâie cleştele gură-de-lup când rosti ultimul cuvânt.

— Dar oricum n-am nevoie cu adevărat de instrumentele astea.

Lovi cu unghia canistra lămpii de sudură, care scoase un zgomot metalic ascuţit.

— Bănuieşti de ce?

Încremenit de groază, el nu-i răspunse. Începea să înţeleagă acum: da, era real ce i se întâmpla.

Numai că Daniel cel Întunecat trebuia să fi ştiut asta deja. Atunci de ce nu se arăta? Credea că putea fi păcălită?

Sau că purtarea lui galantă din tren îi topise inima slabă de femeie?

— Am să-ți spun eu de ce, zise Alex cu o voce atât de joasă încât se auzi aproape ca o şoaptă.

Se aplecă spre el cu un aer conspirativ şi schițând un zâmbet suav, plin de regret. Dar privirea îi rămase serioasă.

— Pentru că ceea ce fac eu doare... *muuult... mai... rău.*

Ochii lui Daniel păreau gata să-i sară din cap. Asta, cel puțin, era o reacție familiară.

Alex luă tava de pe masă, lăsându-l să observe şirul lung de seringi care scânteiau în lumină.

— Prima oară va dura doar zece minute, îi spuse, tot cu fața întoarsă în timp ce aşeza instrumentele la loc pe birou.

Se răsuci spre el.

— Dar o să ai senzația că durează mult mai mult. Asta va fi doar o degustare — poți s-o priveşti ca pe un semnal de avertizare. Când se va termina, vom încerca să vorbim din nou.

Luă seringa de la capătul îndepărtat al tăvii, împinse pistonul până când o picătură de lichid apăru în vârful acului, apoi o scutură cu un gest teatral, ca o asistentă medicală dintr-un film.

— Te rog! şopti Daniel. Te rog, nu ştiu despre ce e vorba. Nu am cum să te-ajut. Îți jur că dacă aş putea, aş face-o.

— Ai s-o faci, îi promise ea şi înfipse acul în muşchiul triceps brahial.

Daniel reacționă aproape instantaneu, smucind de cătuşe, iar brațul stâng îi fu scuturat de un spasm violent. În timp ce el îşi privea îngrozit muşchii cuprinşi de convulsii, Alex luă altă seringă şi trecu în partea cealaltă.

— Alex, te rog! țipă Daniel.

Ea îl ignoră şi-i injectă doza de acid lactic în quadricepsul drept. Genunchiul i se îndreptă, muşchii ridicându-i laba piciorului de pe masă. Daniel icni de durere, apoi gemu.

Alex se mişca acum cu grijă, nici prea repede, dar nici prea încet. Încă o seringă. Având braţul stâng deja imobilizat, Daniel nu mai încercă să i se opună. De data asta, Alex injectă acidul în bicepsul braţului stâng. Imediat, muşchiul triceps opus începu să se contracte, parcă luându-se la întrecere cu bicepsul.

Daniel icni din nou, ca şi cum tocmai primise un pumn în burtă, dar ea ştia că durerea era mult, mult mai puternică decât orice lovitură.

Încă o injecţie, de data asta în bicepsul femoris al piciorului drept. Aceeaşi luptă pentru supremaţie care avea loc în braţ începu acum în picior. Odată cu ea, începură şi ţipetele.

Alex se postă lângă capul lui, privindu-i detaşată tendoanele umflate ale gâtului. Când Daniel deschise gura să ţipe din nou, îi puse un căluş. Dacă-şi muşca limba, nu mai putea să-i spună nimic.

Se duse agale spre scaunul de la birou în timp ce zbieretele înăbuşite erau absorbite de stratul dublu de spumă, se aşeză şi-şi încrucişă picioarele. Se uită la monitoare — toţi parametrii erau crescuţi, dar nu ajunseseră la valori periculoase. Un corp sănătos poate să suporte mult mai multă durere decât credem înainte ca organele importante să fie într-un pericol serios. Atinse *touch pad*-ul laptopului ca să menţină ecranul luminat. Apoi scoase din buzunar ceasul de mână şi-l întinse pe genunchi. Acest detaliu era menit doar să sporească dramatismul situaţiei. Putea la fel de bine să urmărească ceasul computerului sau monitoarele.

Aştepta, cu faţa spre el, cu o expresie calmă şi ceasul strălucind pe jeanşii ei negri. Subiecţii erau de regulă năuciţi de faptul că era în stare să-şi privească atât de detaşat opera. Aşa că se uită fix la el, cu o expresie politicoasă, ca un spectator la o piesă de teatru mediocră, în vreme ce corpul lui se zvârcolea şi se contorsiona pe masă, iar zbieretele lui se auzeau înăbuşit. Uneori, ochii lui o fixau, imploratori şi chinuiţi, iar alteori se roteau nebuneşte prin încăpere.

Zece minute putea fi un interval foarte lung. Muşchii lui începură să aibă spasme independente unul de altul, unii blocându-se, alţii părând că vor să se smulgă de pe os. Transpiraţia îi curgea pe faţă, întunecându-i părul. Ţipetele scăzură în tonalitate; acum se auzeau răguşit, părând a fi mai degrabă animalice decât umane.

Încă şase minute.

Şi astea nu erau nici măcar drogurile bune.

Oricine ar fi avut mintea îndeajuns de bolnavă putea să reproducă durerea pe care o provoca ea acum. Acidul pe care-l folosea nu era o substanţă controlată. Era destul de uşor de cumpărat de pe internet, chiar dacă se întâmpla să fii urmărit de „burta" întunecată a guvernului american. Pe când se afla la apogeul activităţii ei de interogare, când avea laboratorul frumos şi bugetul generos, secvenţiatorul şi reactorul ei, era în măsură să creeze nişte preparate cu adevărat unice.

Chimista nu era deloc un nume de cod potrivit pentru ea. Totuşi, Biologul Molecular ar fi fost probabil prea lung. Barnaby fusese expertul în chimie şi de la el învăţase nişte lucruri care-i salvaseră viaţa după ce rămăsese fără laborator. În final, devenise propriul ei nume de cod. Dar, la început, cercetările ei teoretice cu anticorpi monoclonali o aduseseră în atenţia departamentului. Ce păcat că nu putea să-l ducă pe Daniel la laborator. Această operaţie ar fi produs rezultate mult mai rapid.

Şi ajunsese *atât de aproape* să elimine durerea din ecuaţie. Asta fusese pentru ea Sfântul Graal, deşi nimeni nu părea prea dornic să-l vadă realizat. Era sigură că, dacă ar fi lucrat în laborator în ultimii trei ani, în loc să fugă ca să-şi salveze viaţa, până acum ar fi creat cheia care putea descuia orice ar fi trebuit descuiat în mintea umană. Fără tortură, fără orori. Doar răspunsuri scurte, date pe un ton agreabil, urmate de un drum la fel de agreabil ori către o celulă, ori spre execuție.

Ar fi trebuit s-o lase să muncească.

Încă patru minute.

Ea şi Barnaby discutaseră diferite strategii ce se puteau aplica în aceste interogatorii. Barnaby îi spunea poveşti. Îşi amintea basmele din copilărie şi se gândea la versiuni moderne sau finaluri alternative ori ce s-ar fi întâmplat dacă personajele ar fi schimbat locurile între ele. Spunea că unele dintre ideile care-i veneau atunci erau destul de bune şi că o să le pună pe hârtie când va avea timp. Ea, în schimb, simțea că pierdea timpul dacă nu făcea ceva practic. Plănuia lucruri. La început, plănuia să fabrice noi versiuni de anticorpi monoclonali, care urmau să controleze răspunsul creierului şi să blocheze receptorii neurali. Mai târziu, îşi planifica viața de fugar, gândindu-se la tot ce putea să meargă rău, la scenariile cele mai sumbre şi la ce-ar putea să facă pentru a nu cădea în capcanele care i se întindeau. Apoi, cum să scape după ce căzuse pe jumătate în capcană. Pe urmă, după ce capcana se declanşa. Încerca să prevadă toate posibilitățile.

Barnaby îi spunea că trebuie să mai ia câte-o pauză mentală din când în când. Să se distreze, să se simtă bine, altfel, ce rost mai avea să trăieşti?

Doar să trăieşti, hotărâse ea. Nu cerea decât să trăiască. Aşa încât făcuse toate eforturile mentale necesare pentru ca acest lucru să fie posibil.

Astăzi se gândea la pasul următor. În noaptea asta, mâine-noapte sau, Doamne ajută, în noaptea următoare, Daniel o să-i spună totul. Toți cedează. Era un adevăr cât se poate de simplu: o ființă umană nu poate să reziste la durere atât de mult. Unii rezistă mai bine la un tip de durere sau altul, dar asta însemna doar că va trece la un alt fel de suferință. La un moment dat, dacă nu va vorbi, îl va rostogoli pe burtă — ca să nu se înece cu propria vomă — şi-i va administra ceea ce numea „acul verde", deşi serul era de fapt transparent, la fel ca toate celelalte. Dacă nici asta nu dădea rezultate, avea să încerce un halucinogen. Exista întotdeauna un fel nou de a simți durerea. Corpul percepe stimulii în foarte multe moduri.

După ce va obține informațiile, va pune capăt suferinței lui, îi va administra un drog, apoi îi va trimite lui Carston un e-mail de la această adresă de IP şi-i va spune tot ce va fi aflat. Apoi se va urca în maşină şi nu se va opri multă vreme. Poate că de data asta Carston şi compania nu vor veni după ea. Poate că vor veni. Iar ea s-ar putea să nu afle niciodată, pentru că, foarte probabil, va continua să se ascundă până va muri — spera, din cauze naturale.

Înainte de scurgerea celor nouă minute, doza începu să-şi piardă efectul. Fiecare reacționa diferit, iar Daniel înclina spre valorile mai mari. Țipetele lui se transformară în gemete, corpul i se prăbuşi epuizat într-o masă de carne, după care tăcu. Îi scoase căluşul, iar el trase zgomotos aer în piept. O privi cu groază şi teamă şi deodată începu să plângă.

— Am să-ți dau câteva minute, să-ți aduni gândurile, spuse Alex.

Dispăru în dosul prelatei, unde se întinse pe pat şi-l ascultă cum plânge cu sughițuri.

Plânsul era normal şi de regulă era semn bun. Dar nu încăpea îndoială că Daniel Profesorul era cel care plângea. Daniel cel Întunecat încă nu dădea niciun semn. Oare ce l-ar putea atinge? Dacă era vorba cu adevărat despre o tulburare de identitate disociativă, putea ea să facă să apară cu forța acea latură a lui pe care o voia? Ar fi avut nevoie de un psiholog astăzi. Dacă ar fi revenit docilă în laborator, aşa cum ar fi vrut ei, probabil că ar fi reuşit să-i găsească unul în clipa în care l-ar fi cerut. Ei bine, acum nu mai putea să facă nimic în privința asta.

Mâncă în tăcere un baton proteic pentru micul dejun, aşteptând ca respirația lui să devină regulată, apoi mai mâncă unul. Încheie masa cu sucul de mere dintr-o cutie scoasă din minifrigider.

Când intră din nou în cort, Daniel privea disperat tavanul din spumă poliuretanică. Ea se duse tăcută la computer şi apăsă o tastă.

— Îmi pare rău că a trebuit să treci prin asta, Daniel.

N-o auzise când intrase. Vocea ei îl făcu să se tragă cât mai departe de ea posibil.

— Hai să nu repetăm faza, bine? spuse Alex, lăsându-se pe spătarul scaunului. Şi eu vreau să merg acasă.

Era un fel de minciună, dar în acelaşi timp şi în mare măsură un adevăr, chiar dacă imposibil.

— Şi, cu toate că s-ar putea să nu mă crezi, nu sunt o sadică de fapt. Nu-mi place să te văd suferind. Dar pur şi simplu n-am încotro. N-am să îngădui ca toți oamenii ăia să moară.

El îi răspunse cu o voce răguşită:

— Nu... ştiu... despre ce vorbeşti.

— Ai fi surprins să ştii cât de mulți oameni spun asta — şi o tot repetă iar şi iar, după ce trec prin ce-ai trecut tu sau mai rău! Şi deodată, la unul după a zecea rundă, la altul după a şaptesprezecea, adevărul iese brusc la lumină. Iar eu le spun băieților buni unde să găsească focoasele nucleare sau bomba chimică sau agentul biologic. Şi oamenii rămân în viață, Daniel.

— N-am omorât pe nimeni, răspunse el aproape țipând.

— Dar plănuieşti asta, iar eu am să te fac să-ți schimbi planul.

— N-aş face niciodată aşa ceva.

Alex oftă şi spuse:

— Treaba asta o să dureze mult, nu-i aşa?

— Nu pot să-ți spun nimic din ceea ce nu ştiu. Ai prins persoana greşită.

— Şi asta am auzit de nenumărate ori, spuse ea aproape cu veselie, dar răspunsul lui îi atinsese o coardă sensibilă.

Dacă nu reuşea să-l facă pe celălalt Daniel să apară, atunci nu cumva tortura pe cine nu trebuia?

Luă pe loc decizia de a se abate din nou de la scenariu, deşi bolile mentale erau departe de a fi specialitatea ei.

— Daniel, ți se-ntâmplă vreodată să ai amnezii?

O pauză lungă.

— Ce?

— De exemplu, te-ai trezit undeva fără să ştii cum ai ajuns acolo? Ți-a spus cineva vreodată că ai făcut sau ai spus ceva despre care nu-ți aminteşti să fi făcut sau să fi spus?

— Mm... Nu. Mă rog, azi. Adică, la asta te referi, da? Când spui că plănuiesc să fac ceva groaznic, dar nu ştiu despre ce e vorba.

— Ai fost diagnosticat vreodată cu tulburare de identitate disociativă?

— Nu! Alex, *nu eu* sunt persoana nebună din această încăpere.

Asta nu ajuta la nimic.

— Vorbeşte-mi despre Egipt.

Daniel întoarse capul spre ea. Expresia lui făcea ca vorbele pe care le gândea să fie la fel de clare ca şi cum le-ar fi rostit: *Mă iei peste picior, femeie?*

Ea se mulțumi să aştepte. Daniel scoase un mic oftat îndurerat.

— Ei bine, Egiptul are una dintre cele mai lungi istorii dintre toate civilizațiile moderne. Există dovezi potrivit cărora egiptenii trăiau pe malurile Nilului încă din mileniul al zecelea înainte de Hristos. Pe la anul 6000 înainte de Hristos...

— În regulă, Daniel, ne-am amuzat destul. Putem vorbi serios acum?

— Nu ştiu ce vrei! Mă testezi să vezi dacă sunt într-adevăr profesor de istorie? Nici măcar nu-mi dau seama!

Putea să audă cum vocea îi redevenea mai puternică. Partea frumoasă legată de drogurile pe care le folosea era că efectul lor trecea repede. Putea să aibă o conversaţie concentrată între runde. Şi constatase că subiecţii se temeau mai mult de durere atunci când nu o simţeau.

Apăsă o tastă a computerului.

— Vorbeşte-mi despre călătoria ta în Egipt.

— N-am fost niciodată în Egipt.

— Nu te-ai dus acolo acum doi ani cu Habitat for Humanity?

— Nu, în ultimele trei veri am fost în Mexic.

— Ştii că sunt oameni care urmăresc genul ăsta de lucruri, da? Că seria paşaportului tău este înregistrată într-un computer şi că există o evidenţă a locurilor în care ai fost?

— Tocmai de-aia ar trebui să ştii că am fost în Mexic!

— Unde te-ai întâlnit cu Enrique de la Fuentes.

— Cu cine?

Alex clipi leneş de câteva ori, cu o expresie extrem de plictisită.

— Ia stai, spuse Daniel, privind în tavan ca şi cum acolo ar fi fost scrisă o explicaţie. Cu ceva timp în urmă... în legătură cu nişte ofiţeri de la anti.. ştiu numele ăsta. L-am auzit la ştiri... Droguri care au dispărut. E un traficant de droguri, aşa-i?

Alex îi arătă din nou fotografia lui de la Fuentes.

— El e?

Alex încuviință.

— De ce crezi că-l cunosc?

— Pentru că am și poze cu voi doi împreună, răspunse ea, accentuând cuvintele. Și pentru că în ultimii trei ani omul ăsta ți-a dat zece milioane de dolari.

El rămase cu gura căscată și bâigui, uluit:

— Pof... tim??!!

— Zece milioane de dolari pe numele tău, plasați prin Insulele Cayman și băncile elvețiene.

Daniel o privi fix încă o secundă și deodată mânia îi schimonosi fața, iar vocea îi deveni aspră:

— Dacă am zece milioane de dolari, de ce locuiesc într-un apartament amărât năpădit de gândaci în Columbia Heights? De ce folosim la volei același echipament peticit pe care școala îl are din 1973? De ce fac naveta cu metroul în vreme ce noul soț al fostei mele soții umblă prin oraș cu Mercedesul? Și de ce risc să fac *rahitism* pentru că mănânc numai tăiței japonezi?

Îl lăsă să se descarce. Dorința de a vorbi era un pas mic în direcția potrivită. Din păcate, acest Daniel furios era tot versiunea „profesor de școală", doar că nu unul foarte fericit.

— Ia stai așa — cum adică ai poze cu mine și cu individul ăsta?

Alex se duse la birou și luă fotografia corespunzătoare.

— În El Minya, Egipt, cu de la Fuentes, îi răspunse în timp ce-i ținea poza în fața ochilor.

În sfârșit, o reacție.

Capul lui Daniel zvâcni în spate; ochii i se îngustară, apoi i se deschiseră larg. Alex aproape că-i putea urmări gândurile care-i treceau prin minte și i se așterneau pe chip. Daniel analiza ceea ce văzuse și făcea un plan.

Celălalt Daniel încă nu se arăta, dar măcar bărbatul părea să recunoască faptul că exista și o altă latură a sa.

— Vrei să-mi vorbeşti despre Egipt *acum*, Daniel?

— N-am fost niciodată acolo, răspunse el cu buzele strânse. Nu sunt eu ăla.

— Nu te cred, zise Alex oftând. Ceea ce e mare păcat, pentru că trebuie să mergem mai departe cu povestea asta.

Teama reveni, iute şi în forţă.

— Alex, te rog, îţi jur că nu sunt eu ăla. Te rog, n-o face!

— Asta e misiunea mea, Daniel. Trebuie să aflu cum pot să-i salvez pe oamenii ăia.

Toată reticenţa lui dispăru.

— Nu vreau să fac rău nimănui. Şi eu vreau să-i salvez.

Era mai greu acum să nu-l creadă pe cuvânt.

— Poza aia a însemnat ceva pentru tine.

El clătină din cap o dată, expresia de pe chipul lui devenind opacă.

— N-am fost eu.

Trebuia să admită că era fascinată. Era ceva cu totul nou. Cât de mult şi-ar fi dorit să se poată consulta cu Barnaby! Din păcate, era contracronometru. N-avea timp să-şi dorească lucruri. Îşi aşeză seringile în palma stângă, una câte una. Opt, de data asta.

El o privea lung, cu groază şi… tristeţe. Dădu să spună ceva, dar nu ieşi niciun sunet. Alex se opri, cu primul ac pregătit în mâna dreaptă.

— Daniel, dacă vrei să spui ceva, spune repede.

— N-are să ajute la nimic, zise el descurajat.

Alex mai aşteptă o secundă, iar Daniel o privi ţintă.

— Mă uit la faţa ta, spuse el. E la fel ca înainte… exact la fel.

Alex tresări, apoi se întoarse şi făcu câţiva paşi în lungul mesei până lângă capul lui. Daniel încercă să se tragă într-o parte, dar asta nu făcu decât să-i expună mai bine muşchiul sternocleidomastoidian. De obicei, păstra acest muşchi pentru o fază ulterioară a interogatoriului; era unul dintre lucrurile cele mai dureroase pe care putea să i le facă unui subiect în condiţiile actuale. Dar voia să plece repede, aşa că înfipse acul în partea laterală a gâtului şi apăsă pistonul. Fără să se uite la el, îi puse căluşul de îndată ce bărbatul deschise gura. Apoi, lăsând din mână celelalte seringi, ieşi iute din încăpere.

Capitolul 7

Îşi ieşise din formă, asta era tot. În definitiv, *trecuseră* trei ani. Ăsta era motivul pentru care simţea lucruri. De-aia acest subiect o tulbura. Nu era alt motiv în afară de faptul că ieşise din joc atâta vreme. Încă mai putea să-şi intre în ritm.

Reveni în cameră o singură dată în timpul şedinţei ca să menţină computerul în funcţiune, dar nu rămase să privească. Se întoarse din nou doar după ce efectul dozei începuse să se atenueze, cam după un sfert de oră.

El zăcea acolo, icnind. Nu mai plângea, deşi ea ştia că durerea fusese mult mai rea decât înainte. Sângele de pe pielea zdrenţuită pătase cătuşele şi picura pe masă. Era posibil să fie nevoie să-l neutralizeze pentru următoarea rundă, astfel încât rănile să nu i se agraveze. Şi ăsta era un sentiment înspăimântător; putea să fie de ajutor.

Daniel începu să tremure. Alex se întoarse spre ieşire o fracţiune de secundă până să-şi dea seama că se ducea să-i aducă o pătură. Ce naiba se-ntâmpla cu ea?

Concentrează-te!

— Ai ceva de spus? îl întrebă cu blândeţe când respiraţia lui se mai linişti.

Daniel îi răspunse printre gemete epuizate, întretăiate.

— Nu sunt eu. Jur. Nu... plănuiesc... nimic. Nu-l ştiu pe insul cu drogurile. Aş vrea să te pot ajuta. Serios îţi spun... aş vrea să te pot ajuta. Serios.

— Hmm. Văd că opui rezistenţă la metoda asta, aşa că poate încercăm ceva nou.

— Re... zistenţă? gemu el, nevenindu-i să creadă. Ai impresia... că eu re... zist?

— Sinceră să fiu, mă cam îngrijorează ideea de a-ţi zăpăci creierul cu halucinogene — se pare că ai deja destule probleme acolo, sus.

În timp ce vorbea, îi lovi uşor cu degetele scalpul transpirat.

— Poate că nu vom avea de ales decât să aplicăm metodele de şcoală veche...

Continuă să bată cu degetele în scalpul lui, aruncând o privire spre tava cu instrumente de pe birou.

— Ţi se face uşor greaţă?

— De ce... mi se-ntâmplă... asta?

Era o întrebare complet retorică, nu aştepta un răspuns la şoapta lui întretăiată. Alex îi răspunse totuşi.

— Pentru că exact asta se-ntâmplă când plănuieşti răspândirea în patru state americane a unui virus de gripă letal, care poate să ucidă *un milion* de cetăţeni. Guvernul dezaprobă genul ăsta de comportament. Şi m-a trimis pe mine ca să te fac să vorbeşti.

O privi concentrat, şocul fiind dintr-odată mai mare decât groaza.

— Ce... *mama... dracului!*

— Da, ştiu, e oribil, e înspăimântător şi malefic.

— Alex, serios, e o nebunie! Cred că tu ai o problemă.

Îşi apropie faţa de el.

— Problema mea e că nu-mi spui unde e virusul. Îl ai deja? E încă la Enrique de la Fuentes? Când urmează să acţionaţi? Unde este?

— E o nebunie. *Tu* eşti nebună!

— Probabil că m-aş bucura mai mult de viaţă dacă ar fi adevărat. Dar încep să cred că au trimis un doctor nepotrivit. Avem *nevoie* aici de un doctor pentru descreieraţi. Nu ştiu cum să-l fac pe celălalt Daniel să iasă la lumină!

— Celălalt Daniel?

— Cel pe care-l văd în pozele astea!

Se întoarse brusc şi luă un teanc de fotografii de pe birou, în trecere apăsând furioasă o tastă a computerului.

— Uite! spuse, împingându-i-le în faţă, luându-le una câte una şi lăsându-le să cadă pe podea. E corpul tău — îl lovi cu o poză pe umăr înainte s-o lase să cadă —, e faţa ta, vezi? Dar nu e expresia care trebuie. E altcineva care priveşte prin ochii tăi, Daniel, şi nu sunt sigură dacă eşti sau nu conştient de prezenţa acelei persoane.

Dar iată că apăru din nou un semn de recunoaştere. Ştia *ceva.*

— Uite, în clipa asta, m-aş mulţumi să-mi spui ce vezi în această fotografie.

Ridică poza de deasupra: Celălalt Daniel, pândind în uşa din spate a unui bar mexican.

El o privi cu o expresie sfâşiată.

— Nu pot... să-ţi explic... nu are nicio noimă.

— Vezi ceva ce eu nu văd. Ce este?

— El...

Daniel încercă să clatine din cap, dar abia dacă reuşi să-l mişte, atât îi erau de obosiţi muşchii.

— Seamănă cu...

— Cu tine.

— Nu, spuse el şoptit. Adică, da, desigur că seamănă cu mine, dar pot să văd diferenţele.

Felul cum o spusese. *Desigur că seamănă cu mine.* Acea sinceritate limpede, din nou, dar încă rămânea ceva nespus...

— Daniel, ştii cine e omul ăsta?

O întrebare reală de data asta, nu în zeflemea, nici retorică. Nu făcea pe psihiatrul acum. Pentru prima oară de când începuse interogatoriul, simţea cu adevărat că era pe cale să afle ceva.

— Nu se poate, şuieră el, închizând ochii — nu atât din pricina epuizării, se gândi ea, ci mai mult ca să nu mai vadă poza aceea. E imposibil.

— Spune-mi, murmură Alex, aplecându-se în faţă.

Daniel deschise ochii şi o privi iscoditor.

— Eşti sigură? Chiar o să *ucidă* oameni?

Atât de firesc felul în care folosise persoana a treia.

— Sute de mii de oameni, Daniel, îl asigură Alex, văzându-l cât de dornic era să afle.

Apoi şi ea folosi persoana a treia:

— Are acces la un virus mortal pe care-o să-l răspândească la ordinele unui magnat al drogurilor psihopat. Deja şi-a făcut rezervări la hotel — pe numele tău. Vrea să facă asta în trei săptămâni.

— Nu cred, răspunse el în şoaptă.

— Nici eu nu vreau să cred. Virusul ăsta… e unul diabolic, Daniel. O să ucidă mult mai mulţi oameni decât o bombă. Nu va exista nicio modalitate de a controla răspândirea lui.

— Dar *cum* ar putea să facă asta? *De ce?*

În acest moment, era aproape 65% convinsă că nu discutau despre una dintre personalităţile multiple ale lui Daniel.

— E prea târziu pentru asta. Tot ce contează acum este să-l oprim. Cine e omul ăsta, Daniel? Ajută-mă să-i salvez pe acei nevinovaţi.

Un alt fel de suferinţă îi schimonosi trăsăturile. Alex mai văzuse asta înainte. Dacă ar fi fost vorba de alt subiect, ar fi ştiut că dorinţa lui de a fi loial se lupta cu dorinţa de a evita alte torturi. În cazul lui Daniel, credea mai degrabă că războiul se purta între loialitate şi dorinţa de a face ceea ce era bine.

În liniştea deplină a nopţii, în timp ce aştepta răspunsul lui, prin bariera fonică slabă a spumei poliuretanice auzi cu claritate un mic avion cu elice zburând pe deasupra. La înălţime foarte joasă.

Daniel se uită în sus.

Timpul îşi încetini scurgerea în timp ce ea analiza situaţia.

Daniel nu părea nici surprins, nici uşurat. Zgomotul nu părea să semnaleze pentru el că veniseră să-l salveze sau să-i atace. Îl remarcase aşa cum cineva ar sesiza declanşarea unei alarme de automobil. Nerelevant pentru el, dar îi distrăsese atenţia.

Alex avu senzaţia că se mişcă cu încetinitorul când sări în picioare şi alergă spre birou ca să ia seringa de care avea nevoie.

— Nu trebuie să faci asta, Alex, spuse Daniel, resemnat. Am să-ţi spun.

— Ssst, şopti ea, aplecându-se peste capul lui în timp ce-i injecta drogul — în tubul perfuziei, de data asta. Doar te adorm, pentru moment.

Îl bătu uşor cu palma pe obraz.

— Fără dureri, promit.

Înţelegând ce se întâmplă, ochii lui Daniel se luminară în timp ce făcea legătura între sunet şi comportamentul ei.

— Suntem în primejdie? întrebă el tot şoptit.

Suntem. Hm. Altă alegere interesantă a pronumelui. Nu mai avusese niciodată un asemenea subiect.

— Nu ştiu dacă *tu* eşti, spuse ea în timp ce ochii lui se închideau. Dar eu sigur sunt.

Se auzi un zgomot puternic, nu chiar lângă şopron, însă mult prea aproape ca să rămână calmă.

Aşeză cu grijă masca de gaze pe faţa lui Daniel, după care şi-o puse pe-a ei şi înşurubă tubul filtrant. De data asta, nu mai era un exerciţiu de antrenament. Aruncă o privire spre computer — mai avea cam zece minute. Nefiind sigură că era de-ajuns, atinse bara de spaţiu. Apoi apăsă un buton pe cutiuţa neagră şi lumina de pe peretele lateral al acesteia începu să clipească rapid. Aproape din reflex, îl acoperi din nou pe Daniel cu pătura.

Stinse luminile, astfel că în încăpere rămase doar strălucirea albă a ecranului computerului, şi ieşi din cort. În interiorul şopronului, totul era întunecat. Cu mâinile întinse în faţă, căută până găsi geanta de lângă pat şi, mulţumită atâtor ani de antrenament, se echipă rapid cu armura ei, deşi nu vedea nimic. Vârî pistolul în partea din faţă a centurii. Luă o seringă din geantă, înfipse acul în coapsă şi apăsă pistonul. Se furişă apoi în colţul din spate al cortului şi se ascunse în locul în care ştia că va fi cel mai întunecat, dacă ar fi intrat cineva cu o lanternă. Scoase pistolul, trase piedica şi îl strânse cu ambele mâini. Apoi îşi lipi urechea de cusătura cortului şi ascultă, aşteptând să deschidă cineva uşa sau o fereastră a şopronului şi să moară.

În timp ce aştepta să treacă secundele lente, mintea ei analiza în mare viteză situaţia.

Nu era o operaţiune de proporţii. Era exclus ca vreo echipă trimisă să o prindă sau să o elimine să-şi fi anunţat sosirea cu un avion zgomotos. Existau modalităţi mai eficiente, mai discrete. Iar dacă era o echipă mare, de tip SWAT, trimisă după ea fără instrucţiuni detaliate, care-şi croia drum prin forţă brută, ar fi venit cu un elicopter. După zgomot, păruse un avion foarte mic — cu cel mult trei locuri, probabil doar cu două.

Dacă un asasin singuratic venea din nou după ea, aşa cum se întâmplase mereu în trecut, nu ştia ce era în capul lui. De ce să se trădeze aşa? Doar cineva căruia-i lipseau resursele şi se grăbea foarte tare ar fi folosit un avion, cineva pentru care timpul era mult mai important decât secretul operaţiunii.

Cine era? Nu Enrique de la Fuentes.

În primul rând, un mic avion cu elice nu părea a fi *modus operandi* al unui magnat al drogurilor. Îşi imagina că, în cazul lui de la Fuentes, ar fi fost vorba de o flotă de SUV-uri şi o bandă de gorile cu pistoale-mitralieră.

În al doilea rând, instinctul îi spunea ceva despre operaţiunea asta.

Nu, nu era un detector de minciuni. Mincinoşii buni, profesionişti, puteau să păcălească pe oricine: om sau maşină. Misiunea ei nu fusese niciodată să ghicească adevărul din privirea agitată a subiectului sau din contradicţiile încâlcite pe care le debita. Misiunea ei era să facă zob subiectul până nu mai rămânea nimic în afară de un trup docil şi o singură poveste. Nu era cea mai bună pentru că ştia să deosebească adevărul de minciună, ci pentru că înţelegea foarte bine de ce era capabil corpul uman şi era un geniu al laboratorului. Ştia exact ce putea să suporte un corp şi cât putea să-l împingă spre acea limită.

Aşa încât instinctul nu era punctul ei forte şi nici nu-şi mai amintea când simţise ultima dată ceva de genul ăsta.

Credea că Daniel spune adevărul. Ăsta era motivul pentru care experimentul pe care-l făcuse pe el o iritase atât de mult — pentru că nu minţea. Nu venise de la Fuentes după el. Nimeni nu venea după Daniel, pentru că el nu era nimic altceva decât ceea ce spunea că este — un profesor de engleză şi de istorie, un antrenor de volei. Cel care venise o căuta pe ea.

Dar de ce acum? O urmărise departamentul toată ziua şi abia acum o descoperise? Încercau să-i salveze viaţa lui Daniel, după ce înţeleseseră prea târziu că nu el era omul?

Exclus. Ar fi ştiut asta înainte de a o mobiliza. Aveau acces la prea multe informaţii ca să se lase păcăliţi. Dosarul nu era întru totul fals, dar *era* manipulat. *Doriseră* ca ea să ajungă la persoana greşită.

Pentru o clipă, avu o senzaţie puternică de greaţă. Torturase un om nevinovat. Dar alungă repede din minte gândul. Avea timp pentru regrete mai târziu, dacă nu murea acum.

Listele din mintea ei se inversară din nou. O capcană complicată, nu o criză reală. Deşi credea că povestea cu de la Fuentes era reală, nu mai credea că era atât de urgentă pe cât i se spusese. *Timpul* era cel mai uşor de modificat într-un dosar. Termenul-limită scurt era o distorsiune. Din nou, o miză mică — avea de salvat viaţa ei. Şi pe-a lui Daniel, dacă putea.

Încercă să scape de gândul — era aproape ca o presimţire sumbră — că miza ei se dublase. Nu avea nevoie de acea povară suplimentară.

Poate că altcineva — acel tânăr strălucit şi încrezător, care-i luase locul în cadrul departamentului — se ocupa acum de adevăratul terorist. Poate nu mai credeau că Alex încă mai putea obţine ceea ce voiau. Dar atunci de ce s-o mai fi adus aici? Poate că teroristul era mort şi voiau un ţap ispăşitor. Poate că descoperiseră această dublură cu săptămâni în urmă şi-l ţinuseră în rezervă. O obligăm pe Chimistă să facă pe cineva să mărturisească *ceva* şi punem cruce unei situaţii neplăcute?

Totuşi, asta n-ar fi explicat apariţia vizitatorului.

Trebuia să fie aproape 5:00 dimineaţa. Poate că era doar un fermier căruia-i plăcea să-şi înceapă ziua devreme şi ştia zona atât de bine, încât nu-l deranja să zboare fără radar printre copacii înalți în noaptea neagră ca smoala și apoi să aterizeze forțat undeva pentru un plus de adrenalină...

Auzea respirația lui Daniel șuierând prin filtrul măștii de gaze. Se întrebă dacă procedase bine adormindu-l. Era atât de... expus. Neajutorat. Departamentul arătase deja cât de preocupat era de starea de bine a lui Daniel Beach. Iar ea îl lăsase drogat și lipsit de apărare în mijlocul încăperii, o pradă ușoară. Îi datora mai mult de atât. Dar prima ei reacție fusese să-l neutralizeze. Știa că n-ar fi fost sigur să-l elibereze. Bineînțeles că ar fi atacat-o, încercând să se răzbune. Iar în cazul unei confruntări pur fizice, el ar fi fost avantajat. Și nu voia să fie nevoită să-l otrăvească sau să-l împuște. Măcar în felul ăsta moartea lui nu i-ar fi pătat mâinile.

Încă se simțea vinovată, iar gândul că Daniel stătea acolo, vulnerabil, în întuneric, nu-i dădea pace, alungându-i concentrarea.

Dar era prea târziu pentru regrete.

Auzi sunete slabe afară. Șopronul era înconjurat de tufișuri cu frunze țepene, foșnitoare. Cineva era în tufișuri acum, uitându-se înăuntru pe geam. Dacă începea pur și simplu să tragă cu un Uzi printr-un perete al șopronului? În mod evident, zgomotul nu-l îngrijora.

Oare ar fi trebuit să lase masa pe care se afla Daniel cât mai jos, în cazul în care cortul ar fi fost secerat de gloanțe? Lubrifiase bine baza armonicii, dar nu era sigură că n-avea să scârțâie.

Se duse repede la masă și o coborî cât mai aproape de podea. Instalația scoase niște gemete joase, ca de bas, dar nu credea că se auzeau până afară, mai ales prin bariera de spumă. Se întoarse în ascunzătoarea ei și ciuli urechile.

Alte foșnete. Intrusul era la altă fereastră, în cealaltă parte a șopronului. Firele atașate la capcanele instalate de ea nu erau nici la vedere, dar nici cu totul invizibile. Spera că intrusul căuta doar o țintă în interior. Se apropiase mai întâi de casă? De ce nu intrase?

Sunete afară, la altă fereastră.

Deschide-o, își zise ea în gând. *Strecoară-te înăuntru.*

Auzi brusc un sunet despre care nu-și dădu seama ce poate fi — un șuierat, urmat de un zăngănit greu. Apoi niște bubuituri atât de puternice încât șopronul părea să se zgâlțâie. Mai întâi se gândi că fuseseră niște explozii mici și se ghemui din reflex, dar în secunda următoare își dădu seama că zgomotele nu fuseseră chiar atât de puternice, era doar contrastul cu liniștea de dinainte. Nu se auzea niciun zgomot specific unei pătrunderi prin forță — nici sticlă spartă, nici metal sfărâmat. Era reverberația suficientă pentru a întrerupe conexiunile din jurul ferestrelor și ușilor? Se îndoia că așa era.

Apoi își dădu seama că bufniturile din perete *urcau* și se opriră. Deasupra ei.

O problemă majoră: intrusul venea prin acoperiș.

Se ridică în picioare într-o secundă, cu un ochi la cusătura din cort. Era prea întuneric ca să vadă ceva. Deasupra ei, zgomotul unei lămpi de sudură. Și intrusul avea una.

Toate măsurile ei de precauție dădeau greș. Aruncă o privire în spate, spre Daniel. Cu masca pe față, n-avea să pățească nimic. Apoi ieși în spațiul mai mare al șopronului, aplecată și cu mâinile întinse în față ca să găsească obiectele din cale, mișcându-se cât mai repede spre lumina slabă a lunii ce pătrundea prin fereastra cea mai apropiată. Trebuiau ocolite boxele pentru muls, dar se sili să-și amintească traseul cel mai liber. Aproape alergând, ajunse în spațiul deschis dintre cort și boxe și găsi cu mâna instalația de muls. O ocoli și se îndreptă spre fereastră...

Ceva teribil de dur și de greu o trânti la pământ cu fața-n jos, lăsând-o fără aer și țintuind-o la podea. Pistolul îi zbură din mână. Se izbi cu capul de beton, cu un bufnet răsunător. O mulțime de puncte luminoase îi împânzi privirea.

Cineva o înșfăcă de încheieturi și-i trase brațele la spate, împingându-i-le apoi în sus până simți că umerii îi sunt pe cale să i se disloce. Un geamăt îi ieși din plămâni când noua poziție o forță să sufle aerul afară. Cu degetele mari, răsuci iute inelele de pe ambele mâini, scoțând cârligele minuscule.

— Ce-i asta? rosti o voce de bărbat de deasupra ei — accent american.

Îi prinse încheieturile cu o singură mână, cu cealaltă smulgându-i masca de gaze de pe față.

— Așadar, până la urmă poate că nu ești un atentator sinucigaș, spuse el gânditor. Lasă-mă să ghicesc, firele alea electrice nu sunt conectate la explozibile, nu-i așa?

Alex se zvârcoli sub el, sucindu-și încheieturile, încercând să aducă inelele în contact cu pielea lui.

— Încetează! îi ordonă bărbatul.

O izbi în ceafă cu ceva dur — probabil cu masca de gaze — și fața i se lipi de podea. Alex simți sânge în gură, de la buza spartă.

Se ținu tare. Probabil că individul îi va secționa carotida cu o lamă. Sau o va strangula cu un cablu. Spera să aleagă lama. Nu va simți durerea tăieturii — nu cu dextroamfetamina special concepută care-i curgea în acele clipe prin vene —, dar probabil va simți cablul care-o va strânge.

— În picioare!

Individul o ridică, apucând-o de încheieturi. Alex își trase picioarele sub ea cât mai repede cu putință, ca să scape de presiunea din articulațiile umerilor. Trebuia să-și poată folosi brațele.

Bărbatul stătea în spatele ei și Alex își dădu seama că era înalt. O trase de încheieturi până o ridică pe vârfuri; abia reușea să mențină contactul cu podeaua.

— În regulă, piticanie, acum o să faci ceva pentru mine.

Nu era fizic pregătită să-l învingă într-o încăierare şi n-avea nici destulă putere ca să se elibereze. Tot ce putea face era să pună în aplicare variantele pe care le pregătise.

Îşi lăsă corpul moale timp de o secundă cât îi luă să lovească podeaua cu bombeul pantofului stâng, îndeajuns de tare pentru a elibera lama din călcâi. Apoi execută stângaci o mişcare cu piciorul în spate, spre locul unde bănuia că sunt picioarele individului. El se feri de lovitură, slăbind strânsoarea şi dându-i posibilitatea să se elibereze, să se rotească pe loc şi să încerce să-i aplice o lovitură cu palma deschisă. Era prea înalt; nu-i nimeri faţa şi cârligul din inel zgârie ceva dur de pe pieptul lui — armura de corp. Făcu un pas în spate, evitând lovitura pe care o anticipase şi ţinându-şi mâinile întinse în faţă în încercarea de a atinge pielea neprotejată.

Ceva îi seceră picioarele. Lovi pământul şi se rostogoli într-o parte, dar bărbatul se aşeză imediat călare pe ea. O înşfăcă de păr şi-i lovi din nou faţa de pardoseală. Nasul îi plesni şi sângele îi inundă buzele şi bărbia.

Individul se aplecă şi-i vorbi direct în ureche:

— Joaca s-a terminat, drăguţă.

Alex încercă să-l izbească cu capul în faţă. Ceafa ei intră în contact cu ceva, dar nu era o faţă — spirale inegale, metalice...

Ochelari de vedere nocturnă. Nu era de mirare că intrusul reuşise să controleze atât de bine lupta.

O plesni cu palma peste ceafă.

Dacă şi-ar fi pus cerceii...

— Vorbesc serios, opreşte-te. Uite, am să mă ridic de pe tine. Eu te văd, tu nu mă vezi. Am un pistol şi-o să trag fix în rotulă dacă mai încerci vreo şmecherie stupidă, ai înţeles?

În timp ce vorbea, întinse mâna la spate şi o descălţă pe rând de pantofi. Nu-i controlă buzunarele, aşa încât mai avea bisturiele şi acele din centură. Se ridică de pe ea. Îl auzi îndepărtându-se şi trăgând piedica pistolului.

— Ce vrei... să fac? îl întrebă, străduindu-se să imite cât mai bine un glas de fetiţă înspăimântată.

O ajuta şi buza plesnită. Îşi imagină că avea faţa distrusă. Când efectul drogurilor va trece, durerea va fi greu de suportat.

— Dezarmează-ţi capcanele şi deschide uşa.

— O să am... nevoie — zise ea smiorcăindu-se — de lumină.

— Nicio problemă. Oricum voiam să schimb ochelarii ăştia cu masca ta de gaze.

Alex îşi lăsă capul în jos, sperând să-şi ascundă expresia. După ce individul îşi punea masca, 90% dintre mijloacele ei defensive deveneau inutile.

Şchiopătă — prea teatral? — până la panoul de lângă uşă şi aprinse lumina. În acel moment nu se putea gândi la nicio altă opţiune. N-o ucisese imediat, ceea ce însemna că nu era subordonat direct departamentului. De bună seamă că avea un plan. Trebuia să-şi dea seama ce voia şi apoi să încerce să preia controlul asupra situaţiei.

Vestea proastă era că, dacă avea nevoie să deschidă uşa, probabil că nu voia asta doar ca să aibă pe unde fugi mai uşor. Însemna că are întăriri, ceea ce nu-i sporea şansele de reuşită. *Sau pe-ale lui Daniel*, adăugă o voce în mintea sa. De parcă nu avea destule probleme. Însă Daniel se afla aici din cauza ei. Se simţea responsabilă pentru el. Îi era datoare.

Când se întoarse — luminile puternice din tavan făcând-o să clipească —, bărbatul se afla cam la şase metri de ea. Avea între un metru nouăzeci şi un metru nouăzeci şi trei, iar pielea de pe gât şi de pe maxilar era evident albă, însă astea erau singurele lucruri de care putea fi sigură. Un costum de luptă îi acoperea corpul — aproape ca un costum pentru scafandri, dar cu aspect neregulat, din pricina plăcilor proeminente din kevlar. Trunchiul, brațele şi picioarele erau blindate în întregime. Părea să fie destul de musculos, poate şi din cauza costumului. Era încălțat cu bocanci negri grei, cu talpă groasă, iar pe cap avea o căciulă neagră de lână. Masca ei de gaze îi ascundea fața. Pe umăr îi atârna o puşcă McMillan de asalt cu lunetă, de calibru .50. Îşi făcuse lecțiile; nu era greu să devii expert în aproape orice domeniu când îți petreci tot timpul studiind. Mărcile şi modelele de arme îi puteau spune multe despre un agresor sau despre orice individ suspect de pe stradă. Cel din fața ei avea mai multe arme; într-un toc la şold avea un HDS performant, iar în mâna dreaptă ținea un SIG Sauer P220, îndreptat spre genunchiul ei. *Dreptaci,* remarcă ea. Nu avea nicio îndoială că putea să-i nimerească rotula de la distanța aceea. Cu arma pe care o ținea în mână putea să-i nimerească orice parte a corpului ar fi vrut şi de la orice distanță ar fi avut chef.

Îi amintea de Batman, dar fără pelerină. De asemenea, avu impresia că-şi aminteşte un amănunt despre Batman, care nu folosea niciodată arme. Deşi, dacă ar fi făcut-o, presupunând că ar fi avut gusturi şi s-ar fi priceput, probabil că le-ar fi ales pe acestea.

Dacă nu reuşea să-i smulgă masca de gaze, n-ar mai fi contat câți prieteni supersoldați l-ar fi aşteptat afară. Ar fi omorât-o de îndată ce ar fi obținut ce-şi dorea.

— Dezarmează-ți capcanele.

Ea se prefăcu uşor amețită în timp ce şchiopăta spre uşa şopronului, încercând să câştige cât mai mult timp pentru a analiza situația. Cine o voia în viață? Era un fel de vânător de recompense? Credea că poate s-o vândă departamentului? Dacă ar fi trimis un asasin plătit, era convinsă că tot ce i-ar fi cerut ar fi fost capul ei. Aşadar, un şantajist sau un vânător de recompense? *Am ceea ce vreți, dar, dacă nu dublați suma, am să-i dau drumul vie, în lumea largă.* Deştept. Fără doar şi poate că departamentul ar fi sărit cu banii.

Asta era cea mai bună supoziție pe care reuşi s-o facă până când ajunse la uşă.

Sistemul nu era complicat. Erau trei seturi de fire pentru fiecare zonă de acces. Primul era afară, în tufişurile din stânga uşii, ascuns sub un strat subțire de pământ. Urma firul de declanşare, care traversa cusătura cortului când uşa se deschidea, legat îndeajuns de slab ca să se desfacă la cea mai mică tentativă de efracție. Al treilea era siguranța, ascunsă sub lambriul din spatele uşii; firele expuse erau separate de un spațiu de doi centimetri şi jumătate. Curentul rămânea stabil doar dacă cel puțin două dintre conexiuni erau legate. Se întrebă dacă ar trebui să facă în aşa fel încât procesul să pară mai complicat decât era de fapt, dar îşi dădu seama că n-are niciun rost. Tot ce avea de făcut asasinul era să examineze montajul câteva secunde ca să-l înțeleagă.

Împreună capetele celui de-al treilea circuit, apoi rămase pe loc.

— E... oprit.

Încercă să vorbească cu un glas stins, sperând să-l facă să creadă că reuşise s-o pună cu botul pe labe.

— Vrei să faci onorurile? îi sugeră bărbatul.

Alex se duse şchiopătând spre cealaltă parte a uşii şi o trase înapoi, scrutând bezna, acolo unde presupunea că vor fi capetele întunecate ale însoțitorilor lui. Nu văzu nimic în afară de casa îndepărtată. Deodată, îşi coborî privirea şi încremeni.

— Ce-i *asta?* şopti.

De fapt, nu era o întrebare pentru el, doar dăduse glas şocului pe care-l simți.

— Asta, răspunse el pe un ton grețos de infatuat, sunt cincizeci și cinci de kilograme de mușchi, gheare și colți.

Trebuie să fi făcut un semn — Alex nu-l văzu, privirea ei rămânând ațintită asupra „întăririlor" individului — pentru că animalul fu dintr-un salt lângă el. Arăta ca un ciobănesc german, unul foarte mare, dar Alex își amintea că rasa aceea avea blana colorată altfel. Câinele ăsta avea blana complet neagră. Putea să fie un lup?

— Einstein, îi spuse el animalului, care se uită în sus, cu o privire ageră.

O arătă cu degetul și următorul cuvânt fu evident o comandă:

— Control!

Câinele — lupul? — alergă spre ea cu părul de pe ceafă zbârlit. Alex se dădu înapoi până se lipi cu spinarea de ușa șopronului și-și ținu mâinile în aer. Câinele se încordă cu botul la câțiva centimetri de abdomenul ei, dezvelindu-și colții lungi, albi și ascuțiți. Un mârâit amenințător începu să iasă din gâtlejul animalului.

Intimidează ar fi fost o comandă mai potrivită.

Se gândi să încerce să înfigă unul dintre cârlige în pielea câinelui, dar se îndoia că erau îndeajuns de lungi ca să treacă de blana groasă. Și nu părea că dihania ar fi stat cuminte, la mângâiat.

Batman se relaxă un pic sau cel puțin așa i se păru ei. Era greu să-i ghicești postura sub armură.

— În regulă, acum, că am spart gheața, să stăm de vorbă.

Alex așteptă.

— Unde-i Daniel Beach?

Simți cum chipul îi căpătă o expresie șocată chiar în timp ce încerca să-și înăbușe reacția. Toate teoriile ei fuseseră aruncate în aer.

— Răspunde!

Nu ştia ce să spună. Oare departamentul îl voia mort pe Daniel mai întâi? Să se asigure că firele răzlețe erau toate legate frumos şi ordonat? Se gândi la Daniel, expus şi inconştient în mijlocul cortului — care nu era tocmai o ascunzătoare reuşită — şi simți că i se face rău.

Batman se apropie mânios de ea. Câinele reacționă, făcându-i loc stăpânului, în timp ce mârâitul lui crescu în volum. Bărbatul îi înfipse lui Alex țeava pistolului SIG Sauer sub bărbie, izbind-o cu capul de uşa şopronului.

— Dacă e mort, şuieră el, o să-ți doreşti să fi murit şi tu. O să te fac *să mă implori* să te ucid.

Aproape că pufni dispreţuitor. Bruta asta probabil c-ar fi lovit-o de câteva ori — şi poate, dacă ar fi avut vreun pic de creativitate, i-ar fi făcut câteva tăieturi —, apoi ar fi împuşcat-o. Habar n-avea cum să provoace şi să menţină o durere adevărată.

Dar ameninţările lui sugerau ceva — se părea că-l voia pe Daniel viu. Aşa că aveau un lucru în comun.

În orice caz, în acel moment nu trebuia să dea dovadă de rezistenţă. Alex avea nevoie ca bărbatul să creadă că ea ieşise din joc şi să lase puţin garda jos. Şi trebuia neapărat să se întoarcă la computerul ei.

— Daniel e în cort, zise Alex, făcând un semn cu bărbia şi ţinând mâinile ridicate. E bine.

Batman păru să se gândească o clipă.

— Bine, doamnele au prioritate. Einstein! strigă el. Turma.

Arătă cu degetul spre cort.

Câinele îi răspunse cu un lătrat şi se postă lângă ea. O împunse cu botul, apoi o apucă uşor cu colţii.

— Au! se plânse Alex, sărind cât colo.

Câinele ajunse în spatele ei şi o împunse din nou cu botul.

— Nu trebuie decât să mergi încet spre cortul ăla al tău şi n-o să-ți fac nimic.

O enerva câinele din spatele ei, dar ascultă ordinul, prefăcându-se în continuare că şchioapătă. Se uită în urmă la animal ca să vadă ce făcea.

— Nu-ți fie frică, spuse Batman, amuzat. Carnea de om n-are un gust prea bun. Nu *vrea* să te mănânce. O va face doar dacă-i spun eu.

Alex ignoră replica sarcastică şi se mişcă încet spre intrarea în cort.

— Ține chestia aia desfăcută ca să mă pot uita înăuntru, îi ordonă el.

Prelata era țeapănă din pricina straturilor de spumă. Alex o trase într-o parte cât putu de mult. Înăuntru era beznă, aproape peste tot. Ecranul computerului ei clipea în întuneric şi monitoarele emiteau o lumină verzuie estompată. Întrucât cunoştea foarte bine locul, putea să deslușească silueta lui Daniel sub pătură, la doar treizeci de centimetri de podea, pieptul lui ridicându-se şi coborând regulat.

Urmă un lung moment de tăcere.

— Vrei... să aprind... luminile? întrebă ea.

— Stai pe loc.

Îl simți cum se apropie din spate şi apoi țeava rece a pistolului îi apăsă ceafa.

— Ce-i asta? murmură el.

Alex rămase perfect nemişcată în timp ce degetele înmănuşate îi atinseră pielea de pe ceafă. Derutată la început, îşi dădu seama că bărbatul observase cicatricea de acolo.

— Hm, mormăi el şi lăsă mâna jos. În regulă, unde-i întrerupătorul?

— Pe birou.

— Unde-i biroul?

— Cam la trei metri în interior, pe dreapta. Unde se vede ecranul computerului.

Îşi va scoate masca de gaze ca să-şi pună din nou ochelarii?

Alex nu mai simţi pistolul în ceafă. Îşi dădu seama că bărbatul se îndepărtase de ea, deşi câinele continua să o păzească.

Ceva traversă şuierând podeaua. Se uită în jos şi văzu firul negru de alimentare al lămpii de lucru aflate cel mai aproape, apoi trecu pe lângă piciorul ei. Auzi bufnitura când obiectul se răsturnă, dar nu sesiză niciun zgomot de sticlă spartă.

Bărbatul trase lampa pe lângă ea, apoi acţionă comutatorul. Pentru o fracţiune de secundă, speră că spărsese becul, dar lumina se aprinse.

— Control! îi comandă el câinelui.

Mârâitul începu din nou, iar ea rămase cât putu de nemişcată.

Ţinând lampa în faţa lui, bărbatul păşi în cort. Alex văzu fasciculul larg măturând pereţii, apoi oprindu-se pe forma din mijloc.

Bărbatul se mişca silenţios şi uşor prin încăpere. Avea, evident, multe talente. Ocoli trupul de pe podea, verifică încăperea mai ales în colţuri, probabil în căutare de arme, apoi se concentră asupra lui Daniel. Se lăsă pe vine, trase pătura, examină cătuşele însângerate şi perfuzia, urmări traseul senzorilor la monitoare şi se uită la ele un moment. Puse sursa de lumină jos, îndreptând-o spre tavan. În sfârşit, trase cu grijă masca de pe faţa lui Daniel şi o lăsă pe podea.

— Danny, îl auzi ea şoptind.

Capitolul 8

Batman îşi smulse mănuşa neagră şi lipi două degete de carotida lui Daniel. Se apleca să-i asculte respiraţia. Alex examină mâna atacatorului — pielea palidă, degete atât de lungi încât ai fi zis că are o încheietură în plus. Păreau... familiare.

Batman zgâlţâi uşor umărul lui Daniel şi întrebă ceva mai tare:

— Danny?

— E sedat, se oferi Alex să dea lămuriri.

Faţa lui se-ntoarse brusc către ea şi îi simţi, fără s-o vadă, privirea cruntă. Dintr-odată se ridică în picioare, repezindu-se la ea. O prinse de braţe şi i le ridică din nou deasupra capului, lipindu-şi chipul acoperit de mască de faţa ei.

— Ce i-ai făcut? strigă.

Grija ei pentru siguranţa lui Daniel se risipi. *Danny* avea să fie foarte bine. Cea pentru care trebuia să-şi facă griji era chiar ea.

— Nu e nimic în neregulă cu el, spuse calm, renunţând la rolul de demoazelă rănită. O să se trezească din starea asta cam peste două ore şi-o să se simtă excelent. Pot să-l trezesc şi mai devreme, dacă vrei.

— Nu-mi vine să cred, zise el.

Se înfruntară din priviri câteva secunde, fără ca ea să ştie dacă învinsese sau pierduse. Nu-şi vedea decât propriul chip reflectat în geamul măştii de gaze.

— Bun, spuse el. Acum trebuie să te poziţionez.

Cu o mişcare uşoară, îi duse mâinile la spate, prinzându-i încheieturile în mâna dreaptă fără mănuşă, probabil ţinând pistolul în stânga. O împinse în încăpere spre scaunul rabatabil de lângă birou, iar ea se supuse. Simţea respiraţia fierbinte şi grea a câinelui în spate.

Era aproape 70% sigură că putea să se mişte astfel încât să lipească de pielea lui inelul cu cârlige de la mâna stângă, dar nu încercă. Era un risc, dar voia ca Batman să rămână în viaţă. Alex îşi dădea seama că nu prea înţelegea ce se întâmplă, iar Batman deţinea măcar câteva dintre răspunsurile care-i erau necesare. Împinse din nou, cu grijă, capacele peste cârlige.

Nu se opuse când o aşeză — deloc blând — pe scaun. Îi trase mâinile în faţă şi i le legă cu o brăţară autoblocantă.

— Am senzaţia că eşti genul de persoană ale cărei mâini aş vrea să le pot vedea tot timpul, murmură el în timp ce se lăsa în jos ca să-i lege gleznele de picioarele scaunului.

În tot acest timp, câinele îşi ţinea capul direct în faţa ei, privind-o. Câteva picături de bale fierbinţi îi umeziră mâneca. *Scârbos!*

După ce-i legă şi coatele de spătarul scaunului, bărbatul se ridică şi o privi ameninţător. Ţeava lungă, cu amortizor, a pistolului HDS era la doar câţiva centimetri de fruntea ei.

— Întrerupătorul pentru lumina din tavan e chiar acolo, spuse ea, arătând cu bărbia spre priza multiplă de pe partea din spate a biroului.

Două prelungitoare standard pentru exterior erau conectate la priză.

El privi îndelung în acea direcţie şi Alex îşi imagină că examina cu precauţie întrerupătoarele.

— Uite, orice te poate omorî pe tine o să mă omoare mai întâi pe mine, îi explică ea.

Bărbatul mormăi ceva, apoi se aplecă şi apăsă butonul.

Luminile din tavan se aprinseră.

Dintr-odată, cortul arăta mai puțin amenințător. Cu tot echipamentul medical, putea să fie cortul unui medic dintr-o zonă de război. Exceptând, fireşte, instrumentele de tortură din tavă. Îl văzu cum se uită în direcția lor.

— Recuzită, îi explică.

Îi simți din nou privirea cruntă. Bărbatul se uită spre Daniel, care stătea întins pe masă, gol, dar teafăr. Apoi se uită din nou spre ea.

— Ce-i cu luminița aia care pâlpâie? o întrebă, arătând spre cutiuța neagră cu tastatură numerică.

— Îmi arată că uşa e nearmată, minți ea fără să clipească.

De fapt, cutia nu era legată la nimic. Era doar o momeală menită să distragă atenția de la adevărata capcană.

El acceptă explicația cu o mişcare a capului, apoi se aplecă să se uite la computer. Nu existau documente deschise, nici fişiere pe desktop. Fundalul era doar un model geometric palid, mici pătrate albe pe un fond ceva mai întunecat.

— Unde-s cheile? întrebă el arătând cu capul spre Daniel.

— Lipite de partea de jos a biroului.

Bărbatul păru s-o cerceteze din nou prin mască.

Ea îşi impuse să pară calmă şi docilă. *Dă-o jos, dă-o jos, dă-o jos,* se rugă în tăcere.

Agresorul lovi scaunul cu piciorul, răsturnându-l.

Alex îşi încordă gâtul în timp ce brațul şi coapsa ei stângă se izbiră cu forță de podea. Abia reuşi să evite să se lovească iar cu capul de pardoseală. Nu era sigură dacă nu suferise deja o contuzie şi chiar avea nevoie de un creier funcțional.

Individul puse scaunul la loc. În mâna dreaptă ținea cheile.

— Nu era nevoie de asta, zise Alex.

— Einstein, control!

Câinele iar îi mârâi în față și alte bale i se prelinseră pe piept.

Batman se întoarse și desfăcu rapid cătușele lui Daniel.

— Ce e în perfuzie?

— Soluție salină în cea de sus și substanțe nutritive în cea de jos.

— Serios? zise el sarcastic. Ce se întâmplă dacă-i scot tuburile?

— O să aibă nevoie să bea lichide când o să se trezească. Dar să nu folosești sticlele de apă din frigider, cele din stânga. Alea sunt otrăvite.

Bărbatul se întoarse și-și scoase masca de pe față ca să sporească efectul privirii încruntate cu care o fixa, trăgându-și totodată de pe cap și căciula udă de transpirație.

Daaaa!

Alex nu lăsă să i se citească ușurarea pe față când el aruncă masca pe podea.

— Ți-ai schimbat tactica, observă el posac, trecându-și degetele prin părul scurt și umed. Sau de fapt sticlele de pe partea dreaptă sunt otrăvite?

Ea îl privi calmă.

— Am crezut că ești altcineva.

Și în acel moment *chiar* se uită la el.

De data asta nu mai avu puterea să-și ascundă reacția. Toate teoriile ei fură aruncate din nou în aer.

Bărbatul arboră un zâmbet încrezut, dându-și seama ce vedea ea.

Atât de multe indicii care-i scăpaseră.

Fotografiile în care *era* Daniel și în același timp *nu era*.

Informațiile incomplete din dosarul ce conținea povestea lui Daniel, fotografiile lipsă.

Timpul, datele, *datele de naştere* — cel mai uşor de schimbat dacă voiai să ascunzi ceva.

Refuzul ciudat al lui Daniel de a crede ceea ce vedea când se uita la fotografiile făcute de spioni.

Dorința de a fi loial.

Degetele acelea lungi, lungi.

— Celălalt Daniel, şopti ea.

Zâmbetul bărbatului dispăru.

— Ce?

Alex nu se putu abține să nu scoată un oftat şi să-şi dea ochii peste cap. Era mult prea mult, ca într-una dintre telenovelele ridicole ale mamei ei. Îşi aminti cât o frustrau în fiecare vacanță petrecută cu mama ei după-amiezile irosite cu dramele acelea neverosimile, derulate cu o încetineală incredibilă. Nimeni nu murea cu adevărat; toți se întorceau. Şi apoi erau gemenii. Întotdeauna erau nişte gemeni la mijloc.

La drept vorbind, Batman nu semăna aşa de mult cu Daniel, dacă te gândeai la gemeni identici. Trăsăturile lui Daniel erau rafinate, iar el avea o înfățişare blândă. Batman era numai unghiuri dure şi expresii tensionate. Ochii lui căprui păreau mai întunecați, poate doar pentru că sprâncenele lui erau mai joase, umbrindu-i cumva privirea. Părul lui avea aceeaşi culoare şi aceleaşi bucle, dar era tuns scurt, aşa cum te-ai aştepta la un agent. Judecând după ceafa mai groasă, bănuia că Batman avea o musculatură lucrată la sală față de constituția de sportiv a lui Daniel. Nu extrem de solid, căci n-ar fi putut să treacă drept fratele lui în fotografii. Doar mai dur, mai bine definit.

— Kevin Beach, spuse ea pe un ton neutru. Eşti viu.

El se aşeză pe marginea biroului. În timp ce-l urmărea cu privirea, nu zăbovi nicio secundă pe ceasul computerului aflat chiar lângă cotul lui.

— Pe cine aşteptai?

— Erau mai multe variante. În toate ne-ar fi vrut morți pe mine şi pe fratele tău.

Clătină din cap.

— Nu-mi vine să cred că m-am lăsat păcălită în halul ăsta.

— În ce hal?

— Daniel nu s-a întâlnit niciodată cu Enrique de la Fuentes, nu-i aşa? Întotdeauna ai fost tu.

Fața lui, care începuse să se relaxeze, căpătă din nou o expresie precaută.

— Poftim?

Alex arătă cu capul spre fotografiile împrăştiate pe podea. Bărbatul păru să le observe pentru prima dată. Se aplecă să examineze una dintre ele, apoi o luă de jos. După care, pe cea de sub ea şi pe următoarea. Le mototoli în mână.

— *De unde le ai?*

— Prin amabilitatea unui mic departament care lucrează pentru guvernul american — complet neoficial. Am fost angajata lor. Mi-au cerut să colaborez.

Fața lui se schimonosi de furie.

— Astea-s chestiuni secrete!

— N-ai să crezi la ce informații am acces.

O înşfăcă de tricou şi o ridică cu tot cu scaun câțiva centimetri de la podea.

— Cine eşti tu?

Alex îşi păstră calmul.

— O să-ți spun tot ce ştiu. Am fost jucată pe degete şi crede-mă, sunt la fel de furioasă ca tine că situația e aşa cum e.

O lăsă jos. Alex ar fi vrut să numere în gând, să marcheze trecerea timpului, dar se temea ca bărbatul să nu ghicească de ce voia să-i distragă atenția. Stătea deasupra ei, cu brațele încrucișate.

— Cum te numești?

Ea vorbi cât putu de rar, dar în așa fel încât să nu-l înfurie.

— Înainte eram dr. Juliana Fortis, dar acum s-a emis un certificat de deces pe acest nume.

Îi urmări chipul, ca să vadă dacă vreuna dintre aceste informații însemna ceva pentru el. Din câte își dădea seama, nimic.

— Am acționat sub conducerea departamentului — nu are altă denumire. Oficial, nu există. Au colaborat cu CIA și alte programe de operațiuni sub acoperire. Specialiști în interogare.

El se așeză din nou pe marginea biroului.

— În urmă cu trei ani, cineva a decis să lichideze doi dintre oamenii de bază ai departamentului. Adică, pe mine și pe mentorul meu, dr. Joseph Barnaby.

Bărbatul încă nu dădea niciun semn că recunoaște ceva din ce-i spunea.

— Nu știu de ce, dar aveam acces la informații extrem de prețioase și cred că motivul pentru care au luat acea decizie a fost tocmai ăsta. De atunci mă ascund mereu. M-au găsit de patru ori. De trei ori au încercat să mă asasineze. Ultima oară, și-au cerut scuze.

Bărbatul miji ochii, evaluând situația.

— Mi-au spus că se confruntă cu o problemă și că au nevoie de mine. Mi-au dat un teanc de dosare despre situația lui de la Fuentes și mi-au spus că fratele tău e colaboratorul lui. Mi-au mai spus că în trei săptămâni Daniel va răspândi virusul în sud-vestul Americii. Mi-au zis că am la dispoziție trei zile ca să aflu unde e virusul și cum să-l opresc pe traficant să-și pună în aplicare planul.

Acum el clătina din cap.

— Ţi-au spus toate lucrurile astea? întrebă neîncrezător.

— Combaterea terorismului a fost mereu componenta principală a jobului meu. Ştiu unde sunt îngropate toate focoasele nucleare şi bombele murdare.

Bărbatul îşi ţuguie buzele, părând să ia o decizie.

— Ei bine, întrucât ştii deja detaliile, cred că nu încalc prea grav politica dacă-ţi spun că am rezolvat situaţia cu de la Fuentes încă de-acum şase luni. Nu ştie multă lume de moartea lui. Cei rămaşi în cartel păstrează tăcerea ca să nu pară vulnerabili în faţa concurenţei.

Uşurarea pe care o simţi o surprinse. Faptul de a şti că atâţia oameni erau condamnaţi la o execuţie atât de dureroasă fusese o povară mai grea decât realizase.

— Da, spuse ea, are logică.

Se părea că cei din departament nu erau chiar atât de nemiloşi. Se folosiseră de o perspectivă de coşmar ca s-o motiveze, dar nu se jucau cu vieţile unor civili aflaţi încă într-o situaţie periculoasă.

— Şi Şarpele?

Bărbatul îi aruncă o privire golită de orice expresie.

— Scuze, porecla dată de departament. Teroriştii interni?

— Colaboratorii mei i-au capturat pe doi dintre cei trei lideri ai bandei şi au lichidat întreaga filială din sud-vest. Niciun supravieţuitor.

Alex se sili să zâmbească.

— Eşti doar un anchetator, spuse bărbatul cu o voce brusc glacială. Un fel de călău.

— Da, răspunse ea, ridicând uşor bărbia.

— Şi l-ai torturat pe fratele meu ca să obţii nişte informaţii pe care nu le avea.

— Da. La început, cel puţin.

Bărbatul îi trase un dos de palmă. Capul ei se mişcă brusc într-o parte; scaunul se clătină, iar el îl împinse cu piciorul.

— O să plăteşti pentru asta, îi promise el.

Alex îşi mişcă maxilarul, ca să vadă dacă nu se rupsese ceva. Când constată mulţumită că nu era nimic grav, răspunse:

— Nu sunt absolut sigură, dar cred că ăsta-i motivul pentru care i-au făcut asta. Şi pentru care mi-au servit toată această poveste complicată.

— Ce motiv? întrebă el printre dinţi.

— N-au prea avut succes în încercarea de a mă ucide. Cred că s-au gândit că tu vei reuşi s-o faci.

Bărbatul îşi încleştă maxilarele.

— Ce nu pricep totuşi, continuă ea, e de ce nu ţi-au cerut pur şi simplu s-o faci. Sau de ce nu ţi-au ordonat, mai exact. Decât dacă... nu mai lucrezi pentru CIA?

Pistolul îl trădase. Conform cercetărilor pe care le făcuse, era sigură că HDS era pistolul cel mai des folosit de agenţii CIA.

— Dacă nu ştiai despre mine, cum de ştii unde lucrez? o întrebă el.

Brusc, Alex văzu cu coada ochiului cum dreptunghiul alb luminos se înnegreşte. Încercând să nu se dea de gol, trase aer în piept cât putu de adânc.

— Răspunde! se răsti el, ridicând palma din nou.

Ea îl privi lung, fără să respire.

Individul ezită, încreţindu-şi fruntea şi deodată ochii i se făcură mari. Dădu să ia masca de pe podea, dar îşi pierdu cunoştinţa înainte să ajungă la ea.

Încă o bufnitură — câinele se prăbuşi într-o grămadă de blană lângă scaunul ei.

Pe când făceau testări, Alex îşi ţinuse o dată respiraţia timp de un minut şi patruzeci şi două de secunde, dar nu mai reuşise niciodată să atingă acel record. De obicei, rămânea fără aer după aproximativ un minut şi cincisprezece secunde, încă mult peste medie — capacitatea pulmonară devenise o prioritate în viaţa ei. De data asta, bineînţeles, nu avusese cum să hiperventileze în prealabil. Dar nu avea nevoie de un minut întreg.

Îşi târî scaunul până la trupul inert al lui Batman şi se împinse în faţă, proptindu-şi genunchii în spatele acestuia. Cu mâinile legate în faţă era un pic mai uşor. Kevin Beach lăsase masca lui Daniel pe podea; o agăţă cu un deget, apoi îşi înclină scaunul pe spate până ce acesta se sprijini cu toate cele patru picioare pe podea. Se aplecă în faţă cât putu de mult şi îşi trase masca peste cap, apăsând marginea de cauciuc de faţă pentru a o etanşeiza. Suflă aerul din plămâni cu forţă, curăţând camera de filtrare, apoi trase ezitant puţin aer.

Dacă mai rămăsese o parte din substanţa chimică, tot ar fi fost bine. Organismul ei era destul de rezistent şi n-ar fi fost inconştientă la fel de mult precum ceilalţi. Dar era foarte bine să aibă un asemenea avans.

Se mişcă spre birou şi-şi frecă brăţara din jurul încheieturilor de muchia bisturiului din tava cu recuzită. După ce o tăie pe aceasta, se eliberă cu uşurinţă de restul legăturilor.

Mai întâi, priorităţile. Îşi setă screensaver-ul să intre în funcţiune după cincisprezece minute de inactivitate.

Nu-l putea ridica pe Batman, întins cu faţa în jos pe podea lângă fratele lui, dar braţele şi picioarele lui erau destul de aproape de membrele lui Daniel, astfel că putu să-i imobilizeze încheietura şi glezna lui Kevin cu cătuşele fratelui său. Kevin aruncase neglijent cheile pe masă, lângă Daniel, aşa că le luă şi le băgă în buzunar.

Nu-l mai legă şi pe Daniel. Poate că era o greşeală, dar deja îi făcuse atât de mult rău, încât pur şi simplu ar fi fost nedrept. Şi, pe lângă toate astea, nu-i era teamă de el. O altă posibilă greşeală.

Îl deposedă pe Batman de pistoale, apoi scoase cartuşele şi percutoarele din puşcă şi HDS. Blocă piedica SIG Sauer-ului şi-l vârî în partea din spate a centurii. Îi plăcea — arăta mai serios decât PPK-ul ei. Se duse la boxe ca să-şi caute pistolul PPK, pe care-l băgă tot la centură, lângă SIG Sauer. Era mai obişnuită cu al ei şi nu strica să-l aibă la îndemână.

Îşi găsi pantofii, puse deoparte celelalte arme şi când se întoarse în cort luă şi curelele pentru mutat mobilierul. Câinele era prea greu ca să fie cărat cu uşurinţă, aşa că înfăşură curelele în jurul lui şi-l târî în cămăruţa cu patul. La început, doar închise uşa şi plecă — la urma urmei, câinii nu au degete opozabile. Totuşi, după o clipă, se răzgândi. Pe câine îl chema Einstein; cine ştie de ce era capabil? Se uită după un obiect pe care să-l tragă în faţa uşii. Cele mai multe maşini erau prinse de podea cu bolţuri. După câteva secunde de gândire, se duse la sedanul argintiu. Încăpea numai bine între cort şi boxe. Îl duse până la uşa cămăruţei, propti bara de protecţie şi fixă schimbătorul de viteze în poziţia de parcare. Pentru mai multă siguranţă, trase şi frâna de mână.

Închise uşa şopronului şi o armă din nou. Privi în treacăt afară şi văzu că se apropiau zorii.

Înapoi la Celălalt Daniel. Dezbrăcarea costumului de Batman se dovedi a fi o corvoadă. Ţesătura dintre plăcile antiglonţ era groasă şi brăzdată de cabluri fine, aproape ca nişte cartilagii. Rupse două lame de bisturiu până reuşi să-l desfacă la talie. Se mulţumi să-i ridice jumătatea de sus şi să-i pipăie cracii pantalonilor, care n-aveau atât de mult material de protecţie. Găsi un cuţit prins în toc la şale şi câte unul vârât în fiecare bocanc. Îi scoase şi ciorapii şi văzu că îi lipsea degetul mic de la piciorul stâng. Nu mai găsi alte arme asupra lui. Nu c-ar mai fi avut nevoie de vreuna dacă reuşea să pună din nou mâna pe aceea care o interesa. Tot corpul lui era brăzdat de muşchi supli şi duri. Avea spatele plin de cicatrici — unele de la gloanţe, altele de la cuţite şi o arsură urâtă — şi încă o cicatrice vizibilă sub linia părului. Şi el îşi scosese dispozitivul de urmărire. Era clar că nu mai lucra pentru CIA. Un trădător? Agent dublu?

Dar cum de-l găsise pe fratele lui?

Îşi aminti huruitul avionului cu elice, bufnitura răsunătoare a aterizării forţate — cineva care se grăbea, crezuse ea. Cineva pentru care timpul era problema cea mai mare.

Se întoarse spre Daniel; se părea că trebuia să-l examineze din nou. Îi cercetase cu meticulozitate spatele mai devreme, aşa că acum se uită mai atent la abdomenul, vintrele şi coapsele lui. Un lucru pe care-ar fi trebuit să-l facă mai devreme, dar interpretase cât se poate de eronat situaţia.

Până la urmă, felul grăbit în care Batman sosise şi acţionase o ajută să înţeleagă. Un dispozitiv de urmărire obişnuit ar fi indicat doar unde se afla subiectul, iar Daniel nu era aşa departe de casă, în orice caz nu suficient de departe ca să-l facă pe fratele lui să intre în panică şi să vină tunând şi fulgerând. Aşa încât dispozitivul de urmărire monitoriza şi altceva în afară de poziţie şi trebuia plasat în locul potrivit.

Îi venea să-şi tragă palme când îl văzu — codiţa roşie a unei cicatrici iţindu-se de sub banda de leucoplast cu care îi prinsese de picior tubul cateterului. Dezlipi banda acum — în orice caz, întotdeauna era mai bine să faci asta în timp ce subiectul era inconştient — şi apoi scoase cateterul. Daniel avea să se trezească în curând.

Cicatricea era minusculă şi sub piele nu se vedea nicio umflătură. Se gândi că dispozitivul trebuie să fi fost implantat mai adânc, lângă artera femurală, fără doar şi poate. Când tensiunea lui arterială o luase razna, la prima rundă a interogatoriului sau poate chiar odată cu frica pe care o simțise când se trezise prima dată, probabil că-i dăduse de veste fratelui său. Şi celorlalți care îl monitorizau, oricine ar fi fost aceştia. Trebuia să scoată dispozitivul de urmărire.

Avea suficient timp până să se trezească, aşa încât îşi aduse trusa de prim ajutor. Îşi puse mănuşile, amorți locul şi steriliză un bisturiu — ce bine că nu le rupsese pe toate cu costumul lui Batman. Dezinfectă pielea cu iod, apoi făcu rapid o incizie peste cea veche, deşi un pic mai lungă. N-avea nici forceps, nici pensă, aşa că împunse cu degetul în jur, pe interior şi pe exterior. Când găsi dispozitivul — o capsulă mică de mărimea unui drajeu pentru durerile în gât —, apăsă şi-l scoase cu uşurință.

Curăță locul, apoi lipi marginile.

După asta, trată pielea rănită de la încheieturi şi glezne, curățând şi bandajând totul. În sfârşit, îl acoperi cu pătura şi-i puse o pernă sub cap.

Capsula o lăsă să se răcească pe masa de oțel. Celor care urmăreau dispozitivul le-ar fi apărut pe monitor că Daniel Beach tocmai murise. Avea sentimentul că moartea lui n-avea să tulbure pe nimeni din departament. Acum avea o idee mai clară despre planul celeilalte părți şi era destul de sigură că nu o privea doar pe ea.

Ieşi din cort ca să se ocupe de fața ei, ştergând mai întâi sângele, ca să-şi dea seama cât de gravă era situația. Buza îi era umflată şi ruptura avea nevoie de o copcă; aplică o picătură de adeziv. Pielea obrazului îi era sfâşiată şi în jurul ochilor urma să aibă pete vineții. Avea nasul umflat şi strâmbat, aşa că profită de starea ei curentă în care nu simțea durerea ca să-l readucă la o formă normală, atât cât se pricepu.

Durerea avea să revină în curând, deşi îşi administrase doza maximă din drogul pe care-l numea în secret *Supraviețuire*. Nu fusese conceput să aibă efecte pe termen lung. Era doar pentru a te ajuta să treci printr-un atac precum cel pe care tocmai îl suferise. Asemănătoare cu adrenalina pe care corpul o generează în mod natural, doar că mult mai puternică şi cu nişte opiacee care să blocheze durerea. *Supravieţuire* nu exista oficial. Fişa postului ei nu inclusese crearea de poţiuni *anti*-tortură, dar se gândise că ar putea avea nevoie cândva de o chestie ca asta şi uite că avusese dreptate. Nu era prima oară când îl folosea — reacţionase exagerat la tentativele de asasinat precedente —, dar *era* prima dată când fusese agresată având *Supravieţuire* în organism. Era încântată de efectele lui.

Nu avea la dispoziţie nimic cu care să-şi repare nasul, aşa că va trebui să încerce să fie mai atentă cu faţa ei o vreme. Din fericire, obişnuia să doarmă cu faţa în sus.

Da, faţa avea să fie o problemă, chiar mare. Nu prea mai putea acum să intre într-o băcănie şi să treacă neobservată.

Se întinse pe pat zece minute, ca să mai capete putere sau ce mai rămăsese din aceasta. Drogul încă o făcea să se simtă puternică, dar ştia că fusese lovită destul de rău. Trebuia să se ocupe de consecinţe. Avea nevoie de timp ca să se odihnească şi să se vindece, un timp pe care nimeni n-avea să i-l dea.

Capitolul 9

Hotărî să-l trezească pe Daniel. După ce Batman își revenea — ceea ce urma să se întâmple cam într-un sfert de oră — conversația n-avea să fie una prea plăcută. Își dorea o șansă ca să se explice — și să se scuze — înainte să-nceapă zbieretele și amenințările cu moartea.

Resetă IP-ul computerului.

Amestecul chimic din aer se dispersase, așa că nu mai avea nevoie de mască de gaz în cort. O luă și pe cealaltă și își legă la centură ambele măști, ca să le aibă la îndemână.

Mai întâi, îi scoase lui Daniel perfuzia. Nu voia să fie legat la niciun tub când se trezea. Îi ajunsese cât suferise. Venele lui arătau încă bine. Era ușor să-i injecteze soluția în fosa antecubitală a celuilalt cot. Se așeză pe marginea mesei, pe care o lăsase atât de jos încât aproape stătea pe podea. Își cuprinse genunchii cu brațele și așteptă.

El își reveni încet, clipind din cauza luminilor din tavan. Își duse mâna la ochi și deodată își recăpătă cunoștința. Se uită la mâna lui — liberă, bandajată —, apoi își roti ochii prin camera luminată.

— Alex? întrebă încet.

— Sunt aici.

Se întoarse uşor spre ea, mişcându-şi picioarele sub pătură, ca să vadă dacă mai era legat.

— Ce se-ntâmplă acum? întrebă cu precauție, chinuindu-se să-şi concentreze privirea.

— Cred că mi-ai spus adevărul. Şi-mi pare foarte rău pentru ce ți-am făcut.

Îl privi cum analizează vorbele ei. Cu grijă, Daniel se ridică într-un cot, apoi trase de pătură, dându-şi seama din nou că era gol. Era interesant cum reacționau la asta cei din afara profesiei medicale. În general, doctorii erau cât se poate de relaxați în privința nudității. Ea avea față de nuditate aceeaşi atitudine ca orice alt doctor, dar Daniel n-avea cum să ştie asta. Ar fi trebuit să-şi pună halatul de doctor.

— Mă crezi? o întrebă el.

— Da. Ştiu că nu eşti persoana care credeam că eşti. Am fost...

Se ridică mai mult, mişcându-se prudent, aşteptându-se să-l doară ceva. Trebuia să se simtă bine, totuşi — doar obosit din pricina spasmelor musculare. Iar partea de sus a coapsei avea să-l doară când anestezicul local îşi pierdea efectul.

— Eu..., dădu el să spună şi deodată îngheță. *Ce s-a-ntâmplat cu fața ta?*

— E o poveste lungă. Pot să spun ceva înainte?

Expresia lui era plină de îngrijorare. Din cauza ei? Nu, nu era deloc corect.

— Bine, acceptă el nesigur.

— Uite, Daniel, ce ți-am spus înainte a fost adevărat. Nu-mi place să-i fac pe oameni să sufere. Nu mi-a plăcut să te fac să suferi. Fac asta doar atunci când cred că cealaltă opțiune e mult mai rea. Niciodată în viața mea n-am mai făcut asta... să rănesc o persoană complet nevinovată. Niciodată. Nu toate persoanele pe care mi s-a cerut să le interoghez erau la fel de josnice ca restul, dar toți făceau măcar parte din scenariu.

Mi-am dat seama de multă vreme că foştii mei şefi nu se vor da în lături de la aproape nimic, dar tot nu-mi vine să cred că m-au făcut să interoghez pe cineva care e complet nevinovat.

Daniel se gândi la spusele ei câteva secunde.

— Îmi ceri să te iert?

— Nu, nu-ți cer asta. Niciodată n-aş cere aşa ceva. Dar am vrut doar să ştii. Nu ți-aş fi făcut niciodată vreun rău dacă n-aş fi crezut cu adevărat că prin asta salvez nişte vieți. Îmi pare foarte rău.

— Şi cum rămâne cu traficantul de droguri? Cu virusul? întrebă el neliniştit.

Alex se încruntă şi-i răspunse:

— Am primit nişte informații noi. Se pare că de traficant s-a ocupat deja cineva.

— Şi nimeni n-o să moară?

— Nu din cauza unui virus transformat în armă de un magnat al drogurilor.

— Deci, asta e de bine, nu?

— Mda, spuse ea oftând. Cred că asta-i partea bună a ceea ce s-a întâmplat aici.

— Acum o să-mi spui ce-ai pățit la față? Ai avut un accident?

Vocea lui Daniel era din nou îngrijorată.

— Nu. Rănile mele sunt legate de acele informații noi, despre care am vorbit.

Nu era sigură cum era mai bine să-i dea vestea.

O indignare subită. Umerii lui se încordară.

— Cineva *ți-a făcut* asta intenționat? Pentru că mi-ai făcut rău?

Cu siguranță că mintea lui nu funcționa ca a unuia care activa în aceeaşi branşă ca ea. Lucruri care ar fi fost evidente pentru oricine participase vreodată la vreo misiune de genul ăsta lui îi erau cu totul străine.

— Oarecum, îi răspunse ea.

— Dă-mi voie să vorbesc cu el, insistă Daniel. Şi să ştii că te cred. Sunt convins că n-ai vrut s-o faci. Ai încercat să fii de ajutor.

— Nu asta-i problema reală. Daniel, mai ştii când îţi arătam pozele alea şi ai recunoscut persoana din ele, dar nu voiai să-mi spui cine este?

Expresia lui deveni opacă. Dădu din cap.

— Poţi să te relaxezi. Nu-ţi cer să mărturiseşti nimic; nu apelez la vreo stratagemă acum. N-am ştiut că ai avut un frate geamăn. Mi-au ascuns asta în dosar ca să nu...

— Nu, dar nu era Kevin, o întrerupse el. Asta nu înţelegeam. Semăna la perfecţie cu el, dar e imposibil. Kevin e mort. A murit în închisoare anul trecut. Nu ştiu cine-ar putea fi, în afară de cazul în care de fapt am fost tripleţi, şi cred că mama ar fi observat asta...

Daniel lăsă fraza în aer, observând că expresia ei se schimbase.

— Ce e? o întrebă.

— Nu sunt sigură cum să-ţi spun.

— Ce să-mi spui?

Alex ezită un moment, apoi se ridică şi dădu ocol mesei. Ochii lui o urmăriră, apoi Daniel se ridică în capul oaselor, adunându-şi pătura în jurul mijlocului. Ea se opri şi privi în jos. Ochii lui îi urmăriră privirea.

Faţa lui Kevin Beach era întoarsă spre masa pe care stătea întins Daniel. Era ciudat cât de bine semăna cu fratele lui când era inconştient şi toată tensiunea din expresia lui dispăruse.

— Kevin, şopti Daniel, albindu-se la faţă, apoi înroşindu-se puternic.

— Ai ştiut că fratele tău lucra în cadrul CIA? îl întrebă Alex pe un ton calm.

Daniel ridică privirea, înspăimântat.

— Nu, nu, era în puşcărie pentru trafic de droguri. După moartea părinţilor noştri, lucrurile au mers rău. Kev a luat-o pe o cale greşită. S-a autodistrus. Adică, după West Point[1]...

— *West Point?*

— Da, spuse el, cu o expresie neutră.

Era evident că-i scăpa semnificaţia acestui detaliu.

— Înainte de droguri era alt om. A absolvit printre primii în clasa lui. A fost acceptat la şcoala de soldaţi de elită...

Daniel lăsă fraza neterminată, cercetând chipul ei încruntat.

Bineînţeles. Alex îşi înăbuşi un oftat, supărată că nu-şi făcuse griji cu privire informaţiile lipsă din dosare, pentru că nu-şi găsise timp să ajungă la o bibliotecă unde să cerceteze în siguranţă toate legăturile de familie ale lui Daniel.

— E mort, nu-i aşa? zise Daniel privindu-şi din nou fratele.

— E doar adormit. O să se trezească în câteva minute.

— Cu ce e *îmbrăcat?* întrebă Daniel, încruntându-se.

— Un fel de uniformă militară blindată, cred. Nu mă pricep foarte bine.

— CIA, şopti el.

— Operaţiuni sub acoperire, îmi închipui. Fratele tău nu s-a autodistrus, doar a schimbat taberele. De aceea a avut de-a face cu acel magnat al drogurilor.

Ochii lui mari deveniră serioşi.

— Îl ajuta pe acel magnat să răspândească virusul? întrebă el în şoaptă.

— Nu. De fapt, l-a anihilat. Practic, suntem de aceeaşi parte a baricadei, deşi nu ţi-ai da seama dacă te-ai uita la noi.

Împunse cu vârful piciorului trupul întins pe jos.

Daniel întoarse brusc capul spre ea.

---

[1] Academia militară a SUA. *(N.t.)*

— Kevin ți-a făcut asta la față?

Ciudat, dar părea mai îngrijorat de starea ei decât de ideea că fratele lui era un criminal.

— Da, iar eu i-am făcut asta, zise ea, împungându-l din nou cu piciorul.

— Dar o să se trezească?

Alex încuviință. Faptul că Batman avea să se trezească în scurt timp declanșase în ea un conflict interior. N-avea să fie deloc frumos. Iar Daniel era atât de drăguț în toate privințele și mai ales în privința ei. Asta probabil că se va schimba când fratele lui va începe să vorbească.

Daniel zâmbi ușor, uitându-se lung la spinarea expusă a fratelui său.

— Deci, ai câștigat?

— Deocamdată, spuse ea râzând.

— Dar e *mult* mai solid ca tine.

— Aș spune că am fost mai isteață, însă am făcut câteva greșeli uriașe în sistemul de securitate pe care l-am instalat aici. Cred că de data asta am fost doar mai norocoasă.

Daniel dădu să se ridice, dar se opri.

— Știi cumva dacă hainele mele sunt pe-aici pe undeva?

— Îmi pare rău, dar nu sunt. M-am temut să nu fie dispozitive de urmărire în ele. A trebuit să ți le scot și să le arunc.

El se înroși din nou la față și mai jos, până la pata aceea mică de pe piept. Își drese glasul și spuse:

— De ce să mă urmărească cineva *pe mine?*

— Păi, atunci credeam că magnatul drogurilor vrea să te monitorizeze. Sau că erai de fapt o momeală pe care departamentul meu o folosea ca să-mi urmărească *mie* mișcările. Ceea ce, la drept vorbind, e mai aproape de adevăr.

— Sunt atât de derutat, spuse el încruntat.

Alex încercă să-i explice cât mai succint posibil. În timp ce vorbea, Daniel se ridică în picioare, cu pătura înfășurată în jurul taliei ca un prosop uriaş, şi începu să se plimbe încolo şi-ncoace prin faţa fratelui său adormit.

— Au încercat să te ucidă de *patru* ori? întrebă el la final.

— Acum cred că de cinci ori, răspunse Alex, uitându-se cu subînţeles la Batman.

— Nu-mi vine să cred că-l văd pe Kevin în viaţă.

Daniel oftă. Îşi îndoi picioarele lungi sub pătură şi se aşeză pe podea lângă fratele său.

— Nu-mi vine să cred că m-a minţit. Nu pot să cred că m-a lăsat să cred că e un infractor... Nu pot să cred că m-a făcut să-mi închipui că *a murit*... Nu-mi vine să cred de câte ori l-am vizitat... Ştii cât de *mult* durează să ajungi cu maşina din Washington în Milwaukee?

Daniel se uita în tăcere la fratele lui. Alex îl lăsă în pace. Nu-şi imagina cum s-ar simţi dacă Barnaby ar apărea din nou în viaţa ei pe neaşteptate. Cum reacţionezi la ceva de genul ăsta?

— Când o să se trezească, murmură cu blândeţe Daniel, am să-i trag un pumn în beregată.

Ei bine, ăsta era un posibil mod de a reacţiona.

— De ce l-ai legat cu cătuşele? întrebă Daniel.

— Pentru că, de îndată ce-şi va recăpăta cunoştinţa, o să-ncerce să mă ucidă.

Daniel făcu din nou ochii mari.

— *Poftim?*

— Nu e greu de înţeles. Tot ce ştia când a pătruns aici prin acoperiş era că cineva îţi face ţie rău. M-a lăsat în viaţă doar pentru că nu era sigur că eşti cu adevărat teafăr. De exemplu, ca să mă pună să-ţi dau un antidot sau ceva de genul ăsta. Sunt foarte sigură că, dacă n-aş fi fost foarte atentă, în clipa în care te-ai fi trezit, m-ar fi împuşcat.

Vedea că Daniel n-o credea. Clătina supărat din cap. Câţiva zulufi îi căzură pe frunte, părul fiindu-i încă uşor umed de transpirație. Era uimitor cât de puțin timp trecuse de fapt, dar cum totul se schimbase. Iar ea avea nevoie de un plan nou.

Oare era în siguranță dacă se întorcea la locuința ei cea mai recentă, în care era când o contactase Carston? Bineînțeles că așa i-ar fi fost cel mai ușor. Avea mâncare și nimeni n-avea să-i vadă fața până nu-și recăpăta înfățișarea normală. Nu voia să compromită acea locuință.

Dar pe urmă? Cât irosise din banii puși deoparte pentru această capcană stupidă? Cât va mai putea să-și ducă zilele cu ce-i mai rămăsese?

Carston știa că fusese activă în mediile online, așa că ar fi fost riscant să-și caute o slujbă adevărată pe internet. Ca s-o țină cu mâinile legate, departamentul nu trebuia să știe unde e.

Ceva îi atinse piciorul și tresări. Era doar mâna lui Daniel.

— N-am vrut să te sperii, scuză-mă.

— Nu-ți cere scuze.

— Doar că păreai așa de preocupată. Nu trebuie să fii. Pot să vorbesc eu cu Kevin.

Ea zâmbi forțat.

— Mulțumesc, dar în clipa asta nu-mi fac griji în privința lui Lazăr.

— Ești îngrijorată din pricina departamentului tău.

Alex se întoarse într-o parte, se duse la computer și-și sprijini palma pe bara de spațiu. Spera ca mișcarea să nu pară deliberată.

— Mda, spuse fără să se uite la el. Poți să spui și-așa.

Cu coada ochiului, observă că respirația lui Kevin se opri o clipă, înainte de a deveni din nou regulată. Era bine că se îndepărtase. Categoric nu voia să se afle acum în raza lui de acțiune.

— Există... nu ştiu... există ceva cu care-aş putea să te ajut? întrebă Daniel preocupat.

Alex îl privi lung, surprinsă să simtă cum lacrimi adevărate îi inundă ochii.

— Nu cred că merit ajutorul tău, Daniel.

El pufni exasperat.

— Şi, serios, continuă Alex, ai şi-aşa destule probleme pe cap.

Era clar că el nu se gândise la implicaţiile pe termen lung ale celor întâmplate.

— Ce vrei să spui?

— Acum şi tu eşti o ţintă. Tocmai ai aflat o mulţime de lucruri pe care nu trebuia să le ştii. Dacă te duci acasă, dacă te-ntorci la viaţa ta normală, ei or să-i pună capăt.

— Să... nu... mă-ntorc?

Era înmărmurit. Alex simţi cum o copleşeşte mila. Încă o dată îşi aminti cât de diferit era modul lui de viaţă de al ei. Daniel se gândise probabil că putea să rezolve totul angajându-şi un avocat sau scriindu-i congresmanului său.

— Dar, Alex, *trebuie* să mă-ntorc. Echipa mea e în turneul pentru campionat!

Nu se putu abţine. Începu să râdă, lacrimile îi curgeau pe obraz. Daniel îi văzu expresia şi dădu din mână încercând să se scuze.

— Iartă-mă, spuse ea printre hohote. Nu e amuzant deloc. Îmi cer scuze. Cred că analgezicele mele încep să-şi piardă efectul.

El se ridică repede în picioare.

— Ai nevoie de ceva? De o aspirină?

— Nu, sunt bine. Doar că trebuie să-mi revin de sub efectul drogului.

Daniel se apropie şi-şi lăsă uşor mâna pe braţul ei. Ea simţi înţepătura, rana devenise sensibilă. Avea să fie o zi foarte grea.

— Eşti sigură? întrebă el. Nu vrei să-ţi aduc ceva?

— *De ce* eşti atât de bun cu mine?

Daniel o privi mirat.

— Oh. Cred că-nţeleg ce vrei să spui.

În sfârşit, îşi zise ea. Începuse să se teamă că poate drogul pe care-l folosise când îl răpise — *Urmează-ţi liderul* — avea efecte neurologice permanente pe care nu le descoperiseră în faza experimentală.

— Uite cum stau lucrurile, spuse. O să am o mică discuţie cu Kevin, apoi o să-mi strâng lucrurile şi-o să-ţi dau cheia cu care să-l eliberezi pe fratele tău, după ce mă urc în maşină.

— Dar unde-o să te duci? Cum rămâne cu rănile tale?

— Iar eşti drăguţ, Daniel.

— Scuze.

Alex râse din nou, dar râsul i se transformă într-un suspin.

— Serios, totuşi, spuse el, nu trebuie să pleci imediat. După cum arăţi, ţi-ar prinde tare bine să dormi şi să primeşti îngrijiri medicale.

— Nu figurează pe agenda mea.

Se relaxă în scaunul de birou, sperând că el n-o să observe cât de obosită era.

— Aş vrea să putem sta mai mult de vorbă, Alex. Nu ştiu ce-o să fac acum. Dacă ai vorbit serios că nu pot să mă întorc... Sunt complet confuz.

— Am vorbit cât se poate de serios. Şi-mi pare rău. Dar cred că fratele tău o să-ţi poată da toate detaliile. Îmi imaginez că se pricepe mai bine să se ascundă decât mine.

Daniel se uită cu îndoială la fratele lui îmbrăcat pe jumătate în costumul de Batman.

— Crezi?

— Nu eşti de-acord, Kevin? întrebă Alex, fiind sigură că el era treaz de cel puţin câteva minute.

Daniel se lăsă în genunchi lângă fratele său.

— Kev?

Încet, cu un geamăt, Kevin își întoarse capul ca să se uite la fratele lui.

— Salut, Danny.

Daniel se aplecă și-l îmbrățișă cu stângăcie. Cu mâna liberă, Kevin îl bătu ușor cu palma pe braț.

— De ce, Kev, de ce? întrebă Daniel, îngropându-și fața în părul lui Kevin.

— Am vrut să te feresc de rele, băiete. Departe de oameni ca...

Și adăugă câteva descrieri deloc măgulitoare pentru ea; Alex știa toate cuvintele separat, dar combinația era de-a dreptul neobișnuită.

Daniel se smulse din îmbrățișare și-i arse lui Kevin o palmă peste cap.

— Nu vorbi așa!

— Glumești? Psihopata aia te-a *torturat!*

— Nu așa de mult timp. Și a făcut-o doar pentru că...

— O *aperi* pe...

O nouă revărsare de creativitate. Daniel îl pocni din nou. Nu tare, dar Kevin n-avea chef de joacă. Îi apucă mâna lui Daniel și i-o suci într-o poziție dureroasă. Își propti genunchiul drept sub el și încercă să se desprindă de masă. Roțile blocate scrâșniră pe podea când placa metalică se deplasă câțiva centimetri.

Alex făcu ochii mari. Masa aia trebuia să cântărească aproape două sute de kilograme. Își trase scaunul mai în spate.

Daniel se luptă încercând să se elibereze din strânsoarea fratelui său.

— O să te adorm din nou dacă nu-i dai drumul, îi promise ea lui Kevin. Vestea proastă e că substanța pe care o folosesc are câteva efecte secundare negative. La fiecare folosire, omoară un procentaj mic din celulele cerebrale, dar în timp toate astea se adună.

Kevin lăsă mâna lui Daniel, se uită o dată urât la ea şi apoi se concentră asupra fratelui său.

— Danny, ascultă ce-ţi spun, şuieră el. Eşti mai puternic decât ea. Ia cheile şi dă-mi drumul din...

Deodată, faţa îi îngheţă, se făcu roşie ca sfecla şi venele de pe frunte pulsară în ritm cu vorbele lui.

— *Unde e câinele meu?!* urlă către ea.

Masa se mai deplasă doi–trei centimetri scrâşnind pe podea.

— Doarme în camera din spate, zise Alex, străduindu-se să nu ridice tonul. Cântăreşte mai puţin decât tine; durează mai mult până trece efectul gazului.

Daniel îşi freca încheietura mâinii şi părea confuz.

— Câinele?

— Dacă nu e sută la sută..., ameninţă Kevin.

— Stai liniştit, o să fie bine. Acum trebuie să-ţi pun câteva întrebări.

Daniel se uită la ea cu o privire înfricoşată.

— Ce?

Alex îl privi şi clătină din cap.

— Nu în felul ăla. Doar un schimb de informaţii normal.

Se întoarse spre Kevin.

— Putem să vorbim calm câteva minute, te rog? Pe urmă o să te las în pace.

— Poate-n visele tale! Noi doi avem de terminat nişte treburi.

Alex ridică din sprâncene.

— Atunci putem să discutăm câteva minute înainte să te fac să intri într-o comă indusă prin mijloace medicale?

— De ce-aş face eu ceva pentru tine?

— Pentru că la mijloc e siguranța fratelui tău şi pot să-mi dau seama că e important pentru tine.

— Tu eşti cea care l-a atras pe Danny în chestia...

— Asta nu-i întru totul adevărat. Povestea asta are tot atâta legătură cu tine cât are şi cu mine, Kevin Beach.

El îi aruncă o privire cruntă.

— Deja nu-mi placi, don'şoară. Cred că nu vrei să-ți faci situația şi mai complicată.

— Relaxează-te, secretosule. Ascultă-mă până la capăt.

Daniel se uita dintr-o parte în alta, ca un spectator la un meci de tenis. Kevin avea o expresie furioasă.

— CIA crede că eşti mort? întrebă Alex.

El mormăi ceva nedesluşit.

— Am să iau asta drept un da.

— Mda, e un da, la naiba...

Daniel îi trase lui Kevin o palmă peste cap şi fugi repede în timp ce fratele său încerca să-l prindă. Apoi Kevin se concentră din nou asupra ei.

— Şi lucrurile aşa vor rămâne. M-am retras.

Alex dădu din cap, reflectând. Deschise un document nou pe computer şi tastă la întâmplare un şir de termeni medicali.

— Ce tot scrii acolo?

— Însemnări. Mă ajută să gândesc.

De fapt, era sigură că el ar fi băgat de seamă în cazul în care continua să atingă „accidental" computerul ca să-l mențină în funcțiune şi nu era exclus să mai aibă nevoie azi de capcana aceea.

— Deci, de ce e important lucrul ăsta? Am murit. Danny n-ar mai trebui să fie o țintă.

— Am fost o țintă? întrebă Daniel.

Kevin se sprijini pe cotul drept şi se aplecă spre fratele lui.

— Am lucrat sub acoperire, băiete. Oricine făcea legătura între mine şi tine te-ar fi folosit. E unul dintre dezavantajele jobului. De-aia am trecut prin toată farsa aia cu închisoarea. Atâta timp cât, pe hârtie, Kevin Beach era dispărut, băieții cei răi n-aveau să afle despre tine. N-am mai fost Kevin de multă vreme.

— Dar când te-am vizitat la...

— Agenția m-a pus în legătură cu directorul închisorii. Când veneai să mă vizitezi, dacă puteam, luam avionul şi mă prezentam la întâlnirea cu tine. Dacă nu eram disponibil...

— Deci, de-aia erai tu închis. Sau aşa-mi spuneau că ai fi. Nu pentru că te-ai fi bătut.

— Da.

— Nu-mi vine să cred că m-ai mințit în față atâția ani.

— Era singurul lucru pe care-l puteam face pentru ca tu să fii în siguranță.

— Şi ce s-ar fi întâmplat dacă-ți luai un job diferit?

Alex interveni când venele de pe fruntea lui Kevin începură să pulseze din nou.

— Ăă, credeți c-am putea să trecem în stand by această dramoletă de familie? Cred că am dezlegat ghicitoarea. Ascultă-mă, te rog, şi-o să-mi spui tu dacă greşesc, sunt sigură.

Două fețe aproape identice o priviră cu expresii aproape opuse.

— În regulă, continuă ea. Deci, Kevin, ți-ai simulat moartea — imediat după misiunea cu de la Fuentes, corect?

Kevin nu-i răspunse, aşa încât Alex vorbi mai departe:

— Aşa cum ai spus, asta s-a-ntâmplat în urmă cu şase luni. Nu pot decât să trag concluzia că Agenția a fost îngrijorată de lipsa unui cadavru...

— Oh, dar a existat un cadavru.

— Apoi au fost îngrijorați de neconcordanțele legate de acel cadavru, replică ea răstit. Şi s-au gândit la un plan ca să te scoată din joc, pentru orice eventualitate.

Kevin se încruntă. Îi ştia pe foştii lui şefi întocmai cum şi ea îi cunoştea pe ai ei.

— Daniel e punctul tău slab — aşa cum ai spus, e pârghia pe care o folosesc împotriva ta. Ei ştiu asta. Au decis să-l răpească, să vadă ce se întâmplă. Dar ştiu de ce eşti în stare şi nimeni nu vrea să tragă ponoasele dacă tu apari bine-mersi în viață.

— Dar..., vru să spună Kevin, însă tăcu, dându-şi seama probabil că orice argument ar fi adus n-ar fi stat în picioare.

— Eşti o problemă pentru CIA. Eu sunt o problemă pentru departamentul meu. Cei aflați la conducere în fostele noastre locuri de muncă sunt destul de încordați. Aşa că mi-au oferit un târg: „Acceptă o misiune pentru noi şi oprim vânătoarea". Probabil că au pregătit totul în amănunt înainte să mă contacteze. Au prelucrat dosarele, au plănuit să-mi servească povestea cu criza, ca să nu-i pot refuza. Niciunul dintre ei nu face vreo mişcare împotriva mea, pentru că deja şi-au sacrificat trei oameni încercând să mă lichideze şi nu vor alte pierderi. Ştiau că o să vin pregătită pentru orice încercare de acest gen. Dar, dacă tu erai *chiar aşa* de bun, poate că n-aş fi fost suficient de pregătită pentru tine.

Expresia lui Kevin se schimbă în timp ce ea îşi expunea argumentația.

— Şi-ntr-un caz, şi-n celălalt, conchise el, o problemă e rezolvată.

— E o chestie complexă. Dac-ar fi să ghicesc, pare să fie mai mult agenția ta decât a mea.

— Mda, la drept vorbind, se pare că e vorba de ei, admise Kevin fără tragere de inimă.

— Aşadar, ne-au pus împreună ca pe doi scorpioni într-un borcan şi au scuturat borcanul, spuse Alex. Într-un fel sau altul, ei ies victorioşi în documentele oficiale. Şi poate, dacă sunt foarte, foarte norocoşi, ne lichidăm unul pe celălalt. Sau măcar învingătorul iese şifonat din confruntare. Nicio şansă ca ei să sufere vreo pierdere.

Şi chiar *reuşiseră* s-o facă mai vulnerabilă — îi diminuaseră resursele şi o vătămaseră fizic. Un succes parțial pentru ei.

— Şi nu-i deranjează că fratele meu e şi el prizonier în borcan, spuse el furios. Doar că el e o furnică, nu un scorpion. L-au azvârlit pur şi simplu în poveste, fără să le pese că e complet neajutorat.

— Hei! protestă Daniel.

— Nu trebuie să te simți jignit, Daniel, dar eşti la fel de periculos ca o pereche de ciorapi tricotați de-o bunică.

Daniel deschise gura să răspundă, dar îl întrerupse un vaiet venit dinspre camera cu patul. Apoi se auziră nişte mârâituri furioase şi câteva lătrături puternice, urmate de zgârieturi în uşa din lemn.

Era bucuroasă că luase măsuri suplimentare în privința câinelui.

— E supărat, spuse Kevin acuzator.

— Câinele e bine. E şi o toaletă acolo, aşa că n-o să fie nici măcar deshidratat.

Kevin se mulțumi să ridice din sprâncene, fără să pară prea îngrijorat din pricina animalului. Zgârieturile şi mârâitul nu încetară.

— Tu chiar ți-ai adus un câine aici? întrebă Daniel.

— Mai degrabă un partener, spuse Kevin şi apoi se uită la ea. Ei, şi-acum? Planul lor a eşuat.

— Au fost la un pas de a reuşi.

— Am putea să mai trecem printr-o rundă, zise el rânjind.

— Oricât de mult mi-ar plăcea să-ți injectez câteva chestii în corp, aş prefera să nu le dau această satisfacție.

— Ai dreptate.

Câinele zgâria şi mârâia întruna. O călca pe nervi.

— Şi chiar am un plan.

Kevin îşi dădu ochii peste cap.

— Pariez că mereu ai un plan, nu-i aşa, piticanie?

— Pentru că nu mă pot baza pe muşchi, mă bazez pe creier, ripostă ea, privindu-l calm. Se pare că tu ai problema opusă.

Batman râse disprețuitor.

— Ăă, Kev, interveni Daniel. Aş vrea să-ți amintesc că *eşti* legat cu lanțuri de podea.

— Taci din gură, Danny.

— Vă rog, băieți, sunteți drăguți să-mi mai acordați puțin din timpul vostru?

Aşteptă până când amândoi se uitară la ea.

— Uite care-i planul. Am să-i scriu un e-mail fostului meu şef. Am să-i spun că ştiu adevărul şi că amândoi ați fost scoşi din joc. Chiar îmi displace manipularea. Dacă încearcă să mă mai contacteze în orice fel, am să-i fac o vizită personală în cămara cu alimente.

— Adică îți asumi victoria? întrebă Kevin neîncrezător. Te rog!

— Legat cu lanțuri de podea, murmură Daniel cu glas scăzut.

— Îți fac un cadou, replică ea. În felul ăsta, ajungi să fii mort din nou. Nimeni n-o să vă mai caute, pe niciunul dintre voi.

Expresia cinică a lui Kevin dispăru. Preț de o secundă, asemănarea dintre gemeni deveni mai evidentă.

Mârâitul câinelui continua să se audă din camera alăturată. Alex nu plănuise să mai zăbovească acolo ca să-şi recupereze garanția, dar opțiunea asta era exclusă acum.

— De ce-ai face asta pentru noi? o întrebă Kevin.

— O fac pentru Daniel. Îi sunt datoare. Trebuia să fiu mai deşteaptă. Nu trebuia să muşc momeala.

Totul era cât se poate de evident: uşurinţa cu care păcălise metodele lor de supraveghere — pentru că nu existase aşa ceva. Cât de simplu îi fusese să-l răpească pe Daniel — pentru că nimeni nu încerca s-o împiedice. Stângăcia cu care-i fixaseră un termen-limită foarte lejer pentru ca ea să acţioneze. Era de-a dreptul jenant.

— Şi cu tine ce-o să se-ntâmple? întrebă Daniel.

Hărmălaia făcută de câine aproape c-o obligă să-i citească vorbele pe buze.

— Încă nu m-am hotărât.

Din acest exerciţiu de naivitate aflase câteva lucruri, pe care poate că ei n-ar fi vrut să le ştie.

Nu vor folosi elicoptere sau echipe de eliminare. Carston — singurul nume de care putea să fie absolut sigură în acel moment — şi oricine altcineva o voia moartă trimiseseră câte-un asasin singuratic pentru că doar atât aveau la dispoziţie. Inamicii ei fuseseră forţaţi să apeleze la aceste colaborări imprudente şi nu pentru că departamentul n-ar fi avut resurse — ştia asta. Singurul motiv plauzibil era faptul că de existenţa ei nu ştiau prea mulţi. Iar Carston şi oricare ar mai fi fost complicii lui nu-şi puteau permite să devină cunoscută.

Când văzuse necrologul pentru Juliana Fortis şi citise despre incinerare, presupusese că toţi cei implicaţi ştiau de înşelătorie. Dar dacă ştiau doar câţiva oameni-cheie? Poate Carston le promisese superiorilor că misiunea va fi îndeplinită şi pe urmă se temuse să admită că ratase prima lovitură?

Sau — iar asta era inedit — dacă majoritatea oamenilor din departament credeau că *a fost* un accident de laborator? Că ea şi Barnaby încurcaseră eprubetele şi o mierliseră amândoi? Dacă superiorii lui Carston *nu*-i doriseră moartea? Dacă doar câțiva indivizi-cheie doriseră acest lucru şi acum acționau în secret pentru a rezolva lucrurile? Asta ar schimba totul.

Ipoteza era plauzibilă. Se potrivea cu faptele.

O făcea să se simtă mai puternică.

Cei care puseseră la cale moartea ei se temuseră de ceea ce ştia, dar nu se temuseră niciodată *de ea*. Poate că era timpul ca acest aspect să se schimbe.

Deodată, se auzi un zgomot asurzitor de lemn spart şi apoi mârâitul furios, mult mai aproape.

Capitolul 10

Îi luă doar o clipă să-nțeleagă ce se-ntâmplase: fiara turbată năvălea în cort.

Se părea că încă-i mai rămăsese în corp un surplus de adrenalină. Alex se cocoță pe birou înainte ca animalul să ajungă la ea şi din instinct se aruncă spre structura din PVC din plafon. Ținându-se cu ambele mâini, îşi ridică picioarele şi-şi încrucişă gleznele în jurul țevii, după care îşi înfăşură strâns şi coatele. Întoarse capul şi văzu că fiara se afla chiar dedesubt, cu labele uriaşe pe birou şi gata să-şi înfigă colții în ea. Răsturnă tastatura, ceea ce era destul de nasol. O mică emanație de gaze ar fi fost de mare folos acum, iar Alex îşi recuperase deja ambele măşti.

Câinele mârâia şi făcea spume la gură în timp ce Alex încerca să se țină strâns. Folosise o conductă groasă, cu diametrul de 12 centimetri, clasa 200, dar sub acțiunea greutății brusc ataşate de ea începuse să se zgâlțâie. Alex era sigură că-i va susține greutatea... în afară de cazul în care cineva îi ataca baza. Spera ca lui Kevin să nu-i vină o astfel de idee.

Kevin începu să râdă. Alex îşi dădea seama cât de caraghios arăta.

— Ei, cine-i acum legat cu lanțuri de podea? întrebă el.

— Tot tu, murmură Daniel.

Auzind vocea stăpânului, câinele scoase un mic scâncet şi se uită în jur. Sări de pe birou şi veni să-l amuşine pe Kevin. Bărbatul îl mângâie pe cap în timp ce animalul îl lingea, continuând să scâncească agitat.

— Sunt bine, băiete. Sunt bine.

— Seamănă cu Einstein, zise Daniel, uimit.

Câinele ridică privirea, alertat de sunetul unei voci noi.

Kevin bătu cu palma piciorul lui Daniel.

— E băiat bun, e de treabă. E de treabă.

Suna ca o nouă comandă.

Şi, cum era de aşteptat, fiara încetă să scâncească şi se duse la Daniel, dând din coadă. Daniel mângâie capul uriaş, ca şi cum ar fi făcut cel mai firesc gest din lume.

— El e Einstein al Treilea, spuse Kevin în loc de explicație.

Daniel scărmănă cu degetele coama deasă şi spuse pe un ton admirativ:

— E splendid!

Alex simțea că brațele începeau să-i obosească. Încercă să-şi schimbe puțin poziția — fără să scape animalul din priviri —, dar câinele sări din nou pe birou, începând să mârâie.

— Crezi că ai putea să-ți potoleşti câinele? întrebă cât de calm putu.

— Posibil. Dacă-mi arunci cheile.

— Şi dacă-ți dau cheile, n-o să mă omori?

— Am spus deja c-o să potolesc câinele. Nu te lăcomi!

— Atunci mai bine rămân aici, sus, până când gazul o să vă adoarmă pe toți. Daniel probabil că mai are încă destule celule cerebrale.

— Ştii, cred c-o să mă descurc. Pentru că, deşi Einstein nu poate să ajungă la tine, Daniel *poate*. Iar dacă gazul ajunge la tine după ce el îți va lua măştile alea… ei bine, evident că n-o să mori când o să cazi inconştientă la podea, dar nici bine n-o să-ți fie.

— De ce-aş face asta? întrebă Daniel.

— Ce?! exclamă Kevin pe un ton mustrător.

— E de partea noastră, Kev.

— Hei, opreşte-te! Ai înnebunit? Băiete, aici sunt două tabere adverse. Fratele tău e într-o parte, iar sadica şi nebuna care te-a torturat, în cealaltă. Tu de care parte eşti?

— De partea raţiunii, cred.

— E bine, mormăi Kevin.

— Ăă, aia nu e partea ta, Kev.

— *Ce?*

— Calmează-te. N-aş vrea să vă certaţi — haideţi să ajungem la un armistiţiu.

— Nu-mi vine să cred că nu urci acolo sus ca s-o strângi de gât cu mâinile tale.

— N-a făcut decât ce-ai fi făcut şi tu, în locul ei. Fii sincer — dacă ai fi ştiut că un străin are de gând să omoare milioane de oameni şi-ar fi trebuit să afli cum să-l opreşti, ce-ai fi făcut?

— Aş fi găsit altă soluţie. Cum am şi găsit. Ascultă-mă, Daniel — situaţia asta te depăşeşte. Îi cunosc pe oamenii ca ea. Sunt bolnavi. Suferinţa altora le oferă un soi de plăcere perversă. Sunt ca şerpii veninoşi; nu te poţi întoarce cu spatele la ei.

— Ea nu-i aşa. Şi, oricum, ce te priveşte pe tine? *Eu* am fost cel torturat. Ce ştii tu despre asta?

Kevin se holbă la el un moment, cu chipul golit de orice expresie, apoi arătă cu mâna stângă încătuşată spre piciorul stâng, care era şi el imobilizat. Îşi mişcă cele patru degete.

Dură câteva secunde până când Daniel înţelese despre ce este vorba, după care icni îngrozit.

— Amatori, spuse Alex dispreţuitor.

— Nu ştiu, zise Kevin calm. Mie mi s-a părut că erau destul de buni.

— Au obținut ce voiau?

— Glumeşti? făcu el pe un ton stupefiat.

— Atunci rămâne cum am zis, replică ea, ridicând dintr-o sprânceană.

— Şi tu m-ai fi putut face să vorbesc?

— Oh, *da*, răspunse Alex cu un zâmbet trist.

Cu coada ochiului, îl zări pe Daniel cutremurându-se.

Câinele era tăcut acum, dar vigilent. Părea să nu înțeleagă ce se întâmplă — de ce stăpânul lui vorbea atât de calm cu cea pe care era pus s-o păzească.

— Hei, ştiu cine eşti, spuse dintr-odată Kevin. Mda, fata aia. Am auzit zvonuri legate de tine. Exagerări. Spuneau că n-ai dat greş niciodată. Că obțineai punctajul maxim.

— Nu era o exagerare.

Kevin avu o expresie sceptică.

— Ai lucrat cu bătrânul ăla, Savantul Nebun îi ziceau. Cei din Agenție te numeau Oleander[1]. Sincer, nu m-am prins de la început, fiindcă am auzit că ați murit amândoi într-un accident de laborator. În plus, mereu mi-am închipuit că Oleander era o tipă drăguță.

Daniel vru să intervină, dar ea îl întrerupse.

— Oleander? E pur şi simplu groaznic.

— Poftim?

— O floare? zise ea, gemând exasperată. E atât de *pasivă*. Nu otrava e cea care ucide, e doar un factor neutru.

— Cei din unitatea ta cum îți ziceau?

— Chimista. Şi doctorul Barnaby nu era un savant nebun. Era un geniu.

— Tot un drac, spuse Kevin.

— Să revenim la armistițiul de care vorbeam, interveni Daniel.

---

1 Leandru. (*N.t.*)

După felul în care se uita la mâinile şi picioarele ei, Alex se gândi că trebuie să fi ghicit cât de tare o dureau.

— Alex o să-mi dea cheile, iar tu, Kevin, o să-l potoleşti pe Einstein. Când o să fiu sigur că totul e sub control, îți dau drumul. Alex, ai încredere în mine?

O privi cu ochii lui căprui, mari şi limpezi, în vreme ce Kevin bolborosea furios.

— Cheile sunt în buzunarul din stânga față al blugilor. Ți le-aş da, însă mă tem că o să cad.

— Ai grijă, o să te-njunghie!

Daniel nici măcar nu dădu vreun semn c-ar fi auzit avertismentul fratelui său. Când se urcă pe scaun, era mai sus decât ea. Se văzu nevoit să stea aplecat, cu capul lipit de tavanul din spumă poliuretanică. O sprijini şi căută cu delicatețe cheia în buzunarul blugilor.

— Îmi cer scuze pentru comportamentul fratelui meu, îi spuse el în şoaptă. Mereu a fost aşa.

— Nu-ți cere scuze pentru mine, tâmpitule! țipă Kevin de jos.

Daniel îi zâmbi, apoi luă cheia şi coborî de pe scaun. La drept vorbind, Alex era de acord cu Kevin. Cum putea Daniel să se poarte aşa cu ea? Unde erau resentimentele fireşti? Unde era dorința de răzbunare tipic umană?

— Am cheile, Kevin. Ai o lesă pentru câine?

— O *lesă?* Einstein n-are nevoie de aşa ceva.

— Atunci ce sugerezi?

Kevin se uită la el încruntat, dar cu tristețe.

— Bine. Oricum prefer s-o ucid chiar eu.

Fluieră către câine.

— Pe loc repaus, Einstein!

Câinele, care-l urmărise agitat pe Daniel când luase cheile, se duse calm lângă stăpânul lui şi se aşeză, cu limba atârnând într-o expresie ce părea a fi un zâmbet. Un zâmbet colțos.

— Dă-mi drumul.

— Doamnele au prioritate, zise Daniel cățărându-se din nou pe scaun și oferindu-i mâna. Ai nevoie de ajutor?

— Ăă, cred că mă descurc, spuse Alex.

Își coborî picioarele și își întinse brațele în timp ce încerca să atingă biroul cu vârfurile pantofilor.

Cum reușise să urce până acolo? Mâinile obosite începeau să alunece.

— Ușurel.

Daniel o prinse de mijloc în cădere și o așeză cu grijă în picioare pe birou. Pătura cu care era înfășurat începu să se desfacă, dar el o apucă repede și o strânse mai bine.

— Nu pot să cred! bombăni Kevin.

Alex se uită precaută la câine.

— Dacă încearcă ceva, murmură Daniel către ea, o să-i distrag atenția. Câinii mă iubesc.

— Einstein nu e prost, ripostă Kevin.

— Nu vrem să vedem de ce e în stare. Acum e rândul tău.

Se dădu jos de pe scaun și se lăsă pe vine lângă Kevin.

Alex coborî de pe birou cât mai liniștit cu putință, întinzând o mână spre tastatură. Câinele nu reacționă; se uita la Daniel, care-i elibera stăpânul. Alex intră în setări. Screen-saver-ul nu era singura modalitate de declanșare a gazului somnifer și cele două măști erau tot la ea.

Dar știa că asta n-ar fi făcut decât să îngreuneze situația. Deocamdată trebuia să aibă încredere că Daniel va putea să-l țină în frâu pe Kevin. Se așeză pe scaun.

Daniel începuse cu glezna și se mișca încet, fiind nevoit să țină pătura cu o mână.

— Dă-mi-le mie, mă ocup eu, spuse Kevin.

— Ai răbdare.

Kevin oftă zgomotos.

Cheia se răsuci și Kevin se ridică imediat în picioare. Smulse cheia din mâna lui Daniel și-și eliberă încheietura în mai puțin de o secundă. Își întinse gâtul, apoi își încordă și-și relaxă de câteva ori mușchii spatelui. Costumul de Batman îi atârna în față ca o fustă extravagantă. Câinele stătea nemișcat la picioarele lui. Kevin se întoarse spre Alex.

— Unde sunt armele mele?

— Pe bancheta din spate a mașinii.

Kevin ieși din cort fără un cuvânt, urmat îndeaproape de câine.

— Nu deschide nicio ușă sau fereastră! strigă ea în urma lui. Totul e amorsat.

— Ai pus vreo bombă în mașină? strigă și el la fel de tare.

— Nu.

Iar apoi:

— Unde-s încărcătoarele? Hei, unde-s percutoarele?

— Percutoarele în frigider, gloanțele în toaletă.

— Oh, dă-o-ncolo de treabă!

— Scuze.

— Vreau înapoi SIG Sauer-ul meu.

Ea se încruntă, dar nu-i răspunse. Se ridică țeapănă. Putea la fel de bine să dezarmeze capcanele. Era timpul să plece.

Daniel stătea în mijlocul cortului, uitându-se la masa argintie. Strângea cu o mână suportul perfuziei, ca și cum s-ar fi sprijinit de el. Părea confuz. Alex se apropie de el cu mișcări șovăielnice.

— Crezi c-o să fii bine? îl întrebă.

— Habar n-am. Nu pot să-nțeleg ce-ar trebui să fac mai departe.

— Fratele tău o să aibă un plan. Are unde să se adăpostească, o să-ți găsească și ție un loc.

— E greu? întrebă el, privind-o.

— Ce?

— Să fugi? Să te ascunzi?

Alex deschise gura să spună ceva liniștitor, dar se răzgândi.

— Mda, e destul de greu. Dar te obişnuieşti. Partea cea mai rea e singurătatea, iar tu n-o să te confrunți cu aşa ceva. Prin urmare, ai un mic avantaj.

Se abținu să adauge că singurătatea ar putea fi un tovarăş preferabil lui Kevin Beach.

— *Tu* ai parte de multă singurătate?

Alex încercă să glumească:

— Doar când nu sunt speriată. Deci, nu, nu aşa de des.

— Te-ai hotărât ce-o să faci în continuare?

— Nu... Felul cum arăt e o problemă. Nu pot să umblu prin lume în halul ăsta. Nu sunt în siguranță dacă oamenii îşi aduc aminte de mine. Va trebui să mă ascund pe undeva până când dispar umflăturile şi rănile se vindecă suficient ca să le pot acoperi cu fard.

— *Unde* te ascunzi? Nu-nțeleg cum funcționează chestia asta.

— S-ar putea să fiu nevoită să stau într-un cort o vreme. Am o grămadă de provizii cu mâncare şi multă apă — apropo, să nu bei apa din frigider până nu mă întrebi mai întâi pe mine, sticlele din stânga conțin apă otrăvită. Oricum, s-ar putea să găsesc un loc izolat şi să dorm în maşină până când se vindecă rănile.

Daniel clipi surprins de câteva ori, probabil din pricina amănuntului legat de apa otrăvită.

— Ar fi bine să facem ceva ca să nu mai ieşi *tu* aşa de tare în evidență, spuse Alex pe un ton mai relaxat, atingându-i pătura cu un deget. Cred că am putea găsi nişte haine în casă. Mă-ndoiesc că ți se potrivesc, dar sunt mai bune decât ce ai acum.

Un val de uşurare traversă chipul lui Daniel.

— Ştiu că e un lucru mărunt, dar cred că ar fi util.

— Bun. Mă duc să dezactivez capcana cu gaz letal.

*

În final, fu nevoită să renunțe la SIG Sauer, deşi regreta. Îi plăcea greutatea armei. Trebuia să-şi găsească şi ea una.

Lucrurile proprietarilor fermei erau depozitate în mansardă, în câteva comode vechi de şaizeci–şaptezeci de ani. Bărbatul era evident mult mai scund şi mai lat în umeri decât Daniel. Îl lăsă pe Daniel să se descurce, iar ea se duse în şopron ca să-şi pregătească maşina de drum.

Kevin era acolo când intră, înfăşurând strâns o bucată mare de pânză. Lui Alex îi luă un moment ca să-şi dea seama că materialul era de fapt o paraşută. Păstră distanța în timp ce el termina ce avea de făcut, dar armistițiul părea solid. Din cine ştie ce motiv, Daniel devenise un fel de tampon între ei. Nici ea şi nici Kevin nu înțelegeau *de ce* făcea asta, dar Kevin ținea prea mult la Daniel ca să-i înşele încrederea astăzi. Mai ales când în spate aveau atâția ani de minciuni.

Cel puțin asta-şi spunea Alex, ca să-şi adune curajul necesar pentru a trece pe lângă câine, în drum spre maşină.

Avea suficientă experiență în pregătirea bagajelor, aşa că nu-i luă foarte mult. Înainte de întâlnirea cu Carston, îşi pusese lucrurile deoparte şi dezactivase sistemul de securitate al casei închiriate, pentru eventualitatea în care nu s-ar mai fi întors. (Unul dintre coşmarurile ei era că departamentul i-ar putea veni de hac când era plecată pentru ca apoi un proprietar neştiutor, care nu bănuia nimic, ar fi intrat în locuință şi-ar fi murit.) Depozitase toate lucrurile undeva în apropiere de Washington şi le luase de acolo când începuse pregătirile pentru *Proiectul Interogarea Profesorului.* Acum îndesa totul în gențile de voiaj negre şi uzate — canistrele presurizate, kilometrii de cabluri electrice, bateriile, flacoanele cu componente ambalate în huse de cauciuc, seringile, ochelarii de protecție, mănuşile groase, perna şi sacul de dormit. Îşi împachetă şi recuzita şi câteva dintre noile lucruri achiziționate. Cătuşele erau o descoperire bună, iar patul de campanie era destul de comod şi se plia într-un dreptunghi mic. Îşi puse computerul în husă, luă şi cutiuța neagră care era doar o momeală, la fel ca medalionul, trase în jos cablurile lungi şi înfăşură prelungitoarele. Era nevoită să renunțe la lumini, ceea ce nu-i convenea deloc, pentru că nu fuseseră ieftine. Demontă cortul, lăsând în urmă doar o grămadă informă de spumă şi conducte din PVC, şi împinse masa în locul în care o găsise. Cât despre pereții găuriți, nu avea ce face.

Nu putea decât să spere că făcuse destulă dezordine încât proprietarii să fie doar derutați şi supărați din pricina stricăciunilor şi să nu suspecteze că acolo avuseseră loc nişte fapte abominabile. Exista riscul să-l reclame autorităților pe chiriaşul vandal, dar nici poliția locală n-ar fi putut să deducă nimic din harababura aia. Câtă vreme nu apăreau în raport anumite cuvinte, nu exista niciun motiv să se alarmeze cineva din guvern. Era convinsă că pe site-urile de închirieri de locuințe existau poveşti despre case vandalizate mult mai rău decât aceasta.

Clătină din cap când se uită la uşa ce dădea spre cămăruță. Câinele făcuse o gaură înaltă de şaizeci de centimetri şi lată de treizeci, chiar în mijloc. Bine măcar că sărise peste maşină şi nu-şi croise drum muşcând din ea.

Terminase de încărcat portbagajul când Daniel îşi făcu apariția.

— Mişto nădragi, comentă Kevin, în timp ce înfăşura cablul ancorei cu gheare de pisică într-un colac frumos aranjat.

Alex se întrebă dacă se cățărase din nou pe acoperiş ca să-l recupereze şi, dacă da, cum de nu-l văzuse.

Pantalonii îi ajungeau lui Daniel doar până la jumătatea gambei. Cămaşa din bumbac era cu câteva numere prea largă, iar mânecile erau probabil prea scurte — le suflecase până la coate.

— Dac-aş avea măcar o bucăţică dintr-un costum de scafandru, oftă Daniel. Atunci m-aş simţi pregătit să înfrunt lumea.

— Aş fi avut un costum întreg, dacă dementa asta n-ar fi fost atât de perversă, bombăni Kevin.

— Nu te amăgi, căutam arme.

Daniel o privea în timp ce închidea portbagajul.

— Pleci?

— Da. Trebuie să ajung undeva unde să pot dormi în siguranţă.

Îşi imagină că arăta îndeajuns de răvăşită ca explicaţia să fie uşor inutilă.

— Mă gândeam..., începu Daniel, apoi ezită.

Kevin ridică privirea, alertat de tonul lui Daniel.

— La ce te gândeai? întrebă cu suspiciune.

— Păi, mă gândeam la scorpionii din borcan. Alex a spus că ar fi doar două variante — unul îl ucide pe celălalt sau mor amândoi. Şi îmi imaginez că oamenii care au vrut să te ucidă s-au gândit la fel.

— Şi? spuse Kevin.

— Şi mai există o a treia opţiune, interveni ea, ghicind spre ce bătea Daniel. Scorpionii îşi iau tălpăşiţa. Ei n-or să se aştepte la asta. Aşa ai fi în siguranţă, Daniel.

— Dar mai există şi a patra opţiune, răspunse Daniel. La asta mă gândeam.

Kevin îşi lăsă capul într-o parte, era clar că nu se prinsese. Însă Alex înţelese, chiar înainte ca Daniel s-o spună cu voce tare.

— Ce-ar fi dacă scorpionii şi-ar uni forţele?

Alex îşi ţuguie buzele, dar pielea crăpată o făcu să tresară de durere.

— Încetează cu prostiile, Danny! gemu exasperat Kevin.

— Vorbesc serios. Ei nu s-ar aştepta la asta, iar noi am fi de două ori mai în siguranţă, pentru că am avea ambele creaturi periculoase în aceeaşi echipă.

— Exclus!

— E o idee deşteaptă, Daniel, spuse Alex apropiindu-se, dar cred că unele probleme legate de personalul implicat ar putea fi prea mari pentru a fi depăşite.

— Kev nu-i aşa de rău. O să te obişnuieşti cu el.

— *Eu* nu sunt rău? pufni Kevin, ducând puşca la ochi.

Daniel o privi ţintă pe Alex.

— Te gândeşti să te întorci, nu-i aşa? Că ai spus ceva despre o vizită într-o cămară.

Perspicace pentru un civil.

— Da, ar fi o opţiune.

Kevin devenise foarte atent.

— Propui o contralovitură?

— S-ar putea să funcţioneze, spuse ea. Am remarcat că există un plan... şi, după ce l-am studiat, cred că e posibil să nu ştie mulţi de mine. De-aia s-au dat peste cap să mă lichideze, chiar dacă nu erau întru totul siguri de reuşită. Cred că existenţa mea e secretă, aşa că, dacă pot să scap de cei care ştiu secretul... atunci nimeni n-o să mă mai caute.

— Chestia asta e valabilă şi pentru mine? vru Kevin să ştie. Dacă ei se bazează pe asta ca să ajungă la mine, crezi că şi pe mine m-au trecut la categoria secret?

— E logic.

— Cum ai să ştii cine e implicat?

— Dacă aş putea să fiu în Washington când îi trimit scrisorica lui Carston, aş putea să văd la cine se duce fuga-fuga să-l anunţe. Dacă e într-adevăr un secret, n-or să poată s-o facă în birou.

— Vor şti că eşti pe-aproape... adresa de IP o să te trădeze.

— Poate că am putea colabora într-o manieră limitată. Unul dintre voi ar putea trimite e-mailul în locul meu, de la distanță.

— Ce experiență ai în operațiunile de supraveghere? o întrebă brusc Kevin.

— Ăă... am făcut mult antrenament în ultimii ani...

— Ai făcut un antrenament *oficial?*

— Sunt om de știință, nu agent operativ.

— Am s-o fac eu, spuse Kevin.

— Ești mort din nou, ai uitat? Tu și Daniel o să dispăreți acum. Calul de dar nu se caută la dinți.

— Ăsta-i un proverb stupid. Dacă troienii s-ar fi uitat în gura calului primit în dar, poate c-ar fi câștigat acel război.

— Să lăsăm proverbul. Încercam să pun ordine în lucruri pentru Daniel.

Daniel asculta în tăcere acest nou schimb de replici.

— Uite, Oleander, eu *am făcut* un astfel de antrenament. Multă vreme. *Nimeni* n-o să mă prindă în timp ce-i supraveghez și o să văd mai multe lucruri decât tine. Am unde să-l adăpostesc pe Danny ca să fie în siguranță, așa că asta nu-i o problemă. Și, dacă ai dreptate, iar acest Carston se duce fuga-fuguța la complicii lui, o să-mi arate și cine din Agenție a gândit schema asta. O să văd și eu cine l-a pus în primejdie pe Danny ca s-ajungă la mine. Pe urmă, eu îmi fac curățenie în ograda mea și tu într-a ta.

Alex reflectă la situație, încercând să fie obiectivă. Era greu să nu se lase influențată de antipatia pe care o simțea față de fratele lui Daniel. Dar știa că era nedreaptă. N-ar fi simțit și ea la fel dacă i-ar fi găsit pe fratele sau pe sora ei legați cu cătușe de o masă? N-ar fi procedat la fel?

Dar tot își dorea să-i injecteze o substanță care să-i provoace durere, măcar o dată.

— În primul rând, să nu-mi mai zici Oleander, spuse ea.

Kevin îi zâmbi cu superioritate.

— În al doilea rând, înțeleg ce spui. Dar cum ne coordonăm? Trebuie să mă ascund o vreme, spuse Alex, arătând spre fața sa.

— Îi ești dator pentru chestia aia, interveni Daniel. Dacă ai o ascunzătoare sigură pentru mine, poate că și Alex ar trebui să meargă acolo. Măcar până i se vindecă rănile.

— Nu-i sunt dator cu nimic — poate doar cu încă un pumn în față! se răsti Kevin.

Daniel își ieși din fire și făcu un pas spre fratele lui, dar Kevin ridică mâinile în semn de capitulare și spuse oftând:

— Dar va trebui să ne mișcăm repede, așa că ăsta s-ar putea să fie aranjamentul cel mai comod. Și-apoi ne poate duce cu mașina. Avionul e trecut la pierderi — am fost nevoit să renunț la el când am sărit cu parașuta. Acum o să plecăm de-aici cu autostopul.

Daniel făcu ochii mari, nevenindu-i să creadă. Kevin râse când îi văzu expresia, apoi se întoarse către Alex cu un zâmbet. Se uită la câine, din nou la ea, și zâmbetul i se lăți pe față.

— Cred că s-ar putea să-mi placă să te am musafir la fermă, Oleander.

Alex scrâșni din dinți. Dacă într-adevăr Kevin avea o ascunzătoare, s-ar rezolva o mulțime dintre problemele ei. Și, înainte de plecare, i-ar putea condimenta mâncarea cu un laxativ puternic.

— O cheamă Alex, îl corectă Daniel. Adică, știu că nu așa o cheamă, dar ăsta-i numele pe care-l folosește acum.

Se uită la ea.

— Alex e bine, da?

— E un nume la fel de bun ca oricare altul. Deocamdată nu mi-l schimb.

Se uită la Kevin.

— Tu și câinele stați în spate.

Capitolul 11

Odată, pe când era o fată pe care o chema Juliana, lui Alex îi plăcea să-şi imagineze cum pleacă în călătorii cu maşina, împreună cu mama ei.

Luaseră întotdeauna avionul în cele câteva vacanţe în care plecaseră — dacă vizitele din datorie făcute bunicilor din Little Rock puteau fi numite *vacanţe*. Mamei sale, Judy, nu-i plăcea să conducă maşina pe distanţe lungi; îi dădea o stare de agitaţie. Judy spunea mereu că mult mai mulţi oameni mureau în accidentele rutiere decât în cele aviatice, deşi nici în avion nu era prea calmă. Juliana crescuse neafectată de pericolele asociate cu călătoriile sau cu microbii, ori cu rozătoarele, spaţiile strâmte sau cu oricare dintre nenumăratele lucruri care o deranjau pe Judy. Prin definiţie, ea trebuia să fie cea cu capul pe umeri.

Ca majoritatea copiilor singuri la părinţi, Juliana credea că fraţii sau surorile ar fi fost antidotul singurătăţii din lungile după-amiezi în care-şi făcea temele la masa din bucătărie în timp ce-o aştepta pe Judy să vină acasă de la cabinetul stomatologic pe care-l conducea. Juliana aştepta cu nerăbdare facultatea, căminele şi colegii de cameră ca pe un vis menit să-i alunge singurătatea. Doar că, atunci când a ajuns acolo, a constatat că solitudinea şi responsabilităţile o maturizaseră şi simţea că nu suportă să locuiască împreună cu cei de vârsta ei. Aşa încât fantezia cu fraţii şi surorile a suferit o revizuire drastică şi, prin anul al treilea de facultate avea propria garsonieră.

Totuşi, fantezia legată de o lungă şi frumoasă călătorie cu maşina împreună cu familia supravieţuise. Până astăzi.

La drept vorbind, probabil că s-ar fi aflat într-o dispoziţie mai bună dacă nu şi-ar fi simţit tot corpul ca pe o vânătaie imensă, care pulsa. În acelaşi timp, ea fusese cea care provocase prima dispută, deşi fără absolut nicio intenţie.

După ce trecură în celălalt district, coborî geamul şi aruncă micul dispozitiv de urmărire pe care-l extrăsese din piciorul lui Daniel. Nu voia să-l poarte asupra ei prea mult timp — pentru orice eventualitate —, dar nici n-ar fi fost bine să-l lase chiar în mijlocul ultimei sale baze de operaţiuni. Credea că eliminase majoritatea dovezilor, dar nu puteai fi niciodată sigur. Ori de câte ori avea ocazia să-i inducă în eroare, nu stătea pe gânduri.

În oglinda retrovizoare îl văzu pe Kevin aplecându-se în faţă.

Reuşise să recupereze rucsacul pe care-l aruncase din avion când sărise cu paraşuta. Acum el şi Daniel arătau destul de normal în blugi şi tricouri cu mânecă lungă — unul negru, altul gri —, iar Kevin avea două pistoale noi.

— Ce-a fost aia? întrebă el.

— Dispozitivul de urmărire al lui Daniel.

— Ce? întrebară Kevin şi Daniel într-un glas.

Apoi începură să vorbească amândoi.

— Adică eu am avut un astfel de dispozitiv? întrebă Daniel.

— De ce-ai făcut asta? vru Kevin să ştie.

Câinele deveni atent la tonul vocii lui Kevin, dar până la urmă păru să decidă că totul era în regulă şi-şi scoase din nou capul pe geam.

Alex se întoarse mai întâi către Daniel, privindu-l de sub cozorocul şepcii care trebuia să-i ţină ascunsă faţa făcută zob.

— Cum crezi că te-a găsit fratele tău?

— M-a urmărit? Dar... unde era dispozitivul?

— Un punct dureros pe interiorul coapsei drepte. Să cureţi incizia. Încearcă să n-o laşi să se infecteze.

— Ştii ce greu a fost să-l pun în locul ăla? bombăni Kevin.

— Dacă tu poţi să-l urmăreşti, şi alte persoane ar putea. N-am vrut să risc în privinţa poziţiei noastre.

Daniel se întoarse în scaun ca să se uite la fratele lui.

— Cum ai... Cum de n-am ştiut nimic despre asta?

— Mai ţii minte, cam la doi ani după ce ştoarfa aia te-a părăsit, o blondă trăsnet cu cracii lungi, la barul ăla unde te duci când eşti deprimat, cum îi zice...

— Lou's. De unde naiba ştii de barul ăla? Nu ţi-am spus niciodată... ia stai, ai pus pe cineva *să mă urmărească?*

— Îmi făceam griji pentru tine după ce ştoarfa...

— O cheamă Lainey.

— Nu contează. Niciodată nu mi s-a părut potrivită pentru tine.

— Dar când ţi s-a părut vreodată că o fată ar fi potrivită pentru mine? Din câte-mi amintesc, nu ţi-au plăcut decât fetele care te voiau pe tine. O luai ca pe-o insultă dacă vreuna mă prefera pe mine.

— Ideea e că nu mai erai tu. Dar faptul că am pus pe cineva să te urmărească n-a avut nicio legătură cu...

— *Cine* m-a urmărit?

— A fost vorba doar de câteva luni.

— Cine?

— Nişte amici de-ai mei — nu din Agenţie. Câţiva poliţişti pe care-i cunoşteam şi, pentru o scurtă perioadă, un detectiv particular.

— Ce anume urmăreau?

— Doar se asigurau că eşti în regulă, că nu ai de gând să te arunci de pe un pod sau mai ştiu eu ce.

— Nu pot să cred. Din toate... ia stai aşa. Blonda, ai zis? Vrei să spui fata aia, cum o chema, Kate? Cea care mi-a făcut cinste la bar... era spioană?

Alex văzu în oglinda retrovizoare rânjetul lui Kevin.

— Nu, de fapt chiar era o prostituată. Kate nu e numele ei adevărat.

— Din câte-mi dau seama, în afară de mine, nimeni de pe planeta asta nu-şi foloseşte numele adevărat. Trăiesc într-o lume de minciuni. Nu ştiu nici măcar care-i numele de botez al lui Alex.

— Juliana, spuse ea în acelaşi timp cu Kevin.

Cei doi îşi aruncară priviri iritate.

— Adică, *el* ştia? o întrebă Daniel, jignit.

— I-am spus când tu erai inconştient. E numele care mi s-a dat la naştere, dar în realitate nu mai e al meu. Nu înseamnă cine ştie ce pentru mine. Acum sunt Alex.

Daniel se încruntă — nu era întru totul mulțumit de explicație.

— Oricum, continuă Kevin cu tonul cuiva care spunea un banc de care era realmente încântat, blonda trebuia să ajungă la tine acasă, dar tu i-ai spus că divorțul nu s-a finalizat încă şi că *n-ar fi fost corect*.

Kevin râdea în hohote.

— Nu mi-a venit să cred când am auzit. Dar era atât de tipic pentru tine, încât nici măcar nu ştiu de ce-am fost aşa de surprins.

— Într-adevăr, foarte amuzant. Dar nu văd cum acel mic schimb de replici a făcut ca în piciorul meu să apară un dispozitiv de urmărire.

— Păi, nu s-a întâmplat atunci. Doar că mi-a plăcut la nebunie povestea aia. Cu prostituata a fost uşor de aranjat. Iar dacă ai fi dus-o acasă, inserarea dispozitivului ar fi fost măcar ceva plăcut pentru tine. Mi-a dat mult mai mult de furcă să te aduc la cabinetul medicului tău. Dar în cele din urmă am pus un stagiar de la recepţie să te convoace pentru un control. Când ai ajuns acolo, te-a luat în primire un doctor nou. Un tip pe care nu-l mai văzuseşi până atunci.

Daniel rămase cu gura căscată.

— Mi-a spus că *am o tumoare!*

— O tumoare *benignă*. Pe care a extirpat-o pe loc, în cabinet, cu un anestezic local, şi te-a asigurat apoi că n-a fost nimic. Nici măcar nu ţi-a luat bani pentru operaţie. Şi nu face din ţânţar armăsar.

— Vorbeşti serios? Cum ai putut...

Daniel urla din răsputeri acum.

— Cum ai putut să te împaci cu tot ce mi-ai făcut? Cu toţi anii ăştia în care m-ai manipulat? Şi m-ai tratat ca pe un animal de laborator care există doar pentru amuzamentul tău!

— Nici pomeneală, Danny. Mi-am riscat pielea încercând să te feresc de pericole. Agenţia a vrut ca eu să fac pe mortul de la bun început, dar eu nu am putut, mai ales după ce mama şi tata... Aşa că mi-am luat o mulţime de angajamente şi mi-am petrecut toate weekendurile libere zburând în Milwaukee ca să joc rolul infractorului condamnat.

Vocea lui Daniel era mai calmă când îi răspunse:

— Eu am venit *cu maşina*. Şi chiar au fost necesare toate astea?

— Întreab-o pe fetiţa cu otrăvuri. Slujbele de genul ăsta nu-s pentru oamenii cu familie.

Daniel se uită la Alex.

— E-adevărat?

— Da. Preferă să recruteze orfani..., copii singuri la părinți. Cum ți-a spus şi fratele tău, băieții răi profită de relațiile de rudenie.

Tonul lui se îmblânzi şi mai mult.

— Tu eşti orfană?

— Nu sunt sigură. Nu mi-am cunoscut niciodată tatăl. Ar putea să fie încă în viață cine ştie pe unde.

— Dar mama ta...

— Cancer uterin. Aveam nouăsprezece ani.

— Îmi pare rău.

Ea dădu încet din cap.

Urmă un moment scurt şi foarte plăcut de tăcere. Alex îşi ținu respirația şi se rugă să dureze cât mai mult.

— Când în sfârşit te-am făcut să crezi că sunt mort..., începu Kevin.

Alex porni radioul şi începu să caute posturi. Kevin nu pricepu sugestia. Daniel privea în față, prin parbriz.

— ...tocmai începeam operațiunea cu Enrique de la Fuentes. Mi-am dat seama din primele zile că situația avea să scape de sub control. Ştiam ce le făcuse individul celor înrudiți cu duşmanii lui. Era timpul să te eliberez.

— Mai exact, să te eliberezi pe tine de farsa cu vizitele, bombăni Daniel.

Alex găsi un post cu muzică clasică şi dădu volumul mai tare, astfel încât să nu mai audă vocea lui Kevin.

— Atunci ți-am pus dispozitivul de urmărire. Trebuia să ştiu că eşti bine. Nimeni nu te mai urmăreşte acum în afară de mine.

Daniel oftă, încă nefiind în stare să creadă ce auzea.

Muzica răsuna prea tare şi Alex simțea că îi înrăutățeşte durerea de cap. Dădu radioul mai încet.

— S-a sfârşit... rău pentru Agenție. Planul era să aştepte până se linişteau lucrurile şi lumea mă uita, după care urma să-mi aranjeze fața. În cele din urmă, m-aş fi întors la tine, frățioare. Nu m-ai fi recunoscut din prima, dar n-aveam de gând să te las să crezi c-ai rămas singur pentru tot restul vieții.

Daniel privea drept înainte. Alex se întrebă dacă într-adevăr credea ceea ce-i spunea fratele lui. Era copleşit de atâtea trădări.

— Ce s-a-ntâmplat cu Agenția? zise ea.

Chiar n-ar fi dorit să se amestece în conversația asta, dar nu părea că Daniel ar vrea să audă mai multe. Înainte de a intra în această alianță neobişnuită, pentru Alex nu contase prea mult în ce fel părăsise Kevin CIA. Acum această informație era importantă, pentru că o afecta şi pe ea.

— Când misiunea cu virusul s-a încheiat şi de la Fuentes a fost scos din joc, Agenția a vrut să mă retrag, dar rămăseseră nişte lucruri nefinalizate care mă călcau pe nervi. Voiam să las totul în ordine. N-ar mai fi durat mult şi, pe lângă asta, mă aflam într-o poziție de forță unică în cartel. De asemenea, era un bun prilej de a influența ce se întâmpla acolo — cine prelua şefia, care ar fi fost planurile lor — şi de a obține informații importante privind noua structură. Nu-mi venea să cred că Agenția mă chema din nou. Am refuzat să plec. Am crezut că le explicasem suficient de clar, dar... nu m-au crezut. S-au gândit probabil că vreau să merg pe cont propriu, că am dat cu banul şi am ales cartelul. Nici acum nu pot să înțeleg.

Clătină din cap.

— Credeam că mă cunosc mai bine.

— Ce-au făcut? întrebă Daniel.

— M-au dat în vileag. M-au demascat ca agent, le-au spus oamenilor că eu l-am ucis pe de la Fuentes. Şi oamenii ăia au venit să se răzbune.

— Şi, din câte ştie CIA, chiar s-au răzbunat.

— Exact.

— L-ai omorât? întrebă Daniel. Pe Enrique de la Fuentes?

— Făcea parte din misiune.

— Ai omorât mulți oameni?

— Chiar vrei să știi?

Daniel așteptă în tăcere, fără să se uite în spate.

— Bine. Am să-ți spun. Am omorât poate... patruzeci și cinci de oameni, poate mai mulți. Nu pot să fiu sigur în privința numărului, pentru că n-ai întotdeauna timp să verifici pulsul. Înțelegi de ce a trebuit să fac în așa fel încât să nu ai nicio legătură cu viața mea?

Daniel se uită la Alex.

— Tu ai omorât vreodată pe cineva?

— De trei ori.

— Trei... oh! Oamenii trimiși de către departamentul tău ca să te lichideze?

— Da.

— Nu te purta ca și cum asta ar face-o mai bună decât mine, interveni Kevin, supărat.

— Dar nu..., începu Daniel să spună.

Era rândul lui Kevin să urle.

— Întreab-o pe câți i-a torturat înaintea ta. Și cât de mult pe fiecare dintre ei. Câte ore... sau câte zile? Eu doar îi împușc. Curat și repede. N-aș face niciodată ce face ea. Nimănui, mai ales unor civili nevinovați ca...

— Gura! se răsti Daniel. Nu despre ea discutăm acum. Nu uita că, indiferent câtă durere mi-a provocat ea, tu mi-ai făcut mult mai mult rău. A fost mult mai dureros și a durat mult mai mult. Spui că ai avut motive întemeiate. Și ea a avut. Nu știa c-a fost mințită, c-a fost manipulată. Știu cum te face să simți *asta*.

— Ca și cum ar fi doar un spectator nevinovat în povestea asta.

— Ţi-am zis *să taci!*

Daniel rosti ultimele două cuvinte aproape ţipând. Alex se chirci în scaun. Câinele scânci, privind lung la stăpânul lui.

— Uşurel, spuse Kevin, dar poate se adresase câinelui.

Daniel observă reacţia ei.

— Eşti bine?

— Să-ţi spun drept, pe lângă multe alte răni deloc plăcute, mai am şi o durere de cap groaznică.

— Îmi pare rău.

— Nu-ţi face probleme.

— Arăţi de parcă nu mai ai mult şi te prăbuşeşti — la propriu şi la figurat. Vrei să conduc eu? Ai putea să tragi un pui de somn.

Alex se gândi la asta câteva clipe. Întotdeauna fusese nevoită să se descurce singură, dar era în regulă, pentru că ştia că lucrurile erau făcute cum trebuie. Nu avea cu cine să facă schimb de locuri la volan, dar şi asta era în regulă, fiindcă nu trebuia să aibă încredere în nimeni. Încrederea însemna moarte sigură.

Totuşi, îşi cunoştea limitele. Ideea de a dormi şi de a călători în acelaşi timp era de-a dreptul irezistibilă.

Şi avea încredere că Daniel nu-i va face rău şi nici n-o va trăda. Ştiind că putea fi o greşeală uriaşă, tot avea încredere în el.

— Mulţumesc, spuse ea. Ar fi tare drăguţ. O să trag pe dreapta la prima ieşire de pe autostradă.

Cuvintele îi sunau ciudat, ca nişte vorbe spuse de cineva străin la televizor, replici rostite de un actor către un altul. Dar presupunea că aşa sunau în general discuţiile dintre oamenii normali. Atâta doar că nu avea prea mulţi în viaţa ei.

În maşină se lăsase o linişte foarte plăcută în cele două minute până la cea mai apropiată ieşire de pe autostradă.

Atmosfera paşnică o făcea şi mai somnoroasă. Pleoapele ei deja clipeau lent când trase pe marginea drumului.

Schimbară locurile în tăcere. Kevin moţăia pe banchetă, cu ochii închişi. Daniel o atinse în treacăt pe umăr.

Deşi era foarte obosită, nu adormi imediat. La început, se gândi că de vină era situaţia neobişnuită: maşina se deplasa fără contribuţia ei, dar din reflex corpul îi semnala că e la volan şi era interzis să adoarmă. Se uită de câteva ori la Daniel pe furiş, pentru mai multă siguranţă. Daniel ştia să conducă, nu era nicio problemă să se relaxeze. Desigur, scaunul era cam incomod, dar nu era mai rău decât condiţiile în care era ea obişnuită să doarmă. Învăţase să se odihnească pe unde putea. Numai că... îşi simţea capul prea uşor. De îndată ce-şi dădu seama de asta, ştiu că-i lipsea masca de gaze. Devenise o componentă a ritualului ei de dormit.

Îşi trase şapca de baseball peste faţa rănită şi îşi impuse să se relaxeze. Astăzi n-avea să mai cupleze niciun fir. Niciun gaz otrăvitor nu o ameninţa. Totul era în regulă, îşi zise.

*

Când se trezi, era întuneric. Înţepenise, avea dureri groaznice şi îi era foame. În plus, avea nevoie să meargă la toaletă. Îşi dorea să fi putut dormi mai mult ca să evite toate aceste senzaţii neplăcute, dar fraţii se certau din nou. O lăsaseră să se odihnească, aşa că nu putea să le reproşeze că uitaseră de ea, dar parcă ar fi preferat să nu-i audă la trezire certându-se din pricina ei.

— ...dar nu-i frumoasă, spunea Kevin în timp ce-şi revenea din toropeală.

— Nici măcar nu ştii cum arată! ripostă supărat Daniel. I-ai măcelărit faţa înainte să ai ocazia să te prezinţi.

— Nu-i vorba doar de faţă, frăţioare. Are constituţia unui băieţel slăbănog de zece ani.

— Din cauza ta cred femeile că toţi bărbaţii sunt nişte porci. În plus, termenul e *silfidă*.

— Ai citit prea multe cărţi.

— Tu n-ai citit destule.

— Eu îţi spun cum arată.

— Ai o percepţie limitată.

— Hei, e în regulă, îi întrerupse Alex.

N-avea cum să intervină elegant în această conversaţie, dar nici nu voia să se prefacă adormită.

— Nu mă simt jignită.

Îşi ridică şapca de pe faţă şi-şi şterse saliva care i se prelinsese de pe buza rănită.

— Scuze, bâigui Daniel.

— Nu-ţi face probleme. Trebuia să mă trezesc.

— Nu, pentru *el*.

— Părerea proastă a fratelui tău despre farmecul meu personal este modul lui special de a-mi face complimente.

— Bine punctat! spuse Daniel râzând.

Kevin pufni dispreţuitor.

Alex se întinse şi gemu.

— Lasă-mă să ghicesc. Când ţi-o imaginai pe partenera Savantului Nebun, misterioasa Oleander, vedeai o blondă, aşa-i?

Se uită la faţa lui, devenită deodată rigidă.

— Da, categoric o blondă. Una cu ţâţe mari, picioare lungi şi bronzate, buze pline şi ochi albaştri imenşi, ca de căprioară. Am enumerat toate detaliile? Sau mai era şi accentul franţuzesc?

Kevin nu-i răspunse. Ea îl privi din nou; bărbatul se uita pe geam, ca şi cum nici n-ar fi ascultat-o.

— Am ghicit din prima, spuse ea şi râse.

— Întotdeauna i-au plăcut lucrurile evidente, spuse Daniel.

— N-am întâlnit niciodată o tipă din asta care să aibă o astfel de slujbă, îi spuse Alex lui Daniel. Nu zic că n-ar avea inteligența necesară, dar serios, de ce să petreci zeci de ani îngropat în cercetări științifice plicticoase când ai alte opțiuni?

— Ba eu am văzut tipe din astea în Agenție, bombăni Kevin.

— Desigur, agenți, admise Alex. E o ocupație sexy. Palpitantă. Dar, crede-mă, halatele de laborator nu scot atât de bine în evidență formele, deşi există şi varianta costumului provocator de infirmieră.

Kevin privi iar pe geam.

— Cum te simți? întrebă Daniel.

— Au!

— Oh, scuze.

Alex ridică din umeri.

— Trebuie să găsim un loc unde să facem o pauză. N-am să pot mânca într-un restaurant fără să nu cheme cineva poliția să vă aresteze. Va fi nevoie să găsim un motel undeva şi pe urmă cineva trebuie să meargă să cumpere de mâncare.

— Nu putem apela la room-service? întrebă Daniel.

— Personalul din hotelurile de genul ăla observă când plăteşti cu bani gheață, se grăbi să-i explice Kevin. Îmi pare rău, frățioare. Va trebui să stăm în condiții modeste în noaptea asta.

— Ai condus toată ziua? îl întrebă ea pe Daniel.

— Nu, am schimbat locurile cu Kev de vreo două ori.

— Nu-mi vine să cred c-am dormit atât.

— Bănuiesc că aveai nevoie.

— Cred că mi-am epuizat toate rezervele.

— Atât de puțin timp, murmură Kevin, şi-atât de mulți de torturat.

— Adevărat, admise ea relaxată, doar ca să-l enerveze.

Daniel râse.

Părea atât de blând şi de amabil — nu cunoscuse pe nimeni ca el —, dar cu siguranță era un tip ciudat. Era posibil să fie labil psihic.

Găsiră un mic motel la periferia oraşului Little Rock. Alex îşi zise c-ar trebui să recunoască oraşul cât de cât, dar nimic nu-i amintea de vizitele la bunici din copilărie. Poate că oraşul se dezvoltase foarte mult de când nu mai fusese acolo. Poate că se afla pur şi simplu într-o zonă care nu-i era familiară. Undeva, în apropiere, erau îngropați mama şi bunicii ei. Se întrebă dacă asta ar trebui s-o facă să simtă ceva. Dar locul nu conta cu adevărat. Nu se simțea mai aproape de ei doar pentru că undeva pe-acolo se aflau rămăşițele lor.

Kevin insistă să facă el aranjamentele la recepție. Probabil era cel mai bine ca el să preia conducerea acum; Alex nu putea din cauza feței şi, chiar dacă ar fi arătat bine, tot el rămânea expertul. Ea ştia doar ce învățase din cercetările teoretice şi din propriile greşeli. Kevin primise un instructaj mult mai complex şi îşi dovedise priceperea pe teren. Daniel ieşea din discuție. Fața lui nu era lovită, dar îi lipsea total intuiția necesară într-o astfel de situație.

Drept dovadă, protestase când văzuse că fratele lui închiriase o singură cameră pentru toți trei. Nu-i trecuse prin minte că era mai probabil ca recepționera să-şi amintească de un bărbat care venise singur, dar plătise cu bani gheață pentru două camere. Iar când Kevin a parcat la trei uşi mai încolo de camera lor, Daniel n-a înțeles de ce. Pentru inducerea în eroare a adversarului, i-au explicat ei, dar Daniel habar n-avea ce înseamnă asta. Gândea ca un om normal, care nu avusese niciodată nimic de ascuns. Erau foarte multe lucruri pe care trebuia să le învețe.

Chiar a întrebat dacă n-ar trebui să ceară voie înainte de a aduce câinele în cameră.

Era un singur pat, dar Alex apucase să doarmă douăsprezece ore neîntrerupt, aşa că se oferi bucuroasă să stea de veghe. Kevin ieşi pentru o jumătate de oră şi se întoarse cu sendvişuri, sucuri şi o pungă mare cu hrană pentru câini. Alex înfulecă sendvişul, după care înghiţi un pumn de pastile de Motrin. Einstein mâncă la fel de lacom ca ea — direct din pungă —, dar Kevin şi Daniel atacară mâncarea ceva mai relaxaţi. Alex ratase şi două opriri la nişte localuri de pe marginea drumului.

O verificare rapidă în oglinda zgâriată din baie nu se dovedi încurajatoare. Avea nasul roşu şi foarte umflat. Dar măcar, după ce se vindeca, ar putea avea înfăţişarea puţin schimbată, aşa cum îşi dorea. Rezultatul n-avea să fie pesemne la fel de reuşit ca după o operaţie estetică, dar era mai puţin dureros sau măcar mai rapid. În jurul ochilor avea un curcubeu — de la galben strident la verde şi violet. Pe buza umflată i se formase o crustă şi până atunci nici nu ştiuse că puteai să ai răni *înăuntrul* gurii. Avusese totuşi şi un dram de noroc: încă avea toţi dinţii. Ar fi fost foarte complicat să-şi pună o punte dentară.

Trebuia să treacă o vreme până când lucrurile urmau să intre în normal. Îşi dorea foarte tare ca acea ascunzătoare a lui Kevin să fie aşa cum spunea el. O îngrijora că se îndrepta spre necunoscut. Nu făcuse niciun fel de pregătiri, iar asta era din cale-afară de neliniştitor.

Făcu un duş şi se spălă pe dinţi — un chin —, apoi îşi puse colanţii negri şi un tricou alb curat. Erau ultimele haine curate pe care le mai avea. Spera ca în casa lui Kevin să fie şi o maşină de spălat.

Când ieşi din baie, Daniel dormea deja întins pe burtă, cu o mână sub pernă şi cu celălalt braţ atârnând peste marginea patului, atingând cu degetele lungi covorul tocit. Faţa lui adormită era cu totul schimbată. Ca şi mai devreme, când era inconştient, inocenţa şi seninătatea lui păreau să fie din altă lume.

Nici câinele, nici Kevin nu erau în cameră. Deşi ştia că îngrijorarea ei era exagerată, Alex nu se linişti până nu se întoarseră.

Kevin nu o băgă în seamă, dar câinele o adulmecă o dată în trecere. Bărbatul se întinse pe spate, cu braţele lipite de corp, şi închise imediat ochii. Timp de şase ore, nu se mai mişcă deloc. Câinele sări pe capătul patului şi se făcu covrig, cu coada pe picioarele lui Daniel şi capul pe picioarele lui Kevin.

Alex se aşeză pe singurul scaun din încăpere — covorul era prea dubios — şi începu să citească ştirile pe laptop. Nu era sigură când va fi observată dispariţia lui Daniel sau dacă, atunci când ar fi remarcat-o cineva, ar fi fost pomenită. Probabil că nu. Oamenii pleacă mereu de-acasă. De exemplu, tatăl ei. Astfel de lucruri se întâmplau prea frecvent ca să facă valuri, doar dacă nu apărea vreun detaliu senzaţional — cum ar fi ca poliţia să găsească părţi dezmembrate ale corpului în apartamentul lui.

Încă nu găsise un articol amplu despre prăbuşirea unui avion de mici dimensiuni în Virginia de Vest — deocamdată nu erau nici morţi, nici răniţi, iar autorităţile încercau să dea de urma proprietarului —, dar se îndoia că ştirea ar merita mai mult decât o însemnare scurtă într-un ziar online local. Şi chiar dacă o să apară, n-o să atragă atenţia cuiva din Washington DC.

Încetă să mai caute informaţii care-i puteau pune în pericol. Se părea că, deocamdată, n-aveau probleme. La ce se gândea oare Carston în acest moment? Ce punea la cale? Alex trebuia să-l ducă înapoi pe Daniel până luni, înainte de începerea orelor, şi era sâmbătă — în sfârşit, aproape duminică. Departamentul ştia că Alex n-o să-l chinuiască inutil pe Daniel — pentru că bărbatul n-avea nimic de mărturisit. Cu siguranţă bănuiseră că, în cele din urmă, Alex va afla de existenţa gemenilor identici. Şi probabil erau la curent şi cu situaţia lui Kevin. Se aşteptaseră ca el să fie scos din ascunzătoare încă de la începutul jocului şi nu se înşelaseră în privinţa asta. Singurul lucru pe care nu-l prevăzuseră era că torţionarul şi asasinul ar putea avea o discuţie.

Dar asta nu s-ar fi putut întâmpla niciodată dacă la mijloc nu ar fi fost Daniel. Fusese doar o stratagemă pentru ei, un pion de care se folosiseră pentru a atrage jucători mai importanţi în centrul tablei de joc. Niciodată nu şi-ar fi închipuit că tocmai el va fi cel care va face ca lucrurile să ia o cu totul altă turnură.

Alex avea de gând să-şi respecte partea de înţelegere — îşi va asuma rolul învingătorului (deşi, în realitate, era un rol de perdant) şi îi va lăsa pe Daniel şi pe Kevin să rămână morţi. În cazul lui Kevin, mort *din nou*. Dar cât şi-ar fi dorit ca ea să fie cea care să moară. N-ar fi fost mai uşor pentru departament să creadă că un ins de calibrul lui Kevin Beach — care anihilase un cartel — reuşise acolo unde ei dăduseră greş? Şi atunci n-ar fi fost logic ca ei să înceteze s-o mai caute? Cum ar fi fost să dispară, dar de data asta fără ca nimeni să mai încerce s-o găsească?

Oftă. Fanteziile astea nu făceau decât să îngreuneze lucrurile; n-avea niciun sens să se lase în voia lor. Bărbaţii erau amândoi sub efectul drogului, era sigură, aşa încât căută în geantă şi scoase canistra presurizată pe care o alesese mai devreme. Avea doar două măşti de gaze, aşa încât nimic letal în noaptea asta, doar tubul cu spray paralizant pe care-l conectase la computerul ei încă de ieri. Era de ajuns. Îi permitea să controleze situaţia dacă cineva îi descoperea.

După ce întinse firele — un circuit dublu, în noaptea asta nu trebuia să amorseze sau să dezamorseze de afară —, se aşeză din nou în fotoliu. Se uită la cei doi fraţi. Amândoi dormeau profund şi liniştit. Se întrebă dacă ăsta era un obicei sănătos pentru un spion. Poate că de fapt Kevin chiar avea încredere în ea — că e în stare măcar să dea alarma şi poate să rezolve ceva fără să-i ucidă pe toţi. Ea şi cei doi fraţi erau într-adevăr nişte parteneri neobişnuiţi.

Ce ciudat era să-i vegheze pe amândoi. Se simţea ciudat şi se aşteptase la asta. Dar în acelaşi timp se simţea bine, fiindu-i satisfăcută o nevoie de existenţa căreia nici măcar nu ştiuse, iar la *asta nu* se aşteptase.

O vreme se gândi la analiza pe care o făcuse situaţiei, căutând hibe în teoria ei, însă, cu cât o examina mai mult, cu atât i se părea mai logică. Până şi jalnica prestaţie a aşa-zişilor ei asasini — pe la a treia încercare, *cineva* ar fi trebuit să-şi dea seama de sistemul ei defensiv şi să schimbe abordarea — era explicabilă din această perspectivă. Nu existase niciodată vreo *operaţiune*, doar nişte oameni de sacrificiu trimişi după ea şi având un instructaj minim sau chiar deloc. Mai trecu în revistă fiecare teorie de două sau de trei ori şi se simţi mai încrezătoare ca oricând că în sfârşit îi înţelesese pe cei care o vânau.

Apoi simţi că se plictiseşte.

Ar fi vrut să se logheze la site-ul cursului de patologie al Universităţii Columbia şi să citească ultimele teze de doctorat, dar era riscant să facă asta cât timp departamentul încă încerca s-o localizeze, lucru pe care era sigură că-l făceau. Departamentul nu putea să urmărească tot ce avea legătură cu vechile ei pasiuni, dar asta era prea evidentă. Cu un oftat, îşi puse căştile, deschise YouTube şi începu să se uite la un tutorial despre cum se dezasamblează o puşcă. Probabil că nu conținea nicio informație de care-ar fi avut nevoie vreodată, dar rău nu putea să-i prindă.

Kevin se trezi la 5:30 fix. Se ridică în capul oaselor ca şi cum cineva l-ar fi pus în funcțiune acționând un întrerupător. Bătu uşurel câinele pe cap o dată şi se îndreptă spre uşă. Îi luă doar o secundă ca să observe masca de gaze pe care ea o purta şi se opri brusc. Câinele, care-l urma îndeaproape, se opri şi el şi-şi îndreptă botul în direcția ei, încercând să ghicească ce anume îl tulburase pe stăpân.

— O secundă, te rog, spuse Alex.

Se ridică greoi în picioare, având încă dureri în tot corpul — mai mari sau mai mici decât la începutul serii, nu-şi dădea seama — şi se îndreptă țeapănă spre uşă ca să dezactiveze dispozitivele de securitate.

— N-am spus că poți să faci asta, zise Kevin.

— Nici nu ți-am cerut voie, spuse Alex fără să se uite la el.

Kevin gemu exasperat.

Lui Alex îi luă doar câteva secunde ca să-i elibereze calea. Îşi scoase masca şi arătă cu ea către uşă.

— Facă-se voia ta.

— Facă-se *nevoia* mea, i se păru că-l aude bombănind în timp ce trecea pe lângă ea, dar vorbise prea încet ca să fie sigură.

Câinele îl urmă, dând vesel din coadă. Alex îşi imagină că la ora aia cel de la recepție nu era prea atent, dar, după părerea ei, Kevin le forța puțin norocul. O ceartă aprinsă cu conducerea hotelului n-avea să-i ajute să rămână incognito.

Scotoci prin ce adusese Kevin de mâncare. Sendvişurile nu mai erau la fel de ademenitoare cum fuseseră cu opt ore în urmă, dar găsi o cutie cu prăjiturele cu vişine, pe care n-o văzuse înainte. Tocmai mânca a doua prăjitură din ambalaj când Kevin şi câinele se întoarseră.

— Vrei să prinzi câteva ore de somn? o întrebă el.

— Dacă nu te deranjează să conduci, pot să dorm iar în maşină. E mai bine s-ajungem la destinaţie.

Kevin dădu aprobator din cap, după care se duse lângă pat şi-l atinse uşor cu piciorul pe fratele lui.

Daniel mormăi şi se rostogoli pe spate, ascunzându-şi capul sub pernă.

— Chiar trebuie să-l trezeşti? întrebă ea.

— Aşa cum ai spus, e mai bine să plecăm. Danny a avut întotdeauna o problemă cu trezitul.

Kevin smulse perna de pe capul lui Daniel.

— Hai să mergem, frăţioare.

Daniel clipi buimac câteva secunde, apoi Alex îl văzu cum se schimbă la faţă când începu să-şi aducă aminte unde era şi de ce. Era dureros să vezi cum se trezea din somnul lui liniştit într-o realitate de coşmar. Ochii lui rătăciră prin încăpere până o găsiră pe Alex. Ea încercă să-şi ia o expresie liniştitoare, dar chipul tumefiat n-o ajuta prea tare. Căută ceva de spus, ceva care să facă lumea mai puţin neagră şi mai puţin înspăimântătoare pentru el.

— O prăjitură? făcu ea o ofertă.

Daniel clipi din nou şi zise:

— Mm, de acord.

Capitolul 12

Ascunzătoarea lui Kevin nu era pe placul lui Alex.

Ajunseră acolo după-amiaza târziu. Dormise doar patru ore în timpul călătoriei, pentru că nu voia să rămână veşnic de pază noaptea. Era trează când ieşiră de pe autostradă pe un drum cu două benzi, apoi pe unul şi mai îngust, până când în sfârşit ajunseră pe o *cărare* din pământ bătătorit, cu o singură bandă — nu putea fi numită cale de acces.

Sigur, era greu de găsit, dar, după ce o găseai... ei bine, nu exista decât o singură cale de ieşire. N-ar fi ales niciodată să trăiască retrasă într-un cotlon ca ăsta.

— Relaxează-te, disperato, îi spuse Kevin când ea începu să se plângă. Nimeni nu ne caută aici.

— Trebuia să schimbăm plăcuţele de înmatriculare.

— Ne-am ocupat de asta în timp ce sforăiai de zor.

— De fapt, nu sforăiai, spuse Daniel.

El era la volan, în timp ce Kevin îi dădea indicaţii.

— Dar e-adevărat că ne-am oprit la un cimitir de maşini şi-am şterpelit câteva plăcuţe de înmatriculare.

— Deci suntem blocaţi aici, la capătul unui drum înfundat în timp ce domnul Smith se duce la Washington[1].

---

[1] Aluzie la filmul omonim *Mr. Smith Goes to Washington*, o comedie politică din 1939, regizată de Frank Capra şi avându-l pe James Stewart în rolul principal. (*N.t.*)

— E o ascunzătoare sigură, se răsti Kevin pe un ton menit în mod clar să pună capăt discuției. Aşa că să nu te prind că începi să-ți instalezi capcanele mortale în casa mea.

Alex nu-i răspunse. O să-şi facă treaba în lipsa lui.

Măcar era departe de orice aşezare umană. Merseră cu maşina cel puțin un sfert de oră pe cărare fără să vadă nici țipenie de om. Asta era bine — daunele colaterale ar fi fost minime, dacă, din cine ştie ce motiv, Alex ar fi simțit nevoia să incendieze totul până-n temelii.

Ajunseră la o poartă înaltă, flancată de un gard cu sârmă ghimpată în partea de sus. Gardul părea să se întindă la nesfârşit. Lângă poartă era un indicator pe care scria TRECEREA OPRITĂ, având mai jos un anunț suplimentar: INTRAȚI PE RISCUL VOSTRU; PROPRIETARII NU SUNT RĂSPUNZĂTORI DE DAUNELE PRODUSE PRIN ÎNCĂLCAREA PROPRIETĂȚII.

— Subtil, remarcă ea.

— Are efect, răspunse Kevin.

Scoase din buzunar o telecomandă şi apăsă un buton. Poarta se deschise şi intrară.

Alex ar fi trebuit să se aştepte ca locul să arate aşa.

După alți câțiva kilometri, casa apăru în depărtare ca un miraj, etajul ei cenuşiu fiind învăluit într-o ceață uşoară. Ici şi colo, câțiva arbori întunecați, înconjurați de tufişuri, adăugau puțină textură peisajului. Peste toate, cerul albastru spălăcit se întindea la nesfârşit.

Nu se simțise niciodată în largul ei în Marile Câmpii. De prea multă vreme era o fată de la oraş. Aici erai atât de expus, atât de... vulnerabil. Ca şi cum un vânt puternic ar fi putut să spulbere tot ce întâlnea în cale. Ceea ce probabil că se şi întâmpla în aceste locuri, de două ori pe an. Spera din toată inima să nu fie sezonul tornadelor.

Restul casei se arătă când ajunseră într-o porțiune mai înaltă a drumului. Era mare, dar dărăpănată, cu două nivele şi o verandă şubredă ce înconjura jumătate din parter. Iarba aspră şi uscată se sfârşea cam la douăzeci de metri de casă, fiind înlocuită de pietrişul de culoarea nisipului care acoperea pământul până la grilajul crăpat ce încerca să camufleze fundaţia. Monotonia peisajului era spartă de casă, copacii pricăjiţi, cicatricea roşcată a cărării şi de câteva forme nedesluşite aflate în mişcare, alergând pe marginea drumului. La venire văzuse o mulţime de vaci, dar animalele astea păreau prea mici ca să fie vaci. Păreau să aibă blană, culorile variind de la negru la alb, trecând prin maro şi nelipsind nici combinaţiile celor trei.

Formele începură să se îndrepte spre maşină, mişcându-se mult mai repede decât vacile.

Einstein se porni să dea din coadă cu atâta furie, încât ai fi zis că pe bancheta maşinii era un mic elicopter.

— Ce e locul ăsta, Kev?

— Locul unde vreau să mă retrag la pensie.

Animalele ajunseră la maşină — şase câini de dimensiuni diferite. „Grozav", îşi zise Alex. Unul se poate să fi fost fratele geamăn al lui Einstein. Altul era de-a dreptul gigantic, arătând de parcă era înrudit mai degrabă cu cabalinele decât cu specia canină. Recunoscu un doberman, doi rottweileri şi un ciobănesc german.

Când se apropiaseră, câinii erau tăcuţi şi cu o postură agresivă, dar de îndată ce-l văzură pe Einstein, toate cozile începură să fluture şi izbucni un cor de lătrături asurzitoare.

— Antrenez câini pentru pază — proprietarii pot fi persoane private sau firme. De asemenea, vând câteva exemplare şi familiilor care vor doar un animal bine crescut.

— Cum reuşeşti să te ocupi de asta fără ca ei să afle? vru Alex să ştie.

— Poţi să mergi mai departe, Danny, or să se dea la o parte, îl instrui Kevin pe fratele său.

Daniel oprise în clipa în care câinii înconjuraseră maşina. Acum porni cu grijă înainte şi, aşa cum îl asigurase fratele său, câinii trecură pe flancuri şi veniră în urma lor. Apoi Kevin îi răspunse lui Alex:

— Nimic nu e pe numele meu. Nimeni nu-mi vede niciodată faţa. Am un partener pentru asta.

În timp ce el vorbea, Alex văzu o siluetă apărând pe verandă — un bărbat corpolent cu o pălărie de cowboy. Nu putea desluşi mai mult de la distanţă.

— Toată lumea ştie că aici e ferma de câini. Nimeni nu-şi bate capul cu noi. Nu are nicio legătură cu viaţa mea din trecut, spunea Kevin.

Dar Alex nu-i dădea prea multă atenţie. Ochii ei erau pironiţi asupra bărbatului care-i aştepta.

Kevin simţi neliniştea ei.

— Arnie? E un om bun. Bag mâna în foc pentru el.

Alex se încruntă la auzul expresiei. Daniel o privi şi el.

— E vreo problemă, Alex? o întrebă cu glas scăzut.

Alex îl auzi pe Kevin scrâşnind din dinţi în spatele ei. Era evident cât de mult îl deranja faptul că Daniel îi dădea atâta atenţie.

— E doar...

Se încruntă, apoi arătă către Daniel şi fratele lui.

— *Voi doi* sunteţi deja mult pentru mine. Mi-e greu să am încredere în voi, darămite şi *în altă* persoană, pentru care doar el garantează.

Şi arătă spre Kevin, care-i aruncă o privire mânioasă.

— Ei bine, viaţa e grea, piticanie, zise Kevin. Pentru că asta e opţiunea ta cea mai bună, iar omul pentru care garantez face parte din înţelegere. Dacă vrei să-ţi pui în aplicare planul, va trebui să înghiţi găluşca.

— O să fie bine, o linişti Daniel, punându-şi mâna dreaptă peste a ei.

Era o prostie să-şi închipuie că un asemenea gest te putea calma. Daniel nu înțelegea deloc pericolul în care se aflau. Şi totuşi, Alex simți că pulsul i se domoleşte un pic, iar mâna dreaptă — încleştată din reflex pe mânerul portierei — i se relaxă.

Daniel conducea încet; câinii ținură pasul cu ei până când se opriră pe pietriş. Acum Alex putea să se uite mai bine la omul care-i aştepta.

Arnie era un bărbat înalt, corpolent, un amestec de hispanic şi american. Putea să aibă patruzeci şi cinci de ani, dar la fel de posibil era să aibă cu zece ani mai mult. Avea fața brăzdată de riduri, care păreau să fi fost provocate mai degrabă de vânt şi soare decât de vârstă. Părul înspicat ieşea câțiva centimetri de sub pălărie. Se uita la ei fără nicio emoție când opriră. Era exclus să se fi aşteptat la un al treilea musafir.

Einstein țâşni din maşină când Kevin deschise portiera şi imediat începu să adulmece şi să se lase adulmecat. Daniel şi Kevin coborâră aproape la fel de repede, nerăbdători să-şi întindă picioarele lungi. Alex ezita. Erau o droaie de câini, iar cel cu pete maronii părea să fie mai înalt decât ea. Deocamdată păreau să fie ocupați unii cu alții, dar cine ştie cum puteau să reacționeze față de ea?

— Nu fi aşa fricoasă, Oleander! țipă Kevin.

Câinii tăbărâseră pe el acum, aproape doborându-l la pământ.

Daniel ocoli maşina şi îi deschise portiera, apoi îi oferi mâna. Ea oftă, iritată, şi coborî singură. Paşii ei pe pietriş erau destul de zgomotoşi, dar câinii nu dădură semne că ar fi observat-o.

— Arnie, strigă Kevin peste hărmălaia pe care o făceau câinii. El e fratele meu, Danny. O să stea aici. Şi, ăă, un musafir… temporar, cred. Nu ştiu cum să-i zic altfel. Dar *musafir* e un cuvânt prea blând, dacă înțelegi ce vreau să spun.

— Ospitalitatea ta mă lasă fără grai, murmură Alex.

Daniel râse, apoi urcă treptele din doi paşi iuţi. Întinse mâna spre bărbatul cu chip pe piatră, care nu mai părea atât de înalt lângă Daniel.

— Încântat să te cunosc, Arnie. Fratele meu nu mi-a vorbit deloc despre tine, aşa că aştept cu nerăbdare să te cunosc mai bine.

— Şi eu, Danny, spuse Arnie cu o voce tunătoare.

— Iar ea e Alex. Nu-l asculta pe fratele meu; o să rămână atât cât va dori.

Arnie o privi concentrat. Alex se aşteptă să reacţioneze cumva văzându-i faţa mutilată, dar el se mulţumi să se uite la ea calm.

— Încântată, spuse Alex.

El dădu din cap.

— Puteţi să vă duceţi lucrurile înăuntru, le spuse Kevin.

Vru să se ducă spre scară, dar câinii i se împleticeau printre picioare.

— Hei, golanilor! *Atenţiune!*

Ca un mic pluton de soldaţi, câinii se retraseră imediat, aşezându-se în linie, şi încremeniră, cu urechile ciulite.

— Aşa-i mai bine. Pe loc repaus.

— Cum am zis, luaţi-vă lucrurile. Danny, e o cameră pentru tine în capul scării pe dreapta. Cât despre tine...

Se uită de sus la Alex.

— Ei bine, cred că o să stai în camera de la capătul holului. Nu mă aşteptam la alţi musafiri, aşa că nu e aranjată ca un dormitor.

— Am un pat de campanie.

— Eu n-am niciun bagaj, spuse Daniel şi, cu toate că îl ascultase atentă, Alex nu sesiză niciun fel de tristeţe în vorbele lui; se străduia să fie la înălţime. Vrei să te ajut cu ale tale, Alex?

Ea clătină din cap.

— Trebuie să duc doar câteva lucruri înăuntru. Am să depozitez restul undeva în spatele gardului.

Daniel ridică din sprâncene confuz, dar Kevin dădea aprobator din cap.

— Mi s-a mai întâmplat să fug în toiul nopții, îi explică ea lui Daniel coborând vocea, deşi Arnie putea s-o audă.

Habar n-avea cât de multe ştia omul despre vechiul job al lui Kevin.

— Uneori nu-i aşa de simplu să te-ntorci să-ți iei lucrurile.

Daniel se încruntă. O parte din tristețea pe care ea se aşteptase s-o vadă mai devreme îi străbătu chipul. Aceasta era o lume în care nu mulți oameni intrau cu bună ştiință.

— Nu trebuie să-ți faci griji în privința asta aici, spuse Kevin. Suntem în siguranță.

Kevin era unul dintre acei oameni care *aleseseră* această viață, motiv pentru care fiecare judecată emisă de el i se părea suspectă.

— E bine să mă păstrez în formă, insistă ea.

— Dacă asta vrei, spuse Kevin ridicând din umeri, ştiu un loc potrivit pentru aşa ceva.

*

Înăuntru, casa era mai drăguță decât pe afară. Se aşteptase la tapet mucegăit, lambriuri din stejar ca-n anii '70, canapele lăsate, linoleum şi pal melaminat. Deşi se vedea încercarea de a sugerea o temă rustică, instalațiile şi aparatura erau noi şi de ultimă generație. Insula pentru bucătărie de sub candelabrul din coarne de elan avea blaturi din granit.

— Uau! exclamă Daniel.

— Dar câți constructori au fost în casa asta? murmură ea pentru sine. Prea mulți martori.

Kevin o auzi, deşi ea nu intenţionase asta.

— Niciunul, de fapt. Arnie a lucrat în construcţii. Am cumpărat toate materialele din statul învecinat şi ne-am făcut treaba chiar noi. Mă rog, mai mult Arnie a muncit. Mulţumită?

Alex îşi ţuguie buzele umflate.

— Cum v-aţi cunoscut voi doi? îl întrebă politicos Daniel pe Arnie.

Alex se gândi că trebuia să-l studieze neapărat pe Daniel, să practice modul lui de a interacţiona. *Aşa* trebuia să se comporte o persoană normală. Ori nu ştiuse niciodată, ori uitase complet. Avea replicile pregătite pentru slujbele de chelneriţă sau de funcţionară; ştia cum să reacţioneze într-un mediu de lucru în felul cel mai banal. Ştia să discute cu pacienţii când îşi făcea numărul ilicit de doctor. Înainte de asta, învăţase cele mai bune moduri de a smulge răspunsuri de la un subiect. Dar, în afara rolurilor prescrise, întotdeauna evitase interacţiunea socială.

Kevin răspunse la întrebarea lui Daniel.

— Arnie a avut nişte probleme legate indirect de un proiect la care lucram. A vrut să iasă din poveste şi mi-a dat nişte informaţii foarte preţioase pentru ca eu să-l ucid.

Arnie cel tăcut zâmbi larg.

— Ne-am luat tălpăşiţa, continuă Kevin, şi-am ţinut legătura. Când am decis să mă pregătesc pentru pensionare, l-am contactat. Nevoile şi interesele noastre s-au potrivit foarte bine.

— O combinaţie perfectă, spuse Alex cu o voce suavă, fără să mai adauge cu glas tare: „Minunat, deci *şi pe el* s-ar putea să-l caute cineva".

Fraţii se duseră să ia din dormitorul de la parter un dulap pentru Daniel şi nişte articole de toaletă. Alex urcă la etaj, găsind uşor mica încăpere pe care Kevin i-o oferise.

Era bună, până la urmă. El o folosea drept magazie, dar era suficient spațiu pentru patul pliant și lucrurile ei personale.

Una dintre lăzile mari din plastic putea să țină loc de birou. Baia era pe hol și avea două căi de acces: din hol și din dormitorul lui Daniel.

Trecuse multă vreme de când folosise o baie în comun. Cel puțin asta era mai mare și mai elegantă decât cele cu care era obișnuită.

Frații erau tot ocupați când ea se întoarse la mașină ca să-și sorteze lucrurile. Pe verandă erau trei câini. Unul dintre ei era sigur Einstein, al doilea era un rottweiler negru uriaș, iar al treilea era un roșcat-maroniu cu față tristă și urechi clăpăuge, care-i amintea de câinele care-și rupe piciorul la finalul filmului animat *Doamna și vagabondul*. Asta însemna probabil că era un câine de vânătoare — nu era sigură ce rasă.

Rottweilerul și copoiul porniră spre ea mai mult curioși decât amenințători, dar nu-i trebui mai mult ca să facă un pas mare înapoi către ușă. Ridicând capul, Einstein scoase un lătrat grav, și ceilalți doi se opriră. Rămaseră unde erau, ca atunci când Kevin le dăduse comanda de „pe loc repaus".

Nu era sigură că Einstein chiar avea autoritatea de a le da comenzi celorlalți câini — oare câinii recunosc rangurile? —, așa că se mișcă cu grijă de-a lungul verandei, așteptându-i să atace. Animalele își păstrară pozițiile relaxate și doar o priviră cu interes. Când trecea pe lângă ei, copoiul dădu din coadă și Alex avu impresia stranie că animalul afișa o privire tristă așteptând să fie mângâiat. Speră să nu fie prea dezamăgit că ea nu îndrăznea s-o facă.

Scotoci prin portbagaj, alcătuindu-și o trusă de urgență care ajunse într-un rucsac pe care avea să-l țină cu ea tot timpul. Își luă aproape toate rufele murdare — spera să existe o mașină de spălat —, dar lăsă ținutele business și celelalte genți. Într-o noapte memorabilă — după ce al doilea asasin murise gazat când încerca să-i taie beregata —, fugise din casă doar în chiloți și se văzuse nevoită să fure o salopetă din portbagajul camionetei vecinului. Învățase acea lecție. Și să doarmă întotdeauna în pijamale care să poată trece și drept haine de zi.

Cu patul de campanie cu tot, reuși fără probleme să urce greutatea pe scări. Se întoarse să-și ia una dintre gențile de voiaj, care conținea piesele de bază ale echipamentului de laborator. Nu trebuia să irosească timpul când putea să facă pregătirile necesare. Trecând pe lângă dormitorul principal auzi o ciorovăială și, după cum suna, se simți fericită că nu era de față.

După atâta antrenament, aranjarea laboratorului devenise un proces rapid. Unul dintre containerele din sticlă era ciobit, dar putea fi încă folosit. Asamblă evaporatorul rotativ și apoi aranjă câteva condensoare și două vase din oțel inoxidabil. Terminase aproape toată cantitatea de *Supraviețuire* și, după cum se desfășura săptămâna asta, probabil că urma să mai aibă nevoie de drog. Avea destulă D-fenilalanină, dar rămase dezamăgită când își verifică rezerva de opioide. Avea mai puține decât crezuse. Insuficient ca să mai sintetizeze *Supraviețuire* și nu-i mai rămăsese decât o doză.

Se încruntă nemulțumită, când îl auzi pe Kevin strigând de jos.

— Hei, Oleander. Tic-tac.

Până să iasă pe ușa din față, Kevin era deja în sedan, cu Daniel pe scaunul din dreapta. Când o văzu șovăind pe verandă, claxonă enervant de mult. Ea merse cât putu de încet până la mașină și se urcă încruntată pe banchetă — hainele aveau să i se umple de păr de câine.

Trecând de poartă, merseră pe aceeași cărare îngustă pe care veniseră, apoi alți câțiva kilometri, până cotiră pe un drum care se îndrepta spre vest. Aşa-zisul drum însemna două poteci făcute de roţile maşinilor prin iarbă. Îl urmară ceva mai mult de zece kilometri, după aprecierea ei. În primii kilometri încă se mai zărea gardul fermei, dar după aceea se îndepărtaseră prea mult ca să-l mai vadă.

— Şi ăsta e tot pământul tău?

— Da, am avut grijă să fac totul cât mai discret. Parcela asta e deţinută de o corporaţie care nu e asociată în niciun fel cu ferma. Să ştii că mă pricep la chestiile astea.

— Bineînţeles.

În dreapta ei, peisajul începea să se schimbe. Iarba gălbuie-albicioasă se întrerupea brusc şi dincolo de ea se vedea o întindere de pământ roşu, pustiu. Când începură să cotească spre nord, către acea margine, constată cu surprindere că pământul roşu era de fapt un mal de râu. Apa avea aceeaşi culoare şi se mişca lin spre vest, fără vârtejuri sau obstacole. Râul avea cam doisprezece metri lăţime. Privea curgerea apei în timp ce se deplasau aproximativ paralel cu ea, fascinată de existenţa ei aici, în mijlocul păşunii uscate. Deşi lin, râul părea să curgă destul de repede.

De data asta, niciun gard. Un şopron dărăpănat, decolorat de soare, se afla cam la cincizeci de paşi de drum, arătând de parcă ar fi ajuns la finalul unei vieţi foarte lungi şi nu aştepta decât o conjunctură meteo potrivită care să-i curme suferinţa. Văzuseră sute de asemenea construcţii în turul lor rapid prin Arkansas şi Oklahoma.

Nu era nici pe departe atât de drăguţ ca şopronul ei pentru vaci.

Kevin se îndreptă spre el, prin iarbă.

Aşteptă în maşina cu motorul pornit în timp ce el descuie lacătul masiv antic şi deschise larg uşile. De afară, din lumina strălucitoare, era imposibil să vezi ceva în interiorul întunecat. Kevin se întoarse iute şi conduse maşina în beznă.

De data asta, interiorul se potrivea cu ceea ce promitea exteriorul. O rază palidă se strecura printre şipcile şopronului şi lumina grămezi de echipament agricol corodat, o parte consistentă dintr-un tractor ruginit, carcasele câtorva maşini străvechi şi o claie imensă de fân prăfos în spate, pe jumătate acoperită cu o prelată. Nimic care să merite furat sau măcar examinat mai atent. Dacă cineva se deranja să intre aici, singurul lucru preţios pe care avea să-l găsească era adăpostul întunericului.

Când motorul maşinii se opri, Alex avu impresia că distinge şopotul râului. Nu puteau fi mai departe de două sute de metri de el.

— E bine aici, spuse ea. Îmi ascund undeva lucrurile şi tu poţi să te întorci cu maşina asta.

— Am înţeles.

Îşi aşeză cele patru genţi de voiaj într-un ungher, în spatele unei grămezi de lemne de foc.

Kevin căută într-o grămadă de fier vechi — poate erau piese de la un alt tractor — şi reveni cu o prelată veche şi peticită, pe care o întinse peste genţi.

— Drăguţ din partea ta.

— Designul e totul.

— Bănuiesc că încă n-ai avut timp să renovezi locul ăsta, comentă Daniel şi atinse cu vârfurile degetelor o carcasă de maşină.

— Îmi cam place cum e acum, spuse Kevin. Hai să ţi-l arăt. În caz că ai nevoie de ceva cât sunt plecat. N-o să ai, dar totuşi...

Alex dădu din cap cu un aer gânditor.

— Pregătirea în amănunt este cheia succesului. E un fel de mantra pentru mine.

— Atunci o să-ţi placă ce-o să vezi, spuse Kevin.

Se duse spre carcasa tractorului şi se aplecă să meşterească ceva la şuruburile de prindere din centrul roţii imense.

— Ai o tastatură numerică în spatele capacului de roată, zise el vorbindu-i direct lui Daniel.

— Codul este ziua noastră de naştere. Nu-i prea original, dar am vrut să-l ţii minte uşor. Aceeaşi combinaţie şi pentru încuietoarea de la uşa din faţă.

O secundă mai târziu, întreaga parte frontală a roţii de tractor se rabată spre exterior — nu era făcută din cauciuc, ci din ceva mai rigid şi mai uşor, şi se mişca pe balamale. Înăuntru, un întreg arsenal.

— O, *da!* exclamă ea. Peştera lui Batman.

Zări imediat un SIG Sauer care semăna foarte bine cu pistolul pe care i-l şterpelise pentru scurtă vreme. El n-avea nevoie de două.

Kevin îi aruncă o privire nedumerită.

— Batman nu folosea arme.

— Nu contează.

Daniel examina balamalele trapei ascunse.

— E foarte ingenios. Arnie a făcut-o?

— Nu, eu, mulţumesc.

— Nu ştiam că eşti aşa îndemânatic. Dar cum ai găsit timp să te ocupi de toate astea, când aveai carteluri de anihilat şi aşa mai departe?

— În pauzele dintre misiuni. Dacă n-am nimic de făcut, o iau razna.

Puse la loc anvelopa falsă şi arătă spre carcasa de maşină lângă care stătuse Daniel mai devreme.

— Trebuie să ridici capacul bateriei şi să tastezi acelaşi cod. Aia e pentru puşti, iar următoarea e pentru lansatoare de rachete şi grenade.

Daniel râse, apoi surprinse expresia fratelui său.

— Ia stai aşa, tu vorbeşti serios?

— Ei îi place să fie foarte bine pregătită. Mie-mi place să fiu extrem de bine înarmat. Bun, iar ce-o să vă arăt acum e ceva ce n-am reuşit să ascund prea bine; oricum, e ceva de care s-ar putea să am nevoie în caz de urgenţă.

Kevin ocoli uriaşa claie de fân şi ei îl urmară. Pe partea cealaltă, prelata atârna până la pământ. Alex bănuia despre ce era vorba. Kevin ridică prelata ca să scoată la iveală un garaj improvizat, în care se afla un vehicul foarte mare. Kevin părea foarte mândru de realizarea lui.

— La fermă avem o camionetă care se asortează cu decorul, dar pentru situaţii de urgenţă îl avem pe *ăsta* aici.

Daniel scoase un fel de sughiţ. Alex îi aruncă o privire şi îşi dădu seama că se străduia să nu râdă. Se prinse imediat de poantă.

Ani de-a rândul, amândoi avuseseră de-a face cu traficul din Washington DC. Şi, în pofida aglomeraţiei şi a locurilor de parcare puţine şi înguste, apărea mereu câte-un individ care încerca să-şi parcheze matahala de vehicul. Mai bine şi-ar fi făcut rost de plăcuţe de înmatriculare personalizate pe care să scrie TÂMPIT şi să termine povestea.

Când Daniel se uită la ea, nu mai putu să se stăpânească şi începu să râdă în hohote — era mult mai amuzant decât camionul militar monstruos. Alex chicoti, surprinsă că nu putea să se abţină. Nu mai râsese cu-atâta poftă de foarte multă vreme; uitase cum era să se bucure de o porţie sănătoasă de râs.

Daniel râdea ţinându-se de burtă. Era cel mai amuzant lucru pe care Alex îl văzuse vreodată.

— Ce e? întrebă nervos Kevin. *Ce e?*

Daniel încercă să se calmeze ca să răspundă, dar hohotele lui Alex îl împiedicau.

— E un vehicul de asalt de ultimă generație, spunea Kevin, aproape strigând ca să se facă auzit peste hohotele lor de râs. Are roți din cauciuc solid şi geamuri antiglonț. E dotat cu plăci blindate pe care niciun tanc nu le poate străpunge. Jucăria asta ar putea să vă salveze viața.

Nu făcea decât să înrăutățească situația. Cei doi râdeau cu lacrimi. Pe Alex o dureau obrajii, iar Daniel părea să se sufoce.

Kevin îşi aruncă nervos mâinile în aer şi plecă.

Ei izbucniră iar în râs.

Într-un final, Alex simți că începe să respire normal. Şi Daniel aproape că se liniştise. Obosită, se aşeză pe podeaua plină de fân şi-şi puse capul pe genunchi. Imediat, îl simți pe Daniel aşezându-se alături şi lăsându-şi uşor mâna pe spatele ei.

— Ah, aveam nevoie de asta, zise el oftând. Începusem să cred că nimic nu va mai fi vreodată vesel.

— Nu-mi amintesc când am râs ultima oară în halul ăsta. Mă doare stomacul!

— Şi pe mine.

Apoi râse din nou.

— Nu începe! îl imploră ea.

— Scuze, am să-ncerc. S-ar putea să fiu un pic isteric.

— Poftim? Poate-ar trebui să ne tragem reciproc câte-o palmă.

El hohoti iar şi Alex nu se putu abține să nu chicotească.

— Gata! îl rugă.

— Să vorbim despre lucruri triste? întrebă Daniel.

— Cum ar fi să trăieşti o viață în izolare şi frică, simțindu-te vânată în fiecare clipă? sugeră ea.

În şopronul întunecat se făcu parcă şi mai întuneric şi imediat Alex regretă că vorbise. Chiar dacă o durea stomacul, se simțise atât de bine râzând.

— E o perspectivă deprimantă, într-adevăr, spuse Daniel liniştit. Eu aş propune alta: cum ar fi să-i dezamăgeşti pe toţi oamenii care s-au bazat pe tine?

— Nu prea mi se aplică, dar cu siguranţă e ceva trist. Deşi, în cazul tău, mă îndoiesc că vor privi lucrurile astfel. Probabil că-şi vor închipui că ai fost ucis. Toţi vor fi îndureraţi şi vor lăsa flori şi lumânări în faţa intrării în şcoală.

— Crezi că aşa vor face?

— Desigur. Probabil că vor aduce şi ursuleţi din pluş.

— E posibil. Sau poate că nimeni nu-mi va simţi lipsa. Poate că vor spune: „În sfârşit am scăpat de papagalul ăla şi acum putem să angajăm un profesor de istorie adevărat. Dacă tot a plecat, poate că şi echipa de volei ar putea avea o şansă. Ştiţi ceva? Hai să găsim un cimpanzeu să-i facă treaba şi să-i depunem salariul într-un fond de pensii".

Alex dădu din cap cu falsă gravitate.

— S-ar putea să ai dreptate.

Daniel zâmbi, apoi redeveni serios.

— A aprins cineva lumânări pentru tine?

— Nu mai rămăsese nimeni căruia să-i pese cu adevărat. Dacă Barnaby mi-ar fi supravieţuit, poate că ar fi aprins o lumânare pentru mine. Eu am făcut-o de câteva ori pentru el, în catedrale. Nu sunt catolică, dar n-am găsit un alt loc în care să fac asta fără să bată la ochi. Ştiu că Barnaby nu era prin preajmă ca să-i pese, dar aveam nevoie de ceva. Să plâng după el, să mă împac cu situaţia, nu ştiu.

O pauză.

— L-ai iubit?

— Da. În afară de munca mea — şi ai văzut ce plăcută e —, el era tot ce aveam.

Daniel încuviinţă.

— Mi-a cam pierit cheful de râs.

— Cred că am avut nevoie de puțină eliberare. Acum putem să ne întoarcem la depresia noastră programată.

— Sună minunat.

— Hei, Moe şi Curly[1], strigă Kevin de afară. Sunteți gata să ne-ntoarcem la muncă sau vreți să mai chicotiți un pic ca şcolarii?

— Ăă... să chicotim, cred? strigă Daniel drept răspuns.

Ea nu se putu abține — râse pe înfundate.

Daniel îi atinse cu blândețe buza umflată.

— Gata cu distracția. Hai să mergem să vedem ce e de făcut.

---

[1] Personaje din seria de filme de comedie realizate sub titulatura *The Three Stooges* (*Cei trei nătărăi*), foarte populară în prima jumătate a secolului al XX-lea. (*N.t.*)

Capitolul 13

În spatele şopronului Kevin avea un poligon de tir, care dădea spre râu. Alex îl examină cu suspiciune, dar trebuia să admită că în nicio parte a lumii nişte focuri de armă întâmplătoare n-ar fi atras mai puţin atenţia decât în ţinuturile pustii din Texas.

— Când ai ţinut ultima oară un pistol în mână? îl întrebă Kevin pe Daniel.

— Hmm... eram cu tata, cred.

— Serios?

Kevin oftă adânc.

— Ei bine, să sperăm că-ţi mai aminteşti câte ceva.

Adusese mai multe arme pe care le înşirase pe un balot de paie. Ţintele erau siluete negre prinse pe nişte stive de baloturi. Erau plasate la distanţe diferite faţă de locul unde se aflau ei, unele atât de departe încât Alex abia le vedea.

— Am putea începe cu pistoalele, zise Kevin, dar aş vrea să încercaţi mai întâi câteva puşti. Ca să nu păţeşti nimic, cea mai bună cale este să tragi de la o distanţă foarte, foarte mare. Aş prefera să staţi cât mai departe de armele cu rază mică de acţiune.

— Astea nu seamănă cu niciuna dintre puştile pe care le-am folosit vreodată, spuse Daniel.

— Sunt pentru lunetişti. Asta — Kevin bătu cu palma peste McMillan-ul pe care-l purta de-a curmezişul spatelui — a stabilit un record de distanţă. Ucide un om de la peste 1 700 de metri.

Daniel făcu ochii mari de uimire.

— Cum naiba poţi să ştii pe cine vrei să ucizi de la distanţa aia?

— Lunetiştii ştiu, dar nu-ţi bate capul. Nu trebuie să înveţi să tragi de la asemenea distanţe. Vreau doar să poţi sta în ascunzătoare şi să-i nimereşti pe cei care te atacă, dacă se va ajunge la asta.

— Nu ştiu dacă aş fi în stare să împuşc pe cineva.

Acum veni rândul lui Kevin să se arate uimit.

— Ar fi bine să-ţi rezolvi problema asta. Pentru că, dacă nu tragi tu, sunt convins că celălalt n-o să ezite s-o facă.

Daniel părea gata să riposteze, dar Kevin îl opri cu o fluturare din mână.

— Uite, hai mai bine să vedem dacă-ţi mai aminteşti cum se trage cu arma.

Kevin enumeră instrucţiunile de bază şi era evident că Daniel îşi amintea destul de multe. Mânuia arma cu o uşurinţă pe care Alex n-o avusese niciodată. Era clar că avea un simţ înnăscut, care ei îi lipsea.

După ce trăseseră suficient de multe gloanţe şi se obişnui cu zgomotul, Alex luă SIG Sauer-ul, simţind că poate să-şi învingă reţinerea.

— Hei, pot să-ncerc chestia asta pe una dintre ţintele mai apropiate?

— Desigur, spuse Kevin, fără să-şi ia ochii de la linia de ochire a fratelui său. Hai şi tu să te distrezi.

SIG-ul era mai greu decât pistolul ei PPK şi avea un recul mai puternic, dar îi plăcea. Îi dădea mai multă siguranţă. Irosi câteva gloanţe până se obişnui cu cătarea, dar apoi trase cu aceeaşi precizie pe care o avea când folosea pistolul ei. Se gândi că, pe parcurs, va deveni mai bună. Poate că aici va reuşi să se antreneze serios. De obicei, nu avea timp de aşa ceva.

Când Kevin puse capăt antrenamentului, soarele coborâse aproape de linia orizontului. Colora în roşu-aprins toată întinderea de iarbă gălbuie, ca şi cum vegetaţia uscată ar fi fost cuprinsă de flăcări.

Fără tragere de inimă, Alex aşeză SIG-ul în rând cu celelalte arme. Reţinuse codul de acces. Putea să-şi facă nişte provizii mai târziu.

— Ei bine, Danny, mă bucur să constat că încă n-ai uitat totul... şi că nu e doar o întâmplare că mă pricep la arme. Mama şi tata ne-au transmis nişte gene bune, spuse Kevin pe când se întorceau spre casă.

— Tot nu cred că aş putea să fac ce faci tu.

Kevin pufni dispreţuitor.

— Lucrurile se schimbă când cineva încearcă să te omoare.

Daniel se uita pe geam şi nu părea deloc convins.

— OK, oftă Kevin. Gândeşte-te aşa. Imaginează-ţi că în spatele tău e cineva pe care vrei să-l protejezi — mama, de exemplu. Unii începători trebuie să-şi imagineze scena ca să poată intra în starea de spirit necesară.

— Asta nu seamănă cu situaţia lunetistului, care stă undeva la adăpost şi trage.

— Atunci gândeşte-te că individul pe care-l vezi în obiectivul lunetei încearcă să o înghesuie pe mama într-un portbagaj. Foloseşte-ţi imaginaţia.

— Bine, bine, zise Daniel, dându-se bătut.

Alex ştia că Daniel încă era foarte sceptic, dar în privinţa asta trebuia să fie de acord cu Kevin. Când cineva vrea să-ţi facă felul, trebuie să-ţi activezi instinctul de supravieţuire. E care pe care. Daniel n-avea cum să ştie ce simţi în astfel de momente şi Alex spera să nu fie nevoit niciodată să afle.

Kevin va face tot ce va putea, la fel şi ea. Poate că împreună vor reuşi să facă lumea asta să fie un loc mai sigur pentru Daniel Beach.

După ce se întoarseră la fermă, turul continuă. Kevin îi duse la o anexă modernă şi îngrijită, pe care n-o observai din faţa casei şi care era plină de câini.

Fiecare avea o boxă separată, cu mediu controlat şi acces propriu la o curte unde putea să alerge. Kevin îi explică lui Daniel programul de antrenament, care câini erau deja vânduţi şi care urmau să fie înregistraţi. Alex se gândi că încerca să-l obişnuiască puţin cu viaţa la fermă. Daniel părea încântat, mângâind toţi câinii şi învăţându-le numele. Câinii adorau să li se dea atenţie. Alex ar fi vrut ca lătrăturile să înceteze măcar câteva clipe. Se părea că toţi câinii lăsaţi liberi încheiaseră programul de antrenament; îl urmau pas cu pas pe Kevin.

După cum bănuia Alex, Kevin o lăsase să vină cu ei doar ca s-o facă să se simtă stânjenită. Câinele mare cât un cal, cu blana tigrată — rasa Marele Danez, aflase între timp — o urmărea permanent şi era sigură că trebuia să fi primit o comandă subtilă de la Kevin. Simţea în ceafă respiraţia animalului uriaş şi bănuia că avea şi urme de salivă pe tricou. Câinele de vânătoare o urmărea şi el, dar nu era neapărat pus de Kevin. Continua să-i arunce o privire tristă de câte ori Alex se întorcea spre el. Ceilalţi câini îi încercuiau pe fraţi, cu excepţia lui Einstein, care stătea lipit numai de Kevin şi părea să ia foarte în serios inspecţia.

Trecură pe lângă boxe cu ciobăneşti germani, dobermani, rottweileri şi alte câteva grupuri de câini ale căror rase Alex nu le ştia. Mergea pe mijlocul aleii lungi, mărginite de rigole, şi nu atingea nimic. Întotdeauna era bine să minimizeze numărul amprentelor ce trebuiau şterse mai târziu.

Doi căţeluşi împărţeau o boxă şi Kevin îi spuse lui Daniel că erau puii Lolei, arătând spre câinele de vânătoare care se ţinea pe urmele lui Alex.

— Oh, deci tu eşti Lola? Scuze, murmură Alex, prea încet ca bărbaţii s-o audă. Am bănuit greşit.

Lola părea să ştie că i se adresase. Ridică o privire plină de speranţă spre Alex, lovindu-i piciorul cu coada. Alex se aplecă repede ca s-o mângâie pe cap.

Kevin scoase un sunet dezgustat, iar Alex se ridică şi-l văzu că se uita fix la ea.

— Lola îndrăgeşte *pe toată lumea*, îi explică el lui Daniel. Un simţ al mirosului excelent, dar cu cel gustativ stă prost. Încerc să ameliorez prin încrucişare incapacitatea de distingere a gusturilor, păstrând însă simţul olfactiv foarte dezvoltat.

Daniel clătină din cap.

— E suficient.

— Nu glumesc. Aştept de la animalele astea să aibă instincte cât mai bune.

Alex se lăsă pe vine ca s-o mângâie pe Lola, aşa cum îl văzuse pe Daniel făcând şi ştiind că asta-l va enerva la culme pe Kevin. Lola se întoarse imediat pe spate, oferindu-şi abdomenul. Brusc, câinele uriaş se întinse şi el lângă Alex. Îl bătu uşurel pe blană cu mâna şi câinele nu i-o muşcă. Dimpotrivă, lovi cu coada de două ori în pământ. Ea luă gestul drept încurajare şi-l scărpină în spatele urechilor.

— Ei, haide, Khan, şi tu acum?! exclamă Kevin.

Alex şi Marele Danez îl ignorară. Ea îşi schimbă poziţia astfel încât să stea cu picioarele încrucişate şi faţa la ambii câini, dar cu spatele la cei doi fraţi. Dacă urma să fie înconjurată de asasini blănoşi, nu-i strica să aibă de partea ei pe câţiva.

Lola îi linse dosul palmei. Era dezgustător, dar oarecum plăcut.

— Se pare că Alex are un fan, spuse Daniel.

— Mă rog... Uite, aici ținem hrana. Arnie o aduce săptămânal din Lawton. Avem cam tot ce e nevoie pentru...

Restul vorbelor lui Kevin fură acoperite de schelălăiturile şi mârâielile câinilor pe care-i lăsară în urmă.

Alex mai mângâie câinii câteva minute, nefiind sigură cum se vor comporta când va pleca. În cele din urmă se ridică precaută. Lola şi Khan se ridicară şi ei în aceeaşi clipă şi păreau cât se poate de fericiți să o însoțească. O escortară până la uşă şi se aşezară pe verandă.

— Bravo, fetițo, bravo, băiatule! le spuse ea intrând în casă.

Kevin voise probabil s-o intimideze, dar Alex simțise că, în loc să o supravegheze, câinii avuseseră grijă de ea. Bănuia că pentru aşa ceva fuseseră antrenați. Era un sentiment plăcut. Dacă-şi va schimba stilul de viață, ar fi drăguț să-şi ia un câine. Atâta doar că nu ştia unde-ar putea găsi o mască de gaze pentru câini.

Arnie stătea pe canapea în camera mare de la parter şi se uita la televizor. Avea în poală o cină gătită la microunde din care mânca lacom. Nu reacționă în niciun fel când Alex intră în încăpere.

Mirosul de mâncare — macaroane şi friptură Salisbury — era plăcut. Nu era chiar un meniu de restaurant de lux, dar lui Alex chiar îi era foame.

— Ăă, te deranjează dacă-mi iau şi eu ceva de mâncare? întrebă ea.

Arnie mormăi ceva fără să-şi ia privirea de la meciul de baseball. Alex spera să fi fost un răspuns afirmativ, pentru că deja se îndrepta spre frigider.

Frigiderul — impresionant, din oțel inoxidabil — era deprimant de gol. Condimente, câteva doze de băutură energizantă şi un borcan imens de murături. Alex observă că trebuia curăţat. Verifică sertarul congelatorului şi acolo descoperi o comoară: era plin ochi cu mâncăruri ca aceea pe care o înfuleca Arnie. Încălzi o pizza cu brânză în cuptorul cu microunde şi o mâncă pe un taburet de bar de lângă blatul de bucătărie. În tot acest timp, Arnie păru să ignore complet prezenţa ei.

Ceea ce îi conveni de minune.

Îi auzi pe bărbaţi întorcându-se, aşa că se duse la etaj. Acum, că aveau camere în care să se retragă, puteau să se bucure de mai multă intimitate. Ştia că Daniel şi fratele lui aveau multe de lămurit şi nu voia să tragă cu urechea.

Erau puţine de făcut în bârlogul ei. Îşi umplu din nou micile seringi cu acid, deşi nu credea că va avea nevoie de ele. Ar fi putut începe să scoată miezul din sâmburii de piersici, dar îi lăsase în şopron. Nu merita să rişte să se conecteze la internet doar ca să aibă ceva de citit pentru următoarea perioadă — în cazul în care urma să rămână acolo o vreme. Se gândise la un proiect, dar apoi respinsese ideea de a pune ceva pe hârtie. Deşi în ultima vreme n-o preocupase în mod special siguranţa naţională, n-avea de gând să pună populaţia în pericol. Iar să-şi scrie memoriile nu era cea mai bună alegere.

Dar simţea nevoia să analizeze totul metodic. Poate ar fi fost bine să-şi noteze doar câteva cuvinte-cheie care s-o ajute să-şi amintească?

De un lucru era sigură: atacul din laborator şi toate tentativele de asasinat care urmaseră fuseseră provocate de ceva ce auzise în cei şase ani în care lucrase împreună cu doctorul Barnaby. Dacă ar fi reuşit să afle despre ce era vorba, şi-ar fi putut face o idee mai clară despre cine se afla în spatele planului diabolic.

Problema era că auzise o mulțime de lucruri, toate extrem de importante.

Începu să facă o listă. Mai întâi creă un cod, numerotând problemele cele mai arzătoare, cele nucleare, de la A1 până la A4. Patru bombe mari care fuseseră ținute sub control cât lucrase acolo: cele mai serioase proiecte la care lucrase. Trebuia să fie ceva extrem de grav ca să justifice distrugerea secției ei.

Aşa spera. Dar, dacă era vreun capriciu mărunt al unui amiral trădător care avea impresia că numele lui apărea în vreo anchetă, n-avea nicio şansă să găsească ceva.

De la T1 la T49 erau toate acțiunile teroriste ce nu implicau atacuri nucleare de care-şi amintea. Ştia că mai fuseseră şi acțiuni de mai mică importanță — unele nefinalizate — de care uitase. Cele majore, numerotate de la T1 la T17, cuprindeau atacuri biologice, destabilizare economică şi import de atentatori sinucigaşi.

Încerca să conceapă un sistem care s-o ajute să diferențieze clar proiectele (prima literă a oraşului de origine plus prima literă a oraşului-țintă? S-ar delimita astfel situațiile suficient? Exista riscul să uite semnificația notațiilor? Dar listarea în clar a numelor şi locurilor ar fi însemnat să consemneze în scris prea multe informații), când îl auzi pe Kevin strigând-o.

— Hei, Oleander! Unde te-ai ascuns?

Închise brusc capacul laptopului şi ieşi în capul scării.

— Ai nevoie de ceva?

Se uitară unul la celălalt, păstrând distanța.

— Fii atentă că eu o tai de-aici. I-am lăsat lui Daniel un telefon. O să sun când sunt gata, ca să-i trimiți e-mailul.

— Telefon cu cartelă preplătită?

— Crezi că sunt începător?

— Păi, noroc atunci.

— Nu-mi transforma casa într-un laborator al morții cât sunt plecat.

Prea târziu. Alex își înăbuși un rânjet.

— Am să-ncerc să mă abțin.

— Bine, atunci. Aş spune c-a fost o plăcere...

Ea zâmbi.

— Întotdeauna am fost sinceri unul cu celălalt. De ce să-ncepem acum să ne mințim?

Kevin zâmbi la rândul lui, apoi deveni serios:

— O să ai grijă de el?

Întrebarea o prinse pe nepregătite. Kevin să i-l încredințeze pe fratele lui. Dar şi mai mult o surprinse răspunsul pe care-l dădu:

— Fireşte, se grăbi ea să răspundă.

Era tulburător să realizeze cât de... involuntar şi de sincer fusese răspunsul ei. Bineînțeles că va face tot ce-i va sta în puteri ca Daniel să nu pățească nimic. Nici nu se punea problema. Îşi aminti din nou de sentimentul straniu care o cuprinsese prima oară în laboratorul improvizat — presimțirea că miza se dublase de la o viață la două.

O parte din ea se întreba când o să scape de senzația că avea o responsabilitate. Poate că aşa se simțea întotdeauna cineva după ce interoga o persoană inocentă. Sau poate că se întâmpla numai când acea persoană era... care să fie cuvântul potrivit? *Cinstită? Virtuoasă? Integră?* Cineva atât de *bun* ca Daniel.

Kevin mormăi ceva, apoi îi întoarse spatele şi se îndreptă spre camera principală a casei. Nu-l mai vedea, dar încă îl auzea.

— Danny, vino aici. Mai avem ceva de făcut.

Curioasă — şi din dorința inconştientă de a mai scăpa puțin de problemele ei —, coborî încet scara să vadă ce se întâmplă. Îl cunoştea pe Kevin îndeajuns de bine ca să fie sigură că nu-l chemase pe Daniel pentru un rămas-bun sentimental, cu îmbrățișări și pupături.

Camera din față era goală — Arnie dispăruse —, dar auzea voci prin ușa cu plasă de sârmă. Ieși pe verandă, unde o aștepta Lola. Scărpină absentă câinele pe cap în timp ce urmărea scena, luminată de felinarele de pe verandă și farurile mașinii.

Einstein, Khan și rottweilerul erau aliniați în fața lui Kevin, atenți, cu urechile ciulite. Părea că lor urma să li se adreseze stăpânul, în timp ce Daniel asista.

Kevin începu cu elevul său vedetă:

— Einstein, vino!

Câinele păși în față. Kevin arătă spre Daniel.

— Aia-i mierea ta, Einstein. *Mierea.*

Einstein alergă la Daniel, dând din coadă, și începu să-l adulmece. Din expresia lui Daniel reieșea că era la fel de confuz ca și Alex.

— În regulă, le spuse Kevin celorlalți câini. Khan, Gunther, *priviți.*

Se întoarse din nou spre Einstein și Daniel, flexându-și ușor picioarele într-o poziție de luptător și apropiindu-se lent.

— Am să-ți iau mierea, îl tachină el pe câine cu o voce joasă și amenințătoare.

Einstein se răsuci, așezându-se între Daniel și Kevin care se apropia. Blana de pe grumaz i se zbârli și scoase un mârâit fioros. Câinele demon, așa cum îl văzuse Alex prima oară, se întorsese.

Kevin fentă spre dreapta, iar Einstein îl blocă. Apoi Kevin dădu să atace din stânga, dar câinele se năpusti asupra stăpânului lui, doborându-l cu o bufnitură zdravănă. În aceeași secundă, Einstein îi prinse gâtul lui Kevin între fălci ca-ntr-un clește. Ar fi fost o imagine înfiorătoare dacă bărbatul n-ar fi zâmbit larg.

— Bravo, băiatu'! Deştept, băiatu'!

— Ucide! Ucide! rosti Alex în şoaptă.

Einstein îl eliberă pe Kevin şi începu să dea din nou din coadă. Făcu câțiva paşi încolo şi-ncoace, gata să se joace.

— OK, Khan, e rândul tău.

Încă o dată, Kevin îl numi pe Daniel *mierea* Marelui Danez, prefăcându-se apoi că-l atacă. Einstein rămase lângă Khan; ca să-l supravegheze, îşi imagină Alex. Kevin atacă, iar câinele uriaş nu făcu decât să-i proptească o labă imensă în piept, răsturnându-l pe spate; îl țintui la pământ în timp ce Einstein îl ataca la jugulară.

— Ucide! spuse ea din nou, mai tare.

De data asta, Kevin o auzi şi-i aruncă o privire care spunea limpede: *Dacă n-ar trebui să-i învăț pe câinii ăştia ceva foarte important, i-aş pune să te sfâşie în bucăți.*

La runda următoare, Khan rămase spectator, în vreme ce Einstein supraveghea din nou. Rottweilerul lat în piept îl doborî pe Kevin şi mai dur decât o făcuse Einstein. Alex auzi bufnitura; cu siguranță că-l duruse rău. Zâmbi.

— Nu te supăra, poți să-mi spui şi mie ce înseamnă povestea asta? întrebă Daniel, când Kevin se ridică opintindu-se şi începu să se scuture de praf.

— E vorba de câinii dresați pentru protecție personală. De acum, câinii ăştia trei te vor păzi cu prețul vieții lor. De asemenea, aşteaptă-te să ți se încurce mai tot timpul printre picioare.

— Şi de ce *miere*[1], mă rog?

— E doar un cuvânt. Dar, ca să fiu sincer, mi-am imaginat că e mai potrivit pentru femei şi copii...

— Mersi! ripostă Daniel.

---

[1] În limba engleză, *honey* înseamnă atât „miere", cât şi „iubită", „drăguță" etc. (*N.t.*)

— Ei haide, nu te bosumfla. Ştii că n-am făcut-o intenţionat. Gândeşte-te la o comandă mai bună şi o vom folosi la generaţia următoare.

Urmă o pauză stânjenitoare. Kevin se uită la maşină, apoi din nou la fratele său.

— Uite, o să fii în siguranţă aici. Dar să ţii câinii aproape. Şi pe fetiţa cu otrăvurile. E o tipă dură. Doar să nu mănânci nimic din ce încearcă să-ţi dea.

— Sunt sigur c-o să fiu bine.

— Dacă se-ntâmplă ceva, îi dai lui Einstein comanda asta.

Îi întinse un bileţel, pe care Daniel îl luă şi-l băgă în buzunar, fără să se uite. Lui Alex i se păru ciudat că evitase să spună cu glas tare comanda. Sau poate că o scrisese pe hârtie doar pentru că n-avea încredere că Daniel o va ţine minte.

Acum Kevin părea că ar fi vrut să-l îmbrăţişeze pe fratele lui, dar Daniel era destul de reticent. Kevin se îndreptă spre maşină.

— Vorbim mai multe când mă-ntorc. Ţine telefonul la tine. Te sun după ce pun totul în ordine.

— Ai grijă.

— 'nţeles.

Kevin urcă în maşină şi porni motorul. Dădu cu spatele şi ieşi pe drum. Nu se mai uită la fratele lui. Apoi luminile roşii se pierdură în depărtare.

Odată cu plecarea lui, Alex simţi o mare uşurare.

Daniel privi maşina câteva clipe, cu câinii credincioşi la picioare. Apoi se întoarse şi urcă gânditor treptele verandei. Câinii îl însoţiră. Kevin nu exagerase când zisese că i se vor încurca printre picioare. Daniel putea să se considere norocos că Marele Danez stătea în spatele lui, altfel n-ar mai fi putut să vadă pe unde merge.

Se opri lângă Alex şi se întoarse cu faţa în aceeaşi direcţie în care privea ea, contemplând întunericul nopţii. Câinii se aşezară la picioarele lor. Lola se trezi împinsă de rottweiler şi scoase un scheunat în semn de protest. Daniel se prinse strâns cu mâinile de balustrada verandei.

— E rău că mă simt uşurat că a plecat? întrebă. Dar pur şi simplu e... prea mult pentru mine, ştii? Nu pot să fiu atent la toate când vorbeşte *întruna*.

Îşi lăsă mâna dreaptă pe spatele ei într-un gest aproape inconştient.

Felul în care o atingea îi amintea lui Alex de fiecare dată de experimentele pe care ea şi Barnaby le efectuaseră cu ani în urmă cu bazinele de deprivare senzorială. Era un mijloc eficient de a face pe cineva să vorbească fără să laşi urme, dar una peste alta, dura prea mult ca să fie opţiunea cea mai bună.

Oricine intra în bazin totuşi — oricare ar fi fost nivelul lui de rezistenţă — avea aceeaşi reacţie când era eliberat: tânjea după contactul fizic ca narcomanul după doză. Se gândi la o experienţă memorabilă cu un caporal din armată — un voluntar cu care lucraseră în faza de testare iniţială — şi la îmbrăţişarea exagerat de lungă şi cumva nepotrivită pe care i-o dăduse când ieşise din bazin. Fuseseră nevoiţi să cheme paza ca să-l desprindă de ea.

Probabil că Daniel se simţea ca acel soldat. Zile în şir fusese lipsit de contactul cu ceea ce considera că înseamnă o viaţă normală. Acum avea nevoie de asigurarea că o altă fiinţă umană se afla în preajma lui.

Desigur, şi pentru Alex lucrurile stăteau la fel; în cazul ei, ruptura de viaţa normală fusese mai lungă decât la Daniel. Deşi se obişnuise să-i lipsească, tânjea de mult după contactul cu cineva. Poate că din cauza asta era atât de liniştită ori de câte ori o atingea.

— Nu cred că-i rău, îi răspunse ea. E firesc să ai nevoie de spaţiu ca să poţi face faţă tuturor acestor probleme.

Daniel râse forțat.

— Atâta doar că n-am nevoie de spațiu decât în privința lui, zise oftând. Kev a fost mereu aşa, chiar şi când eram copii. Trebuie să fie el şeful, să fie în centrul atenției.

— Ciudate trăsături pentru un spion.

— Cred că a găsit o cale prin care să-şi controleze pornirile astea când lucrează, dar în rest le dă frâu liber.

— Nu ştiu cum e... am fost singură la părinți.

— Ce noroc pe tine, zise el, oftând iar.

— Probabil că nu-i aşa de rău.

De ce îi lua apărarea lui Kevin? se întrebă. Poate doar încerca să-l înveselească pe Daniel.

— Dacă n-ai fi fost captiv în această situație-limită, ar fi fost mai uşor să te împaci cu el.

— Aşa e. Ar trebui să-ncerc să fiu corect. Cred că sunt... supărat. Foarte supărat. Ştiu că n-a făcut-o intenționat, dar alegerile pe care le-a făcut *el* în viață mi le-au distrus dintr-odată pe *ale mele*. Ăsta e stilul lui.

— Durează o vreme să accepți ceea ce ți s-a întâmplat, spuse Alex, vorbind rar. Probabil c-o să rămâi supărat, dar devine tot mai uşor. În cea mai mare parte a timpului, uit cât de supărată sunt. Totuşi, la mine e diferit. Oamenii care mi-au făcut asta au fost nişte necunoscuți, nu rude apropiate.

— Dar inamicii tăi chiar au încercat să te omoare. Asta-i mai rău; nici să nu încerci să compari ce ți s-a întâmplat ție cu ce mi s-a întâmplat mie. Kevin n-a vrut nicio clipă să-mi facă rău. E doar greu, ştii? Am senzația că am murit, dar că trebuie să continui să trăiesc. Şi nu ştiu cum.

Ea îl bătu uşor pe mână, amintindu-şi cât de bine o făcuse să se simtă în maşină gestul lui asemănător. Observă cât de strâns se ținea de balustradă.

— O să-nveți aşa cum am învățat şi eu. Devine o rutină. Viața pe care ai avut-o înainte... se estompează. Şi devii un fel de filosof. Oamenii au parte de necazuri tot timpul. Care-i diferența între a trece prin așa ceva și situația în care un război îți distruge țara? Sau orașul tău e distrus de un tsunami? Totul se schimbă și nimic nu mai e la fel. Oricum, acea siguranță n-a fost decât o iluzie... Scuze, cred că a fost cel mai jalnic discurs de încurajare din lume.

— Nu chiar cel mai jalnic, zise el râzând. Chiar mă simt puțin-puțin mai bine.

— Păi, atunci cred că misiunea mea s-a încheiat.

— Cum ai început să te implici în toată povestea asta?

Daniel rostise întrebarea pe un ton relaxat, ca și cum ar fi fost vorba de ceva banal.

— La ce te referi? întrebă ea după o scurtă ezitare.

— De ce ți-ai ales această... profesie? Înainte ca ei să încerce să te omoare, mai exact. Lucrai în armată? Te-ai oferit voluntar?

Și de data asta Daniel vorbise pe un ton liniștit, de parcă s-ar fi interesat cum devenise consultant financiar sau decorator de interioare. Chipul lui nu trăda nicio emoție. Privea în întuneric.

De data asta, nu evită să răspundă. Dacă soarta i l-ar fi trimis drept însoțitor pe unul dintre colegii ei, și ea ar fi fost curioasă să afle. La rândul ei, îl întrebase același lucru pe Barnaby în primele zile ale colaborării lor. Răspunsul lui fusese foarte diferit de al ei.

— De fapt, n-am ales-o niciodată, îi explică ea fără grabă. Și nu, n-am fost în armată. Când m-au abordat, eram la facultatea de medicină. Inițial, fusesem interesată de patologie, dar pe urmă m-am concentrat pe altceva. Începusem să mă specializez într-un domeniu aparte de cercetare — cred că ar putea fi numit controlul chimic al minții. Nu erau mulți cei care făceau exact ceea ce făceam eu și întâlneam tot felul de piedici în cale: lipsa finanțării, a instrumentelor, a subiecților pentru experimente... mă rog, de fapt totul se reducea la finanțare. Profesorii sub îndrumarea cărora lucram nici măcar nu înțelegeau pe deplin în ce constau studiile mele, aşa că nu m-au ajutat cine ştie ce.

Făcu o pauză şi continuă:

— La un moment dat, şi-au făcut apariția nişte oficiali guvernamentali misterioşi şi mi-au oferit o şansă. Mi-au achitat împrumutul studențesc enorm cu care mă împovărasem. Am reuşit astfel să-mi termin şcoala conducându-mi totodată cercetarea spre obiectivele stabilite de noii mei şefi. După absolvire, m-am dus să lucrez în laboratorul lor, unde aveam la dispoziție cea mai modernă tehnologie, iar banii n-au fost niciodată o problemă. Era evident ce mă puneau să creez. Nu m-au mințit. Ştiam pentru ce lucram, dar aşa cum îmi descriau ei situația, părea ceva nobil. Îmi ajutam țara...

Daniel o asculta, continuând să privească înainte.

— Nu m-am gândit că tot eu voi fi cea care efectiv va *testa* pe un subiect ceea ce crease. Am crezut că eu doar voi furniza instrumentele de care aveau nevoie...

Clătină încet din cap.

— Dar lucrurile n-au mers aşa. Anticorpii pe care îi creasem erau deosebiți — doctorul care i-ar fi administrat trebuia să înțeleagă cum funcționau. Aşa că rămânea doar o singură persoană potrivită pentru misiunea asta.

Mâna de pe spatele ei nu se mişcă — părea că încremenise acolo.

— Singura persoană care s-a aflat vreodată în camera de interogatoriu alături de mine, în afară de subiect, a fost Barnaby. Inițial, el punea întrebările. Am fost înspăimântată la început, dar s-a dovedit a fi o persoană tare blândă... Stăteam mai tot timpul în laborator — inventam şi experimentam chestii. Interogatoriile propriu-zise însemnau doar cinci la sută din jobul meu.

Trase adânc aer în piept.

— Dar adesea, când apărea câte-o criză, aveau nevoie să desfăşoare mai multe interogatorii simultan; viteza era crucială. Trebuia să fiu în stare să lucrez singură. N-am vrut, dar am înţeles de ce trebuia s-o fac. Şi a fost destul de uşor faţă de cum mă aşteptam. Partea grea a fost să-mi dau seama cât de bună eram. Asta m-a speriat. Şi n-a încetat nicio clipă să mă sperie.

Barnaby fusese singurul căruia-i mărturisise acest lucru. El îi spusese să nu se-ngrijoreze, făcea parte din acea categorie de oameni care erau foarte buni în orice făceau. Străluciţi.

Alex îşi drese glasul, simţind un nod în gât de emoţie.

— Dar am obţinut rezultate. Am salvat o mulţime de vieţi. Şi n-am ucis niciodată pe nimeni cât am lucrat pentru guvern.

Acum şi ea privea lung în întuneric. Nu voia să vadă reacţia lui Daniel.

— Întotdeauna m-am întrebat dacă asta era de-ajuns ca să nu fiu chiar un monstru.

Era cât se poate de sigură totuşi că răspunsul era negativ.

— Hmmm...

Daniel scoase doar un sunet grav, prelung.

Alex privea în continuare întunericul. Nu încercase niciodată să explice cuiva această alegere — şirul pieselor de domino a căror cădere succesivă dusese la ce era ea acum. Iar acum nu credea că-i ieşise prea bine.

Deodată Daniel chicoti uşor, făcând-o să se întoarcă şi să-l privească uluită. Se chinuia să-şi reţină un zâmbet.

— Mă pregătisem sufleteşte pentru ceva cu adevărat tulburător, dar totul a sunat mult mai rezonabil decât mă aşteptam.

Alex se încruntă. Adică povestea ei i se păruse *rezonabilă*?

Lui Daniel îi chiorăi stomacul. Râse din nou, iar atmosfera apăsătoare păru să se risipească odată cu acel zgomot.

— Păi nu te-a hrănit Kevin? întrebă Alex. Din câte văd, aici fiecare se serveşte.

— Nu mi-ar strica să mănânc ceva, admise el.

Se duseră în bucătărie, iar Alex încercă să nu arate cât de surprinsă era că Daniel se purta la fel de firesc cu ea. Simțise că e periculos să spună toate acele lucruri cu glas tare. Dar, pe de altă parte, bănuia că el cunoştea deja părțile cele mai rele, le aflase în modul cel mai brutal cu putință. Aşa că explicațiile ei deveneau inutile.

Oricât de înfometat era, Daniel nu se arătă prea încântat de proviziile pe care le aveau. Alese fără entuziasm o pizza — la fel ca ea —, bombănind despre cât de nepriceput era Kevin la gătit. Discuția se desfăşura cu uşurință, ca şi cum, pentru el, Alex nu era decât o persoană obişnuită.

— Nu ştiu de unde-şi ia toată energia aia uriaşă, spuse Daniel. Când mănâncă numai prostii din astea.

— Nici Arnie nu cred că-i un bucătar prea priceput. Apropo, unde-a dispărut?

— S-a dus la culcare înainte să plece Kev. Bănuiesc că se trezeşte dis-de-dimineață. Cred că are camera acolo, în spate.

Daniel arătă în direcția opusă scării.

— Nu ți se pare un pic cam ciudat?

— De ce, pentru că nu zice nimic? Mă gândesc că tocmai de-asta pot locui împreună. Dacă vrei să fii prieten cu Kev, trebuie să fii în stare să-l asculți pe unul care vorbeşte nonstop. Nu e loc să te mai bagi şi tu în seamă.

Alex chicoti.

— Sub pizza era nişte îngheţată. Vrei? o întrebă el.

Voia, aşa că începu să caute nişte boluri. Daniel descoperi o lingură specială pentru îngheţată şi nişte linguri de supă, dar se văzură nevoiți să pună îngheţata în căni de cafea. În timp ce-l privea cum ia îngheţata din cutie, lui Alex îi trecu ceva prin minte.

— Tu eşti stângaci?

— Ăă, da.

— Oh. Mi s-a părut că fratele tău e dreptaci, dar dacă sunteţi gemeni identici, asta nu înseamnă că...

— Ba da, de obicei, o întrerupse Daniel, întinzându-i prima cană.

Îngheţata era simplă, de vanilie, nu preferata ei, dar orice desert era bine-venit acum.

— De fapt, suntem un caz deosebit. Adică ceea ce se cheamă gemeni în oglindă. Cam douăzeci la sută dintre gemenii identici — se crede că cei la care ovulul se divizează mai târziu — se dezvoltă asimetric. Aşa încât feţele noastre nu sunt chiar identice, decât dacă te uiţi la unul ca la o reflexie a celuilalt. Nu înseamnă cine ştie ce, mai ales pentru Kevin.

Daniel savură prima lingură de îngheţată, apoi zâmbi.

— Pe de altă parte, o să fie cam complicat pentru mine dacă vreodată o să am nevoie de un transplant de organe. Toate organele mele sunt aşezate invers, aşa încât un transplant ar fi aproape imposibil. Doar dacă se găseşte un organ de la un alt geamăn „inversat", care, întâmplător, să fie şi compatibil genetic cu mine. Cu alte cuvinte, sper să n-am niciodată nevoie de un ficat nou.

Mai luă o lingură de îngheţată.

— Mie mi s-ar fi părut mult mai logică situaţia în care Kevin le-ar fi avut pe toate de-a-ndoaselea.

Râseră amândoi, de data asta mult mai reţinut. Păreau mai liniştiţi acum.

— Ce scrie pe biletul cu comanda pentru câine?

Daniel scoase biletul din buzunar, se uită la el şi apoi i-l dădu.

Pe bilet scria, cu majuscule: PLAN DE URGENȚĂ.

— Crezi că s-ar întâmpla ceva rău dacă am rosti cuvintele astea tare? întrebă ea.

— Se poate. După ce i-am văzut bârlogul secret, cred că orice e posibil.

— Kevin chiar ar trebui să angajeze pe cineva care să-i găsească nişte nume mai reuşite pentru comenzi. Nu e foarte priceput la chestia asta.

— Cred că asta ar putea fi misiunea mea acum, zise Daniel oftând. Chiar îmi plac câinii. Ar putea fi distractiv.

— E tot un fel de muncă de profesor, nu-i aşa?

— Dacă o să mă lase Kev.

Daniel se încruntă.

— Mă întreb dacă nu cumva se gândeşte să mă pună doar să fac curat în boxe. Îl cred în stare.

Apoi oftă din nou.

— Măcar toți elevii par să fie foarte inteligenți. Crezi că aş putea să-i învăț să joace volei?

— Păi... la drept vorbind, da. Am impresia că au voie să facă aproape orice.

— Cred că n-ar fi aşa de rău, nu?

— Nu, n-ar fi, spuse ea încrezătoare.

Apoi îşi spuse în gând că e o mincinoasă.

Capitolul 14

Când se trezi, Alex simțea durere în tot corpul. Orele de somn o ajutaseră să scape o vreme de chin, dar acum, trezirea la realitate era şi mai rea.

În cameră era beznă. Probabil că exista o fereastră undeva în spatele cutiilor, dar cu siguranță era acoperită cu o pânză de camuflaj. Kevin nu voia prea multe geamuri luminate noaptea. Mai bine să lase impresia că doar o parte din acea casă era locuită. Din câte ştiau localnicii, Arnie era singurul ei locatar.

Alex se dădu jos din patul de campanie — gemând când umărul şi şoldul stâng i se loviră de muchia de lemn —, apoi ajunse pe pipăite la întrerupător. Îşi eliberase un spațiu destul de mare de la pat la uşă, ca să nu se accidenteze când bâjbâia pe întuneric. După ce aprinse lumina, dezamorsă firele şi-şi scoase masca de gaze. Dat fiind că acolo erau oameni pe care nu voia să-i ucidă, folosise o canistră presurizată cu gaz de neutralizare.

Holul era pustiu, iar uşa de la baie, deschisă. Un prosop umed atârna pe suport, aşa că Daniel trebuia să se fi trezit deja. Lucrase până târziu la lista ei de memorat, dorindu-şi cu ardoare, chiar în timp ce tasta la calculator, să-şi poată aminti şi peste o săptămână ce însemna oricare dintre notițele ei criptice. În timp ce lucra, remarcă o mulțime de secrete care ar fi justificat uciderea cuiva, dar niciunul care să-i privească direct pe ea şi pe Barnaby. Dacă oricare dintre acele secrete ar fi fost sursa problemei, victimele ar fi fost altele. Din ce reuşise să găsească în presă, moartea ei şi a lui Barnaby nu fusese corelată cu alte nume pe care să le recunoască. Nimic public, în orice caz.

În timp ce-şi spăla părul, se gândi la cum ar putea să-şi restrângă căutările la o perioadă limitată. De obicei, ideile cele mai bune îi veneau la duş.

Barnaby fusese întotdeauna paranoic, dar nu începuse să se comporte ca un paranoic decât cu doi ani înainte de a muri. Îşi aminti de acea discuție inițială, prima dată când îşi dăduse seama că era într-un pericol real. Era toamna târziu, aproape de Ziua Recunoştinței. Dacă acea schimbare nu fusese întâmplătoare, dacă existase un soi de catalizator, poate că Barnaby reacționase la cazul care constituia problema. Nu putea fi sigură de poziționarea exactă în timp, dar era absolut sigură ce interogatorii avuseseră loc după acea schimbare — în memoria ei, toate erau trecute prin sita noilor motive de stres şi de distragere a atenției. Aşa că puteau fi eliminate. Şi îşi amintea cu uşurință toate cazurile din primul ei an, când totul părea înfiorător de nou şi de penibil; şi acelea puteau fi eliminate. Chiar dacă îi rămâneau de sortat trei ani de muncă şi două dintre evenimentele nucleare înspăimântătoare, era mulțumită că-şi stabilise cât de cât intervalul temporal.

Se bucură de prosoapele pufoase din baie. Se părea că lui Kevin îi plăcea confortul casnic. Sau poate că lui Arnie îi plăceau obiectele de lux. În orice caz, baia avea toate articolele de toaletă pe care le găseai într-un hotel, doar că în sticle de mărime normală. Găsise şampon şi balsam pentru păr în cabina de duş. Pe blat erau pastă de dinți, loțiune şi apă de gură. Drăguț.

Șterse cu prosopul oglinda aburită și dintr-o privire își dădu seama că încă nu putea ieși în lume. În jurul ochilor avea acum pete de un verde bolnăvicios, cu nuanțe de violet pe la colțurile interioare. Buza începea să se dezumfle, dar asta scotea și mai mult în evidență lipitura cu adeziv. Vânătăile de pe obraji abia începeau să se îngălbenească pe margini.

Oftă. Trebuia să mai treacă cel puțin o săptămână până când putea să-și arate fața, iar atunci doar cu un strat sănătos de machiaj.

După ce își puse niște haine cât de cât curate, Alex le adună pe celelalte și le strânse într-un tricou, ca într-un săculeț de haine. Apoi se duse să caute mașina de spălat. La parter era pustiu și liniște. Auzea lătrături în depărtare. Probabil că Daniel și Arnie ieșiseră în curte, la câini.

Găsi spălătoria încăpătoare — se afla în spatele bucătăriei. Localiză ușa dosnică — întotdeauna era bine să știe unde se aflau ieșirile de urgență — și ceva ce semăna cu o trapă în jumătatea inferioară a acesteia. Abia după câteva clipe își dădu seama că era o ușiță pentru câini — dar una suficient de mare ca să poată trece și Khan prin ea. Până în acel moment, nu văzuse niciun câine în casă, dar bănuia că uneori erau lăsați înăuntru. Porni mașina încărcată cu rufele ei și se duse să caute ceva pentru micul dejun.

Dar dulapurile din bucătărie arătau la fel de dezolant precum frigiderul. Jumătate dintre ele erau pline de cutii cu hrană pentru câini, iar restul erau în mare parte goale. Slavă Domnului că mai rămăsese puțină cafea într-un ibric pe blat. Mai găsi și o rezervă de prăjiturele pe care le șterpeli. Se părea că Arnie și Kevin se îngrijeau mai mult de prosoape decât de mâncare. Găsi o cană de la o tabără de cercetași din anul 1983, ciobită și având culorile șterse. Era imposibil ca vreunul dintre bărbații care locuiau acolo să fi fost în acea tabără — așadar, cana era o achiziție second-hand. Totuși, se dovedi cât se poate de funcțională. După ce o folosi, Alex o puse în mașina de spălat vase și se duse să vadă ce se întâmplă afară.

Lola și Khan erau pe verandă împreună cu rottweilerul al cărui nume nu și-l mai amintea. Toți se ridicară ca și cum pe ea ar fi așteptat-o și o urmară în timp ce se îndrepta spre șopron. O mângâie pe Lola de câteva ori din mers; așa i se părea politicos.

Curtea mare era plină de animale, cu Arnie în mijlocul lor, strigând comenzi către câinii jucăuși. Doar câțiva păreau să-l asculte. Daniel nu se vedea nicăieri. Alex intră în anexă și o străbătu până la cămara cu provizii. În privința asta, Kevin și Arnie aveau mai multă grijă de animale decât de ei înșiși. Daniel nu era nici acolo.

Ieși agale în curte — nu mai știa ce să facă. Avea o senzație ciudată; era obișnuită să fie singură mereu. Dar acum, când Daniel lipsea, se simțea dintr-odată pierdută.

Arnie, bineînțeles, nu-i dădu niciun pic de atenție când ajunse la gard și-și strecură degetele printre ochiurile plasei. Lucra cu un ciobănesc german tânăr — cu labe supradimensionate și urechi clăpăuge — și Alex își zise că ea și-ar fi pierdut de mult răbdarea. Cei doi pui ai Lolei se lipiseră de gard și o implorau pe mama lor să-i alinte. Ea îi linse de câteva ori, apoi lătră la ei scoțând un sunet ciudat, care o făcu pe Alex să se gândească la mama ei când îi amintea că trebuie să învețe după cină. Cum era de așteptat, cei doi cățeluși se întoarseră agale spre omul cu recompensele.

Poate că Daniel se dusese la poligonul de trageri. Kevin spusese că în preajmă era și o camionetă, dar nu văzuse nici urmă de așa ceva. I-ar fi plăcut ca Daniel s-o aștepte. Voia să se mai joace cu SIG-ul. Și, sincer, nu i-ar fi stricat să mai exerseze cu PPK-ul. În trecut, viața ei nu depinsese niciodată de cât de bine știa să tragă cu arma, dar s-ar fi putut să-i folosească în viitor. Nu voia să irosească acest prilej neaşteptat de a se perfecţiona.

Privi încă o jumătate de oră cum Arnie încerca să dreseze câinii. În cele din urmă, îl întrerupse; simţea că începe să se plictisească.

— Hei, strigă ea, încercând să acopere lătrăturile. Arnie?

Bărbatul se uită în direcţia ei, fără ca faţa lui să trădeze vreo urmă de interes.

— A luat cumva Daniel camioneta ca să se ducă la poligon? La ce oră a plecat?

El dădu uşor din cap, apoi ridică din umeri. Alex încercă să ghicească ce anume însemna asta, dar renunţă repede. Va trebui să pună întrebări mai simple.

— A luat camioneta? spuse ea.

Arnie se concentră din nou asupra câinilor, dar îi dădu un răspuns.

— Cred că da. Ultima oară când m-am dus în şopron, nu era acolo.

— Cât de departe e poligonul? întrebă Alex.

I se păruse că era o distanţă prea mare pentru a o parcurge pe jos, dar nu strica să întrebe.

— Vreo opt kilometri, în linie dreaptă.

Nu era aşa departe cum credea. În plus, Daniel avea rezistenţă fizică — doar făcea jogging în fiecare zi. Poate că nu luase camioneta. În sfârşit, poate că şi ea ar fi fost în stare să dea o fugă până acolo, dar probabil că până ajungea Daniel ar fi fost înapoi.

— Şi nu ştii pe la cât a plecat?

— Nu l-am văzut. A fost înainte de nouă, totuşi.

Deci, de mai bine de o oră. Cu siguranţă se va întoarce în curând. Hotărî să aştepte.

Era bine că Daniel era interesat să se antreneze. Poate că înţelesese ceva din ce încercaseră să-i spună ea şi Kevin.

Alex n-ar fi vrut ca el să fie nevoit să trăiască în frică, dar aşa era cel mai bine. Frica avea să-l ţină în viaţă.

Îi mulţumi lui Arnie cu un gest din mână, apoi se întoarse în casă pentru a termina cu spălatul rufelor, urmată îndeaproape de alaiul blănos.

O oră mai târziu, purta haine curate pentru prima oară după câteva zile, ceea ce o făcea să se simtă fantastic. Puse în maşina de spălat hainele pe care le purtase până atunci, fericită la gândul că întreaga ei garderobă va mirosi din nou frumos. Apoi, timp de o jumătate de oră, se gândi la proiectul ei legat de memorie; măcar îşi amintea notaţiile după douăsprezece ore. Încerca să ordoneze lucrurile cât mai cronologic cu putinţă, deşi sistemul ei de numerotare se baza pe gravitate. Poate că făcea lucrurile mai derutante decât ar fi trebuit, dar n-avea niciun chef să reorganizeze totul acum.

În dimineaţa asta, lucrase la cazurile cu numerele cincisprezece şi trei — o tentativă de atentat cu bombă în metrou şi furtul unei arme biologice —, încercând să-şi amintească orice nume care apăruse în context. Teroristul şi profitorii ruşi de la numărul cincisprezece fuseseră rezolvaţi, aşa încât probabil că nu era nimic legat de aceştia. Îi notă totuşi. *NY* era o abreviere prea evidentă, aşa că folosi MB pentru Manhattan–Bronx; Trenul 1 fusese ţinta. *TT* pentru facţiunea care pusese la cale atentatul, *KV* pentru Kalasha Valley, *VR* pentru rusul care le vânduse materialele. Câţiva spectatori, care ajutaseră şi instigaseră acţiunea: *RP, FD, BB.*

Numărul trei avea câteva piste nerezolvate, din câte-şi amintea, dar acelea fuseseră transferate la CIA. Se uită la literele ei: *J, I-P* pentru Jammu, India, la graniţa cu Pakistan. *CT,* ciuma din Tacoma, cum o numiseră. Fusese dezvoltată de o celulă teroristă cunoscută pornind de la însemnările unui om de ştiinţă american, furate dintr-un laborator din apropiere de Seattle. Celula-fiică, *FA,* era şi ea implicată în evenimentele T10 şi T13. Departamentul încă îi mai ajuta pe cei de la CIA să obţină informaţii despre rămăşiţele celulei pe vremea când fusese „concediată". Se întrebă dacă CIA reuşise s-o anihileze complet. Kevin fusese probabil prea ocupat în Mexic ca să-i poată da răspunsul. Îşi notă iniţialele câtorva nume implicate. *DH* era savantul american a cărui formulă fusese furată, iar *OM* era un membru al celulei teroriste pe care ea îl interogase. Se gândea că mai exista un american implicat cumva — nu un participant la eveniment. Sau numele acela era legat de numărul patru? Nu-şi mai amintea decât că numele era scurt, parcă retezat... începea cu *P*?

Nu i se permisese niciodată să păstreze însemnări, bineînţeles, aşa că nu avea ce materiale să consulte. Era frustrant. Îndeajuns ca să renunţe şi să se ducă să caute ceva de mâncare. Prăjiturelele nu fuseseră prea săţioase.

În timp ce intra în camera mare de la parter, auzi de afară huruitul unui motor şi zgomotul scrâşnit al cauciucurilor pe pietriş. În sfârşit.

Din obişnuinţă, se duse la uşă ca să se asigure că era Daniel. Exact când o deschidea, zgomotul de motor se opri. O camionetă Toyota model vechi, albă şi prăfuită, cu o carcasă de rulotă în partea din spate, la fel de veche şi de prăfuită, era parcată în locul în care lăsaseră sedanul cu o seară înainte, iar Daniel cobora de la volan. Einstein sări pe uşă imediat după el.

Tocmai când admira exteriorul banal al vehiculului — perfect pentru a nu se face remarcat — o senzaţie de groază începu să-i urce lent pe şira spinării, făcându-i pielea ca de găină. Îngheţă, ochii mari mişcându-se neliniştiţi în toate direcţiile, asemenea unui iepure speriat care încearcă să se prindă din ce direcţie vine pericolul. Ce observase subconştientul, iar ea nu sesizase?

Îşi aţinti privirea pe punga de hârtie pe care Daniel o ţinea în căuşul braţului stâng. În timp ce ea privea, el trase scaunul în faţă şi luă altă pungă. Einstein ţopăia fericit în jurul picioarelor lui. Khan şi rottweilerul coborâră treptele verandei ca să se alăture bucuriei generale.

Momentul de şoc trecu şi ea se puse în mişcare. O luă repede pe urmele câinilor, simţind cum sângele îi pulsează în obrajii răniţi.

— Hei, Alex, strigă voios Daniel. Mai sunt câteva pungi în spate, dacă vrei...

Se opri brusc când îi văzu expresia.

— Ce s-a-ntâmplat? Kevin...

— Unde-ai fost? îl întrebă ea răstit, cu dinţii încleştaţi.

El clipi surprins şi spuse:

— Am dat o fugă până-n orăşelul ăla prin care-am trecut când am venit aici. Childress.

Alex îşi strânse pumnii, fără să spună nimic.

— Am luat câinele cu mine, încercă el să se justifice. Nu s-a-ntâmplat nimic.

Alex îşi lipi un pumn de gură, se înfioră şi încercă să se calmeze. Nu era vina lui. Pur şi simplu nu înţelegea. Ea şi Kevin ar fi trebuit să-l instruiască mai bine. Greşise când îşi zisese că o parte din acea instruire necesară avusese loc când ea dormise în maşină. Dar dacă Kevin nu-l pregătise pe Daniel pentru această viaţă nouă, atunci *ce* vorbiseră ei în toate acele ore?

— Te-a văzut ci... bineînţeles că te-a văzut. Ai cumpărat lucruri. Câţi oameni te-au văzut?

El clipi din nou.

— Am făcut ceva greşit?

— Te-ai dus în oraş? se auzi din spatele ei o voce gravă şi tunătoare.

Daniel îşi mută privirea spre un punct de deasupra capului ei.

— Mda... m-am gândit că voi aici nu prea aveţi de mâncare. Am vrut doar să aduc şi câteva chestii necongelate, ştii. Păreaţi ocupaţi mai tot timpul...

Alex se-ntoarse să se uite la Arnie. Faţa lui era impasibilă, dar acum o cunoştea îndeajuns de bine ca să vadă micile fisuri din faţadă — ridurile din jurul ochilor, o venă de pe frunte ceva mai proeminentă.

— Ai cum să-l contactezi pe Kevin? îl întrebă.

— Adică pe Joe?

— Probabil. Pe fratele lui Daniel.

— Nu.

— Ce-am făcut? întrebă Daniel pe un ton rugător.

Alex oftă şi se-ntoarse din nou spre el.

— Îţi aminteşti când Kevin a spus că nimeni de pe-aici nu i-a văzut vreodată faţa? Ei bine... acum au văzut-o.

Culoarea din obrajii lui Daniel începu să dispară în timp ce analiza vorbele lui Alex.

— Dar... am folosit un nume fals. Am... am spus că sunt în trecere.

— Cu câţi oameni ai vorbit?

— Doar cu casiera de la magazinul alimentar şi cu cea de la...

— În câte magazine ai intrat?

— Trei...

Alex făcu schimb de priviri cu Arnie. A ei era oripilată, a lui, mai greu de pătruns.

— Kevin mi-a lăsat bani pentru lucruri de care aş putea avea nevoie — am presupus că s-a referit la chestii de mâncare, cum ar fi ouă sau lapte, spuse Daniel.

— S-a referit la documente de identitate false, îi zise Alex răstit.

Daniel se albi complet la față și rămase cu gura căscată.

Se uitară la el un moment lung.

Daniel trase aer în piept, încercând în mod vizibil să se liniștească.

— Bun, am dat-o în bară. Putem să ducem cumpărăturile în casă înainte de a-mi spune cât de grav e? Sunt alimente perisabile în camionetă și n-are rost să adăugăm alte pagube la greșeala mea.

Cu buzele strâns lipite — ignorând picătura iritantă de adeziv —, Alex aprobă cu o mișcare a capului și se duse în spatele camionetei ca să ajute la descărcat. Când văzu toate pungile adunate acolo, simți din nou cum sângele îi pulsează în spatele vânătăilor.

Bineînțeles, ca și cum nu era de-ajuns că se dusese în orașul cel mai apropiat, cumpărase mâncare cât să hrănească o armată. Și, dacă mai exista un alt lucru care să-l facă mai ușor de ținut minte, probabil că-l făcuse și pe ăla.

Într-o tăcere rău prevestitoare, Alex și Arnie aduseră în casă toate pungile și le așezară pe blat. Daniel se agita între dulapuri și frigider, punând fiecare obiect la locul potrivit. Alex ar fi putut să creadă că nu prea lua povestea asta în serios dacă n-ar fi văzut cum se succedau culorile pe fața lui. Deși expresia îi rămânea constantă, obrajii și gâtul ba se înroșeau brusc, ba se albeau din nou.

Răgazul de calmare fusese probabil o idee bună. Îi oferi lui Alex șansa să treacă în revistă toate aspectele și să fie realistă în privința pericolelor implicate. Fusese cât pe ce să-i fure camioneta lui Arnie și să dispară, dar știa că asta ar fi fost o reacție excesivă. Uneori, reacțiile exagerate îți salvau viața, alteori, nu făceau decât să te pună-ntr-o primejdie și mai mare. Nu trebuia să uite cum arăta fața ei; să fugă acum nu i-ar fi adus decât probleme în plus.

Daniel aşeză în frigider ultima legumă şi închise uşa. Nu se întoarse; rămase acolo cu capul uşor aplecat spre uşa din oţel inoxidabil.

— Cât de grav e? întrebă el spăşit.

Alex se uită la Arnie, care nu părea dornic să vorbească.

— Spune-mi c-ai plătit cu bani gheaţă, începu ea.

— Da.

— Ei bine, măcar e ceva.

— Dar nu totul, făcu Daniel o presupunere.

— Nu. Childress e un oraş foarte mic.

— Cu puţin peste şase mii de locuitori, mormăi Arnie.

Era mai rău decât crezuse; ştia licee în care numărul elevilor era mai mare.

— Deci, apariţia unui străin în oraş este un eveniment neobişnuit. Ai fost remarcat.

Daniel se întoarse spre ea. Avea faţa perfect calmă, dar în ochi i se citea tulburarea.

— Da, îmi dau seama, admise el.

— Erai în camioneta lui Arnie, cu câinele lui Arnie, spuse Alex. Cineva ar putea să facă legătura dintre tine şi Arnie.

— Einstein a rămas în maşină, spuse Daniel. Nu cred că m-a văzut cineva intrând sau ieşind.

— Sunt sute de camionete asemănătoare în oraş. Cinci sunt acelaşi model, au aceeaşi culoare şi sunt din acelaşi an; dintre astea, două au carcase de rulotă în spate, zise Arnie, adresându-se lui Alex, nu lui Daniel. Jumătate din oamenii ăia au un câine cu ei.

— Asta e de folos, îi spuse ea lui Arnie. Voi doi aţi făcut o alegere bună în cazul ăsta.

— Cât de mult te afectează pe tine? îl întrebă Daniel.

— N-am de unde să ştiu, zise Arnie ridicând din umeri. Oamenii uită lucrurile destul de repede când nu au un motiv real ca să le țină minte. Dacă stăm în banca noastră, probabil că n-o să se-ntâmple nimic.

— În orice caz, ce s-a făcut s-a făcut, reflectă Alex. Va trebui să fim extrem de prudenți.

— Kevin o să fie furios, zise Daniel cu un oftat.

— Dar *când* nu e el furios? întrebă Alex, iar Arnie chicoti scurt. Oricum, el e de vină că nu ți-a explicat totul. O greşeală pe care n-am s-o repet.

Îi făcu semn cu mâna spre canapea.

Arnie dădu din cap ca pentru sine, după care ieşi pe uşa din față şi se întoarse la treburile lui. Kevin îşi alesese un partener excelent. Se gândi că ar fi preferat ca Arnie să fi fost fratele lui Daniel în locul lui Kevin. Cu Arnie era mult mai simplu să ai de-a face.

— Ce-ar fi să pregătesc eu masa cât timp tu îmi predai lecția? se oferi Daniel. Sunt mort de foame. Nu ştiu cu ce supraviețuieşte Arnie pe-aici.

— Desigur, spuse ea.

Luă un taburet şi se aşeză lângă el.

— Sincer, am crezut că sunt şi eu de folos, murmură Daniel în timp ce se ducea la frigider.

— Ştiu, Daniel, ştiu. Şi mi-e foame şi mie, mărturisi ea.

— Data viitoare am să întreb, promise el.

— Ăsta-i un început, zise Alex oftând.

*

Deşi nu voia să recunoască, sendvişul mare pregătit de Daniel îi mai îndulci perspectiva asupra incidentului. Îi expuse elementele de bază în timp ce mâncau — va fi timp pentru mai multe detalii când vor avea de îndeplinit o sarcină specifică —, iar el o ascultă cu atenție.

— Nu ştiu cum să văd lumea în felul ăsta, mărturisi el. Totul pare cî şine de paranoia.

— Da! Paranoia este exact ce trebuie. Paranoia e bună.

— Asta intră puţin în contradicţie cu felul în care e descrisă în lumea reală, dar am să mă străduiesc să-mi schimb perspectiva. Ştiu că măcar atât pot să fac — să te întreb pe tine ori de câte ori vreau să fac ceva. Chiar şi înainte de *a respira*.

— O să-ncepi să te prinzi. După o vreme, devine obişnuinţă. Dar renunţă la ideea că lumea pe care o cunoşteai înainte ar fi *reală*. Lucrurile care se-ntâmplă în lumea *asta* sunt mult mai reale şi permanente. E ceva primitiv — instincte de supravieţuire. Ştiu că le ai, pentru că te-ai născut cu ele. Doar că va trebui să sondezi acea parte din tine.

— Trebuie să gândesc ca o persoană hăituită.

Încerca să-şi păstreze o expresie cât mai degajată, dar era evident tulburat de situaţie.

— Da. De fapt, chiar *eşti* o persoană hăituită. Ca şi mine. Ca şi fratele tău. Şi, la naiba, ca şi Arnie. Văd că toată lumea e aşa pe-aici.

— Dar tu, spuse el încet, şi fratele meu şi, probabil, chiar şi Arnie sunteţi totuşi animale de pradă. Eu sunt doar o pradă.

Alex clătină din cap.

— La început, şi eu eram o pradă. Am învăţat. Tu ai avantaje pe care eu nu le-am avut niciodată. Ai exact acelaşi cod genetic ca şi fratele tău, animalul de pradă suprem. Te-am văzut la poligon — după ce instinctele îşi vor spune cuvântul, vei fi în stare să ai grijă de tine.

— Spui asta doar ca să mă faci să mă simt mai bine.

— Spun asta pentru că te invidiez. Dacă aş fi mai înaltă, mai puternică şi aş avea un talent înnăscut în folosirea armelor, jocul ăsta şi-ar schimba regulile.

— Dacă aş fi deştept şi paranoic, n-aş mai crea situaţii periculoase pentru noi toţi.

— Nu se compară, spuse Alex zâmbind. Tu ai posibilitatea să înveţi. Eu n-o să fiu niciodată mai înaltă.

Daniel îi răspunse cu un zâmbet larg.

— Dar, aşa cum eşti, te poţi ascunde mult mai uşor.

— Îhh, gemu ea. Hai mai bine să facem ceva productiv şi să-mpuşcăm câteva baloturi de paie.

— De acord, dar va trebui să mă-ntorc până... — aruncă o privire la ceasul de perete — cel târziu la ora şase.

Alex îl privi derutată.

— De ce, dau ăştia la televizor emisiunea ta preferată sau ce?

— Nu, dar îţi sunt dator cu o cină şi mă tem că n-am să pot să te invit în oraş.

Zâmbi cu aerul că-şi cerea scuze.

— Ăsta-i unul dintre motivele pentru care m-am dus la cumpărături.

— Hmm...

— Te-am invitat la cină, mai ţii minte?

— Oh, ţin minte. Doar că, după părerea mea, cred că suntem chit în legătură cu orice ofertă mi-ai făcut înainte să te răpesc.

— N-o să mă simt bine dacă nu mă revanşez. Oricum, cineva trebuie să gătească şi aş putea spune că mă pricep. Ştim deja că Arnie şi Kevin sunt varză la capitolul ăsta.

— Cred că şi eu sunt la fel, zise Alex cu un oftat.

— Atunci rămâne aşa. Şi-acum să mergem să ne antrenăm la tir.

*

Daniel învăţa atât de repede încât nu era de mirare că fratele lui, Kevin, fusese recrutat. În timp ce se antrenau,

Daniel îi povesti lui Alex despre aptitudinile sportive ale lui Kevin şi mai ales despre talentul deosebit la tir. Se părea că băieţii şi tatăl lor participaseră la multe concursuri şi aproape întotdeauna Kevin câştigase locul întâi.

— Am făcut greşeala să-l întrec o dată, când aveam nouă ani. Am regretat amarnic. Din acel moment, am continuat să mă duc la tir doar ca să nu-l supăr pe tata, dar mi-a pierit elanul competiţional. Mi-am găsit alte domenii de interes, lucruri cu care Kevin nici măcar nu-şi bătea capul. Cum ar fi cărţile. Implicarea în comunitate. Alergările pe distanţe mari. Cursuri de gătit. Chestii de fete, după cum avea grijă să-mi amintească des.

Alex puse un încărcător nou. Consumau muniţia lui Kevin pe pâine, dar nu-i păsa. Kevin putea să-şi permită completarea rezervelor.

Făcuse o percheziţie atentă a şopronului şi găsise câteva ascunzişuri cu bani. Se părea că o parte din banii din droguri se întorsese acasă cu el. Ca regulă generală, evita să fure ceva până nu epuiza celelalte opţiuni, dar era foarte tentată acum să înhaţe cât putea să care. În definitiv, era parţial şi vina lui Kevin că acum era mult mai săracă decât fusese luna trecută.

— Mă-ntreb ce s-ar fi întâmplat cu mine dacă aş fi avut un frate care să fie mai bun ca mine la chimie şi biologie în liceu, zise ea. Aş fi renunţat şi m-aş fi făcut contabil?

Trase un foc şi zâmbi. Direct în inimă.

— Poate că ai un instinct competiţional mai dezvoltat decât mine. Poate că te-ai fi luptat până la capăt pentru coroană.

Se înclină alene în poziţia de tragere şi trase un glonţ într-un balot situat cu o sută de metri mai departe decât al ei.

Alex trase din nou şi zise:

— Poate c-aş fi fost mai fericită dacă mă făceam contabil.

— S-ar putea să ai dreptate, zise Daniel oftând. Eram destul de fericit ca profesor. Nu era o carieră extraordinară, dar uite că şi banalul cotidian poate să-ţi ofere satisfacţii. De fapt, în general se pune prea puţin preţ pe a fi un om obişnuit.

— N-am de unde să ştiu. Dar sună bine.

— Tu n-ai fost niciodată un om obişnuit.

Nu fusese o întrebare.

— Nu, admise ea. Nu prea. Din păcate, după cum s-a dovedit.

Faptul că fusese mereu atât de deşteaptă îi făcuse un deserviciu, deşi îi luase ceva timp ca să vadă lucrurile prin prisma asta. Îşi nimeri ţinta în cap de două ori în succesiune rapidă.

Daniel se îndreptă şi-şi rezemă pe umăr puşca lungă. Einstein ajunse la picioarele lui şi-şi întinse spinarea.

— Ei bine, am avut şi eu câteva domenii în care am depăşit nivelul obişnuit, spuse el, iar Alex îşi dădu seama din tonul lui că însenina în mod intenţionat atmosfera. Şi, spre marele tău noroc, continuă el, în seara asta ai şansa să mă vezi acţionând în domeniul meu preferat.

Alex lăsă SIG-ul jos şi se întinse, cam cum făcuse şi câinele. Muşchii îi înţepeneau mai rapid din cauza vătămărilor suferite. Nu se mişca la fel ca de obicei; îşi proteja părţile lovite. Trebuia să se forţeze să-şi folosească membrele în mod egal.

— Sună palpitant. Şi mi-e şi foame, aşa că sper din toată inima că domeniul despre care vorbeşti are legătură cu bucătăria.

— Are, într-adevăr. Mergem?

Făcu un gest larg cu mâna liberă în direcţia camionetei.

— De îndată ce ne curăţăm jucăriile.

*

Daniel părea să fie foarte în elementul lui, fredonând în timp ce toca legumele, presăra condimente şi prăjea chestii. Bineînţeles, nu-i scăpă faptul că multe dintre instrumentele cu care lucra păreau a fi nou-nouţe şi nici nu fuseseră prin dulapuri atunci când se uitase ea mai devreme. Avea să amâne lecţia în care oamenii aflaţi în trecere printr-un oraş rareori cumpără ustensile de bucătărie. Mirosurile începeau să devină uluitoare şi nu voia să strice nimic.

Stătea pe canapea, cu picioarele îndoite sub ea, urmărind în acelaşi timp ştirile şi pe Daniel. Nimic interesant la televizor — multe informaţii locale şi câte ceva despre alegerile primare, până la care mai erau cam nouă luni. Tot procesul ăsta electoral o cam irita pe Alex. Probabil că va fi nevoită să renunţe la urmărirea ştirilor când va începe cu adevărat campania. Ca una care ştia mai bine decât majoritatea ce fel de lucruri întunecate se petreceau în culise şi cât de firavă era legătura dintre deciziile importante şi liderul pe care-l alegeau oamenii, îi venea greu să mai fie interesată de stânga sau de dreapta.

Arnie mâncase încă o cină congelată şi se retrăsese pe la şapte şi jumătate, aşa cum părea să-i stea în obicei. Alex încercase să-l convingă că o cină gătită în casă merita aşteptarea, dar el nici măcar nu se obosise să răspundă la tentativa ei de ademenire. Constată cu surprindere că Daniel nu făcuse nicio încercare în acest sens, dar probabil că fusese prea concentrat asupra pregătirilor. Se oferise să dea o mână de ajutor o dată sau de două ori, dar i se spusese cât se poate de răspicat că singura activitate permisă pentru ea era să mănânce.

Daniel bombăni nemulţumit în timp ce aşeza pe masă farfurii care nu se asortau, precum şi veselă şi căni de cafea. Va trebui să-i aducă aminte că era exclus să mai plece la shopping ca să găsească porțelanuri cu monogramă. El aduse toate mâncărurile pe masă şi Alex se ridică nerăbdătoare, înfometată şi aproape înnebunită de toate aromele care pluteau prin încăpere. Daniel îi ținu scaunul ca să se aşeze, gest care-i aminti de scenele din filmele vechi. Aşa procedau oamenii normali? Nu era sigură, dar nu prea-i venea să creadă. Cel puțin nu în locurile unde se ducea ea să mănânce.

Cu un gest teatral, scoase o brichetă şi aprinse lumânarea cu picățele albastre şi roz modelată în forma cifrei 1 pe care o înfipsese într-o chiflă.

— Asta a fost cea mai apropiată de ideea de lumânare festivă, din câte-am găsit, îi explică el când îi văzu expresia. Iar ăsta a fost cel mai apropiat de ideea de vin, continuă el, arătând spre sticla destupată de lângă cana ei de cafea.

Cuvintele de pe etichetă îi erau toate necunoscute.

— Este produsul cel mai select din supermarketurile americane.

Dădu să-i toarne vin, dar Alex acoperi din reflex cana cu palma.

— Nu beau.

El ezită, apoi îşi turnă puțin.

— Am luat nişte suc de mere azi-dimineață. Sau să-ți aduc nişte apă?

— Un suc ar fi minunat.

Se ridică şi se duse la frigider.

— Pot să-ntreb? Alcoolicii Anonimi sau o preferință religioasă?

— Siguranța. De patru ani nu m-am mai atins de nimic care-ar putea să-mi întunece percepția.

El se întoarse şi-i umplu pe jumătate cana cu suc de mere înainte de a se aşeza față în față cu ea. Avea o expresie de o nonşalanță studiată.

— Nu ziceai c-ai început să fugi acum trei ani?

— Ba da. Dar după ce-am înțeles că în orice clipă cineva ar putea încerca să mă ucidă, mi-a fost greu să mă mai gândesc la altceva. Nimic nu trebuia să-mi distragă atenția. Riscam să-mi scape ceva. Şi cred că ceva chiar mi-a scăpat. Dacă aş fi fost cu ochii-n patru, poate că Barnaby ar mai fi fost în viață acum. Nu trebuia să aşteptăm.

— Nu te simți în siguranță aici?

Alex ridică privirea spre el, surprinsă de întrebare. Răspunsul era atât de evident.

— Nu.

— Pentru că am fost prost de dimineață?

Alex clătină din cap.

— Nu, nici vorbă. Niciodată, nicăieri nu mă simt în siguranță.

Auzi cât de blazate sunaseră vorbele, modul în care *desigur* părea să fie înglobat în răspunsul ei şi văzu cum îi cade puțin fața drept răspuns.

— Hei, dar probabil că sufăr de tulburare de stres posttraumatic. Nu e neapărat să se-ntâmple aşa. Sunt sigură că altcineva ar putea să se descurce mai bine decât mine.

El ridică dintr-o sprânceană.

— Da, Kevin pare complet normal.

Râseră din nou. Nu mai râsese atât în ultimii trei ani.

Daniel ridică furculița şi zise:

— Începem?

Capitolul 15

— Nu, nu exagerez deloc. Sunt foarte sigură că asta a fost cea mai savuroasă cină de care am avut parte în toată viața mea. E drept, în general mănânc de la fast-food, aşa că n-am gusturi prea rafinate, dar vorbesc cât se poate de serios.

— Ei bine, e un compliment minunat şi-ți mulțumesc.

— Cum ziceai că se numeşte chestia asta?

Împunse cu furculița desertul din farfurie; deşi se simțea plină, ar fi vrut să mai poată mânca puțin.

— Tort Bananas Foster.

— Adică...

Alex se hotărî să mai ia o înghițitură.

— Unde-ai învățat să faci asta?

— Am urmat nişte cursuri de gătit în colegiu. În weekenduri mă uit la Food Network şi, când pot, încerc şi eu rețetele de-acolo.

— Da, cel mai plăcut mod de a-ți petrece timpul liber. Totuşi, cred că ți-ai greşit vocația.

— Pe vremuri, am lucrat în câteva restaurante. Dar îmi lua tot timpul. În perioada în care mă întâlneam cu fosta... mă rog, nu-i convenea deloc programul meu. Jobul meu de zi ne permitea să petrecem mai mult timp împreună.

— Nu oricine ar face un astfel de sacrificiu.

— La drept vorbind, n-a fost un sacrificiu. Lucrul cu copiii mi s-a părut întotdeauna cel mai important. Îmi plăcea şi îmi place enorm. Şi nu mă oprea nimeni să gătesc acasă. Aşa că o vreme le-am făcut pe amândouă.

— Până te-ai oprit?

— Păi, când a plecat Lainey..., spuse el oftând. Ca să evit un scandal, am lăsat-o să ia tot ce-a vrut.

Alex îşi imagina cu uşurinţă cum se desfăşuraseră lucrurile. Văzuse contul bancar al lui Daniel de după divorţ.

— Ţi-a golit buzunarele.

— Cam aşa. De unde şi dieta cu tăiţei japonezi.

— Asta e strigător la cer, zise Alex, în timp ce privea cu jind la ce mai rămăsese din prăjitură.

— Aşa-i viaţa, spuse el. Şi tu ai avut partea ta de suferinţă.

— Sincer, au fost prea multe poveşti tragice, prea multă teroare, şi oricum eram pregătită să renunţ. N-a fost niciodată ceea ce aş fi vrut să fac cu viaţa mea; era doar ceva la care mă pricepeam foarte bine.

Ridică din umeri.

— Am plătit cu vârf şi-ndesat pentru meseria pe care mi-am ales-o.

— Nici nu pot să-mi imaginez. Dar... mă refeream la partea sentimentală.

Alex îl privi lung, fără să înţeleagă.

— Sentimentală?

— Păi, aşa cum ai zis, s-a sfârşit cu o tragedie.

— Viaţa mea, desigur. Dar...?

— Mă gândeam, după felul cum ai vorbit despre el, că trebuie să fi fost groaznic să-l pierzi pe... doctorul Barnaby, aşa cum s-a întâmplat. N-ai spus niciodată care era numele lui mic.

— Joseph. Dar eu întotdeauna i-am zis Barnaby.

Luă o gură de suc.

— Şi te-ai îndrăgostit de el... de la început?

La auzul întrebării neaşteptate, Alex aproape se înecă. Daniel sări în picioare şi-o bătu pe spate în timp ce ea se chinuia să respire. După câteva clipe, îl linişti cu un gest al mâinii.

— Mi-a trecut, zise ea tuşind. Stai jos.

Daniel se aşeză lângă ea.

— Eşti sigură?

— Aproape. M-ai luat prin surprindere. *De Barnaby?*

— Am crezut că ieri ai spus...

Alex trase aer adânc în piept, apoi mai tuşi o dată.

— Că l-am iubit.

Se înfioră.

— Scuze, dar nu pot să mă gândesc la el aşa. Barnaby mi-a fost ca un tată. A fost un tată bun — singurul pe care l-am cunoscut, de altfel. Mi-a fost teribil de greu şi îi simt foarte mult lipsa. Aşa că da, a fost groaznic. Dar nu în sensul ăla.

Daniel rămase pe gânduri câteva clipe, apoi întrebă:

— Cu cine altcineva a mai trebuit să întrerupi complet legătura când ai dispărut?

Alex îşi putea imagina şirul lung de chipuri care se perindau prin mintea lui în acel moment, ca la o paradă.

— Partea asta n-a fost aşa de grea pentru mine. Sună cam jalnic, dar Barnaby a fost singurul meu prieten adevărat. Munca îmi acaparase viaţa în întregime şi oricum, în afară de el, nu aveam voie să vorbesc cu nimeni. Am dus o existenţă foarte izolată. Erau şi alţii în preajmă... de exemplu, subalternii care pregăteau subiecţii. Ştiau în mare ce se întâmplă, dar nu deţineau detalii despre informaţiile secrete pe care încercam să le obţinem. Şi, mă rog, erau îngroziţi de mine. Ştiau care e misiunea mea. Aşa că nu prea intram în vorbă cu ei. Erau câţiva asistenţi de laborator care îndeplineau diverse sarcini în afara camerelor de interogatorii, dar ei *nu* ştiau ce făceam noi şi trebuia să am grijă să nu spun ceva care să le dea de bănuit. Uneori, veneau oameni de la diferite agenţii ca să monitorizeze un anumit interogatoriu, dar nu intram în contact cu ei decât, poate, ca să primesc instrucţiuni legate de aspectele care trebuiau clarificate. De cele mai multe ori, ei priveau din spatele unor geamuri unidirecţionale, iar eu primeam informaţiile direct de la Carston. Înainte, credeam că acest Carston mi-era un fel de prieten, dar tocmai a încercat să mă ucidă... Aşa că nu prea pot să-mi imaginez ce înseamnă să pierzi când renunţi la ceva. Evident, n-am avut prea multe de pierdut. Chiar şi înainte de a fi recrutată... Cred că pur şi simplu nu reuşesc să mă ataşez de alţi oameni ca o persoană normală. Cum ziceam, e jalnic.

— N-am remarcat că ai avea lipsuri în privinţa asta, îi spuse el zâmbind.

— Mulţumesc. E târziu. Dă-mi voie să te ajut la curăţenie.

— Desigur.

Alex se ridică în picioare şi se-ntinse, apoi începu să pună farfuriile teanc. Trebuia să se mişte repede, Daniel era mai eficient decât ea.

— Dar e încă devreme, remarcă el, şi acum am de gând să mă ocup de partea a doua a înţelegerii noastre.

— Poftim?

Daniel râse. Avea braţele încărcate, aşa că deschise ea maşina de spălat vase. Alex umplu sertarul de jos în vreme ce el se ocupă de cel de sus şi aşeză obiectele mai mari în chiuvetă.

— Nu-ţi mai aminteşti? Serios, au trecut doar câteva zile. Recunosc, am impresia că a trecut mult mai mult. Parcă au fost săptămâni întregi.

— Habar n-am despre ce vorbeşti.

El închise maşina de spălat vase şi se rezemă cu spatele de blat, încrucişându-şi braţele. Alex aşteptă.

— Gândeşte-te mai bine. Înainte ca lucrurile să devină... ciudate. Mi-ai promis că, dacă tot o să-mi mai placă de tine după ce vom lua cina împreună...

O privi cu sprâncenele ridicate, aşteptând ca ea să continue fraza.

Oh. Vorbea despre discuţia lor din metrou. O uimea că putea să vorbească atât de relaxat despre acea întâmplare. Fusese ultima zi din viaţa lui normală, înainte ca totul să-i fie furat. Şi, deşi nu ea pusese la cale acel furt, fusese mâna de care se folosiseră ceilalţi.

— Ăă... ceva despre un film la cinematograful de la universitatea de lângă tine, nu-i aşa?

— Da... mă rog, nu ştiam că o să reţii toate detaliile. În momentul ăsta, sala de proiecţii de la universitate nu e o opţiune. Totuşi...

Deschise dulapul din spate, se întinse şi luă ceva de pe raftul cel mai de sus. Se întoarse spre ea cu un zâmbet larg şi-i arătă o carcasă de DVD. Coperta ştearsă prezenta imaginea unei femei frumoase îmbrăcate într-o rochie roşie şi care avea pe cap o pălărie cu boruri largi, neagră.

— Ta-daa! făcu el.

— De unde naiba l-ai luat?

Zâmbetul îi dispăru un pic.

— Din al doilea magazin în care am intrat. Mărfuri la mâna a doua. Am avut mare noroc. Ăsta e un film excepţional.

Se opri şi o privi întrebător.

— Îţi citesc gândurile. Îţi spui: „O fi rămas vreun loc în care idiotul ăsta nu s-a dus? O să fim morţi până dimineaţă".

— Ei, nici chiar aşa. Şi, dacă mi s-ar părea că situaţia e atât de gravă, am dispărea în clipa asta cu camionul furat de la Arnie.

— Totuşi, cu toate că-mi pare foarte, foarte rău pentru purtarea mea pripită, sunt extrem de fericit că am găsit această bijuterie. O să-ţi placă, ai să vezi.

Alex clătină din cap — nu ca să-şi exprime dezacordul, ci doar întrebându-se cum de-au ajuns lucrurile să fie atât de ciudate în viaţa ei. O mişcare greşită şi dintr-odată ajungea să se uite la filme împreună cu cea mai blândă şi mai... *nevinovată* persoană pe care-o cunoscuse vreodată.

Daniel făcu un pas spre ea.

— Nu poţi să mă refuzi. Am făcut o înţelegere şi intenţionez să te fac s-o respecţi.

— Bine, bine, de acord. Doar că va trebui să-mi explici de ce încă mă mai placi, spuse ea încheind fraza pe un ton mai ursuz decât o începuse.

— Cred că pot să-ţi explic.

Daniel făcu încă un pas în faţă, lipind-o cu spatele de blat. Cum stătea atât de aproape, Alex îi simţea mirosul curat al părului şi observă că se bărbierise de curând — avea obrazul neted şi sub bărbie se întrezărea o iritaţie de la lama de ras.

Apropierea fizică o bulversă, dar fără s-o înspăimânte, aşa cum s-ar fi întâmplat probabil cu oricine altcineva. Daniel nu prezenta un pericol pentru ea, ştia asta. Nu înţelegea ce face totuşi nici măcar când îşi apropie uşor faţa de a ei, închizând ochii. Nu-i trecu nicio clipă prin minte că el se pregătea s-o sărute; îşi dădu seama de asta doar când buzele lui întredeschise ajunseră foarte aproape de ale ei.

Fu teribil de şocată. Iar când era luată prin surprindere, avea reacţii adânc înrădăcinate, care se manifestau inconştient.

Se aplecă pe sub braţul lui, eliberându-se. Se îndepărtă câţiva paşi, apoi se ghemui la pământ. Mâinile ei ajunseră automat la talie, căutând centura pe care n-o purta.

Când văzu expresia îngrozită a lui Daniel, îşi dădu seama că reacţionase ca şi cum el ar fi ameninţat-o cu un cuţit. Se ridică şi îşi lăsă mâinile pe lângă corp, aprinsă la faţă.

— Ăă, scuză-mă. Te rog să mă scuzi! M... m-ai luat pe nepregătite.

Groaza de pe chipul lui Daniel se preschimbă în uimire.

— Uau. N-am crezut că mă mişc aşa de repede, dar poate că m-am înşelat.

— Păi... scuză-mă, dar ce-a fost asta?

Pe chipul lui se citi o expresie de iritare.

— Ei bine, mă pregăteam să te sărut.

— Aşa mi s-a părut şi mie, dar... *de ce?* Adică, să mă săruţi *pe mine?* Nu prea... înţeleg.

Daniel clătină din cap şi se sprijini cu spatele de blat.

— Hm. Chiar am crezut că suntem pe aceeaşi lungime de undă, dar se pare că nu e aşa. Ce ţi-ai imaginat că se întâmplă aici? Cu invitaţia la cină şi cu lumânarea aia tristă? zise, arătând cu mâna spre masă.

Apoi se apropie de Alex, iar ea îşi impuse să nu se retragă. Dincolo de faptul că gestul lui o luase prin surprindere, ştia că reacţia ei sălbatică fusese exagerată. Nu voia să-i rănească sentimentele. Chiar dacă el nu părea să fie în toate minţile.

— Nu se poate..., zise Daniel şi oftă. *Nu se poate* să nu fi observat cât de des doar... te-am atins.

În acel moment se apropiase îndeajuns ca să-i atingă braţul cu degetele, arătându-i astfel ce voia să spună.

— Pe planeta de unde vin eu, asemenea gesturi trădează un interes romantic.

Se aplecă spre ea, cu ochii mijiţi.

— Te rog să-mi spui: pe planeta ta ce înseamnă?

Alex trase adânc aer în piept.

— Daniel, ceea ce ți se-ntâmplă acum este un gen de reacție la deprivarea senzorială, îi explică ea. M-am mai întâlnit cu astfel de reacții, în laborator...

Daniel făcu ochii mari; avea o expresie de totală consternare.

— E o reacție firească la experiența prin care ai trecut și, în condițiile date, este de fapt o reacție foarte moderată, continuă ea. Te descurci uimitor de bine. Mulți oameni s-ar fi confruntat până acum cu o prăbușire nervoasă totală. E posibil ca această reacție emoțională să semene cu ceva ce ai mai trăit, dar pot să te asigur că ceea ce simți tu în clipa asta nu este un interes romantic.

Daniel își recăpătă stăpânirea de sine în timp ce îi asculta explicația, dar nu părea nici lămurit, nici mulțumit de concluziile ei. Chipul îi căpătă o expresie de nervozitate.

— Și ești sigură că-mi cunoști sentimentele mai bine decât mine pentru că...

— Așa cum am spus, am mai văzut ceva de genul ăsta în laborator.

— „Ceva de genul ăsta"? repetă el în loc de răspuns. Îmi închipui c-ai văzut multe lucruri în laboratorul ăla al tău, dar totodată sunt sigur că știu cel mai bine când am un interes romantic față de cineva.

Părea supărat, dar zâmbea și se apropia tot mai mult de ea în timp ce vorbea.

— Așa încât, dacă singurul tău argument este empiric...

— Nu e singurul meu argument, îl întrerupse ea timid. Poate c-am fost... absorbită de munca mea, dar n-am fost complet absentă. Știu ce văd oamenii când se uită la mine, cei care știu ce sunt... așa cum știi și tu. Și înțeleg acea reacție. Nu o contest. Atitudinea ostilă a fratelui tău — e o reacție normală, logică. Am întâlnit-o de multe ori — e provocată de teamă, aversiune, de dorința de a domina din punct de vedere fizic. Eu sunt sperietoarea dintr-o lume foarte întunecată şi înfricoşătoare. Îi înspăimânt pe oamenii care nu se tem de nimic altceva, nici măcar de moarte. Pot să-i deposedez de toate lucrurile cu care se mândresc. Pot să-i fac să trădeze tot ce e sacru pentru ei. Sunt monstrul pe care-l văd în coşmarurile lor.

Era o versiune despre sine pe care Alex ajunsese s-o accepte, dar nu fără o strângere de inimă.

Totodată, ştia că cei din afară, oamenii care n-o cunoşteau, o vedeau ca pe o femeie, şi nu ca pe un demon. Când avea nevoie, ştia să se folosească de abilitatea ei de a părea delicată şi feminină, aşa cum făcuse cu omul-morsă, managerul de hotel. Îi reuşea, aşa cum îi venea uşor să se deghizeze în băiat. Ambele ipostaze erau menite să inducă în eroare. Dar nici cei care o vedeau ca pe o femeie nu se uitau la ea cu... *dorință*. Nu era genul ăla de fată, şi asta i se părea în regulă. Era mulțumită de calitățile ei şi oricum nu poți să le ai pe toate.

Daniel o asculta răbdător, cu o expresie neutră. Alex avu impresia că nu reacționează suficient de puternic la vorbele ei.

— Tu înțelegi ce-ți spun eu? îl întrebă. Este exclus să fiu obiectul unui interes romantic.

— Te înțeleg. Doar că nu sunt de acord.

— Iar eu nu pricep cum se face că, dintre toți oamenii, tu nu poți fi de acord.

— Mai întâi, nu mi-e frică de tine.

Ea pufni, nerăbdătoare.

— De ce nu ți-e frică?

— Pentru că acum, când ştii cine sunt, nu mai vrei să-mi faci rău.

Alex se încruntă şi-şi țuguie uşor buzele. Avea dreptate... dar nu asta era cu adevărat problema.

— În al doilea rând, cred că ți-ai petrecut timpul cu un gen nepotrivit de bărbat. Îmi imaginez că a fost un risc asumat ce ținea de meseria ta specială.

— Posibil. Dar ce vrei de fapt să-mi spui?

Daniel se apropie iarăşi de ea.

— Ce simt eu. Ce simți tu.

Alex se ținu tare.

— Şi cum poți să fii sigur de ceea ce simți? Treci prin cea mai traumatizantă experiență din viața ta. Lumea ta s-a întors pe dos. Tot ce ți-a rămas e un frate în care nu ai încredere deplină, persoana care te-a răpit şi te-a torturat şi Arnie. Aşa încât şansele erau egale ca tu să te ataşezi ori de mine, ori de Arnie. Daniel, asta e o formă a sindromului Stockholm. Sunt singura ființă umană de sex feminin din viața ta — nu mai există alte opțiuni. Gândeşte-te la asta în mod rațional, gândeşte-te că nu e deloc momentul potrivit pentru asemenea afirmații. Nu te poți încrede în sentimente născute în toiul unei suferințe fizice şi mentale severe.

— Poate ai dreptate, exceptând un singur detaliu.

— Şi care-i ăla?

— Te-am dorit înainte să rămâi singura ființă umană de sex feminin din viața mea.

Replica lui o tulbură, iar Daniel îşi aşeză uşor mâinile pe umerii ei. Simțindu-i căldura palmelor, Alex îşi dădu seama că i se făcuse frig. Se înfioră.

— Mai ții minte când ți-am spus că n-am invitat niciodată o femeie la o întâlnire în metrou? A fost doar o jumătate de adevăr. De obicei, am nevoie cam de trei săptămâni în care să interacționez destul de regulat — împreună cu o cantitate jenantă de încurajări din partea fetei — înainte de a-mi aduna curajul ca să invit pe cineva la o cafea măcar. Dar din clipa în care ți-am văzut chipul, am fost dispus să ies cu totul din zona mea de confort ca să fiu sigur că o să-l văd din nou.

— Daniel, te-am sedat, zise ea clătinând din cap. Erai sub efectul puternic al unui compus chimic asemănător cu ecstasy.

— Nu, atunci nu eram. Îmi amintesc. Am simțit diferența dintre cum eram înainte și după ce m-ai sedat. Deja se întâmpla ceva cu mine. Încercam să găsesc o modalitate de a coborî la stația ta, fără să pară că mă țin de capul tău.

Alex nu știa ce să-i răspundă. Apropierea lui fizică o tulbura. Continua s-o țină cu blândețe, apropiindu-și ușor fața de a ei.

Alex începu să se gândească serios la cuvintele lui. Până atunci, comportamentul lui i se păruse rezultatul experienței traumatizante prin care trecuse. Îl analizase ca pe un subiect, cu detașare. Pentru că nu era vorba de implicare personală. Și toate reacțiile lui se înscriau în parametrii normali.

Încercă să-și amintească de ultima oară când un bărbat se uitase la ea în felul ăsta și nu găsi nimic.

În ultimii trei ani, fiecare persoană pe care o întâlnise, bărbat sau femeie, fusese o sursă potențială de pericol. Timp de șase ani înainte de asta, așa cum explicase cu multă tristețe, fusese o pacoste pentru fiecare bărbat cu care interacționase. Nici cele câteva relații scurte din timpul facultății nu avuseseră prea mult romantism. Era înainte de toate un om de știință, iar bărbații de care se atașase fuseseră și ei la fel. Ceea ce îi aducea împreună erau nenumărate ore petrecute în laborator și o serie de preocupări foarte aparte, pe care oamenii obișnuiți nu aveau cum să le înțeleagă. De fiecare dată, se acceptau reciproc în mod implicit. Nu era de mirare că acelor relații le lipsise pasiunea.

Și niciunul dintre bărbații cu care fusese nu avusese vreodată expresia asta. Uimire, fascinație și înflăcărare în timp ce-i privea fața… lovită și umflată. Era prima dată când se simțea rușinată de înfățișarea ei dintr-un motiv complet stupid. Mâinile îi atârnau fără vlagă pe lângă corp. Încercă să-şi ascundă faţa.

— Să ştii că m-am tot gândit la asta, spuse Daniel şi zâmbi uşor. Ştiu ce vorbesc.

Alex clătină din cap.

— Bineînţeles, toate astea ies din discuţie dacă tu nu simţi la fel. Cred că în seara asta am fost exagerat de încrezător.

Daniel se opri o clipă.

— Ţinând cont că n-am vorbit deloc aceeaşi limbă, nu-i aşa? Te-am citit greşit.

Se opri din nou, ca şi cum ar fi aşteptat un răspuns, dar ea habar n-avea ce să spună.

— Ce vezi când te uiţi la mine? o întrebă.

Alex îşi lăsă mâna în jos şi ridică privirea spre acelaşi chip năucitor de sincer pe care încercase să-l citească încă de la început. Ce fel de întrebare era asta?

— Nu ştiu cum să răspund.

Daniel o privi un moment cu intensitate. Alex îşi dori ca el să facă un pas înapoi astfel încât s-o lase să gândească mai limpede. Deodată el păru să se încordeze, ca şi cum s-ar fi pregătit să primească o lovitură.

— Până la urmă, de ce să nu vorbim pe şleau? Reformulez: Care e lucrul cel mai rău pe care-l vezi când te uiţi la mine?

Răspunsul cel mai sincer îi ieşi pe gură înainte să aibă timp să se gândească:

— O responsabilitate.

După expresia lui Daniel, Alex îşi dădu seama că fusese un răspuns nemilos. Acum el îi oferi spaţiul pe care şi-l dorise, iar Alex regretă. De ce se făcuse atât de frig în încăpere?

Daniel dădea din cap ca pentru sine în timp ce se retrăgea.

— E-adevărat, cât se poate de adevărat! E limpede că sunt un idiot. Nu pot să uit că te-am pus în pericol. De asemenea, faptul că...

— Nu!

Făcu un pas şovăielnic spre el, dornică să-i explice.

— Nu asta am vrut să spun.

— Nu trebuie să fii amabilă. Ştiu că sunt inutil în toată povestea asta.

Făcu un gest vag spre uşă, spre lumea ostilă de afară.

— Nu eşti. Să fii un om normal nu-i un lucru rău. Vei învăța restul. Vorbeam despre... pârghie.

Nu se putu abține — expresia lui era atât de vădit devastată. Făcu încă un pas spre el şi prinse una din mâinile lui mari şi calde între palmele ei mici şi înghețate. Se simți mai bine, iar expresia lui îndurerată se transformă într-una de confuzie la auzul acelui cuvânt. Se grăbi să explice:

— Mai ții minte când eu şi Kevin am vorbit despre pârghie? Că tu eşti pârghia de care Agenția avea nevoie ca să-l determine să se expună?

— Da, asta mă face să mă simt *muuult* mai bine decât inutil.

— Dă-mi voie să termin, zise Alex şi trase aer adânc în piept. N-au avut niciodată nimic împotriva mea. Barnaby era singura mea familie. N-aveam o soră cu doi copii şi o casă în suburbii pe care departamentul să amenințe că o va arunca în aer. Nu exista nimeni de care să-mi pese. Da, eram singură, dar în acelaşi timp liberă. Nu trebuia să mă țin în viață decât pe mine.

Analiza cuvintele ei, încercând să le înțeleagă semnificația. Se grăbi să găsească un exemplu concret.

— Vezi, dacă... dacă te-ar fi răpit pe tine, explică ea încet, dacă te-ar fi ținut captiv... aş fi venit după tine.

Era atât de adevărat, încât i se făcu frică. Nu înțelegea de ce era adevărat, dar aşa stăteau lucrurile.

Daniel făcu ochii mari.

— Şi ar fi câştigat, să ştii, spuse ea de parcă s-ar fi scuzat. Ne-ar fi omorât pe amândoi. Dar asta nu înseamnă că n-aş fi încercat oricum. Înțelegi?

Daniel ridică din umeri.

— Responsabilitate.

Deschise gura să spună ceva, apoi o închise la loc. Se duse până la chiuvetă, apoi se întoarse şi se opri în fața ei.

— De ce-ai veni după mine? Din vinovăție?

— În parte, recunoscu ea.

— Dar nu tu m-ai băgat în povestea asta. Nu m-au ales pe mine din cauza ta.

— Ştiu... de-aia am zis „în parte", cam 33%.

El schiță un zâmbet, ca şi cum ea spusese ceva amuzant.

— Şi celelalte şaizeci şi şapte de procente?

— Alte treizeci şi trei de procente... dreptate? Nu e cuvântul cel mai potrivit. Dar cineva ca tine... merită mai mult de-atât. Eşti un om mai bun decât oricare dintre ei. Nu e corect ca o persoană ca tine să fie nevoită să facă parte din lumea lor sinistră. E un sacrificiu inutil.

Nu intenționase să fie atât de vehementă. Realiză că îl tulburase din nou. Daniel nu-şi dădea seama ce om deosebit era. Locul lui nu era aici, în mocirlă. Avea ceva... *pur*.

— Şi ultimele 34%? întrebă el după un moment de gândire.

— Nu ştiu, zise Alex şi oftă.

Habar n-avea de ce sau cum ajunsese Daniel să fie persoana cea mai importantă din viața ei. Nu ştia de ce făcuse automat presupunerea că Daniel va rămâne mai departe alături de ea, când de fapt asta n-avea absolut niciun sens. Nu putea să-şi explice de ce, când Kevin o rugase să aibă grijă de fratele lui, răspunsul ei fusese atât de... *hotărât*.

Daniel aştepta să continue, dar Alex îşi desfăcu brațele într-un gest de neajutorare. Nu mai ştia ce să spună.

El zâmbi uşor şi spuse:

— Ei bine, *responsabilitate* nu mai pare un cuvânt la fel de groaznic ca înainte.

— Pentru mine, da.

— Ştii că, dac-ar veni după tine, aş face tot ce-aş putea ca să le stau în cale. Aşa că şi tu eşti o responsabilitate pentru mine.

— Nu mi-aş dori să faci asta.

— Pentru că amândoi am muri.

— Da, asta s-ar întâmpla! Dacă vin după mine, tu *să fugi*.

— De acord să nu fiu de acord, spuse el râzând.

— Daniel...

— Dă-mi voie să-ți spun ce mai văd când mă uit la tine.

Alex făcu un gest de neputință.

— Spune-mi cel mai rău lucru pe care-l vezi.

El oftă, apoi îi atinse cu blândețe obrazul.

— Vânătăile astea. Îmi frâng inima. Ştiu că sunt un nemernic, dar dacă nu le-ai fi avut, n-ai fi acum în fața mea. Cât de groaznic ți se pare?

— Ce vrei să spui?

— Păi, dacă bruta aia de frate-meu nu te-ar fi snopit în bătaie, ai fi dispărut, iar eu n-aş mai fi avut şansa să te găsesc vreodată. Din cauza rănilor, ai avut nevoie de ajutorul nostru şi, uite-aşa, ai rămas cu mine.

Expresia lui Daniel când rosti ultimele patru cuvinte o tulbură. Sau poate era din pricina degetelor lui care îi atingeau pielea.

— Acum pot să-ți spun ce altceva mai văd?

Alex se uită la el temătoare.

— Văd o femeie care e mai... *reală* decât orice altă femeie pe care-am întâlnit-o vreodată. Tu faci ca toate persoanele pe care le-am cunoscut să pară lipsite de substanță. Ca nişte umbre sau iluzii. Mi-am iubit soția sau — aşa cum ai spus când eram sub efectul drogului — mai degrabă am iubit proiecția pe care mi-am făcut-o despre ea. Dar ea n-a fost niciodată atât de *prezentă* pentru mine cum ești tu. N-am fost atras niciodată de nimeni cum sunt atras de tine şi cum am fost din prima clipă în care te-am văzut. E ca diferența dintre... dintre *a citi* despre gravitație şi a cădea liber pentru prima oară.

Se priviră îndelung. Mâna lui, la început abia atingându-i obrazul, se relaxă încet până când îi prinse tot maxilarul în palmă. Îşi trecu degetul mare peste buza ei de jos atât de uşor, încât Alex nu era sigură dacă nu cumva îşi imaginase.

— E complet absurd din toate punctele de vedere, şopti ea.

— Să nu mă ucizi, te rog!

Alex dădu uşor din cap.

Daniel îşi lăsă şi cealaltă mână pe fața ei — atât de blând încât, în pofida vânătăilor, Alex nu simți nicio durere. Era doar un curent viu, aşa cum ar trebui să simți un glob de plasmă din interior.

Începu să-şi amintească, în timp ce el îşi lipea gingaş buzele de ale ei, că nu mai avea treisprezece ani şi că nu era primul ei sărut... apoi mâna lui se mută în părul ei şi-i lipi gura mai ferm de buzele sale întredeschise, iar Alex nu mai reuşi să-şi termine gândul.

Suspină, iar el se dădu puțin înapoi, continuând să-i țină ferm capul în mâinile sale lungi.

— Te-am rănit?

Fiindcă nu-şi mai amintea cum să spună „nu te opri, continuă să mă săruți!", se ridică pe vârfuri şi-şi aruncă brațele pe după gâtul lui, trăgându-l mai aproape. Iar el nu se împotrivi deloc.

Daniel trebuie să fi simțit că Alex avea brațele încordate, aşa că o apucă de mijloc şi o ridică pe blat, fără să-şi dezlipească nicio clipă buzele de ale ei. Ca din reflex, Alex își înfășură picioarele în jurul șoldurilor lui în același timp în care el o strângea tare la piept, astfel încât trupurile lor înfierbântate erau contopite. Alex își trecu degetele prin părul lui, recunoscând în sfârșit că fusese atrasă mereu de buclele astea rebele.

Sărutul era atât de sincer, era ceva numai al lui, de parcă întreaga ființă — alături de parfumul și de gustul lui — făcea parte din curentul electric pe care-l simțeau vibrând între ei. Alex începu să înțeleagă ce spusese Daniel mai devreme, și anume că ea era reală pentru el. Și pentru Alex era o experiență cu totul nouă. Ar fi putut spune că era primul ei sărut, pentru că niciunul nu fusese atât de viu, mai puternic decât mintea ei analitică. Nu trebuia să gândească.

Să nu gândească era uluitor.

Totul se rezuma la a-l săruta pe Daniel, de parcă doar pentru asta respira.

El îi sărută gâtul, tâmpla, creștetul capului. Își cuibări fața în scobitura umărului ei și oftă.

— Am sentimentul că am așteptat un secol ca să fac asta. E ca și cum timpul și-a pierdut continuitatea. Fiecare secundă cu tine e mai importantă decât zile întregi din viața mea de dinainte de a te cunoaște.

— N-ar trebui să fie așa ușor.

De îndată ce el încetă s-o sărute, reuși să gândească din nou, deși își dori să nu fie nevoită s-o facă.

El îi ridică bărbia.

— Ce vrei să spui?

— N-ar trebui să apară o... un moment de stânjeneală? Nasuri care se ciocnesc, chestii din astea. Adică în cazul meu a trecut ceva vreme, dar așa-mi amintesc.

O sărută pe nas.

— În mod normal, da. Dar ăsta n-a fost un lucru normal din niciun punct de vedere.

— Nu pricep cum e posibil aşa ceva. Şansele împotriva noastră sunt astronomice. Ai fost doar o momeală oarecare pe care au pus-o în capcană pentru mine. Şi apoi, printr-o coincidenţă, s-a întâmplat să fii exact...

Nu ştiu cum să continue.

— Exact ceea ce vreau, spuse el şi se aplecă s-o sărute iar.

Alex se desprinse prea repede.

— Trebuie să recunosc, zise ea, nu e un pariu pe care l-aş fi acceptat.

— Şansele de a câştiga la loterie ar fi fost mai mari.

— Crezi în destin?

— Bineînţeles că nu.

Daniel râse de tonul ei dispreţuitor.

— Atunci cred că şi karma iese din discuţie?

— Niciunul dintre lucrurile astea nu e real.

— Poţi să dovedeşti?

— Mă rog, n-am dovezi palpabile. Dar nici c-ar fi reale nu poate nimeni să demonstreze.

— Atunci va trebui să accepţi că asta e cea mai neverosimilă coincidenţă din lume. Eu în schimb cred că există un fel de echilibru în univers. Amândoi am fost trataţi incorect. Poate că ăsta-i echilibrul nostru.

— E iraţional...

N-o lăsă să termine, buzele lui făcând-o să uite instantaneu ce se pregătea să spună. O sărută de-a lungul obrazului până ajunse la ureche.

— Se pune prea mare preţ pe raţiune, şopti el.

Apoi gura lui se mişcă din nou în acelaşi ritm cu a ei, iar Alex nu avea cum să nu fie de acord. Starea asta era mai bună decât logica.

— Să ştii că n-ai scăpat de *Indochina*, murmură el.

— Poftim?

— De film. Ne-am pus vieţile în pericol ca să fac rost de el, aşa că măcar atât...

De data asta, ea fu cea care nu-l lăsă să termine.

— Mâine, spuse Daniel când se opriră câteva clipe să respire.

— Mâine.

Capitolul 16

Alex se trezi a doua zi plină de nerăbdare, dar în acelaşi timp se simţea şi foarte, foarte prost.

Nu reuşea să-şi ducă niciun gând până la capăt; îi tot veneau în minte chipul lui Daniel sau mâinile sale fine şi îşi aducea aminte de senzaţiile pe care i le provocase răsuflarea lui pe gât. De aceea era nerăbdătoare; voia să-l vadă.

Însă erau foarte multe aspecte practice pe care pur şi simplu nu putea să le ignore. Astă-noapte sau mai degrabă dis-de-dimineaţă, când el o săruta de noapte bună pentru a suta oară în capul scării, fusese prea epuizată ca să se gândească la vreunul dintre ele. Abia dacă avusese energia să-şi armeze sistemele de apărare şi să-şi pună masca de gaze înainte de a adormi.

Poate că era mai bine aşa; fusese prea tulburată ca să poată înţelege exact în ce aventură nebunească pornise. Chiar şi acum, nu se gândea decât că Daniel se trezise şi era undeva prin casă. Era nerăbdătoare să-l vadă din nou şi, în acelaşi timp, uşor înspăimântată. Dacă acel val nebunesc de emoţie care astă-noapte păruse atât de firesc şi de irezistibil se risipise? Dacă dintr-odată redeveniseră nişte străini care n-aveau nimic să-şi spună?

Poate c-ar fi fost mai simplu dacă lucrurile ar fi stat aşa.

Astăzi sau mâine, oricum în curând, Kevin avea să sune...

Îh, Kevin. Putea să-şi imagineze ce reacţie ar avea faţă de întorsătura pe care o luase situaţia.

Clătină din cap. Asta nu mai avea nicio importanţă. Pentru că astăzi sau mâine Kevin o să sune şi pe urmă ea va trimite e-mailul care-i va face pe şobolani să fugă care încotro. Kevin va alcătui o listă de nume. Apoi el îi va urmări pe şobolanii lui, iar dacă ea nu acţiona simultan, şobolanii ei se vor da la fund. Aşa încât va fi nevoită să-l lase pe Daniel aici şi să pornească în expediţia ei de represalii, ştiind prea bine că existau şanse mari ca ea să nu se mai întoarcă. Cum îi va explica asta? Cât timp mai avea? Două zile, maximum? Ce sincronizare oribilă!

Nu i se părea potrivit să înceapă ziua anticipând toate orele împreună cu Daniel. N-ar fi fost cinstit. E drept că auzise planul, dar era absolut sigură că nu se gândise suficient la asta ca să înţeleagă ce însemna. Aşadar, curând avea să-l lase singur aici. Ar fi fost mult mai bine să-şi petreacă timpul învăţându-l arta ascunderii. Iar să continue antrenamentul la poligon n-avea cum să le dăuneze.

Sentimentul de nerăbdare se transformă într-o groază apăsătoare când gândurile ei ajunseră la o concluzie. Comportamentul ei din noaptea trecută fusese iresponsabil. Dacă ar fi avut o idee cât de mică despre ce era în mintea lui Daniel, poate că ar fi reuşit să rezolve situaţia până să scape de sub control. Poate c-ar fi reuşit să păstreze o distanţă adecvată între ei. Dar fusese luată complet prin surprindere.

Încercarea de a înţelege o persoană normală nu era punctul ei forte. Totuşi, sincer, cineva care o găsea pe adevărata Alex atrăgătoare nu era deloc o persoană normală.

Auzi lătrături afară — după toate aparenţele, câinii se întorceau de la şopron. Se întrebă dacă era încă dimineaţă sau se făcuse deja după-amiază.

Luă haine curate, dezarmă uşa şi se duse la baie. Nu voia să-l vadă pe Daniel până nu se spăla pe dinți. Ceea ce era o stupizenie. Nu-i era îngăduit să-l sărute din nou. N-ar fi fost bine pentru niciunul dintre ei.

Era întuneric pe hol, iar baia era goală. Uşa camerei lui Daniel era deschisă şi înăuntru nu era nimeni. Se spălă rapid, încercând să nu întârzie prea mult în fața oglinzii şi dorindu-şi să arate mai bine. Buzele îi arătau mai rău ca ieri; se umflaseră din nou, dar era numai vina ei. Stratul de adeziv se desprinsese peste noapte şi, uitându-se la marginea închisă la culoare a buzei de jos, Alex îşi zise că semnul acela nu-i va mai trece niciodată.

În timp ce cobora scara, auzi televizorul. Când intră în camera mare din față, îl văzu pe Daniel aplecat peste consola de sub ecranul plat. Uşa de la intrare era deschisă, iar o adiere călduță pătrundea prin plasa pentru țânțari şi-i ciufulea uşor părul.

— *De ce* ar avea cineva nevoie de cinci mufe diferite? mormăia el.

Îşi dădu la o parte părul care-i cădea în ochi.

— E doar un DVD, nu vreau să lansez aici o navetă spațială.

Blândețea şi umorul lui o făcură să se oprească în loc; se simți ca o laşă şi brusc îşi dori să se întoarcă şi să urce din nou scara pe furiş. Cum avea să-i spună lucrurile pe care trebuia să i le spună? Gândul de a-l întrista i se păru dintr-odată mai respingător decât îşi imaginase.

Afară, Lola lătră scurt, uitându-se la ea plină de speranță. Daniel se întoarse şi, când dădu cu ochii de Alex, un zâmbet uriaş îi lumină fața. Traversă camera din patru paşi mari şi o prinse în brațe.

— Te-ai trezit, spuse el vesel. Ți-e foame? Am tot ce trebuie pentru omletă.

— Nu, zise Alex, încercând să se desprindă din îmbrățişare.

În acelaşi moment, auzi cum îi chiorăie stomacul.

Daniel o lăsă jos şi se uită lung la ea, cu sprâncenele ridicate.

— Adică, da! recunoscu Alex. Dar mai întâi trebuie să vorbim puțin, te rog!

— Mă gândeam eu c-o să te trezeşti dornică de o discuție serioasă, zise el oftând. Dar înainte să începi...

Alex ar fi vrut să se facă nevăzută. Sentimentul de vinovăție pe care îl avea era foarte puternic. Dar nu era mai puternic decât nevoia de a-i răspunde la sărut. Nu ştia dacă va mai avea altă şansă. Un sărut foarte blând, moale şi lent. Daniel văzuse cum îi arătau buzele şi avusese grijă să n-o rănească.

În clipa în care el se desprinse din îmbrățişare — el, nu Alex; Alex nu se mai putea controla —, veni rândul ei să ofteze.

Daniel îşi lăsă brațele în jos, dar o luă de mână în timp ce-o conducea spre canapea. Brațul îi fu cuprins de furnicături şi Alex se dojeni aspru pentru că se simțea atât de atrasă de el. Trebuia să-şi păstreze cumpătul.

Lola lătră din nou, plină de speranță, când o văzu pe Alex apropiindu-se de uşă. Alex o privi ca şi când îi cerea înțelegere. Khan şi Einstein se ghemuiseră şi ei pe verandă.

Daniel opri sonorul televizorului şi lăsă telecomanda pe podea. Se aşeză lângă Alex, ținând-o de mână. Zâmbea în continuare.

— Dă-mi voie să ghicesc. Crezi că e greşit ceea ce facem, spuse el.

— Păi... da.

— E imposibil ca noi doi să fim cu adevărat compatibili, dat fiind felul cum a început relația. Sunt de acord că n-a fost tocmai o primă întâlnire romantică, aşa ca-ntr-un film de Hollywood.

— Nu-i vorba de asta.

Alex se uită la degetele lor împreunate.

Poate că se înşela. Poate că tot acest plan de răzbunare fusese gândit prost. Nu exista nimic care s-o împiedice să fugă din nou. Putea să câştige iar banii pe care-i pierduse. Putea să se ducă la Chicago, să se împace cu Joey Giancardi şi să fie din nou doctorul Mafiei. Şi poate că, ţinând cont de ceea ce ştia acum despre planul de a o elimina, Familia putea chiar să-i ofere o oarecare protecţie.

Sau putea pur şi simplu să muncească la o cârciumă din vreun loc izolat şi să trăiască fără arsenalul ei obişnuit: triptamină, opioide şi capcane mortale. Cine ştie, poate că, dacă stătea ascunsă, actele de identitate false pe care le avea deja vor rămâne multă vreme valabile.

— Alex? zise Daniel.

— Mă gândeam la viitor.

— La compatibilitatea noastră pe termen lung? încercă el să ghicească.

— Nu, nu pe termen lung. Mă gândeam la ce se va întâmpla în seara asta. Sau mâine.

În sfârşit ridică privirea la el. Ochii lui blânzi, verzui-cenuşii aveau doar o expresie uşor derutată, nu îngrijorată.

— Fratele tău o să sune curând.

Daniel făcu o grimasă.

— Uau. Nu m-am gândit la asta.

Apoi zâmbi şi continuă:

— Cred c-ar fi mai bine să-i zic despre asta aşa, într-o doară, la telefon — apropo, Kev, m-am îndrăgostit de Alex — decât faţă în faţă, nu-i aşa?

Alex încercă să alunge fiorii care o străbătură la auzul întrebării. Ăla nu era un cuvânt pe care să-l rosteşti cu uşurinţă şi cu care să glumeşti. Daniel n-ar fi trebuit să-l folosească. Şi totuşi, se înfioră toată.

— Nu asta-i partea pentru care-mi fac griji, ci faptul că ignori în continuare că există un plan. După ce el îşi ocupă poziția, noi trimitem e-mailul. Kevin urmăreşte cine reacționează. Apoi ne întâlnim cu el şi...

Lăsă fraza neterminată, încruntându-se.

— Pe urmă, voi doi o să — care-i expresia? — *o să le faceți felul*, aşa-i? Asta o să fie foarte periculos, nu-i aşa? Auzi, n-am putea să-l lăsăm pe Kevin să se ocupe singur? Mi se pare că nu l-ar deranja, chiar i-ar face plăcere.

— Nu aşa ne-a fost înțelegerea. Şi, Daniel...

— Ce e?

Vocea lui deveni mai aspră acum, uşor iritată. Începea să înțeleagă.

— Nici eu, nici Kevin nu vom putea să... mă rog, să dăm randament maxim dacă pârghia pe care ei o pot folosi împotriva noastră se află în acelaşi loc cu oamenii care ne vor răul.

Când Alex rosti cuvintele, semnificația lor avu un efect aproape fizic, resimțit ca o undă de şoc în tăcerea care urmă.

Daniel o privi lung, fără să clipească. Alex aşteptă.

— Glumeşti? întrebă el în sfârşit, cu o voce stinsă.

— Chiar crezi c-am să accept să mă laşi aici şi să stau degeaba în vreme ce tu îți rişti viața?

— Nu. Şi da, o să accepți.

— Alex...

— Ştiu să-mi port de grijă.

— Da, dar... pur şi simplu, mintea mea refuză să accepte. Cum crezi că aş putea să stau aici şi să aştept, fără să ştiu nimic? Alex, vorbesc serios!

Daniel spuse toate astea pe un ton imperativ. Alex nu se uita la el; privea drept înainte, la televizor.

— Alex?

— Dă sonorul mai tare. *Acum.*

Daniel se uită la ecran, încremeni o clipă, apoi sări de pe canapea şi luă telecomanda de pe podea. Apăsă greşit câteva butoane până când vocea crainicului de ştiri se auzi tunător în sistemul de sonorizare *home cinema*.

— ...lipseşte de joia trecută, când se crede că a fost răpit de la liceul unde predă. Se oferă o recompensă substanţială pentru orice informaţii ar ajuta la găsirea şi salvarea lui. Dacă l-aţi văzut pe acest bărbat, vă rugăm să sunaţi la numărul de mai jos.

Pe ecranul mare, faţa lui Daniel era mărită de patru ori. Era un instantaneu, mai degrabă decât o fotografie oficială din anuarul şcolii. Era făcută undeva afară, într-o zi însorită, iar Daniel zâmbea larg şi avea părul ciufulit şi umed de transpiraţie. Îşi ţinea braţele întinse peste umerii a doi oameni mai scunzi, ale căror chipuri fuseseră şterse din imagine. Era o fotografie foarte reuşită. Daniel arăta ca genul de persoană pe care-ai vrea s-o ajuţi. În partea de jos a ecranului era afişat cu cifre mari şi roşii un număr cu apelare gratuită.

Imaginea dispăru şi îi luară locul un prezentator de ştiri, cam de vârsta a doua, şi o prezentatoare blondă exuberantă.

„Nefericită întâmplare, Bryan. Să sperăm că vor reuşi să-l aducă înapoi acasă la cei dragi. Acum să vedem cum va fi vremea, cu Marceline. Cum se prezintă situaţia pentru restul săptămânii, Marcie?"

Imaginea trecu la o brunetă focoasă care stătea în faţa hărţii digitale a întregii ţări.

— Astea-s ştirile naţionale, şopti Alex.

Mintea ei începu să analizeze diferitele scenarii. Daniel opri sonorul televizorului.

— Cred că cei de la şcoală au sunat la poliţie, spuse el.

Alex îl privi.

— Ce e?

— Daniel, ştii câţi oameni dispar în fiecare zi?

— Oh... şi fotografiile lor nu apar la ştiri, nu-i aşa?

— Cu atât mai puţin ale bărbaţilor care lipsesc doar de câteva zile.

Se ridică şi începu să se plimbe de colo-colo.

— Încearcă să te scoată din ascunzătoare. Ce-nseamnă asta? Unde vor s-ajungă prin asta? Îşi imaginează oare că m-a ucis Kevin? Sau că am aflat adevărul şi am fugit cu tine? De ce să creadă că te-am luat cu mine? Trebuie să fie legat de Kevin. E *şi* faţa lui. Îşi închipuie c-am pierdut. Corect? Celor de la CIA le-ar fi fost mult mai uşor să aranjeze ştirea asta decât celor din departamentul meu. Bineînţeles, dacă lucrează împreună...

— O să vadă Kevin ştirea asta? zise Daniel îngrijorat. E chiar acolo, în Washington.

— Kevin nu-şi arată faţa, orice-ar fi.

Se mai învârti prin cameră câteva clipe, apoi se aşeză din nou lângă Daniel. Îşi îndoi picioarele sub ea şi-l luă de mână.

— Daniel, cu cine ai vorbit ieri?

El se înroşi.

— Ţi-am spus. N-am vorbit decât cu persoanele de la casa de marcat.

— Ştiu, dar ce erau? Bărbaţi, femei, bătrâni, tineri?

— Păi, casierul de la băcănie era un bărbat mai în vârstă, pe la cincizeci de ani, hispanic.

— Era lume multă în magazin?

— Nu prea. Era singurul casier. Mai erau doi inşi la coadă în spatele meu.

— Asta-i bine.

— Prăvălia cu mărfuri de un dolar era mică. Eram singurul client. Dar femeia de la casă avea televizorul pornit — urmărea un concurs televizat. Nu prea s-a uitat la mine.

— Câți ani avea?

— Mai în vârstă decât primul tip. Cu părul alb. De ce? Bătrânii se uită mai des la știri, nu-i așa?

— Posibil, zise ea ridicând din umeri. Al treilea.

— Abia ieșită de pe băncile școlii. Îmi amintesc că m-am întrebat dacă s-or fi terminat cursurile până să-mi dau seama că lucra acolo.

Alex simți cum i se strânge stomacul.

— O tinerică? Și a fost prietenoasă... foarte prietenoasă.

Nu fusese o întrebare.

— Da, de unde știi?

— Daniel, zise ea cu un oftat, ești un bărbat atrăgător.

— Sunt un om obișnuit, în cel mai bun caz. Și cam cu zece ani prea mare pentru o fată de vârsta ei, protestă el.

— Îndeajuns de vârstnic ca să fii interesant. Uite, nu contează. O să ne luăm singurele măsuri de precauție pe care le avem. Din acest moment, nu te mai bărbierești. Și nu doar că încercăm să nu facem valuri, ci ne și dăm la fund. În afară de asta, tot ce putem face e să sperăm că fata nu se uită la știri. Și că ei nu vor răspândi știrea pe vreunul dintre site-urile de socializare pe care le folosesc tinerii în ziua de azi.

— Ar face-o?

— Dacă le vine ideea... Sunt în stare să riște orice.

Daniel își sprijini capul pe mână.

— Îmi pare foarte rău.

— Nu-i nimic. Toți am făcut greșeli în povestea asta.

— Tu n-ai făcut. Doar încerci să mă faci să mă simt mai bine.

— În ultimele săptămâni, am comis câteva erori majore.

El ridică privirea, uimit.

— Unu, n-am ignorat din capul locului e-mailul lui Carston. Doi, am căzut în capcană. Trei, nu ți-am găsit de la bun început dispozitivul de urmărire. Patru, nu mi-am amorsat tavanul şopronului. Şi apoi Kevin a făcut greşeala să-şi dea masca de gaze jos... cred că asta-i singura pe care i-o pot reproşa, împreună cu faptul că nu şi-a asigurat un mijloc de transport la plecare. La naiba, cred că runda asta o câştigă el.

— Păi trebuie să mai fi făcut o greşeală la început, altfel CIA ar fi crezut că e mort.

— Bravo. Mulţumesc.

— Mai rămâne Arnie, spuse el cu tristeţe. Arnie e aproape perfect, n-are nicio bilă neagră.

— Nu-i aşa că-i deteşti pe perfecţioniştii ăştia nesuferiţi?

— Din toată inima, zise Daniel râzând.

Apoi zâmbetul îi dispăru.

— Nu cred că ai făcut aşa de multe greşeli. Adică, în ce te priveşte, da. Dar legat de mine... Ei bine, sunt bucuros că ai căzut în capcană.

Alex îi aruncă o privire cruntă.

— Asta ar însemna să ducem romantismul puţin cam prea departe, nu crezi?

Îşi dorea să poată distruge complet amintirea primei lor nopţi petrecute împreună. Îşi dorea ca acele imagini să nu fie atât de clare în mintea ei — tendoanele proeminente de pe gâtul lui, ţipetele lui înăbuşite. Se înfioră, întrebându-se cât va dura până când imaginile se vor estompa.

— Vorbesc serios. Dacă n-ai fi fost tu, ar fi trimis pe altcineva după mine. Şi, dacă acea persoană l-ar fi pus la pământ pe Kevin, m-ar fi omorât apoi şi pe mine, nu-i aşa?

Alex se uită la chipul lui grav şi se cutremură din nou.

— Ai dreptate.

El o privi îndelung, după care oftă.

— Şi-acum, ce facem?

— Păi, opţiunile noastre sunt limitate, zise Alex încruntându-se. Faţa mea încă nu s-a vindecat complet ca să pot ieşi în lume. Dar acum ne putem folosi de ea mai mult decât de a ta. Aşa că există varianta să rămânem aici, ascunşi, sau să plecăm spre Nord. Am un loc. Nu are dotări la fel de sofisticate ca ăsta şi nici nu e la fel de bine protejat. Mi-ar fi plăcut să am o peşteră a lui Batman.

Nu încercă să-şi ascundă invidia cu care rostise ultima frază.

— Deci tu crezi că suntem mai în siguranță aici?

— Depinde. Aş vrea să aflu ce crede Arnie despre varianta cu oraşul înainte de a lua o decizie. Nu strică să aflăm nici părerea lui Kevin. Să sperăm că va suna în curând. Planurile s-au mai schimbat un pic. Cred că o să iasă cum vrea el. În final, victoria va fi a lui.

*

Ziua a trecut greu. Alex nu voia să plece din fața televizorului. Situația nu se schimba cu nimic dacă ştia de câte ori se transmisese ştirea şi câte posturi o preluaseră, dar tot trebuia să vadă. Arnie afişă o atitudine stoică, aşa cum se aşteptau; doar privirea uşor încordată îi trăda îngrijorarea.

Alex voia să-l trimită pe Arnie la peştera lui Batman cu o listă cu tot ce avea nevoie. I-ar fi plăcut să aibă SIG-ul pentru ea şi nişte muniție suplimentară, iar pentru Daniel, puşca cu țeavă retezată pe care o văzuse în ascunzătoarea lui Kevin. O puşcă cu lunetă nu era la fel de utilă în confruntările de la mică distanță ca o puşcă de vânătoare. Cu un singur cartuş tras, ar fi scos din joc mai mulți atacatori.

De asemenea, voia să caute măşti de gaze — nu putea să monteze dispozitivele de gazare în casă dacă n-avea o mască şi pentru Arnie. Se îndoia că fratele lui Daniel neglijase o măsură de precauție atât de evidentă, dar poate că doar ei i se părea evidentă. În lumea lui, Kevin îşi făcea griji probabil numai pentru gloanțe şi bombe.

Dar, deşi îşi dorea foarte mult aceste lucruri, era posibil să fie prea târziu să-şi ia măsuri preliminare. Dacă tinerica de la casă sunase după ce anunțul fusese difuzat prima oară — şi se putea să fi fost difuzat chiar mai devreme decât îl văzuseră ei sau chiar cu o zi înainte —, ar fi durat ceva până când inamicii lor să înceapă căutarea. Cineva trebuia să ajungă acolo, apoi să pună întrebări prin oraş şi în final să investigheze posibilele piste. Dar după aceea, dacă acel cineva avea noroc, supravegherea urma să înceapă. Şi Alex n-avea cum să ştie dacă nu cumva începuse deja.

Cu toate că ea şi Daniel stăteau în casă cu storurile trase, cineva putea să-l fileze pe Arnie chiar acum. Dacă Arnie s-ar fi dus la depozitul secret, urmăritorul nu l-ar fi scăpat din ochi. Dacă se întâmpla asta, puteau la fel de bine să pună un banner pe care să scrie: FELICITĂRI, AȚI AJUNS ÎN LOCUL POTRIVIT! SERVIȚI-VĂ CU CÂTEVA LANSATOARE DE RACHETE!

Nu trebuiau să facă nimic care să trădeze existența peşterii lui Batman.

Principalele dispozitive de siguranță erau la îndemână, iar tot ce era important pusese în rucsac — ordonat pe categorii, în pungi cu fermoar — pentru o retragere rapidă. Îl pusese pe Arnie să mute camioneta în spatele casei, îndeajuns de aproape de fereastra lui încât să se poată furişa cu toții în cabină dacă ar fi fost cazul.

Alex aştepta telefonul lui Kevin sau ar fi vrut măcar ca acesta să fi avut suficientă încredere în ei ca să-i dea lui Daniel numărul de la telefonul cu cartelă, pentru situații de urgență. Era posibil să existe alte măsuri de siguranță în casă, de care Arnie să n-aibă habar.

Daniel pregăti cina pentru toți trei şi, cu toate că atmosfera nu mai era la fel de însuflețită ca în seara precedentă, mâncarea se dovedi a fi la fel de delicioasă. Alex îi spuse s-o lase mai moale cu rezerva de ingrediente. Era posibil să mai dureze până când vreunul dintre ei va putea să meargă la cumpărături — şi asta era valabil chiar şi pentru Arnie.

Era surprinsă să vadă că Daniel nu părea încurcat de prezența lui Arnie. Nu numai atât, dar nu se sfia să o atingă. De două ori o luă de mână; o dată o sărută pe creştet în timp ce trecea prin dreptul ei cu vasele. Arnie nu reacționa în niciun fel, dar Alex nu putea să nu se întrebe ce credea el despre asta.

Arnie îi anunță că pusese câinii să patruleze prin rotație de-a lungul gardului împrejmuitor — pe toată distanța de circa zece kilometri — cât era lumină afară, adică în intervalul în care urmăritorii ar fi supravegheat locul cu binoclul. Dacă un intrus ar fi fost ascuns suficient de aproape ca să țină casa sub supraveghere, câinii l-ar fi alertat pe Arnie. După ce le spuse toate astea, bărbatul se duse la culcare devreme, urmându-şi programul normal. Alex şi Daniel rămaseră să vadă ştirile de seară.

Daniel se cuibări lângă ea pe canapea atât de firesc, încât lui Alex i se păru că făcuseră asta dintotdeauna. Nu-şi amintea să se fi simțit vreodată atât de relaxată cu cineva. Până şi maică-sa o îmbrățişa cu reținere, rareori exprimându-şi afecțiunea prin cuvinte sau gesturi. Iar de Barnaby se apropiase emoțional, niciodată fizic. Aşadar, îşi imagina că ar trebui să se simtă stânjenită că-şi întinsese picioarele peste Daniel şi-şi rezemase capul de umărul lui, în timp ce el o cuprinsese cu brațele, dar se simțea ciudat de liniştită. Ca şi cum faptul că stăteau atât de aproape unul de celălalt le alunga toată încordarea.

Ştirea legată de Daniel se transmise din nou, dar mai târziu în cadrul programului, şi se vedea de la o poştă că prezentatorul era plictisit de anunț. Agenția putea să manipuleze transmiterea unei ştiri o perioadă scurtă, dar nu putea să împiedice rețelele de televiziune să ignore un subiect mărunt. Iar acum, asta se întâmpla.

— Probabil c-ar trebui să te previn... dacă nu te-ai gândit deja la asta, spuse Alex.

Daniel încercă să pară detaşat, dar ea îi sesiză îngrijorarea.

— Sunt sigur că nu m-am gândit.

— Păi, dacă rezultatele întârzie să apară, vor trebui să mărească miza pentru ca presa să colaboreze în continuare cu ei.

— Ce-nseamnă „să mărească miza"?

Alex se trase puțin în spate ca să-l poată privi pe Daniel în ochi; nu-i plăcea deloc ceea ce urma să spună.

— Vor face ca povestea să fie mai sordidă cumva. De exemplu, că eşti suspectat de o crimă. Sau să inventeze o elevă pe care ai răpit-o sau de care ai abuzat. Ceva de genul ăsta, probabil. Deşi s-ar putea să fie mai inventivi.

Ochii lui se întoarseră de la fața ei către ecranul televizorului, deşi prezentatorul trecuse la subiectul alegerilor locale. Se înroşi la față, apoi se făcu palid. Alex îl lăsă să se gândească la ceea ce-i spusese. Îşi imagina cât de greu îi venea unui om bun să-şi dea seama că urma să fie transformat într-un răufăcător.

— Nu pot să fac nimic în privința asta, spuse el cu glas scăzut.

Nu era o întrebare.

— Într-adevăr, nu ai ce să faci.

— Bine că măcar părinții mei nu mai trăiesc ca să vadă toate astea. Sper că... prietenii mei nu vor crede aşa ceva despre mine.

— Eu n-aş face-o, zise Alex.

Daniel îi zâmbi şi spuse:

— La un moment dat, nu demult, erai convinsă că am de gând să omor vreo două milioane de oameni.

— Pe atunci nu te cunoşteam.

— Da, aşa e.

După ce ştirile se terminară, îşi urară noapte bună, iar Alex se apucă să strângă. Era posibil să plece în mare grabă. Îşi puse în ordine toate instrumentele de laborator, apoi se schimbă în colanţi şi un tricou negru — voia să aibă pe ea nişte haine comode dacă asta era noaptea cea mare.

Ştia că era obosită, dar creierul ei nu dădea semne că ar funcţiona mai lent. De data asta, nu voia să lase să-i scape nimic. Nu era exclus ca Daniel să fi avut dreptate — poate că greşelile de la început de fapt îi salvaseră lui viaţa. Dar nu-şi putea permite alte erori. Acum nu mai era doar viaţa ei în joc. Alex oftă adânc. Să ai o responsabilitate aducea unele avantaje, dar povara era fără doar şi poate mai grea.

O uşoară bătaie în uşă îi întrerupse gândurile.

— Nu intra! strigă Alex, ridicându-se iute în capul oaselor.

Patul de campanie se legănă sub ea.

După o scurtă pauză, Daniel întrebă:

— Ţi-ai pus cumva o mască de gaze?

— Da.

— M-am gândit eu. Vocea îţi sună înăbuşit.

Altă pauză.

— Sistemul tău de securitate e greu de dezamorsat? întrebă Daniel.

— Aşteaptă puţin.

Securiză repede firele, îşi ridică masca de gaze pe creştet şi deschise uşa. Daniel stătea acolo. Nu-l vedea foarte bine în întuneric, dar i se păru că arată obosit... şi trist.

— Eşti foarte îngrijorată, remarcă el, întinzând mâna ca să-i atingă uşor masca.

— De fapt, aşa dorm mereu. M-aş simți ciudat dacă n-aş avea-o. S-a întâmplat ceva?

— Ce-ar mai fi putut să se întâmple? Nu. Eram doar... singur. Nu puteam să dorm. Voiam să fiu cu tine.

Ezită.

— Pot să intru?

— Aă, bine.

Alex făcu un pas înapoi şi aprinse lumina.

Daniel se uită uimit în jur.

— *Asta* e camera pe care ți-a dat-o Kevin? De ce n-ai spus nimic? Ar trebui să stai în camera mea.

— Mă simt bine aici, îl asigură ea. Oricum nu mă dau în vânt după paturi. E mai sigur să dormi iepureşte.

— Nu ştiu ce să zic. Nu pot să dorm într-un ditamai patul ştiind că tu stai înghesuită aici.

— Serios, îmi place.

Daniel îi aruncă o privire neîncrezătoare, care deveni dintr-odată sfioasă.

— Aveam de gând să mă invit la tine, dar văd că abia încapi tu aici.

— Am putea să mutăm câteva lăzi...

— Am o idee mai bună. Vino cu mine.

Îi întinse mâna. Ea i-o luă fără să se gândească la ce face. O conduse de-a lungul holului întunecat, pe lângă uşa de la baie, până în camera lui. Singura lumină venea de la veioza de pe noptieră.

Era o cameră foarte drăguță, mai potrivită cu gusturile lui Kevin decât cămăruța ei. În centru se găsea un pat imens, acoperit cu o cuvertură albă, care se sprijinea pe un cadru cu aspect rustic. O pătură aurie, asortată cu nuanța lemnului, atârna la picioarele patului.

— Vezi? spuse el. Mi-ar fi imposibil să mai dorm aici după ce am văzut în ce condiții dormi tu. M-aş simți foarte prost.

— Păi, să ştii că nu fac schimb. Mi-am pregătit deja camera.

Rămaseră stingheri în prag un moment.

— Nu voiam să vorbim despre ceva anume. Doar să fiu în acelaşi loc cu tine.

— Nu-i nicio problemă. Nici eu nu dormeam.

— Hai să nu dormim împreună, spuse el, apoi roşi şi râse stânjenit. Asta n-a sunat bine deloc.

O trase din nou de mână, spre patul uriaş.

— Uite, promit să fiu un gentleman perfect, spuse el. Mă linişteşte doar să te văd.

Alex se aşeză lângă Daniel pe cuvertura albă şi groasă, râzând de stângăcia lui şi întrebându-se dacă într-adevăr îşi dorea ca el să fie un gentleman perfect. După care îşi reaminti cu severitate că nu era un moment potrivit pentru asemenea gânduri. Poate cândva, în viitor, când vieţile lor n-ar mai fi fost în pericol. Dacă acea zi va veni vreodată.

Daniel o luă de mână. Se întinseră amândoi pe spate. Daniel îşi puse mâna liberă sub ceafă şi se uită la ea.

— Da, vezi? Acum e mai bine.

Şi era. N-avea nicio logică — Alex nu se afla la adăpostul camerei ei securizate —, dar, paradoxal, se simţea mai în siguranţă.

— Da, recunoscu ea.

Îşi scoase masca de gaze şi o aşeză pe pat.

— Ai mâna rece.

Înainte ca Alex să răspundă, Daniel se ridică, luă pătura de la picioarele patului şi o întinse peste ei. Apoi se trase mai aproape. Umărul lui îl atingea pe-al ei, iar braţul lui se sprijinea pe mâna ei.

Alex se întrebă de ce era atât de conştientă de aceste gesturi mici în situaţia în care se aflau.

— Mulţumesc, spuse ea.

— Să nu mă-nțelegi greşit — o spun ca pe un compliment şi nu sunt deloc ironic —, dar cred că aş putea chiar să dorm cu tine aici.

— Ştiu ce vrei să spui. A fost o zi lungă.

— Aşa e, zise el. Te simți bine?

— Da. Să nu mă-nțelegi *tu* greşit acum, dar s-ar putea ca la un moment dat să-mi pun masca la loc. E doar un obicei ciudat legat de somn.

— Ca şi cum ai ține în brațe un ursuleț de pluş, zise el zâmbind.

— Exact aşa, doar că nu e o mască adorabilă.

Daniel îşi rezemă fruntea de tâmpla ei. Alex îi simți bătaia pleoapelor pe obraz când închise ochii. Brațul lui îi cuprinse mijlocul.

— Eu cred că *tu* eşti adorabilă, spuse Daniel şoptit.

Părea pe cale să adoarmă.

— Şi îngrozitor de letală, desigur, adăugă el cu un căscat.

— Foarte drăguț, spuse Alex, fără să fie sigură că o auzise.

Respirația lui se linişti, iar Alex se gândi că adormise deja.

Aşteptă câteva momente şi apoi, cu grijă, întinse mâna şi-i atinse buclele. Erau atât de moi. Îi urmări cu degetele trăsăturile, desăvârşit de calme. Era acelaşi chip inocent şi senin care nu aparținuse niciodată lumii ei. Nu credea că văzuse vreodată ceva atât de frumos.

Adormi aşa, cu palma aşezată protector pe ceafa lui şi cu masca de gaze uitată undeva în spate.

Capitolul 17

Kevin nu sună.

Lui Daniel nu i se părea ciudat, dar Alex vedea că Arnie era din ce în ce mai tensionat.

Trecuse prea mult timp.

Pentru Alex, lucrurile stăteau în felul următor: Kevin nu trebuia decât să ajungă într-un loc de unde să-l poată urmări pe singurul om despre care ştiau sigur că e implicat: Carston. Putea să ajungă cu maşina la Washington în două zile, chiar fără să se grăbească. Alex îi indicase exact unde să-l găsească pe fostul ei şef după ce ajungea acolo. N-ar fi trebuit să dureze mai mult de câteva ore. Înțelegerea fusese că, dacă nu-l găsea pe Carston în locul cu pricina, Kevin avea să le dea un telefon. Oare ce se întâmplase?

Pățise ceva? Cât ar fi trebuit Alex să aştepte înainte de a vorbi cu Daniel?

Simțea că devine şi mai paranoică. Întinse un fir suplimentar în afara uşii ce dădea în camera ei, astfel încât să poată fi amorsat în timp ce ea se afla în altă parte a casei. Era atât de frustrant că nu putea să întindă fire în tot parterul. Îi lipsea o singură mască de gaze.

Dar exista şi o parte bună: cu fiecare oră în care stătea ascunsă, faţa ei se refăcea. În lumină slabă şi dacă-şi dădea cu mult fard, putea să scape neobservată câteva clipe.

Aşteptarea era un amestec ciudat de plictiseală, stres şi o fericire dintre cele mai stranii. O fericire condamnată, o fericire cu termen-limită, dar care n-o făcea mai puţin... desăvârşită. Chiar în clipa asta ar fi trebuit să se afle într-un loc foarte întunecat, cu pulsul accelerat de adrenalina vânătorii, dar constată că acum îi venea mereu să zâmbească. N-o ajuta să-şi schimbe starea nici veselia nepotrivită a lui Daniel. Vorbiră despre asta în după-amiaza următoare, în timp ce se uitau la ştiri.

Alex o lăsase pe Lola înăuntru, după ce Arnie ieşise pentru o rundă de antrenament — nu-i plăcea că n-aveau voie să lase câinii în casă; părea un gest lipsit de politeţe. Odată cu Lola, intraseră şi Einstein şi Khan. Acum parcă erau prea mulţi câini înăuntru. Spera ca Arnie să nu se supere. Cu siguranţă îi mai lăsau uneori în casă, altfel n-ar fi existat acea uşiţă specială din spălătorie. Nu ştia dacă regula de a ţine animalele afară făcea parte din antrenament, era o măsură de precauţie — câinii ar fi simţit primii dacă ar fi apărut vreun pericol — sau o stabiliseră doar pentru că Arnie era alergic —, deşi, dacă era vorba de ultima variantă, nu era o ocupaţie potrivită pentru el.

Lola îşi lăsă botul pe coapsa lui Alex — cu siguranţă, iar avea s-o umple de bale. Einstein sări direct pe canapea lângă Daniel, dând vesel din coadă; părea entuziasmat că încălca regula de a nu intra în casă. Khan se întinse cât era de lung în faţa canapelei. După reportajul plicticos care deschise programul de ştiri — despre politică, bineînţeles —, Daniel îşi lăsă picioarele lungi pe spinarea lui Khan, iar uriaşul nu dădu vreun semn că s-ar sinchisi. Alex mângâia absentă urechile Lolei, care lovea podeaua cu coada, mulțumită că primește atenție.

Totul îi dădea lui Alex o senzație de confort și de *familiaritate*, deși nu se aflase într-o situație ca asta niciodată în viața ei. Nu fusese nicicând înconjurată de atâtea ființe vii — pe care să le atingă și să le audă respirând —, darămite să se mai și țină de mână cu un bărbat care credea că e adorabilă... și letală. Iar faptul că acest bărbat încă se uita la ea așa cum se uita, deși îi cunoștea întreaga poveste...

În timp ce se gândea la toate astea, îl privi brusc pe Daniel și descoperi că și el o privea. Îi oferea zâmbetul lui larg și deschis — barba nerasă de două zile îi dădea o înfățișare neașteptat de severă —, iar Alex îi zâmbi la rândul ei. Emoții năvalnice îi răscoleau pieptul și își dădu seama că era, probabil, cel mai frumos sentiment pe care-l cunoscuse vreodată.

Oftă, apoi scoase un geamăt.

Daniel aruncă o privire spre ecranul televizorului, crezând că ceva din ce se difuza acolo o făcuse să ofteze, dar se dădeau reclame.

— Ce este?

— Mă simt ca o toantă, recunoscu ea. Stupidă. Euforică. De ce privesc totul cu atâta optimism? Deși nu pot să leg două idei coerente. Încerc să-mi fac griji și mă pomenesc zâmbind. Poate că-mi pierd mințile și nu-mi pasă de asta atât cât ar trebui. Îmi vine să-mi trag o palmă ca să mă trezesc, dar în sfârșit fața mea începe să se vindece.

— Asta-i unul dintre neajunsurile de care ai parte când te-ndrăgostești, cred, zise Daniel râzând.

Din nou, fiorii din trup.

— Asta crezi tu că se-ntâmplă cu noi?

— Așa mi se pare.

— Nu am cu ce să compar, zise ea încruntându-se. Și dacă, de fapt, o iau razna?

— Categoric, eşti sănătoasă la cap.

— Dar nu cred că oamenii se pot îndrăgosti atât de repede.

La drept vorbind, Alex nu credea deloc în *dragoste*, în iubire romantică. Reacţii chimice, desigur; atracţie sexuală, da. Compatibilitate, da. Prietenie. Loialitate şi responsabilitate. Dar *dragostea* parcă semăna prea mult cu un basm.

— Mie... în fine, nu mi s-a întâmplat niciodată, zise Daniel. Adică, întotdeauna am crezut în *atracţie* la prima vedere. Am trecut prin asta. Şi cu siguranţă e o parte din ce mi se întâmplă acum.

Zâmbi larg din nou.

— Dar dragoste la prima vedere? Eram sigur că e doar o fantezie.

— Bineînţeles că este.

— Atâta doar...

— Nu există „atâta doar...", Daniel.

— Atâta doar că s-a întâmplat ceva cu mine în acel metrou, ceva care a depăşit cu totul puterea mea de înţelegere.

Alex nu ştia ce să-i răspundă. Privi spre ecranul televizorului tocmai când se încheia jurnalul de ştiri. Daniel se uită şi el.

— Am ratat-o?

— Nu, n-au dat-o.

— Iar asta nu e bine, remarcă el, cu o nuanţă de iritare în glas.

— Îmi vin în minte două explicaţii posibile. Unu: au făcut în aşa fel încât ştirea să fie transmisă peste tot şi, dacă n-au obţinut rezultate, au lăsat-o să moară. Doi: ştirea e pe cale să se schimbe.

Trupul lui Daniel se încordă într-o atitudine defensivă.

— Cât de curând crezi că vom vedea versiunea următoare?

— Foarte curând, dacă aşa stau lucrurile.

Exista şi o a treia posibilitate, dar nu era pregătită s-o spună cu glas tare. Ştirea va dispărea definitiv, dacă obţinuseră ce avuseseră nevoie de pe urma ei. Adică, dacă-l aveau pe Kevin.

Credea că-i ghicise destul de bine caracterul lui Kevin ca să fie cât se poate de sigură că nu va ceda uşor. Era îndeajuns de inteligent ca să meargă pe cea mai credibilă versiune a poveştii în cazul în care departamentul l-ar fi prins: ajunsese prea târziu ca să-l mai salveze pe Daniel şi — după ce o ucisese pe Oleander — se dusese la Washington ca să se răzbune. Alex spera că nu se va abate de la acea poveste o vreme. Nu ştia cine se ocupa acum de interogatorii. Dacă acea persoană era cât de cât pricepută — ei bine, în cele din urmă Kevin avea să spună adevărul. Chiar dacă nu era cea mai mare admiratoare a lui Kevin, i se făcea rău când se gândea la ce-avea să păţească.

Desigur, se putea să fi fost pregătit să fie prins, aşa cum ar fi fost şi ea. Putea să fie mort deja.

Cu sau fără peştera lui Batman, în cazul în care Kevin nu suna până la miezul nopţii, sosise timpul să plece. Îşi dădea seama când îşi forţa norocul.

Brusc, toată euforia se potoli. Măcar asta era un semn că nu înnebunise complet. Încă.

Scoaseră câinii pe verandă înainte ca Arnie să se întoarcă, deşi mirosul de animal rămăsese în încăpere. Daniel începu să pregătească un sos cu carne pentru spaghete, iar Alex îl ajută să deschidă conservele şi să aleagă condimentele. Când lucrau împreună, totul părea uşor şi plăcut, de parcă făceau asta de ani de zile. Să fi fost asta sentimentul despre care vorbea Daniel? Cât de firească era intimitatea lor? Deşi nu credea în teoria lui, se văzu nevoită să admită că nici nu avea argumente să o combată.

În timp ce trebăluia, Daniel fredona un cântec care lui Alex i se părea cunoscut, dar nu ştia de unde. După câteva clipe însă, se pomeni că-l fredonează şi ea. Fără să pară că-şi dea seama ce face, Daniel începu să cânte versurile.

— „Picioarele vinovate nu simt ritmul"[1], cântă el.

— Auzi, dar cântecul ăsta nu-i mai bătrân decât tine? întrebă Alex după un moment.

— Oh, cântam cu voce tare? zise Daniel, părând surprins. Scuze, am tendința să fac asta când gătesc.

— De unde ştii versurile atât de bine?

— Trebuie să te anunț că, până în ziua de astăzi, *Careless Whisper* a rămas un cântec foarte popular în circuitul de karaoke. Îi rup pe toți în seara dedicată anilor '80.

— Te duci la concursurile de karaoke?

— Hei, cine spune că profesorii nu ştiu să se distreze?

Daniel se îndepărtă de aragaz, cu lingura plină de sos în mâna dreaptă, şi o trase cu stânga într-o îmbrățişare lejeră. Făcură împreună câțiva paşi de dans, Daniel lipindu-şi obrazul aspru de al ei, în timp ce cânta: „Doar suferință vei găsi..."

Apoi se întoarse la aragaz, continuând să cânte vesel despre cum nu va mai dansa el niciodată.

„Nu fi idioată", îi spunea mintea lui Alex în timp ce un zâmbet tâmp i se întindea din nou pe față.

„Taci din gură", îi răspundea corpul.

Daniel n-avea o voce pe care să vrei s-o asculți la radio, dar avea un timbru plăcut, iar entuziasmul cu care cânta îi sporea farmecul. Când auziră câinii întâmpinându-l pe Arnie la uşă, erau în toiul unui duet pasional pe piesa *Total Eclipse of the Heart*. Alex se opri din cântat imediat, roşie la

---

1 *Guilty feet have got no rhythm* — vers din piesa *Careless Whisper* a lui George Michael. (*N.t.*)

față, dar Daniel nu păru să bage în seamă nici că ea se rușinase, nici că Arnie intrase în casă.

— „Chiar am nevoie de tine în noaptea asta!“ răcnea el tocmai când Arnie intra pe ușă, clătinând din cap.

Alex se întrebă dacă Arnie și Kevin se distrau vreodată sau discutau numai treburi serioase.

Fără să comenteze, Arnie trase plasa de sârmă în urma lui, pala de aer curat care pătrunse în încăpere amestecându-se cu mirosul de mâncare. Acum, că era întuneric afară și lumină înăuntru, Alex trebuia să se asigure că Arnie închisese ușa înainte să-i observe cineva.

— Au simțit câinii ceva? îl întrebă pe Arnie.

— Nu. I-ați fi auzit dacă ar fi găsit ceva.

— Știrea n-a mai fost transmisă, spuse ea, încruntându-se.

Alex și Arnie schimbară o privire. Ochii lui Arnie îl săgetară pe Daniel, apoi se întoarseră la ea. Alex știa ce voia să întrebe și îl opri cu un semn din cap. Nu, nu discutase cu Daniel despre Kevin și despre ce ar putea să însemne tăcerea lui. Arnie miji ochii — părea să fie singurul gest care-i trăda neliniștea.

Pentru binele lui, trebuiau să plece de-acolo cât mai curând posibil. În cazul în care cineva ar fi făcut legătura între Daniel, Alex și această casă, Arnie ar fi fost în pericol. Alex spera că va înțelege de ce se gândiseră să ia camioneta.

Cina avu loc într-o atmosferă liniștită. Până și Daniel păru să-și dea seama care e dispoziția generală. Alex hotărî să-i vorbească despre temerile ei legate de Kevin de îndată ce rămâneau singuri. Ar fi fost frumos să-i mai ofere o noapte de somn odihnitor, dar probabil că vor fi nevoiți să plece înainte să se lumineze de ziuă.

După ce terminară de mâncat — și nu mai rămăsese nici urmă de spaghete; măcar momentele astea aveau să-i lipsească lui Arnie —, Alex îl ajută pe Daniel să strângă, în vreme ce Arnie se duse să dea drumul la televizor. Se repetau aceleaşi ştiri. Alex putea să recite textul cuvânt cu cuvânt împreună cu prezentatoarea. Arnie nu apucase să vadă de trei ori ştirile azi, aşa că se aşeză pe canapea.

Alex clătea farfuriile şi i le dădea lui Daniel să le pună în suport. Unul dintre câini scheună; probabil Lola. Alex spera că nu-i răsfăţase prea mult în după-amiaza aceasta. Nu se considerase niciodată o iubitoare de câini, dar îşi dădea seama că avea să ducă dorul tovărăşiei lor calde şi prietenoase. Poate cândva — în cazul în care Kevin rămăsese totuşi în viaţă şi planul lor devenea funcţional până la urmă — îşi va lua un câine. Dacă lucrurile aveau să iasă bine, poate că i-o va vinde pe Lola. Dar probabil că îşi făcea iluzii...

O bufnitură surdă îi întrerupse gândurile — era un sunet ciudat pentru acel loc. Chiar în momentul în care privirea ei se mută spre Daniel, căutând sursa zgomotului — vreo ustensilă de bucătărie scăpată pe jos sau o uşă de dulap trântită, mintea ei făcea un salt înainte. Corpul nu apucă să răspundă comenzilor creierului, că un lătrat asurzitor se auzi dinspre verandă, însoţit de un mârâit feroce. Încă o bufnitură, acoperită de hărmălaia stârnită de câini, şi lătratul se transformă într-un scheunat şocat şi plin de suferinţă.

Alex îl trânti pe Daniel la podea în timp ce acesta se întorcea spre uşă. Era mult mai greu decât ea, dar se dezechilibră şi lui Alex îi fu mai uşor să-l pună la pământ.

— *Ssst,* îi şuieră la ureche, apoi se târî peste el până lângă corpul central din bucătărie şi aruncă o privire în jur.

Nu-l zărea pe Arnie. Se uită la plasa pentru ţânţari — o gaură mică şi rotundă apăruse în jumătatea de sus. Încercă să desluşească dincolo de lătrăturile câinilor şi de zgomotul televizorului, dar nu se auzea nimic dinspre locul unde ar fi trebuit să fie Arnie.

Probabil se trăsese de la distanţă, altfel câinii ar fi simţit imediat prezenţa vreunui intrus.

— Arnie! strigă ea şoptit.

Niciun răspuns.

Se târî până la masă; rucsacul ei stătea rezemat de piciorul scaunului. Scoase PPK-ul din punga cu fermoar, apoi îl trimise alunecând pe podea spre Daniel. Avea nevoie de amândouă mâinile.

Daniel prinse pistolul când acesta ajunse la jumătatea distanţei şi se înclină pe după margine. Nu se antrenase cu armele de mână, dar de la distanţa asta n-avea să conteze prea mult.

Alex îşi puse inelele pe degete şi-şi strânse centura pe talie.

Daniel sări în picioare într-o fracţiune de secundă, sprijinindu-şi coatele pe blat. Părea hotărât să folosească arma. În timp ce Alex se furişă spre pragul care dădea în camera mare, văzu o mână împingând mânerul uşii în jos — dar nu era o mână. Era o labă de câine acoperită de o blană neagră.

Deci Kevin avusese şi alte motive în afară de cele estetice ca să aleagă pentru uşi modelul clasic de clanţă.

Alex răsuflă uşurată când Einstein năvăli în cameră, urmat îndeaproape de Khan şi de rottweiler. Dar strânse furioasă din pumni auzind-o pe Lola gemând de durere.

În timp ce câinii se adunau în tăcere în jurul lui Daniel, formând un fel de scut, ea îşi puse încălţămintea specială, băgă şnurul de strangulat într-un buzunar şi mânerele în celălalt.

— Dă comanda, îi şopti lui Daniel.

Trăgătorul urma să atace acum, deşi trebuia să se păzească de câini. Şi poate că avea să schimbe puşca cu lunetă cu ceva care să provoace găuri mai mari. Câinii antrenaţi astfel nu renunţau să atace chiar şi când erau răniţi.

— Plan de urgență? șopti Daniel nesigur.

Einstein ciuli urechile. Lătră scurt, apoi alergă spre celălalt capăt al bucătăriei și scoase un scheunat.

— Du-te după el, îl îndemnă Alex pe Daniel, apoi, stând aplecată, parcurse în fugă spațiul dintre perete și corpul central din bucătărie.

Daniel începu să se ridice, dar, înainte ca Alex să poată spune ceva, Einstein se apropie de el și, apucându-l cu botul de mânecă, îl trase jos la podea.

— Stai jos, traduse ea în șoaptă.

Einstein îi conduse spre spălătorie, așa cum se aștepta Alex. Khan și rottweilerul veneau în urma lor. În timp ce ieșea din camera mare în holul întunecat, Alex îl căută cu privirea pe Arnie. La început, nu zări decât o mână nemișcată, dar apoi văzu că peretele din spate era împroșcat cu ceva. Evident – materie cerebrală amestecată cu sânge. Așadar, n-avea niciun rost să încerce să-l ia cu ei. Era prea târziu pentru Arnie. Iar trăgătorul era fără doar și poate un lunetist. Da… numai vești bune.

Alex fu surprinsă când Einstein se opri și lovi cu laba ușa unui dulap de pe hol. Daniel o deschise, iar Einstein trase de ceva dinăuntru. Când Alex se apropie să vadă despre ce e vorba, o grămadă grea de blană căzu peste ea.

— Ce-i asta? o întrebă Daniel în șoaptă.

— Cred că e o haină de blană, zise ea, încercând să dea haina la o parte. Dar mai e ceva. E prea grea…

Își plimbă repede mâinile peste blană, de-a lungul mânecilor; pe dedesubt se simțea ceva rigid. Își strecură degetele în mânecă, încercând să-și dea seama despre ce anume era vorba. În sfârșit, înțelese. Nu era sigură că ar fi știut dacă n-ar fi examinat de curând costumul de Batman al lui Kevin.

Einstein trase peste ei încă o grămadă de blană.

— Sunt căptușite cu plăci antiglonț din kevlar, șopti ea.

— Ar trebui să le punem pe noi.

Alex se chinui să îmbrace haina în timp ce întrebările i se învârteau în minte. Faptul că era căptuşită cu fibră antiglonț avea logică, dar de ce era atât de grea? Îi antrenase Kevin pe câini când era frig afară? Sau era vorba despre o măsură de prevedere pentru condiții meteo neprielnice? Oare aici era frig vreodată? Dar în timp ce-şi sufleca mânecile — prea lungi, desigur —, observă că haina lui Daniel se asorta cu blana lui Einstein, aşa încât nu se mai vedea unde se termină una şi unde începe cealaltă. Camuflaj.

Haina avea şi o glugă căptuşită cu kevlar, pe care o trase peste cap. Acum ea şi Daniel erau doar nişte forme blănoase în întuneric.

Einstein trecu direct prin uşița pentru câini de la celălalt capăt al spălătoriei şi Daniel îl urmă. Alex simțea în spate respirația fierbinte a lui Khan. După ce ieşi, îl văzu pe Einstein trăgându-l pe Daniel înapoi la pământ, când acesta încercă să se ridice în poziție ghemuit.

— Mergi târâş, îi explică ea.

Înaintarea era exasperant de înceată. Cu fiecare pas, haina devenea mai grea şi mai încinsă şi sub palme şi genunchi simțea pietrişul ca pe nişte vârfuri de cuțit. După ce ajunseră la porțiunea cu iarbă, deplasarea deveni mai puțin dureroasă, dar Alex aproape că nici nu-şi dădu seama, era nerăbdătoare să scape. În timp ce Einstein îi conducea spre anexa unde erau adăpostiți câinii, se gândea că încearcă să-i ducă la camioneta pe care Arnie, la rugămintea ei, o mutase de acolo. Dar camioneta nu era un mijloc prea grozav de evadare. Trăgătorul putea să rămână pe poziții, aşteptând pur şi simplu ca un vehicul să iasă pe singurul drum existent. Sau poate că era un scenariu diferit, în care tovarăşii lui pătrundeau în casă şi le scoteau pe victime afară în timp ce el aştepta.

Alex auzea hărmălaia pe care o făceau câinii din adăpost: erau agitați și alarmați de ceea ce se întâmpla. Străbătuseră trei sferturi din distanță când un glonț trecu razant, ridicând un nor de țărână drept în fața ei. Einstein lătră ascuțit și Alex auzi cum unul dintre câinii din spatele ei se desprinde de micul lor grup, scoțând un mârâit înfundat. După zgomotul puternic al labelor și mersul susținut, nu se îndoia că era rottweilerul. Altă bufnitură, mai îndepărtată, dar mârâitul nu încetă. Auzi ceva, poate o înjurătură înăbușită, după care o rafală de gloanțe care sigur *nu* proveneau de la o pușcă de lunetist. Mușchii i se încordară, în timp ce se târa cât de repede putea în urma lui Daniel, așteptându-se să audă scheunăturile rottweilerului. Nu le auzi, dar mârâitul încetă. Ochii i se umplură de lacrimi.

Khan se mută lângă ea, în partea dinspre trăgător, și-l văzu pe Einstein asigurându-i lui Daniel același tip de protecție. Kevin avusese dreptate când spusese că acești câini erau în stare să-și dea viața pentru Daniel. Probabil că l-ar fi enervat să afle că făceau același lucru și pentru ea.

Kevin. Ei bine, acum erau șanse și mai mari ca el să fie în viață. Motivul pentru care mass-media nu mai dădea știrea nu era că Agenția îl găsise pe Kevin, ci că reușise să-l localizeze pe Daniel.

Ajunseră la anexă. Alex se târî recunoscătoare în întunericul învăluitor. Câinii scheunau și lătrau neliniștiți. Luptându-se cu haina grea, încercă să se ridice, dar stând tot ușor aplecată. Daniel o imită, uitându-se în același timp la Einstein ca să vadă dacă insista ca ei să revină în poziția culcat. Dar Einstein nu era atent la Daniel în acel moment.

Împreună cu Khan, alerga frenetic de-a lungul șirului de boxe, oprindu-se la fiecare ușă și apoi la următoarea. Inițial, Alex se gândi dacă nu cumva ar fi trebuit să fugă și ea, dar pe urmă își dădu seama ce făceau. Boxele aflate cel mai aproape de ei se deschiseră, apoi şi următoarele. Kevin îi învăţase pe câinii lui extraordinari să deschidă boxele din afară.

Câinii eliberaţi tăcură imediat. Prima pereche era alcătuită din doi ciobăneşti germani. Cei doi câini ieşiră pe uşa şopronului, îndreptându-se spre nord. Înainte să se facă nevăzuţi, trei rottweileri sprintară pe lângă Alex către sud. Urmară un doberman şi patru ciobăneşti germani, fiecare îndreptându-se într-o direcţie diferită. Câinii începură să iasă din clădire atât de repede încât Alex le pierdu complet şirul. Erau peste treizeci de animale, unele dintre ele încă foarte tinere. O parte din ea ar fi vrut să strige *Pe ei, băieţi!*, pe când cealaltă parte ar fi vrut să-i prevină: *Aveţi grijă!* Zări căţeluşii Lolei trecând în goană pe lângă ea şi ochii i se umplură din nou de lacrimi.

În noaptea întunecată, se auzi un strigăt panicat. Focuri de armă, apoi ţipete. Un zâmbet trist se aşternu pe faţa ei.

Dar imediat auzi focuri de armă din altă direcţie. Categoric, erau mai mulţi atacatori.

— Pistolul? îl întrebă pe Daniel cu glas şoptit.

El dădu aprobator din cap şi scoase arma de la cureaua blugilor. I-o întinse, dar Alex clătină din cap. Voia doar să ştie dacă o mai avea. Haina din blană o făcea să transpire abundent. Îşi dădu gluga pe spate şi-şi şterse fruntea cu braţul.

— Ce facem acum? murmură el. Stăm aici şi aşteptăm?

Alex tocmai se pregătea să-i spună că a evada dintr-un loc însemna altceva, când Einstein se întoarse şi-l trase din nou în jos pe Daniel. Se lăsă şi ea în patru labe şi-l urmă pe Einstein, care-i conduse afară pe uşa pe care intraseră. Khan le asigura din nou spatele. De data asta, Einstein îi duse spre nord, deşi Alex nu ştia să mai fie vreo anexă în partea aceea. Îşi dădu seama că urma o lungă deplasare târâş, iar mâinile ei aveau deja zgârieturi adânci. Încercă să-şi protejeze palmele cu manşetele hainei, dar părţile acelea nu erau căptuşite, aşa că nu-i fură de cine ştie ce folos. Măcar acum erau prea multe siluete blănoase în întuneric pentru ca trăgătorul să mai piardă vremea cu patru care nu-l atacau. Nu se vedea nicio lumină aprinsă. Încă nu începuseră să se ocupe de casă. Sunetele scoase de câini se auzeau în continuare: mârâieli îndepărtate, scheunatul căţeilor Lolei şi lătrături răzleţe.

Alex pierdu noţiunea timpului, conştientă doar de cantitatea de transpiraţie pe care o producea, de sunetul aspru al propriei respiraţii, de faptul că urcaseră o pantă uşoară până atunci şi Daniel încetinise puţin. Îşi simţea palmele străpunse de crengile uscate, deşi erau învelite în blană. Nu credea că înaintaseră prea mult, iar Daniel tuşi uşor şi se opri. Se târî lângă el.

Ajunseseră la gardul care mărginea ferma la nord. Îl căută cu privirea pe Einstein — întrebându-se ce trebuiau să facă acum —, apoi îşi dădu seama că el trecuse deja în partea cealaltă. Câinele se uită la ea şi-şi lăsă botul spre marginea de jos a gardului. Alex pipăi locul şi descoperi că pământul era înclinat; ceea ce crezuse că e o umbră era de fapt o adâncitură în roca închisă la culoare. Spaţiul era suficient de mare ca Alex să se strecoare fără probleme. Daniel o apucă de gleznă, ţinându-se după ea. După ce trecură amândoi, Alex se întoarse şi-l văzu pe Khan chinuindu-se să-şi facă loc. Se înfioră, ştiind că marginea de jos a plasei de sârmă îi zgâria de bună seamă pielea. Dar câinele nu protestă deloc.

Ieşiră pe culmea unei râpe stâncoase, puţin adânci. N-o văzuseră până acum, fiindcă era ascunsă de o mică ridicătură de teren. Alex nu-şi imaginase că acele câmpii ce se întindeau la nord, spre Oklahoma, s-ar fi putut sfârşi undeva. Einstein cobora deja râpa pe o potecă îngustă. Khan o îmboldi de la spate.

— Să mergem! şopti ea.

Se ridică puțin, cu genunchii îndoiți și, văzând că Einstein nu obiectează, începu să coboare cu grijă panta. Simțea că Daniel o urmează îndeaproape. Într-adevăr, părea să fie o potecă, deşi putea să fie şi o cărare făcută de animalele sălbatice. În întuneric se auzi un nou sunet, un şopot blând pe care nu reuşi să-l identifice imediat. Nu-şi dăduse seama că râul trecea atât de aproape de casă.

Până la fundul râpei nu erau nici cinci metri şi, când ajunseră acolo, Alex îşi zise că acum erau în siguranță şi putea să-şi îndrepte corpul. Apa curgea liniştită pe lângă ei, în întuneric. I se păru că distinge celălalt mal; râul era mult mai îngust aici decât lângă şopron. Einstein trăgea de ceva aflat într-un loc în care apa săpase în mal. Se duse să-l ajute şi constată entuziasmată că era o mică barcă cu vâsle. Abia acum putea spune că înțelesese planul de urgență.

— N-am să-l mai înjur niciodată pe fratele tău, se grăbi ea să spună în timp ce scoteau barca din ascunzătoare.

În cazul în care Kevin ar mai fi fost în viață — şi dacă ea şi Daniel supraviețuiau până dimineață — nu se îndoia că-şi va încălca promisiunea, dar pentru moment era plină de recunoştință.

Daniel prinse de marginea cealaltă a bărcii şi împreună, în câteva secunde, o împinseră pe apa care le ajungea până la genunchi. Haina lui Alex se îmbibase deja cu apă la poale, îngreunându-se cu fiecare pas. Curentul era mai puternic decât lăsa să se vadă suprafața lină şi se văzură nevoiți să țină bine de barcă atunci când cei doi câini săriră în ea. Greutatea lui Kahn făcu partea din spate a bărcii să se încline periculos de aproape de apa învolburată, aşa că amândoi se urcară în partea din față, lângă Einstein. Mai întâi Alex — în timp ce Daniel ținea barca —, apoi sări şi el. Barca țâşni din loc ca o săgeată.

Alex îşi dădu jos haina grea, în care simţea că ia foc. Oricum n-ar fi putut înota îmbrăcată cu ea, dacă ar fi fost cazul. Daniel se grăbi să şi-o dea jos şi el, fie pentru că se gândise la acelaşi pericol, fie pentru că avea încredere că Alex ştia ce face.

Curentul puternic îi împinse cu repeziciune spre vest. Alex bănuia că asta făcea parte din plan. Kevin nu le lăsase vâsle. După vreo zece minute, ajunseră într-o porţiune unde curenţii nu mai erau atât de puternici şi râul se lăţea în jurul unei cotituri domoale. Ochii ei se adaptaseră îndeajuns cu întunericul ca să poată desluşi marginea îndepărtată a apei. Curentul îi împingea spre malul sudic, acelaşi de la care porniseră. Einstein stătea neliniştit în partea din faţă a bărcii, cu urechile ciulite şi muşchii încordaţi. Alex nu era sigură după ce anume se uita, dar, când trecură de ceea ce bănuia că era o graniţă invizibilă, câinele sări brusc în apă. Părea destul de adâncă, pentru că Einstein începu să înoate, dar nu se vedea cât de jos era fundul albiei. Câinele se uită în spate la ei şi lătră scurt.

Dându-şi seama că ar fi probabil o idee bună să i-o ia înainte lui Khan, Alex sări din barcă o secundă mai târziu. Apa rece îi trecu peste cap câteva momente, până ieşi din nou la suprafaţă. Auzi cum ceva cădea în apă în spatele ei — mai întâi un plescăit uşor, urmat de unul puternic, ce împrăştie în jur valuri care-i acoperiră din nou capul. Khan o întrecu înot, apa formând o spumă albă în jurul lui, şi atinse cu labele fundul nisipos cu doar un moment înaintea ei. Alex se întoarse şi-l văzu pe Daniel încercând să tragă barca spre mal. Nu putea să-l ajute dacă rămânea în apă prea adâncă, aşa că se deplasă în josul râului şi îl aşteptă în vad. Apucă de partea din faţă, iar el împinse de la mijloc, cu mâna trecută pe sub banchetă. Ajunseră imediat la mal, unde câinii se scuturau de apă. Scoaseră barca din apă, târând-o cam trei metri, după care Daniel o lăsă jos şi-şi cercetă mâinile. Alex făcu la fel. Lemnul aspru nu-i cruţase palmele deja rănite; acum sângerau de-a binelea.

Daniel îşi şterse mâna dreaptă pe blugi, lăsând o dâră de sânge, apoi recuperă din barcă pistolul şi un obiect mai mic — un telefon; trebuie să fi fost cel primit de la Kevin. Daniel avusese inspiraţia să le protejeze de apă pe amândouă — un lucru remarcabil, dată fiind tensiunea sub care se aflaseră amândoi. Din fericire, tot ce se găsea în rucsacul ei era ambalat atent în pungi etanşe.

Alex îi cercetă rapid faţa. Nu părea să cedeze nervos curând, dar era posibil ca semnele să nu apară atât de devreme.

Daniel luă hainele, dar abia putea să le ţină în braţe. Alex tocmai se pregătea să-i spună să le lase în barcă, însă îşi dădu seama că în viitorul apropiat urma să se ancheteze o crimă. Era mai bine să ascundă pe cât posibil orice dovezi.

— Aruncă-le în râu... şi ar trebui să scăpăm şi de barcă, şopti ea. Nu e bine să le găsească cineva.

Fără să ezite, Daniel se duse la mal şi aruncă hainele în apă. Grele cum erau, în scurt timp dispărură în adâncuri. Alex începu să împingă barca, iar Daniel sări să o ajute. În câteva clipe, ambarcaţiunea plutea pe apa întunecată. Alex ştia că era plină de sângele şi amprentele lor, dar, cu puţin noroc, ajungea în noaptea asta destul de departe pentru ca, dimineaţă, nimeni să nu mai facă legătura între ea şi casa lui Kevin. Barca era veche, cu lemnul aproape putred şi cu siguranţă nu valora mai nimic. Pesemne că oamenii care o vor găsi nu vor vedea nimic ciudat la ea.

Alex şi-i imagină pe Kevin şi Einstein ieşind cu barca pe apa roşiatică în timpul zilei şi parcurgând traseul pentru antrenament. Trebuie să fi făcut multe asemenea curse.

Faptul că pierduseră barca, indiferent de valoarea ei, probabil că-l va supăra pe Kevin.

Alex şi Daniel se întoarseră pe mal. De unde stăteau, era uşor să distingă şopronul, fiind singura formă înaltă de pe întinderea cufundată în beznă. În timp ce alergau spre el, o siluetă îndesată şi pătrăţoasă apăru pe neaşteptate. Alex tresări surprinsă, aşteptându-se ca Einstein şi Khan să reacţioneze. Apoi ochii ei desluşiră forma — era una dintre clăile de fân de pe poligonul de tragere. Trase adânc aer în piept ca să se calmeze şi continuă să alerge.

Ocoliră şopronul ca să meargă la uşile din faţă. Fiindcă avea picioare lungi, Daniel ajunse primul şi deja descuiase când ea îl ajunse din urmă. Deschise uşa larg, aşteptă ca Alex şi câinii să intre, după care o închise la loc.

Era întuneric beznă.

— O clipă, spuse Daniel.

Alex nu putea să-şi dea seama ce face din pricina sângelui care-i vuia în urechi şi a zgomotului pe care-l făceau câinii. Se auzi un scârţâit slab, apoi un zgomot metalic. O lumină verde slabă se aprinse în dreapta ei. Abia reuşea să distingă silueta lui Daniel — mâna lui se lumină când atinse o tastatură numerică. O lumină albă, puternică se ivi brusc printr-o fantă lungă de lângă el. După ce Daniel lărgi fanta şi locul fu inundat de lumină, Alex reuşi să-şi dea seama ce făcea. Meşterea la una dintre maşinile vechi puse pe butuci. Desfăcuse bateria falsă, introdusese codul format din data naşterii, iar motorul fals se deschisese, lăsând să se vadă ascunzătoarea cu puşti, iluminată de dinăuntru.

— Pune câteva din alea în Humvee, îi şopti ea lui Daniel.

Probabil că nu era nevoie să vorbească în şoaptă, dar pur şi simplu nu putea rosti cuvintele mai tare.

Lumina era destul de puternică pentru ca spaţiul din jurul lui să fie vizibil pe o rază de cam patru metri şi jumătate. Cei doi câini stăteau de pază lângă uşă, ca şi cum ar fi pândit apariţia unor intruşi.

Alex se duse repede spre genţile ei de voiaj şi dădu la o parte prelata veche. Desfăcu fermoarul de pe partea laterală a genţii de jos şi luă de-acolo o pereche de mănuşi din latex. Le trase peste mâinile care-i sângerau. Luă încă o pereche şi o vârî pe jumătate în buzunarul din faţă al blugilor.

Între timp, Daniel trecuse deja la cauciucul de tractor fără cameră. Avea două puşti atârnate la spate, iar în îndoitura braţului ţinea două Glock-uri şi arma automată pe care Alex şi-o dorise. Luă şi SIG Sauer-ul cu care o văzuse antrenându-se. Deşi venise de curând în lumea ei, Daniel părea să ştie ce trebuie făcut.

Alex îşi duse pe rând genţile în vehiculul ascuns îndărătul baloturilor de paie. Când trecu pe lângă Daniel, îi întinse mănuşile. El şi le trase pe mâini fără să ceară vreo explicaţie. Constată mulţumită că luminile interioare ale maşinii fuseseră stinse. După ce-şi aşeză genţile, aduse şi grenadele, dar fără lansatoarele de rachetă — nu era sigură că ar fi ştiut cum să le folosească fără să-i explodeze în faţă.

— Banii? o întrebă Daniel.

— Da, toţi.

Daniel se execută fără întârziere şi, preţ de o clipă, Alex avu o senzaţie de déjà-vu. Lucrau bine împreună — ca atunci când spălau vase.

Era acolo şi o rezervă de costume din kevlar. Alex îmbrăcă o vestă şi strânse curelele la maximum, dar tot îi era puţin largă. Nu era foarte grea, aşa încât bănui că avea plăci din ceramică. Mai scoase una pentru Daniel. Văzu şi două costume „de Batman", dar erau prea mari pentru ea şi probabil că lui Daniel i-ar fi luat prea mult ca să-l îmbrace. Zâmbi când găsi două şepci groase de baseball. Auzise despre ele, dar crezuse că doar cei de la Secret Service le foloseau.

Îşi trase una pe cap, iar pe cealaltă i-o întinse lui Daniel, împreună cu vesta.

El se echipă. Era palid, dar avea o expresie hotărâtă. Alex se întrebă cât o să reuşească Daniel să-şi păstreze cumpătul, sperând ca adrenalina naturală să-şi menţină efectul până scăpau de-acolo.

Alex îşi prinse de coapsă un cuţit lung şi subţire, sub centura ei obişnuită din piele îşi puse o curea cu toc pentru pistol, apoi îşi aruncă şi una peste umăr. Luă din Humvee un Glock şi îl fixă la şoldul drept. Prinse SIG-ul sub un braţ şi PPK-ul sub celălalt. Apoi puse puşca cu ţeava retezată în tocul de pe şoldul stâng.

— Muniţie?

Daniel dădu aprobator din cap. Îşi lăsase puşca preferată petrecută peste umăr. Alex arătă cu bărbia către armă.

— Ţine aia la tine şi ia şi un pistol.

Daniel luă celălalt Glock şi îl strânse în mâna înmănuşată.

— Trebuie să ştergem tot ce-am atins.

Nu apucă să termine, că el se şi puse în mişcare. Luă prelata sub care fuseseră ascunse genţile ei şi rupse două fâşii lungi. Îi aruncă lui Alex una, iar el ieşi să cureţe lacătul, Einstein urmându-l ca o umbră. Alex începu cu prima maşină pe care o deschisese Daniel. Terminară treaba în scurt timp. Bucăţile de prelată erau pătate cu sânge, aşa că Alex le îndesă şi pe ele în partea din spate a vehiculului.

Se opri să asculte un moment. Nimic în afară de patru animale agitate, stând la pândă.

— Unde mergem acum? întrebă Daniel cu un glas mai încordat ca de obicei, dar nu părea să-şi fi pierdut stăpânirea de sine. La ascunzătoarea ta din Nord?

— Nu încă, îi răspunse Alex, ştiind prea bine că avea pe chip o expresie dură, care poate îl speria.

Capitolul 18

— Te întorci, spuse el în şoaptă.

Alex încuviinţă cu o mişcare din cap.

— Crezi că Arnie ar putea să mai...

— Nu. E mort.

Daniel tresări observând siguranţa detaşată cu care ea rostise cuvintele.

— Atunci n-ar fi mai bine să fugim? N-ai zis tu că, dacă vin după noi, fugim?

Daniel avea dreptate şi da, îi intrase şi ei fuga în sânge.

Se întrebă dacă aşa simt acele mame despre care citeşti în ziare că au săltat dubiţa prăbuşită peste copilul lor. Disperate, îngrozite, dar totodată puternice ca un supererou.

Alex avea modul ei de a face lucrurile: planuri, planuri, planuri pentru fiecare posibilitate şi apoi, când se producea dezastrul, punea în aplicare planul cel mai potrivit situaţiei date. Nu lua decizii sub impulsul momentului. Nu făcea lucruri din instinct. Nu se lupta; fugea.

Dar în noaptea asta nu trebuia să se protejeze doar pe ea. Avea o dubiţă de ridicat.

Nu era niciun plan, doar instinctul.

Iar instinctul îi spunea că avea loc un atac serios, bine coordonat şi pus la cale de oameni care deţineau mai multe informații decât ar fi trebuit. Ea şi Daniel puteau să fugă, dar cine ştie ce le mai pregătiseră cei care-i vânau? Putea să fie altă capcană.

Dacă reuşea să afle cine erau şi ce ştiau, evadarea lor avea mai multe şanse de reuşită.

În definitiv, specialitatea ei era să afle lucruri.

Să atace nu era, dar asta însemna doar că nu se aştepta nimeni la un atac din partea ei. La naiba, chiar şi ea era surprinsă.

Vânătorii nu ştiau despre peştera lui Batman, altfel ar fi aşteptat-o aici. Prin urmare, nu aflaseră de resursele la care avea ea acces.

Dacă ar fi analizat toate aspectele, probabil că s-ar fi răzgândit. Dar acum era impulsionată de adrenalină şi încerca să ia decizii inteligente. Decizii care să-i salveze nu doar în noaptea asta, ci şi a doua zi şi a treia. Iar dacă nu avea informațiile necesare, nu putea să ia decizii corecte.

— Fuga ar fi probabil cea mai sigură variantă pe termen scurt, răspunse Alex într-un final.

— Şi atunci?

— N-am avut până acum şansa asta — să-l interoghez pe vreunul dintre asasinii trimişi să-mi vină de hac. Cu cât ştiu mai multe despre cine sunt, cu atât vom fi mai în siguranță pe viitor.

În clipa următoare, Daniel vorbi pe un ton neutru:

— Nu mă laşi aici.

— Nu, am nevoie de ajutorul tău. Dar cu o condiție.

El aprobă.

— Trebuie să faci întocmai ce-ți spun. Nu-mi pasă dacă-ți place sau nu.

— De acord.

— Trebuie să rămâi în maşină.

Daniel tresări aproape insesizabil şi strânse din buze.

— Întocmai ce-ți spun, repetă Alex.

El dădu iar din cap, deloc încântat. Alex nu era convinsă că avea să se țină de cuvânt.

— Am nevoie să mă acoperi, îi explică ea, iar pentru asta cel mai bine e să stai în Humvee. Nu poți să mă păzești dacă cineva te împușcă. Treaba asta o să fie urâtă. Te descurci?

— Da, am mai avut de-a face cu chestii urâte.

— Nu ca asta, zise Alex și se opri o clipă. Sunt aproape sigură că indivizii ăștia cred că au venit aici pentru Kevin și pentru tine. Din punctul de vedere al celor care iau deciziile, există o șansă ca eu să fi murit deja. Asta înseamnă că trebuie să procedez altfel decât de obicei. Pot să fac doar acele lucruri pe care le-ar face Kevin. O să fie ceva de școală veche și n-o să putem lăsa niciun supraviețuitor.

Daniel înghiți în sec, dar dădu încă o dată din cap în semn de aprobare.

— În regulă, ia-ți ochelarii pentru vedere nocturnă când șofezi.

Și-ar fi dorit din toată inima ca el să nu fie nevoit să asiste la ce avea să urmeze — s-o vadă așa cum va fi obligată să fie —, dar acum nu mai exista cale de întoarcere.

În timp ce ieșeau din șopron cu băgare de seamă, câinii stând tăcuți în spatele vehiculului, doar respirația lor grea auzindu-se din când în când, Alex simțea cum se schimbă, se transformă. Avea să fie urât, dar și foarte, foarte murdar. Asta dacă nu-i făceau ei felul mai întâi.

Scoase o seringă mică dintr-o pungă aflată în rucsac. Era ultima dar, dacă n-o folosea acum, risca să nu mai apuce să aibă nevoie altă dată.

— Ai încredere-n mine? îl întrebă.

— Da.

Felul în care o spusese dădea o greutate neobișnuită acelei simple afirmații.

— Mi-a mai rămas doar doza asta, aşa că va trebui să o-mpărţim, ca drogaţii. Sângele meu e curat, îţi garantez.

Îşi înfipse acul în picior şi apăsă pistonul până goli mai puţin de jumătate. Daniel era mai solid decât ea.

— Ce-i asta? întrebă el neliniştit.

Alex uitase că lui Daniel nu-i plăceau acele.

— O sinteză între o dextroamfetamină şi un opioid — un fel de... adrenalină şi analgezic. Te va ajuta să funcţionezi dacă eşti împuşcat.

Oriunde în afară de cap sau inimă – o precizare peste care Alex sări.

El dădu din cap, privind ţintă în faţă şi nu tresări când Alex îl înţepă în coapsă şi goli seringa. Doza urma să aibă efect maximum treizeci de minute.

— Cât de bine vezi?

— Surprinzător de bine.

— Putem să mergem mai repede?

În loc de răspuns, el apăsă pedala acceleraţiei.

— Când stai pe loc, îl instrui ea, te duci pe bancheta din spate şi deschizi puţin gemuleţele astea laterale. Împuşti orice fiinţă umană în afară de mine. Nu-i greu să mă deosebeşti — o să fiu mult mai mică decât orice alt biped pe care-o să-l vezi.

Daniel strânse din buze.

— Rămâi aici orice-ar fi, ai înţeles?

El aprobă cu o mişcare din cap.

— O să ai vreo problemă să-i împuşti pe oamenii ăştia?

— Nu, spuse Daniel cu convingere, apoi îşi încleştă dinţii.

— Bun. Dacă ceva merge prost — ţi se blochează pistolul, cineva pătrunde nu ştiu cum în Humvee, orice-ar fi —, arunci o grenadă pe geam. Ăsta-i semnalul că ai nevoie de ajutor. Ştii să foloseşti o grenadă?

— Semnalul tău care e?

— Poftim?

— Dacă o să ai nevoie de ajutor, care-i semnalul tău?

— Semnalul meu e „rămâi în maşină, Daniel". Grenada?

— Cred că da, bombăni el.

— Treaba asta s-ar putea să dureze o vreme, aşa că nu te nelinişti. N-o să încep un interogatoriu până când nu-mi iau toate măsurile de siguranță. A, şi scoate-ți ochelarii înainte de a arunca grenada sau închide ochii. Fereşte-te de lumina puternică — o să te orbească.

— Am înțeles.

Deodată, sună un telefon.

Daniel tresări violent, lovindu-se cu capul de plafonul jos.

— *Ce dracu-i asta?* urlă Alex.

— E telefonul lui Kevin, spuse Daniel, pipăindu-şi agitat vesta.

Scoase telefonul dintr-un buzunar pentru muniție. Văzându-l cum se chinuia să-l manevreze, Alex i-l luă din mână.

Pe ecran apărea un număr necunoscut. Apăsă butonul de răspuns.

— Danny? urlă Kevin în urechea ei.

— Prost ales momentul, Beach! Te sună el mai târziu!

— Dă-mi-l la telefon...

Alex închise şi opri telefonul de tot.

— Concentrează-te. Îl suni când terminăm.

— Nicio problemă.

Ei bine, Kevin era viu. Îşi zise că asta era o veste bună. Atâta doar că va trebui să-i spună cineva că planurile lui de pensionare se duseseră pe copcă, iar prietenul lui murise.

— Ce-ai de gând să faci? întrebă Daniel. Spune-mi care-i planul ca să ştiu la ce să fiu atent.

— O să intri direct prin poartă, dacă au închis-o între timp. Asta le va atrage atenția. Vom modifica din mers planul dacă cei care ne așteaptă sunt mai mult de patru. Accelerezi până aproape de casă și apoi întorci la dreapta, astfel încât să rămână expusă partea dinspre tine a vehiculului. Dacă sunt patru sau mai puțini, încetinești, dar nu te oprești. Eu mă dau jos. Sper să rămână concentrați pe tine. Mai mergi câțiva metri, apoi te oprești și-ncepi să tragi. Eu o să-i lovesc din lateral. Scopul tău e să-i ucizi. Eu o să încerc să-l pun la pământ pe unul pe care să-l interoghez după aceea. Și sper să găsesc pe cineva leșinat în camera mea de la etaj. Am să-l iau pe Einstein ca să-i țină pe ceilalți câini departe de mine. Khan rămâne cu tine. Dacă stau ascunși în casă, mă-ntorc și intrăm prin zid.

— Văd poarta. E deschisă.

— Calc-o până la casă.

Daniel acceleră.

— Lumini! îi spuse el în aceeași clipă în care le zări și ea.

Faruri care se apropiau de ei pe drum, deplasându-se cu repeziciune.

— Scoate-ți ochelarii! Schimbăm planul. Lovește-i! Treci peste ei, dacă poți. Ține-te bine de volan, nu pierde controlul mașinii.

Alex se prinse de bord cu o mână și cu cealaltă de scaun. Daniel își ridică ochelarii pe frunte și apăsă pedala accelerației până la podea. Alex ar fi vrut să-i poată proteja pe câini de ce avea să urmeze.

Cealaltă mașină nu reacționă la asaltul lor decât în ultima secundă, ca și cum ocupanții ei ar fi fost atenți la ce se întâmpla în spatele lor, nu în față. Sau poate că, având toate luminile stinse și vopseaua neagră, mată, vehiculul militar era invizibil în noapte.

Era un SUV alb, de mărime medie. De cum îi văzu, şoferul coti spre partea în care stătea Alex. Daniel trase de volan şi maşina lor lovi ca un buldozer partea din dreapta a SUV-ului. Se auziră în acelaşi timp un zgomot asurzitor de tablă ruptă şi pocnetul exploziv al sticlei securizate sparte. Şocul îi catapultă pe câini în faţă. O succesiune rapidă de bufnituri şi zăngănituri metalice se auzi în clipa în care corpul lui Khan se izbi de scaunele din faţă. Proiectată înainte, Alex ajunse cu capul la câţiva centimetri de bord când centura de siguranţă o trase brusc înapoi. SUV-ul se ridică în aer un metru sau doi, se balansă o secundă pe două roţi, după care căzu la pământ pe partea stângă. Farul de pe partea dreaptă se făcu ţăndări. Khan şi Einstein scheunară când căzură pe podeaua maşinii.

— Încă o dată! ţipă Alex.

Daniel lovi cu botul maşinii şasiul SUV-ului. Metalul protestă cu un sunet strident. SUV-ul alunecă de parcă ar fi fost o cutie de carton. Alex îşi dădu seama că n-or să-l poată răsturna. Nu exista niciun punct de sprijin, doar o întindere nesfârşită de iarbă.

— Acoperă-mă! zise ea şi-i smulse ochelarii de pe cap. Foloseşte luneta de vedere nocturnă a puştii. Einstein, vino!

Alex nu aşteptă un răspuns. Coborî din Humvee înainte ca acesta să se oprească. Einstein se grăbi s-o însoţească, zgâriindu-i cu ghearele partea din spate a blugilor uzi. Trebuia să se mişte rapid, înainte ca indivizii din maşină să-şi revină în urma impactului. Înainte să fie în stare să-şi folosească armele automate.

Se îndreptă direct spre parbriz, ţinând pistolul Glock cu ambele mâini. Era mai familiarizată cu SIG Sauer, dar confruntarea urma să se producă de la o distanţă foarte mică şi probabil că era bine să arunce arma după aceea.

Prin lentilele ochelarilor de noapte totul se vedea incredibil de clar, în nuanțe de verde cu contraste intense. Farul dinspre partea şoferului era încă aprins, dar, cum stătea îngropat în pământ, emitea doar o lumină slabă şi cețoasă. Din parbriz nu mai rămăsese decât rama, iar Alex văzu doi bărbați în scaunele din față. Airbagurile declanşate la ciocnirea inițială stăteau atârnate peste capotă. Şoferul era o masă însângerată, cu creştetul proptit în cadrul portierei şi gâtul gros îndoit într-un unghi imposibil. Un ochi era deschis şi privea direct spre ea, fără s-o vadă. Părea tânăr, abia trecut de douăzeci de ani, cu pielea arămie, părul blond şi avea genul de constituție masivă construită cu steroizi. Ar fi putut fi un agent, doar că restul înfățişării sale nu se potrivea cu slujba asta. Avea părul lung cam de douăzeci de centimetri şi în lobul urechii se vedea înfipt ostentativ un diamant. Era sigură că omul fusese angajat strict pentru jobul ăsta. Nu părea să fi fost un agent cu putere de decizie.

Pasagerul se mişca încet, clătinând confuz din cap, ca şi cum atunci îşi revenea. Era mai vârstnic decât celălalt, cam pe la treizeci şi cinci de ani, oacheş, cu obrajii acoperiți de peri țepoşi, solid, un tip care ridica greutăți mari. Putea să parieze că, în picioare, era zdravăn ca un taur. Purta un costum lucios bine croit, ce părea nepotrivit pentru genul ăsta de operațiuni, dar care îi oferea lui Alex câteva indicii. Încă prins cu centura de scaun, se afla chiar la nivelul ochilor ei. Se apropie rapid şi-i înfipse în frunte țeava pistolului, privind în jos ca să vadă ce făcea cu mâinile. Dar nu țineau nicio armă şi păreau şi lipsite de vlagă.

— Tu eşti şeful? întrebă ea autoritar.

Individul scoase un geamăt.

— Cine-i şeful tău?

— Accident. Am suferit un accident, doamnă ofițer, îi spuse individul, clipind în întuneric.

Ochii lui păreau să se mişte uşor desincronizat.

Alex îşi schimbă abordarea, retrăgându-şi pistolul şi îndulcindu-şi glasul.

— Ajutoarele sunt pe drum. Trebuie să ştiu câţi sunteţi.

— Ăă, şase...

Asta însemna că mai erau patru, care probabil că auziseră zgomotul impactului şi veneau acum spre ei. Câinii începeau să se strângă în jurul ei, dar rămâneau cu toţii tăcuţi din pricina lui Einstein. Se întrebă dacă ar mai fi recunoscut-o în cazul în care Einstein n-ar fi fost lângă ea.

— Domnule? întrebă, încercând să-şi imagineze cum ar vorbi un poliţist cu o persoană implicată într-un accident rutier. Unde sunt ceilalţi?

— Autostopişti, spuse el în timp ce privirea începea să i se limpezească. Ceilalţi sunt autostopişti. Am cules de pe drum patru oameni şi i-am lăsat aici. Pe urmă au apărut câinii — nişte câini demenţi care ne-au atacat. Am crezut c-or să ne sfâşie cauciucurile.

Începea să-şi recapete controlul, spunând cu grijă povestea. Îşi strânse degetele, apoi le relaxă. Alex ridică din nou pistolul, fără să-i scape mâinile din ochi.

— Aceşti... autostopişti au fost răniţi în timpul atacului?

— Aşa cred. Mi se pare că doi dintre ei. Ceilalţi au intrat în casă.

Deci putea să spere că mai rămăseseră doar doi. Dar era individul ăsta şeful? Avea vârsta potrivită; totuşi, cât stătuse la Chicago, învăţase câteva lucruri. Într-un atac organizat, de obicei tipii rămaşi în maşină se află mai jos în ierarhie. Şoferul era secundar. Vedeta show-ului era cel cu care se încheiase contractul. Cel cu talentele.

— Cred că am nevoie de un doctor, se plânse individul.

— Am chemat şi o ambulanţă, e pe drum.

Lumina pe care o răspândea celălalt far al SUV-ului era aproape complet blocată de iarba deasă şi praful din aer, dar suficientă ca ochii lui să înceapă să se adapteze. Alex văzu cum i se dilată pupilele când îşi dădu brusc seama că avea un pistol în faţă.

Duse mâna la interiorul sacoului. Alex îl împuşcă în umărul drept; nu voia să tragă în mână şi să rişte ca glonţul să treacă printr-un organ vital. Încă nu terminase cu el.

Individul ţipă şi braţul drept îi zvâcni, cuprins de un spasm dureros, iar gâtul şi bărbia lui Alex fură împroşcate cu sânge. Pistolul scos din haină îi alunecă individului dintre degete, căzu pe faţa însoţitorului său mort, după care ricoşă din maşină pe pantoful ei. Alex ştia că asta nu era singura lui armă, aşa că îndreptă pistolul în jos şi-l împuşcă în mâna stângă.

Tipul urlă din nou şi se împinse în centura de siguranţă ca şi cum ar fi încercat să se arunce spre ea prin rama goală a parbrizului. Ceva era în neregulă cu picioarele lui — nu reuşea să-şi găsească un punct de sprijin.

Agitaţia îi stârni pe câini, care mârâiau cu toţii acum. Einstein se aruncă spre portiera dreaptă a maşinii. Sprijinindu-se cu ghearele pe rama geamului spart, îşi întinse gâtul şi prinse cu fălcile lui masive umărul drept al bărbatului — cel în care Alex tocmai trăsese un glonţ.

— Ia-l de pe mine! Ia-l de pe mine! ţipa individul, cuprins de o groază cumplită.

Alex profită de momentul ăsta şi luă de jos pistolul. Era un .38 ieftin, cu siguranţa deblocată.

— Einstein, control! ordonă Alex.

Era singura comandă pe care şi-o amintea în afară de *plan de urgenţă* şi *pe loc repaus*, iar *control* părea cea mai apropiată de ceea ce voia. Einstein dădu drumul umărului, dar își arătă colții, lăsând să-i curgă din bot dâre de salivă amestecată cu sânge.

— *Cine ești?* țipă individul.

— Sunt persoana care o să-i ordone acestui câine să-ți sfâșie fața dacă în următoarele treizeci de secunde nu-mi spui ce vreau să știu.

— Ține-l departe de mine!

— Cine-i șeful?

— Hector! El ne-a adus aici!

— Unde e acum?

— În casă! A intrat acolo și n-a mai ieșit. Angel s-a dus după el și n-a mai ieșit nici el. Câinii erau gata-gata să rupă ușile mașinii! Am șters-o de-acolo!

— Cine a tras cu pușca cu lunetă? Hector?

Einstein mârâi la câțiva centimetri de fața bărbatului.

— Da! Da!

Lui Alex nu-i trecuse niciodată prin minte să folosească animalele la interogatorii, dar iată că Einstein era un ajutor neașteptat de eficient.

— Hector urma să dea lovitura finală?

— Da!

— Cine era ținta?

— Nu știu! Noi trebuia doar să-i aducem cu mașina și să tragem în oricine încerca să fugă.

— Einstein, *pe el!*

Nu era cea mai bună improvizație. Einstein se uită scurt la ea, clar derutat. Dar pentru omul din SUV nu conta.

— *Nu, nu!* zbieră el. Jur! Hector nu ne-a spus. Asasinii ăștia portoricani nu le spun nimic outsiderilor.

— Cum ați găsit locul ăsta?

— Hector ne-a dat adresele!

Plural?

— Au fost mai multe?

— Pe listă erau trei case! Am trecut pe la prima mai devreme. Hector a spus că nu e aia care trebuie!

— Ce-ați făcut acolo?

— Hector a intrat. După cinci minute, a ieşit. Ne-a spus să mergem la următoarea.

— Asta-i tot ce ştii?

— Da! Da! E tot!

Îl împuşcă în cap de două ori, cu propriul lui pistol.

În mintea ei se derula o numărătoare inversă. Habar n-avea cât durase să dea drumul la câini, să fugă cu barca pe râu şi să încarce toate obiectele în vehiculul militar. Nu ştia când intrase Hector în casă şi cât timp îi luase ca s-ajungă în camera ei. Ceea ce ştia era că butelia cu gaz presurizat pe care o lăsase amorsată acolo va continua să emane în linişte substanțele chimice cu care era umplută vreme de cincisprezece minute după deschiderea uşii. După ce se termina gazul, mai avea la dispoziție cam treizeci de minute — în funcție de cât de corpolentă era persoana implicată — până ce prada ei se ridica în picioare. Avea să fie pe muchie de cuțit.

Sări în Humvee, ținând portiera deschisă astfel încât Einstein să se cațăre peste ea. Îi aruncă ochelarii înapoi lui Daniel, abia întrezărindu-i fața. Nu remarcă decât că avea o expresie încordată.

— Du-ne până la casă. Dacă iese careva, aplicăm planul de dinainte. Opreşti suficient de departe ca să vezi toate părțile casei; te uiți să nu apară cineva de după colț.

— Câinii or să-mi dea de ştire dacă e ceva.

— Corect, admise Alex.

Câinii erau de un real ajutor, îşi zise ea.

Îşi scoase PPK-ul din toc şi în locul lui puse Glock-ul. Prinse în cureaua pantalonilor pistolul de calibru .38, aruncă PPK-ul în geanta de la picioare şi scoase din ea pe pipăite lucrurile de care avea nevoie. Schimbă şapca antiglonț cu masca de gaze, pe care o întinse rapid peste gură şi nas, înşurubă filtrul, apoi luă alte două butelii presurizate, brăţări autoblocante, mănuşi subţiri şi cutia ei cu cercei. Le îndesă pe toate în buzunarele vestei. Scoase la final cleştele gură-de-lup şi-l prinse la centură lângă tocul rămas liber, cu un mâner pe dinăuntru, iar celălalt pe dinafară. Deşi cleştele era compact pentru ceea ce putea să facă, mânerele tot îi ajungeau aproape de genunchi. Asta avea să-i îngreuneze puţin mişcările, dar dacă lucrurile mergeau aşa cum voia, va avea nevoie de el.

Nu avea timp să se gândească la ce-i trecea prin minte lui Daniel în acel moment — ce părere avea el despre faptul că o văzuse omorând un om lipsit de apărare.

Casa apăru în câmpul lor vizual, toate ferestrele vizibile de la parter fiind luminate. Cele de la etaj erau prea bine camuflate ca să-şi poată da seama dacă luminile erau aprinse sau nu.

— Vezi pe cineva?

— Un cadavru — acolo, zise Daniel arătând spre anexă.

— Trebuie să ne asigurăm că e într-adevăr aşa.

Mai rămâneau trei inşi despre care nu ştiau nimic. Cu cât erau mai puţini în viaţă, cu atât şansele lor de reuşită erau mai mari.

— Sunt destul de sigur că-i mort. Pare să nu fie... întreg.

Vocea lui suna puţin dogită. A ei era normală.

— Bun.

Nu vedea pe nimeni în apropierea casei. Se pare că nu erau chiar aşa de proşti încât să dea fuga afară să vadă ce se-ntâmplă. Nicio siluetă nu apăru la ferestre. Cu siguranţă că ar fi stins luminile dacă aveau de gând să tragă de la vreuna dintre ele. Poate la etaj... ferestrele erau atât de bine acoperite, încât nu putea să-şi dea seama nici măcar unde erau situate. Sau, la fel de bine, materialul de camuflaj fusese dat la o parte şi cineva îi urmărea dintr-o încăpere întunecată.

— Poți să vezi geamurile de la etaj?

— Toate sunt acoperite, îi spuse Daniel.

— În regulă, poți să începi să încetineşti. La două secunde după ce plecăm, te opreşti şi te pregăteşti să tragi.

— Înțeles, răspunse el confirmând cu o mişcare a capului.

— Einstein, vino aici! Fii pregătit.

Daniel orientă maşina astfel încât partea din stânga să fie îndreptată spre luminile casei. Alex spera să fie invizibilă pe partea întunecată a vehiculului. Deschise portiera şi se lăsă înspre iarba care se unduia molcom. Încercă să imite mişcarea pe care o văzuse în sute de filme: căzu în genunchi, apoi se rostogoli pe o parte, în timp ce Einstein sări peste ea. Era sigură că o executase greşit, dar n-avea să ştie *cât* de greşit până când nu trecea efectul drogului *Supraviețuire*.

Uitase să-i spună lui Daniel să închidă şi să blocheze toate portierele, dar era logic, iar el părea să aibă mintea ageră în noaptea asta. Poate că şi asta se datora moştenirii genetice — era la fel de bine înzestrat pentru astfel de situații ca şi fratele lui. În orice caz, cineva care ar fi încercat să urce în maşină ar fi dat nas în nas cu Khan. Îşi putea imagina ce-ar fi simțit un ins care fusese deja hărțuit de zeci de câini agresivi când s-ar fi găsit în fața lui Khan, aflat pe o poziție mai înaltă. Era imposibil ca asta să nu-i afecteze timpul de reacție sau precizia cu care țintea.

Cu toate că-şi pusese mănuşile, mersul târâş pe pietriş ar fi fost extrem de dureros dacă nu s-ar fi drogat în prealabil. În timp ce se grăbea să se îndepărteze de vehiculul lor militar, auzea agitația haitei care se apropia printre tufişurile uscate — nu doar Einstein, ci şi zecile de animale supraviețuitoare. Nu avusese parte niciodată de o asemenea acoperire. Unui lunetist aflat la etaj i-ar fi fost foarte greu să o separe de masă.

Când ajunse lângă verandă, se ridică pe vine. Vehiculul era oprit acum. Auzi portiera închizându-se. Un scâncet uşor, foarte aproape de capul ei, o făcu să îngheţe. Scâncetul se repetă. Nu era un sunet uman.

Se ridică pe verandă, se rostogoli sub balustradă şi apoi rămase jos, sub nivelul ferestrelor. Lola era acolo, ghemuită într-un colţ. Alex ştia că, şi rănită, Lola ar fi dat alarma dacă altcineva era în apropiere. Se târî până la câine, mâinile înmănuşate alunecând pe o dâră de sânge. Lola ridică un pic capul şi mişcă din coadă o dată, fără vlagă.

— O să fie bine, Lola. Mă-ntorc imediat. Tu să te ţii tare aici, da?

O mângâie pe ureche şi Lola gemu încetişor.

Einstein aştepta în umbră, lângă uşă. Alex se târî până la el.

— Stai cu Lola, Einstein.

Nu reuşi să vadă privirea câinelui. Spera că înţelesese. De data asta, trebuia să intre singură în casă.

Dacă scăpa cu viaţă după noaptea asta, va căuta o mască de gaze pentru câini.

Alex se ghemui lângă uşă şi îşi puse cu grijă cerceii. Aşa înzorzonaţi cum erau, nu se potriveau cu echipamentul ei, dar n-avea timp să fie preocupată de felul în care arăta şi, pe de altă parte, era foarte posibil să se ajungă la o confruntare fizică. Luă recipientul mai mare din buzunarul din faţă al vestei, îi desfăcu capacul şi, după ce deschise uşa, o aruncă înăuntru.

Nu se produse nicio reacţie. Nici strigăte, nici zgomot de paşi în retragere în timp ce gazul umplea camera. Aşteptă două secunde, apoi se ridică puţin şi, intră aplecată pe uşă, cu Glock-ul în dreapta şi puşca cu ţeava retezată în stânga. Nu se folosea prea bine de mâna stângă, dar cu o armă ca asta nu era necesar să tragi cu precizie, mai ales la distanţe mici.

Nu se obosi să caute la parter. În cazul în care cineva încerca să vină după ea în următoarele cinci minute şi n-avea mască de gaze, ar fi fost anihilat pe loc. În timp ce se ducea spre scară, derulă în minte filmul acțiunii. Hector intrase în casă, căutându-l pe Daniel sau pe Kevin, ori pe amândoi. Pentru că intrase singur, bănuia că nu căutase decât doi oameni. Arnie fiind deja lichidat, crezuse că va fi o confruntare unu la unu. Chiar şi aşa, trebuie să fi fost foarte încrezător în forțele lui dacă venise singur.

Ar fi trebuit să controleze toate camerele de la parter. Apoi ar fi încercat uşile de la etaj.

Alex era deja pe la jumătatea scării. Vaporii erau denşi, nu urcau până la ea. Ridicând privirea, văzu că uşa lui Daniel era deschisă, la fel şi uşa de la baie. Lumina venea dinspre colțul îndepărtat din dreapta. Nu putea fi decât cămăruța ei.

Puse puşca în toc, se furişă până în capul scărilor, îşi sprijini coatele pe prima treaptă şi se întinse pe după marginea balustradei.

Un bărbat era lungit pe hol, îmbrăcat în pantaloni negri, dintr-un material aspru, şi încălțat cu bocanci militari. Stătea cu capul pe picioarele altui individ, care ieşeau din camera ei, îmbrăcate în pantaloni asemănători, dar în loc de bocanci văzu adidaşi negri.

Hector trebuia să fie cel întins pe podeaua camerei ei, dacă bărbatul în costum spusese adevărul. Deschisese uşa, aprinsese lumina şi se prăbuşise. După câteva minute, Angel venise să vadă dacă avea nevoie de ajutor, îi văzuse picioarele şi se furişase pe lângă zid cu pistolul în mână până când gazul îl sufocase şi pe el.

Nu putea şti de cât timp erau inconştienți.

Până în acel moment, bărbatul în costum n-o mințise. Se simți îndeajuns de în siguranță ca să-şi pună Glock-ul în toc şi să se-apuce de treabă. Mai întâi, luă pistolul aflat în mâna primului bărbat şi-l aruncă peste balustradă, pe podeaua parterului. Mai era un pistol ascuns în spatele pantalonilor — şi acesta zbură peste balustradă. N-avea timp pentru o percheziţie mai amănunţită. Ar fi vrut să-i poată face o injecţie care să-l liniştească, dar, spre deosebire de gaz, sedarea de lungă durată s-ar fi putut depista în sânge şi ar fi fost un indiciu clar pentru oricine ar fi bănuit că ea trecuse pe-acolo. Îi legă mâinile la spate, apoi şi gleznele, folosind brăţările autoblocante.

Hector era mai mărunt decât Angel, care semăna cu blondul mort din SUV, exceptând culoarea pielii. Hector şi Angel erau amândoi bruneţi, aşa cum se aşteptase după descrierea tipului în costum. Hector avea înălţime medie, era suplu, bine clădit, dar nu într-un fel în care să iasă în evidenţă pe stradă. Se bărbierise de curând şi avea pielea lipsită de semne particulare, cel puţin în părţile vizibile. Purta un tricou de atletism cu mâneci lungi. Angel avea tatuaje pe trei dintre degetele de la mâini şi unul pe o parte a gâtului. Hector era mai inteligent. Dacă îţi câştigai existenţa din asasinate, era mai bine să te pierzi în peisaj, să eviţi trăsăturile pe care orice martor le-ar putea descrie cu uşurinţă desenatorului însărcinat cu alcătuirea portretului-robot.

Un Magnum uriaş, cu amortizor, stătea la câţiva centimetri de mâna dreaptă a lui Hector. Puşca cu lunetă era prinsă în toc la spate. Alex scoase încărcătorul din puşcă, luă şi pistolul masiv şi le duse în hol ca să le arunce peste balustradă. Le auzi căzând pe podeaua de la parter; unul dintre ele scoase un clinchet metalic când se lovi de armele aruncate mai devreme.

Se întoarse ca să-l imobilizeze pe Hector.

Corpul care zăcuse în cămăruţa ei dispăruse.

Trase puşca din toc şi-şi lipi spatele de zidul de lângă uşă. Nu se auzea niciun zgomot. Individul trebuia să intre pe uşă. Când ar fi apărut, ar fi tras în el. Împuşcat în picioare, chiar şi cel mai experimentat asasin ar fi fost pus în dificultate.

Atacul nu avu loc prin uşă. Angel începu să se zvârcolească, mormăind ceva în spaniolă. În fracțiunea de secundă în care mişcarea îi distrase atenția lui Alex, o umbră se desprinse de corpul lui Angel şi se năpusti direct către ea, aruncându-i puşca din mâini şi trimițându-i pe amândoi la podea. Alex se încordă în aşteptarea impactului chiar în timp ce se lupta cu mâinile care încercau să-i smulgă pistolul de la şold. Individul avea mâinile mai puternice, dar când ei se prăbuşiră, globulețele minuscule se sparseră.

Simți cum gazul îi opăreşte gâtul, pielea expusă de sub baza măştii, ştiind că probabil va arăta acolo ca arsă de soare timp de câteva ore, dar ochii şi plămânii ei erau protejați.

În schimb, agresorul ei nu era pregătit. Se sufocă, mâinile i se duseră singure spre gât şi ochii orbiți. Alex se învârti pe loc, cu pistolul deja scos din toc, şi trase, țintind la rotulă. Îl nimeri în coapsă.

Individul se prăbuşi şi se rostogoli peste Angel, care se zvârcolea agitat acum, chinuindu-se să-şi rupă brățările din plastic de la încheieturi. Erau nişte brățări foarte rezistente, dar el era un bărbat puternic.

Nu putea să se descurce cu amândoi. Trebuia să aleagă. Repede.

Capul lui Angel era cel mai aproape. Trase de două ori în creştet. Angel rămase nemişcat.

Hector tuşea şi se freca la ochi; încerca totodată să se îndepărteze de ea rostogolindu-se către scară. Se năpusti după el, lipită de perete ca să nu ajungă în raza lui de acțiune. Încă nu-şi recăpătase controlul suficient ca să încerce s-o prindă. Alex scoase cleştele gură-de-lup de la cingătoare şi-l izbi în ceafă. Individul rămase nemişcat.

Tot efortul depus s-ar fi irosit dacă-l ucidea, dar trebuia să-l imobilizeze înainte de a-i controla măcar pulsul.

Pentru mai multă siguranță, îi mai trimise un glonț în rotula stângă, apoi aruncă pistolul de calibru .38 peste balustradă. Oricum îi mai rămăsese un singur glonț. Îi prinse cu brățări autoblocante glezna şi genunchiul drept care era teafăr, apoi brațul drept la încheietură şi la cot. Nu prea mai putea să-şi folosească piciorul stâng. Fiindcă nu avea o opțiune mai bună, îi legă mâna stângă de bocancul mare al lui Angel. Trupul inert al lui Angel trebuia să cântărească pe puțin o sută douăzeci de kilograme. Era mai bine decât nimic. Pipăi încheietura lui Hector, parțial mulțumită să sesizeze un puls stabil. Era viu. Trebuia să aştepte şi să vadă dacă funcția cerebrală era intactă.

Hotărî să dubleze legăturile, pentru orice eventualitate. În timp ce strângea a doua brățară în jurul bocancului lui Angel, sesiză o schimbare în ritmul respirației lui Hector, semn că îşi revenea. Individul nu țipă, deşi durerile trebuiau să fie uriaşe. Asta nu era bine. Interogase şi alți militari căliți, care-şi controlau bine reacțiile la durere. Dura mult până-i făcea să cedeze.

Dar oamenii ăia erau loiali camarazilor sau misiunilor pe care le aveau de îndeplinit. Era convinsă că Hector acționa ca mercenar, astfel că nu le datora nimic oamenilor care-i încredințaseră misiunea.

Se îndepărtă câțiva paşi, ținând strâns în mâini Glock-ul, atentă să vadă cât de bine funcționa sistemul ei de imobilizare a adversarului. Era prea întuneric. Se ridică şi înaintă cu spatele spre uşa băii, fără să scape din priviri silueta de pe podea. Pipăi cu mâna în spate până găsi întrerupătorul şi aprinse lumina.

Hector stătea cu fața întoarsă spre ea; ochii lui negri, deşi încă lăcrimau, priveau concentrați. Chipul lui nu trăda durerea pe care o simțea. Era o privire deconcertantă, cu toate că fața lui era, în alte privințe, una dintre cele mai banale pe care le văzuse vreodată. Trăsăturile erau uniforme şi greu de definit. Nu era nici atrăgător, dar nici urât. Era genul de figură pe care cu greu ai fi remarcat-o într-un grup.

— De ce nu m-ai omorât? întrebă el, cu glasul îngroşat din pricina substanțelor chimice.

Altfel nici vocea nu i se distingea prin nimic. N-avea niciun fel de accent. Ar fi putut să fie prezentator de ştiri — inflexiunile glasului nu-i trădau locul de origine.

— Vreau să aflu cine te-a angajat.

Din cauza măştii, vocea ei suna uşor distorsionat. Părea mai puțin umană. Spera ca asta să-l deruteze.

Hector mişcă din cap o dată, ca un fel de confirmare pentru sine. Alex văzu cum mâinile i se mişcă insesizabil, în timp ce pipăia legăturile.

— De ce ți-aş spune eu aşa ceva?

Tonul lui nu era supărat sau provocator. Bărbatul părea doar curios.

— Ai cea mai mică idee cine sunt?

Hector nu-i răspunse, expresia rămânându-i neutră.

— Ăsta-i primul motiv pentru care ar trebui să-mi spui ce ştii — cel care te-a trimis aici nu ți-a dat informațiile de care aveai nevoie ca să închei misiunea cu succes. Nu te-a pregătit cum trebuie pentru confruntare. Nu le datorezi nimic.

— Ție nu-ți datorez nimic, sublinie el, pe acelaşi ton politicos, formal.

Degetele lui încercară să ajungă la brățara din plastic.

— Aşa e, nu-mi datorezi nimic. Dar, dacă nu vorbeşti cu mine, o să-ți fac rău. Ăsta-i al doilea motiv.

Hector cântări spusele ei.

— Şi al treilea motiv... dacă vorbesc, mă laşi în viață.

— M-ai crede dacă ți-aş promite asta?

— Hmm...

Bărbatul oftă. Se gândi un moment, apoi întrebă:

— Dar cum vei şti dacă ce-ți spun e adevărat?

— Cunosc cea mai mare parte a poveştii. Vreau doar să completez câteva detalii.

— Mă tem că nu pot să te ajut prea mult. Am un şef care lucrează ca intermediar. Nu l-am văzut niciodată pe cel care a dat banii.

— Spune-mi doar ce ți-a zis şeful.

Hector se gândi câteva clipe, apoi păru să ridice din umeri.

— Nu-mi place oferta ta. Cred că poți mai mult.

— Atunci va trebui să te conving.

Capitolul 19

Hector privea cu faţa lipsită de orice expresie în timp ce Alex îşi punea Glock-ul în toc şi lua cleştele gură-de-lup de lângă piciorul lui Angel.

Alex se gândise să aducă aparatul de sudură. Să folosească flama pe subiecţi era mai dureros decât aproape orice altceva şi mulţi aveau fobii legate de asta. Dar Hector era un profesionist. Ar fi durat prea mult să-l facă să cedeze la durere; rezistenţa lui ar fi fost prea mare. Ce l-ar înfricoşa mai mult decât suferinţa ar fi să-şi piardă avantajele fizice. Dacă rămânea fără degetul cu care să apese pe trăgaci, nu mai putea să-şi exercite profesia. Va începe cu ceva mai puţin vital pentru el, dar pregătindu-l pentru ce avea să urmeze. Dacă Hector voia să supravieţuiască acestei nopţi, voia să o facă având mâinile funcţionale. Aşa că va trebui să nu mai stea pe gânduri şi să vorbească.

Mâna stângă a lui Hector era cea mai accesibilă. În timp ce Alex potrivea lamele metalice în jurul degetului mic, bărbatul îşi strânse celelalte degete şi trase de chingi. Alex ţinu strâns de mânere, ştiind ce ar fi făcut ea în locul lui — dacă el reuşea să pună mâna pe cleşte, ar fi avut o şansă să se elibereze. Cum era de aşteptat, Hector încercă s-o lovească cu piciorul stâng, în pofida durerii înfiorătoare pe care şi-o provocă astfel. Ea evită lovitura, se îndepărtă puțin, apoi potrivi iar cleştele la baza degetului îndoit.

Cleştele era pentru fier-beton şi Alex avea grijă să ascută lamele la timp. Nu avu nevoie de prea multă forță ca să unească cele două lame.

Îi urmări reacția. Hector se zvârcoli în van să scape de chingile care-l țintuiau. Se făcu roşu la față şi venele îi pulsau pe frunte. Gemu şi icni, dar nu țipă.

— Uneori, oamenii îşi imaginează că eu vorbesc serios, îi spuse. E bine să scapi de această idee greşită.

În clipa asta, Hector se gândea de bună seamă la cât timp ar putea să treacă până va fi prea târziu ca să-şi lipească degetul la loc. Putea să trăiască fără degetul mic, dar avea nevoie de mâini şi cu siguranță ştia că ea nu se va opri acolo.

Alex urma să-i confirme această temere.

Luă de pe podea degetul călduț şi plin de sânge şi se retrase spre baie, fără să-l scape din ochi pe Hector, care se zbătea în continuare; nici cele mai rezistente chingi nu erau infailibile. Alex avu grijă ca el să vadă când lăsă degetul să cadă în vasul toaletei, trăgând apa după aceea. Acum Hector ştia că ea nu avea să-i lase de ales. Spera că asta îl va face să-i dea repede ceea ce voia.

— Hector, îi spuse în timp ce el o privea fix, scrâşnind din dinți şi luptându-se să-şi controleze durerea. Nu fi prost. N-o să pățeşti mare lucru dacă-mi spui ce vreau să aflu. Dar, dacă nu-mi spui, bine n-o să-ți fie. Urmează indexul cu care apeşi pe trăgaci, apoi restul. Asta fac eu şi pot s-o țin aşa cât am nevoie. Nu înțelegi? Te-au trimis după cine nu trebuia, Hector. Nu ți-au spus nimic despre ce te-aşteaptă. Pur şi simplu, *mi* te-au dat pe mână. De ce-i aperi?

— O să te ocupi şi de ei dup-aia? mârâi el printre dinți.

— Bineînțeles.

Ochii lui erau plini de venin şi ură. Mai văzuse privirea aceea, dar atunci se afla într-o poziție mult mai sigură. Dacă, prin cine ştie ce întâmplare, ajungea în mâinile individului, dacă rolurile se inversau, Alex era hotărâtă să facă ceea ce trebuia ca să moară imediat.

— Nu tu erai ținta, lăsă el să-i scape. Am fost trimis să lichidez un bărbat. Am primit o fotografie. Mi s-a spus că va mai fi un bărbat, dar că ăla era o pradă uşoară. Cu primul urma să am de furcă. Nu l-am văzut niciodată pe celălalt.

— Când ai fost angajat?

— Azi-noapte.

— După care ți-ai luat nişte ajutoare şi ai venit azi, spuse ea. De unde?

— Din Miami.

— Cum ai ştiut unde să vii?

— Mi-au dat trei adrese. Asta a fost a doua încercare.

— Cred că nu-i nevoie să te-ntreb ce s-a întâmplat la prima adresă.

Furia lui clocotitoare se preschimbă într-un rânjet macabru.

— Erau bătrâni. Bărbat şi femeie. Nu se potriveau cu descrierea, dar primisem bani frumoşi. Nu strică să fii meticulos şi nu m-a costat decât două gloanțe.

Ea încuviință cu o mişcare a capului. Chiar dacă individul nu-i putea vedea fața ascunsă de mască, expresia ei rămase neclintită din obişnuință.

— Cât de departe e cealaltă casă?

— La un sfert de oră spre sud de orăşel.

— Cine a ales adresele?

— Nimeni nu mi-a spus. N-am întrebat.

Alex luă cleştele gură-de-lup.

— Şi n-ai nicio bănuială?

— Cealaltă casă nu semăna deloc cu asta. N-am văzut nimic în comun.

Putea fi o minciună, dar ar fi fost mai logic să fie adevărat. De ce-ar fi avut nevoie Carston sau cei care trăgeau sforile la Agenție să-i dea asasinului mai multe adrese?

Alex se gândi la asta un moment, încercând să găsească altă pistă de explorat. Nu scăpă o clipă din ochi mâinile lui Hector. Ce legătură putea să fie între casa lui Arnie şi altele oarecare? Ce fel de asemănare ar genera o listă de adrese care altfel nu aveau nimic în comun?

Simți că i se înmoaie picioarele când găsi o posibilă explicație. Una care nu-i plăcea deloc.

— Ce fel de maşină era pe aleea primei case?

Hector păru surprins de întrebarea ei.

— O camionetă veche.

— Albă?

— Cu o rulotă neagră încorporată.

Alex îşi încleştă maxilarele.

Aşadar, remarcaseră camioneta lui Arnie — cea despre care el îi spusese că mai existau două la fel în oraş. Trebuie să-l fi prins şi pe Daniel în înregistrare, altfel n-ar fi fost atât de siguri de marcă şi model. Daniel trebuie să fi mers pe strada principală, trecând pe lângă bancă; probabil că aşa procedaseră. De ce să se mai obosească să o interogheze pe fata care sunase în legătură cu profesorul dispărut? Era mai simplu să se uite la înregistrarea de pe camera de supraveghere ca să obțină o informație importantă, după care să sune la poliția rutieră. N-au aflat totul — dacă plăcuțele de înmatriculare s-ar fi văzut clar, bătrânii din partea cealaltă a oraşului n-ar fi murit. Dar ştiau că Daniel era în viață, deoarece Kevin n-ar fi făcut o asemenea greşeală. În plus, chiar şi într-o filmare alb-negru neclară, Daniel nu semăna perfect cu Kevin, dacă ştiai la ce să te uiți.

Avea neapărat nevoie de camioneta lui Arnie, fiindcă era o maşină care nu atrăgea deloc atenția. Nu prea puteau să defileze cu vehiculul militar prin oraş şi să nu-i observe nimeni. De unde avea ea să facă rost de un alt vehicul aici?

Făcu un pas în spate, obosită. Avusese un loc de odihnă bun, dar acum vânătoarea începuse iar. Nici măcar nu conta că, probabil, băieții cei răi o credeau moartă. Pentru că ştiau că Daniel era viu.

Responsabilitate.

Mâna dreaptă a lui Hector se mişca. Zgâria cureaua, cu riscul de a-şi disloca încheietura. Nu părea că încearcă s-o rupă sau măcar să ajungă la elementul de blocare. Dar ce făcea? Alex întinse mâna după Glock; probabil că era mai sigur să-i tragă un glonț în mâna aia...

O singură împuşcătură sparse tăcerea. Daniel...

Ochii lui Alex fugiră în direcția împuşcăturii, deşi ştia că era riscant. Într-o fracțiune de secundă, în timp ce ea îşi scotea Glock-ul din toc, degetele lui Hector găsiră ceea ce căutaseră. Individul scoase din mânecă o lamă zimțată, lungă de doisprezece centimetri. Tăie legătura cu un pocnet sonor şi imediat aruncă lama spre ea. Alex trase în pieptul lui Hector în timp ce lama zbura spre fața ei. Încercă să se ferească fără să înceteze să tragă, ignorând presiunea bruscă din clipa în care lama îi tăie pieziş maxilarul — încă nu simțea durere, dar avea să simtă în curând, când drogul îşi va fi terminat efectul. Simțea sângele fierbinte prelins pe gât, dar nu încetă să tragă în pieptul lui Hector până când nu goli încărcătorul.

Hector zăcea nemişcat, cu ochii deschişi îndreptați către ea, dar acum privirea lui nu mai era concentrată.

Cu mişcări iuți şi sacadate, Alex şterse Glock-ul şi-l aruncă peste balustradă, apoi recuperă puşca de la capătul holului, încercând să se concentreze pe ceea ce avea de făcut în continuare. Nu ştia ce-o aşteaptă afară. În timp ce cobora scara cu precauţie, îşi pipăia rana, încercând să-şi dea seama cât era de gravă. Lama asasinului trecuse la câţiva milimetri de carotidă, lovind colţul de jos al maxilarului şi secţionându-i pe jumătate lobul urechii. Bucăţica desprinsă îi atârna pe gât. *Minunat!*

Extrase cu grijă ce mai rămăsese din cercelul din urechea stângă — cârligul şi câteva cioburi minuscule agăţate în firul răsucit —, apoi şi-l scoase şi pe cel din urechea dreaptă. Le puse într-un buzunar al vestei militare. N-ar fi fost înţelept să lase în urmă astfel de dovezi. Chiar şi un obiect atât de mic putea să fie un indiciu pentru inamicii ei, dându-le un motiv să creadă că încă mai trăia.

Întârzie câteva clipe la parter ca să arunce o privire la trupul neînsufleţit al lui Arnie. Avea faţa întoarsă spre podea, aşa că Alex putea să vadă doar ce-i mai rămăsese din partea din spate a capului. Era evident că nu suferise, dar asta era o consolare slabă.

Plănuise să adune dovezile în drum spre ieşire, dar nu mai era sigură că avea timp pentru asta acum. Câinii erau tăcuţi — însemna oare că totul era în regulă?

Ei bine, după rafala de împuşcături de la etaj, era clar că prezenţa ei fusese remarcată. Se apropie uşor de uşă şi se ghemui, încercând să se apere în cazul în care cineva ar fi tras prin peretele de rigips. Deschise cu grijă uşa. Niciun foc de armă.

— Daniel? strigă ea.

— Alex! se auzi imediat vocea lui Daniel — părea să fie la fel de uşurat cum se simţi şi ea dintr-odată.

— Eşti bine? întrebă Alex.

— Da. Tu?

— Ies din casă. Să nu tragi.

Ieşi pe uşă ţinând mâinile deasupra capului, pentru orice eventualitate. Einstein ţâşni de pe podeaua unde aşteptase lângă Lola şi se lipi de picioarele ei.

Alex îşi lăsă braţele în jos şi alergă spre Humvee. În lumina ce venea din casă, vehiculul nu părea să fi fost avariat în urma accidentului pe care-l provocaseră.

Daniel coborî din maşină.

— Ce-a fost cu împuşcătura aia? întrebă Alex, vorbind mai încet pe măsură ce se apropia de el.

Câinii care stăteau în jurul maşinii păreau destul de liniştiţi, dar...

— Ultimul lor om. Cred că s-a căţărat pe latura casei ca să scape de câini. Încerca să ajungă pe acoperişul verandei.

Daniel arătă cu puşca spre o formă întunecată prăbuşită pe pietriş aproape de colţul dinspre est al casei. Alex îşi ridică masca de gaze pe frunte, mutând cu grijă curelele de pe partea stângă astfel încât să nu atingă urechea. Se apropie de silueta culcată la pământ. Einstein o urmă ca o umbră. Un ciobănesc german mare patrula prin apropiere, fără să pară prea interesat de cadavru.

Deodată, Einstein grăbi pasul şi o depăşi. Amuşină corpul de câteva ori, în vreme ce Alex înainta cu precauţie; apoi câinele se întoarse către ea dând din coadă.

— Asta-nseamnă că totul e-n regulă? murmură ea.

Einstein continuă să dea din coadă.

Se aplecă să se uite mai de aproape. Dintr-o privire, înţelese. Impresionată, se-ntoarse şi se apropie de maşină. Daniel stătea lângă portiera deschisă, părând să nu ştie ce să facă. Încă nu avea nicio reacţie tipică provocată de şoc.

— Frumoasă lovitură! îl felicită ea.

Un singur glonţ, tras fix între ochi. Nici că se putea mai bine.

— N-a fost chiar aşa de departe.

Daniel se apropie de ea şi îşi petrecu mâinile înmănuşate în jurul braţelor ei. Apoi icni speriat şi se trase într-o parte, întorcând-o cu faţa spre lumină.

— Cât de mult din sângele ăsta e al tău?

— Nu mult, spuse ea. Sunt bine.

— Urechea!

— Mda, e cam complicat, nu-i aşa? Te pricepi să coşi?

— *Poftim???* zise el, tresărind surprins.

— Nu-i aşa greu. Îţi spun eu cum se procedează.

— Ăăă..

— Dar mai întâi am ceva de făcut.

Alex se desprinse din strânsoarea lui şi alergă înapoi pe verandă. Lola stătea ghemuită în acelaşi loc. Când o văzu pe Alex, îşi săltă capul şi, vlăguită, lovi podeaua cu coada.

— Hei, Lola, fetiţa mea. Ia să vedem ce-ai păţit.

Alex se aşeză lângă ea, cu picioarele încrucişate. O mângâie cu o mână pe o parte, căutând rana cu cealaltă.

— E bine? întrebă încet Daniel.

Stătea în spatele balustradei, cu coatele rezemate de podeaua din scânduri. Nu părea prea dornic să se apropie mai mult de casă şi era de înţeles. Lola scânci când Alex o pipăi pe picioare.

— A pierdut destul de mult sânge. Se pare că glonţul i-a trecut prin piciorul stâng din spate. Nu-mi dau seama dacă i-a lovit osul. A avut noroc, mititica.

Daniel întinse mâna şi mângâie botul căţelei.

— Biata fetiţă.

— Cred că-n spatele maşinii e un haos total. Mă duc să văd dacă găsesc trusa de prim ajutor. Ai grijă să stea liniştită, bine?

— Sigur.

Alex se duse la maşină, cu Einstein în urma ei. Era surprinsă de cât de mult o îmbărbăta acest sprijin tăcut, făcând-o să se simtă în siguranţă, în pofida situaţiei.

Deschise uşa din spate a vehiculului, iar Khan, nerăbdător să iasă, sări brusc peste ea. Alex se feri la timp din calea lui. Îşi imagină că locul fusese prea strâmt pentru animal, însă ea nu avu nicio problemă când urcă.

Puştile şi muniţia erau aruncate la întâmplare, gloanţe răzleţe rostogolindu-se pe sub genunchii ei. Nu era timp de făcut ordine. Discuţia cu Hector fusese întreruptă brusc; nu reuşise să-i pună o ultimă întrebare vitală. *Ce se întâmplă după îndeplinirea misiunii?* Cine aştepta să fie sunat şi când? Bine măcar că exista şi a treia casă în aşteptare. Asta dacă nu cumva Hector dăduse telefon între prima şi a doua oprire.

Îl sunase oare pe şeful lui, ca să-i spună ce adresă rezolvase şi spre care se îndrepta? Aştepta şeful lui un alt apel? Şi dacă da, îşi dăduse oare seama că apelul întârzia să vină?

Găsi geanta în care se afla trusa de prim ajutor. Acum nu putea să facă nimic altceva decât să se mişte repede şi să ia deciziile corecte. Singura problemă era că încă nu ştia cu exactitate care ar fi fost acele decizii.

— În regulă, spuse ea gâfâind când se întoarse lângă Lola, însoţită de Einstein, fireşte.

Îngenunche lângă trupul animalului, dar îşi dădu seama că era prea întuneric.

— Întoarce maşina astfel încât să-mi luminezi aici cu farurile, spuse ea.

Daniel se îndepărtă de verandă, urmat de o umbră masivă: Khan, la datorie. Se întrebă de unde ştiuseră Khan şi Einstein să schimbe între ei misiunile. Îşi scoase mănuşile de luptă pline de sânge şi-şi puse altele noi, din latex. Tocmai îi injecta Lolei un sedativ uşor, când luminile strălucitoare ale vehiculului militar pătrunseră printre stinghiile verandei. Se poziţionă astfel încât lumina să cadă pe rană, nu pe faţa ei. Părea să fie o rană curată, provocată de glonţul care ieşise din corpul câinelui. Aşteptă ca Lola să închidă ochii înainte de a-i steriliza rana. Lola zvâcni din picior de câteva ori, dar nu scoase niciun sunet. Antiseptic, alifie, pansament, apoi o atelă şi din nou bandaj. Ar trebui să se vindece bine, dacă reuşea s-o împiedice pe Lola să-şi lingă locul acela.

Oftă adânc. Ce era de făcut cu toţi câinii ăştia?

— Şi-acum? întrebă Daniel când văzu că terminase.

Stătea lângă verandă, cu puşca în mâini, cercetând cu privirea câmpurile întunecate din jur.

— Poţi să-mi faci două cusături la ureche, dacă tot am adus trusa?

— N-o să mă descurc, zise el, încercând să dea înapoi.

— Hai că-i simplu, îl asigură Alex. Ce, n-ai cusut niciodată un nasture?

— Nu prin carne de om, bâigui el, dar îşi trecu arma peste umăr şi începu să urce scara.

Alex aprinse un chibrit din trusă şi steriliză acul. Nu era o tehnică medicală la cel mai înalt standard, dar mai bine de-atât nu se putea în condiţiile date. Flutură acul repede de câteva ori ca să-l răcească, apoi băgă aţa chirurgicală prin gaură şi făcu un nod la un capăt.

Îi dădu acul lui Daniel împreună cu o pereche de mănuşi curate. El îşi puse mănuşile şi întinse mâna încet după ac. Parcă n-ar fi vrut să-l atingă. Alex îşi lăsă capul pe spate şi-şi turnă antiseptic peste rană, aşteptând ca senzaţia de usturime să îi cuprindă toată urechea. Înclină maxilarul spre Daniel, încercând să stea în lumină.

— Cred că e nevoie doar de trei împunsături mici. Începi din spate şi tragi aţa prin ambele părţi.

— N-ar fi bun un anestezic local?

— Am deja în mine destul analgezic, minţi ea.

Simţea tăietura de pe maxilar ca pe un fier încins. Dar nu mai avea *Supravieţuire* şi orice altceva ar fi putut să folosească ar fi scos-o din funcţiune, cel puţin parţial. Aici nu era vorba despre o situație de urgență, ci numai de durere fizică.

Daniel îngenunche lângă ea. O prinse ușor cu degetele de bărbie.

— A trecut foarte aproape de jugulară! constată el oripilat.

— Da, se pricepea.

Alex nu-i vedea fața; îi auzea doar respirația întretăiată.

— Hai, Daniel, trebuie să ne grăbim!

El trase adânc aer în piept și imediat Alex simți împunsătura acului în lobul urechii. Se pregătise pentru asta — își ținea fața într-o parte și nu-și lăsă degetele să se încleșteze; învățase să-și stăpânească reacțiile. Își încordă mușchii abdomenului, lăsând tensiunea să se elibereze acolo.

— Bun, spuse ea de îndată ce simți că putea vorbi calm. Te descurci minunat. Acum trebuie să unești cele două părți și să le coși.

În timp ce Alex vorbea, degetele lui Daniel se mișcau rapid ca să-și îndeplinească misiunea. Nu simțea acul în bucata retezată a lobului, așa că trebuia să suporte durerea numai în clipa în care el perfora partea de sus. Doar trei înțepături mici. După prima, pe celelalte două le îndură mai ușor.

— Să... fac un nod sau ceva? întrebă el.

— Da, în spate, te rog.

Simți cum trăgea de ață când o înnoda.

— Am terminat.

Alex îl privi și zâmbi, simțind cum o strânge tăietura de pe maxilar.

— Mulțumesc. Nu cred că m-aș fi descurcat singură.

Daniel o atinse pe obraz.

— Stai puțin să te bandajez.

Alex rămase nemișcată în timp ce el îi unse rana cu alifie, lipindu-i apoi o fâșie de leucoplast pe obraz. Îi înfășură urechea în față și în spate.

— Cred că trebuia s-o curățăm mai întâi, murmură Daniel.

— Deocamdată, e suficient. Hai s-o urcăm pe Lola în mașină.

— O duc eu.

Daniel o ridică ușurel pe Lola, care dormea. Picioarele din față și urechile lungi atârnau peste brațele lui, legănându-se la fiecare pas. Alex își zise că era o imagine ușor comică și îi veni să râdă. Dar se abținu. Nu era momentul pentru așa ceva. Daniel o așeză pe Lola în spatele celor două scaune din față, singurele din vehicul. Kevin le demontase pe celelalte ca să facă loc pentru încărcătură, bănuia Alex.

— Și-acum? întrebă Daniel întorcându-se pe verandă, unde rămăsese Alex.

Probabil că se întreba de ce ea nu face nimic. Nu știa că amână luarea unor decizii.

Alex trase aer adânc în piept și-și îndreptă umerii.

— Dă-mi telefonul. Trebuie să vorbesc cu fratele tău.

— N-ar trebui s-o luăm din loc?

— Mai am de făcut un singur lucru, dar trebuie să vorbesc cu el mai întâi.

— Ce?

— Trebuie neapărat să dăm foc la casă.

Daniel o privi uluit, nevenindu-i să creadă. Încet, scoase telefonul din buzunarul vestei.

— Eu ar trebui să sun, spuse el.

— Pe mine mă urăște deja, replică Alex.

— Dar vina e doar a mea.

— Nu tu ai fost cel care-a angajat o trupă de asasini.

Daniel clătină din cap și apăsă butonul de pornire a telefonului.

— Cum vrei, bombăni Alex.

În timp ce-și strângea trusa de prim ajutor, îl urmărea pe Daniel cu coada ochiului. Acesta căută singurul număr de la care se sunase vreodată pe acel telefon, dar n-apucă să-l formeze, că telefonul sună din nou.

Daniel trase aer în piept, la fel cum făcuse înainte de prima împunsătură de ac în urechea ei. Cu siguranță această discuție avea să fie sarcina cea mai dificilă.

Daniel atinse ecranul. Alex îl auzi pe Kevin țipând atât de tare încât la început crezu că telefonul era dat pe difuzor.

— *SĂ NU-MI ÎNCHIZI MIE TELEFONUL ÎN...*

— Kev, sunt eu. Kev! Danny la telefon!

— *CE MAMA DRACULUI SE-NTÂMPLĂ ACOLO?*

— E vina mea, Kev. Am fost un idiot. Am distrus totul. Îmi pare foarte rău!

— *CE TOT BOLBOROSEŞTI TU ACOLO?*

— Arnie e mort, Kev. Îmi pare nespus de rău. Şi câțiva dintre câini, nu ştiu sigur câți. E numai vina mea. Aş vrea să-ți pot spune cât...

— *DĂ-MI-O PE MADAM VITRIOL LA TELEFON!*

— E vina mea, Kev. Eu am provocat...

Kevin îl întrerupse din nou, de data asta cu o voce mai calmă:

— Nu e *timp* pentru asta, Danny. Dă-mi-o la telefon. Am nevoie de cineva cu care să pot vorbi rațional.

Alex se ridică şi întinse mâna după telefon. Daniel privea neliniştit în timp ce ea ținea telefonul la câțiva centimetri distanță de ureche.

— Sunteți în siguranță? întrebă Kevin.

Surprinsă de detaşarea lui pragmatică, Alex îi răspunse pe acelaşi ton:

— Deocamdată, dar trebuie să ne cărăm de-aici.

— Ați dat foc la casă?

— Tocmai mă pregăteam s-o fac.

— Vezi că găseşti kerosen în debaraua de sub scară.

— Mulțumesc.

Kevin încheie convorbirea.

Ei bine, mersese mai bine decât se aşteptase. Îi înapoie telefonul lui Daniel, care era atât de surprins încât rămăsese cu privirea în gol.

Gazul din casă probabil se împrăştiase de mult, aşa că nu se mai obosi să-şi pună masca. Daniel o urmă înăuntru, dar Alex îl lăsă pe Einstein de pază la uşă.

— Ia nişte haine din camera lui Kevin, îi ordonă ea.

Ar fi putut să-l trimită la etaj, dar ar fi durat mai mult şi nu ştia cum o să reacţioneze la vederea cadavrelor. Privea speriat când spre canapeaua care ascundea trupul neînsufleţit al lui Arnie, când spre ea. Amândoi trebuiau să-şi păstreze cumpătul. Îi aştepta o noapte lungă, dacă voiau să fie în viaţă a doua zi.

— După ce iei suficiente haine, cât să ajungă câteva zile, te duci în bucătărie şi aduni toate alimentele neperisabile. Şi apă, cât de multă.

Daniel dădu din cap şi se duse spre camera lui Kevin. Alex urcă în fugă scara.

— Vrei pistoalele astea? strigă Daniel.

Alex făcea slalom printre cadavre, atentă să nu alunece pe balta de sânge.

— Nu, cu alea au fost omorâţi oameni. Dacă vom fi prinşi, nu vreau să mi se pună-n cârcă nimic. Armele lui Kevin sunt curate.

Ajunsă în camera ei, se descotorosi de hainele mânjite de sânge şi-şi trase pe ea o pereche de blugi curaţi şi un tricou. Îşi strânse sacul de dormit, înfăşurând în el restul hainelor, după care îşi luă trusa de laborator cu mâna liberă şi împinse cu piciorul pe hol hainele pătate de sânge. Coborî în grabă scara şi ieşi să ducă totul în maşină. În timp ce Daniel scotocea după alimente în bucătărie, ea găsi kerosenul. Kevin depozitase acolo trei bidoane de 20 de litri. N-ar fi avut la ce să le folosească decât la incendierea casei. Era bucuroasă că fratele lui Daniel era atât de bine pregătit și de orientat spre aspecte practice. Asta însemna că reacția lui — după ce l-ar fi știut pe Daniel în siguranță — avea să fie probabil mai mult pragmatică și mai puțin violentă. Așa spera.

Începu de la etaj, unde se asigură că hainele ei și cadavrele erau bine îmbibate cu kerosen. Stropi podelele din cele trei camere, apoi împrăștie restul pe scară. Luă altă canistră și trecu la parter. Acum vedea pentru prima dată celelalte dormitoare. Ambele erau spațioase și dotate cu băi luxoase. Se bucura că Arnie avusese parte de confort aici. Își dorea să fi putut face ceva pentru el. Dar chiar dacă ea și Daniel ar fi plecat din prima zi în care se transmisese știrea despre dispariția profesorului, Arnie ar fi avut aceeași soartă. Era un gând deprimant.

Daniel lăsase amprente în anexa pentru câini, dar era imposibil ca omologul lui Carston de la CIA să se lase păcălit și să creadă că Daniel — sau Kevin — murise aici, așa că nu prea avea importanță. Ar fi știut că Daniel fugise. Nu voia să incendieze și acea clădire și să pună în pericol animalele. Nu avea o bordură lată de pietriș, așa cum avea casa, care ar fi prevenit răspândirea necontrolată a focului. Fără îndoială, Kevin împrăștiase pietrișul din exact acest motiv.

Daniel o aștepta în fața mașinii.

— Dă chestia asta înapoi, spuse ea, arătând spre mașină. Vezi dacă-i poți convinge și pe câini să se miște.

Daniel se puse pe treabă. Alex avea la ea cutia cu chibrituri din trusa de prim ajutor. Lăsase o dâră groasă de kerosen pe mijlocul treptelor de la verandă, așa încât să-i fie ușor s-o aprindă și apoi să se dea la o parte înainte ca vâlvătaia să ia amploare. Se răsuci și văzu cum câinii se retrăgeau instinctiv din calea flăcărilor. Asta era bine.

Alex deschise portiera din dreapta şi-l chemă pe Einstein. Dintr-un salt, câinele ajunse dincolo de scaun şi se aşeză lângă Lola. Avea urechile ciulite şi limba îi atârna. Părea încă vioi; Alex îi invidia energia şi entuziasmul.

Daniel se plimba printre câinii care scăpaseră cu viaţă şi îi dădea fiecăruia comanda autoritară „Pe loc repaus". Alex spera că asta va fi de folos când maşinile de pompieri vor da năvală. Zgomotele împuşcăturilor n-aveau cum să fi ajuns la vreunul dintre vecinii îndepărtaţi, dar flăcările portocalii pe cerul negru al nopţii erau cu totul altceva. Acum trebuiau să fugă. Nu mai ştia ce-ar putea să facă pentru câini. O resimţea ca pe un eşec — animalele astea le salvaseră vieţile.

Un mârâit chiar în spatele ei o făcu pe Alex să tresară surprinsă. Se întoarse şi se pomeni faţă în faţă cu Khan. O privea nerăbdător, ca şi cum ar fi aşteptat ca ea să se dea la o parte. Botul lui era îndreptat către Einstein.

— Oh, spuse Alex când îşi dădu seama că ar fi vrut să se urce în maşină. Îmi pare rău, Khan, dar tu trebuie să rămâi aici.

Niciodată în viaţa ei nu văzuse un animal arătând atât de ofensat. Fără să se clintească, o privea drept în ochi ca şi cum ar fi cerut o explicaţie. Când îşi aruncă brusc braţele spre el şi-şi ascunse faţa în grumazul lui, gestul o surprinse mai mult pe ea decât pe Khan.

— Îmi pare rău, prietene, şopti. Tare mult aş fi vrut să te pot lua cu mine. Îţi datorez enorm. Ai grijă de ceilalţi, fă asta pentru mine. Tu eşti şeful, bine?

Se desprinse de el, mângâindu-i grumazul gros. Khan păru ceva mai îmbunat şi făcu un pas înapoi, dar cam fără tragere de inimă.

— Pe loc repaus, spuse ea încet.

Îl mai mângâie o dată, apoi se întoarse spre maşină. Daniel se aşezase deja pe scaunul din dreapta şi-şi pusese centura de siguranţă.

— Eşti bine? o întrebă Daniel cu glas scăzut în timp ce ea se aşeza la volan.

Era evident că nu se referea la rănile fizice.

— Nu prea.

Râse o dată, dar se simţea surescitarea pe care se străduia să şi-o ascundă. Khan continuă să-i urmărească cu privirea în timp ce se îndepărtau.

Din clipa în care trecură de poartă, Alex îşi puse ochelarii de vedere nocturnă şi stinse farurile. Era mai puţin riscant să străbată cu maşina câmpiile întinse decât să rămână pe singurul drum care ducea la fermă. În cele din urmă, ajunseră la un alt drum, care era pavat. Îşi dădu jos ochelarii şi aprinse farurile în timp ce întoarse spre nord-vest. Nu avea în minte o destinaţie, ci doar ideea de distanţă. Trebuia să ajungă cât mai departe de ferma lui Kevin înainte de răsăritul soarelui.

Capitolul 20

Kevin răspunse imediat.

— În regulă, Oleander, cum stăm? spuse el în loc de salut.

— Suntem în Humvee şi mergem spre nord. Îi am cu mine pe Daniel, Einstein şi Lola. Am reuşit să luăm ceva provizii, dar nu cine ştie ce.

Îl auzi oftând uşurat când rostise numele lui Einstein, dar încordarea i se simţea în glas când întrebă:

— În Humvee? Camioneta s-a stricat?

— Da.

Kevin se gândi câteva clipe.

— Deci, mergeţi numai noaptea până găsiţi altceva.

— Mai uşor de zis decât de făcut. Feţele noastre nu arată prea bine.

— Mda, l-am văzut pe Daniel la ştiri. Dar faţa ta nu mai poate fi într-o stare atât de rea. Pune şi tu nişte fard.

— S-a înrăutăţit puţin în cursul serii.

— Ah.

Kevin pufni.

— Danny? întrebă el şi Alex îi simţi tensiunea din glas pe care încerca s-o ascundă.

— Nicio zgârietură.

Mâinile nu intrau la socoteală; singuri își provocaseră acele răni.

— M-a obligat să stau în mașină! strigă Daniel ca să-l poată auzi fratele său.

— Foarte bine, răspunse Kevin. Câți au fost?

— Șase.

Kevin inspiră adânc și spuse:

— Agenți?

— Nu, de fapt. Fii atent aici — au apelat la *Mafie* pentru operațiunea asta.

— *Poftim?*

— Cei mai mulți erau doar niște brute, dar printre ei s-a aflat cel puțin un profesionist adevărat.

— Și tu i-ai lichidat *pe toți?*

— Câinii au făcut cea mai mare parte din treabă. Apropo, au fost extraordinari.

Kevin mormăi ceva în semn de confirmare.

— De ce-ai luat-o pe Lola?

— A fost împușcată în picior. M-am temut că, dacă o găsește careva, o s-o omoare. Și apropo, să sun la Protecția Animalelor? Când or s-ajungă pompierii acolo, mă tem că...

— Mă ocup eu de asta. Am un plan de urgență pentru ei.

— Bun.

Niciodată n-avea să se mai considere persoana cea mai pregătită din lume. Kevin era un as în privința asta.

— Ce plan aveți acum?

Alex râse — și surescitarea păru să răzbată iarăși din glasul ei.

— Habar n-am, drept să-ți spun. Mă gândeam să dormim în aer liber o vreme. După aia...

Alex se opri.

— Nu aveți un loc unde să vă duceți?

— Nu unul în care să pot parca monstrul ăsta sau să ascund doi câini mari. Niciodată în viața mea nu m-am simțit atât de expusă.

— O să mă gândesc la ceva.

— De ce-a durat așa de mult până să suni? întrebă Alex. Am crezut c-ai murit.

Daniel icni surprins și se holbă la ea șocat.

— Am fost ocupat cu pregătirile. Și durează să faci toate chestiile astea. Nu pot să fiu peste tot în același timp — a trebuit să pun o mulțime de camere.

— Ar fi fost drăguț să ne dai un telefon.

— Nu știam că voi, acolo, o să stricați totul.

Kevin coborî tonul.

— Ce-a făcut idiotul ăla? Nu, nu-mi povesti. Nu vreau să aud. Spune doar da sau nu. A sunat pe cineva?

— Nu, se răsti Alex, iritată.

— Stai... camioneta e stricată... doar n-a părăsit casa, nu?

Alex ar fi vrut să spună „Nimeni nu i-a spus să nu facă asta", dar Daniel și-ar fi dat seama că discutau despre el. Nu-i răspunse și rămase cu privirea ațintită în față, deși ar fi vrut să se uite pe furiș la Daniel ca să vadă dacă auzise ceva.

— N-are niciun dram de minte, zise Kevin oftând.

Alex ar fi avut atâtea să-i spună la replica asta, dar nu reușea să găsească formula potrivită.

Kevin schimbă subiectul.

— Cu Arnie... a fost urât?

— Nu. N-a văzut nimic și sigur n-a simțit nimic.

— Ernesto era numele lui adevărat, zise Kevin, dar părea că o spune mai mult pentru el. A fost un partener de nădejde. Am avut o perioadă bună împreună. Scurtă, dar bună.

Își drese glasul.

— În regulă, acum povesteşte-mi tot ce s-a întâmplat, zise şi adăugă, pe un ton coborât: Exceptând ce-a făcut *el* de-a declanşat totul. Cred că e şi-aşa destul de traumatizat.

Alex îi relată evenimentele serii cu o precizie clinică şi trecând peste detaliile înfiorătoare. Când spuse simplu „L-am interogat“, Kevin putea să-şi imagineze cu claritate ce însemna asta.

— Şi ce s-a întâmplat cu faţa ta?

— Individul era foarte abil. Şi avea ascunsă în mânecă un fel de cuţit cu lamă detaşabilă.

— Hm, nu e bine deloc, spuse el posomorât, iar Alex ştia la ce se gândeşte.

Cicatricile faciale erau un impediment major când voiai să te faci cât mai puţin remarcat. Oamenii te ţineau minte şi te recunoşteau. Dintr-odată, criteriul de căutare se schimba; nu mai era „Ai văzut o femeie scundă şi ştearsă, cu lungimea şi culoarea părului necunoscute, sau un bărbat care se potriveşte aceleiaşi descrieri?“, ci „Ai văzut o persoană cu o cicatrice ca asta?“

— În fine, conchise ea, se pare că cei aflaţi la comandă te-au desemnat pe tine drept învingător. N-am să pretind că nu mă simt insultată. Va trebui să ajustăm planul. Acum momeala trebuie să vină de la tine şi trebuie să ajungă la persoana potrivită. Ai vreo idee cine ar putea fi?

Kevin rămase tăcut câteva clipe.

— Când omul meu o să audă ce s-a-ntâmplat în seara asta... s-ar putea să nu mai avem nevoie de e-mail. Va trebui să vorbească negreşit cu omul tău despre asta. Eu sunt pregătit — o să aranjez o întâlnire. Apoi putem hotărî dacă avem nevoie de mai mult.

— Sună bine.

— Apropo, spuse Kevin cu precauție, știu că ai cosmetizat povestea pentru puștiul de lângă tine. Când ne mai vedem, vreau toate detaliile.

— În regulă, zise ea ușor exasperată.

— Uite, Ollie, să nu ți se urce la cap, dar... te-ai descurcat bine. Foarte bine. I-ai salvat viața lui Danny. Îți mulțumesc.

Luată prin surprindere, Alex avu nevoie câteva clipe ca să-i răspundă.

— Cred că suntem chit. Fără câinii tăi sau fără peștera lui Batman n-am fi scos-o la capăt. Așa că... mulțumesc.

— Puteai s-o ștergi de îndată ce-ai văzut primul jurnal de știri. Știai că ei te cred moartă, dar ai rămas ca să protejezi un om care-ți e, practic, străin, deși sunt sigur că nimic nu ți-ar fi făcut o plăcere mai mare decât să te descotorosești de noi amândoi. Asta înseamnă să ai onoare. Îți rămân dator.

— Mmm, făcu ea pe un ton evaziv.

Nu era nevoie să discute *totul* în noaptea asta.

— Lasă-mă să vorbesc cu el înainte să închizi, șopti Daniel.

— Daniel vrea să vorbească cu tine.

— Bine, dă-mi-l.

Alex îi întinse telefonul lui Daniel.

— Kev...

— Nu te dojeni prea aspru, Daniel, îl auzi ea pe Kevin.

Se întrebă dacă și Daniel auzise la fel de clar discuția.

— Mda, răspunse Daniel morocănos. În fond, nu sunt răspunzător decât pentru faptul că Arnie a fost ucis în noaptea asta, ca să nu mai pomenesc de câini. De ce să sufăr?

— Uite, ce-a fost a fost...

— Ciudat, și Alex a spus la fel.

— Amica noastră știe care-i mersul. Asta-i o altfel de lume, băiete. Numărul victimelor e mai mare. Acum, nu spun că lucrurile de genul ăsta n-or să te afecteze. Dar nu trebuie să le lași să-ți întunece judecata.

Kevin coborî vocea, iar Alex se bucură, dându-şi seama că, probabil, Daniel nu auzise partea mai delicată a discuţiei lor. Dar în acelaşi timp ar fi vrut să afle şi ce îi ascundea Kevin.

— Aşa cred, spunea Daniel.

O pauză.

— Poate nu... aşa am să fac. Da. În regulă. Ce-ai de gând să faci cu câinii? A trebuit să-l lăsăm acolo pe Khan.

— Mda, zise Kevin — acum vorbea normal. Mi-e tare dragă dihania asta, dar nu prea are loc în trusa de voiaj, nu? Aproape de fermă locuieşte un crescător de câini cu care Arnie a lucrat mai demult. E mai mult un concurent decât un prieten, dar ştie ce valoare au câinii mei. Arnie s-a înţeles cu el că, dacă vreodată o să vrem să ne cărăm de-acolo, o să-i vindem lui câinii. În plus, Arnie i-a sugerat că s-ar putea să facem asta pe neaşteptate, în toiul nopţii. O să-i spun care-i treaba şi-o să se ducă el să se-ntâlnească cu cei de la Protecţia Animalelor înainte să facă ăia vreo prostie.

— Dar n-o să se-ntrebe poliţiştii...

— Lasă că-l instruiesc eu. O să spună că Arnie a sunat când a auzit împuşcături sau ceva de genul ăsta. Nu-ţi face griji, câinii or să fie bine.

Daniel oftă uşurat.

— Mă calcă pe nervi că individul o să pună mâna pe Khan fără să dea un sfanţ. De ani de zile tot încearcă să-l cumpere.

— Îmi pare rău...

— Pe bune, băiete, nu te agita. Ca să rămâi în viaţă, nu te ataşezi. Ştiu cum să iau totul de la capăt. Acum să fii cuminte şi să faci tot ce-ţi spune Oleander, bine?

— Kev, stai aşa, mi-a venit o idee. De-aia am vrut să vorbesc cu tine.

— Ţi-a venit o idee?

Alex auzi limpede scepticismul din vocea lui Kevin.

— Da, chiar aşa. Mă gândeam la cabana familiei McKinley de lângă lac.

Kevin rămase tăcut câteva clipe.

— Mm, nu-i momentul acum să ne lăsăm pradă amintirilor, puştiule.

— De fapt, sunt mai mare decât tine cu două minute, *puştiule*, chestie pe care sunt sigur că n-ai uitat-o. Şi nu vreau să mă las pradă amintirilor. Mă gândeam că familia McKinley nu folosea cabana aia decât iarna. Şi că oamenii tăi de la CIA probabil nu ştiu *chiar* atâtea detalii despre copilăria noastră. Şi mai ştiu unde-şi ţinea mereu cheia domnul McKinley.

— Hei, nu-i deloc rea ideea, Danny.

— Mulţumesc.

— Asta ar însemna... cât? Optsprezece ore de la fermă? Doar două nopţi de mers cu maşina. Şi în felul ăsta ajungeţi mai aproape de locul unde sunt eu. Dar parcă soţii McKinley îşi ţineau acolo un Suburban?

— Kevin, nu putem *să le furăm maşina!*

Deşi îi despărţeau aproape două mii de kilometri, Alex avea impresia că schimbă cu Kevin priviri pline de subînţeles. Şi poate Kevin îşi dădea şi ochii peste cap.

— Lasă că vorbim mai încolo despre cum facem să găsim o maşină. Spune-i lui Oleander să fie mai atentă cu faţa ei data viitoare. O să avem nevoie de ea.

— Sunt sigur că-i place *atât de mult* să încaseze de la alţii lovituri în faţă, încât o să-i fie greu să se lase.

— Da, da. Sună-mă dacă aveţi vreo problemă. O să vă contactez când o să aflu mai multe despre amicii noştri din Washington.

Kevin întrerupse convorbirea. Daniel rămase tăcut câteva clipe, privind ecranul telefonului. Apoi oftă adânc.

— Cum te simţi? îl întrebă Alex.

— Nimic nu mi se pare real.

— Dă-mi mâna să mă uit la ea.

Daniel îi întinse brațul stâng. Avea temperatura mai ridicată decât a ei. Alex îi pipăi încheietura și pulsul părea stabil. Zgârieturile și înțepăturile din palmă nu erau adânci și nu mai sângerau. Alex îi aruncă o privire și apoi se uită din nou în față, la drum. Era prea întuneric ca să-i observe culoarea feței.

— Ce-a fost asta? întrebă Daniel după ce Alex îi dădu drumul la mână.

— Încercam să-mi dau seama dacă ai vreuna dintre reacțiile obișnuite la șoc. Simți că ți-e greață?

— Nu, dar parcă simt că *ar trebui*, dacă înțelegi ce-ți zic. Ca și cum o să mi se facă greață când o să pot pune totul cap la cap.

— Să-mi spui dacă începi să te simți amețit, slăbit sau începe să ți se facă frig.

— Mie mi se pare că ție ți-e frig. Ești sigură că nu intri în stare de șoc?

— Nu cu totul, cred. Dacă simt că mă ia cu amețeală, trag pe dreapta și vii tu la volan.

Daniel îi luă mâna înmănușată de pe volan, ținând-o ușor, iar brațele lor se legănară în spațiul dintre scaune.

— Am auzit toate împușcăturile alea, una după alta, și-am crezut..., zise el, oftând.

— Știu. Mulțumesc c-ai rămas în mașină, așa cum te-am rugat. E bine să știu că pot avea încredere-n tine.

Daniel nu-i răspunse nimic.

— Ce e? întrebă ea.

— Păi, când o spui așa... zise el, părând rușinat. Nu prea vreau să recunosc... dar să știi c-am ieșit din mașină câteva minute. Aș fi intrat în casă, dar Einstein nu m-a lăsat. Și pe urmă mi-am dat seama că, într-un fel sau în altul, lucrurile se decideau înăuntru, iar dacă ei te-ar fi rănit, șansele cele mai mari să-i ucid pe nemernici le-aş fi avut dacă rămâneam în maşină. N-aveam de gând să-i las să plece, Alex. Sub nicio formă.

Ea îi strânse mâna uşor.

— Mai ţii minte ce mi-a spus Kevin, că trebuie să-mi imaginez o scenă anume?

Alex clătină din cap. Îi suna vag familiar.

— Când ne-am dus prima dată la poligon şi am spus că nu cred că voi putea să trag în altă persoană, continuă Daniel şi râse forţat. Mi-a spus să-mi imaginez că o persoană dragă mie e în pericol.

— Aha, făcu Alex; îşi amintea foarte clar.

— Ei bine, acum înţeleg. Şi a avut dreptate. În clipa în care am simţit că nemernicul care-l ucisese pe Arnie voia să te lichideze şi pe tine...

Clătină din cap.

— Nu mi-am dat seama că pot să am nişte porniri atât de... primitive.

— Ţi-am spus că o să-ţi descoperi instinctele, îi spuse ea pe un ton glumeţ, ca în ziua aceea petrecută la poligon, dar care păru dintr-odată greşit în clipa în care rosti cuvintele. Astfel că adăugă cu o voce mohorâtă: Aş fi vrut să nu se-ntâmple asta.

Acum fu rândul lui Daniel să-i strângă mâna ca s-o liniştească.

— Lasă, c-o să fie bine.

— Deci, unde anume mergem? întrebă Alex, făcând un efort să se concentreze.

— În Tallahassee. Am petrecut câteva Crăciunuri acolo când eram copii. Nişte prieteni de familie aveau o cabană în zona aceea. Cred că le plăcea să nu fie deranjaţi de nimeni, pentru că această cabană se află într-un loc foarte izolat.

Nu-i chiar pe malul lacului, ci pe un teren mlăştinos, iar în anotimpul ăsta ţânţarii cred că fac ravagii.

— Ar trebui să te faci agent imobiliar. Eşti sigur că n-o să fie nimeni acolo?

— Nu i-am mai văzut pe soţii McKinley de la înmormântarea părinţilor mei, dar niciodată nu mergeau la cabană în timpul verii, ci numai iarna.

— Păi, atunci am putea să mergem acolo. Dacă nu se poate să rămânem în cabana aia, poate găsim o casă goală în altă parte.

Alex văzu un indicator spre autostrada statală 70, aflată la nord.

— Va trebui să o luăm spre est, să trecem prin Oklahoma City, apoi să coborâm prin Dallas. Dacă ne vede cineva, o să fie bine că ne întoarcem în Texas. N-o să trezim bănuieli.

— Nu facem decât să ne apărăm vieţile.

— Asta n-o să conteze. Dacă ne reţineau pentru cele întâmplate mai devreme, cei de la poliţie trebuiau să ne aresteze. Chiar dacă le explicam toate amănuntele, iar ei credeau fiecare cuvinţel — ceea ce e foarte neverosimil, ca să mă exprim blând —, tot ar fi trebuit să ne bage la răcoare o vreme. Apoi n-ar fi durat mult şi cei care i-au angajat pe asasini n-ar fi avut nicio problemă să ne găsească. Am fi fost nişte ţinte uşoare pentru ei.

Daniel simţi tremurul din degetele ei şi îi atinse mâna, într-un gest liniştitor.

— Deci să-nţeleg că să ne facem de cap încălcând legea n-ar fi o idee bună în momentul ăsta, nu?

Lui Alex nu-i venea să creadă că Daniel era cel care încerca s-o înveselească.

— Probabil că nu, dar s-ar putea să se ajungă şi la aşa ceva.

Se uită la indicatorul de carburant şi pufni.

— Măgăoaia asta parcă înghite dinadins atâta benzină, ca să mă calce pe nervi!

— Ce putem face?

— O să trebuiască să opresc la o benzinărie şi să plătesc cu cash.

— Dar faţa ta...

— Asta e. O să mint c-am avut un accident de maşină... ceea ce, la drept vorbind, nici măcar nu e o minciună, nu-i aşa? În orice caz, n-am ce să fac.

Lăcomia monstrului pe patru roţi o sili pe Alex să oprească mult mai devreme decât ar fi vrut. Se luă după indicatoarele pentru aeroport din Oklahoma City, bănuind că benzinăriile din apropierea acestuia vor fi ceva mai aglomerate noaptea târziu. Totodată, dacă-i vedea cineva acolo, putea să-şi închipuie că plănuiau să ia avionul. În cazul în care s-ar fi hotărât să-i caute, ar fi avut în vizor aeroportul.

Îl pusese pe Daniel din timp să-i găsească hanoracul larg cu glugă. Acum îl îmbrăcă dorindu-şi să fi fost mai frig afară ca să arate mai normal. Mai erau două vehicule — un taxi şi o camionetă standard. Ambii şoferi, bărbaţi fiind, se holbară la măgăoaia lor, bineînţeles. Alex îşi luă postura ei băieţoasă, adusă de spate, când coborî şi băgă pistolul pompei în rezervor. Cât timp se umplea rezervorul, intră agale în magazin. Luă o cutie cu batoane de cereale şi un bax cu şase sticle de apă, apoi le duse la casă. Femeia, cam de cincizeci şi ceva de ani, avea părul blond oxigenat înnegrit la rădăcină, dinţi pătaţi de nicotină şi un ecuson pe care scria BEVERLY. La început, nu-i dădu atenţie lui Alex, doar scană produsele. Dar apoi Alex trebui să vorbească:

— Pompa şase, spuse ea, încercând să-şi îngroaşe vocea, dar să nu sune fals.

Beverly ridică privirea şi ochii ei mânjiţi de rimel se făcură mari.

— Oo, la naiba, dragule! Ce-ai pățit la față?

— Accident de mașină, bâigui Alex.

— Sunteți bine toți?

— Mda.

Alex se uita în jos la banii din mâna femeii, așteptând să-i numere. Cu coada ochiului, văzu taxiul plecând.

— Păi, sper să te faci bine cât mai repede.

— Mm, mulțumesc. Cât am de plătit?

— Oh, cred că mi-ai dat prea mult. O sută trei dolari și cincizeci și cinci de cenți.

Alex îi dădu șase bancnote de douăzeci de dolari și așteptă restul. O altă camionetă — un F-250 mare și negru — opri la pompa din spatele Humvee-ului. Din el coborâră trei bărbați înalți și slabi. Când doi dintre ei intrară în benzinărie, Alex văzu că erau de fapt niște adolescenți foarte înalți; poate făceau parte dintr-o echipă de baschet. Ca și ea, erau îmbrăcați în hanorace închise la culoare. Măcar asta făcea ca ținuta ei nepotrivită să pară mai normală.

— Da' știu că ai ditamai mașina, remarcă Beverly.

— Mda.

— Te cam ustură la buzunar când îi faci plinul.

— Cam așa ceva, zise Alex, întinzând nerăbdătoare mâna.

Băieții intrară, gălăgioși și puși pe scandal, mirosind a bere și marijuana. Afară, camioneta ieșea din parcarea benzinăriei.

— Oh, uite și restul, spuse Beverly, cu o voce brusc impersonală. Șaisprezece dolari și patruzeci și cinci de cenți.

— Mulțumesc.

Cu ochii îngustați, Beverly se uita peste capul lui Alex la nou-veniții gălăgioși. Băieții se duceau la raionul de băuturi. Poate că o vor supăra pe Beverly, încercând să-i înșele vigilența cu acte de identitate false. Orice, numai să-i atragă atenția și s-o facă să uite de Alex.

Cu capul în jos, Alex se îndreptă spre uşă. N-avea nevoie de alţi martori.

Cu un bufnet, capul ei se lovi de pieptul celui de-al treilea băiat. Primul lucru pe care îl remarcă fu mirosul: bluza acestuia puţea a whisky. Alex ridică automat privirea când individul o înşfăcă de umeri.

— Ai grijă pe unde mergi, şmecheraşule.

Era un băiat alb solid, nu la fel de înalt ca tovarăşii lui. Alex încercă să scape de el. Băiatul o strânse mai bine cu o mână, iar cu cealaltă îi dădu gluga pe spate.

— Hei, e fată. Apoi mai tare, către băieţii de lângă vitrinele frigorifice: Ia uitaţi-vă ce-avem aici!

Vocea lui Alex deveni glacială. N-avea niciun chef de prostiile astea.

— Ia-ţi mâinile de pe mine!

— Dacă nu laşi fata-n pace, chem poliţia! strigă Beverly cu glas ascuţit. Acum formez numărul.

Lui Alex îi venea să ţipe. Exact de asta avea nevoie.

— Stai în banca ta, cotoroanţo, că ne ocupăm imediat şi de tine.

Ceilalţi doi, unul negru, celălalt hispanic, erau deja pregătiţi să-şi susţină prietenul. Alex scoase din centură o mică seringă. N-avea s-o ajute să rămână neobservată, dar trebuia să-l anihileze pe nătărăul ăsta şi s-o şteargă de-acolo înainte ca Beverly să sune la poliţie.

— Am format nouă şi primul unu, îi avertiză Beverly. Ieşiţi afară imediat!

Alex încercă să se smulgă din strânsoare, dar idiotul rânjea şi o ţinea acum strâns cu amândouă mâinile de partea de sus a braţelor. Alex pregăti acul.

— E vreo problemă, băiete?

Nuuuu, gemu Alex în sinea ei.

— Ce? zise băiatul alb pe un ton agresiv, dându-i drumul şi răsucindu-se spre nou-venit.

Apoi făcu repede un pas înapoi, iar Alex se văzu nevoită să se ferească din calea lui.

Petrecuse atât de mult timp în preajma lui Daniel, încât uitase cât de înalt era de fapt. Avea cu peste doi centimetri mai mult decât cel mai înalt dintre băieți şi îi înfrunta foarte sigur pe el. Bine măcar că-şi pusese o şapcă de baseball pe cap, care-i ascundea părul şi o parte din chip. Barba de curând crescută era îndeajuns de neagră ca să-i camufleze uşor conturul feței. Asta era bine. Dar nu la fel de bine era că-şi înfipsese un Glock — într-o manieră cât se poate de vizibilă — la centură.

— Nu, nicio problemă, domnule, spuse tânărul negru.

Îl apucă pe băiatul alb de umăr şi-l trase un pas în spate.

— Bun. Atunci, ce-ar fi să vă cărați de-aici?

Băiatul alb îşi înfoie pieptul.

— După ce ne luăm ce ne trebuie.

Daniel mişcă din maxilare. Alex nu putea să spună exact despre ce era vorba, dar dintr-odată fața lui numai prietenoasă nu era. Se aplecă spre scandalagiu.

— *Acum!*

Nu făcea deloc pe durul, era doar foarte autoritar.

— Haide, insistă băiatul negru.

Îl împinse pe puştiul alb pe lângă Daniel, trăgându-l de mânecă pe al treilea. Se grăbiră spre maşină, dându-şi coate şi împingându-se puțin. Alex stătea cu spatele la Beverly şi îl înghionti pe Daniel, avertizându-l astfel ca nici el să nu se întoarcă spre femeie. Băieții se urcară în camionetă şi şoferul acceleră, ieşind din parcare în scrâşnet de pneuri.

— Hei, amice, îi zise Beverly lui Daniel şi-i zâmbi. Mulțumesc că ne-ai ajutat.

— E în regulă, răspunse el şi întinse galant braţul, invitând-o pe Alex să iasă înaintea lui.

Alex se grăbi să ajungă la maşină. Îl simţea pe Daniel în spatele ei şi spera să aibă atâta minte încât să ţină capul aplecat şi să nu se întoarcă.

— Ei bine, nu ştiu cum putea să iasă mai prost chestia asta, zise Alex nemulţumită când porniră din nou la drum. Femeia aia o să ne ţină minte toată viaţa ei.

— Îmi pare rău.

— Trebuia tu să intri acolo ca un cowboy, cu pistolul la cingătoare.

— Avem totuşi plăcuţe de Texas, îi aminti el. Şi ce trebuia să fac? Mucosul ăla...

— Urma să aibă un acces violent de vomă. L-ar fi scos din circuit complet şi probabil că ar fi făcut atâta mizerie încât Beverly ar fi uitat cu totul de mine.

— Oh.

— Mda, „oh", într-adevăr. Daniel, sunt în stare să-mi port singură de grijă, să ştii.

Chipul lui căpătă din nou acea expresie dură pe care o avusese în benzinărie.

— Ştiu asta, Alex, dar s-ar putea să vină odată clipa în care chiar să ai nevoie de ajutor. Iar când o să se-ntâmple asta, n-o să mai stau să aştept în maşină. Cred c-ar fi bine să te-mpaci deja cu ideea asta.

— Am să-ţi spun când o să am nevoie de ajutor.

— Iar eu o să fiu acolo, ripostă el.

Alex lăsă tensiunea să se risipească şi, câteva clipe, nu se mai auzi decât huruitul motorului nerăbdător să ardă noua rezervă de benzină. Apoi Daniel oftă.

— Trebuia să-mi dau seama că eşti cu un pas înainte, spuse el.

Alex dădu din cap în semn de acceptare a scuzelor nerostite, deşi spusele lui îi stârniseră sentimente contradictorii.

— Unde-ai învăţat să faci asta? îl întrebă după câteva momente.

— Ce?

— Să intimidezi oamenii.

— Şcoala unde predau nu e chiar una privată şi exclusivistă. Oricum, majoritatea tinerilor îşi doresc să preia cineva controlul. Îi face să se simtă mai în siguranţă.

— Înseamnă că băieţii ăia or să doarmă tun la noapte, spuse ea râzând.

*

Restul nopţii trecu într-o atmosferă mai liniştită. Daniel moţăi cu capul lipit de geam, sforăind uşor, până la următoarea benzinărie, aflată cam la treizeci de kilometri est de Dallas. Bărbatul somnoros de la casă nu arătă niciun interes pentru faţa lui Alex. Când ieşiră din raza de acţiune a camerelor de luat vederi, Alex trase pe acostamentul întunecat şi schimbă locurile cu Daniel, care susţinea că e odihnit şi capabil să conducă. Alex dormi până la următoarea oprire, la sud de Shreveport, unde făcură iar schimb de locuri.

Zorii se apropiau. Alex căută pe GPS-ul sofisticat de la bord un parc naţional sau o rezervaţie naturală şi constată că se aflau nu departe de imensa Pădure Naţională Kisatchie. Se îndreptă spre colţul parcului situat cel mai aproape de I-49, apoi o luă pe nişte drumuri lăturalnice până găsi o zonă izolată şi îndeajuns de împădurită încât să poată opri liniştită între nişte copaci. Dădu cu spatele printr-un spaţiu îngust, până când rămase doar atâta loc cât să se deschidă trapa din spate. Când deschise portiera, arşiţa umedă de afară năvăli în aerul răcoros din interiorul vehiculului.

Einstein sări nerăbdător din maşină şi se duse să se uşureze. Mai greu era pentru Lola. Când termină, Alex trebui să-i pună un pansament nou. Daniel scoase apă şi mâncare pentru câini înainte ca Alex să fi încheiat îngrijirile medicale, apoi dispăru şi el puţin. Ea făcu la fel; nu era prima oară când locuia într-o maşină, era pregătită.

Examină partea frontală a vehiculului şi trebui să admită că era impresionată. Cu ochiul liber nu se vedea niciun semn că suferise vreo avarie.

Nu aveau prea multe variante pentru micul dejun. Alex se înfruptă din aceeaşi cutie de prăjiturele cu care-şi începuse prima dimineaţă la fermă, iar Daniel făcu la fel.

— Cum o să ne descurcăm cu mâncarea? întrebă el.

Alex îşi şterse cu braţul transpiraţia de pe frunte, înainte să i se prelingă în ochi.

— La noapte o să cumpăr câte puţin de la fiecare benzinărie din drum, ca să rezistăm câteva zile. Să mă anunţi dacă ai vreo preferinţă.

Alex căscă, tresărind de durere.

— Ai nişte aspirină? o întrebă Daniel.

Ea dădu din cap obosită.

— Ar putea fi o idee bună. Amândoi avem nevoie de somn. Câinii cred că n-or să păţească nimic dacă-i lăsăm afară, nu? Nu vreau să stea închişi zi şi noapte.

Alex scoase din rucsac două pastile de Motrin în vreme ce Daniel făcu loc în maşină pentru ei doi. Mulţumită că pusese totul în ordine, Alex îşi întinse sacul de dormit, rulându-i marginea de sus în loc de pernă.

O surprindea că i se părea normal să-l aibă pe Daniel întins lângă ea, aşa cum pentru el era firesc să o cuprindă cu un braţ pe după mijloc şi să-şi îngroape faţa în scobitura gâtului ei. Țepii scurți ai bărbii lui Daniel o gâdilau, dar nu-i păsa.

Era pe punctul de a adormi când simți că Daniel se mișcă lângă ea. La început, crezu că sforăia, dar tremurul nu se opri. Îi prinse degetele cu care o strângea de mijloc și simți că tremurau. Se ridică brusc în capul oaselor și se întoarse cu fața la el. Daniel făcu ochii mari și încercă să se ridice. Alex îl împinse la loc, punându-i mâna pe piept.

— Ce s-a întâmplat? șopti el.

Alex îi cercetă chipul. Era greu să-ți dai seama în lumina slabă, dar părea mai palid ca înainte. Trebuia să fi fost mai atentă la asta. Acum că aveau prilejul să lase garda jos un moment, tensiunea din noaptea precedentă începea să-și arate efectele. Probabil că Daniel nu era în stare de șoc, ci avea un atac de panică.

— Nimic. Poate că tu ai pățit ceva.

Îi puse palma pe frunte; era lipicioasă.

— Ți-e rău?

— Nu, sunt bine.

— Tremurai tot.

Daniel clătină din cap și trase aer adânc în piept.

— Scuze, mă gândeam la... cât de aproape a fost.

— Nu. S-a terminat. Ești în siguranță.

— Știu, știu.

— N-o să las să ți se întâmple nimic rău.

Daniel râse, iar Alex simți în glasul lui aceeași surescitare pe care o trăise și ea cu o noapte înainte.

— Știu, repetă el. O să fiu bine. Dar tu? *Tu* ești în siguranță?

O trase la pieptul lui, protejându-i partea rănită a feței cu degetele lui lungi, și-i șopti în păr:

— Am fost la un pas să te pierd! Tot ce vreodată a însemnat ceva pentru mine s-a dus... Mi-am pierdut casa, slujba, viața... M-am pierdut *pe mine*. Atârn de un fir de ață, Alex, şi firul acela eşti tu. Dacă ţi se întâmplă ceva... nu ştiu ce-ar însemna pentru mine. Nu ştiu cum am să pot continua. Cu restul mă pot împăca, Alex, dar nu pot să te pierd şi pe tine, nu pot!

Trupul lui Daniel fu străbătut de încă un fior.

— E în regulă, murmură ea, atingându-i buzele cu vârfurile degetelor. Sunt aici.

Ce-ar fi fost potrivit să spună acum? Nu ştia cum să consoleze pe cineva. Chiar şi când se aflase în ultimul stadiu al bolii care îi adusese moartea, Judy, mama ei, nu voise compasiune şi nici minciuni. Dacă Juliana îi spunea ceva de genul „Arăţi minunat azi, mamă", răspunsul lui Judy era „Lasă vrăjeala, am şi eu oglindă". Nicio clipă nu-i trecuse prin cap lui Judy că fiica ei ar putea avea nevoie de consolare; în definitiv, nu Juliana era cea care urma să moară.

Învăţase de mică să nu se aştepte la compasiune din partea celorlalţi; şi nici nu ştiuse vreodată cum să şi-o arate pentru cineva. Se simţea mai în largul ei să observe aspectele clinice, explicându-i că ceea ce simţea acum era doar o reacţie firească la perspectiva unei morţi violente, dar îi mai spusese astfel de lucruri şi înainte şi ştia că n-au niciun efect. Aşa că se pomeni imitând gesturi pe care le văzuse la televizor, vorbind încet şi mângâindu-l pe obraz.

— Suntem în siguranţă... s-a terminat.

Se întrebă dacă n-ar trebui să-l acopere cu sacul de dormit, pentru orice eventualitate, deşi era deja transpirat şi nici nu-i era frig. Totuşi, Alex ajunsese deja la concluzia că el funcţiona la o temperatură mai mare decât ea. Atât fizic, cât şi metaforic.

I se părea că Daniel respiră greu, aşa că se ridică într-un cot ca să-i poată examina faţa.

Nu era doar palid. Ochii lui blânzi erau bântuiţi, chinuiţi, şi-şi ţinea maxilarul încleştat ca să facă faţă panicii pe care încerca s-o controleze. O venă îi pulsa pe frunte. O privea stăruitor, ca şi cum ar fi implorat-o să-i uşureze suferinţa.

Expresia lui declanşă coşmarul unei amintiri: momentele când îl chinuise ca să-l facă să vorbească. Îşi aruncă impulsiv braţele pe după gâtul lui, ridicându-i capul şi strângându-l la piept ca să nu-i mai vadă faţa. Îşi simţi trupul scuturat de spasme şi partea raţională a creierului îi transmise că era la fel de traumatizată ca şi el. Dar celeilalte părţi, cea iraţională, nu-i păsa. Un val de panică năvăli peste ea, dându-i senzaţia că nu-l poate strânge îndeajuns de tare ca să se convingă că e într-adevăr viu şi în siguranţă. Sau că ar fi posibil ca într-o clipită să se afle din nou în cortul ei negru, în care Daniel urla în chinuri. Sau, şi mai rău, că ar putea deschide ochii în holul întunecat de la etaj unde ar găsi cadavrul însângerat al lui Daniel căzut la picioarele ei, în locul asasinului. Pulsul îi crescu brusc şi simţi că nu mai poate să respire.

Daniel se rostogoli astfel încât acum era lângă ea şi-i luă mâinile în ale lui. Lui Alex îi trecu prin cap că el se pregătea să o consoleze — rol în care ea eşuase atât de spectaculos, dar apoi ochii lor se întâlniră şi acum Alex vedea reflectată în privirea lui propria spaimă. Spaima de a nu pierde, spaima de *a avea*, pentru că numai având ceva preţios îl poţi pierde. În loc să o consoleze, spaima adâncă pe care o vedea în ochii lui o intensifica pe a ei. Putea să-l piardă şi nu ştia cum ar mai fi fost în stare să trăiască.

Capitolul 21

Buzele li se împreunară atât de brusc, încât Alex nu mai ştia cine se mişcase primul.

Apoi trupurile lor se încleştară într-un fel de furie disperată, buze şi degete, limbi şi dinţi. Aproape că nu mai respirau, dar asta nu conta. Alex nu voia nimic altceva decât să fie mai aproape de el, apoi şi mai aproape, să intre *în* pielea lui cumva, în aşa fel încât nimeni să nu-i mai poată despărţi. Simţi arsura rănii de pe obraz, iar toate vânătăile, vechi şi noi, se treziră la viaţă, dar durerea nu reuşi să-i alunge nevoia acută. Se încleştară aproape ca nişte adversari, întorcându-se şi răsucindu-se în spaţiul strâmt, lovindu-se de genţi şi căzând pe podea. Era uluită de cât de electrizantă era forţa lui brută — întotdeauna se temuse de forţa unui bărbat, dar acum o făcea să se înfioare. Se auzi un zgomot de ţesătură sfâşiată, dar nu putu să-şi dea seama dacă erau hainele ei sau ale lui. Îşi aminti de textura pielii lui, de conturul muşchilor lui sub palmele ei, însă nu-şi imaginase că, lipit de pielea ei, trupul lui Daniel îi poate oferi astfel de senzaţii.

Mai aproape, pulsa sângele ei. *Mai aproape.*

Deodată, Daniel se smuci într-o parte, dezlipindu-şi gura de a ei cu un geamăt înăbuşit. Un scheunat se auzi la picioarele lui Alex. Se ridică şi-l văzu pe Einstein, care-l apucase pe Daniel de gleznă.

— Einstein, *pe loc repaus*, gemu el, smucindu-se ca să-şi elibereze piciorul. Lasă-mă!

Einstein îi dădu drumul, uitându-se neliniştit la Alex.

— Pe loc repaus! îi spuse Alex cu glas răguşit. E-n regulă.

Cu un mârâit ezitant, Einstein sări afară prin trapa deschisă.

Daniel se rostogoli şi închise uşa. Se întoarse spre ea în genunchi, cu pupilele dilatate şi ochii hăituiţi. Scrâşni din dinţi ca şi cum se lupta să-şi recapete controlul.

Alex ridică mâinile spre el, trăgându-l de cureaua blugilor, iar Daniel se prăbuşi peste ea gemând înfundat.

— Alex, Alex, şopti cu gura lipită de gâtul ei. Rămâi cu mine, nu pleca.

Cu toată frenezia momentului, Alex îşi dădea foarte bine seama ce îi cerea el. Şi, când îi răspunse, vorbi cât se poate de serios, deşi ştia că putea fi cea mai mare greşeală.

— Am să rămân, îi promise ea. N-am să plec.

Gurile lor se împreunară din nou, iar Alex, cum stătea cu pieptul lipit de al lui Daniel, îi simţea inima bătând într-un ritm sincopat şi răspunzând bătăilor propriei inimi.

Sunetul ascuţit al telefonului o făcu să se îndepărteze de el, cuprinsă de panică.

Daniel scutură din cap, cu ochii închişi, încercând parcă să-şi amintească unde era.

Alex se ridică în capul oaselor, căutând telefonul.

— E la mine, spuse Daniel, cu respiraţia întretăiată.

Îşi strecură mâna în buzunarul blugilor tocmai când telefonul sună din nou.

Se uită la număr şi apăsă butonul de răspuns. Cu mâna stângă, o strânse din nou la pieptul lui.

— Kev? zise Daniel, trăgându-şi răsuflarea.

— Danny... hei, totul e în regulă?

— Mda.

— Ce faceți acolo?

— Încercam să dormim.

— Gâfâi de parc-ai alerga la maraton.

— M-a speriat telefonul. Ştii, suntem cu nervii întinşi la maximum.

Mințea cu atâta uşurință încât aproape c-o făcu pe Alex să zâmbească, în ciuda neliniştii pe care o simțea.

— Oh, aşa e, scuze. Dă-mi-o pe Oleander la telefon.

— Vrei să spui Alex?

— Cum vrei tu. Dă-i telefonul.

Alex încercă să se liniştească şi să respire normal.

— Da?

— Ce? Să nu-mi spui că şi pe tine te-a speriat telefonul.

— Ştii ceva? Uite că nu sunt agent sub acoperire ca să nu mă sperii de nimic. În plus, a fost o noapte foarte lungă.

— Am să fiu scurt. L-am găsit pe omul meu. Îți spune ceva numele Deavers?

Alex se gândi câteva clipe, străduindu-se să se concentreze pe lucrurile importante.

— Da, ştiu numele ăsta. Apărea în nişte dosare din care erau extrase informații pentru CIA. Totuşi, n-a venit niciodată să monitorizeze un interogatoriu. E un fel de şef pe-acolo?

— E mai mult decât un şef şi vrea să urce şi mai sus. A fost una dintre țintele potențiale pe care le monitorizam. Dis-de-dimineață, Deavers primeşte un telefon, loveşte furios cu pumnii în perete, apoi dă şi el un telefon. Îl ştiu pe individul ăsta — îi place să-i pună pe trepăduşii lui la treabă. Nu iese din birou. Trimite un aghiotant să-i aducă persoana pe care o vrea. Întotdeauna să fie el în avantaj. Dar, după acest al doilea telefon, dă fuga să se-ntâlnească cu omul tău, Carston. S-au întâlnit într-un părculeț rezidențial oarecare, aflat la câțiva kilometri de birourile lor, apoi au plecat într-o plimbare, arătând tot timpul de parc-ar fi vrut să-și facă unul altuia de petrecanie. E Deavers, cu siguranță.

— Și ce te gândești să faci?

— Hmm. Cred că tot vreau e-mailul ăla. Trebuie să aflu cine mai știe despre povestea asta. Să-l scot din circuit pe Deavers n-o să fie prea greu, dar, dacă nu e singur, ceilalți vor fi preveniți. Ai un pix?

— O secundă.

Alex se târî până la scaunul din față și-și căută rucsacul. Scoase un pix, apoi, pe spatele bonului de benzină, scrise adresa de e-mail dictată de Kevin.

— Când? întrebă ea.

— În seara asta, zise Kevin. După ce dormi puțin și mai prinzi puteri.

— Am să-l trimit din Baton Rouge. Ai un scenariu sau vrei să improvizez eu ceva?

— Știi care-i treaba. Nu-l face să sune prea intelectual.

— Bine. O să încerc să-ți imit stilul de neanderthalian.

— Perfect. După ce schimbați mașina cu a familiei McKinley, veniți încoace.

Coborî iar glasul, dar Daniel era atât de aproape încât efortul lui Kevin de a vorbi încet se dovedi inutil.

— Crezi că Danny o să facă pe nebunul dacă nu-l iei cu tine?

Alex își ridică privirea spre Daniel. Era ușor să-i citești reacția.

— Da. Oricum, nu-s așa de sigură că ar fi o idee bună. Poți să zici că-s paranoică, dar nu mai cred în ascunzători.

Daniel se aplecă și-și lipi buzele de fruntea ei, ceea ce o împiedică să mai fie atentă la ce spunea Kevin.

— ...să încerc să găsesc un loc unde s-o duc pe Lola. Cât de rău se prezintă fața ta? Oleander?

— Poftim?

— Fața ta? Cum arată?

— Ditamai bandajul pe falcă şi pe ureche.

În timp ce Alex vorbea, Daniel începu să-i examineze rănile, oftând.

— Plus toată distracția, completă Alex.

— S-ar putea să meargă, zise Kevin. Şi Lola e rănită. O să le servesc o poveste care să-i mulțumească.

— Pe cine?

— Pe ăia de la pensiunea pentru câini, unde să o duc pe Lola. La dracu', Ollie, trebuie neapărat să dormi, că văd că nu te mai poți concentra.

— Mai bine scriu e-mailul ăla acum, cât am dispoziția potrivită.

— Sună-mă când porniți din nou la drum, zise Kevin şi închise.

— Sângerezi prin bandaj, spuse Daniel neliniştit.

Alex îi întinse telefonul.

— Nu-i nimic. Trebuia s-o lipesc de-aseară.

— Hai să ne ocupăm acum de asta.

Alex îi cercetă chipul. Expresia sălbatică şi cuprinsă de panică se transformase într-una de îngrijorare. Încă avea pieptul ud de transpirație, dar respirația îi revenise la normal. Alex nu-şi dădea seama dacă şi ea se mai liniştise puțin.

— Chiar *acum?* întrebă.

Daniel o măsură cu privirea.

— Da, chiar acum.

— Chiar aşa de rău sângerează?

Alex îşi pipăi uşor bandajul, dar nu simți decât ceva umed şi călduț. După expresia lui, s-ar fi aşteptat ca sângele să țâşnească şuvoi.

— *Sângerează*, şi e suficient. Unde-i trusa de prim ajutor?

Cu un oftat, Alex se întoarse către genţile puse una peste alta şi începu să le dea jos ca să ajungă la cea în care era trusa. În timp ce căuta în geantă, simţea degetele lui Daniel mângâindu-i omoplatul stâng.

— Eşti plină de vânătăi, murmură el şi o atinse pe braţ. Astea par să fie recente.

— Am fost atacată, recunoscu Alex în timp ce scotea trusa, întorcându-se spre el.

— Nu mi-ai spus niciodată ce s-a-ntâmplat în casă, zise Daniel.

— Nu vrei să ştii.

— Poate că vreau.

— Bun, atunci *eu* nu vreau să ştii.

Daniel se aşeză jos, cu picioarele încrucişate, şi puse trusa între ei. Alex oftă şi îşi înclină faţa spre el.

Cu gesturi blânde, Daniel începu să-i desprindă leucoplastul.

— Poţi să tragi mai repede, îi ceru ea.

— Lasă-mă să fac cum ştiu eu.

Rămaseră tăcuţi un moment, cât timp Daniel se ocupa de bandaj. Alex îşi dădu brusc seama cât era de epuizată.

— De ce nu vrei să ştiu? insistă el în timp ce o tampona cu o compresă dezinfectantă. Crezi că nu fac faţă?

— Nu, doar că...

— Ce e?

— Felul în care mă priveşti acum. Nu vreau să se schimbe.

Cu coada ochiului, Alex îl văzu zâmbind.

— Nu trebuie să-ţi faci griji în privinţa asta.

Ea ridică din umeri drept răspuns.

— Cum procedez acum? întrebă el, scoţând tubul de adeziv din cutie.

— Uneşti marginile tăieturii, întinzi adeziv şi ţii strâns până se usucă lipiciul. Cam un minut.

Alex se chinui să nu tresară când Daniel îşi apăsă ferm vârfurile degetelor pe pielea ei. Aerul se umplu de mirosul familiar al adezivului.

— Doare?

— E bine.

— Nu oboseşti niciodată să fii dură?

Alex îşi dădu ochii peste cap.

— Durerea e suportabilă, mulţumesc.

Daniel se lăsă puţin pe spate ca să-şi examineze opera.

— Arată nasol, zise. Trebuia să salvezi viaţa unui paramedic, nu pe a mea.

Alex luă tubul de adeziv şi-i înşurubă capacul. Nu voia să se usuce. La felul cum se desfăşura călătoria asta, nu se ştia când va fi nevoie de el.

— Sunt sigură că adezivul o să-şi facă treaba, spuse ea. Mai ţine-l strâns puţin.

— Alex, îmi pare rău pentru adineauri, zise Daniel cu o voce scăzută, smerită.

Ea ar fi vrut să poată întoarce capul ca să-l privească în ochi.

— Nu ştiu ce-a fost, continuă el. Nu-mi vine să cred c-am fost atât de brutal cu tine.

— Ei, lasă, că nici cu mine nu mi-e ruşine.

— Dar eu nu sunt rănit, îi aminti el cu amărăciune. N-am nicio zgârietură, cum ai zis tu.

— Nu cred că asta mai e întru totul valabil, îi spuse Alex, mângâindu-l pe piept.

Se simţeau dârele uşoare pe care i le făcuse cu unghiile.

Daniel inspiră profund şi preţ de câteva clipe amândoi îşi amintiră ce se întâmplase puţin mai devreme. Alex simţi cum i se strânge stomacul. Încercă să-şi întoarcă faţa, dar el o ţinu nemişcată.

— Aşteaptă, îi spuse.

Rămaseră nemişcaţi în tăcerea încordată, în timp ce Alex numără în gând până la şaizeci, de două ori.

— S-a uscat, zise ea.

Încet, Daniel îşi ridică degetele de pe maxilarul ei. Alex se întoarse în sfârşit, dar el avea faţa aplecată, căutând trusa. Găsi spray-ul antibacterian şi aplică din belşug pe rană. Apoi scoase rola de pansament şi cea de leucoplast. Cu gesturi blânde şi fără s-o privească în ochi, îi prinse bărbia între degetul mare şi arătător şi-i ţinu capul nemişcat, apoi întinse bandajul peste tăietură.

— Acum ar trebui să dormim, spuse el în timp ce lipea leucoplastul. Amândoi suntem extenuaţi şi nu gândim limpede. Putem să reluăm această… discuţie când vom fi mai odihniţi.

Alex ar fi vrut să protesteze, dar ştia că are dreptate. Nu era un comportament firesc. Se purtau ca nişte animale — fuseseră la un pas de moarte, şi asta le trezise instinctul de perpetuare a speciei. Era mai degrabă un comportament primitiv decât unul responsabil, de adult.

Dar ea tot ar fi vrut să protesteze.

Degetele lui se odihneau pe gâtul ei şi Alex simţea că pulsul i se accelerează sub atingerea lor. Şi Daniel simţea asta.

— Dormi, şopti el.

— Bine, bine, ai dreptate, bombăni Alex, întinzându-se pe sacul de dormit mototolit. Chiar că era moartă de oboseală.

— Uite, zise Daniel, dându-i tricoul lui.

— Al meu unde e?

— Rupt în bucăţi. Scuze.

În maşină se făcuse prea cald, şi aerul era înăbuşitor. Alex lăsă tricoul lui Daniel deoparte şi zâmbi silit, simţind cum i se întinde pielea de pe obraz.

— Pentru nişte oameni cu resurse limitate, nu prea suntem grijulii cu lucrurile noastre.

Şi el trebuie să fi simţit că nu era aer. Se întinse şi deschise din nou trapa din spate.

— Cum am zis... suntem extenuaţi.

Daniel se întinse lângă Alex, care se cuibări la pieptul lui, întrebându-se dacă într-adevăr va reuşi să doarmă având-ul alături pe jumătate dezbrăcat. Închise ochii, încercând să-şi impună să aţipească. Braţele lui o cuprinseră, ezitant la început, apoi, după câteva secunde, mai strâns, parcă încercând să-i arate că era neclintit în hotărârea lui.

Dacă n-ar fi fost atât de obosită, Alex ar fi protestat puţin. Dar, deşi conştientiza acut prezenţa trupului lui Daniel şi scânteile electrice care se declanşau la contactul cu pielea lui, adormi repede. Pe când se lăsa cuprinsă de amorţeală, două cuvinte stranii i se învârteau prin minte.

Al meu, insista creierul ei în timp ce gândurile i se înnegurau. *Al meu*.

*

Când Alex se trezi, soarele încă lumina puternic dinspre vest, iar sacul de dormit de sub ea era ud de transpiraţie. Umbrele îşi schimbaseră poziţia, astfel încât acum o rază de soare cădea chiar pe faţa ei, strecurându-se prin geamul fumuriu. Clipi somnoroasă câteva momente, aşteptând să se dezmeticească.

Deodată îşi dădu seama că e singură şi se ridică brusc în capul oaselor, alegându-se cu o stare de ameţeală. Trapa din spate a maşinii era încă deschisă, iar aerul cald şi umed îi învăluia pielea. Daniel nu se vedea pe nicăieri. Nici tricoul lui nu era de găsit, aşa că trebui să caute repede ceva să pună pe ea, înainte de a se duce să-l caute. Era o stupizenie, dar dacă avea să dea nas în nas cu o bandă de asasini nu voia s-o facă într-un sutien bej uzat. Îşi puse puloverul gri, larg, chiar dacă era nepotrivit pentru vremea de-afară. Scoase PPK-ul din geantă şi-l înfipse la spate. În timp ce cobora prin trapa deschisă, auzi un foşnet sub genunchi.

Era chitanţa pe care scrisese adresa de e-mail. Dedesubt, cu un scris frumos, citi:

Am plecat cu Einstein la plimbare. Mă întorc curând.

Băgă biletul în buzunar. Cu mişcări silenţioase, coborî din Humvee. Lola stătea întinsă la umbră, având alături castroanele cu mâncare şi cu apă pe care i le lăsase Daniel. Când o văzu pe Alex, câinele începu să dea din coadă.

Alex îşi dădu seama că nu mai era nimeni prin preajmă. Bău apă cu sete şi îşi şterse transpiraţia de pe faţă cu mânecile puloverului.

— Nu ştiu nici măcar încotro au luat-o, se plânse ea Lolei, scărpinând-o după urechi. Iar tu eşti prea slăbită ca să pleci în căutarea lor, nu-i aşa, fetiţo? Deşi sunt sigură că i-ai găsi imediat dacă ai fi în stare să mergi.

Lola îi linse mâna.

Alex simţea o foame cumplită. Căută prin proviziile aduse de Daniel şi se mulţumi cu o pungă de covrigei. În noaptea asta era obligatoriu să-şi completeze rezerva de alimente, chiar dacă nu-i plăcea deloc să lase urme. Bineînţeles că erau sute de trasee posibile pe care ar fi putut să o ia spre o mulţime de destinaţii. Dar, dacă cineva era îndeajuns de insistent şi avea şi un pic de noroc, ar fi putut să pună cap la cap detalii care se repetau. Alex nu mai putea să se folosească de capcane atent pregătite sau să apeleze la planuri minuţioase, iar de altă peşteră a lui Batman nici nu se punea problema. Activele ei constau în bani, pistoale, gloanţe, grenade, cuţite, o varietate de veninuri şi substanţe toxice, un vehicul de asalt şi un câine de atac extrem de inteligent. Între pasivele de natură fizică se înscriau acelaşi vehicul de asalt care atrăgea atenția de la o poștă, un câine invalid, corpul ei întru câtva invalid, o față care sărea în ochi, o altă față dată în urmărire — mai mult sau mai puțin —, lipsa hranei, a unui adăpost și lipsa opțiunilor. Pasivele ei emoționale erau și mai jalnice. Nu-i venea să creadă cât de multe probleme își provocase singură într-un timp atât de scurt. O parte din ea nu-și dorea decât să dea timpul înapoi, să se întoarcă în cada ei mică și comodă, să-și recapete chipul nevătămat și plasele de siguranță. Să aleagă diferit în acea bibliotecă îndepărtată și să șteargă acel e-mail.

Dar dacă într-adevăr i s-ar oferi șansa să dea timpul înapoi, ar face-o? Era acea viață singuratică, amenințată zilnic de teroare, o opțiune atât de bună? Da, înainte situația ei era mai sigură, dar tot hăituită se simțea. Cu toate astea, oare viața ei cea nouă și mai primejdioasă nu era cumva, din multe privințe, mai împlinită?

Stătea lângă Lola, mângâind-o încet pe spinare, când auzi glasul lui Daniel. Tresări speriată, dar se liniști. După tonul lui, își dădu seama că vorbea cu Kevin.

Einstein sosi primul. Alergă nerăbdător spre Alex și-i atinse mâna cu botul umed. O amușină pe Lola în semn de salut și se duse să bea apă.

Daniel își făcu apariția, mergând grăbit pe mijlocul drumului de țară lăsat în paragină. Avea pe cap șapca din material antiglonț. Sub ea, i se vedeau sprâncenele încruntate. Ținea telefonul la ureche.

— M-am întors acum, spunea. Să văd dacă s-a trezit... Nu, dacă doarme, n-o trezesc.

Alex se ridică în picioare, scuturându-și puloverul și întinzându-se. Daniel o observă, și expresia de iritare de pe chipul lui se transformă într-un zâmbet larg. Deși era ușor enervată, Alex nu se putu abține și îi zâmbi și ea.

— E chiar aici. Mai ai puțină răbdare, frate.

În loc să-i dea telefonul, Daniel o trase mai aproape într-o îmbrățișare prelungită. Cu fața ascunsă la pieptul lui, inspirându-i mirosul, Alex zâmbi. Dar, după ce se desprinse din brațele lui, clătină din cap cu sprâncenele ridicate într-o expresie uimită.

— Scuze, spuse Daniel. Nu m-am gândit.

Alex oftă, apoi întinse mâna după telefon. Daniel i-l dădu cu un zâmbet sfios, continuând s-o țină pe după mijloc cu celălalt braț.

— Nu mă lua în seamă, fac și eu ce pot ca să rămânem în viață, bombăni ea, apoi rosti în telefon: Alo!

— Bună dimineața! Văd că fratele meu cel idiot n-a învățat nimic din propriile greșeli.

— Ce s-a întâmplat?

— Nu cine știe ce. Multe telefoane, dar până acum n-a mai intrat nimeni pe fir.

— Atunci, de ce suni?

— Pentru că am senzația că tu și Daniel vă pricepeți de minune să stricați totul. Și chestia asta mă calcă pe nervi.

— Păi atunci sunt *încântată* că am stat de vorbă...

— Nu te-nfuria, Oleander, știi că mă refer la Daniel. Tare mi-aș dori să faci cumva să-l ții în frâu.

— E nou. O să învețe până la urmă.

— Înainte să-l omoare cineva din vina lui?

— Știi că pot să te-aud, da? întrebă Daniel.

— Nu e frumos să tragi cu urechea, spuse cu glas tare Kevin. Dă-te mai încolo să pot vorbi cu fata asta.

— Uite, vorbește tu cu el, zise Alex. Mă duc să pun totul în ordine ca să putem să plecăm când apune soarele.

Îi întinse telefonul și se îndepărtă. Daniel nu zăbovi prea mult cu fratele lui. Cei doi avură un schimb mai dur de replici, în timp ce Alex se duse la mașină ca să evalueze daunele. În compartimentul pentru marfă era un haos total. Dar avea o grămadă de timp la dispoziție ca să facă ordine. Scoase PPK-ul de la spate, îl puse într-o pungă sigilată şi apoi în rucsac. Rulă sacul de dormit şi-l aşeză pe scaunul din față, ca să poată aduna toate gloanțele împrăştiate pe jos.

Îl auzi pe Daniel urcându-se în spatele ei. Începu să caute şi el obiectele rătăcite.

— *Te rog* să mă ierți, zise, fără să se uite în direcția ei. Doar că tu dormeai, Einstein era dornic de o plimbare şi am zis că suntem singuri aici. Mi s-a părut normal. Cred că ăsta trebuia să fie pentru mine primul indiciu că fac ceva interzis.

Alex rămase şi ea cu privirea la ceea ce avea de făcut.

— Închipuie-ți că *tu* te-ai fi trezit singur aici.

— Trebuia să mă gândesc la asta.

— Îmi amintesc de cineva care mi-a promis de curând c-o să mă întrebe dacă e în regulă şi înainte să *respire*.

— Kevin are dreptate, nu-i aşa? zise Daniel cu un oftat. Sunt groaznic.

Alex începu să organizeze încărcătoarele în pungi sigilate şi apoi să le aşeze pe fiecare în câte un buzunar exterior al genții.

— Să ştii că m-am prins ce vrei să faci, îi spuse ea. Prezinți lucrurile în aşa fel încât ori sunt de acord cu Kevin, ori te iert.

— Şi funcționează?

— Depinde. Te-a văzut cineva?

— Nu. N-am văzut niciun semn de viață în afară de păsările şi veverițe. Ştii cum aleargă câinii după veverițe? Ei bine, Einstein le şi *prinde*.

— S-ar putea să ne fie de folos dacă va trebui să mai locuim mult în maşina asta. Nu prea mă pricep să vânez.

— Încă o noapte, bine? O să supraviețuim.

— Sper din toată inima.

— Ăă... vrei să păstrezi astea? întrebă Daniel, părând derutat. Ce sunt... nuci?

Alex ridică privirea ca să vadă la care pungă se referea Daniel.

— Sâmburi de piersică, spuse ea.

— De aruncat?

Alex îi luă punga din mână şi o puse în geanta pe care o reorganiza.

— Nu, spuse ea. Le folosesc pentru cianura de sodiu care se găseşte în mod natural în sâmburii de piersică. Dar e o cantitate foarte mică — trebuie să adun sute de sâmburi.

Oftă.

— Ştii, cândva îmi plăceau piersicile. Acum nu le mai suport.

Se uită la Daniel şi văzu că încremenise, cu ochii măriţi.

— Cianură? zise el.

— Unul dintre sistemele mele de securitate. Când intră în reacţie cu un anumit acid în stare lichidă, se transformă în acid hidrocianic. E un gaz incolor. Folosesc nişte fiole îndeajuns de mari ca să facă aerul irespirabil într-o cameră de trei metri pe trei. Chestii destul de rudimentare. Nu mai am acces la materiale sofisticate. În perioada asta practic din plin chimia artizanală.

Expresia lui Daniel se îmblânzi şi dădu aprobator din cap ca şi cum tot ceea ce-i spusese ea era perfect raţional şi normal. Apoi începu iar să adune gloanţele împrăştiate prin maşină. Alex zâmbi în sinea ei.

Trebui să admită că era mai calmă acum când tot echipamentul era organizat şi împachetat. Cel mai bun lucru legat de tulburarea obsesiv-compulsivă era sentimentul foarte plăcut pe care ţi-l dădea un spaţiu ordonat. Trecuse în revistă toate armele care-i rămăseseră şi se linişti şi în privinţa lor. Cerceii nu puteau fi înlocuiţi şi câţiva compuşi chimici erau în cantități insuficiente, dar cele mai multe dintre armele ei erau încă funcționale.

La cină au avut batoane cu cereale, biscuiți Oreo şi o sticlă de apă pe care o împărțiră stând pe bara din spate a maşinii. Picioarele ei atârnau în aer, în vreme ce ale lui se sprijineau pe pământ. La insistențele lui, mai luă nişte Motrin. Cel puțin pastilele astea erau uşor de înlocuit. Nu trebuia să facă provizii.

— Când plecăm? întrebă Daniel.

— În curând, zise ea, după ce aprecie poziția soarelui. Încă un sfert de oră şi cred c-o să se întunece până ajungem la drumul principal.

— Ştiu că-ți provoc necazuri mari şi probabil că merit, nu ştiu să stau închis undeva sau ceva de genul ăsta, dar crezi c-aş putea să te sărut înainte să plecăm? Promit c-o să fiu mai grijuliu cu fața şi cu hainele tale.

— Grijuliu? Nu sună prea tentant.

— Îmi pare rău, dar în clipa asta e oferta mea cea mai bună.

Alex oftă cu resemnare prefăcută.

— Bine, fie, şi-aşa n-am nimic mai bun de făcut.

El îi prinse fața în palme cu delicatețe, iar de data asta, când Alex îi simți buzele, erau moi şi catifelate. În continuare era străbătută de fiori, de curentul acela electric, dar blândețea lui Daniel îi dădea un fel de linişte ciudată. Era ca în bucătăria de la fermă, doar că acum se purtau cu mai multă prudență. Îşi aminti intens acea dimineață şi brusc ar fi vrut să se răsucească şi să-şi înfăşoare picioarele în jurul lui, dar ezită. Se simțea atât de bine aşa cum era. Degetele ei îşi găsiră calea către buclele lui Daniel, un gest care părea să devină un obicei.

Daniel o sărută pe gât, simțindu-i pulsul. Îi şopti în urechea teafără:

— Un lucru mă preocupă.

— Doar *un* lucru? spuse ea răguşit.

— Mă rog, în afară de cel evident.

Gura lui Daniel se apropie iar de buzele ei, dar de data asta era mai iscoditoare. De aproape zece ani n-o mai sărutase nimeni, dar Alex avea impresia că trecuse mai mult. Nimeni n-o mai sărutase vreodată *aşa*, s-o facă să aibă impresia că timpul s-a oprit în loc, că mintea nu-i mai funcţionează, că e străbătută de un curent electric...

— Vrei să ştii ce este? o întrebă el după câteva clipe.

— Mm?

— Lucrul care mă preocupă?

— Oh, da, desigur.

— Ei bine, începu Daniel, oprindu-se ca să o sărute pe pleoape. Ştiu exact ce simt eu pentru tine.

O sărută din nou pe buze, pe gât.

— Dar nu sunt foarte sigur de ceea ce simţi tu pentru mine.

— Nu e evident?

Daniel se îndepărtă puţin de ea, continuând să-i ţină faţa în mâini, şi o privi cercetător.

— Se pare că suntem atraşi unul de celălalt.

— Perfect de acord.

— Dar mai e şi altceva pentru tine?

Alex îl privi lung, neştiind ce voia să spună.

— Vezi tu, Alex, eu sunt îndrăgostit de tine.

Daniel oftă şi-i cercetă faţa, analizându-i reacţia, apoi se încruntă şi-şi lăsă mâinile pe umerii ei.

— Şi-mi dau seama că nu mă crezi, dar aşa este. Deşi purtarea mea de mai devreme ar putea sugera altceva, sexul nu e obiectivul meu final aici. Şi... cred că aş vrea să ştiu care sunt obiectivele tale.

— Obiectivele mele? zise Alex, uitându-se la el neîncrezătoare. Vorbeşti serios?

Daniel dădu din cap cu gravitate.

Când îi răspunse, vocea lui Alex sună mai strident decât ar fi vrut.

— Am un singur obiectiv, iar ăla e să fac tot posibilul ca noi doi să rămânem în viață. Iar dacă reușesc, speranța noastră de viață poate fi mai mare decât următoarele douăzeci şi patru sau patruzeci şi opt de ore. În cazul în care vom ajunge în acea situație fericită, o să mă pot gândi şi la alte obiective. Dacă n-ai un viitor, nu poți avea obiective.

Daniel se încruntă.

— Chiar aşa de rău stau lucrurile?

— Da! izbucni ea, cu pumnii încleştați şi inspirând adânc. Am crezut că şi asta-i evident.

Soarele apunea. Ar fi trebuit să plece de mai bine de cinci minute. Alex sări din maşină şi fluieră după câini. Einstein țâşni nerăbdător pe lângă ea. Alex vru s-o aducă pe Lola, dar Daniel i-o luă înainte.

Alex îşi dezmorți corpul şi încercă să se concentreze. Se simțea destul de odihnită şi probabil va fi în stare să conducă toată noaptea. Asta era tot ce conta. Să treacă de noaptea asta fără să atragă asupra ei mai multă atenție decât era necesar. Să trimită e-mailul lui Kevin şi apoi să schimbe maşina cu una mai puțin bătătoare la ochi. Doar atât îşi dorea.

Merseră în tăcere o vreme. Până să iasă de pe drumurile lăturalnice se făcu întuneric. Când intrară pe I-49, Alex se relaxă un pic.

Întâlniseră puține maşini şi toate erau vechi şi se integrau în peisaj. Deocamdată, Alex era foarte sigură că nimeni nu ştia exact unde se aflau.

Sigur că trebuia să se concentreze, dar drumul învăluit în întuneric era monoton, iar ea nu putea să nu se întrebe la ce se gândea Daniel. Nu-i stătea în fire să fie aşa de tăcut. Se gândi să pornească radioul, dar i se păru aiurea. Probabil că-i datora scuze.

— Uite, îmi pare rău dacă am fost aspră cu tine, spuse ea, cuvintele răsunând foarte clar după tăcerea prelungită. Nu mă pricep să interacționez cu oamenii. Asta nu-i o scuză pentru mine. Sunt om în toată firea. Ar trebui să fiu în stare să port o conversație normală. Scuze.

Daniel oftă; dar nu era un oftat exasperat, ci mai mult unul de uşurare.

— Nu, eu sunt cel care trebuie să-şi ceară scuze. Nu trebuia să forțez lucrurile. Neatenția mea ne-a adus în situația asta. Dar o să-mi revin.

Alex clătină din cap.

— Nu poți gândi aşa. Nu eşti responsabil pentru asta. Uite, cineva a hotărât să te ucidă. I s-a întâmplat lui Kevin cu şase luni în urmă şi mi s-a întâmplat şi mie cu câțiva ani înainte de asta. Vei face greşeli, pentru că e imposibil să ştii dacă e sau nu o greşeală până ce n-o faci. Dar greşelile nu-nseamnă că eşti vinovat pentru ceea ce se-ntâmplă. Nu uita niciun moment că există o persoană reală care a hotărât că planurile lui sunt mai importante decât viața ta.

Daniel rămase pe gânduri câteva clipe, apoi vorbi.

— Ştiu ce spui. Te cred. Dar trebuie să te ascult mai mult... să mă comport ca tine, să mă concentrez pe ceea ce contează. Nu ne-ajută dacă mă port ca un adolescent cu capul în nori şi-mi fac griji dacă-ți sunt drag sau nu.

— Sincer, Daniel, eu...

— Nu, nu, o întrerupse el. N-am vrut să duc discuția în altă direcție cu comentariul ăla.

— Lasă-mă să-ți explic. Dacă tu eşti un adolescent, eu sunt un copilaş care abia învață să umble. Sunt retardată emoțional. Chiar defectă, cred. Nu mă pricep să fac nimic din toate astea şi, cu toate că supraviețuirea este o prioritate evidentă, o folosesc şi ca să evit întrebările la care ar trebui să fiu în stare să răspund. Adică... dragoste? Nici măcar nu ştiu ce-i aia sau dacă e reală. Iartă-mă, dar mie mi-e... străină. Evaluez lucrurile ţinând cont de necesităţi şi dorinţe. Nu mă descurc cu lucruri din astea mai... *uşurele*.

Daniel râse, şi încordarea ei se risipi. Totul i se părea mai puţin groaznic când putea să râdă cu el.

— Păi atunci spune-mi de ce ai nevoie, îi zise el, privind-o tandru.

Alex se gândi câteva clipe, apoi răspunse.

— Am nevoie... să fii viu. Şi mi-ar plăcea să fiu şi eu vie. Acesta e punctul de la care plec. Dacă obţin mai mult de-atât, aş prefera să te am aproape. Restul e mărunţiş.

— Poţi să mă consideri un optimist, dar cred că neînţelegerile noastre sunt doar de natură semantică.

— Poate că ai dreptate. Dacă mai stăm câteva săptămâni împreună, poate ne prindem cum să vorbim aceeaşi limbă.

Daniel o luă de mână şi zise:

— Întotdeauna am fost bun la lingvistică.

Capitolul 22

Alex alese benzinăria din apropiere de Baton Rouge orientându-se după vârsta casierului. Putea să parieze că avea optzeci de ani şi spera că văzul şi auzul îi erau slăbite.

După ce se convinse că omul nu-i acorda absolut nicio atenţie, în ciuda faptului că fardul ei gros era departe de a fi convingător, trecu la cumpărături serioase. Apă, multe alune şi carne afumată — orice fel de proteine nealterabile. Luă şi câteva cutii cu suc de fructe V8, deşi nu se dădea în vânt după el, dar magazinul nu avea raion de legume şi fructe proaspete. Admise în sinea ei că va trebui, la un moment dat, să ajungă la o băcănie adevărată, dar spera să mai poată aştepta puţin. Cu fiecare zi care trecea, vânătăile se mai retrăgeau un pic.

Nici la cafeneaua non-stop cu internet nu se întâmplă nimic ieşit din comun. Era aproape de universitate, aşa că nu ducea lipsă de clienţi nocturni. Cu gluga pe cap şi privirea în pământ, se aşeză într-un colţ şi ceru o cafea neagră simplă, fără să se uite la barmanul care venise să-i ia comanda. Îşi dori să fi avut timp să trimită mesajul dintr-un loc care să nu le trădeze destinaţia, dar maşina trebuia schimbată înainte de orice altceva. Acesta era dezavantajul ei cel mai mare.

Îşi creă un cont de e-mail nou-nouţ înregistrat pe un nume care nu era altceva decât o combinaţie aleatorie de litere şi cifre. Apoi încercă să intre în mintea lui Kevin.

> Trebuia s-o laşi moartă, Deavers. Nu trebuia să implici un civil. Nu sunt aici ca să-ţi fac treburile murdare, dar m-am ocupat pentru tine de mica inchizitoare. Texas a fost un mod drăguţ de a spune „cu plăcere". Ajunge!

Nu o ameninţare anume, ci mai multe în subtext. Ezită o clipă cu degetul deasupra mouse-ului, săgeţica de pe ecran atingând butonul de Send. Le dădea cumva vreo informaţie pe care ei n-o aveau? Ştiau de-acum că Daniel nu se număra printre cei ucişi la fermă. Nu-l putea păcăli pe Deavers în privinţa asta. Exista vreo posibilitate, pe care ea n-o sesiza, ca mesajul să se-ntoarcă împotriva lor? Putea el să înrăutăţească situaţia?

Apăsă butonul. Oricum, mult mai rău n-avea cum să fie.

Imediat ce termină, se ridică în picioare. Maşina era parcată pe o alee în spate, lângă două containere de gunoi. Mergea repede, cu capul plecat, gluga ridicată şi o seringă în mână. Străduţa laterală era aproape pustie, în afara unui mic grup adunat în pragul întunecat al unei ieşiri dosnice de urgenţă. Alex le aruncă o privire înainte de a urca în vehiculul negru.

Einstein îi atinse umărul cu botul. Daniel îi luă mâna.

— Ştii unde-s ochelarii pentru vedere nocturnă? murmură ea.

— S-a întâmplat ceva? şopti el, lăsându-i mâna şi întorcându-se ca să caute între scaune.

— Nimic nou, răspunse Alex. Poate ceva care o să ne ajute.

Daniel îi dădu ochelarii. Apăsă butonul de pornire şi cercetă din nou mica întrunire.

Tocmai se termina. Nu era chiar o zonă rău famată a oraşului şi toţi cei trei participanţi purtau haine scumpe, chiar dacă erau *casual*. Un bărbat brunet se ţinea de mână cu o blondă, care avea atât de multe etichete țipătoare pe haine, încât arăta ca un pilot de curse. Cei doi tocmai plecau. Blonda se legăna ușor în timp ce mergea. Bărbatul care o însoțea îndesa ceva în buzunarul hanoracului.

A treia persoană rămase în cadrul întunecat al ușii, rezemându-se relaxat de ea ca și cum ar fi așteptat să-i vină alți clienți curând. Era îmbrăcat ca fițoșii din frățiile studențești.

Se gândi la ceea ce simțise în cafenea, înainte de a trimite e-mailul — și anume că era posibil ca situația să se agraveze. Bănuia că ideea care-i venise putea fi proastă, dar acum nu mai știa ce să facă. Și i-ar fi fost de mare folos ca fițosul să fie ceea ce credea ea că este.

Își dădu jos ochelarii.

— Unde-s banii? întrebă ea în șoaptă.

După treizeci de secunde, cu seringa într-o mână și un rulou de bancnote de cincizeci în cealaltă, coborî din mașină și se duse spre individ, care se sprijinea la fel de relaxat de zid. Alex nu vedea foarte clar fără ochelari, dar îi surprinse reacția — tipul se încordă imperceptibil, însă nu se mișcă.

— Salut! spuse ea când ajunse suficient de aproape ca să poată vorbi cu glas scăzut și să fie sigură că o aude.

— 'nă seara, răspunse el cu accentul tărăgănat specific Sudului.

— Mă-ntrebam dacă mă poți ajuta. Caut... un anumit produs.

Tonul ei urcă spre final, ca și cum ar fi pus o întrebare. Nu știa cum să cumpere droguri de pe stradă. Nu fusese niciodată nevoită s-o facă. Era pentru prima oară când rezerva pe care o strânsese în perioada petrecută în Chicago se terminase. Pe Joey G nu-l deranjase niciodată să plătească în natură.

Se așteptase ca fițosul s-o acuze că e de la poliție, așa cum făceau mereu dealerii la televizor, dar individul se mulțumi să dea aprobator din cap.

— S-ar putea să te pot ajuta. Ce anume cauți?

Era puțin probabil să fie polițist, în afară de cazul în care tranzacția la care tocmai asistase fusese simulată ca să atragă un client adevărat. Dacă încerca s-o aresteze, îl neutraliza şi fugea. O urmărire prin Baton Rouge n-ar fi fost cea mai mare dintre problemele ei şi ştia că individul nu-i văzuse fața lovită, pentru că nu avusese nicio reacție.

— Opioide — opiu, heroină sau morfină.

Individul încercă să distingă chipul ei în întuneric, dar Alex nu credea că o să reuşească.

— Da' ştiu că ai o listă exotică! Opiu? Hm. Habar n-am unde ai putea să găseşti aşa ceva pe-aici.

— Heroina e la fel de bună. Aş prefera sub formă de pudră, dacă e posibil. Bănuiesc că n-ai ceva neprelucrat, nu?

Era practic imposibil ca tipul să aibă heroină pură. Până ajungea la el, marfa era modificată de două–trei ori. Nu că i-ar fi spus adevărul lui Alex. Procesul de epurare complica puțin lucrurile, dar avea să-şi facă timp.

Tipul râse o dată şi Alex îşi zise că poate i se părea ciudat stilul ei de a negocia.

— Am ceva marfă de calitate. Dar să ştii că nu-i ieftină.

— Pentru ce plăteşti aia primeşti, zise Alex. Nu caut un chilipir.

— Două sutare gramul. Pudră albă pură.

Pe bune? îşi zise ea. Dar era mai bine să aibă heroină prelucrată decât să nu aibă deloc.

— Trei grame, te rog.

Omul avu o ezitare. Deşi era prea întuneric ca să-i citească expresia, înțelese ce voia după felul cum îşi lăsase capul într-o parte. Alex scoase banii din buzunar şi numără douăsprezece bancnote. O clipă se întrebă dacă individul va încerca să-i fure şi restul de bani. Dar părea un traficant adevărat. Îşi dorea ca un client aparent înstărit cum era ea să devină permanent.

Tipul luă banii, îi verifică rapid din priviri şi-i băgă în buzunarul de la spate al pantalonilor. Alex intră o clipă în panică atunci când individul se ghemui, dar văzu că nu făcea altceva decât să tragă un rucsac din spatele unei grămezi de saci de gunoi aruncaţi lângă zid. Nu avu nevoie să caute prea mult. Câteva momente mai târziu era din nou în picioare, ţinând în mână trei punguţe din plastic. Pe întuneric, Alex nu putea fi sigură de culoare, dar *părea* să fie ceva apropiat de alb. Întinse mâna, şi individul îi puse punguţele în palmă.

— Mulţumesc, spuse ea.

— Plăcerea e de partea mea, doamnă, zise tipul, făcând o plecăciune amuzantă.

Alex se grăbi să se întoarcă, bucuroasă că maşina era greu de identificat din acel unghi. Dealerul avea să vadă un vehicul mare, de culoare închisă, şi nimic mai mult.

Einstein scheună uşor când Alex se urcă în maşină.

— Să mergem, zise ea.

Daniel porni motorul.

— Întorci la stânga pe strada aia laterală. Nu vreau ca individul să vadă prea bine maşina.

— Ce s-a întâmplat? întrebă Daniel şoptit, în timp ce-i urma instrucţiunile.

Alex simţea tensiunea din aer. Nu era de mirare că Einstein era neliniştit.

— Am făcut rost de nişte ingrediente de care aveam nevoie.

— Ingrediente?

— Mi se terminaseră opioidele.

Tocmai intraseră pe un drum mai lat şi Alex simţi cum încordarea lui se risipeşte, probabil datorită atitudinii ei nonşalante.

— Deci a fost o tranzacție de droguri?

— Da. Mai știi ce ți-am zis despre chimia artizanală? Acum e mai complicat ca altădată să fac rost de materiile prime. N-am vrut să ratez ocazia asta.

Urmă un moment de tăcere.

— Sper că n-am făcut o mişcare greşită, murmură ea.

— Crezi că omul ăla o să spună cuiva despre noi?

Alex clipi de câteva ori, nedumerită.

— Ce? O, nu. Nu-mi fac griji în privința dealerului. Mă gândeam la e-mailul acela pe care l-am trimis.

— Acel e-mail a fost comanda lui Kevin, răspunse Daniel.

Ea încuviință.

— Iar el are un procentaj de reuşită mai bun decât al meu.

— Nu, voiam să spun că, dacă lucrurile merg rău, e din cauza *lui*.

Alex râse scurt. Se auzi ca un sunet apăsător.

— Nu eşti de acord?

— Nu ştiu. Vreau să termin povestea asta... dar mă simt obosită, Daniel. În plus, aş vrea să fug şi să m-ascund.

— Asta nu sună aşa de rău, admise el. Ăă... dacă sunt şi eu invitat?

Alex îl privi surprinsă.

— Desigur.

— Bun.

Din nou acel „desigur" automat. Presupunerea nesăbuită că Daniel va fi acolo în viitor — dacă îi era îngăduit unul.

Nu ştia dacă de vină era încordarea epuizantă sau altceva, dar o presimțire supărătoare o urmări tot restul acelei nopți. Poate că era doar agitația provocată de cafeaua pe care reuşise în sfârşit s-o bea după două zile de pauză.

Astfel că simți aproape un şoc când, după şapte ore şi cu soarele ridicat mult deasupra orizontului, ajunseră fără niciun incident la cabana izolată.

Daniel o îndrumase doar de două ori pe un drum greşit — impresionant, ţinând cont de faptul că nu mai venise aici din copilărie — şi toate drumurile pe care merseseră după răsăritul soarelui fuseseră pustii. Asta însemna că nimeni nu putea să raporteze că văzuse un vehicul blindat prin zonă.

Deocamdată parcară în spatele garajului separat de casă. Daniel lovi cu piciorul câteva pietre de la baza scării până o găsi pe cea din plastic. Scoase cheia ascunsă, apoi urcă treptele verandei urmat îndeaproape de Einstein.

Alex rămase în faţa cabanei — o structură din cedru roşu, splendidă, deşi părea că fusese construită în anii şaptezeci. Era atât de obosită, că nu mai putea să facă acei ultimi paşi. Deşi noaptea fusese lipsită de evenimente, drumul fusese lung. Ea şi Daniel schimbaseră locurile la ieşirea din Baton Rouge, apoi Alex se simţise extrem de agitată din pricina e-mailului pe care-l trimisese ca să mai poată dormi. Aşa că îl lăsase pe Daniel să se odihnească şi condusese ea.

Daniel trecu pe lângă ea; se ducea să o ia pe Lola din maşină. Părea destul de în formă.

— Din câte văd, cred c-o să trebuiască să te car şi pe tine, comentă el când trecu iar, de data asta cu câinele în braţe.

O aşeză pe Lola lângă uşă şi se întoarse după Alex.

— Lasă-mă o clipă, bâigui ea. Am creierul amorţit.

— Haide, doar câţiva paşi, o încurajă el, luând-o de mijloc şi împingând-o uşor în faţă.

După ce Alex începu să se mişte, fu mai uşor. Reuşi să urce treptele şi să treacă de uşă. Observă doar în treacăt peretele înalt cu ferestre triunghiulare ce dădeau spre o pădure mlăştinoasă, canapelele vechi, dar care păreau confortabile, un cuptor cu lemne şi o mică scară interioară, în timp ce Daniel o conducea pe lângă toate acestea de-a lungul unui hol îngust.

— Dormitorul principal e-aici... cred. Eu şi Kevin dormeam mereu la etaj. Mă duc să descarc, să mă ocup de câini şi pe urmă vin şi eu.

Alex dădu aprobator din cap când el o conduse într-o cameră slab luminată, având în mijloc un pat mare cu cadru metalic. Doar atât mai observă până ce lăsă capul pe pernă.

— Biata de ea, îl auzi pe Daniel murmurând în timp ce Alex se cufunda în beznă.

*

Reveni la starea de conştienţă încet, plutind într-o irealitate feerică. Se simţea cuprinsă de o stare de confort şi calm; nimic nu o trezise brusc şi, chiar înainte de a-şi recăpăta complet luciditatea, simţi trupul cald al lui Daniel lângă ea. Un zumzet îi atrase atenţia, dar sunetul nu apucă s-o sperie, căci simţi adierea ventilatorului oscilant mişcându-se uşor pe corpul ei. Deschise ochii.

Era încă semiîntuneric, dar lumina avea o altă culoare decât cea din momentul în care se prăbuşise în pat. Se strecura pe lângă perdelele înflorate care acopereau fereastra mare de pe peretele opus. Se lăsa seara şi căldura se domolise. Alex îşi dădu seama că transpirase în somn, dar acum sudoarea se uscase, formând o peliculă pe pielea ei.

Pereţii camerei erau din buşteni lungi de lemn roşu, la fel ca la exterior. Din spate venea altă lumină. Se răsuci şi văzu luminatorul de deasupra măsuţei de toaletă. Rucsacul, masca de gaze şi trusa de prim ajutor erau lângă chiuvetă.

Poate că Daniel nu era un fugar înnăscut, dar era mai grijuliu decât oricare altă persoană pe care o cunoscuse.

Ieşi în vârful picioarelor pe hol şi făcu o inspecţie rapidă. Cabana nu era mare — avea o bucătărie şi un colţ pentru luat masa, sufrageria, mansarda deschisă de deasupra acesteia şi al doilea dormitor mai mic, cu baia pe hol. Găsi şampon şi balsam în cabina de duş înghesuită, dar săpunul lipsea, aşa că se spălă pe corp tot cu şampon. Se bucura că nu era săpun, la fel cum se bucura că găsise frigiderul gol şi că pe toate suprafeţele orizontale se aşternuse un strat fin de praf. Asta însemna că nimeni nu mai trecuse prin camerele astea de ceva vreme.

După ce-şi aplică rapid bandaje noi pe faţă şi-şi examină mâinile, care arătau mult mai bine decât se aşteptase, se uită prin ferestrele lungi de lângă uşa de la intrare ca să vadă ce făceau câinii. Aceştia moţăiau mulţumiţi pe verandă. Începea să se obişnuiască cu liniştea pe care i-o oferea prezenţa lor — putea spune că erau un sistem de alertă timpurie.

I se făcuse puţin foame, dar îi era lene să-şi pregătească ceva de mâncare. Îşi aminti cum se simţise cu o zi în urmă când se trezise singură şi nu voia ca Daniel să se sperie. Nu-i mai era *somn*, dar era obosită şi patul încă arăta bine. Probabil că voia să mai amâne să se gândească la situaţia lor. Cât timp ţinea ochii închişi şi capul pe pernă, nu era nevoită să facă planuri.

Se ghemui la pieptul lui Daniel şi-şi îngădui să se relaxeze. Nu trebuia să facă nimic imediat. Nu cerea prea mult dacă-şi lua douăzeci de minute de odihnă fără gânduri. Sau chiar o oră. Ajunsese până aici vie; merita măcar atât.

Din păcate, să nu gândească era mai uşor în teorie decât în practică. Se pomeni stăruind asupra promisiunii pe care i-o făcuse lui Daniel — că nu-l va lăsa să rămână aici. Pe de o parte, ştia că niciun aranjament menit să-i asigure siguranţa n-ar fi mulţumit-o. Chiar dacă putea să facă rost de rezerve de alimente pentru un an, chiar dacă putea să amorseze casa în aşa fel încât orice intrus să fie anihilat instantaneu şi chiar dacă l-ar fi putut ţine captiv pe Daniel astfel încât să nu iasă şi să dea de bucluc, tot n-ar fi fost mulţumită. Pentru că... *dacă totuşi?* Cei care-i vânau îi mai găsiseră o dată, iar acum ea lăsase o urmă spre locul ăsta, chiar dacă era slabă. Ar fi putut să-l ducă în Nord, la apartamentul ei închiriat, dar departamentul o contactase în timp ce locuia acolo. Nu credea că îi aflaseră noua adresă, dar dacă totuşi...? Cât timp era cu Daniel, putea să facă ce era necesar ca să-l protejeze, lucruri la care el singur nu s-ar fi gândit. Pentru că ea era în stare să vadă capcane pe care el nu le observa.

Pe de altă parte, nu cumva aici vorbeau doar dorinţele ei? Îşi dorea să fie cu Daniel. Oare mintea ei născocea argumente care să susţină această necesitate? Era logica ei greşită — se folosea de ea ca să-şi satisfacă dorinţele personale? De unde putea şti? Mai devreme, îi spusese că nu era bine să aibă alături persoana pentru care se simţea responsabilă când pornea la atac şi ştiuse că vorbele ei aveau o logică. Bineînţeles, dacă-l prindeau în timp ce ea era departe, acea distanţă n-ar fi anulat puterea pe care ar fi avut-o asupra ei.

Oftă. Cum putea să vadă lucrurile mai clar? Se lăsase copleşită de emoţii, şi asta încurcase foarte tare lucrurile.

În somn, Daniel îşi schimbă poziţia şi îşi petrecu braţul peste ea. Ştia ce ar fi spus el despre dilema care o preocupa şi mai ştia că perspectiva lui n-ar fi ajutat-o să vadă mai limpede.

Daniel oftă, începând să se trezească. Îşi plimbă degetele pe spatele lui Alex, apoi spre gât, unde începu să se joace cu şuviţele de păr umed de pe ceafă.

Se întinse cu un geamăt, apoi degetele lui poposiră iar în părul ei.

— Te-ai trezit, murmură el.

Deschise încet ochii, clipind ca să-şi limpezească privirea. În camera întunecoasă, ochii lui erau cenuşiu-închis.

— Nu s-a prins somnul de mine, răspunse ea.

Daniel râse şi închise din nou ochii, strângând-o mai aproape la piept.

— Bun. Cât e ceasul?

— În jur de 4:00, cred.

— Ar trebui să ne îngrijorăm pentru ceva?

— Nu. Cel puţin deocamdată.

— E plăcut.

— Da, chiar este.

— *Asta* e plăcut, spuse el.

Daniel îşi trecu din nou degetele peste spatele ei, apoi îi atinse umărul drept, clavicula şi în sfârşit partea nevătămată a feţei. O ridică spre el, şi nasurile li se atinseră.

— Da, şi asta, recunoscu Alex.

— Mai mult decât plăcut, murmură el şi o sărută, astfel că Alex nu mai apucă să spună că şi ea era de aceeaşi părere.

Îi simţea mâna moale pe faţă, buzele catifelate, şi braţul petrecut pe după mijlocul ei o ţinea strâns. Îl cuprinse de după gât şi se lipi şi mai mult de el.

Nu era ca în maşină, când pericolul îi făcea să fie în alertă tot timpul. Acum nu le era frică. Acum îşi auzeau doar inimile bătând la unison.

Alex bănuia că, după cum decurseseră lucrurile până atunci, era firesc ca, odată ce ajungeau într-un loc liniştit şi sigur, unde erau doar ei noi, nimic să nu-i mai poată ţine despărţiţi.

Partea ciudată era că nu i se părea deloc firesc. Cumva, era cea mai mare surpriză din viaţa ei. Totul era un tăvălug de contradicţii pe care nu le înţelegea. O senzaţie plăcută, familiară... dar în acelaşi timp nouă şi electrizantă. Blândă şi totodată foarte intensă, liniştitoare şi copleşitoare. Era ca şi cum fiecare terminaţie nervoasă din corpul ei era impulsionată simultan de zeci de stimuli contradictorii.

Singurul lucru de care putea să fie sigură era unicitatea lui Daniel, acea esență a ceva pur, ceva mai bun decât orice cunoscuse până atunci. Daniel aparținea unei lumi excepționale, superioare celei în care trăia ea şi, cu toate că cele două lumi se întrepătrundeau, Alex avea sentimentul că-i este îngăduit să existe acolo numai împreună cu el.

Ştia că experiența ei sentimentală era destul de limitată, aşa încât nu prea avea cu ce să compare. Întotdeauna se gândise la sex ca la un eveniment singular, cu un final definit, un efort de obținere a satisfacției fizice, care uneori exista, alteori nu.

Experiența aceasta nu semăna cu nimic din ce trăise. Era mai puțin un eveniment cât o explorare reciprocă şi continuă, o satisfacere a curiozității, o fascinație față de fiecare detaliu mărunt descoperit. Nu era vorba *despre* satisfacție, dar nicio nevoie nu rămânea nesatisfăcută, fie ea fizică sau de altă natură, mai greu de definit.

Căută cuvântul potrivit în timp ce se sărutau fără să se grăbească, în timp ce soarele tivea cu roşu marginile perdelei. Nu ştia cum să numească această emoție care o copleşea atât de tare încât avea senzația că n-o mai încăpea pielea. Semăna puțin cu acea stare de euforie care-o făcea să zâmbească de câte ori se gândea la el, dar multiplicată de mii, de milioane de ori şi apoi redusă la esență. Dar nu găsea numele potrivit. Cel mai apropiat cuvânt la care se putea gândi era *bucurie.*

— Te iubesc, şopti Daniel. Te iubesc.

Poate că ăsta era cuvântul. Niciodată nu-i trecuse prin minte că definiția lui putea să fie atât de... cuprinzătoare.

— Daniel, murmură ea.

— Nu trebuie să zici nimic. Simțeam nevoia s-o spun cu glas tare. Cred că explodam dacă mai încercam s-o țin în mine. Probabil că va trebui s-o spun din nou curând. Să nu zici că nu te-am prevenit!

Daniel râse, iar Alex zâmbi.

— Nu vreau să mai fiu niciodată în situația în care să n-am nimic de pierdut. Mă bucur că ești responsabilitatea mea. Sunt recunoscătoare.

Alex își lăsă capul pe pieptul lui și-i ascultă respirația. Foarte multă vreme, simplul fapt de a respira fusese prioritatea ei. Dacă ar fi putut să stea de vorbă cu femeia care fusese cu doar o lună în urmă, știa că acea femeie ar fi fost îngrozită să aibă grijă și de respirația altcuiva. Femeia aceea n-ar fi acceptat în ruptul capului să fie responsabilă și pentru altă viață în afară de a ei. Dar câte ar fi avut de pierdut! Alex nici măcar nu-și amintea de ce anume se ținea agățată atunci. *Asta* era viața pentru care merita să te lupți.

— Cred că aveam doisprezece, poate treisprezece ani când am cam renunțat la ideea unei vieți extraordinare, spuse Daniel gânditor, trecându-și degetele prin părul ei. Probabil asta e vârsta la care toți începem să ne maturizăm și să lăsăm în urmă fanteziile. Îți dai seama că n-o să descoperi niciodată că de fapt ești extraterestru, adoptat de niște părinți umani banali și înzestrat cu puteri ieșite din comun care vor salva lumea.

Chicoti.

— De fapt, înțelegi asta mult mai devreme, dar nu te poți desprinde, măcar câțiva ani. Și pe urmă lumea te dezamăgește puțin câte puțin, viața își pierde din culoare și te mulțumești cu realitatea... Cred că m-am descurcat binișor. Am găsit fericire din belșug în lumea asta cenușie. Dar vreau să știi că timpul petrecut cu tine a fost extraordinar. Da, a fost și teroare, dar pe lângă asta a fost un fel de bucurie despre care nici nu știam că există. Și asta pentru că *tu* ești extraordinară. Sunt foarte bucuros că m-ai găsit. Se pare că viața mea e sortită să se schimbe drastic, într-un fel sau altul. Sunt însă foarte recunoscător că această schimbare începe cu tine.

Alex simțea un nod în gât și se mira că trebuie să se lupte cu lacrimile. Plânsese de jale, de suferință, de singurătate, ba chiar de frică, dar era pentru prima oară în viața ei când avea în ochi lacrimi de bucurie. Părea o reacție stranie, un lucru pe care niciodată nu-l luase în serios când citise despre el. Acum înțelegea pentru prima dată că bucuria putea fi mai intensă decât durerea.

Ar fi fost fericită să nu mai trebuiască să se dea jos din pat, dar până la urmă li se făcu foame. Daniel nu se arătă nemulțumit de ce aveau de mâncare, dar Alex își dădea seama că va fi încântat când va avea din nou acces la hrană adevărată. În timp ce mâncau carne uscată, alune și fursecuri cu fulgi de ciocolată, râzând și mângâind câinii — bineînțeles că cedaseră rapid și-i lăsaseră pe Einstein și Lola să intre; dacă tot pătrundeai ilegal într-o casă, de ce să n-o faci cu stil? —, li se părea ciudat că nu mai erau nevoiți să se urce din nou în mașină și să călătorească tensionați toată noaptea. Aveau zeci de ore libere în față, pe care să le umple cum voiau. Lui Alex nu-i era greu să presupună cam ce-ar fi ales ei să facă, dar ideea era că se bucurau de libertate. Era prea frumos ca să fie adevărat.

Așa că nu se mirară când sună Kevin.

— Hei, Danny, sunteți bine? îl auzi Alex spunând.

Ca întotdeauna, vocea lui era pătrunzătoare.

— Sunt foarte bine, răspunse Daniel.

Alex clătină din cap către el: nu era nevoie să intre în detalii.

— Excelent! Presupun că ați ajuns la căsuța soților McKinley.

— Da. Locul e neschimbat.

— Asta-i bine. Înseamnă că e tot a lor. V-ați odihnit bine?

— Ăă, da. Mulțumesc de întrebare.

Alex oftă. Kevin n-ar fi pus niciodată întrebarea doar din politeţe, iar ea ştia asta. Prea frumos ca să fie adevărat, într-adevăr. Întinse mâna în acelaşi moment în care îl auzi pe Kevin spunând:

— Dă-mi-o pe Oleander, vreau să vorbesc cu ea.

Daniel păru derutat, fiind clar că nu pricepea, dar îi întinse telefonul lui Alex.

— Lasă-mă să ghicesc, spuse ea. Vrei să venim la tine cât mai repede.

— Da.

Pe chipul lui Daniel se citea dezamăgirea.

— Ce-a făcut Deavers? întrebă Alex.

— Nimic... şi asta nu-mi place. Pentru că e clar că face ceva, dar e mai prudent acum. Se ascunde şi probabil bănuieşte că-l urmăresc. Cred că dă telefoane din alte birouri ca să nu-l aud. Ce-ai scris în e-mail?

Alex îi recită mesajul cuvânt cu cuvânt. Ştiuse că va vrea detalii, aşa că-l memorase.

— Nu-i rău, Ollie, nu-i rău deloc. Poate puţin cam deştept pentru mine, dar e-n regulă.

— Deci, la ce te gândeşti?

— Vreau să acţionez în maximum o săptămână, iar asta înseamnă că trebuie să vii aici şi să te pregăteşti.

— De acord, zise ea oftând din greu.

— Mai e Suburbanul acolo?

— Ăă, încă n-am verificat.

— De ce? întrebă el contrariat.

— M-a luat somnul.

— Trebuie să te-ntăreşti, drăguţă. Somnul de frumuseţe poa' să mai aştepte câteva săptămâni.

— Aş vrea să fiu în formă maximă pentru chestia asta.

— Bine, bine. Când puteţi să plecaţi?

— Unde mergem mai exact?

— Am găsit un loc unde să dormim. Ai ceva de scris la îndemână?

Kevin îi dădu adresa. Era într-o zonă a Washingtonului pe care n-o ştia; îşi imagina că era vorba despre o zonă destul de scumpă a oraşului, dar asta nu se potrivea cu ideea ei de ascunzătoare. Dar probabil se înşela. Trecuse ceva vreme de când plecase din oraş.

— În regulă, trebuie mai întâi să ne adunăm lucrurile. Plecăm de îndată ce putem... *dacă* avem altă maşină la dispoziţie.

— Va trebui să vă opriţi lângă Atlanta la un moment dat după nouă dimineaţa. Am găsit un loc pentru Lola.

— Cum ai explicat rana de glonţ de la picior?

— Că au vrut unii să-ţi fure maşina şi că tu şi căţeaua aţi fost rănite. Te duci la Atlanta să stai o vreme cu mama ta, care e alergică. Eşti foarte traumatizată, aşa că ei nu trebuie să-ţi pună întrebări. Te cheamă Andy Wells şi băieţii ştiu că plăteşti cu cash. Apropo, în scenariul ăsta eu sunt fratele tău, care-ţi poartă de grijă.

— Drăguţ.

— Bineînţeles. Acum mergeţi să vedeţi care-i treaba în garaj şi mă sunaţi dup-aia.

— 'Nţeles, să trăiţi! spuse ea sarcastic.

Kevin îi închise telefonul în nas.

— Chiar o să furăm maşina familiei McKinley? întrebă Daniel.

— Dacă avem noroc, da.

Daniel oftă.

— Uite, o să le lăsăm în schimb maşina noastră. Cred că face cât patru sau cinci Suburbanuri, cel puţin. Dacă n-o să reuşim să le-aducem maşina înapoi, n-or să fie în pierdere, nu?

— Cred că nu. Kevin n-o să fie încântat să lăsăm jucăria lui preferată drept garanție.

— Partea aia e floare la ureche.

Cheia de la casă se potrivea și la ușa garajului. Daniel era sigur că înăuntru, lângă întrerupător, or să găsească un cârlig de care erau atârnate două seturi de chei de mașină. Aprinse lumina.

— Am murit și-am ajuns în rai! exclamă Alex.

— Ha, ia te uită, și-au luat o mașină nouă, constată Daniel, mai puțin entuziasmat. Cred că vechea rablă și-a dat în sfârșit obștescul sfârșit.

Alex se învârti în jurul vehiculului, mângâindu-i tabla cu vârfurile degetelor.

— Uită-te la asta, Daniel! Ai văzut vreodată ceva mai frumos?

— Mm, da? E doar un SUV argintiu, Alex. Ceva obișnuit pe șosele.

— Știu! Nu-i fantastic? Și uită-te la asta!

Îl trase după ea și-i arătă o plăcuță cromată lângă lampa de semnalizare din spate.

Daniel o privi lung, fără să înțeleagă.

— E un hibrid. Și?

— E un hibrid! repetă ea, îmbrățișându-l bucuroasă. Parc-ar fi o surpriză de Crăciun!

— Nu mi-am închipuit că ești ecologistă.

— Pfff! Știi de câte ori va trebui să oprim să alimentăm cu benzină chestia asta? De două ori! Hai, poate de trei ori, cel mult, până la Washington. Și uite... *uită-te* la plăcuțele astea splendide!

Alex își dădu seama că arăta ca un prezentator de show TV după cum gesticula.

— Da, sunt plăcuțe de Virginia, spuse Daniel. Alex, soții McKinley locuiesc mai tot anul în Alexandria. Așa că nu e ceva ieșit din comun.

— Maşina asta o să fie invizibilă în Washington! E ca un bombardier nedetectabil. Dacă cineva reuşeşte să meargă pe urma pe care-am lăsat-o cu Batmobilul texan, o să ajungă într-o fundătură acum. Asta-i o chestie nemaipomenită, Daniel, şi nu cred că apreciezi îndeajuns ce noroc incredibil avem.

— Nu-mi place să fur de la prieteni, bombăni el.

— Soţii McKinley sunt oameni de treabă?

— Foarte de treabă. S-au purtat frumos cu familia mea.

— Înseamnă că n-ar vrea ca tu să mori, nu?

Daniel o privi încruntat.

— Nu, probabil că nu.

— Sunt sigură că, dacă ar afla toată povestea, chiar ar insista să împrumuţi maşina asta.

— Dacă o *împrumutăm*, înseamnă că o aducem înapoi.

— Lucru pe care-l vom face, fireşte. Dacă nu murim. Cred că numai moartea l-ar putea împiedica pe Kevin să-şi recupereze maşina favorită.

Daniel deveni brusc mult mai serios. Îşi încrucişă braţele la piept şi se întoarse cu faţa spre maşină, zicând:

— Nu glumi cu lucrurile astea.

Alex rămase un pic derutată de această schimbare de dispoziţie.

— De fapt, nu glumeam, clarifică ea. Încercam doar să te linişesc. Îţi promit că o s-o aducem înapoi, dacă o să putem.

— Doar... nu vorbi despre moarte. Nu aşa. Aşa de... relaxat.

— A, scuze. Dar, ştii, cu moartea... ori râzi de ea, ori plângi din cauza ei, altă variantă nu e. Iar eu prefer să râd cât mai pot.

Daniel se uită la ea cu coada ochiului, păstrându-şi expresia serioasă câteva clipe. Apoi chipul i se îmblânzi şi îi cuprinse obrazul în palmă.

— Ce-ar fi să nu facem ce vrea Kevin şi să rămânem aici?

— Dacă am putea, aşa am face, răspunse ea, lăsându-şi mâna peste a lui. Dar cei care ne vânează ne-ar găsi, în cele din urmă.

Daniel dădu din cap ca pentru sine.

— Bine, atunci. Începem să strângem?

— Sigur, doar să-l sun pe Kevin mai întâi.

Daniel începu să mute genţile din Humvee în Toyota, în vreme ce Alex îi povestea entuziastă lui Kevin despre maşina nouă. Kevin nu se arătă mai impresionat decât Daniel, dar pricepu imediat.

— E minunat, puştoaico. Acum, grăbeşte-te. Trece timpul.

— N-avem de ce s-ajungem în Atlanta înainte de nouă, aşa că nu-i nevoie să plecăm de-aici înainte de cât? De două noaptea?

— În regulă. Deci vă aştept aici în jur de cinci după-amiază.

— A început numărătoarea inversă, glumi ea.

Maşina — sau după-amiaza petrecută cu Daniel — îi dăduse o dispoziţie exuberantă.

— Mă bucur c-o să mergeţi cu maşina toată noaptea, zise Kevin. Cred că-mi placi mai mult când eşti nedormită.

Cu asta, îi închise din nou telefonul în nas.

— Cred c-ar trebui să-l duc la plimbare pe Einstein, spuse gânditoare Alex. Şi să-i schimb Lolei bandajele. Să pun nişte mâncare la pachet. După care ar trebui să tragem un pui de somn, pentru că iar o să fim epuizaţi.

— Bănuiesc că eu n-am voie să plimb câinele, spuse Daniel.

— Îmi pare rău, cel mai căutat om din America. În momentul ăsta, faţa mea jalnică e mai puţin periculoasă decât a ta, cu sau fără barbă.

— E întuneric afară... eşti sigură că-i bine să pleci singură?

— N-o să fiu singură. O să am cu mine un câine de atac extrem de inteligent şi un SIG Sauer P220.

Daniel schiţă un zâmbet.

— Mare ghinion pe capul aligatorilor flămânzi.

Alex îşi ascunse îngrijorarea. Aligatori. Nu se gândise la *aşa ceva.* Ei bine, o să stea departe de apă. Şi mai spera că Einstein fusese antrenat nu doar pentru agresori umani.

Plimbarea nu se lungi prea mult. Lui Alex nu-i ieşeau din minte reptilele gigantice. Drumul era învăluit în întuneric, dar nu voia să aprindă lanterna. Nu văzu faruri sau lumini de la vreo casă şi nu auzi alte zgomote decât cele care veneau dinspre mlaştină. Era încă destul de cald şi transpira, dar se bucura că-şi luase hanoracul cu glugă, pentru că ţânţarii erau cât se poate de activi.

Când se-ntoarse, Toyota era în faţa casei. Daniel se ocupase de tot, în afară de bandajele Lolei. Alex i le schimbă, sperând că cei de la pensiunea pentru câini o să creadă că o îngrijise un veterinar. Îi mângâie cu tristeţe urechile Lolei. Chiar dacă era mai bine să fie într-un loc unde să fie îngrijită, lui Alex avea să-i lipsească. Se întrebă ce se va întâmpla cu ea dacă nu se vor mai întoarce să o recupereze. Lola era un câine atât de bun. Cineva o va adopta. Alex îşi aminti cum şi-a imaginat că o va lua pe Lola acasă la ea într-un viitor sigur, dar neverosimil. Doar dacă...

Alex fixă ceasul deşteptător de pe noptieră la 1:45, dar era evident că Daniel nu voia să doarmă.

— O să regretăm asta pe la opt dimineaţa, îl preveni ea în timp ce buzele lui coborau pe pieptul ei.

— N-am să regret niciodată asta, răspunse el.

Probabil că avea dreptate. Dat fiind timpul scurt pe care-l aveau acum la dispoziţie, nu trebuia să irosească fie şi numai o secundă petrecută împreună cu el. Fericire cu termen-limită, exact aşa cum crezuse înainte. Doar că acum fericirea era mai mare. Iar termenul-limită mai nemilos.

Capitolul 23

Alex reuşi totuşi să doarmă puţin, cam o jumătate de oră până să sune alarma. Fix atât cât să fie complet amorţită când plecară la drum. Daniel era mai vioi, aşa că se aşeză la volan în timp ce ea înclină la maximum spătarul scaunului. Locurile erau mult mai confortabile, suspensia mai puţin rigidă, aşa că îi fu mai uşor să aţipească puţin. Câinii păreau mulţumiţi în spate, părând să aprecieze şi ei noul mijloc de transport.

Alex îşi reveni când ajunseră la pensiunea pentru câini de la nord de Atlanta. Se făcuse 9:30. Întârziaseră puţin din cauza unor lucrări de construcţie pe I-65.

Daniel rămase în maşină în timp ce Alex o duse pe Lola la biroul de recepţie. Era un loc ospitalier, cu o mulţime de hectare îngrădite de-a lungul drumului de acces. Câinii care alergaseră pe lângă maşina lor când ajunseseră acolo păreau fericiţi şi sănătoşi. Bineînţeles, o vreme Lola n-avea să poată să alerge.

Bărbatul de la recepţie se arătă plin de compasiune când o văzu pe Alex intrând. În mod evident, îşi dăduse seama cine era înainte ca Alex să se prezinte drept doamna Wells. Îl urmă răbdătoare în timp ce-i arăta boxa spaţioasă pe care Lola urma s-o ocupe, explicându-i totodată programul de vizite al veterinarului. Alex îi mulţumi şi-i plăti chiria pe o lună în avans, după care îi dădu Lolei o ultimă îmbrăţişare. Aşa cum o asigurase Kevin, tipul nu întrebă nimic despre rana câinelui şi nu făcu nicio menţiune legată de faţa lui Alex. După douăzeci de minute, ea şi Daniel erau din nou pe drum. Alex se bucura că îi venise rândul să conducă. Avea nevoie să se concentreze la ceva ca să-şi scoată din minte gândul c-o părăsise pe Lola.

Crezuse că Daniel o să adoarmă, dar acesta era încă vigilent şi cu chef de vorbă. Sau poate că o vedea cum încearcă să-şi alunge tristeţea şi voia să o ajute cumva. Alex ajunsese să-l cunoască şi bănuia că starea ei îl îngrijora.

— Tu ştii aproape totul despre mine din dosarul ăla stupid, se plânse el. Dar sunt foarte multe pe care eu nu le ştiu despre tine.

— De fapt, ţi-am spus în mare parte. Când viaţa mea n-a fost ciudată, a fost destul de plictisitoare.

— Spune-mi ceva jenant care ţi s-a întâmplat în liceu.

— Tot ce-a fost legat de liceu a fost jenant. Eram o mare tocilară.

— Sună sexy.

— Serios? Maică-mea mă tundea acasă, aşa că am avut cele mai cumplite bretoane care s-au văzut în anii nouăzeci.

— Te rog, spune-mi că ai şi o poză.

— Ai vrea tu. Când a murit mama, am ars toate dovezile incriminatoare.

— Cine-a fost primul tău iubit?

— Roger Markowitz, răspunse ea râzând. El m-a dus la balul de absolvire. Aveam o rochie cu nişte mâneci bufante absolut fantastice. Albastru electric, fireşte. Roger a încercat să-mi bage limba-n gură în limuzină, în drum spre sala de dans, dar era atât de emoţionat încât a vomitat pe mine. Tot balul mi l-am petrecut la toaletă încercând să-mi curăţ rochia. M-am despărţit de el în noaptea aia. Se poate spune c-a fost o idilă epică.

— Ce melodramă!

— Ştiu. Romeo şi Julieta pentru grădiniţă.

Daniel râse şi o întrebă:

— Care-a fost prima ta relaţie serioasă?

— Serioasă? Hmm, nu ştiu dacă s-ar mai încadra cineva în afară de Bradley. Primul an la facultatea de medicină de la Columbia.

— Ai studiat medicina la Columbia? întrebă el.

— Eram şi tocilară, şi deşteaptă.

— Sunt impresionat. Să revenim la Bradley.

— Vrei să auzi ceva cu adevărat jenant?

— Foarte mult.

— Motivul pentru care-am fost iniţial atrasă de el...

Făcu o pauză.

— Poate că n-ar trebui să recunosc asta.

— E prea târziu să dai înapoi. Trebuie să-mi spui acum.

Alex inspiră adânc.

— În regulă. Semăna cu Egon. Ştii, personajul din *Vânătorii de fantome?* Exact aşa, cu părul ăla înfoiat, ochelari rotunzi şi celelalte.

Daniel se chinuia să nu râdă.

— Irezistibil, de-a dreptul.

— Habar n-ai. *Foarte* tare.

— Cât timp aţi fost împreună?

— Până în prima vacanţă de vară. Pe urmă, în al doilea an, am obţinut o bursă. Am depus cerere amândoi, iar el se considera câştigător sigur. Nu i-a picat bine când *i-am luat bursa*, după cum s-a exprimat. S-a dus şi-a cerut să vadă ce punctaje am avut amândoi. Un lucru pe care l-am remarcat de multe ori în perioada mea romantică: sunt mulţi băieţi cărora nu le place ca fetele să fie mai deştepte decât ei.

— Cred că în felul ăsta numărul pretendenților s-a redus considerabil.

— Până la zero.

— Ei bine, poți să stai liniștită, eu n-am avut niciodată o problemă cu femeile mai deștepte decât mine. N-am vrut să-mi reduc atât de mult numărul pretendentelor. Cred că genul ăsta de infantilism dispare când bărbații se maturizează.

— Va trebui să te cred pe cuvânt. N-am cunoscut niciodată pe cineva în afară de colegii de școală, așa că n-am avut ocazia să cunosc varianta adultă. Mă rog, până acum.

— Niciodată? întrebă el șocat.

— Am fost recrutată încă din facultate. Ți-am povestit cum a fost dup-aia.

— Dar... nu se poate să nu fi cunoscut și alți oameni în afară de colegii de muncă. Ai avut și tu concedii, nu?

— Nu așa de des, spuse ea zâmbind. Și era dificil pentru mine să vorbesc cu oameni din afara laboratorului. Totul era secret. Existența *mea* era un secret. Nu puteam să fiu eu însămi sau să vorbesc despre vreo parte a vieții mele reale cu o persoană din afară. Era prea greu să-mi construiesc un personaj imaginar. Am preferat izolarea. Mi-era peste mână să-ncerc să joc un rol. Paradoxal, nu? Acum îmi schimb numele de la o săptămână la alta.

Daniel își lăsă palma pe genunchiul ei.

— Îmi pare rău. Sună groaznic.

— Mda. Așa era de multe ori. De-aia sunt retardată când vine vorba de relații interpersonale. Dar partea bună e că am avut astfel posibilitatea să obțin rezultate excepționale cu anticorpii monoclonali — vorbesc aici de chestii supercomplicate, despre care oamenii nici n-au habar că există. Și, în esență, n-am avut niciun fel de restricții în cercetările practice. Aveam tot ce-mi doream în laborator. Bugetul meu era uluitor. Am contribuit mai mult decât îți închipui la creșterea datoriei naționale.

Daniel râse.

— Deci, soția ta era mai deșteaptă decât tine? întrebă Alex.

Daniel ezită un moment.

— Nu te deranjează să vorbesc despre ea?

— Păi de ce să mă deranjeze? Nici tu nu ești gelos pe amintirea veșnică pe care i-o port lui Roger Markowitz.

— Bine punctat. Ei bine, Lainey era foarte deșteaptă în felul ei. Nu o inteligență cultivată, ci mai degrabă o istețime dublată de șiretenie. Când ne-am întâlnit era atât de... plină de viață. Diferită de alte femei pe care le cunoscusem, fete ușuratice care erau mulțumite cu stilul meu ușuratic. Lainey voia mereu mai mult — de la fiecare aspect al vieții. Îi cam plăcea să fie... contra. La început, am crezut că doar are opinii foarte ferme și că nu se temea să te contrazică. Îmi plăcea asta la ea. Dar pe urmă, în timp... nu era cu adevărat încăpățânată, dar pur și simplu îi plăcea să dramatizeze. Te-ar fi contrazis chiar și dacă-i spuneai că soarele răsare la est. Măcar tot timpul era palpitant.

— Aha, deci ești un dependent de adrenalină. Totul începe să devină logic acum.

— La ce te referi?

— La atracția ta față de mine.

Daniel se uită la ea lung, clipind rar, așa cum făcea când era surprins.

— Hai, recunoaște, îl tachină ea. Te-ai băgat în povestea asta doar pentru că-ți plac senzațiile tari.

— Hmm, nu m-am gândit la asta.

— Poate c-ar trebui să lăsăm baltă misiunea de la Washington. Mă tem că, după ce-i elimin pe cei care mă vânează și viața devine lipsită de riscuri și plictisitoare, o să-ți iei tălpășița, nu-i așa? spuse ea, oftând teatral.

— Nu m-am dat niciodată-n vânt după planul ăsta. Poate chiar e mai bine să fugim, răspunse Daniel şi Alex nu-şi dădu seama dacă vorbise serios sau doar îi cânta în strună.

— Pe de altă parte, dacă n-o să iasă bine la Washington, o să fie mult mai periculos. O să-ți placă la nebunie.

Daniel îi aruncă o privire iritată.

— Am întrecut măsura? întrebă ea.

— Un pic.

— Scuze.

— Mă tem totuşi că teoria ta e incorectă, zise el cu un oftat. Vezi tu, de mult nu-mi mai plac senzațiile tari. Cu Lainey era în continuare palpitant, dar îmi imaginez că la fel e şi când te scufunzi în nisipuri mişcătoare. Palpitant nu e totuna cu plăcut.

— Dar n-ai plecat.

Daniel coborî privirea când îi răspunse.

— Nu. Am crezut… mă rog, asta mă va face să par un mare fraier. Am crezut că voi putea s-o schimb. Avea multe probleme din trecut şi am pus pe seama lor lucrurile pe care le făcea ca să mă rănească. N-am învinuit-o niciodată. De fiecare dată dădeam vina pe trecutul ei. Cliff — ăsta-i individul pentru care m-a părăsit; un nume cât se poate de potrivit pentru care să fii părăsit, nu crezi? —, Cliff n-a fost prima ei aventură. Am aflat mai târziu despre celelalte.

Ridică brusc privirea către ea.

— Toate astea erau în dosar?

— Nu.

Daniel se uită pe geam.

— Ştiam că trebuie să renunț. Ştiam că mă agăț de ceva fără legătură cu realitatea. Lainey pe care o iubeam era doar în imaginația mea. Dar m-am încăpățânat. Eram prost de-a dreptul. Uneori persişti într-o greşeală pentru că pur şi simplu o faci de prea mult timp.

— O situație tristă.

Daniel se uită la ea și zâmbi parcă fără convingere.

— Da, a fost. Dar cel mai greu mi-a venit să recunosc că nimic n-a fost real. Știi, e umilitor să fii amăgit. Așa încât mândria mea a avut cel mai mult de suferit.

— Îmi pare rău.

— Și mie. Poveștile mele nu-s la fel de distractive ca ale tale. Spune-mi despre celălalt iubit.

— Mai întâi, am o întrebare.

— Ascult, zise el crispându-se ușor.

— Ce-i cu povestea pe care i-ai îndrugat-o prostituatei ăleia, Kate?

— Ce? făcu Daniel, cu o expresie confuză.

— Tipa care urma să-ți planteze dispozitivul de urmărire. Kevin zicea că i-ai spus femeii că divorțul nu se încheiase. Dar a precizat că asta se întâmpla la doi ani după ce vă despărțiserăți. Pentru că n-ai făcut contestație, divorțul s-a încheiat în câteva luni. Deci, de ce ai spus asta?

— Îți mulțumesc din suflet, zise Daniel râzând, că n-ai pus întrebarea asta de față cu Kevin.

— Pentru puțin.

— Da, divorțul era deja poveste veche. Dar tipa asta... tipele *ca ea* nu ajungeau întâmplător în bomba în care-mi înecam eu amarul. Și, dacă vreuna ajungea acolo, nu eu eram insul pe care l-ar fi abordat.

— Cum era?

— Dacă mă mai ajută memoria, era o apariție pe care n-aveai cum să n-o remarci. Era acaparatoare. Și, în mod ciudat... înfricoșătoare. N-am crezut nicio secundă că era cu adevărat atrasă de mine. Simțeam că exista un plan și nu voiam să pic de fraier. Eram puțin cam sensibil la ideea de a fi din nou tras pe sfoară. Dar bineînțeles că nici bădăran nu voiam să fiu, aşa încât am refuzat-o în modul cel mai politicos care mi-a trecut prin minte.

— Ai dreptate, zise Alex chicotind. Să nu-i spui niciodată lui Kevin că ţi-a fost frică de prostituata cea acaparatoare.

— Închipuie-ţi! spuse Daniel, râzând şi el. Rândul tău acum. Încă un iubit.

— I-am cam epuizat... Ia să vedem, până să-mi iau licenţa, m-am întâlnit vreme de două săptămâni cu un tip pe care-l chema Felix.

— Şi ce a stins flacăra pasiunii?

— Trebuie să-nţelegi că singurul loc în care am cunoscut vreodată băieţi a fost laboratorul.

— Mai departe.

— Ei bine, Felix lucra cu animale. Mai ales cu şobolani. Avea mulţi în apartament. Şi nu suportam... mirosul.

Daniel îşi dădu capul pe spate şi râse în hohote. Alex nu se putu abţine şi izbucni şi ea în râs. Nu era chiar ca atunci când se amuzaseră în acea primă după-amiază petrecută în ascunzătoarea lui Kevin, dar era bine. Parcă toată încordarea se risipise, iar Alex se simţea mult mai relaxată decât ar fi crezut că e posibil ţinând cont de locul spre care se îndrepta.

În cele din urmă Daniel adormi la mijlocul unei fraze, povestind despre iubirea lui din clasa a cincea. Einstein sforăia pe banchetă, iar sunetul respiraţiei lor o liniştea pe Alex. Ştia că ar fi trebuit să se gândească la un plan prin care să ajungă la Carston fără să se expună prea mult, dar acum voia doar să se bucure de acele momente. Liniştea sufletească avea să fie o raritate în viitorul apropiat. Dacă ăsta urma să fie ultimul moment de mulţumire deplină, atunci voia să-l trăiască pe deplin.

Era foarte calmă când îl trezi pe Daniel câteva ore mai târziu, când intrau în periferia Washingtonului. Ultima oară când ajunsese în oraşul ăsta fusese furioasă şi îngrozită. Probabil că astăzi avea şi mai multe motive să se simtă la fel, dar încă se bucura de timpul pe care-l mai avea de petrecut singură cu Daniel şi voia să rămână cât mai mult în starea aceea.

Daniel îi citi instrucţiunile de orientare în timp ce se apropiau de destinaţie. Aşa cum crezuse de la început, era un cartier elegant, din ce în ce mai elegant. Numai Kevin putea să aleagă un loc atât de nepotrivit? Ocoli de două ori clădirea de la adresa indicată, îndoindu-se că ăla era locul.

— Mai bine-l sun.

Daniel îi întinse telefonul.

— Aţi întârziat, răspunse Kevin imediat. Ce s-a mai întâmplat acum?

— A fost trafic. Nu s-a întâmplat nimic. *Cred* că suntem în faţa clădirii... locul ăsta nu mi se pare potrivit.

— De ce?

— Păi ne ascundem într-un bloc-turn luxos, în stil art deco?

— Da. Am eu pe cineva care ne lasă să dormim aici. E o parcare sub clădire. Coborâţi la al patrulea nivel, vă aştept acolo.

Kevin închise.

Alex îi înapoie lui Daniel telefonul.

— Măcar o singură dată mi-ar plăcea să-i închid telefonul în nas, zise ea.

— Păi ai făcut-o prima oară când te-a sunat, mai ţii minte? Într-un mod de-a dreptul spectaculos.

— A, da, ai dreptate. Deja mă simt mai bine.

Agitaţia o cuprinse iar când cotiră spre parcare şi lumina zilei dispăru. Coborî pe o spirală claustrofobică până ce ajunse la nivelul indicat, unde-l zări pe Kevin aşteptând nerăbdător lângă un spaţiu marcat REZERVAT REZIDENŢI. Îi făcu semn să parcheze acolo.

În timp ce deschidea portiera, Alex se pregăti, aşteptându-se la câteva comentarii ironice despre faţa ei sau la observații dojenitoare despre gafele lui Daniel, dar Kevin spuse doar atât:

— Nu vă faceți griji cu camerele video. M-am ocupat de ele în dimineața asta.

Apoi deschise portbagajul mașinii ca să-l lase pe Einstein să iasă.

Câinele îl doborî pe Kevin și încercă să-l lingă pe față. Prefăcându-se că nu e deloc geloasă pe afecțiunea câinelui față de stăpânul lui, Alex îi ignoră pe amândoi. Împreună cu Daniel, începu să descarce bagajele.

— Ăă, pe unde-o luăm? întrebă ea.

Kevin se ridică oftând.

— După mine, zise luând cele două genți de voiaj în timp ce se îndrepta spre ascensor.

— Am nevoie de o șapcă? întrebă Alex. Trecem prin vreun hol la intrare, ceva? Nu prea sunt pregătită pentru un prim-plan.

— Nicio grijă, Ollie, liftul ajunge direct în apartament. Apropo, frățioare, mișto barba. Te prinde bine. Mai ales că nu mai semeni cu tine atât de mult.

— Ce să zic, mulțumesc?

— În legătură cu amicul ăsta al tău..., începu Alex.

— N-au cum să fie toți ca Arnie, răspunse Kevin oftând din nou. Îmi pare rău, piticanie, dar chestia asta s-ar putea să iasă nașpa.

— De ce, n-ai încredere în el?

Liftul se deschise într-un hol somptuos... sau era o anticameră? Nu se vedea decât o singură ușă.

— Am plătit-o până săptămâna viitoare, așa că doar atât mă încred în ea.

Alex simți cum i se zbârlește părul de pe ceafă. Daniel o făcuse să se obișnuiască oarecum cu interacțiunea umană, dar știa că încă mai are probleme serioase legate de oameni.

În timp ce străbăteau holul scurt, se chinui cu geanta din mâna dreaptă ca să poată extrage o seringă din centură. Tocmai când o scosese pe cea pe care o căuta, Daniel îi atinse încheietura. Alex se uită în sus şi văzu că o privea ca şi cum ar fi vrut să-i dea de înţeles că reacţiona exagerat. Încruntându-se, strecură seringa la loc. Nu dura mult s-o scoată iar, dacă ar fi fost nevoie.

Kevin avea o cheie de la singura uşă. Trase aer adânc în piept în timp ce o deschidea larg.

La început, Alex se gândi că nimerise în holul de intrare al unei clădiri, pentru că nu fusese niciodată într-un apartament cu o scară interioară din marmură care să ducă la un alt etaj. Apartamentul era opulent, elegant şi modern, cu ferestre din podea până-n tavan, care imediat o făcură să se simtă expusă. Prin ele se vedea cum soarele tocmai începea să coboare spre linia orizontului. Nu *păreau* să fie alte apartamente atât de apropiate din care să-i poată urmări cineva, dar n-ar fi fost imposibil cu un telescop. Sau prin luneta unei puşti.

— Nu! se auzi o voce din spatele lor, dură, dar cumva catifelată.

Alex se întoarse brusc. Apartamentul era mult mai mare decât îşi imaginase. Pe o latură era o bucătărie albă imensă; pe cealaltă, o sufragerie cu zece locuri şi cu acelaşi tip de ferestre. Rezemată de blatul de marmură din bucătărie stătea cea mai rafinată fiinţă umană pe care Alex o văzuse vreodată.

Femeia arăta exact cum glumise Alex când îi spusese lui Kevin cum îşi imagina el că arată Oleander. Avea părul de culoarea mierii, lung şi des, cu bucle unduitoare, ca ale unui personaj feminin dintr-un desen animat de la Disney. Ochi albaştri de culoarea safirului, buze roşii pline, ridicate la colţuri, şi un nas drept şi subţire, toate într-o simetrie fără cusur pe o faţă ovală, cu pomeţi proeminenţi.

Gât de lebădă deasupra claviculelor elegante. Bineînțeles, o siluetă de clepsidră cu o talie minusculă şi picioare ce păreau mai lungi decât întregul corp al lui Alex. Femeia era îmbrăcată doar într-un kimono negru scurt şi avea pe chip o expresie iritată.

— E temporar, spuse Kevin cu glas împăciuitor. Evident, am să-ți plătesc tot atât pentru fiecare dintre ei. Adică de trei ori suma convenită inițial.

Întruchiparea perfecțiunii feminine ridică o sprânceană şi se uită explicit la Einstein, care dădea din coadă frenetic. Câinele se uita la blondă cu o privire nevinovată.

— De patru ori, promise Kevin, lăsând jos gențile pe care le purta. Ştiam că-ți *plac* câinii.

— Kate? întrebă deodată Daniel, pe un ton surprins.

Pe chipul femeii se aşternu un zâmbet ca de reclamă la pastă de dinți.

— Bună, Danny, gânguri ea. Mai-mai să nu te recunosc cu părul ăla de pe față. Ei, să ştii că asta mă face să mă simt mai bine. Ai lăsat o rană urâtă pe orgoliul meu, dar cel puțin nu m-ai uitat.

— Mă bucur... ăă... să te văd din nou, se bâlbâi Daniel, buimăcit de primirea ei.

Ochii blondei îl săgetară pe Kevin.

— În regulă, *el* poate să rămână.

— Doar câteva nopți, zise Kevin. Am nevoie şi de pitica asta.

— Ştii că nu-mi place să primesc femei în spațiul meu, replică ea cu voce egală, mutându-şi ochii la Alex, apoi din nou la Kevin.

— Oh, nu-i problemă, Ollie nu e o fată *adevărată*, o asigură Kevin.

Daniel lăsă gențile jos şi dădu să facă un pas înainte, dar Alex îl prinse uşor de cămaşă.

— Nu acum, murmură ea.

Kate — sau care-o fi fost numele ei adevărat — se desprinse graţios de blatul de bucătărie şi alunecă spre ei. O privi pe Alex de sus, ceea ce nici nu era greu, fiind cu vreo cincisprezece centimetri mai înaltă.

— Şi ce s-a-ntâmplat cu faţa ta? Aşa s-a gândit să te tuneze prietenul tău?

Daniel se crispă. Alex nu ştia sigur ce era asta — poate voia să-şi apere teritoriul? Nu putea decât să bănuiască, pentru că nu prea avea experienţă cu alte femei. În trecutul îndepărtat, suportase două colege de cameră imature, îi plăcuseră alte femei pasionate de ştiinţă şi schimbase bârfe mărunte cu rarele subalterne care nu-i evitau prezenţa. În cea mai mare parte, colaborase cu bărbaţi şi nu cunoştea toate regulile interacţiunilor cu fiinţele înzestrate de natură cu doi cromozomi X. Derutată, alese să spună adevărul, deşi probabil c-ar fi trebuit s-aştepte ca să vadă ce-i spusese Kevin.

— Ăă, nu, a fost un asasin al Mafiei.

Alex îşi mişca maxilarul simţind cum bandajul trage de piele.

— A, iar chestiile mai vechi mi le-a provocat Kevin când a-ncercat să mă ucidă.

— Dacă într-adevăr aş fi încercat să te ucid, acum erai moartă, bombăni Kevin.

Alex îşi dădu ochii peste cap.

— Ce, mai vrei o repriză? o întrebă Kevin. Oricând, draga mea.

— Data viitoare când o să te adorm, îi promise Alex, o să fie pentru totdeauna.

Kevin râse — nu dispreţuitor, cum se aşteptase, ci sincer încântat.

— Înţelegi acum ce spun, Val?

Femeia arăta de parcă făcea eforturi să nu zâmbească.

— În regulă, mi-ai trezit interesul. Dar n-am decât o singură cameră în plus.

— Ollie se adaptează rapid.

— Mă rog, spuse femeia.

Părea că era de acord să-i primească.

— Scoateți toată mizeria din livingul meu.

Îl atinse în treacăt pe Daniel când trecu pe lângă ei. Fără să se uite înapoi, urcă scara. Kimonoul era foarte scurt şi frații o urmăriră cu gura căscată.

— Şi zici că ai refuzat-o pe *asta?* mormăi Alex.

Kevin o auzi şi râse din nou.

— Hai să ducem lucrurile de-aici până nu ne dă pe toți afară.

*

Dormitorul liber era mai mare decât tot apartamentul pe care-l avusese Alex în Washington. Şi nu locuise într-un demisol. Agenții imobiliari i-ar fi considerat vechea locuință un apartament de lux. Locul ăsta era cu câteva trepte deasupra. Kevin fusese sincer când spusese că femeia era prostituată, dar Alex n-avea habar că profesia asta era atât de bine plătită.

Kevin rezemă gențile de voiaj lângă perete.

— Ollie, tu mai ai patul ăla de campanie, da? Lângă baie e un dressing imens. Te uiți şi vezi dacă îți convine. Ai putea să-ți pregăteşti una dintre canapelele de acolo, dar cred că-i mai bine să intri cât mai rar în câmpul vizual al lui Val.

— Dar bineînțeles că Alex o să doarmă în pat, spuse Daniel.

Kevin îşi împreună sprâncenele într-o expresie plină de scepticism.

— Serios? Acum o să faci pe cavalerul pentru *Ollie?*

— Te porți de parcă nici n-ai fi cunoscut-o pe mama noastră.

— Potoliți-vă! interveni Alex. Ne descurcăm noi.

— Foarte bine, spuse Kevin.

— Crezi că trebuia să fiu mai atentă la ce spun acolo? îl întrebă Alex pe Kevin. Ai zis că n-ai încredere în ea.

Kevin clătină din cap.

— Nu, e în regulă. Val poate să ne arunce pe toți în stradă dacă se satură de noi, dar nu ne vinde. I-am cumpărat timpul și discreția. Ce se-ntâmplă aici rămâne aici. Val trebuie să-și protejeze reputația.

— Bine, acceptă Alex, deși nu era sigură că înțelegea pe deplin politica lui Val.

Kevin se duse la ușă, dar se opri cu mâna pe clanță.

— E mâncare destulă în frigider, dacă vă e foame, sau putem comanda ceva pentru aici.

— Mulțumesc, spuse Alex. Vreau să-mi aranjez mai întâi lucrurile.

— Da, spuse Daniel. Hai să ne instalăm.

Kevin ezită încă o secundă, apoi se întoarse în cameră.

— Ăă, Danny, voiam doar să-ți spun... îmi pare bine că te văd. Mă bucur că ești teafăr.

Ca și înainte, când pleca de la fermă, Kevin părea că nu s-ar fi opus unei îmbrățișări. Daniel stătea încurcat, neștiind ce să facă.

— Da, păi, mulțumită lui Alex, spuse Daniel. Și eu mă bucur că n-ai murit, cum credea ea la un moment dat.

Kevin râse zgomotos.

— Mda, și eu mă bucur. Și mulțumesc încă o dată, Madam Vitriol. Îți sunt dator.

Ieși, lăsând ușa întredeschisă.

Daniel se uită lung la Alex, apoi se duse la ușă și o închise fără zgomot. Se întoarse spre ea și era clar că urma să înceapă o ceartă. Alex clătină din cap și-i făcu semn s-o urmeze spre interiorul încăperii.

Timp de o secundă, baia o făcu să uite de ce venise aici. O cadă mare cât o piscină era instalată în podea, înconjurată de marmură şi un perete cu faianţă *bleu-ciel*. Un duş cu diametrul unei roţi de camion era suspendat de tavan.

— Ce *este* locul ăsta? se minună Alex.

Daniel închise uşa şi spuse:

— Kate — sau Val, mai degrabă — se pare că are un succes nebun.

— Crezi că e într-adevăr o prostituată sau i-a inventat Kevin meseria asta ca să facă povestea mai interesantă?

— N-am venit aici ca să discut despre Val.

Alex se întoarse cu faţa la Daniel, făcând o grimasă.

— Alex, nu-mi place să-l mint.

— Cine-a minţit?

— Să mă prefac, atunci. Să ne prefacem că nu însemnăm nimic unul pentru celălalt.

Ea oftă din greu.

— Nu sunt pregătită să fac faţă unor consecinţe inevitabile. Am destule pe cap.

— Va trebui să-i spunem în cele din urmă. De ce să n-o facem de-acum?

O văzu cum se schimbă la faţă în timp ce cântărea opţiunile.

— Tot nu crezi că avem un „în cele din urmă", nu-i aşa? spuse el acuzator.

— Trebuie să ştii... că *există* posibilitatea ca ori el, ori eu să murim în cursul săptămânii viitoare, aşa încât de ce să tulburăm apele?

Daniel o trase brusc într-o îmbrăţişare brutală care era mai degrabă încărcată de reproş decât liniştitoare.

— Să nu spui asta. Nu suport să te aud vorbind aşa.

— Iartă-mă, spuse ea cu nasul lipit de pieptul lui.

— Am putea să fugim. În noaptea asta. O să ne-ascundem. Tu te pricepi la asta.

— Putem măcar să aşteptăm până dormim şi mâncăm ceva? întrebă ea pe un ton plângăreţ, care-l făcu să râdă fără voia lui.

— Cred c-am să pot accepta măcar atât.

Alex se relaxă în braţele lui o clipă, dorindu-şi din nou ca fuga să fi fost opţiunea corectă. Părea mult mai uşor, odihnitor aproape.

— Hai să ieşim de-aici ţinându-ne de mână, sugeră Daniel, şi apoi să facem dragoste pe canapea.

— Mai întâi mâncăm şi dormim. Nu pot să mă confrunt cu consecinţele unei asemenea dezvăluiri până când nu sunt sigură că am luat în calcul toate reacţiile posibile al părţii adverse şi dacă trebuie să fiu înarmată sau, mai degrabă, *cât* de înarmată trebuie să fiu. În momentul ăsta nici creierul nu-mi funcţionează ca lumea.

— În regulă, spuse el. Am să te las în noaptea asta, pentru că ştiu cât de epuizată eşti. Dar vom relua discuţia mâine-dimineaţă şi intenţionez să fiu cât se poate de inflexibil.

— Kevin o să doarmă şi el aici? întrebă Alex. Femeia aia a zis că are o singură cameră în plus. Asta n-ar înlesni discuţia.

— Mă-ndoiesc.

Alex sesiză uşoara exasperare din glasul lui şi se îndepărtă puţin ca să-i poată vedea faţa. El nu-i dădu drumul, dar îşi lăsă braţele într-o poziţie mai relaxată pe mijlocul ei.

— Ah, deci crezi că tipa a vrut să spună că asta e singura cameră *goală* în plus?

— Nu, cred că doarme cu ea.

— Serios? făcu Alex mirată. Nu mi s-a părut că-l place foarte mult.

— Femeile din viaţa lui nu l-au plăcut niciodată.

Alex tot nu era convinsă.

— Dar… Val ar putea avea parte de ceva mult mai bun.

— Nu te contrazic, zise Daniel râzând.

Capitolul 24

Frigiderul imens, cu două uşi, al lui Val era mult mai bine aprovizionat decât al lui Arnie. De fapt, ar fi făcut de ruşine şi un frigider de restaurant de categorie medie. Ai fi zis că Val plănuia să hrănească încă vreo zece alţi musafiri în afară de cei pe care-i avea deja — deşi, după toate aparenţele, nu aflase de existenţa lui Alex şi a lui Daniel decât cu câteva momente înainte de sosirea lor.

Aspectul ăsta o deranja puţin pe Alex, dar nu îndeajuns ca s-o abată de la castronul cu struguri. Avea senzaţia că nu mai mâncase ceva proaspăt de câteva săptămâni, deşi nu trecuse chiar atât de mult. Întâmplările de la fermă păreau să fi avut loc cu luni în urmă. I se părea aproape de neconceput că, de fapt, trecuse atât de puţin.

Alex stătea pe unul dintre taburetele de bar ultramoderne, de un alb pur. Nu era grozav de confortabil.

Daniel fredona încântat în timp ce examina dotările.

— Asta zic şi eu bucătărie, murmură el.

Începu să ia la rând sertarele de jos, evaluând oalele şi cratiţele disponibile.

— Ne simţim ca acasă, nu-i aşa?

Daniel tresări şi se ridică în picioare. Alex rămase cu bobul de strugure în aer.

Val intră în cameră râzând, îmbrăcată tot în kimonoul ei scurt.

— Relaxaţi-vă. Tot ce-i aici e pentru voi. Eu nu prea folosesc camera asta.

— Ăă... mulţumim, spuse Daniel.

— Kevin a plătit, zise Val ridicând din umeri. Deci, îţi place să găteşti?

— De distracţie.

— E modest, îi spuse Alex lui Val. E un adevărat maestru bucătar.

Val îi zâmbi cu căldură lui Daniel, în timp ce-şi întindea trupul zvelt peste blat în direcţia lui.

— Păi, asta-i foarte drăguţ. N-am avut niciodată un maestru bucătar rezident. Mi se pare... amuzant.

Alex se întrebă cum reuşea Val să încarce cu atâtea sensuri tulburătoare un cuvânt banal.

— Ăă, aşa o fi, spuse Daniel, îmbujorându-se puţin. Unde-i Kevin?

— Plimbă câinele.

Val se întoarse spre Alex, care se pregăti pentru un nou atac.

— L-am întrebat pe Kevin despre tine. Mi-a zis că l-ai torturat *pe el*, spuse ea, arătând cu capul în direcţia lui Daniel.

— Păi, da, strict vorbind. Totuşi, a fost o încurcătură de identităţi.

Ochii lui Val se aprinseră, plini de curiozitate.

— Şi ce i-ai făcut? L-ai ars?

— Ce? Nu, nu... Ăă, am folosit tratamente chimice injectabile. Le consider mai eficiente şi nici nu lasă cicatrici.

— Îhâm.

Val îşi răsuci puţin trupul astfel încât acum era din nou întoarsă spre Daniel, apoi îşi lăsă capul pe braţ. Mişcarea îi desfăcu parţial kimonoul, iar Alex îşi imagină că Daniel avea parte de o priveliște destul de interesantă. Acesta stătea stingher, cu o mână pe ușa frigiderului.

— Și chiar a fost dureros? vru să știe Val.

— Mai dureros decât orice mi-am imaginat vreodată, recunoscu Daniel.

Val păru fascinată.

— Ai țipat? Ai implorat? Te-ai *zvârcolit?*

Entuziasmul ei îl făcu pe Daniel să zâmbească.

— Cred că le-am făcut pe toate. A, și am plâns ca un bebeluș.

Continuând să zâmbească, Daniel păru dintr-odată să se simtă în largul lui; se întoarse la frigider și începu să caute prin el.

— Chiar mi-aș fi dorit să văd asta, zise Val cu un oftat.

— Te pasionează tortura? întrebă Alex, ascunzându-și îngrijorarea.

Bineînțeles, Kevin nu putea să-i cazeze decât acasă la o sadică adevărată.

— Nu tortura ca atare, dar nu-i așa că te îmbată? Genul ăsta de putere?

— Cred că n-am privit niciodată lucrurile din perspectiva asta...

Val își lăsă capul într-o parte, uitându-se la Alex cu un interes vădit.

— Nu se reduce totul la putere?

Alex se gândi câteva clipe și spuse:

— Nu în ce mă privește. Pe vremea când asta îmi era misiunea, sincer — chiar și mie mi se pare acum o naivitate —, încercam doar să salvez niște oameni. Întotdeauna erau multe care atârnau în balanță. A fost stresant.

Val reflectă la spusele ei, țuguindu-și buzele.

— Asta chiar e o naivitate.

Alex ridică din umeri.

— Şi nu ţi-a dat niciodată fiori? Să deţii controlul?

Ochii mari şi albaştri ai lui Val îi sfredeliră pe-ai lui Alex.

Alex se întrebă dacă asta simţeau oamenii în cabinetul psihiatrului — această dorinţă nestăpânită de a vorbi. Sau poate că semăna mai mult cu situaţia în care erai imobilizat cu cătuşele pe masa de interogatorii.

— Adică… poate. Aparent, nu sunt o persoană foarte periculoasă. Cred c-au fost momente în care am apreciat… respectul.

— Bineînţeles că l-ai apreciat, spuse Val dând aprobator din cap. Spune-mi, ai torturat vreodată o femeie?

— De două ori… mă rog, o dată şi jumătate.

— Explică-mi.

Daniel regla flacăra de sub grătar, ţinându-şi capul lăsat pe spate; era foarte atent la discuţie. Lui Alex nu-i plăcea să vorbească despre asta în faţa lui.

— La drept vorbind, cu prima fată n-a trebuit să fac nimic. Nici n-am apucat s-o imobilizez pe masă că a şi început să mărturisească. Oricum, n-avea ce să caute în laboratorul meu — orice interogatoriu normal ar fi obţinut aceleaşi rezultate. Biata de ea.

— Şi ce-avea de mărturisit?

— O celulă teroristă încerca să-i constrângă pe unii să comită un atentat sinucigaş cu bombe în New York. Răpiseră rudele cuiva în Iran — în cazul de faţă, părinţii fetei — şi îi ucideau pe ostatici dacă subiectul nu făcea ce i se ordona. Cei de la NSA au intervenit înainte să fie detonată vreo bombă, dar câţiva dintre ostatici au pierit. Întotdeauna iese nasol cu teroriştii, încheie Alex cu un oftat.

— Şi a doua?

— *Aia* a fost o situaţie cu totul diferită. Trafic de arme.

— A cedat greu?

— A fost unul dintre cele mai dificile cazuri din cariera mea.

Val zâmbi ca şi cum răspunsul ar fi încântat-o în mod deosebit.

— Întotdeauna am fost de părere că femeile pot să suporte mult mai multă durere decât aşa-zisul sex tare. De fapt, toţi bărbaţii nu-s decât nişte copii în trupuri de adulţi.

Val oftă şi continuă:

— I-am făcut pe bărbaţi să implore, i-am făcut să se zvârcolească şi poate că ici şi colo s-a mai vărsat şi câte-o lacrimă, dar niciunul *n-a plâns ca un bebeluş*.

Val îşi ţuguie buza de jos, îmbufnată.

— N-am nicio îndoială că ar face-o dacă le-ai cere aşa ceva, o încurajă Alex.

Val afişă zâmbetul ei sclipitor.

— Probabil că ai dreptate.

Între timp, Daniel se apucase de tăiat carne. Alex decise s-o lase mai moale cu strugurii. În mod cert merita să aştepte cina. Val se lăsă pe-o parte ca să-l privească, iar Alex simţi subit imboldul de a-i distrage atenţia.

— E un apartament foarte frumos.

— Da, e drăguţ, nu-i aşa? Mi l-a dat un prieten.

— Oh, vine des să doarmă aici?

Oare câţi oameni aveau să afle despre ei? Deja fusese sinceră într-un mod prostesc cu această femeie necunoscută. Cu siguranţă că asta avea să se-ntoarcă împotriva ei.

— Nu, nu, m-am despărţit de Zhang de *secole*. Era prea plicticos.

— Şi te-a lăsat să păstrezi locul ăsta?

Val se uită lung la Alex, parcă nevenindu-i să creadă ce auzise.

— *Să mă lase?* Ce fel de cadou e dacă nu-i trecut pe numele tău?

— Bună observație, se grăbi Alex să-și exprime acordul.

— Ce ziceai tu mai devreme, c-o să-l adormi pe Kevin?

— Ah, pot să spun eu povestea? interveni Daniel. E preferata mea.

Daniel lungi povestea, trăgând de ea și fiind recompensat de râsetele și gânguritul lui Val. O făcu pe Alex să pară mai stăpână pe situație decât fusese și inventă părțile la care nu asistase pentru că nu fusese treaz. Alex se văzu nevoită să admită că versiunea lui era mai reușită decât cea reală. Expresia lui Val, când o evalua din priviri pe Alex, era complet diferită față de cea pe care o avusese la prima lor întâlnire.

Apoi Daniel anunță că mâncarea e gata și Alex încetă să-și mai facă griji pentru orice altceva. Trecuse ceva timp de când nu mai mâncase carne roșie și instinctul de carnivor puse stăpânire pe ea. După ce frenezia i se mai potoli, văzu că Val o urmărea din nou captivată.

Alex coborî privirea și observă că și Val primise o farfurie, dar ciugulise doar câteva bucățele de carne.

— Întotdeauna mănânci așa de mult? întrebă Val.

— Când am ce, bănuiesc. Categoric, când gătește Daniel.

Ochii lui Val se îngustară.

— Pariez că niciodată nu pui un gram pe tine, este?

— Nu știu. Poate că uneori mi se-ntâmplă și asta, nu?

— Cred că nici cântar nu ai.

— Am unul care măsoară miligrame, răspunse Alex, derutată.

Val scoase un oftat.

— Oamenii cu metabolism hiperactiv mă calcă pe nervi.

— Serios? spuse Alex, cântărind-o de sus până jos cu privirea. Adică vrei să mi te plângi *mie* de trăsăturile noastre ereditare?

Val o privi o secundă, apoi zâmbi și clătină din cap.

— Asta e, o femeie nu le poate avea pe toate.

— Iar tu eşti doar excepţia care confirmă regula?

— Cred că-mi placi, Ollie.

— Mulţumesc, Val. Dar să ştii că mă cheamă Alex.

— Cum zici tu. Ştii, ai un mare potenţial nevalorificat. Cu un păr decent, machiată corespunzător şi cu sânii măriţi un pic ai putea să te descurci binişor.

— Ăă... mulţumesc, dar mă descurc excelent şi-aşa. Am aşteptări mai mici de la viaţă. Simplifică lucrurile.

— Acum, pe bune, aşa-i că-ţi tai singură părul?

— Nu am altă opţiune.

— Crede-mă, în privinţa *asta*, întotdeauna există o altă opţiune.

Val se întinse peste masă şi încercă să-i atingă părul care-i atârna în ochi lui Alex; dar ea se feri imediat. Era adevărat că sosise timpul să-şi taie bretonul.

Val se întoarse spre Daniel, care încerca să fie cât mai discret, rezemându-se de blat în spatele lui Val după ce termină de mâncat, aproape ca şi cum s-ar fi ascuns. Mă rog, Alex putea să înţeleagă asta. La fel cum înţelegea întru totul de ce Daniel o găsise pe Val înfricoşătoare la prima lor întâlnire.

— Daniel, spune şi tu, nu ţi se pare că Ollie ar putea fi frumuşică dacă s-ar strădui un pic?

Daniel clipi des, aşa cum făcea când era luat prin surprindere.

— Dar Alex e frumuşică acum.

— Ce gentleman! Parc-ai fi Bizzaro Kevin[1].

— Am să consider asta un compliment.

— Păi chiar *este* un compliment. Poate cel mai bun pe care l-am făcut, zise Val.

---

[1] Aluzie la episodul „Bizzaro Jerry" din serialul *Seinfeld*, în care apare şi un personaj numit Kevin. Pe de altă parte, Bizzaro este un personaj de benzi desenate, conceput ca „imaginea în oglindă" a lui Superman. (*N.t.*)

— De cât timp îl cunoşti? întrebă Daniel.

— De prea mult timp. Nu ştiu de ce continui să-i deschid uşa când vine să mă implore. Cred că e chestia aia legată de putere.

Ridică din umeri, şi kimonoul îi alunecă puţin într-o parte. Nu se obosi să-l aşeze la loc.

— Îmi place să văd un om atât de puternic nevoit să facă ceea ce-i spun eu.

O cheie se învârti în broasca uşii de la intrare. Alex sări în picioare şi muşchii i se încordară din reflex. Val îl văzu pe Daniel cum se uita la Alex, încordându-se şi el, gata să-i urmeze exemplul.

— Voi doi sunteţi haioşi, murmură ea.

Einstein năvăli gâfâind în bucătărie, iar Alex se relaxă.

Val se uită la câinele care stătea cu limba atârnată şi cu ochii nerăbdători.

— Vrea ceva?

— Cred că-i e sete, îi spuse Alex.

— Oh.

Val se uită prin bucătărie, luă un bol de pe blat şi-l umplu cu apă de la chiuvetă. Einstein îi linse mâna recunoscător şi începu să lipăie zgomotos.

— Ce bine miroase! comentă Kevin când îşi făcu apariţia de după colţ.

— Poţi să mănânci porţia mea, spuse Val fără să se uite la el. Eu am terminat.

Apoi femeia îl mângâie pe Einstein, dar cu oarecare reţinere.

Kevin se rezemă de blat, părând să se simtă foarte în largul lui în timp ce începea să mănânce din farfuria lui Val.

— Toată lumea se simte bine?

— Ai avut dreptate, răspunse Val.

Kevin rânji triumfător.

— Ți-am spus că n-o să te plictisească.

Val se ridică şi-i zâmbi.

— Oricine te-a legat cu lanțuri de podea e sortit să se-nțeleagă bine cu mine.

— A fost o remiză, spuse Kevin, rânjetul dispărând de pe fața lui.

Val îşi lăsă capul pe spate şi râse, dezvelindu-şi gâtul lung ca de lebădă.

Daniel dădu drumul la apă în chiuvetă şi căută detergentul de vase. Alex i se alătură automat, pentru că o liniştea să facă împreună lucrurile mărunte pe care le făceau de obicei. Se afla din nou într-un loc nefamiliar, depăşită de situație, nesigură pe ea şi vulnerabilă, dar în prezența lui Daniel putea să se descurce. Era ca o mască de gaze — un refugiu. Zâmbi în sinea ei, gândindu-se cât de puțin impresionat ar fi el de această comparație. Ei bine, ce putea să facă dacă nu era o romantică?

— Oh, nu te deranja cu treaba aia, dragule, îi spuse Val lui Daniel. Omul care se ocupă de casă vine în fiecare dimineață.

Alex îl săgetă pe Kevin cu o privire cruntă, care nu-i scăpă lui Val.

— Am să las un bilet pe blat şi n-o să intre în dormitoare, o asigură Val pe Alex. Ştiu că treaba asta e foarte secretă. Nu-ți face griji, n-o să fiți expuşi din cauza mea.

— Nu mă deranjează, spuse Daniel. Spălatul vaselor mă relaxează.

— Ce *este* fratele ăsta al tău? îl întrebă Val pe Kevin. Pot să-l păstrez?

Alex zâmbi când îl văzu pe Daniel făcând ochii mari, speriat, dar rămânând aplecat deasupra chiuvetei astfel încât să nu-l vadă Val. Îi întinse lui Alex un cleşte proaspăt spălat pe care ea îl şterse cu un prosop de vase ce părea să fie din mătase şi probabil că avea doar un scop ornamental. Avea sentimentul că lui Val nu-i prea păsa de lucrurile astea.

— Nu e genul tău, răspunse Kevin.

— Totuşi, nu se poate spune că am un singur gen, nu-i aşa?

— Aşa e, dar nu cred că o să-ţi capteze interesul prea mult timp.

— Aşa de rar se-ntâmplă, zise Val cu un oftat.

— Deci... ăă... să revenim la omul care face curat — la ce oră vine, la ce oră pleacă şi aşa mai departe? întrebă Alex.

Val izbucni în râs.

— Iei lucrurile foarte în serios.

— Sunt prea mulţi cei care încearcă să mă ucidă.

— Cred că trebuie să fie enervant, spuse ea pe un ton indiferent. Când sunt acasă, Raoul vine devreme şi pleacă repede. Nici măcar n-o să vă trezească. E priceput.

— Atunci, o să-ncui uşa.

— Dacă vrei...

— Ollie, vezi că mâine ne trezim devreme, interveni Kevin. Avem multe de pregătit înainte să acţionăm şi nu vreau să mai pierdem timpul.

— Las-o liberă măcar o dimineaţă, insistă Daniel. A condus noapte de noapte o săptămână-n şir şi a dormit în maşină. Are nevoie de odihnă.

Kevin făcu o mutră dezgustată.

— Danny, Ollie nu mai e un copilaş. Iar copiii mari au treburi de făcut.

— Nu-i nicio problemă, spuse repede Alex.

Se uită la ceasul de pe cuptor; abia se făcuse şapte.

— Oricum mă ia somnul imediat, aşa că sigur o să fiu trează înainte să sosească Raoul.

— Am să-ţi prezint inventarul meu, apoi poţi să-mi spui de ce mai ai nevoie. Am şi materialul filmat referitor la subiectul tău, pe care sunt sigur c-o să vrei să-l vezi, şi pe urmă...

— Mâine, Kevin, îl întrerupse Alex. Acum, la somn.

Kevin inspiră zgomotos şi-şi dădu ochii peste cap.

Alex aproape că făcu gestul de a-l lua de mână pe Daniel în timp ce pleca din bucătărie. În ultima clipă, îşi strânse degetele, sperând că nu observase Kevin. I se părea nefiresc şi ştia că şi Daniel simte la fel. Acesta o urmă îndeaproape, ca şi cum s-ar fi gândit cum să înceapă discuția — sau posibila altercație — pe care ea voia s-o evite. *Nu acum*, încercă ea să-i comunice telepatic, fără să se întoarcă. Grăbi pasul, dar era un efort inutil. Daniel avea picioarele prea lungi ca ea să i-o poată lua înainte.

Se simți mult mai bine când îl auzi închizând uşa şi trăgând siguranța.

— Mulțumesc, spuse ea întorcându-se ca să-l cuprindă cu brațele pe după mijloc.

— Doar pentru că suntem epuizați, îi aminti el. Mâine o să fiu mult mai insistent.

Alex abia se târa, aşa că făcu minime pregătiri pentru culcare. Nu mai avea chef să-şi pună un bandaj nou pe față, aşa că decise să lase pielea să respire peste noapte. Rana era încă roşie şi încrețită, iar copcile de la ureche — deşi folosise un catgut de culoarea pielii — erau vizibile. Totuşi, se părea că cele două jumătăți ale lobului aveau să se lipească. Va rămâne cu o cicatrice urâtă, dar deocamdată nu voia să se gândească la asta.

Se gândi să-şi instaleze demonstrativ patul de campanie în debara, dar decise să aştepte până dimineață. Nu era ca şi cum Kevin urma să inspecteze camera. De asemenea, se gândi să întindă în jurul uşii un fir de declanşare pentru o butelie cu gaz toxic. Nu credea că are suficientă energie pentru asta şi, oricum, un eventual intrus ar fi verificat cu siguranță dormitorul principal, dacă trecea de Einstein. Prin urmare, se rezumă la a-şi pune SIG-ul şi centura de piele pe noptieră.

Daniel ajunsese în pat înaintea ei, dar era încă treaz.

— Ce zici, să-mi las puşca la îndemână? o întrebă el.

— Camera e destul de mare, dar cred că pentru puşcă e puţin cam mică. Mă duc să iau arma automată.

Daniel îi aruncă o privire exasperată.

— Glumeam.

— Ah, bine.

Daniel întinse braţele spre ea. Alex stinse veioza şi se urcă în locul care acum devenise obişnuit pentru ea. Patul era absurd, de-a dreptul — un fel de nor moale şi rezistent, care era făcut, probabil, din fir de aur sau păr de unicorn.

— Noapte bună, Alex, îi şopti Daniel în păr, iar Alex adormi imediat.

*

Se trezi când încă era întuneric afară; lumina slabă care se strecura pe lângă jaluzele era verdele gălbui nefiresc al neoanelor oraşului. Alex nu vedea niciun ceas în cameră, dar bănuia că era în jur de 4:00. O noapte de odihnă, pentru care se bucura. Îi aştepta o zi lungă. De câţiva ani, nu făcuse decât să fugă şi să supravieţuiască. Acum trebuia să treacă la un mod de funcţionare activ şi-i era groază. Fusese, într-adevăr, acea aventură atipică din Texas, dar o punea pe seama adrenalinei momentului şi a situaţiei neobişnuite în care avea o responsabilitate pe cap. Dar nu era un lucru pe care l-ar fi *plănuit* vreodată să-l facă.

Aşa că, atunci când Daniel, trezit de mişcările ei, începu s-o sărute pe gât, acceptă fără rezerve scurta amânare.

Se întrebă cum ar fi să fie o persoană normală. Să aibă parte iar şi iar de dimineţi ca asta — în care să se trezească alături de cel pe care l-a ales. Să petreacă o zi cu certitudinea că, la finalul ei, se va culca în acelaşi pat, cu aceeaşi persoană alături. Se îndoia că oamenii apreciau o astfel de certitudine. De obicei, luau lucrurile ca fiind de la sine înțelese, fără să le treacă prin minte să fie recunoscători.

În schimb, ea nu putea să conteze pe încă o dimineață ca asta, dar putea fi recunoscătoare pentru ea acum.

Alex îi trase în sus tricoul, iar Daniel se lăsă dezbrăcat. Apoi Alex și-l scoase și pe-al ei, dornică să-i simtă pielea lipită de a ei. Sărutările lui, care începuseră atât de tandru, deveniră din ce în ce mai nestăpânite, deși aproape că-l auzea impunându-și să fie grijuliu cu ea. Dar Alex n-avea chef să fie menajată. Îi răspunse la sărut într-un fel menit să-i scoată din cap orice reținere.

Nu se auzi niciun sunet, niciun avertisment. Nu auzi nici broasca, nici ușa deschizându-se. Și deodată, clinchetul metalic al unei siguranțe de pistol, la câțiva centimetri de capul ei. Îngheță și simți că și lui Daniel i se întâmplă același lucru. Alex nu știa sigur dacă și el recunoscuse clinchetul estompat sau era doar un răspuns la reacția ei.

Apoi intrusul vorbi.

— Pleacă imediat de lângă civil, șarpe veninos ce ești!

Alex își goli plămânii cu un oftat zgomotos.

— Huu! Ha! Bun așa. Hai să lăsăm arma jos, psihopatule!

— Numai dacă-l lași în pace pe fratele meu.

— Ai întrecut măsura într-un asemenea hal, încât nici nu știu cum să numesc purtarea ta, interveni Daniel pe un ton aspru. *Ai forțat broasca?*

— Danny, ascultă-mă, individa asta te-a drogat din nou. Asta se-ntâmplă aici!

— Chiar ai impresia că-mi iroseam bruma de substanțe ca să mă recreez? bombăni Alex.

Se rostogoli, trăgând de cearșaf ca să se acopere, și întinse mâna spre veioză. Simți țeava rece a pistolului apăsându-i fruntea.

— Nu fi ridicol, îi spuse Alex în timp ce aprindea lumina.

Kevin se dădu înapoi, lumina făcându-l să clipească. Ţinea încă pistolul cu amortizor îndreptat spre faţa ei.

Patul se zgâlţâi când Daniel sări cu agilitate peste corpul ei şi se postă între Alex şi Kevin.

— Ce naiba faci? Nu îndrepta chestia aia spre ea!

— Danny, nu ştiu ce putere are asupra ta, dar îţi promit că te vindec. Vino cu mine.

— Dacă ai şti ce e bine pentru tine, ai face stânga-mprejur şi-ai pleca imediat!

— Vreau să te salvez.

— Mersi frumos, n-am nevoie. Eram foarte mulţumit de ceea ce făceam până să ne întrerupi atât de nepoliticos şi, dacă nu te superi, aş dori să continui. Închide uşa după tine.

— Ce s-a-ntâmplat? întrebă Alex, îmbrăcându-şi tricoul.

Nu era timp pentru ciorovăiala asta. Kevin avea pe el doar pantalonii de pijama, aşa că, indiferent ce declanşase asta, nu avusese timp să se pregătească. Lui Kevin nu-i stătea în fire să lase ceva — fie şi ceva atât de iritant pentru el — să-l distragă atunci când erau probleme. Alex se aplecă şi-şi luă centura, întrebând în timp ce şi-o prindea în jurul taliei:

— Trebuie să ne mişcăm?

Luă apoi SIG-ul şi-l vârî în partea din spate a centurii.

Kevin lăsă încet arma jos şi, confruntat cu pragmatismul ei, parcă-şi mai pierduse din siguranţa de sine.

— N-am crezut-o, aşa că am venit să verific, recunoscu el, dintr-odată sfios. N-a fost în intenţia mea ca Danny să afle vreodată că am fost aici.

— Pe cine n-ai crezut? întrebă Daniel.

— Pe Val... mi-a spus că voi doi aţi fi împreună. Era foarte sigură pe ea. I-am spus că aşa ceva e exclus! încheie Kevin pe un ton din nou revoltat.

— Sper că ai făcut un pariu, replică Daniel iritat. Cu consecințe cât mai umilitoare pentru cel care pierde.

— Lasă că mi-ajunge pedeapsa asta, bombăni Kevin.

— Îți cer foarte serios să ieşi afară! zise Daniel.

— Nu pot să cred, Danny. Ce e-n mintea ta? După tot ce ți-a făcut?

Alex nu-i putea vedea chipul lui Daniel, dar îşi dădu seama că zâmbea.

— Tu, care te dai atât de dur şi periculos, ai renunța la femeia pe care o doreşti din cauza unor amărâte de dureri fizice? Serios?

Kevin făcu un pas în spate şi avu nevoie de câteva secunde ca să-i răspundă.

— Dar de ce? De ce o vrei *pe ea?*

Mânia i se risipise. Când se uită la Alex, avea doar o expresie consternată.

— Am să-ți explic când o să te maturizezi. Acum, pentru ultima oară, ori ieşi, ori — întinse brațul lung pe după corpul lui Alex şi scoase pistolul de la spatele ei — am să te-mpuşc.

Îndreptă pistolul spre pieptul lui Kevin.

— Mm, vezi că are piedica trasă, murmură Alex.

— Mă bazam pe asta, replică Daniel.

Kevin se uită îndelung la ei — Daniel ținând pistolul neclintit, Alex privind scena din spate —, apoi îşi îndreptă umerii. Arătă cu mâna liberă către Alex.

— Tu! Încetează...

Făcu un gest larg.

— Toate astea. Plecăm în cincisprezece minute. Să fii pregătită.

Apoi arătă spre Danny.

— Eu...

Răsuflă adânc, clătină din cap, după care se întoarse şi ieşi. Nu se obosi să închidă uşa.

— La dracu', Val! strigă el în timp ce se îndepărta pe holul întunecat, ca şi cum pentru toate astea ea era de vină.

Einstein lătră de la etaj.

Alex oftă şi se întinse.

— Ei bine, lucrurile s-au întâmplat exact aşa cum mi-am închipuit. Totuşi, nu s-a tras niciun foc — cred că ăsta era scenariul cel mai favorabil.

— Unde te duci? o întrebă Daniel.

— La duş. L-ai auzit doar. Cincisprezece minute.

— Dar e miezul nopţii!

— E cel mai bine acum, că nu mi se vede faţa. Nu eşti obosit, nu? Cred că am dormit cel puţin nouă ore.

— Nu, nu sunt deloc obosit, răspunse Daniel bosumflat.

— Păi atunci...

Alex porni spre baie.

— Stai.

Daniel sări în picioare, trecându-şi mâna prin păr în timp ce se ducea la uşa dormitorului, pe care o închise şi o încuie din nou.

— Ce rost are chestia asta, serios? îl întrebă Alex.

— Ai dreptate, zise Daniel, ridicând din umeri.

Se apropie de Alex şi o prinse de braţe, ţinându-le strâns.

— Nu eram pregătit să mă dau jos din pat.

— Kevin n-o să bată la uşă, îi reaminti ea. Cred că nici n-o să-mi lase toate cele cincisprezece minute.

— Nu-mi place că el dă ordine. Nu numai că nu eram pregătit să mă dau jos din pat, dar nu eram pregătit nici ca tu să te dai jos din pat.

Daniel se aplecă s-o sărute, prinzându-i faţa în palme. Alex ştia că, în condiţii normale, n-ar fi fost nevoie să ducă prea multă muncă de convingere cu ea. Dar astea nu erau condiţii normale şi ideea că fratele lui ar putea intra în orice clipă în cameră — probabil cu pistolul în mână din nou — îi temperă răspunsul. Se trase înapoi şi zise:

— Ce zici de-un compromis?

Privirea pe care i-o adresă Daniel nu era tocmai entuziasmată.

— Refuz categoric orice compromis făcut de hatârul lui Kevin.

— Pot măcar să-mi susțin argumentația înainte s-o respingi?

El afişă o expresie rigidă, dar Alex îşi dădea seama că abia se abține să nu zâmbească.

— Fă ceea ce trebuie să faci, dar nu mă voi lăsa înduplecat.

— Avem puțin timp la dispoziție şi amândoi trebuie să ne spălăm. În bazinul ăla olimpic din baie cu siguranță că încap două persoane — la drept vorbind, ar putea să încapă şi zece — şi mă gândeam să facem două treburi deodată.

Expresia de severitate dispăru de pe fața lui.

— Îmi retrag imediat opoziția şi ofer cooperare imediată.

— Mă gândeam eu c-o să vezi lucrurile în felul ăsta.

Capitolul 25

— Pentru că nu există niciun motiv să mergi şi tu, obiectă Kevin.

Kevin stătea în fața ascensorului cu brațele încrucişate, blocând butonul de apel.

— De ce? întrebă Daniel pe un ton imperios.

— Pentru că n-o să iei parte la ofensivă, Danny, aşa că nu trebuie să participi nici la pregătiri.

Daniel îşi strânse buzele într-o expresie de nemulțumire.

— Nu-i strică să vină şi el..., începu Alex cu blândețe.

— Doar că s-ar putea să-i vadă fața cineva, bombăni Kevin.

— Adică, fața *ta?* îl contrazise Alex.

— *Eu* am atâta minte încât să țin capul jos.

— O să stau ascuns în portbagaj, dacă vrei, zise Daniel, dându-şi ochii peste cap.

Kevin îi cercetă cu privirea câteva clipe.

— Mă lăsați să mă concentrez?

— Ce vrei să spui? întrebă Alex.

Kevin închise ochii, încercând vizibil să se calmeze. Trase adânc aer în piept, apoi se uită la Daniel.

— Iată care sunt condițiile mele pentru ca tu să iei parte la acest exercițiu standard şi foarte plicticos de recunoaştere.

Nimeni nu va vorbi despre ceea ce s-a întâmplat azi-dimineaţă. Nu voi fi forţat să-mi amintesc lucrurile greţoase pe care le-am văzut. Nu va fi nicio discuţie care ar putea face aluzie la sus-numitele lucruri greţoase. Asta e o treabă pentru profesionişti şi vei avea un comportament corespunzător. De acord?

Gâtul lui Daniel începu să se înroşească. Alex era sigură că se pregătea să spună că, dacă n-ar fi pătruns prin efracţie în camera lor la miezul nopţii, Kevin n-ar fi văzut nimic. Înainte ca Daniel să obiecteze, Alex spuse:

— De acord. Comportament profesional adecvat.

Kevin se uită din nou când la unul, când la celălalt, măsurându-i cu privirea. După o secundă, se întoarse şi apăsă butonul de apel.

Daniel o privi pe Alex cu o expresie care spunea *Serios?* Alex ridică din umeri.

— Încetaţi! le ordonă Kevin, deşi nu se întorsese să-i vadă.

— Ce e? se plânse Daniel.

— *Simt* cum comunicaţi între voi. Încetaţi!

*

Plecară la drum cu un sedan negru, banal. Alex nu ştia dacă era maşina lui Val sau un vehicul achiziţionat de Kevin. Nu părea să fie stilul lui Val, dar poate că uneori îi plăcea să se deplaseze incognito. Alex aprecie geamurile fumurii, aproape negre. Se simţea mai puţin expusă când stătea cu şapca de baseball trasă jos pe frunte şi privea oraşul care încă părea adormit. Era suficient de devreme ca să nu-i prindă aglomeraţia de dimineaţă.

Kevin îi duse printr-o zonă mai sărăcăcioasă a oraşului — era mai degrabă genul de cartier în care Alex s-ar fi aşteptat să se afle ascunzătoarea lui. Opri la un antrepozit ce părea să fie ocupat în cea mai mare parte de containere imense de mărfuri. Nu se vedea niciun paznic la post, doar o tastatură numerică şi o poartă metalică grea, cu colaci de sârmă ghimpată în marginea de sus. Kevin conduse maşina în partea din spate a terenului împrejmuit şi parcă lângă un container portocaliu murdar.

Locul părea să fie pustiu, dar Alex îşi ţinu faţa ascunsă şi păşi în stilul ei băieţesc, ca să ajungă la uşa dublă şi lată care alcătuia peretele din faţă al containerului. Kevin introduse o succesiune complicată de numere în încuietoarea dreptunghiulară masivă şi apoi o dădu la o parte. Întredeschise una dintre uşi şi le făcu semn să intre.

Când Kevin închise uşa, se făcu beznă. Apoi se auzi un declic şi benzile cu LED-uri întinse pe tavan luminară interiorul.

— Câte ascunzători din astea ai? întrebă Alex uimită.

— Ei, doar câteva, ici şi colo, pe unde aş putea avea nevoie de ele, spuse Kevin. Asta e mobilă, ceea ce e de mare folos.

Interiorul containerului lui Kevin era plin până la refuz, dar organizat cu o rigoare extremă. La fel ca şopronul din Texas, exista câte-un loc pentru fiecare categorie de obiecte.

Suporturi pentru îmbrăcăminte — costume, de fapt — erau lipite de perete lângă uşile duble. Alex era sigură că aranjarea fusese intenţionată — dacă cineva s-ar fi uitat înăuntru în timp ce se deschideau uşile, n-ar fi văzut decât haine. Un observator oarecare nu s-ar fi dus cu gândul prea departe. Dar unui observator mai atent i s-ar fi părut ciudat că erau adunate acolo uniforme pentru fiecare armă militară, alături de salopete de mecanici şi uniforme oficiale ale mai multor companii de utilităţi, ca să nu mai pomenim de hainele ponosite de vagabond care atârnau aproape de un rând de costume negre a căror gamă cuprindea de la costume de gata până la cele create de designeri de lux.

Ajutat de aceste haine, puteai să treci neobservat într-o mulțime de situații.

Elementele de recuzită erau aranjate în cutii deasupra suporturilor pentru haine — serviete-diplomat şi blocnotesuri, truse de scule şi valize. Pantofii erau dedesubt, în cutii transparente din plastic.

În spatele costumelor erau instalate fişete metalice înalte până la tavan. Kevin îi conduse pe la fiecare. Alex luă aminte la lucrurile de care ar putea avea nevoie. Ca şi în şopron, erau alocate spații pentru arme, pentru muniție, pentru echipamente blindate, pentru explozibil şi pentru arme albe. Erau şi alte lucruri care în Texas lipseau sau fuseseră mai bine ascunse decât restul. Avea un dulap plin cu diferite chestii tehnice — camere şi microfoane minuscule, dispozitive de urmărire, ochelari pentru vedere nocturnă, binocluri şi lunete, generatoare de pulsuri electromagnetice de diferite dimensiuni, câteva laptopuri şi zeci de gadgeturi pe care Alex nu le recunoştea. Kevin o lămuri arătându-i care erau dispozitivele de decodare, detectoarele de frecvențe, echipamentele de bruiaj, dispozitivele de spart sisteme de operare, minidronele... După o vreme, Alex pierdu şirul. Nu era dornică să folosească vreun dispozitiv cu care nu era familiarizată.

Următorul dulap era cu compuşi chimici.

— Da! spuse ea, scotocind dincolo de rândul din față ca să vadă ce era în spate. *Asta* pot să folosesc.

— M-am gândit eu c-o să apreciezi.

— Se poate? întrebă Alex, arătându-i un cilindru cu un catalizator despre care ştia că aproape i se terminase.

— Ia tot ce vrei. Nu cred c-am folosit vreodată ceva de-aici.

Alex se aplecă spre raftul de jos şi puse în rucsac mai multe borcane şi pungi. *Ah,* de ăsta chiar avea nevoie.

— Atunci cum se face că le ai?

— Am avut acces, zise Kevin, ridicând din umeri. Calul de dar...

— Ha! făcu Alex şi se uită triumfătoare la el.

— Ce-i?

— Nu ziceai că-i un proverb stupid?

Kevin ridică ochii spre tavan.

— Ştii ce greu mi-e câteodată să nu-ţi trag un şut?

— Ştiu exact ce simţi.

Daniel se postă între ea şi Kevin. Alex clătină din cap spre el. Nu făceau decât să se tachineze. După ce le ţinuse discursul despre comportamentul corespunzător, Kevin trecuse din nou la purtarea lui obişnuită — ceva între un criminal în serie şi cel mai nesuferit frate mai mare din lume. Alex începea să se obişnuiască şi nu-l mai lua în seamă atât de mult.

Bombănind la adresa *comunicării tăcute*, Kevin se duse la dulapul cu muniţie şi începu să umple o sacoşă mare şi neagră.

— Truse de prim ajutor? întrebă ea.

— În dulapul cu cuţite, pe raftul de sus.

Erau câteva pungi negre deasupra cuţitelor, unele mari cât un rucsac, altele mai mici, cât trusele de bărbierit.

Nu ajungea la ele, aşa că Daniel le dădu jos, iar Alex începu să le examineze pe podea.

Prima pungă mai mică pe care o deschise nu avea nimic de natură medicală. În schimb, erau pachete mici cu documente, prinse frumos cu benzi elastice, pentru o sortare mai uşoară. Scoase la iuţeală un paşaport canadian şi se uită la pagina de identificare. Aşa cum se aşteptase, poza îi aparţinea lui Kevin, sub un alt nume — Terry Williams. Ridică privirea; Kevin era întors cu spatele la ea. Luă două pachete şi le îndesă la fundul rucsacului ei, după care închise la loc punga.

Articolele astea n-aveau să-i fie de vreun ajutor, dar trebuia să fie pregătită. Privi pe furiş la Daniel. Nici el nu-i acorda atenție. Se uita la aranjamentul de cuțite și era clar că nu-i venea să-și creadă ochilor. Asta o făcu pe Alex să se întrebe cât ar supraviețui de unul singur cu ceea ce învățase până atunci.

Alex desfăcu una dintre pungile mai mari, dar conținutul nu o impresionă. Era o trusă dotată cu strictul necesar, nimic pe care să nu-l aibă deja. Verifică și ultima pungă. Nimic care să nu fi fost în prima.

— Ce lipsește? întrebă Kevin.

Alex tresări ușor; nu-l auzise când se apropiase. De bună seamă că-i citise expresia de dezamăgire.

— Aș vrea să am acces la niște materiale cu care să se poată trata decent traumatismele, pentru orice eventualitate...

— În regulă. Ia tot ce mai vrei de-aici și pe urmă mergem să facem rost de restul.

— Așa simplu? întrebă ea cu scepticism.

— Bineînțeles.

Alex ridică dintr-o sprânceană.

— Adică intrăm într-o instituție medicală și cerem pur și simplu să cumpărăm ce-au în plus?

— Nu! zise Kevin cu o expresie ce arăta cât de stupidă fusese sugestia ei. N-ai auzit niciodată vorba aia „a căzut din camion"? Ai la tine acum ceva din chestia aia care te adoarme?

— Da.

— Atunci, grăbește-te, ca să putem pleca de-aici înainte ca toate camioanele să-și fi terminat livrările.

*

Rucsacul lui Alex era acum burdușit cu muniție pentru diferitele arme pe care le capturase — un SIG Sauer, Glock-ul, pe care nu-l abandonase, pușca automată, pușca lui

Daniel — şi PPK-ul pe care-l avusese dinainte. Luase şi alte două pistoale din grămadă, pentru că nu se ştie niciodată, şi gloanţe pentru acestea. Din cutia cu echipamente tehnice luase două perechi de ochelari de noapte, câteva dispozitive de urmărire şi două generatoare de pulsuri electromagnetice de dimensiuni diferite. Nu ştia sigur ce va folosi din ele, dar era posibil să nu mai aibă timp să vină aici dacă apărea vreo urgenţă. În timp ce Alex scotocea prin echipamentele lui, Kevin resetă încuietoarea astfel ca ea să poată reveni aici folosind codul format din data naşterii.

Sau Daniel, dacă lucrurile luau o întorsătură foarte urâtă.

— Deci, ce opţiuni am pentru scoaterea din funcţiune a unei alte fiinţe umane? întrebă Kevin când porniră din nou la drum.

De data asta, la volan se afla Alex.

— Păi, să vedem... vrei ceva prin contact direct sau prin pulverizare?

Kevin se uită la ea pieziş.

— Ce-mi recomanzi?

— Depinde de maniera de abordare. Ţinta se va afla într-un spaţiu închis?

— De unde să ştiu? O să improvizez.

— Bine, spuse ea oftând adânc. Le iei pe amândouă. Daniel, poţi să scoţi sticla de parfum din buzunarul exterior al rucsacului? E într-o pungă sigilată.

— Am găsit-o, spuse Daniel după câteva clipe. Uite.

Îi dădu sticla lui Kevin, care i-o întinse lui Alex.

— Pare goală.

— Mda, confirmă Alex. Gaz sub presiune. Acum, spuse ea întinzând mâna stângă spre Kevin, ia-l pe cel de argint.

Kevin îi trase inelul de pe degetul mijlociu, şi sprâncenele i se împreunară a surprindere când tubul minuscul şi punguța ataşată, acționată prin apăsare, ieşiră pe rând, ca două batiste din mâneca unui magician. Pe față i se citea scepticismul.

— Ce-ar trebui să facă asta?

— Vezi mica trapă de pe interior? Deschide-o. Cu atenție.

Kevin examină cârligul minuscul şi gol pe dinăuntru, apoi se uită la săculețul rotund din cauciuc. În liniştea din maşină, se putea auzi sunetul slab al lichidului mişcându-se înăuntru.

— Ții punguța în palmă, îl îndrumă ea, imitând gesturile în timp ce explica. Apeşi cu mâna tare pe ținta ta.

Arătă spre Daniel, care întinse ascultător brațul. Alex îl apucă de încheietură — nu violent, dar cu forță.

— Subiectul va simți înțepătura şi va încerca să se retragă din reflex. Tu ții strâns. Dacă procedezi cum trebuie, lichidul din punguță va fi eliminat prin cârlig.

Îi eliberă mâna lui Daniel când termină demonstrația.

— Şi pe urmă ce se întâmplă? întrebă Kevin.

— Ținta o să tragă un pui de somn — o oră, poate două, în funcție de ce gabarit are.

— Chestia asta e prea mică, se plânse Kevin, ținând inelul între degetul mare şi arătător şi privind prin gaură.

— Îmi pare rău. Data viitoare o să încerc să mă dotez cu nişte mâini mai mari, de dragul tău. Pune-l pe degetul mic.

— Cine poartă un inel pe degetul mic?

— Cred că ți se potriveşte perfect, zise Alex zâmbind.

Daniel chicoti.

Kevin îşi puse inelul pe degetul mic, dar abia dacă trecu de prima articulație. Punguța îi ajungea la limită în palmă. Ar fi avut nevoie de un tub mai lung dacă vreodată ar fi vrut s-o ascundă în mânecă. Se încruntă un moment la vederea dispozitivului, apoi zâmbi larg.

— Mişto!

Daniel se aplecă în faţă şi arătă spre celelalte inele pe care le avea Alex.

— Alea două ce fac?

Alex ridică mâna dreaptă, mişcându-şi inelarul pe care era o verighetă de aur.

— Te omoară blând.

Ridică apoi degetul mijlociu de la mâna stângă, cu o verighetă din aur roz.

— Te omoară în chinuri.

— A, ia stai aşa! zise Kevin, aducându-şi brusc aminte de ceva. Asta încercai tu să faci când ai vrut să mă loveşti cu palma atunci, în Virginia de Vest?

— Da.

— Ptiu, drace! Eşti mai periculoasă ca un păianjen veninos, Ollie.

Ea confirmă cu o mişcare scurtă din cap.

— Dacă eram mai înaltă sau tu erai mai scund, n-am mai fi purtat această conversaţie.

— Păi cred că aia a fost ziua ta norocoasă.

Alex îşi dădu ochii peste cap.

— Şi cu care ai încercat să mă loveşti?

Ea ridică din nou degetul mijlociu de la mâna stângă.

— Nemiloasă, comentă Kevin. De ce inelele alea n-au şi ele dotările suplimentare? adăugă el, fluturând din mână astfel încât tubul şi punguţa alunecară sub palmă.

— Ai grijă! îl avertiză ea. Chestia aia se poate desprinde.

Kevin prinse punguţa şi o adăposti în palmă.

— Ai dreptate.

— Celelalte inele sunt acoperite cu venin. Puţin, dar eficient. O singură picătură de venin de melc conic e suficientă ca să ucidă douăzeci de oameni cât tine de mari.

— Dă-mi voie să ghicesc, animalele tale de companie sunt melci veninoşi şi păianjeni văduva-neagră?

— N-am timp pentru animale de companie şi, la drept vorbind, veninul văduvei-negre se situează la limita de jos pe o scară a daunelor produse. Nu, înainte aveam acces la tot felul de lucruri. Am studiat puțin veninul melcului conic pentru modul în care țintește anumite clase de receptori. Nu-mi stătea în obicei să ratez o oportunitate. Am păstrat ce-am putut, şi acum sunt grijulie cu rezervele.

Kevin privi din nou gânditor inelul de pe deget. Asta îl făcu să rămână tăcut, lucru pe care Alex îl aprecie.

Alex alese Spitalul Universitar Howard, întrucât era un centru excelent pentru tratarea traumelor şi ştia să se orienteze în incinta lui — doar dacă nu se schimbase prea mult în ultimii zece ani.

Dădu o tură de recunoaştere, încercând să vadă unde erau amplasate camerele de supraveghere şi dacă erau poliţişti în zonă. Nu se făcuse încă 7:00 dimineaţa, dar o mulţime de oameni intrau şi ieşeau.

— Ce zici de ăla? întrebă Kevin, arătând cu mâna.

— Nu, în ăla sunt mai ales lenjerii de pat şi produse din hârtie, murmură ea.

— Fă o pauză înainte să mai dai o tură; nu trebuie să ne facem remarcaţi.

— Ştiu cum se face chestia asta, minţi Alex.

Merse câteva străzi spre vest şi opri maşina lângă un mic spaţiu verde. Câţiva oameni făceau jogging, dar altfel era destul de pustiu. Aşteptară în tăcere zece minute, apoi Alex porni şi conduse maşina pe o arie mai largă, rămânând la două intersecţii de străzile din jurul spitalului. În cele din urmă descoperi ceva promiţător — un camion alb pe care scria HALBERT & SOWERBY MATERIALE MEDICALE. Cunoştea firma şi era destul de sigură că era încărcată cu mărfuri utile.

Se ţinu după camion până la rampa de încărcare din spatele clădirii principale a spitalului. Kevin era pregătit, cu degetele deja strânse pe clanţa portierei.

— Mă laşi în spatele lui, apoi aştepţi la intersecţia următoare, îi spuse el.

Dând din cap în semn de aprobare, Alex încetini şi opri scurt în spatele camionului, prea aproape pentru ca şoferul să-l poată vedea pe Kevin în oglinzi. După ce acesta coborî, Alex dădu maşina puţin în spate, apoi plecă de-acolo fix cu viteza impusă de indicatoare. În trecere, se uită pe sub cozorocul şepcii în camion; era doar şoferul, fără pasageri. Totuşi, pe trotuar erau mulţi inşi îmbrăcaţi în uniforme de spital sau muncitori de la întreţinere. Spera ca fratele lui Daniel să poată trece neobservat.

Frână la indicatorul de oprire din colţ, întrebându-se cum avea să aştepte aici dacă nu era nicio parcare. Înainte să poată lua o decizie, văzu camionul alb apropiindu-se din spate, în spatele altei maşini. Alex înaintă încet, îndemnând maşina dintre ei să treacă şi apoi lăsându-l şi pe Kevin s-o depăşească. Îl văzu pe şofer — un tânăr negru — rezemat de geamul din dreapta al cabinei, cu ochii închişi.

— Bine că nu-l urmăreşte poliţia… deocamdată, murmură ea începând să se deplaseze în spatele lui.

— O să-i facă rău tipului? întrebă Daniel. Chestia aia cu care l-a înţepat Kevin?

— Nu chiar. O să aibă o mahmureală teribilă când o să se trezească, dar nimic permanent.

Kevin conduse camionul cam douăzeci de minute, mai întâi ca să se îndepărteze de spital şi apoi ca să caute un loc potrivit pentru transferul de mărfuri. Alese un parc industrial liniştit, ducându-se în spate unde erau câteva spaţii de încărcare goale şi aproape închise, cu uşi de acces rulante. Dădu cu spatele într-unul dintre ele, şi Alex parcă lângă el, pe partea ferită, ca să fie invizibilă pentru oricine intra în curte.

Scoase o pereche de mănuşi din latex, îi dădu alta lui Daniel şi băgă o pereche în buzunar.

Kevin deschisese deja uşa din spate a camionului. Alex îi dădu perechea de mănuşi, apoi se ridică pe podeaua compartimentului pentru marfă. Înăuntru, totul era aranjat în lăzi albe din plastic opac, stivuite până sus şi ancorate de pereţi cu corzi din nailon roşu.

— Ajutaţi-mă să deschid astea, spuse Alex.

Kevin începu să tragă lăzile jos şi să dea la o parte capacele. Daniel se urcă şi el şi îi urmă exemplul. Alex venea în urma lor şi-şi alegea marfa.

Principala ei grijă erau rănile provocate de împuşcături. Părea să fie consecinţa cea mai probabilă a unei acţiuni ofensive. Bineînţeles, nu putea să excludă posibilitatea de a fi înjunghiaţi sau loviţi cu obiecte contondente. Totuşi, se arătă foarte mulţumită când găsi o ladă cu truse de intervenţie; fiecare conţinea garouri, pansamente impregnate cu hemostatice şi o varietate de pansamente ocluzive. Începu să le pună teanc, adăugând câteva tipuri de feşe pentru închiderea rănilor, pachete cu pansamente, bandaje de compresie, pachete de încălzire şi de răcire chimică, truse de resuscitare, câteva măşti de resuscitare manuală, şerveţele îmbibate cu alcool şi iod, atele şi gulere, plasturi pentru arsuri, catetere şi tubulatură pentru perfuzii, pungi cu soluţie salină şi multe seringi de unică folosinţă.

— Ai de gând să-ţi deschizi un spital de campanie? întrebă Kevin.

— Nu ştii niciodată de ce-ai putea avea nevoie, ripostă ea şi adăugă în gând: „S-ar putea să ai nevoie chiar tu de chestiile astea, tâmpitule!“

— Uite, îi propuse Daniel, întorcând una dintre lăzile golite pe jumătate şi răsturnând în altă ladă ce mai rămăsese.

Începu să organizeze materialele sortate în lada goală.

— Mulţumesc. Cred că am adunat tot ce voiam.

Kevin aşeză lăzile la loc şi apoi sări din spatele camionului şi se urcă în cabină. Alex îl urmă din nou cu maşina până când găsi un loc în care să lase camionul cu şofer cu tot, în spatele unui complex comercial. După ce Kevin curăţă rapid amprentele din cabină, porniră cu toţii la drum.

Când se întoarseră la apartament, văzură că Raoul, omul însărcinat cu curăţenia, venise şi plecase. Val stătea întinsă pe o canapea joasă şi se uita la un televizor cu ecranul imens, despre care Alex ar fi putut să jure că nu fusese acolo cu o zi înainte. Urmărea un film alb-negru.

Astăzi, Val purta o salopetă sport cu pantaloni foarte scurţi şi un decolteu ameţitor. Einstein stătea întins lângă ea pe canapea, cu botul pe braţul ei. Val îl mângâia, astfel că nu sări să-i întâmpine când îşi făcură apariţia pe uşă. Se mulţumi să dea din coadă când îl zări pe Kevin.

— Şi cum a mers misiunea de spionaj? întrebă ea cu glas leneş.

— Doar muncă de teren plictisitoare, spuse Kevin.

— Îh, nu-mi povesti despre asta. Şi să nu laşi aici nimic din ce-aţi adus acum. Nu vreau dezordine.

— Da, să trăiţi, răspunse Kevin docil şi duse genţile în camera lui Alex şi-a lui Daniel.

Am să te conectez la computerul meu, Ollie, spuse el în timp ce aranja lucrurile. Poţi să vezi filmarea de la camerele cu care l-am urmărit pe Carston. Şi poţi să şi asculţi — i-am pus microfon în maşină şi un microfon direcţional îndreptat spre biroul lui. Maşina a avut şi un dispozitiv de urmărire, ca să-i poţi vedea mişcările din ultimele zile.

Alex răsuflă adânc, deja copleşită de muntele de informații pe care trebuia să le evalueze.

— Mulțumesc.

— Sunt rupt de foame, anunță Daniel. Mai vrea cineva să mănânce?

— Da, te rog, spuse Alex în acelaşi timp în care Kevin răspunse:

— Bineînțeles!

Daniel zâmbi şi ieşi din cameră.

Alex îl urmări cu privirea, apoi îşi dădu seama că şi Kevin o urmărea pe ea în timp ce se uita după Daniel.

— Ce e?

Kevin îşi țuguie buzele, ca şi cum ar fi căutat o cale potrivită de a se exprima. Se uită automat la pat — încă răvăşit; Raoul nu primise permisiunea să intre aici — şi se înfioră.

Alex se întoarse cu spatele la el şi se duse să-şi ia laptopul. Voia să mute pe el fişierele importante.

— Ollie...

— Ce-i? zise ea fără să ridice privirea de la ceea ce făcea.

— Pot să...

Ținând laptopul la piept, Alex se întoarse spre el, aşteptând să termine ce-avea de spus. Din reflex, îşi îndreptă umerii, pregătită să-l înfrunte.

Kevin avu o nouă ezitare, apoi întrebă:

— Pot să-ți pun nişte întrebări, fără să primesc nişte răspunsuri specifice sau prea explicite?

— Cum ar fi?

— Chestia asta cu Danny... nu vreau să sufere.

— Asta nu-i o întrebare.

Kevin se încruntă, apoi trase adânc aer în piept, forțându-se să se relaxeze.

— Când o să terminăm aici, unde-o să te duci?

Veni rândul ei să ezite.

— Păi... e ca şi cum aş cobi dac-aş presupune că o să supravieţuiesc. Sincer, nu m-am gândit la ce-o să urmeze.

— Ei haide, că nu-i aşa de greu, spuse el zeflemitor.

— Nu-i vorba de ce fac eu. Tu te ocupi de problemă în felul tău, eu, într-al meu.

— Vrei să mă ocup eu şi de Carston?

— Nu! negă ea cu tărie, deşi, dacă tonul lui n-ar fi fost atât de condescendent, poate c-ar fi fost ispitită să spună da. Pot să mă ocup şi singură de problemele mele.

Kevin ezită şi apoi întrebă.

— Deci... ce faci? Crezi că pe urmă o să te ţii după noi?

— Nu, asta n-ar fi prima mea opţiune. Bineînţeles, acceptând ipoteza că voi mai fi în viaţă atunci.

— Eşti o pesimistă adevărată.

— E stilul meu de planificare. Să mă aştept la ce-i mai rău.

— Mă rog. Să revenim la ce ziceam — dacă tu mergi pe drumul tău, cum rămâne cu Danny? Sau e doar o chestie de genul *Adio şi-ţi mulţumesc pentru momentele plăcute?*

Alex se uită într-o parte, către uşă.

— Nu ştiu. Asta depinde de ce vrea el. Nu pot să vorbesc în numele lui.

Kevin rămase tăcut îndeajuns de mult ca Alex să fie nevoită să-şi întoarcă privirea spre el. Faţa lui era nefiresc de vulnerabilă. Ca de fiecare dată, când îşi permitea să-şi relaxeze trăsăturile, semăna mult mai mult cu Daniel.

— Crezi că el ar alege să vină după tine? întrebă Kevin cu glas scăzut. Adică, abia v-aţi întâlnit. Nici nu te cunoaşte. Deşi... cred că în acest moment Danny are impresia că nici pe mine nu mă prea cunoaşte.

— Nu ştiu ce-o să vrea el, spuse Alex. Nu i-aş cere niciodată să facă o astfel de alegere.

Kevin îşi focaliză privirea pe un punct situat la câţiva centimetri deasupra capului ei.

— Mi-am dorit mult să am şansa să mă revanşez faţă de el. Să-i ofer o viaţă la care să se poată adapta. Şi speram ca, după o vreme, să putem fi fraţi din nou.

Alex simţi imboldul ciudat să se apropie de Kevin şi să-i pună mâna pe umăr. Probabil doar pentru că, în continuare, semăna cu Daniel.

— N-am să mă pun împotrivă, îi promise ea şi chiar asta-i era intenţia.

Ce era mai bine pentru Daniel, asta conta în primul rând.

Kevin se uită lung la ea, chipul lui recăpătându-şi expresia aspră obişnuită. Oftă adânc.

— Of, la dracu', Ollie, ce bine era dacă lăsam în pace chestia aia cu Tacoma. Milioane de vieţi salvate — pe bune, se compară asta cu faptul că fratele meu se culcă cu Lucrezia Borgia?

Alex îngheţă.

— Ce-ai spus?

Kevin rânji şi spuse:

— Ce, eşti surprinsă că am făcut corect analogia istorică? Să ştii că m-am descurcat binişor la şcoală. Am tot atâtea celule în creier ca şi fratele meu.

— Nu, despre Tacoma. Ce-ai vrut să spui?

Rânjetul lui se schimbă într-o expresie de confuzie.

— Păi, ştii totul despre asta... doar ţi-au dat dosarul. L-ai interogat pe Danny...

Alex se aplecă spre Kevin, strângând inconştient mai tare la piept laptopul.

— Are legătură cu misiunea pe care ai avut-o cu de la Fuentes? Cumva T din TCX-1 vine de la *Tacoma?*

— N-am auzit niciodată de TCX-1. Treaba cu el era legată de virusul Tacoma.

— Ciuma Tacoma?

— N-am auzit niciodată să i se spună aşa. Ce se întâmplă, Ollie?

Alex deschise brusc laptopul şi se urcă pe pat. Accesă cel mai recent fişier la care lucrase, cel ce conţinea însemnările ei codificate. Derulă lista de numere şi iniţiale, simţind cum se mişcă patul când Kevin se rezemă într-un genunchi ca să se uite la ecran peste umărul ei.

Lui Alex i se părea că trecuse o grămadă de timp de când scrisese notele acelea. Atât de multe se întâmplaseră, şi gândurile legate de acele rânduri scurte se estompaseră.

Îl găsi: evenimentul terorist numărul trei, *CT*, Ciuma Tacoma. Literele dansau în faţa ochilor ei, doar câteva dintre ele transformându-se în cuvinte de care îşi amintea. J, I-P, ăsta era oraşul din India de la graniţa cu Pakistanul. Nu-şi mai amintea cum se numea celula teroristă, doar că se ramificase din Fateh Jang. Se uită la iniţialele numelor conectate: *DH* — ăsta era cercetătorul, Haugen; *OM* era Mirwani, teroristul, şi apoi P... Celălalt american de care nu-şi amintea. Îşi apăsă fruntea cu pumnul, încercând să-şi aducă aminte.

— Ollie? spuse din nou Kevin.

— Am lucrat la cazul ăsta — cu ani în urmă, când formula a fost prima oară furată din SUA. Cu mult înainte ca de la Fuentes să ajungă în posesia ei.

— Furată din SUA? Păi, el a obţinut-o din Egipt.

— Nu, a fost creată într-un laborator din apropiere de Tacoma. Trebuia să fie ceva teoretic, doar un subiect de cercetare. Haugen... Dominic Haugen, aşa-l chema pe omul de ştiinţă.

Pe măsură ce se concentra, îşi amintea tot mai bine povestea.

— Era de partea noastră, dar, după furt, situaţia a devenit prea sensibilă pentru ca el să continue să lucreze acolo. Cei de la NSA l-au îngropat într-un laborator aflat sub controlul lor. L-am prins pe omul numărul doi din ierarhia celulei teroriste. De la el am obținut coordonatele geografice ale laboratorului din Jammu, care a reuşit să creeze virusul pe baza însemnărilor furate. O misiune sub acoperire a distrus laboratorul. Au crezut că au rezolvat problema armei biologice, dar unii membri ai celulei au scăpat. Din câte ştiu, departamentul încă mai colabora cu CIA la vânarea lor după doi ani... când Barnaby a fost ucis.

Alex se uită la Kevin, rotițele din mintea ei învârtindu-se atât de repede, încât simțea că ameţeşte.

— Când CIA te-a scos din circulație, când ți-a aranjat dispariția... mi-ai spus că erau nişte probleme pe care încercai să le lămureşti. Despre ce era vorba?

El clipi repede, amintindu-i iar de Daniel.

— Ambalajele vaccinurilor — la exterior scria în arabă, dar pe ambalajul interior, pe etichetele originale — totul era în engleză. Şi denumirea: Tacoma. N-avea logică. Dacă de la Fuentes ar fi vrut să traducă etichetele, le-ar fi schimbat din arabă în spaniolă. Voiam să iau urma virusului. Eram sigur că nu provenea din Egipt. M-am gândit că trebuie să fie un american sau un britanic care lucra pe undeva cu producătorii. Voiam să-l găsesc pe individ. Tu spui că povestea asta a început în *statul Washington?*

— Trebuie să fie vorba de acelaşi lucru. Perioadele de timp corespund. Cum am obținut ceva informații despre virus, dintr-odată au început să ne supravegheze, pe mine şi pe Barnaby. Doi ani mai târziu — cam când virusul a ajuns în mâinile lui Enrique de la Fuentes, corect? — Barnaby este ucis. Ăsta trebuie să fi fost catalizatorul. Motivul pentru care l-au ucis pe el şi au încercat să mă omoare şi pe mine. Pentru că virusul ieşise din nou la iveală şi, dacă populația afla, noi doi ştiam ceva care putea fi legat de...

Barnaby nu-i spusese niciodată ce anume îi declanşase paranoia, de ce hotărâse că trebuie să fie pregătiţi de fugă. Se uită la literele de pe ecranul laptopului. *DH*, Dominic Haugen. Era neverosimil ca indivizii din umbră să-l lase pe Haugen în viaţă dacă simţiseră nevoia să-i lichideze pe ea şi pe Barnaby. Oare Haugen murise primul? Probabil că într-un mod normal, plauzibil. Accident de maşină. Atac de cord. Erau atâtea metode prin care moartea lui să capete o aparenţă nevinovată. Văzuse Barnaby vreo însemnare referitoare la moartea lui Haugen? Ăsta să fi fost pentru el indiciul?

Vru să facă o căutare rapidă online, dar, dacă avea dreptate în privinţa asta, atunci cu siguranţă numele lui Haugen fusese trecut la index. Oricine cerceta moartea lui — oricât de anonimă ar fi fost metoda folosită — s-ar fi făcut remarcat.

Cine era *P?* Nu era sigură nici că reţinuse acea literă corect. Numele fusese menţionat în treacăt. Ceva scurt..., îşi zise.

— Ollie, aş putea spune că ambalajul avea un aspect îngrijit. Nu era ceva conceput la repezeală într-un laborator improvizat de undeva din Orientul Mijlociu.

Se uitară lung unul la celălalt.

— Întotdeauna mi s-a părut că e o exagerare, murmură Alex. Că ar putea cineva să fabrice cu adevărat virusul pornind doar de la proiectul teoretic al lui Haugen. Mi s-a părut că ar fi ca şi cum ai trage biletul câştigător la loteria teroristă.

— Crezi că au furat mai mult decât însemnările?

— Haugen trebuie să-l fi făcut... a creat efectiv drăcovenia. Dacă era o cantitate atât de mare, dacă vaccinul era ambalat atât de bine... înseamnă că intrase în faza de producţie. Aşa că lucrul la o armă pe bază de virusuri nu era doar hobby-ul de weekend al lui Haugen. Era un proiect militar. Am prins nişte indicii în sensul ăsta... ceva despre implicarea unui general-locotenent. Nimeni nu voia să insiste pe partea americană a lucrurilor. Ne forțau să ne concentrăm asupra celulei teroriste. De obicei, ne lăsau să punem întrebările potrivit cursului firesc... dar îmi amintesc că aici s-a procedat diferit. Carston mi-a dat întrebările la care voia răspunsuri.

— Deci, am fost trecuți pe linie moartă din același motiv, spuse Kevin sumbru.

— Nu cred într-o coincidență atât de mare.

— Nici eu.

— Pe cine protejează ăștia? se întrebă Alex. Oricine-ar fi, el trage sforile. Ceea ce înseamnă că știe despre noi doi.

— Iar asta înseamnă că trebuie să ajungem și la el.

Din nou se uitară lung unul la altul.

— Alex? Kev? Băieți? Cumva locul ăsta e izolat fonic?

Alex ridică încet privirea, dar nu se uită la Daniel, care tocmai intra pe ușă.

— S-a întâmplat ceva? întrebă Daniel pe un ton mai scăzut când observă scena.

Se grăbi să ajungă la pat și puse mâna pe umărul lui Alex.

— Doar puneam laolaltă câteva lucruri, spuse Kevin cu înverșunare în glas.

Daniel se uită la Alex.

— Trebuie să mai adăugăm un nume pe listă, îl informă ea.

— Pe cine?

— Tocmai asta-i problema, spuse Kevin.

— Lasă-mă să mă gândesc, zise Alex. Dacă eu n-aș fi știut răspunsul la întrebarea asta, n-ar mai fi încercat să mă ucidă.

Se uită în sus, la Kevin.

— Știu că e o întrebare foarte generală, dar ai auzit vreodată de vreun nume care să înceapă cu litera *P* și care să fie implicat în povestea asta?

— Cu *P?* Va trebui să mă gândesc, dar nu aşa, la repezeală. Am să trec din nou prin convorbirile lui Deavers, să văd dacă găsesc ceva.

— O să-ncerc să-mi amintesc şi eu în timp ce parcurg materialul legat de Carston.

Kevin dădu din cap în semn de aprobare şi apoi se uită la Daniel.

— Sper că ai venit aici pentru că ai făcut ceva de mâncare. Trebuie să hrănim creierul mare al lui Ollie ca să rezolvăm chestia asta.

*

Îşi instalară computerele pe blatul generos din bucătărie şi începură să lucreze în timp ce mâncau. Val şi Einstein nu se mişcaseră de pe canapea, doar că acum urmăreau canalul de shopping. Daniel îşi trase un taburet lângă Alex, uitându-se la ecran în timp ce ea verifica înregistrările cu reşedinţa din oraş a lui Carston, care arăta foarte respectabil. Derulă repede timpii morţi când nu se afla nimeni acasă, ascultând simultan în căşti convorbirile telefonice ale lui Carston. Acesta era prudent — conversaţiile lui de serviciu erau vagi; nu numea niciodată vreo persoană sau vreun proiect şi, întrucât apelurile de la locul de muncă erau înregistrate doar la un microfon extern, nu putea să audă decât replicile lui. Folosea atât de multe pronume, încât era imposibil de urmărit. Reuşi doar să-şi dea seama că erau câţiva inşi care-l enervau rău de tot pe Carston şi că cel puţin un proiect nu mergea bine deloc. Părea să fie stresat. Asta putea să fie din cauza celor întâmplate în Texas şi a e-mailului primit de Deavers. Se simţea Carston în pericol? Bănuia că ştia Kevin despre el? Trebuia să fie cât se poate de precaut, pentru orice eventualitate. Carston nu ajunsese în postul pe care-l ocupa acum fără să fie suficient de paranoic.

Casa lui avea instalat un sistem de alarmă, gratii ornamentale la ferestrele de la parter şi camere video exterioare. Unele dintre înregistrările pe care i le dăduse Kevin păreau să fie făcute de acele camere — probabil că reuşise să spargă sistemul de supraveghere. Strada nu era ideală — mulţi vecini apropiaţi, multă activitate pe stradă atât dimineaţa, cât şi noaptea. O droaie de martori.

— Adică tu trebuie să pătrunzi în *asta?* bâigui Daniel în timp ce ea studia pe ecran un alt unghi de filmare a ferestrelor zăbrelite.

— Să sperăm că nu.

Alex arătă spre femeia măruntă care urca treptele de la intrare. Avea braţele încărcate de pungi pline cu produse de băcănie, abia reuşind să descuie uşa. Din acest unghi, Alex văzu cum femeia se opri în prag şi tastă codul alarmei. Mâna ei acoperea tastatura numerică, aşa că nu era nicio şansă să desluşească şirul de cifre.

— Menajera? întrebă Daniel.

— Aşa se pare. Şi îi face şi cumpărăturile.

— Şi asta e bine?

— Ar putea fi. Dacă aş avea o faţă nouă, astfel încât să o pot fila o vreme...

— Dar eu n-aş putea? întrebă Daniel. N-am mai apărut la ştiri de ceva timp.

— Daniel, dar nici noi nu ne-am mai uitat la ştiri de ceva timp, îi atrase ea atenţia.

— A, da. Crezi că acum transmit varianta cu individul cel rău?

— E posibil. Nu strică să verificăm.

— Vreţi să vă uitaţi la ştiri? strigă Val de pe canapeaua din camera de alături.

— Păi numai dacă nu-ţi trebuie acum televizorul, spuse Daniel politicos.

— Mai e unul în dulapul de la stânga frigiderului, al doilea de deasupra, le spuse ea.

Daniel se duse la dulapul indicat şi deschise uşa, dând la iveală un ecran de televizor ascuns în acel spaţiu. Uşa culisă într-o fantă laterală.

— Drăguţ, comentă Kevin, ridicând privirea de la computerul său.

Alex se întoarse la căutările ei, în vreme ce Daniel schimbă canalele până îl găsi pe cel de ştiri cu program non-stop. Coborî volumul şi se întoarse lângă ea.

Alex n-o auzi pe Val ridicându-se, dar dintr-odată blonda stătea aplecată peste umărul ei.

— Chestia aia arată foarte plictisitor, comentă ea.

— Mă rog, dacă adăugăm în ecuaţie posibilitatea ca eu să mor, devine mai interesant, îi spuse Alex.

— Ziceai că ai avea nevoie de o faţă nouă?

— Ăă, da. Ştii, vânătăile şi bandajele mă fac prea uşor de ţinut minte.

— Şi asta nu e bine în cazul tău?

— Nu.

— Aş putea eu să fac asta.

— Poftim? zise Alex.

— Să-ţi dau o faţă nouă.

Alex se întoarse ca să-i acorde lui Val întreaga ei atenţie.

— Ce vrei să spui?

Capitolul 26

— Ar fi mai simplu dacă n-ai mai încerca să faci două lucruri odată, se plânse Val.

— Scuze, dar sunt cam presată de timp.

— Ține-ți, te rog, capul nemișcat.

Alex se strădui să-i dea ascultare. Avea laptopul lui Kevin pe genunchi și căștile conectate la acesta. Când Carston era în mașina lui, auzea ambele părți ale conversației. Din păcate, Carston folosea de regulă acest timp ca să țină legătura cu fiica lui, Erin. Vorbeau aproape tot timpul despre nepoată — cea a cărei poză se afla în medalionul lui Alex — și, după ce i-a ascultat timp de trei sferturi de oră discutând despre care grădiniță i-ar asigura fetiței șansele cele mai mari de a ajunge la o universitate de prestigiu, Alex începu să deruleze imediat ce auzea vocea lui Erin sau tonul aparte pe care Carston îl folosea numai când vorbea cu fiica lui. Vorbeau mult mai mult decât s-ar fi așteptat Alex. Apăsă butonul Play. Erin continua să pălăvrăgească ceva despre intenția de a o duce pe Livvy la grădina zoologică. Alex nu pierduse nimic, așa că dădu iar pe repede-nainte.

— Vreau să știi că e o treabă imperfectă și e numai din vina ta.

— De acord, orice imperfecţiune intră în responsabilitatea mea, spuse Alex.

Val o întorsese pe Alex cu spatele la peretele acoperit de oglinzi din baie ca să nu vadă ce i se făcea. Alex ştia doar că pe piele îi fusese aplicat ceva de consistenţa unei vopsele grele, pe bază de ulei. Iar peste tăietura de la falcă avea întins ceva astringent.

Crezuse că baia pentru oaspeţi este opulentă, dar palatul acesta întrecea orice limită. Doar în încăperea asta puteau locui lejer două familii cu câte cinci membri.

Îşi concentră atenţia pe ecranul laptopului. Menajera sosea din nou acasă la Carston. Se părea că-i cumpăra alimente cam din două în două zile. Alex observă cam ce conţineau pungile: un litru de lapte organic degresat, o cutie de cereale cu tărâţe, suc de portocale, cafea boabe. Avea deja numărul de înmatriculare al maşinii, iar Kevin îi obţinuse adresa. După ce se lăsa întunericul, Alex putea să dea o fugă şi să pună un dispozitiv de urmărire pe maşina femeii, astfel încât s-o poată urmări la cumpărături.

Verifică din nou partea audio şi o auzi pe Erin luându-şi rămas-bun. Alex nu înţelegea cum de reuşea Carston să piardă atâta timp ascultând vorbăria fiicei sale. Bine că avea un singur copil. Probabil că făcea mai multe lucruri deodată, aşa cum făcea şi Alex.

În conversaţiile de serviciu nu fusese menţionat absolut niciun nume, darămite unul care să înceapă cu litera P. Avea senzaţia că, dacă ar fi putut să-şi alunge puţin îngrijorarea, subconştientul ei ar fi reuşit să-i rezolve problema. Din nefericire, nu era în stare să scape de această obsesie, aşa încât era firesc să nu înregistreze niciun progres.

— OK, ultimul retuş, spuse Val, trăgându-i lui Alex o perucă pe cap.

— Au!

— Frumusețe fără suferință nu se poate. Acum poți să te uiți.

Alex se ridică țeapănă — stătuse imobilă prea mult timp — şi se întoarse cu fața la oglinzi.

Avu o tresărire de surprindere. Nu se recunoscu imediat în femeia scundă ce stătea lângă Val.

— Cum...

Degetele i se duseră din reflex la locul unde ar fi trebuit să se vadă rana cicatrizată.

Val îi dădu peste mână.

— Nu atinge nimic, că te mânjeşti.

— Unde-a dispărut totul?

Nu puteai găsi niciun cusur chipului din oglindă; era perfect. Pielea lui Alex avea prospețimea caracteristică unei adolescente de paisprezece ani. Ochii ei erau mari, conturați, fără să pară excesiv de încărcați. Buzele erau mai pline, pomeții mai pronunțați. Părul îi ajungea până la umeri; era castaniu, cu şuvițe roşcate. Îi încadra frumos pomeții dintr-odată mai înalți.

— *Voilà*, noua ta față, spuse Val. A fost distractiv. Data viitoare o să încerc să te fac blondă. Ai o piele fantastică — arată natural cu o mulțime de nuanțe.

— E absolut uluitor! Nu-mi vine să cred. Unde-ai învățat să faci asta?

— Interpretez o grămadă de roluri, zise Val, ridicând din umeri. Dar e amuzant să ai un model. Când eram mică, îmi doream unul dintre busturile alea de la Barbie, să mă joc de-a stilista.

Întinse mâna şi bătu uşor cu palma pe creştetul perucii lui Alex.

— Sau o surioară. Dar bustul din plastic era preferatul meu.

— Cred că am cu zece ani mai mult decât tine, protestă Alex.

— Ce compliment frumos! Dar oricare ar fi vârsta mea adevărată, tot nu ești mai vârstnică dacă vorbim de lucrurile care contează.

— Dacă spui tu...

Alex n-avea nicio intenție s-o contrazică. Val tocmai îi dăduse echivalentul unui permis de ieșire din pușcărie.

— Nici maică-mea nu m-ar recunoaște.

— Pot să te fac și mai sexy, promise Val. Dar ai vrut să nu ieși în evidență...

— Cred că mai sexy de-atât n-am arătat de când mă știu. M-aș speria dac-aș vedea cum arată „mai sexy“.

— Pariez că Danny ar fi încântat, murmură Val.

— Apropo... unde-am zbârcit-o? Cum de te-ai prins?

— Te rog, spuse Val zâmbind. Când doi oameni sunt atât de atrași unul de celălalt, *radiază*. N-ai făcut nimic.

Alex oftă.

— Mulțumesc că i-ai împărtășit observațiile tale lui Kevin.

— Ești sarcastică, dar ar trebui să-mi mulțumești. Nu-i mai ușor acum, fără secrete?

— Cred că da... dar n-a lipsit mult să-mi tragă un glonț în cap, așa că...

— Cine nu riscă nu câștigă.

Alex se apropie de peretele cu oglinzi și examină cu atenție deghizarea. Pe rana de la maxilar fusese aplicată un fel de piele protetică. Își mișcă gura cu grijă, căutând expresiile care ar fi putut forța prea tare pielea. Se vedea un mic pliu când zâmbea, dar peruca ascundea oricum în mare măsură acea parte a feței. Nu va trebui să-și facă griji că ar putea cineva să observe ceva în neregulă cu ea, chiar și de-aproape. Desigur, oamenii își vor putea da seama că este fardată, dar majoritatea femeilor se fardau. Nu era ceva care să atragă atenția.

Acum putea să-și pună planurile în aplicare mai repede. Nu trebuia să aștepte lăsarea întunericului. Zâmbi larg, apoi îşi reţinu zâmbetul ca să micşoreze tensiunea din pielea falsă. Noua libertate era un lucru îmbătător.

Alex coborî scara sărind peste trepte, cu laptopul la subsuoară. Deja îşi făcuse un plan fezabil — risc scăzut, expunere minimă —, aşa că asculta acum convorbirile doar cu speranţa deşartă că individul numit Carston va greşi şi va spune ceva semnificativ. Era neverosimil, dar avea să asculte până la capăt. Mai târziu. În clipa asta, putea să înceapă pregătirea specifică.

— Mmm! mormăi Kevin.

Alex îl văzu cum se uita pe lângă ea, către Val.

— Hei, Val, câte fecioare a trebuit să sacrifici ca s-o faci să arate aşa?

— N-am nevoie de niciun ritual satanic ca să fac ceea ce fac, răspunse Val. Iar fecioarele nu-s utile la nimic.

Daniel se ridică de pe canapeaua de unde urmărea ştirile — îşi luase în serios misiunea — şi veni să vadă despre ce vorbeau Kevin şi Val.

Alex ezită pe ultima treaptă, simţindu-se nefiresc de vulnerabilă. Nu era obişnuită să-i pese dacă arăta frumoasă sau nu.

Daniel avu o mică reacţie întârziată, apoi chipul i se relaxă şi zâmbi.

— M-am obişnuit atât de mult să te văd cu vânătăi, că aproape am uitat cum arătai fără ele, spuse el, zâmbind larg. Îmi pare bine că te văd din nou.

Alex ştia că nu arătase *aşa* în acel metrou, dar nu-l contrazise.

— Mă duc să plasez dispozitivul de urmărire, îi anunţă Alex. N-ar trebui să dureze mult.

— Vrei să vin şi eu? întrebă Daniel.

— E mai bine să nu-ţi expui faţa în timpul zilei, îi spuse ea.

Deşi nu păru prea mulţumit, Daniel rămase cu o expresie resemnată pe chip. Alex îşi imagină cum s-ar fi simţit ea dacă Daniel ar fi plecat într-o misiune, aşa că îi înţelegea reticenţa.

— N-o să se-ntâmple nimic, îi promise ea.

— Ia sedanul, spuse Kevin, arătând spre un set de chei de pe blat.

— 'nţeles, să trăiţi! replică Alex, imitându-i tonul milităros, însă Kevin nu păru să remarce.

Probabil că menajera lui Carston era acasă de-acum, în afară de cazul în care ar mai fi avut comisioane de făcut. Lucra doar dimineţile acolo. Desigur, putea să aibă şi alţi clienţi, dar Alex îşi imagină că fostul ei şef ar plăti-o îndeajuns de bine ca să nu fie nevoit s-o împartă — ar fi vrut să o ştie liberă în cazul în care ar fi avut nevoie de ceva. Alex merse cu sedanul negru prin oraş, destinaţia ei nefiind chiar aşa de departe de apartamentul gol al lui Daniel. Se bucura că Daniel era ascuns în siguranţă acasă la Val. Era sigură că indivizii îi supravegheau locuinţa într-un fel sau altul, sperând că el va fi îndeajuns de lipsit de minte încât să se întoarcă pentru a-şi lua periuţa de dinţi sau tricoul preferat.

În apropiere de locuinţa menajerei se putea parca numai pe stradă. Dubiţa albă veche de zece ani era parcată la o stradă distanţă faţă de casa în care locuia femeia. Traficul era îngreunat: maşini şi pietoni. Găsi un loc de parcare lângă minimarketul de la colţ şi, după ce coborî, porni la o plimbare.

Arşiţa începutului de vară o făcu să transpire aproape instantaneu. Spre deosebire de Kevin, nu avea la dispoziţie nenumărate costume din care să aleagă, aşa că astăzi era îmbrăcată tot cu sacoul ei, care i se părea de două ori mai greu ca de obicei. Mă rog, avea nevoie de buzunare. Spera ca transpiraţia să nu-i deterioreze machiajul.

Erau destui oameni în jurul ei ca să se simtă invizibilă, doar un chip anonim din mulțime. Când traversă următoarea intersecție, aglomerația se micșoră puțin, dar nici acum Alex nu ieșea în evidență.

Scoase telefonul din buzunar și apăsă butonul de reapelare.

Kevin răspunse imediat:

— Care-i problema, Oleander?

— Am sunat ca să vă salut, îi spuse ea.

— Ah, te armonizezi cu decorul?

— Desigur.

— Vorbește cu Danny. Eu n-am timp să mă armonizez cu tine.

— Oricum îl prefer pe el, spuse ea, dar Kevin deja nu mai asculta.

Auzi un bufnet când telefonul lovi ceva, apoi îl auzi pe Daniel țipând:

— Au!

Alex trase aer adânc în piept, ca să se calmeze. De fiecare dată când vorbea cu Kevin, îi venea să-nfigă cuțitul în ceva.

— Alex, ești bine?

— Desigur.

Kevin striga ceva în fundal.

— Kevin zice că încerci să pari naturală, spuse Daniel.

— Asta face parte din misiune, admise ea.

Mai avea acum doar două mașini până la dubiță. În fața lui Alex, un bărbat mergea în aceeași direcție. Nu auzea pe nimeni în spate, dar putea să fie cineva care s-o urmărească din priviri. Nu se întoarse ca să se uite.

— Înseamnă că ar trebui să discutăm lucruri despre care discută oamenii normali, spuse Daniel.

— Corect.

— Mm, ce-ai vrea să mănânci la cină? Vrei să rămâi şi-n noaptea asta la mine?

— Să rămân peste noapte mi se pare minunat, spuse Alex zâmbind. O să mănânc orice vrei tu să găteşti.

— Îmi uşurezi prea mult sarcina.

— La câte greutăţi sunt pe lumea asta, nu vreau să fiu una în plus.

Îşi dădu la o parte câteva şuviţe de păr din perucă, lovind cu degetele telefonul. Acesta alunecă pe trotuar şi se opri pe bordură.

— Stai aşa, strigă ea. Mi-a scăpat telefonul din mână.

Se lăsă pe genunchi şi luă telefonul, sprijinindu-se de aripa dubiţei. Se ridică repede în picioare şi-şi şterse murdăria de pe pantaloni.

— Scuze, spuse ea.

— Tocmai ai plantat dispozitivul de urmărire?

Alex începu să meargă din nou, îndreptându-se spre capătul cvartalului, de unde putea să revină în cerc la maşina ei.

— Da.

— Foarte elegant.

— Ţi-am spus că n-o să fie nimic. Ne vedem curând.

— Să ajungi cu bine. Te iubesc.

Kevin strigă ceva din fundal şi se auzi încă o bufnitură lângă telefon.

— *Glumeşti?* strigă Daniel drept răspuns. Un cuţit?

Alex puse capăt convorbirii şi grăbi pasul. Nu putea să-i lase singuri nici douăzeci de minute.

Lucrurile reveniseră la normal — sau la noua ei versiune de normalitate — când Alex ajunse din nou în apartament. Daniel urmărea în continuare ştirile. Val tocmai se întorsese cu Einstein de la plimbare şi umplea cu apă superbul bol de cristal. Kevin se uita la înregistrările de pe camerele de filmat şi ascuţea o macetă. *Casă, dulce casă.*

— Ceva interesant? îl întrebă Alex pe Daniel.

— Nimic despre mine. Se pare că, până la urmă, vicepreşedintele se retrage înainte de alegeri. Cred că recentele zvonuri scandaloase nu sunt chiar nefondate. Aşa că, bineînţeles, toată lumea speculează pe cine va alege ca partener de campanie preşedintele Howland.

— Fascinant, murmură Alex pe un ton care sugera contrariul.

Îşi trânti geanta pe unul dintre taburetele albe de bar, se aşeză pe cel alăturat şi-şi deschise laptopul. Totul părea liniştit la Casa Carston, aşa că începu să deruleze imaginea înapoi ca să vadă dacă-i scăpase ceva cât timp fusese plecată. Până acum nu descoperise niciun vizitator regulat în afară de menajeră şi de cei de la serviciul de securitate care treceau cu maşina o dată pe zi, după-amiaza.

Daniel schimbă pe un alt canal, unde se transmitea o altă versiune a aceleiaşi ştiri.

— Nu te interesează cu cine candidează preşedintele? întrebă el. Howland e destul de popular. Pe oricine va alege, probabil că va ajunge vicepreşedinte şi, posibil, peste patru ani, preşedinte.

— Nişte marionete, bombăni Kevin, lăsând jos maceta şi începând să lucreze la un cuţit cu lama lungă.

Alex dădu aprobator din cap şi începu să urmărească doi adolescenţi care treceau pe lângă casa lui Carston şi mai departe spre capătul străzii.

— Ce vrei să spui? întrebă Daniel.

— Nu mă interesează marionetele, spuse Kevin. Dar mă preocupă cine trage sforile.

— Asta-i o atitudine cam cinică faţă de naţiunea democratică pentru care ai lucrat.

— Mda, zise Kevin, dând din umeri.

— Alex, republicană sau democrată? întrebă Daniel.

— Pesimistă.

Se întinse spre celălalt computer, pe care se aflau înregistrările audio ale convorbirilor, şi-şi conectă căştile.

— Deci, nimănui nu-i pasă că cele mai multe şanse le are un senator de extremă-dreapta din statul Washington, care a lucrat în cadrul Agenţiei de Informaţii a Apărării?

Primul apel pe care-l ratase Alex fusese din nou de la fiică — îşi dădea seama după tonul cald, părintesc al lui Carston. Începu să dea pe repede-nainte.

— Are o logică, spuse Val, scoţându-şi un elastic din păr.

Purta un echipament de sport ud de transpiraţie, dar tot arăta ca de pe coperta revistei *Maxim*.

— Howland e moale. Îşi ia ca partener pe unul cu tendinţe conservatoare, ca să-i convingă pe alegătorii nehotărâţi. În plus, noul candidat are în acelaşi timp un aer de bunic şi de holtei bătrân, cu priză la femeile mai tinere. Pe lângă asta, numele lui din două silabe se reţine uşor. Howland ar face o alegere bună.

Val îşi aranjă cu o mişcare a capului părul auriu, care îi cădea în onduleuri perfecte pe spate.

— E trist, dar probabil că ai dreptate. E doar un concurs de frumuseţe.

— Totul este, dragule, îi spuse Val.

Alex se opri ca să verifice înregistrarea, dar Carston continua s-o asculte pe fiica lui şi să-i răspundă monosilabic pe un ton binevoitor. Dădu mai departe.

— Presupun c-ar trebui să mă obişnuiesc cu ideea, dat fiind că, după toate aparenţele, n-am să mai pot vota, zise Daniel încruntându-se. Vicepreşedintele Pace. Crezi că s-a născut cu numele ăsta sau şi l-a schimbat ca să fie mai atrăgător pentru votanţi? Wade Pace. Ai boteza aşa un copil?

— N-aş da niciun fel de nume vreunui copil, spuse Val. Pentru că n-o să fiu niciodată atât de tâmpită încât să aduc aşa ceva în casă.

Degetele lui Alex se întinseră automat să oprească înregistrarea.

— Ce-a fost asta? întrebă ea.

— Doar îi explicam că nu mă atrage ideea de a fi mamă, spuse Val.

— Nu, Daniel, cum ziceai că-l cheamă?

— Pe senatorul Pace? Wade Pace?

— Numele ăsta... îmi sună cunoscut.

— Cred că toată lumea știe numele ăsta, spuse Daniel. S-a pregătit pentru o astfel de ascensiune, n-a fost chiar un personaj discret.

— Nu urmăresc jocurile politice, spuse Alex.

Se uită la televizor, dar tocmai apăruse un prezentator de știri.

— Ce știi despre individul ăsta?

— Doar chestiile care se dau la știri, răspunse Daniel. Un dosar de serviciu imaculat, toate clișeele obișnuite.

— A fost militar?

— Da, un fel de general, cred.

— General-locotenent?

— Posibil.

Kevin devenise și el atent.

— Wade Pace. Pace începe cu *P*. E omul nostru?

Alex privea în gol, legănându-se pe taburet înainte și-napoi.

— E din statul Washington... a lucrat la contrainformații...

Se uită la Kevin.

— Să zicem că cei de la DIA explorează teoretic niște opțiuni pentru armele biologice. Omul ăsta are deja aspirații politice, așa că bineînțeles că are grijă ca banii să fie alocați în orașul lui natal. Puteau să aibă o mulțime de obiective inofensive la suprafață — din afară nu se vedea decât creșterea economică. Probabil că asta l-a ajutat să obțină locul din Senat. Excelent. Dar pe urmă, după câțiva ani, virusul este furat. Evident, nimeni n-are cum să știe că Pace a avut vreun amestec în crearea lui. Nimeni nu știe măcar că există. Noi dăm de urma răufăcătorilor și ăia dau pe goarnă prea multe informații. Wade Pace are visuri mărețe. Oricine ar auzi numele lui pus în legătură cu virusul...

— Trebuie redus la tăcere preventiv, încheie Kevin raționamentul. Și cine poate ști exact ce-a reușit să vadă acel agent CIA prea meticulos? Mai bine să-i închidem și lui gura.

— Nimic nu trebuie lăsat la voia întâmplării, șopti Alex. Mai ales când ai ajuns atât de sus.

Se lăsă tăcerea timp de treizeci de secunde.

— Uau! exclamă Val atât de tare, încât o făcu pe Alex să tresară. Aveți de gând să-l asasinați pe vicepreședinte?

Val se arătă teribil de încântată de idee.

— Încă nu e vicepreședinte, spuse Kevin. Oficial, nu e nimic. Asta înseamnă că Serviciul Secret nu se bagă.

Daniel rămăsese cu gura deschisă.

Din nou miza crescuse, dar nu chiar atât de mult. Până la urmă, orice altceva ar fi reprezentat, Wade Pace era și el un om.

Kevin se uita fix în ochii lui Alex.

— Așadar, tipul ăsta a dispus să fim lichidați eu, fratele meu, tu, prietenul tău... numai ca să ajungă președinte. Vai de mine, ce-o să-mi mai placă chestia asta!

Alex dădu să deschidă gura, dar o închise repede la loc. Ar fi fost mult mai simplu și mai puțin riscant — pentru ea — să-l lase pe Kevin să se ocupe de cât mai multe asasinate.

Dar, mai presus de toate, dacă planul acesta avea să funcționeze, trebuia protejat anonimatul ei — și al lui Daniel, așa încât putea la fel de bine să includă în asta și fața lui Kevin, care semăna cu a lui Daniel. Poate că fratele lui Daniel se pricepea mai bine decât ea să ucidă oameni, dar era foarte sigură că ea ştia mai bine s-o facă fără prea multe valuri. *Dacă vrei să faci ceva cum trebuie...*

— Oricât mi-ar displăcea să te privez de distracţie, cred că ar fi mai bine să mă laşi pe mine să fac treaba asta.

Alex se înfioră uşor. Făcuse, probabil, o mare greşeală. Se transforma oare într-o dependentă de adrenalină, cum îl acuzase pe Daniel că este? Nu *credea* asta. Ideea de a mai adăuga o misiune la lista ei nu-i provoca decât groază.

— Obiectivul nostru e discreția, corect? Dacă viitorul nostru preşedinte moare în urma unui atac de cord sau a unui accident vascular cerebral, n-o să stârnească prea multă vâlvă — oricum, nu la fel ca în situația în care ar fi găsit împuşcat în casă.

— Pot să fiu şi eu discret, insistă Kevin, încruntându-şi sprâncenele.

— Discreție de tip „cauze naturale"?

— Pe-aproape.

— „Pe-aproape" poate să le alerteze la maximum pe celelalte ținte ale noastre.

— Sunt deja în alertă maximă.

— Şi cum vezi că s-ar întâmpla asta?

— O să improvizez când ajung acolo.

— Iată un plan sănătos.

— Ştii câți oameni mor zilnic în accidente casnice în țara asta?

— Nu. Dar sunt absolut sigură că o grămadă de bărbați albi la şaizeci şi ceva de ani mor din cauza unor probleme de sănătate mai mult decât din orice alt motiv.

— În regulă, excelent, un atac de cord ar fi cel mai *discret* mod în care Pace ar putea să moară, de acord cu asta. Dar cum ai să intri în casă, piticanie? Bați la uşă şi ceri cu împrumut o ceşcuţă cu zahăr? Nu uita să-ţi pui şorţuleţul cu dantelă — succes garantat.

— Pot să adaptez planul Carston. O să am nevoie doar de câteva zile ca să obţin informaţii despre Pace...

Kevin lovi cu palma în blat.

— Nu mai avem atâta timp! Şi-aşa am întârziat prea mult. Ştii bine că Deavers şi Carston nu irosesc timpul de pregătire pe care l-au primit deja de la noi.

— Graba nu face decât să lase nişte lacune de care ar putea să profite ceilalţi. O pregătire corespunzătoare...

— Doamne, cât de *enervantă* poţi să fii!

Alex nu-şi dăduse seama cât de aproape ajunsese de Kevin — practic, urlau unul la celălalt de la vreo cincisprezece centimetri — până când Daniel nu interveni brusc.

— Îmi daţi voie să vă întrerup ca să vă sugerez ceva evident? întrebă el.

— Nu te băga, Danny! se răsti Kevin la el, dându-i peste mână.

Alex inspiră profund, ca să se calmeze.

— Ce e evident? îl întrebă ea pe Daniel.

— Alex, tu ai planul cel mai bun pentru... ăă, asasinarea senatorului.

Clătină repede din cap.

— Nu-mi vine să cred că povestea asta e reală.

— E reală, spuse cu asprime Kevin. Şi nu m-aş grăbi să consider „cel mai bun" un plan din care lipseşte metoda de pătrundere în clădire.

— Lasă-mă să termin. Alex are cea mai bună... metodologie. Kevin, tu ai şansa cea mai bună ca să intri fără să poţi fi detectat.

— Da, o am, pufni Kevin.

— Ah, zise Alex, nemulţumită.

Probabil că erau doar orgoliul rănit şi iritarea provocată de faptul că trebuia să coopereze cu un individ atât de nesuferit.

— Ai dreptate, recunoscu ea faţă de Daniel. Din nou.

El zâmbi.

— Ce e? vru să ştie Kevin. Şi încetaţi să vă mai faceţi ochi dulci, că-mi vine să vomit.

— Este *e-vi-dent* — Alex pronunţă cuvântul răspicat —, trebuie să facem asta împreună. Tu intri având la tine soluţia pregătită de mine. De fapt...

Creierul ei începu să analizeze opţiunile.

— Cred că vor fi mai multe soluţii. Va trebui să păstrăm legătura ca să te pot îndruma legat de cea mai bună aplicare...

Kevin îi aruncă o privire nimicitoare.

— Adică, *tu* eşti şefa şi eu doar îţi urmez ordinele pe teren?

Alex îl înfruntă cu privirea.

— Spune-mi un plan mai bun.

Kevin îşi dădu ochii peste cap, dar se temperă din nou.

— Bine, e logic. Nu contează.

Alex se simţea deja mai bine. Îşi putea juca rolul fără niciun risc. Şi, cu toate că nu-i plăcea să recunoască, ştia că el putea să şi-l joace pe-al lui.

Kevin pufni de parcă i-ar fi auzit gândurile şi spuse:

— Pot să-ţi cer o favoare?

— Ce vrei?

— Când îţi amesteci otrăvurile alea în sticluţe, poţi s-o faci pe asta să doară? Să doară *rău?*

În ciuda fricii care-o cuprinsese, Alex zâmbi.

— *Asta* pot s-o fac.

Kevin îşi ţuguie buzele şi spuse:

— E ciudat, Ollie. Dar... ei bine, în clipa asta aproape că-mi place de tine.

— O să-ți treacă, n-ai grijă.

— Ai dreptate... deja îmi trece.

Oftă.

— De cât timp ai nevoie pentru operațiile astea chimice?

Alex calculă rapid în minte și spuse:

— Dă-mi trei ore.

— Atunci, în timpul ăsta, o să caut informații despre noua țintă.

Kevin își luă maceta și celelalte cuțite și se duse la etaj, fluierând.

Alex se ridică în picioare și se întinse. În pofida noii presiuni și a fricii care o însoțea, îi făcea bine să știe deja răspunsul. Numele care-i scăpa fusese ceva iritant, ceva ascuns într-un ungher al minții și care nu-i dăduse pace. Acum se putea concentra pe mutarea următoare.

*

— Bun, am ajuns în baia principală.

Vocea lui Kevin se auzea estompat, dar lui Alex tot i se părea că suna periculos de tare. Dacă i-ar fi spus despre motivul ei de îngrijorare, Kevin n-ar fi făcut decât să-i aducă aminte că el era expertul acum. Un înfumurat.

Alex se întrebă dacă-l luase și pe Einstein în casă cu el. Probabil, dar, bineînțeles, câinele nu scotea niciun sunet.

— Ai grijă să vezi care sunt lucrurile lui. Nu vreau s-o omorâm pe nevastă.

Alex nu putea vorbi decât în șoaptă, în ciuda atitudinii degajate pe care o arăta Kevin.

— Ce?

— Ai grijă să afli unde-și ține *el* lucrurile, murmură ea ceva mai tare. Nu obiectele unisex, ca pasta de dinți.

— Sunt destul de sigur că dulăpiorul din dreapta e al omului nostru. Rezerve pentru aparatul de ras, Excedrin pentru dureri de cap, cremă de protecție solară cu SPF 45, multivitamine Centrum Silver, nişte farduri, dar toate sunt în nuanțele pielii...

— Trebuie să fii sigur.

— Sunt. Multe rujuri şi parfumuri pe partea stângă.

— E posibil să folosească în comun unele dintre ele... vezi în sertarele de sub dulăpiorul cu medicamente.

Alex şi-o imagină pe femeia blondă şi frumoasă care apărea alături de Wade Pace în fotografiile oficiale. Carolyn Josephine Merritt-Pace. Avea doar cu zece ani mai puțin decât senatorul, dar arăta cu un sfert de secol mai tânără. Indiferent ce operații estetice făcuse, nu fuseseră intervenții majore; îşi păstrase zâmbetul cald, radios, care-i încrețea colțurile ochilor şi părea cât se poate de veritabil. Moştenise o avere de la familia ei aristocratică din Sud, folosind mare parte pentru finanțarea diferitelor cauze la care aderase: şcolarizare, hrană pentru copiii nevoiaşi, menținerea programelor muzicale în şcolile din centrul oraşului, locuințe pentru cei fără adăpost. Niciodată ceva controversat. Fusese mamă casnică pentru cele două fiice ale lor, care absolviseră facultăți din Magnolia League[1] şi erau căsătorite acum cu bărbați respectabili — un pediatru şi un profesor de colegiu.

Din tot ce aflase Alex în cursul cercetărilor grăbite pe care le făcuse despre soția senatorului, doamna Merritt-Pace părea să fie o femeie plăcută. Cu siguranță n-ar fi meritat moartea dureroasă pe care urma s-o sufere soțul ei. Pe care

[1] Denumire neoficială pentru mai multe instituții de învățământ superior din sudul SUA, ca o replică la mult mai cunoscuta Ivy League, care include universități de prestigiu din nord-estul Statelor Unite (printre care Yale, Princeton, Harvard). *(N.t.)*

ei *sperau* s-o sufere, se corectă Alex. Deşi planificaseră totul, aveau nevoie şi de mult noroc.

— Văd trei cutii cu săpunuri, un pachet cu periuţe de dinţi, balsam de buze cu două arome, cireşe şi căpşuni... alifie pentru păr, dischete din bumbac, beţişoare pentru urechi... Trec la sertarul următor... aha, interesant. Cremă pentru hemoroizi. Asta s-ar potrivi. Şi supozitoare. Ce părere ai, Ollie?

— S-ar putea să meargă. Aş prefera să folosim un topic decât ceva pe cale orală, doar ca să facem o distincţie faţă de Carston. Dar s-ar putea să nu folosească în mod regulat nici crema, nici supozitoarele.

— Ai dreptate. Deşi ar fi atât de minunat să-i băgăm otrava asta literalmente în... oh, hei, omul nostru e fumător?

— Ăă, stai o secundă.

Alex tastă *Wade Pace fumează?* în fereastra deschisă a browserului. Pagina se umplu imediat cu articole şi imagini. Dădu clic pe imagini — poze de calitate slabă făcute din spate sau de la mare distanţă. Wade Pace — mai tânăr decât acum, având părul încă negru pe alocuri, de obicei în uniformă militară — nu se afla niciodată în centrul fotografiei, dar în multe apărea cu ţigara în mână. Urmau pozele mai recente în care *era* în centru. Astea fuseseră făcute după ce se transformase în „holtei bătrân", cum îl numise Val, şi în niciuna nu mai apărea cu ţigara. Dar mai mulţi fotografi se concentraseră pe plasturele cu nicotină abia vizibil printr-una din mânecile cămăşii albe. Altă poză, făcută în vacanţă, într-o cămaşă hawaiiană ţipătoare, cu colţul plasturelui maroniu vizibil imediat sub mânecă. Fotografia de vacanţă era din aprilie. Cu puţin timp în urmă.

— Se pare că a fost, zise Alex. Spune-mi că ai găsit plasturii.

— NicoDerm CQ. O cutie folosită pe jumătate, cu trei pachete nedesfăcute în spatele ei. Să mă uit în coşul de gunoi.

Alex aşteptă nerăbdătoare.

— Afirmativ. Plasturi folosiți în coşul de sub chiuvetă. Aş zice că acest coş este golit cu regularitate. Aşa că le foloseşte des.

— Nici că se putea mai bine, spuse Alex printre dinți. Ai nevoie de seringa marcată cu numărul trei.

— Înțeles.

Alex auzi zgomotul de fermoar tras.

— Nu lăsa lichidul să intre în contact cu pielea ta. Începi de la marginea plasturelui... să nu laşi vreo înțepătură de ac vizibilă.

— Hai că nu-s tâmpit. Cât bag?

— Goleşti jumătate de seringă.

— E cam mică, eşti sigură...? Ştii ceva, n-are-a face. În cât timp se usucă?

— Câteva ore. Pune-l...

— Sub plasturele de deasupra, bine? o întrerupse Kevin. Al doilea, de sus în jos.

— Da, aşa e bine.

Alex îl auzi pe Kevin chicotind.

— Misiune îndeplinită. Wade Pace este un mort ambulant care-şi merită din plin soarta. Mă mut la ținta numărul doi.

— Dai de veste când ajungi la destinație?

— Negativ. Ar trebui să fie în mai puțin de douăzeci şi patru de ore. Ne vedem la apartament.

— Excelent.

— Tu vezi ce faci cu ținta ta, Ollie.

Alex îi răspunse pe un ton ceva mai ridicat:

— Mda. O să... hm, termin înainte să te întorci.

Kevin îi sesiză agitația şi-i răspunse autoritar:

— Ar fi bine. Dacă fac valuri, s-ar putea ca planul tău să cadă.

— Corect.

Kevin i-o luă înainte din nou şi întrerupse primul legătura.

Alex trase aer adânc în piept şi puse telefonul şi laptopul pe pat, lângă ea.

Daniel stătea cu picioarele încrucişate pe podea, cu o mână strângându-i uşor gamba. Nu-şi luase ochii de la ea pe toată durata convorbirii.

— Ai ascultat tot? îl întrebă.

— Da, spuse Daniel. Nu-mi vine să cred că n-a trezit pe nimeni. Spune-mi că vocea mea nu-i atât de stridentă.

— Nu e, îi răspunse ea zâmbind larg.

Daniel se aplecă în faţă şi-şi lăsă bărbia pe genunchiul ei, strângându-i uşor piciorul.

— Iar acum e rândul tău.

Daniel rostise cuvintele în şoaptă, dar în glasul lui se simţea neliniştea.

— Nu încă.

Alex se uită din reflex la ceasul digital pe care-l instalase ca parte a laboratorului ei temporar. Afişajul arăta 4:15.

— Mai am câteva ore până începe distracţia.

Daniel o strânse mai tare de picior.

— Nu fac nimic periculos, îi reaminti ea. Nu pătrund în fortăreaţa nimănui. Nu diferă mult de plasarea dispozitivului de urmărire.

— Ştiu. Îmi spun întruna asta.

Alex se ridică în picioare, întinzându-se, iar Daniel se lăsă în spate ca să-i facă loc. Ea arătă cu capul spre colţul în care echipamentul de laborator era împrăştiat pe mai multe măsuţe. Profitase de ocazie ca să-şi producă şi o rezervă zdravănă de *Supravieţuire*, după ce terminase cu reţetele pentru Pace.

— Cred c-ar fi bine să fac curat aici până nu se supără Val.

Daniel sări în picioare.

— Pot să te-ajut?

— Sigur. Doar să nu atingi nimic fără mănuşi.

Nu dură mult. Căpătase destulă experienţă în instalarea şi strângerea laboratorului, fiind uneori presată serios de timp. Daniel învăţa repede şi pregătise deja cutia corespunzătoare înainte ca ea să demonteze complet echipamentul. În timp ce ambala cu grijă ultima retortă cu fund rotund, Alex se uită din nou la ceas. Tot mai rămăseseră câteva ore până când Val trebuia să vină s-o machieze.

— Arăţi epuizată, comentă Daniel.

— Am început devreme. Val o să mă aranjeze ca să arăt prezentabil.

— Un pui de somn nu ţi-ar strica.

Alex era cât se poate de sigură că nu va reuşi să adoarmă. Se străduia să pară calmă ca să nu se îngrijoreze Daniel. Dar adevărul era că simţea ghearele nevăzute ale panicii strângându-i stomacul. Nu-l minţise cu privire la ceea ce avea de făcut, dar nici vorbă să fie relaxată cu privire la faza următoare. Partea de acţiune efectivă. Adevărul era că revenise la starea ei de spirit obişnuită şi se simţise foarte confortabil în timpul pregătirilor. Acum, că sosise momentul să-şi pună planul în aplicare, era surescitată. Totuşi, puţină odihnă i-ar prinde bine.

— Nu-i rea ideea.

*

În timp ce-o privea pe menajera lui Carston intrând pe uşa automată în supermarketul uriaş, Alex inspiră lent şi profund de câteva ori, încercând să se concentreze. Îşi examină faţa în oglinda retrovizoare, şi înfăţişarea creată de Val avu darul s-o liniştească. Astăzi Alex era o femeie cu părul blond-închis şi un aspect destul de credibil. Machiajul ei părea discret, deşi fusese aplicat într-un strat gros. Alex constată mulţumită că noua formă a nasului ei se stabiliza, probabil permanent. Fiecare părticică era importantă.

Alţi cumpărători parcară şi intrară în magazin, şi Alex înţelese că venise timpul să acţioneze. Trase adânc aer în piept încă o dată. Hai că nu era aşa de greu. Deocamdată, doar o ieşire normală la cumpărături.

Magazinul era aglomerat. Erau cumpărători de tot felul şi Alex era sigură că nu va fi remarcată. Îşi aminti brusc de hotărârea nesăbuită a lui Daniel de a pleca la shopping în Childress şi se pomeni zâmbind. Puse reacţia ei pe seama stării de agitaţie.

În ciuda aglomeraţiei, o găsi destul de uşor pe femeia pe care o căuta. Menajera purta o rochie petrecută de culoare galben-aprins, care sărea în ochi. În loc s-o urmărească prin magazin, Alex alese un traseu opus şi-şi încrucişă calea cu ea din două în două culoare. Manevra o aducea pe Alex mai des în câmpul vizual al femeii, dar părea mai firesc, mai puţin straniu. Menajera — care, de aproape, părea să aibă cam cincizeci de ani, în bună formă fizică şi destul de atractivă — nu-i dădu nicio atenţie lui Alex. Între timp, Alex îşi umplu căruciorul cu obiecte banale, alese la întâmplare — lapte, pâine, pastă de dinţi —, apoi adăugă şi câteva lucruri de care avea nevoie.

Lui Carston îi plăceau aceste sticle mici cu suc de portocale organic. Probabil că se alterau repede, fiindcă menajera cumpăra câteva de fiecare dată, dar nu făcea niciodată provizii. Alex luă trei sticle — tot atâtea câte erau şi în căruciorul menajerei — şi le puse în scăunelul pentru copii al căruciorului ei.

Împinse căruciorul pe un culoar gol — nimeni nu căuta felicitări aniversare sau rechizite de birou în dimineaţa asta — şi scoase capacul micii seringi din buzunar. Acul era foarte subţire, aşa că nu lăsă niciun semn când perforă plasticul sticlei de suc, imediat sub capacul cu filet. Stătea întoarsă către standul cu felicitări, ca şi cum s-ar fi gândit ce să scrie. Când termină, luă o felicitare cu sclipici şi o puse în cărucior. Poate că i-o va oferi lui Kevin la terminarea misiunii. Era genul de sclipici care îţi rămânea pe piele câteva zile.

Ea şi Barnaby denumiseră acest drog pur şi simplu *Atac de cord*, pentru că asta provoca. Uneori, după încheierea interogatoriului, departamentul trebuia să se descotorosească de subiect într-un mod care să pară natural. După circa trei ore, *Atac de cord* se descompunea într-un metabolit care era aproape imposibil de detectat. La un bărbat de vârsta lui Carston, cu condiţia lui fizică şi ţinând cont şi de jobul foarte stresant — ei bine, Alex avea mari îndoieli că ar fi cercetat cineva foarte atent cauza morţii, cel puţin la început. Bineînţeles, dacă ar fi avut douăzeci şi cinci de ani şi ar fi alergat la maraton, cauza morţii ar fi putut să pară mai suspectă.

Alex se mută la raionul de patiserie, pentru că era aproape de casele de marcat şi putea să-i vadă nestingherită pe cumpărătorii care stăteau la coadă să plătească. Îi luă cam zece minute, prefăcându-se că ezită între o baghetă sau o ciabatta, dar pe urmă menajera apăru de pe culoarul 19 şi se aşeză la coadă. Alex aruncă bagheta în cărucior şi se aşeză la coada de la casa învecinată.

Acum venea partea dificilă. Trebuia să stea foarte aproape de femeie în timp ce ieşeau din magazin. Sedanul negru al lui Alex era parcat chiar lângă dubiţă. În timp ce femeia îşi aşeza cumpărăturile în portbagaj, Alex urma să se împiedice cu braţele încărcate de pungi şi să cadă peste bara de protecţie a dubiţei. N-ar fi trebuit să fie prea greu să lase sticlele de suc în portbagaj. Spera să poată subtiliza şi sticlele de suc ale femeii, dar, dacă nu reuşea, presupunea că menajera le va pune pe toate în frigider, chiar dacă nu erau câte ar fi trebuit să fie.

Alex se uită la banda de la casa învecinată, verificând încă o dată că sucul era acolo. Apoi îşi mută repede privirea în altă parte.

În timp ce cumpărăturile ei alunecau prin faţa scannerului, se încruntă. Ceva era în neregulă. Ceva nu se potrivea cu imaginea mentală. Se uită din nou la cealaltă bandă, încercând să-şi dea seama despre ce e vorba.

Băiatul de la casă punea în pungă o cutie de Lucky Charms. Menajera nu cumpărase niciodată marca asta de cereale pentru Carston, din câte reuşise Alex să vadă. Carston avea obiceiurile lui — mânca în fiecare dimineaţă aceleaşi cereale bogate în fibre. Bezelele dulci cu premii din plastic nu păreau genul lui de gustare.

Încă o privire pe furiş, cu capul plecat. Obişnuita pungă cu boabe de cafea, frişca degresată, litrul de lapte degresat, dar mai era şi un bidon de doi litri cu lapte integral şi o cutie cu napolitane Nilla Wafers.

— Hârtie sau plastic, doamnă? Doamnă?

Alex se concentră repede, scoase portofelul şi extrase trei hârtii de douăzeci.

— Hârtie, te rog, spuse ea.

Menajera lua mereu pungi de hârtie.

Rotiţele din mintea ei se învârteau nebuneşte în timp ce aştepta restul.

Poate că menajera îşi luase şi pentru ea câte ceva, dacă tot venise să cumpere pentru Carston. Dar, dacă-şi luase lapte pentru acasă, trebuia să-l ducă înăuntru şi să-l pună în frigiderul lui Carston până când îşi termina treburile din ziua aceea, ca să nu se strice în portbagaj. Şi nu făcuse asta niciodată până atunci.

Aştepta Carston musafiri?

Inima lui Alex bătea cu putere în timp ce-o urma pe femeie prin uşile automate, strângând în mâna stângă cele două pungi.

Carston trebuia să fie cel care să bea din sticla aceea. Dar dacă ajungea la altcineva? La cineva care *să aibă* douăzeci şi cinci de ani şi să alerge la maraton? Tentativa ei ar fi devenit evidentă. Carston şi-ar fi schimbat obiceiurile şi şi-ar fi întărit măsurile de securitate. Şi în plus ar fi ştiut, fără urmă de îndoială, că fusese Alex. Că era vie şi pe-aproape.

Vânătoarea ar fi început din nou, de la o distanță mai mică decât oricând.

Să meargă la noroc? Sucul acela de portocale era preferatul lui Carston. Probabil că nu l-ar oferi altcuiva. Şi dacă totuşi ar face-o?

În timp ce mintea ei analiza iute posibilitățile, o mică informație nesemnificativă — sau cel puțin aşa o considerase — îi apăru în minte, sugerându-i o nouă perspectivă.

Grădina zoologică. Fiica lui vorbise întruna despre grădina zoologică. În toate convorbirile, zilnic, unele dintre ele lungi de câteva ore. Şi dacă Erin Carston-Boyd nu era mereu într-o legătură atât de strânsă cu tatăl ei? Dacă Alex, în graba ei de a ajunge la convorbirile importante, trecuse peste informații vitale — cum ar fi o vizită iminentă din partea fiicei şi a nepoatei? Grădina zoologică din Washington DC era celebră. Exact genul de loc unde ți-ai duce nepoțica venită în vizită dintr-un alt oraş. Aşa cum Lucky Charms erau exact tipul de cereale pe care un bunic indulgent le-ar cumpăra pentru micul dejun al nepoatei.

Alex oftă adânc.

Nu putea risca s-o otrăvească pe fetiță.

Şi-acum, ce urma? Boabele de cafea? Dar şi Erin ar urma să bea din cafeaua aia. Poate un alt tip de toxină, ceva care să semene cu salmonella?

Nu putea să aştepte până când rudele se întorceau în oraşul în care locuiau. Până atunci, Deavers şi Pace vor fi murit — dacă nu muriseră deja —, iar Carston ar fi fost alertat la maximum. Asta era unica ei şansă să acţioneze înainte de declanşarea panicii. Vor fi şase sticle de suc, dintre care una otrăvită... existau şanse să fie băută de Carston... era improbabil ca fetiţa să păţească ceva...

Alex încetini pasul. Ştia că n-avea s-o facă. Şi nu putea să se ducă din nou la cafeneaua lui preferată şi să-i adauge un ingredient în puiul cu parmezan. Cu siguranţă că renunţase la acel obicei din momentul în care ea îl contactase acolo. Era constrânsă acum să apeleze la ceva cu adevărat periculos, cum ar fi să ia puşca lui Daniel şi să-l împuşte pe Carston prin geamul bucătăriei. Riscul de a fi prinsă — şi ucisă — ar fi fost mult mai mare decât plănuise.

Lui Kevin avea să-i fie silă de ea. O singură persoană era pe lista ei şi deja o ratase. Nu putea să se simtă ofensată de o asemenea reacţie, pentru că şi ei îi era silă de sine însăşi.

Ca şi cum i-ar fi citit gândurile, chiar atunci Kevin o sună. Simţi vibraţia în buzunar, scoase telefonul şi se uită la număr. Apăsă butonul de răspuns şi duse aparatul la ureche, dar nu spuse nimic. Era încă prea aproape de menajeră şi nu voia ca femeia să se-ntoarcă şi să o vadă din nou, mai de aproape, pe blonda care se ţinuse după ea. Poate că tot prin menajeră ar fi fost posibil să ajungă la Carston. Alex nu-şi permitea să fie remarcată.

Alex aşteptă să-l audă pe Kevin certând-o, fiind sigură că acesta simţise cumva că dăduse greş; *Ai zbârcit-o* rău de tot, *Oleander*, cu vocea lui stridentă.

Kevin nu spuse nimic. Alex se uită la ecranul telefonului. Se pierduse legătura? O sunase din greşeală?

Legătura nu se întrerupsese. Cronometrul număra secundele în partea de jos a ecranului.

Alex aproape că spuse: „Kevin?"

Patru ani de trăit în teroare îi zăvorâseră limba.

Lipi telefonul de ureche şi ascultă cu atenţie. Nu se auzea niciun zgomot de maşină sau de mişcare oarecare. Niciun zgomot făcut de vânt. Nici sunete de animale, nici sunete umane.

Simţi cum i se face pielea ca de găină pe braţe şi i se zbârleşte părul de pe ceafă. Trecuse de maşina ei şi acum trebuia să meargă înainte. Ochii i se mişcau în toate părţile în timp ce capul rămânea nemişcat. Se concentră pe tomberonul aflat în colţul din spate al parcării. Grăbi pasul. Era prea aproape de centrul de putere al inamicului. Dacă ei urmăriseră această convorbire, nu le va lua mult să ajungă aici. Îi venea să fugă, se abţinea cu mare greutate, dar continuă să meargă într-un ritm susţinut.

Încă niciun sunet de la celălalt capăt al liniei. Golul rece şi greu din stomac se făcu şi mai mare.

Kevin n-avea să înceapă brusc să-i vorbească, ştia asta. Totuşi, ezită încă o secundă. După ce făcea ceea ce ştia că trebuie să facă acum, se termina totul. Se întrerupea singura ei legătură cu Kevin.

Închise telefonul. Numerele din josul ecranului o informară că apelul durase doar şaptesprezece secunde. Avusese impresia că trecuse mult mai mult.

Ocoli tomberonul ca să ajungă într-un loc unde să nu fie vizibilă din parcare. Nu vedea pe nimeni, astfel spera să n-o vadă nimeni.

Lăsă pungile cu cumpărături jos.

În căptuşeala genţii, avea o mică trusă de forţare a încuietorilor. N-o folosise niciodată pentru scopul ei real, dar uneori îi era utilă când lucra cu unele dintre inelele şi adaptoarele ei de reflux mai mici. Scoase din trusă sonda cea mai subţire şi o folosi ca să scoată din telefon tăviţa pentru cartela SIM. Tăviţa şi cartela ajunseră în geantă.

Cu grijă, şterse cu tricoul amprentele de pe telefon, manevrându-l doar prin ţesătură. Lungimea tricoului nu-i permitea să ridice telefonul până la trapa laterală a tomberonului; era prea sus. Când văzu că nu ajunge, îşi dădu seama că trebuie să-l arunce prin deschizătură, dar nimeri din prima încercare.

Alex luă de jos pungile de hârtie, se întoarse şi se duse repede la maşină. Dubiţa tocmai ieşea din parcare. Nu-şi dădea seama dacă menajera observase că ea făcuse un ocol. Mări pasul cât putu de mult.

Scăpase de telefon, dar aproape că vedea secundele contorizate în josul ecranului. Acum erau două posibilităţi, iar una dintre ele îi fixa un termen-limită foarte strâns.

Capitolul 27

— Alex, Kevin a avut telefonul în buzunar şi te-a sunat din greşeală, susţinea Daniel.

— Danny are dreptate, zise Val. Reacţionezi exagerat. Nu e nimic.

Alex clătină din cap, simţind cum pielea maxilarului se întinde când îşi încleştă dinţii.

— Trebuie să plecăm, spuse ea pe un ton categoric.

— Pentru că, exact în momentul ăsta, cei care ne vor răul s-ar putea să-l tortureze pe Kevin ca să obţină informaţii, recapitulă Val.

Folosi tonul răbdător şi împăciuitor pe care oamenii îl folosesc cu copiii foarte mici şi cu cei vârstnici.

Alex răspunse pe un ton rece şi aspru:

— N-o să mai fie o glumă dac-or să vină după tine, Val. Asta ţi-o garantez.

— Uite, Alex, planul tău tocmai a dat greş, îi reaminti Val. Erai deja supărată. Kevin te-a sunat şi n-a spus nimic. Asta-i tot ce s-a întâmplat. Cred că e un pic cam exagerat să presupunem că a fost mai mult decât un accident.

— Aşa fac ei, spuse Alex încet, cu o voce egală.

Chiar înainte ca Barnaby să-i aducă materialele de informare secrete, văzuse în parte cum se procedează.

— Subiectul are un telefon cu un singur număr în memorie. Suni la acel număr şi vezi ce informaţii poţi să obţii de la el. Urmăreşti semnalul pe care tocmai l-ai creat. Găseşti persoana de la celălalt capăt al liniei.

— Păi n-au ce să găsească totuşi, nu? întrebă Daniel cu speranţă în glas. Ai aruncat telefonul. Nu-i poate duce decât la o parcare fără nicio legătură cu noi.

— Da, telefonul e mort acum, admise ea. Dar, dacă l-au prins pe Kevin...

Chipul lui Daniel trăda nelinişte. Val era în continuare calmă.

— Crezi că l-ar fi omorât? întrebă Daniel aproape în şoaptă.

— Asta ar fi varianta cea mai bună, spuse Alex fără menajamente.

Nu ştia cum să se exprime mai delicat.

— Dacă e mort, nu-i mai pot face rău. Iar noi suntem în siguranţă. Dar dacă e viu...

Inspiră adânc şi îşi recăpătă concentrarea.

— Cum am spus, trebuie să ne mişcăm.

Val tot nu se lăsa convinsă.

— Chiar crezi că l-ar da în vileag pe Danny?

— Uite, Val, îmi dau seama că înţelegi foarte bine ce înseamnă feminitatea. Aia e lumea ta. Asta însă e a mea. Nu exagerez când spun că nu există om care să nu cedeze. Nu contează cât de tare e Kevin sau cât de mult îşi iubeşte fratele. S-ar putea să dureze o vreme, dar până la urmă *o să le spună* unde suntem. Şi, spre binele lui, sper să nu dureze chiar atât de mult.

Totuşi, Alex ştia c-o să dureze. Oricât de dificilă fusese dintotdeauna relaţia ei cu Kevin, învăţase să aibă încredere în el, să-l *cunoască*. Kevin îi va oferi timpul necesar ca să-i ducă pe Daniel şi Val într-un loc sigur. În parte pentru că-şi iubea fratele şi, pe de altă parte, pentru că era orgolios. În ruptul capului nu i-ar da lui Deavers cu uşurinţă ceea ce voia să afle. Kevin i-ar face să muncească din greu pentru fiecare cuvânt smuls de la el.

Îi părea bine că nu era ea cea însărcinată să-l facă să cedeze pe Kevin. Era sigură că ar fi fost cazul cel mai dificil cu care s-ar fi confruntat. Dacă cineva ar reuşi să-şi ia cu el în mormânt secretele, acel om ar putea fi Kevin. Poate că el ar fi întrerupt şirul perfect al interogatoriilor.

Preţ de o clipă, văzu imaginea cu claritate — Kevin imobilizat pe masa de interogatorii modernă din vechiul laborator, ea fiind aplecată deasupra lui. Cum ar fi lucrat la acest caz? Dacă situaţia ar fi fost doar uşor diferită — dacă subiectul ei pakistanez n-ar fi murmurat niciodată numele Wade Pace —, scenariul pe care şi-l imaginea ar fi putut să devină realitate.

Alungă din minte imaginea şi se uită la Daniel şi la Val. Alex îşi dădu seama că frica ei începea să-l cuprindă şi pe Daniel.

— Dacă l-au prins într-adevăr pe Kevin... ce crezi c-o să se-ntâmple cu Einstein? întrebă Val, încă sceptică, dar ochii ei albaştri păreau neliniştiţi.

Alex tresări. De ce ajunsese să-i pese atât de mult de un animal pe lângă toate celelalte? Ce stupizenie!

— Nu avem timp să ne gândim la toate acum, spuse ea. Tu ai unde să te duci, Val? Un loc pe care să nu-l ştie Kevin?

— Am un milion de locuri.

Faţa lui Val devenise aspră. Dintr-odată, trăsăturile ei perfecte păreau să aparţină unei păpuşi frumoase, reci şi lipsite de suflet.

— Tu?

— Opţiunile noastre sunt ceva mai limitate, dar o să găsesc eu ceva. Strânge-ţi lucrurile pe care vrei să le păstrezi — n-o să te mai poţi întoarce aici. Pot să păstrez peruca?

Val încuviinţă.

— Mulţumesc. Mai ai altă maşină în afară de cea pe care-am folosit-o?

Kevin luase SUV-ul familiei McKinley când plecase împreună cu Einstein imediat după miezul nopţii.

— Am două aici. Aia nu e a mea. Kevin o conducea când venea pe-aici.

Val se întoarse lent, graţios, apoi porni agale spre scară. Alex nu-şi dădea seama dacă se ducea să-şi facă bagajul sau să tragă un pui de somn. Val nu o crezuse.

Mintea lui Alex se precipita în o sută de direcţii diferite. Trebuia să facă rost repede de o maşină nouă şi s-o abandoneze pe cea despre care ştia Kevin. Erau foarte multe detalii pe care trebuia să le cumpănească şi trebuia să facă asta repede.

Alex se întoarse şi se grăbi să ajungă în camera pentru oaspeţi. Şi ea trebuia să-şi facă bagajul.

Şi să se gândească. Nu plănuise aşa ceva. Deşi ar fi trebuit.

Daniel veni după ea pe hol.

— Spune-mi ce trebuie să fac, zise el în timp ce intrau în cameră.

— Poţi să pui totul înapoi în genţile de voiaj? Eu... trebuie să stau şi să mă gândesc câteva minute. Nu ne putem permite nicio greşeală astăzi. Doar să mă laşi să mă concentrez, bine?

— Desigur.

Alex se întinse în pat şi-şi încrucişă braţele peste faţă. Daniel împacheta totul pe tăcute într-un colţ. Alex încercă să treacă în revistă toate mişcările pe care le puteau face, tot ce nu ştia Kevin.

Nu erau multe. Nici măcar nu putea să se-ntoarcă s-o ia pe Lola — Kevin alesese pensiunea pentru câini.

Inspiră din nou adânc şi alungă gândul. Nu era momentul să fie tristă acum.

O vreme, vor merge în moteluri mici. Vor plăti numai cu cash. Din fericire, avea o bună parte din banii obţinuţi de Kevin din vânzarea de droguri. Vor reuşi astfel să stea ascunşi de privirile indiscrete.

Bineînţeles, Carston se va aştepta la asta. Portretul ei şi al lui Daniel vor ajunge pe un anunţ al poliţiei şi transmis prin e-mail la toate opririle potenţiale pe o rază de două mii de kilometri. Întrucât făcuseră publică deja povestea lui Daniel, probabil că pe ea o vor distribui în rolul de captivă. Ar fi fost mai greu să facă varianta inversă credibilă, dat fiind faptul că erau atât de diferiţi ca statură.

Puteau să doarmă peste noapte în orice maşină de care reuşeau să facă rost, aşa cum se întâmplase şi înainte. Dar verificările aveau să fie minuţioase. După ce oamenii lui Carston vor fi localizat vehiculul lui Kevin, vor lua urma oricărei maşini vândute la mâna a doua, oricărei oferte de servicii, oricărei maşini furate pe o rază de două sute de kilometri. Orice descriere care se potrivea va ajunge într-o listă şi, dacă un poliţist va raporta acel vehicul, oamenii lui Carston nu vor fi foarte departe.

Poate că sosise timpul să se întoarcă la Chicago. Poate că Joey Giancardi n-ar omorî-o imediat. Poate că va fi interesat să o aibă drept sclavă cu contract, dacă le mijlocea operaţiile de reconstrucţie facială. Sau poate că va sesiza cât de disperată e Alex şi va şti că poate să obţină bani frumoşi vânzând-o celor care o doreau.

Alex avea identităţi despre care Kevin nu ştia nimic, dar Daniel nu avea aşa ceva. Documentele pe care le luase din ascunzătoarea mobilă a lui Kevin n-ar fi fost lipsite de riscuri.

În afară de cazul în care Daniel acţiona suficient de repede.

Se ridică în capul oaselor.

— Crezi c-ai înțeles principiile elementare ale acestui joc de-a v-ați ascunselea?

Daniel se întoarse către ea, ținând în mâini două pungi transparente pline cu gloanțe.

— Poate că pe *cele mai* elementare dintre cele elementare.

— Lasă că ești un om inteligent, zise Alex. Vorbești binișor spaniola, da?

— Mă descurc. Vrei să mergem în Mexic?

— Aș vrea să pot. Probabil că Mexicul nu-i atât de sigur pentru tine, pentru că ai fost acolo de-atâtea ori, dar sunt o mulțime de locuri în America de Sud în care-ai putea să te ascunzi. E și ieftin, așa că banii or să-ți ajungă o vreme. N-o să te poți pierde în mulțime, dar sunt foarte mulți expați...

Daniel ezită o secundă, apoi așeză cu grijă gloanțele într-una dintre genți. Veni lângă ea.

— Alex, văd că folosești de foarte multe ori pronumele la persoana a doua singular. Vrei să spui... că noi doi ne despărțim în clipa asta?

— Vei fi mai în siguranță în străinătate, Daniel. Dacă te ascunzi într-un locșor ferit din Uruguay, s-ar putea să nu te găs...

— Atunci de ce nu putem merge împreună? Pentru că ei or să caute un cuplu... dacă... dacă-l forțează pe Kevin să vorbească?

Alex dădu să ridice din umeri, apoi și-i coborî, într-un gest de neputință.

— Pentru că eu nu am un pașaport.

— Și nu crezi c-or să-l aștepte pe Daniel Beach să încerce să se urce într-un avion?

— N-o să fii Daniel Beach. Am la mine două seturi de documente ale lui Kevin. O să treacă mult până or să ajungă să-l întrebe despre identitățile false, dacă o vor face vreodată. O să ai timp suficient ca să iei un avion spre Chile la noapte.

Expresia lui se întunecă dintr-odată, devenind aproape mânioasă. Semăna cu Kevin, şi Alex constată cu surprindere cât de mult o întrista acest lucru.

— Aşadar, mă salvez doar pe mine, da? Pe tine te las de izbelişte?

Încă o ridicare din umeri abia schițată.

— Cum ai spus, or să caute un cuplu. Eu o să mă strecor nevăzută.

— Or să te caute *pe tine*, Alex. Eu n-o să...

— Bine, bine, îl întrerupse ea. Lasă-mă să mă mai gândesc. Găsesc eu ceva.

Daniel o privi îndelung. Încet, expresia i se îmblânzi. În cele din urmă, umerii i se prăbuşiră şi închise ochii.

— Îmi pare rău, şopti ea. Îmi pare rău că n-a mers. Îmi pare rău că fratele tău...

— Eu tot sper c-o să intre pe uşă, recunoscu Daniel. Dar presimt... că asta n-o să se-ntâmple.

— Ştiu. Aş vrea să mă fi înşelat.

Daniel o privi țintă.

— Dacă situațiile noastre s-ar inversa, el ar face ceva. Ar găsi o cale. Dar *eu* nu pot să fac nimic. Eu nu sunt Kevin.

— Kevin ar fi în aceeaşi situație ca şi noi. N-ar şti unde eşti ținut prizonier. Şi dac-ar şti, tot ar fi în inferioritate. Nici el n-ar putea să facă nimic.

Daniel clătină din cap şi se aşeză pe pat.

— Nu ştiu cum, dar cred că nimic din toate astea nu l-ar fi oprit.

Alex oftă. Probabil că Daniel avea dreptate. Kevin ar fi avut vreun informator secret sau o cameră video montată într-un loc ascuns sau o cale de a pătrunde clandestin în sistemul lui Deavers. N-ar fi renunţat şi n-ar fi fugit. Dar nici Alex nu era Kevin. Nu reuşise să-l otrăvească pe Carston nici când acesta nu fusese avertizat. Acum era, Alex ştia sigur asta.

— Lasă-mă să gândesc, repetă ea. Am să-ncerc să găsesc o soluţie.

Daniel dădu din cap şi spuse:

— Dar împreună, Alex. Plecăm împreună. Rămânem împreună.

— Chiar dacă asta ne pune vieţile în pericol?

— Chiar dacă...

Alex se aruncă din nou pe pat, ascunzându-şi faţa cu braţele.

Dacă ar fi existat o evadare perfectă pentru amândoi, ar fi încercat-o mai devreme. Principalul motiv pentru care se afla aici era faptul că opţiunea evadării eşuase. Acum şi opţiunea atacului eşuase. Nu avea motive să fie foarte optimistă.

Era ciudat cum nu-ţi dai seama cât de mult ai de pierdut decât după ce persoana în cauză nu mai e. Da, ştia că era foarte ataşată de Daniel; îşi asumase acest dezavantaj. Dar cine s-ar fi gândit că o să-i ducă dorul lui Kevin? Cum devenise el prietenul ei? Nici măcar prieten, pentru că prietenii ţi-i alegi. Mai degrabă o rudă — fratele pe care încerci să-l eviţi la reuniunile de familie. Nu avusese niciodată aşa ceva, dar de bună seamă că ăsta era sentimentul, durerea că ai pierdut ceva ce nu ţi-ai dorit niciodată, dar care a ajuns să conteze oricum. Siguranţa de sine arogantă a lui Kevin o făcuse să se simtă aproape protejată, aşa cum nu se mai simţise de mulţi ani. Echipa lui era echipa învingătoare. Invulnerabilitatea lui era ca o plasă de siguranţă.

Sau fusese până atunci.

Şi câinele. Nici măcar nu era în stare să se gândească la câine de teamă că durerea ar fi copleşit-o. N-ar mai fi reuşit să-şi pună mintea la treabă pentru a găsi o soluţie.

Din nou, îi veni în cap imaginea cu Kevin lungit pe masa ei. Măcar de-ar fi ştiut că murise deja şi tot ar fi însemnat ceva. Dacă ar fi ştiut că în momentul ăsta nu suferea în chinuri. Cu siguranţă că era destul de inteligent să fi avut o cale de ieşire. Sau era atât de sigur pe el încât eşecul nu făcuse parte niciodată din plan?

Se gândi că aflase destule despre Deavers din manevrele pe care le făcuse până în acest moment ca să fie sigură că acesta n-ar fi ratat nicio oportunitate de a-şi crea un avantaj.

Îşi dorea cu sinceritate ca lucrurile să fi stat invers. Dacă ea ar fi fost cea prinsă, ar fi reuşit să iasă din scenă rapid şi fără dureri, lăsându-i pe Deavers şi Carston fără nicio informaţie despre ceilalţi. Indiferent ce greşeală făcuse, indiferent în ce fel eşuase, Kevin rămânea cel mai pregătit să-l ţină pe Daniel în viaţă. Şi pe Val, de altfel. În viitorul imediat, Val putea să fugă cel mai uşor, dar nici Carston, nici Deavers nu păreau genul de oameni care să renunţe uşor la un martor.

Dacă în locul lui Alex ar fi fost Kevin şi ar fi încercat să conceapă un plan, ce-ar fi făcut?

Alex nu ştia. El avea resurse despre care ea nu ştia nimic, resurse pe care nu le putea multiplica. Dar chiar şi-atunci, fuga ar fi fost singura lui opţiune. Poate că s-ar fi întors mai târziu, să mai facă o încercare, dar nu avea cum să continue imediat, după tentativa eşuată de a-l ucide pe potenţialul vicepreşedinte. Acum era timpul să dispară şi să schimbe strategia.

Sau, în cazul ei, să dispară şi să încerce să rămână dispărută.

Acea imagine insuportabilă a lui Kevin întins pe masă nu-i dădea pace. Problema ei, ca anchetator profesionist, era că ştia în detaliu tot ce i-ar putea face ei acum. Îi era imposibil să nu marcheze în gând trecerea minutelor şi să nu-şi imagineze cum progresa interogatoriul.

Daniel tăcea. Împachetatul nu-i luase mult. Nu-şi împrăştiaseră lucrurile prin cameră. Ştiuseră de la început că era posibil să plece în orice moment, fie din cauza vreunei situaţii de urgenţă, fie pur şi simplu pentru că Val s-ar fi săturat de ei.

Alex bănuia ce simţea Daniel. Nu voia să creadă că lucrurile merseseră atât de prost. Nu voia să creadă că fratele lui putea să fie mort sau că moartea ar fi fost cel mai bun sfârşit pentru Kevin. Cu siguranţă că-şi amintea cum Kevin coborâse prin acoperiş în toiul nopţii ca să-l salveze şi se simţea vinovat că nu putea să facă şi el la fel. Mai mult decât vinovat — neajutorat, slab, furios, laş... Toate lucrurile pe care ea deja începea să le simtă.

Dar Alex nu putea *să facă* nimic pentru Kevin. Dacă ei doi ar fi schimbat locurile, nici Kevin n-ar fi putut să facă nimic. N-ar fi ştiut unde o ţin în captivitate. Oamenii din umbră n-ar fi ales un loc de care Alex sau Kevin să ştie. Aveau mii de variante. Iar dacă *ar fi existat* o cale să afle unde era ascunzătoarea, măsurile de securitate de acolo ar fi fost imposibil de păcălit. Kevin ar fi fost la fel de neajutorat ca şi ea.

Nu trebuia să irosească timpul cu scenarii imposibile.

Trebuia să se concentreze şi să acţioneze pornind de la ipoteza că fratele lui Daniel era încă în viaţă şi că inamicii lor vor afla curând că şi ea, şi Daniel erau vii şi prin apropiere. Aveau să afle numele şi adresa lui Val. La fel, marca, modelul, culoarea şi probabil şi numărul de înmatriculare al singurelor două maşini la care aveau acces în prezent. Era timpul ca ea şi Daniel să se distanţeze de cât mai multe din toate astea.

Alex se ridică încet.

— Trebuie să ducem lucrurile în maşină şi să plecăm.

Daniel stătea rezemat de perete lângă teancul de genţi, cu braţele încrucişate la piept. Avea ochii înroşiţi.

Val nu se vedea pe nicăieri când ieşiră, cărând genţile. Spaţiul părea mai mare şi mai rece în absenţa câinelui. Alex se grăbi să ajungă la uşă.

Nu vorbiră în ascensor sau cât timp merseră spre maşină. Alex lăsă genţile lângă portbagaj şi scoase cheile din buzunar.

Un hârşâit estompat întrerupse liniştea de scurtă durată. Părea că vine de undeva de-aproape sau poate că de sub maşină.

Proastă mai sunt, se dojeni Alex în timp ce se lăsa brusc pe vine lângă geanta în care spera cu disperare să fie pistoalele, însă cel mai probabil acolo era echipamentul medical. Cu toate că ştia cât de precară le era situaţia, venise neînarmată în parcare.

Se bazase pe faptul că, poate, Kevin va rezista mai mult. O stupizenie.

Genţile mai grele erau la Daniel. De îndată ce puse mâna pe geanta din faţa ei, îşi dădu seama că acolo erau trusele şi materialele de prim ajutor. Un prim ajutor inutil acum. Măcar avea inelele şi centura. Prin urmare, trebuia să ajungă aproape de agresor. Să nu se opună la început. Asta, dacă nu o împuşca din primul moment.

Făcu toate aceste calcule într-o secundă. După primul zgomot, urmă iute un al doilea, un scheunat jos care fără doar şi poate venea de sub maşină. Sunetul o purtă înapoi în timp, lângă o verandă întunecoasă din Texas. Nu era un sunet uman.

Alex se lăsă mai jos, aproape atingând cu capul pardoseala garajului. Umbra întunecată de sub sedan se trase mai aproape.

— *Einstein?!* exclamă ea uimită.

— Einstein? zise Daniel ca un ecou, din spatele ei.

Alex se târî în jurul maşinii.

— Einstein, eşti bine, băiatule? Vino aici.

Câinele ieşi de sub maşină. Alex îl mângâie pe spate şi pe picioare.

— Eşti rănit? spuse ea cu glas blând. E-n regulă. Te îngrijesc eu.

Blana lui Einstein era încâlcită şi udă în câteva locuri, dar când îşi luă mâinile de pe el ca să verifice, văzu că nu era sânge, ci doar mizerie. Avea perniţele de la picioare tăiate puţin şi gâfâia de parcă ar fi fost deshidratat sau epuizat ori şi una, şi alta.

— E bine? întrebă Daniel de lângă ea.

— Aşa cred. Totuşi, după cum arată, n-a avut o noapte prea liniştită.

— Vino aici, băiete, spuse Daniel, întinzând mâinile spre câine.

Einstein se ridică, şi Daniel îl luă în braţe. Einstein începu să-l lingă pe faţă şi nu se mai oprea.

— Du-l sus. Pun genţile în maşină şi vin şi eu.

— În regulă.

Daniel ezită, apoi trase aer în piept, oftând.

— Totul e-adevărat.

— Da, spuse ea şi deschise portbagajul fără să ridice privirea.

Îl auzi întorcându-se şi plecând. Gâfâitul lui Einstein se auzi tot mai departe.

Nu-i luă mult să aranjeze lucrurile. Garajul rămase liniştit şi pustiu, ca de obicei. Poate că ăsta era etajul personal al lui Val din parcarea subterană. Poate că toate maşinile astea îi aparţineau. Alex n-ar fi fost uimită dacă aşa ar fi stat lucrurile

Nu trebuia să se simtă mai bine acum când ştia că Einstein e teafăr? O parte din ea trebuie să fi sperat că se înşelase, că reacţionase excesiv. Că totul fusese o greşeală.

Când se întoarse în sufragerie, Val şedea pe podea cu câinele. Einstein se făcuse covrig în poala femeii, cu capul pe umărul ei, iar Daniel îngenunchease alături.

Val ridică privirea spre Alex, cu aceeaşi expresie împietrită ca de păpuşă.

— Acum e ar trebui să zici: *V-am spus eu!*

— Ai nevoie de ajutor ca să ieşi de-aici? întrebă Alex.

— Nu e prima oară când trebuie să dispar. A trecut ceva timp de-atunci, dar e o experienţă pe care n-o uiţi.

Alex încuviinţă.

— Îmi pare rău, Val.

— Şi mie, răspunse Val. Crezi că... o să iei câinele cu tine?

— Da, spuse Alex, clipind surprinsă.

— Of, zise Val lipindu-şi faţa de blana lui Einstein. Dă-mi, te rog, un minut, ceru ea cu voce înăbuşită.

— Desigur, spuse Alex.

Aveau la dispoziţie câteva ore.

Locul ăsta era ultimul lucru pe care Kevin avea să-l divulge. Trimisese câinele înapoi ca să-i avertizeze. Kevin se lupta pentru ei.

În plus, încă mai avea acces la o sursă de informaţii care putea să dispară dintr-o clipă în alta, aşa că era bine s-o utilizeze cât timp dispunea de o conexiune rapidă de internet. Se duse la computerul aşezat pe blatul din bucătărie.

Carston fusese foarte rezervat până acum, dar poate că în sfârşit spusese ceva. Măcar dacă reuşea să deducă ora aproximativă când Kevin fusese capturat. În mod cert exista un apel telefonic care să marcheze asta. Poate chiar un drum cu maşina. Pe acest front, Carston era expertul, nu Deavers.

Dispozitivul de urmărire era simplu de verificat. Vehiculul lui Carston era la biroul acestuia, ca de obicei într-o zi de lucru. Poate că plecase cu altă maşină, totuşi. Verifică semnalul sonor — Carston era în birou. Derulă înregistrarea înapoi ca să-i asculte conversațiile.

Aici era ceva important. Carston era în birou de ceva vreme — de obicei ajungea acolo la 6:00, dar activitatea începuse în jur de 3:30 dimineața. Îi venea să-și tragă palme pentru că nu verificase înregistrările înainte să fi plecat în dimineața asta.

Prima lui convorbire a fost scurtă. Doar „Sunt aici" și „Care-i situația?" Nu era greu să tragi concluzii din asta. Cineva îl trezise pe Carston dându-i vestea, și el plecase la birou. Nefiind trafic la ora aceea, trebuie să-i fi luat doar zece minute până ajunsese. Dacă țineai cont și de faptul că se îmbrăcase, se spălase pe dinți și toate celelalte, însemna că apelul fusese dat undeva între 2:30 și 3:15.

Se uită la ceasul de pe computerul ei, calculând de cât timp îl capturaseră pe Kevin. Mai întâi fusese nevoie să-l facă să se supună și apoi să aștepte ca el să fie pe deplin conștient, dacă-l adormiseră. Pe urmă, ar fi trebuit să decidă cum aveau să procedeze și să aducă un specialist...

Ăsta a fost al doilea apel al lui Carston? La 3:45, Carston a format un număr.

— Care-i mișcarea?... Nu-mi place... Bine, bine, dacă aia e cea mai bună variantă... Ce?... Știi ce părere am despre asta... Cum ai spus, e problema *ta*... Vreau noutăți.

Nu spunea niciodată multe, iar cuvintele aveau probabil o mie de interpretări posibile, dar nu se putea abține să nu le aplice pe ale ei.

Nu, Kevin nu era mort.

Urmă o lungă perioadă de tăcere. Tastat la computer, pași prin încăpere, sunetul respirației; altceva, nimic. Nicio convorbire. După toate aparențele, nu ieșise nici măcar o dată din birou. Aproape că-i simțea anxietatea lui Carston, și asta îi sporea neliniștea. Unde erau noutățile? Le primea prin e-mail?

Poate că aveau noroc. Poate că specialistul trebuia adus de la mare distanță, iar Kevin era doar ținut în aşteptare. Asta era una dintre fețele jocului, iar ea jucase cartea înainte — să laşi subiectul să aştepte, să-şi imagineze, să intre în panică. Să-l laşi să piardă lupta în mintea lui înainte de a începe.

Dar acum lucrurile nu stăteau aşa. Ei ştiau că Daniel era în viață. Ar bănui că mai are pe cineva care să-l ajute aici, în oraş. N-ar fi vrut să le dea timp complicilor lui Kevin să scape.

Timpul trecea şi pentru Carston şi Deavers. Ei inițiaseră apelul. O auziseră răspunzând şi apoi întrerupseseră legătura. Alex nu sunase înapoi ca să vadă dacă nu cumva numărul se formase accidental. Telefonul fusese aruncat. Aveau să presupună că partenerul fugise deja.

Aşa cum *ar trebui* să facă.

Alex ieşi din reveria ei intensă, dându-şi seama pentru prima dată că Daniel era aşezat pe un taburet lângă ea, urmărindu-i chipul. Val stătea rezemată de blatul de lângă chiuvetă, iar Einstein, la picioarele ei, o privea şi el.

— Încă puțin, le spuse, derulând repede momentele de linişte din biroul lui Carston.

Nu voia să-i scape nimic, dar nici nu-şi permitea să piardă timpul.

Se opri când începu să se audă vocea lui Carston, apoi dădu cu grijă înapoi. Apelase din nou pe cineva. Tonul lui era radical opus celui de dinainte. Schimbarea era atât de mare, încât o făcu să se întrebe dacă nu cumva dăduse o comandă greşită în program şi acum asculta o înregistrare mai veche.

Era vocea lui de bunic cumsecade.

— Sper că nu te-am trezit... Cum ai dormit? Da, scuze, am avut de rezolvat o mică urgență. A trebuit să vin la birou...

Nu, nu-ți anula planurile. Du-o pe Livvy la zoo. Mâine o să fie şi mai cald... Ştii că n-am încotro în astfel de situații, Erin. Îmi pare rău că nu pot fi cu voi astăzi, dar n-am ce să fac... Lasă că Livvy o să se distreze de minune şi fără mine. O să-mi povestească totul la cină. Să faceți multe poze... Nu pot să promit nimic, dar sper să fiu liber până la cină... Asta nu-i corect... Da, îmi amintesc că ți-am spus că săptămâna asta va fi mai lejeră, dar ştii cum e la serviciul ăsta, draga mea. Nu garantez nimic.

Un oftat adânc.

— Te iubesc. Pup-o pe Livvy din partea mea. Vă dau de veste când mă eliberez.

Când Carston închise telefonul, Alex se înfioră. Adică el credea c-o să se termine până *la cină?* Sau doar încerca s-o împace pe fiica lui?

Urmă din nou linişte, din nou zgomot de tastatură. De bună seamă că primea actualizările pe cale electronică. Kevin era subiectul principal al acelor informări, Alex era sigură de asta. Oare vorbea deja? Habar n-avea.

Nu se mai întâmplă nimic până ajunse la momentul prezent. Verifică dispozitivul de urmărire. Carston nu mergea nicăieri. De bună seamă că Deavers se ocupa de problema *lui*.

Continuând să asculte în căşti, Alex îşi rezemă fruntea pe brațe. Carston tasta din nou la computer.

Şi-l imagină la biroul lui, cu fața imobilă, trimițând ordine sau întrebări. Era oare măcinat de anxietate? Capul lui palid şi chel era acoperit de sudoare? Nu, Alex era sigură că individul era cât se poate de calm, ca şi cum ar fi completat o cerere de rechizite pentru birou.

Ştia ce întrebări trebuia să pună, chiar dacă Deavers nu ştia. Putea să dirijeze întreaga operațiune din fotoliul său ergonomic. Era în stare să se uite la Kevin cum este ucis prin torturare şi apoi, fără nicio remuşcare, să se ducă repede la restaurantul unde făcuse rezervări pentru cină.

Alex simţi că mânia bruscă o sufocă.

Ce se întâmpla acum n-avea nicio legătură cu securitatea naţională sau cu salvarea unor vieţi. Carston declanşase o vendetă privată pentru un om al cărui loc era foarte posibil să fie chiar pe masa de interogare. Carston trecuse de mult timp linia de demarcaţie dintre nişte operaţiuni sub acoperire a căror necesitate era discutabilă şi acte de-a dreptul criminale, iar asta părea să nu-l afecteze câtuşi de puţin. Poate că întotdeauna fusese aşa. Poate că tot ce făcuse Alex pentru el, toate acţiunile inumane pe care le întreprinsese în numele siguranţei populaţiei, fusese o înşelătorie.

Credea că e de neatins? Că aceste alegeri secrete nu-i vor afecta niciodată viaţa publică? Credea că e scutit? Nu-şi dădea seama că avea şi el responsabilităţi?

Existau lucruri mai rele decât să fii otrăvit.

Alex simţi că i se taie respiraţia. Pe neaşteptate, o cale nouă, la care nu se gândise niciodată până atunci, se deschidea în mintea ei. Era dificil de realizat, ştia. Erau o mie de lucruri care puteau ieşi prost, un milion de moduri în care putea da greş. Va fi aproape imposibil, chiar şi dacă ar avea un an în care să plănuiască toate amănuntele.

Simţi pe spate mâna lui Daniel. Prin căşti, îl auzi întrebând pe un ton îngrijorat:

— Alex?

Ridică privirea încet şi se uită lung la Daniel, evaluându-l. O examină şi pe Val în acelaşi mod.

— Mai daţi-mi zece minute, spuse ea şi-şi lăsă capul pe braţe ca să se poată concentra.

Capitolul 28

Alex îşi expuse planul repede, insistând mai mult decât necesar pe detaliile de care era sigură. Încercă să-l facă să pară bine gândit, unul în care avea încredere. Daniel părea să-i accepte versiunea, ascultând cu atenţie şi aprobând, dar Alex nu reuşea deloc să desluşească expresia lui Val. Ochii ei o priveau concentrat, dar aproape ca şi cum privirea ar fi trecut dincolo de chipul ei. Era o expresie distantă şi amabilă în acelaşi timp.

Alex trecu la concluzii, care nu erau nici pe departe atât de solide pe cât i-ar fi plăcut, şi-şi dădea seama că nu e la fel de convingătoare în privinţa consecinţelor, aşa cum fusese când prezentase punctul de plecare. Se uita în jos la Einstein, care îşi rezema botul de piciorul ei în loc să-i privească pe ceilalţi doi, mângâindu-l tot mai preocupată pe măsură ce disconfortul îi creştea. Încercând să încheie optimist, prelungi excesiv prezentarea. Val o întrerupse în mijlocul frazei.

— Nu! spuse Val.

— Nu? repetă Alex.

Rostise întrebarea, dar se resemnase deja.

— Nu. N-am să fac asta. O să fii ucisă. E frumos că vrei să-l salvezi pe Kevin, dar fii realistă, Alex. Treaba asta n-o să funcţioneze.

— Ba s-ar putea să meargă. N-or să se aştepte la aşa ceva. N-or să fie pregătiţi.

— Nu contează dacă sunt pregătiţi sau nu. Sunt mai numeroşi decât ar fi nevoie ca să compenseze acest neajuns. Să zicem că tragi un foc, ai noroc şi-l dobori pe unul dintre ei. Următorul o să-ţi vină de hac.

— Nici măcar nu ştim câţi oameni vor fi acolo.

— Tocmai, spuse Val pe un ton categoric.

— Val, pe tine n-or să te bage-n seamă. O să fii doar un funcţionar anonim. Oamenii ăştia văd zilnic sute de asistente. Pentru ei, o să fii invizibilă.

— Niciodată în viaţa mea n-am fost invizibilă.

— Ştii ce vreau să spun.

Val se uită la ea cu o faţă perfect calmă.

— Nu.

Alex inspiră adânc. Ştia că nu era corect s-o implice pe Val. Va trebui să se descurce fără ea.

— În regulă, spuse ea, dorindu-şi ca vocea să-i sune mai ferm. Am s-o fac singură, atunci.

— Alex, n-o să poţi, insistă Daniel.

— Ba am să pot, zise ea, zâmbindu-i timid. Nu ştiu cât de bine-o să mă descurc, dar trebuie să încerc, nu?

După cum o privea Daniel, se vedea că în el avea loc o luptă. Alex îşi dădea seama că voia s-o contrazică. Ar fi vrut să-i spună că nu, nu trebuia să încerce, dar asta ar fi însemnat să plece şi să-l lase pe Kevin să moară în chinuri cumplite. Daniel se afla într-o postură delicată. Acum, că se ivise o speranţă cât de mică, cum putea el să-i întoarcă spatele?

— Împreună vom reuşi să ducem la bun sfârşit prima parte, îi spuse ea. Noi doi vom fi de-ajuns.

— Dar, în clipa în care te vei despărţi de Carston, o să te tragă pe sfoară.

— Va trebui să-l ameninț cât mai convingător. Dacă va fi sigur că trădarea mea va atrage moartea ostaticului, poate o să joace cinstit.

— N-o să știi cum joacă. N-o să fii pregătită.

— Val nu vrea să-și riște viața. Pot eu s-o contrazic?

Val se uita la Daniel cu ochii mijiți în timp ce acesta ezita.

— Nu, zise el. Dar eu pot să joc rolul ei. Vom face schimb. Val, tu poți să-l joci pe-al meu, da?

Alex închise ochii strâns și apoi îi deschise încet.

— Daniel, știi că n-o să meargă. Chiar dacă n-ai fi fratele geamăn al lui Kevin, ăștia sunt oamenii care ți-au arătat fața la știri.

— Val mă poate aranja, nu-i așa, Val? Să mă faci să arăt diferit?

Expresia lui Val se schimbă brusc, devenind mai implicată. Îi examină fața cu atenție.

— De fapt... cred c-aș putea.

Se întoarse către Alex.

— Nu cred o să-l caute cineva acolo. Crede-mă, mult mai mulți s-ar uita la mine — chiar în rolul de asistentă anonimă. Cred că pot să-i schimb înfățișarea ca să nu-i dea nimeni nicio atenție.

— Nu mă-ndoiesc de priceperea ta, Val... dar ei doi sunt *gemeni*.

— Mă lași să-ncerc? întrebă Val, pe un ton rugător. Chiar vreau să-l ajut pe Kevin.

Când îi rosti numele, Einstein ridică privirea.

— Doar că nu vreau să mor ajutându-l. Lasă-mă să fac ceva.

Einstein își așeză din nou capul pe piciorul lui Alex.

— Cred c-aș putea să te las să-ncerci. Dar e o pierdere de timp și și-așa suntem în criză.

— N-o să-mi ia atât de mult.

— Şi ai fi dispusă să joci rolul lui Daniel din plan?

— Sigur, asta-i uşor. Nimeni n-o să tragă în mine.

Alex se înfioră.

La ce se aştepta? Oamenii vor trage în ea cu siguranţă, deja se împăcase cu asta. Dar dacă Val putea să-l deghizeze suficient de bine pe Daniel, lucru pe care Alex nici nu reuşea să şi-l *imagineze*, atunci ar fi posibil să tragă şi în el. Îşi aduse aminte de toate motivele pentru care era necesar să-l salveze pe Kevin. Deţinea prea multe informaţii vitale. Dacă le spunea nenorociţilor tot ce ştia despre Alex şi Daniel, despre maşinile cu care se deplasau, locurile în care se puteau ascunde, modul în care acţiona Alex, n-ar mai fi fost greu pentru Agenţie să-i urmărească şi să-i prindă. Şi pe Val, la fel. Cel mai probabil, vor muri cu toţii oricum.

Vor muri ca nişte laşi, fugind.

Dar motivele erau irelevante. Dacă exista o cale de a-l salva pe Kevin de ceea ce i se întâmpla, trebuia s-o facă. Exista o legătură între ei despre care nici măcar nu realizase că se formează. Kevin era prietenul ei. A doua ei responsabilitate. Cineva îl făcea să sufere, chiar în timp ce ea stătea acolo pe gânduri. Iar Alex trebuia să pună capăt acestui lucru.

— Apucă-te de treabă, Val. Această primă parte o să-mi ia două ore, dacă am noroc. Când termin, vom face o reevaluare.

*

Deşi locuise în Washington DC aproape zece ani, Alex nu vizitase niciodată Grădina Zoologică Naţională. Întotdeauna o considerase ca fiind ceva pentru copii, dar se părea că astăzi erau acolo o mulţime de adulţi nestânjeniţi de odrasle.

Erau şi foarte mulţi copii — câteva sute de ţânci care ţipau cu voci ascuţite şi zburdau pe lângă părinţii lor. Toţi păreau să aibă mai puţin de cinci ani, aşa încât Alex bănuia că şcolile nu intraseră încă în vacanţă.

Încercă să estimeze cât timp trecuse de când se întâlnise prima oară cu Carston, dar nu reuşea să facă un calcul logic al zilelor. Daniel mai avea atunci cam trei săptămâni de şcoală. Dar trecuse mai mult de-atât... nu? Poate că şcoala lui Daniel termina semestrul mai devreme decât celelalte.

Alex se opri mai întâi la coada pentru închirieri de la Servicii Vizitatori. Nu era lungă. Cei mai mulţi dintre vizitatori sosiseră mai devreme, în răcoarea dimineţii. Se apropia ora prânzului, iar soarele era în înaltul cerului. Unii oameni aveau să plece atunci, ca să evite preţurile mari ale restaurantelor din incinta parcului. Sau se duceau acasă pentru un pui de somn.

Alex avea destule informaţii despre Erin şi Olivia, toate culese de pe pagina de Facebook a lui Erin. Tot acolo, cu luni în urmă, găsise poza Oliviei pe care o ţinea acum în medalionul de la gât.

Astfel, ştia că Olivia are trei ani şi jumătate. Încă destul de mică să încapă într-un cărucior. Alex ştia cum arăta Erin din aproape toate unghiurile şi cu ce fel de haine era îmbrăcată. Ştia că lui Erin nu-i plăcea să se trezească devreme, aşa că probabil nu ajunsese la zoo chiar la ora deschiderii. Şi mai ştia că Olivia era foarte nerăbdătoare să vadă urşii panda.

Alex plăti nouă dolari pentru un cărucior de copii, îşi puse rucsacul în el şi intră în parc. Îşi întindea gâtul când într-o parte, când în alta, căutând. Era logic să se uite după cineva — poate după sora şi nepoţii ei ori poate-şi căuta soţul şi copilul. Erau mulţi vizitatori care-şi căutau însoţitorii, aşa că nu făcea notă discordantă.

Erin şi Livvy probabil fuseseră deja la urşii panda şi se gândeau să mănânce ceva. Cercetă harta pe care o primise odată cu căruciorul. O să încerce să treacă mai întâi pe la maimuțe şi apoi pe la reptile.

Merse repede, ignorând aleile secundare şi zonele de vizionare pentru public.

Erin avea ten de roşcată, la fel ca tatăl ei. Postase poze în care apărea arsă de soare şi se plânsese de pistrui. Avea probabil pălărie pe cap şi ceva cu mâneci lungi. Părul ei deschis la culoare îi atârna până la jumătatea spatelui — era o apariție pe care n-aveai cum să n-o remarci.

Alex cerceta grupurile şi se mişca rapid printre ei, căutând o femeie cu un copil, eliminându-le pe cele însoțite de prieteni, soți sau mai mulți copii. O vreme, se ținu după o femeie cu părul prins sub o pălărie de paie cu boruri largi, care împingea un cărucior, dar pe urmă copilul coborî ca să meargă alături de ea — era un băiețel.

Un ocol rapid pe la cuştile felinelor mari şi apoi în zona cu animale de companie. În tot acest timp, era conştientă de cum arăta — cu harta în mână, căutându-şi cu vigilență însoțitorii. Purta la rândul ei o pălărie de paie peste peruca din păr blond-închis şi ochelari de soare cu rame mari. Un tricou simplu şi blugii băieţeşti îi completau garderoba, iar în picioare avea pantofii sport cu talpă subțire, care i-ar fi permis să fugă, la nevoie. Nu ieşea cu nimic în evidență.

Mai multe femei roşcate îi atraseră atenția, dar se vedea că au părul vopsit. Altele erau prea vârstnice ca să fie Erin sau prea tinere, ori care aveau mai mulți copii. Acum zări o roşcată care mergea pe aleea ce ducea la sectorul cu animale exotice — o coadă lungă de păr roşcat-auriu care se legăna sub o pălărie *cloche* albă. Femeia împingea un cărucior pentru un singur copil. Arăta exact ca al lui

Alex, cu paravan solar de culoare verde-închis. Purta o bluză fără mâneci şi avea braţele înţesate de pistrui. Alex se duse repede după ea.

Femeia se mişca încet, aşa că Alex o depăşi în scurt timp. Ţinând capul jos, Alex aruncă o privire în cărucior când trecu pe lângă el.

Fetiţa avea faţa întoarsă într-o parte, dar îi remarcă părul blond şi moale. Se potrivea cu profilul.

Alex continuă să meargă şi ajunse la sectorul cu animale exotice înaintea mamei şi a fiicei. Duse căruciorul în spaţiul special amenajat din spatele toaletelor, ştergând pe ascuns mânerul cu tricoul înainte de a-şi lua rucsacul, pe care-l puse pe umăr. Fiind sigură acum că femeia era Erin şi că avea propriul ei cărucior, nu mai avea nevoie de el.

Localiză femeia şi copilul apropiindu-se agale pe alee. Un grup îi prinsese din urmă şi îi depăşea acum pe ambele părţi. Alex vedea acum clar chipul femeii — era categoric fiica lui Carston. Erin se opri ca să-i dea Oliviei să bea apă.

Aleea devenea mai aglomerată. Era cald, iar peruca o făcea să transpire şi-i provoca mâncărimi. Pălăria de paie nu-i era nici ea de folos.

Alex îşi fixă atenţia pe o bancă goală aflată cam la trei metri în faţa celor două. Mai era un grup numeros în spatele celui dintâi. Dacă-şi sincroniza bine mişcările, putea s-o intercepteze pe Erin în dreptul băncii tocmai în timp ce al doilea grup trecea pe lângă ele.

Făcu repede cale întoarsă cu paşi hotărâţi, uitându-se prin ochelarii de soare ca să vadă dacă îi dă cineva atenţie. Primul grup — o familie numeroasă şi gălăgioasă, după cum se părea, cu mai mulţi copii mici şi o bătrânică într-un scaun cu rotile — o înconjură un moment. Se strecură printre ei şi încetini pasul puţin.

Al doilea grup era alcătuit numai din adulți — turiști străini ieșiți la plimbare, bănuia ea, mulți dintre ei cu borsete la brâu — și o prinse din urmă pe Erin când era aproape de bancă. Alex se mișcă împotriva curentului până ajunse chiar în fața prăzii. Când Erin trecu la o jumătate de metru de bancă, Alex se întoarse, răsucindu-se pe după un tip în vârstă și prefăcându-se că se împiedică. Se întinse și o prinse pe Erin de mâna cu care ținea mânerul căruciorului. Presă în palmă punga cu lichid translucid și o goli printr-o apăsare puternică.

— Hei! exclamă Erin, întorcându-se.

Alex se dădu înapoi, răsucindu-se puțin în spatele celui mai apropiat vizitator. Erin se pomeni față în față cu septuagenarul chel.

— Scuze, spuse el ezitant adresându-se ambelor femei, neștiind cum ajunsese în postura aceea.

Se îndepărtă de Alex și o ocoli pe Erin și căruciorul.

Alex o văzu pe Erin clipind o dată, apoi încă o dată. La a doua clipire, pleoapele ei rămaseră parcă lipite. Alex făcu un salt înainte și o apucă de talie tocmai când începea să se prăbușească, apoi o împinse spre bancă, pe care căzură greoi amândouă. Alex se lovi la cot de spătarul de lemn; urma să se aleagă cu o vânătaie, dar o putea masca ușor. Fiind mai scundă și mai ușoară decât Erin, Alex nu putu să susțină greutatea femeii. Lăsă să-i scape un râset ușor strident — cu speranța că eventualii privitori s-ar gândi că cele două femei se joacă.

Fetița își cânta singură în cărucior. Nu părea să fi băgat de seamă că stătea pe loc. Alex se desprinse de Erin și trase căruciorul mai aproape, orientându-l astfel încât Olivia să n-o vadă pe mama ei.

Erin se legăna pe bancă, cu capul căzut pe umărul drept și gura larg deschisă.

Un al treilea grup de vizitatori trecu pe lângă ele. Nimeni nu se opri. Alex acționă rapid, ca să poată monitoriza orice reacție, dar nimeni nu dăduse încă alarma.

Trase pălăria lui Erin mai jos pe față, ca să-i acopere expresia lipsită de viață. Dintr-un buzunar lateral al rucsacului scoase o sticluță de parfum. Întinse mâna pe după parasolar și apăsă pulverizatorul timp de două secunde. Cântecelul încetă și apoi Alex simți bufnitura ușoară prin cadrul căruciorului când copila căzu pe spate.

Cu o expresie detașată o bătu pe Erin pe umăr, apoi se ridică și se întinse.

— Mă duc să-i iau ceva de mâncare, tu stai și odihnește-te, spuse, aranjându-și peruca sub pălărie.

Se uită în jur, cu ochii ascunși de ochelari. Nimeni nu părea să fie atent la micul tablou pe care-l crease. Luă căruciorul și porni către parcare. La început, păstră un ritm lejer, privind în trecere cuștile animalelor, cum făceau și alții. Când se îndepărtă suficient de bancă, începu să meargă mai repede. O mamă care trebuia să ajungă undeva după-amiaza.

Lăsă căruciorul lângă toaleta de la centrul pentru vizitatori și o luă pe Olivia în brațe. Copila cântărea cam paisprezece kilograme și, cum atârna inert, părea și mai greu. Alex încercă s-o țină cum văzuse la alți părinți — călare pe un șold, cu picioarele de o parte și de alta și cu capul rezemat de umărul ei. Nu credea că reușise s-o pună în poziția corectă, dar trebuia să se miște oricum. Strânse din dinți și trecu cât putu de repede de poartă. Își dori să fi parcat mai aproape, dar, în cele din urmă, cu tricoul ud de transpirație, ajunse la mașină.

Nu avusese timp să facă rost de un scaun pentru copii. Privi în jur să vadă dacă se uita cineva, dar zona de parcare în care se afla era aproape plină, iar nou-veniții își parcau maşinile mai încolo. Cei mai grăbiți plecaseră deja, aşa că era singură.

Întinse fetița pe banchetă şi îi petrecu centura de siguranță peste mijloc. Apoi o acoperi cu o pătură.

Se uită după potențialii martori. Nimeni nu se afla în apropiere; nimeni nu se uita la ea. Scoase o seringă din buzunarul rucsacului şi se aplecă din nou ca să-i administreze drogul copilei adormite. Calculase doza pentru o persoană cântărind între 14 şi 18 kilograme. Trebuia s-o mai țină pe Olivia adormită cam două ore.

Alex porni motorul maşinii şi dădu drumul la aerul condiționat. Avea senzația că începe să respire din nou pentru prima oară de când intrase în grădina zoologică.

Faza întâi reuşise. Erin avea să se trezească în circa patruzeci şi cinci de minute. Alex era sigură că până atunci va primi îngrijiri medicale. Când se va trezi, va observa dispariția fetiței şi va da alarma. Mai întâi, se vor face căutări în grădina zoologică, după care va fi chemată poliția. Alex trebuia să se afle la post când Erin îşi va fi dat seama că fiica ei fusese răpită, nicidecum să se fi rătăcit prin preajmă în timp ce mama ei suferise un fel de criză. Alex era aproape sigură pe cine va suna prima dată Erin.

Spera din toată inima ca Val să-şi fi terminat treaba până când ajungea la noua ascunzătoare astfel încât Alex să ştie exact ce plan aplica în continuare — nu pentru că s-ar fi hotărât în privința rezultatului pe care l-ar fi dorit cel mai mult. Să meargă singură... însemna sinucidere. Dar să-l ia pe Daniel... însemna cumva sinucidere dublată de crimă?

Poate că încrederea lui Val în ea însăşi era deplasată. Poate că Daniel va arăta doar ca un Daniel cu perucă.

Alex putea să se descurce singură. Trebuia doar să dea foarte clar de înțeles ce se va întâmpla cu Olivia dacă ea,

Alex, nu va supraviețui acestei nopți. Asta îl va face pe Carston să stea în banca lui, nu-i așa?

Nici nu voia să se gândească la ce putea declanșa Carston. La capcanele pe care le-ar putea întinde după ce o va recupera pe Olivia, pentru ca Alex să-i cadă în gheare.

Alex o sună pe Val în timp ce se apropia de noua clădire și, când ajunse în garajul subteran, Val o aștepta lângă ascensoare cu un cărucior care semăna cu cele folosite de room-service la hotel. În garaj nu mai era nimeni. Alex nu văzu nicio cameră de supraveghere, dar rămase între portiera din spate deschisă și unghiul cel mai favorabil din care cineva putea să vadă în interiorul mașinii. Cele două femei nu rostiră niciun cuvânt. Alex mută copila adormită pe raftul de jos al căruciorului, rearanjând apoi pătura ca să-i ascundă silueta.

Ascensorul acesta era mai normal decât cel care ducea la apartamentul de lux al lui Val — doar o boxă argintie, ca în majoritatea clădirilor în care locuise Alex. Se neliniști la gândul că boxa s-ar putea opri brusc și ușile s-ar putea deschide, lăsându-le expuse. Și Val trebuie să fi simțit la fel, pentru că ținea degetul apăsat pe butonul pentru etajul al șaisprezecelea, ca și cum asta le-ar fi făcut să ajungă mai repede.

În timp ce ascensorul urca, Alex observă pentru prima dată expresia lui Val. Era... un pic prea entuziastă. Alex spera că nu senzația că deține puterea o făcea pe Val să fie euforică.

Ușile ascensorului se deschiseră spre un hol pustiu. Era o clădire frumoasă, elegantă, cu pardoseală din marmură, dar în comparație cu celălalt palat al lui Val arăta banal.

Val împinse căruciorul pe holul mic, făcându-i semn lui Alex s-o ia înainte.

— Numărul 1 609, la capăt. Nu e încuiat, spuse ea și tonul înflăcărat al vocii ei o alarmă din nou pe Alex.

Deşi, dacă atingea un grad de surescitare suficient, Val putea să se răzgândească şi s-o însoţească pe Alex la evenimentul principal.

Alex intră grăbită în apartament — erau multe de pus la punct şi trebuia să se mişte repede. Abia dacă remarcă obişnuitul aranjament alcătuit din living şi bucătărie, ferestrele cu draperii sau coloritul în nuanţe de bej. Traversă încăperea spre uşa deschisă a dormitorului puternic luminat. Acolo erau câteva dintre genţile ei de voiaj, rezemate de patul acoperit cu o cuvertură înflorată.

Abia când ajunse la jumătatea distanţei până la uşă reuşi să vadă cu adevărat întregul spaţiu şi apoi îşi fixă privirea pe bărbatul care stătea în picioare în bucătăria slab luminată.

Deşi se aşteptase la *ceva*, asta n-o opri să tresară. Făcu un salt înapoi, degetele mari de la ambele mâini ducându-se automat la micile trape de pe inelele ei otrăvite.

— Ei, ce zici? întrebă el.

Bărbatul înalt, îmbrăcat în costum negru ieftin, aştepta, reţinându-şi un zâmbet.

— Ţi-am zis eu! spuse Val din spatele ei, iar Alex nu avu nevoie să se uite, căci simţi zâmbetul infatuat de pe chipul ei.

Cu tenul palid şi părul blond foarte deschis, bărbatul arăta ca un scandinav. Barba blondă era tunsă îngrijit şi îi amintea de cea a unui profesor din facultate. Sprâncenele erau atât de deschise la culoare încât erau aproape invizibile, schimbând radical aspectul ochilor şi al frunţii. Părul care-i încadra faţa era drept, scurt şi îngrijit. Creştetul capului era palid, lucios şi complet chel. Îi schimba forma capului, făcându-l să pară cu zece ani mai în vârstă. Purta ochelari cu rame argintii subţiri, iar obrajii erau surprinzător de rotunzi. Izbitori erau ochii lui luminoşi, de un albastru glacial, mărginiţi de genele aproape albe.

— Arăţi ca personajul negativ din filmele cu Bond, răbufni Alex.

— Şi asta e de bine? întrebă Daniel, cu o voce dogită şi uşor neclară.

Alex simţi că i se-nmoaie picioarele în timp ce examina transformarea. Dacă n-ar fi căutat anume o versiune deghizată a lui Daniel, ar fi trecut fără să clipească pe lângă el pe stradă. Chiar dacă s-ar fi uitat după Daniel, doar înălţimea l-ar fi făcut suspect pe acest bărbat. Cuprinsă de disperare, Alex îşi dădu seama că, de fapt, îşi dorise ca Val să dea greş.

— Val a făcut o treabă excelentă, spuse ea, apoi se puse din nou în mişcare. Hai s-o pregătim pe Olivia.

Einstein adulmeca în jurul copilului acoperit cu pătura. Scheună încetişor, semn că era neliniştit.

— Crezi că e bine? insistă Daniel în timp ce lua fetiţa şi o ridica la piept.

— Lasă-mă să mă gândesc puţin în timp ce fac treaba asta, evită Alex să dea un răspuns.

Daniel o aşeză pe Olivia pe cuvertura înflorată, dându-i buclele jilave la o parte de pe frunte. Dură doar câteva secunde ca Alex să agaţe pungile cu perfuzii. Una transparentă, una albă şi una opacă, apoi o pungă foarte mică umplută cu un lichid de culoare verde-închis. Montă repede cateterul folosind cel mai mic ac pe care-l avea.

— Dă-te la o parte, îi spuse lui Daniel.

Alex activă camera foto a telefonului pe care i-l dăduse Val — lăsat de un *prieten,* spusese ea — şi făcu câteva poze cu Olivia dormind. Se uită repede la ele şi o alese pe cea care i se păru potrivită.

— Asta-i partea din plan care-mi e cea mai nesuferită, bâigui Daniel.

Alex ridică privirea şi-i văzu expresia îndurerată. Arăta straniu pe noua lui faţă.

— Să sperăm că şi Carston va simţi la fel.

Daniel se încruntă şi mai mult. Alex îl luă de mână şi-l scoase din încăpere. Felul în care Daniel îşi ţinea gura îi accentua forma rotunjită a obrajilor.

— Ce ţi-a făcut la faţă? întrebă Alex.

Daniel vârî două degete în gură şi scoase o mică piesă din plastic.

— Astea mă fac să vorbesc puţin mai greu.

Cu un oftat, puse plasticul la loc şi obrajii i se rotunjiră iar.

Val îi aştepta în livingul spaţios; încă avea pe chip o expresie de încântare că-şi făcuse treaba bine.

— Copilaşul ăla n-o să se trezească, nu-i aşa? întrebă ea.

— Nu.

— Bun. N-aş şti ce să fac cu un copil. Acum, ce părere ai? Total schimbat, este?

Alex se uită din nou la Daniel. Şi la talie era mai gros, detaliu care-i scăpase. Totul părea cât se poate de real.

— Ţi se pare că nu e suficient de bine, nu? întrebă Daniel.

— Ba e suficient de bine, răspunse Val în locul lui Alex. Şi ea ştie asta. De-aia şi e atât de îmbufnată. Ar prefera să-mi risc eu viaţa, nu tu.

Daniel se uită la Alex, aşteptând un răspuns.

— Val are dreptate. În afară de partea cu riscatul vieţii ei. Aş vrea ca nimeni să nu fie nevoit să-şi rişte viaţa.

Val pufni dispreţuitor.

Daniel o luă pe Alex de mână şi o lipi de pieptul lui.

— O să fie bine, murmură el. Putem să facem asta împreună. Planurile tale au funcţionat mereu. Am să-ţi urmez ordinele întocmai şi vom reuşi. Îţi promit!

Alex simţi că-i dau lacrimile.

— Nu ştiu, Daniel. Ce fac eu acum?

Daniel o sărută pe creştet.

— Ia terminaţi, îi întrerupse Val. Mă faceţi invidioasă, şi asta nu e bine.

Alex deschise ochii şi se desprinse, trecându-şi palma pe costumul lui Daniel de teamă să nu fi rămas urme de fard.

— Văd că ai avut timp să iei lucrurile de care aveam nevoie din ascunzătoarea lui Kevin. Trusa asta de instrumente e perfectă.

— Mai mult decât perfectă — uită-te în al cincilea sertar, cel de jos. Am ambalat restul aşa cum mi-ai zis, îi spuse Daniel. Vrei să verifici înainte s-o duc în maşină?

— Asta-i o idee bună.

Trusa argintie de instrumente — luată, presupunea Alex, din ascunzătoarea lui Kevin — avea rotile şi un mâner retractabil, ca o valiză, dar, spre deosebire de o valiză, pe partea frontală avea multe sertare care se puteau trage în afară. Trecu rapid cu privirea prin sertarele de sus, identificând poziţia diferitelor substanţe după inelele colorate de pe seringi. Seringile erau aranjate în tăviţele cauciucate în care le păstra de obicei. Următorul sertar conţinea o varietate de bisturie şi lame de ras. Nu-i trebuiau atât de multe; ideea era să facă sertarul să pară plin. Urmau pungile cu soluţie salină şi furtunurile aferente, împreună cu ace şi catetere de diferite dimensiuni. Următorul compartiment era mai adânc. Conţinea tuburile presurizate şi alte substanţe chimice luate la întâmplare din depozitul lui Kevin.

Penultimul sertar era esenţial. Conţinea altă tavă cu seringi — goale, de data asta — şi părea mai puţin adânc decât ultimul. Cercetă fundul sertarului pe margini — nu se putea să n-aibă Kevin aşa ceva. Ajutându-se de unghii, îl ridică şi se uită la ce era dedesubt.

— Să sperăm că domnul Carston e capabil să interpreteze un rol demn de Oscar, murmură ea ca pentru sine.

Examină şi ultimul sertar, cel mai adânc, unde Daniel aşezase recuzita ei impresionantă — lampa de sudură, cleştii de tăiat sârmă, cleştele patent şi alte câteva unelte pe care Daniel le adăugase dintre cele disponibile în ascunzătoarea lui Kevin.

Mai era un obiect de care avea nevoie — o structură minusculă din sârmă pe care o culesese prima oară când vizitaseră depozitul local al lui Kevin. O scoase din rucsac şi o ascunse în a treia tăviţă din primul sertar, sub o seringă. Voia să ajungă uşor la ea.

— Perfect. Mulţumesc, spuse Alex îndreptându-se.

— Tu, zise Val arătând spre Daniel. Du-te la locul de întâlnire. Tu, continuă ea, mişcându-şi arătătorul spre faţa lui Alex. Hai să-ţi aranjez faţa ca să poţi pleca. Intrăm în criză de timp.

Făcu semn spre uşile duble din cealaltă parte a încăperii.

— Sunt acolo în treizeci de secunde, promise Alex.

Val îşi dădu ochii peste cap.

— Bine, fie, urmează mica scenă de adio.

Se întoarse şi ieşi prin uşile duble.

— Alex..., începu Daniel.

— Stai.

Alex îl luă din nou de mână şi-l duse la uşa de la intrare, trăgând trusa de instrumente cu mâna liberă. Daniel avea atârnată de umăr geanta mare cu trusa de prim ajutor. Einstein încercă să-i urmeze şi scoase un scheunat când Alex îi închise uşa în nas.

Merseră pe holul liniştit spre ascensor. Alex apăsă butonul. Când uşile se deschiseră, Daniel intră, şi ea îl urmă, rămânând cu un picior pe hol. Lăsă mânerul trusei şi cuprinse faţa lui Daniel cu ambele mâini.

— Ascultă-mă bine, spuse ea cu glas scăzut. În torpedoul sedanului e un plic în care ai să găseşti două seturi de documente — paşapoarte, permise de conducere şi bani lichizi.

— Acum nu mai semăn aşa de mult cu Kevin.

— Ştiu, dar oamenii îmbătrânesc, le mai cade părul. Poţi să renunţi la ochelari, te bărbiereşti, îţi vopseşti din nou părul. Şi, dacă lucrurile merg rău, va trebui să faci toate astea. Apoi să ajungi la cel mai apropiat aeroport. Te urci în primul avion care părăseşte America de Nord, ai înţeles?

— N-o să te părăsesc.

— Când spun că *merg rău*, înseamnă că eu n-o să mai fiu, aşa că n-o să mai ai pe cine aştepta.

El o privi lung, cu acel nou chip straniu.

— Ai înţeles? insistă ea.

Daniel ezită, apoi încuviinţă.

— Bun, spuse ea, încercând să dea impresia că discuţia se încheiase.

Nu simţea că Daniel era convins, dar nu era timp de pierdut cu discuţii în contradictoriu.

— Să stai tăcut în seara asta, îl instrui ea. Nu vorbeşti cu nimeni decât dacă n-ai încotro. Gândeşte ca un subaltern. Te afli acolo doar ca să conduci maşina şi să cari genţile, ai înţeles? E doar un job pentru care primeşti nişte bani. Nimic din ceea ce se întâmplă nu înseamnă ceva pentru tine. Indiferent de *ce* vezi, nu te afectează. Nu ai niciun răspuns emoţional. Ai priceput?

— Da, spuse Daniel dând din cap cu seriozitate.

— Dacă situaţia devine nesigură, o să fie logic să fugi. Asta nu e problema ta.

— Am înţeles, spuse el, cu mai puţină hotărâre de data asta.

— Uite.

Alex îşi scoase de pe deget inelul de aur. Era cel mai mare dintre cele două. Îl încercă pe toate degetele lui. Ca şi la Kevin, încăpea doar pe degetul mic. Reuşi totuşi să i-l strecoare pe deget. Spera să nu pară foarte ciudat cu noua înfăţişare a lui Daniel.

— Fii *extrem* de grijuliu cu ăsta, îi spuse ea. Dai la o parte trapa asta micuţă, dacă trebuie să-l foloseşti. Orice ai face, nu atinge cârligul. Dacă nu îl foloseşti, ţine-l închis. Dar dacă încerci să pleci şi cineva îţi stă în drum, tot ce trebuie să faci e să pui cârligul ăla în contact cu pielea lui.

— Am priceput.

Alex se uită în ochii lui surprinzător de albaştri, încercând să-l vadă pe adevăratul Daniel, dincolo de acea deghizare stranie. Nu mai avea ce instrucţiuni să-i dea, iar pentru sentimentele pe care ar fi vrut să i le împărtăşească nu păreau să existe cuvinte potrivite.

— Nu ştiu cum să revin la vechea mea viaţă, spuse ea, încercând să-i explice. Nu ştiu cum să mai fac asta fără tine. Să fii responsabilitatea mea a fost cel mai bun lucru care mi s-a întâmplat vreodată.

El schiţă un zâmbet.

— Şi eu te iubesc, şopti.

Alex încercă să-i zâmbească la rândul său.

Daniel îşi lăsă mâinile pe umerii ei şi o sărută. Apoi îi zâmbi din nou — era un zâmbet nefamiliar şi familiar în acelaşi timp. Alex făcu un pas înapoi.

— Ţi-am spus că o să fiu acolo să te ajut, când vei avea nevoie, spuse el.

Uşile ascensorului se închiseră.

Capitolul 29

De data asta, pentru deghizare nu fu nevoie de nicio perucă; Val doar o aranjă rapid, făcându-i părul real să arate ca şi cum chiar ar fi avut stil. Tunsoare pixie, aşa i se spunea. Nuanţa de blond îi deschidea tenul. De asemenea, îi punea în valoare faţa. Nu-şi mai amintea de ultima ocazie când părul ei arătase bine.

— Serios, spuse Alex. Ai fost la o şcoală de cosmetică?

Val aplica rimelul cu mână sigură.

— Nu. Nu m-am dat în vânt niciodată după şcoală, în general. Mereu mi s-a părut că e cam ca la închisoare... doar nu era să mă înscriu la una în plus. Pur şi simplu mi-a plăcut să mă joc cu felul cum arăt, să am câte-o faţă pentru fiecare dispoziţie sufletească. Am exersat mult.

— Cred că ai aptitudini reale. Dac-o să te plictiseşti vreodată să fii cea mai frumoasă femeie de pe planetă, ai putea să-ţi deschizi un salon.

Val îşi arătă dinţii de un alb sclipitor.

— N-am crezut niciodată că mi-aş dori o prietenă. E mai distractiv decât mi-am imaginat.

— Şi eu zic la fel. Doar din curiozitate, şi nu trebuie neapărat să-mi răspunzi, Val vine de la Valerie?

— De la Valentine. Sau Valentina. Se schimbă, în funcție de dispoziție şi împrejurări.

— Aha, spuse Alex. Se potriveşte mai bine.

— Mă reprezintă, îi spuse Val. Nu e numele cu care m-am născut, fireşte.

— Păi nici al meu nu e! murmură Alex.

— Aşa mi se pare logic. Când mi-au ales numele, părinții mei nici măcar nu mă *cunoşteau*. Bineînțeles că nu s-a potrivit.

— Nu m-am gândit niciodată aşa la asta, dar are sens. Maică-mea a ales un nume pentru o fată... mai feminină.

— Evident, părinții mei au presupus c-o să fiu foarte plictisitoare. I-am scăpat rapid de această idee greşită.

Alex chicoti. Aşa cum se întâmpla des în ultima vreme, de fiecare dată când râdea simțea că o cuprinde panica. Era plăcut să discute aşa cum îşi închipuia că fac oamenii normali, să încerce să uite că asta s-ar putea să fie ultima conversație prietenoasă şi banală de care va avea parte, dar nu-şi putea concentra gândurile pe nişte lucruri plăcute.

— Lasă c-o să fie bine, spuse Val, atingând-o uşor pe creştet.

— Nu trebuie să te prefaci că ai încredere în plan. Asta facem noi, fraierii, care ne aruncăm cu capul înainte.

— Nu-i un plan rău, o asigură Val. Doar că nu-mi place să risc. Niciodată nu mi-a plăcut.

Ridică din umeri.

— Dac-aş fi curajoasă, aş face-o.

— N-a fost corect din partea mea să-ți cer asta.

— Ba nu, a fost. Chiar... îmi pasă de Kevin. Dar o parte din mine pur şi simplu nu poate să creadă că i se întâmplă cu adevărat ceea ce spui tu că i s-ar întâmpla. Întotdeauna mi s-a părut atât de... invulnerabil. Asta mă atrage la el. Cum am spus, nu sunt o curajoasă, aşa încât sunt fascinată de oamenii care sunt. Cealaltă parte din mine...

Val își îndreptă spatele un moment, mica ei pensulă cu luciu de buze tremurând dintr-odată. Fața îi rămăsese perfectă, dar brusc redevenise fața de păpușă. Desăvârșită, dar lipsită de orice expresie.

— Val, ești bine?

Val clipi și chipul ei se trezi din nou la viață.

— Da.

— O să pleci de-aici după ce-ți închei rolul, da?

— Bineînțeles. Am o mulțime de prieteni care mă pot proteja. Poate c-am să-i fac o vizită lui Zhang. Sunt sigură că-i la fel de plicticos, dar are o casă splendidă în Beijing.

— Beijing sună drăguț, spuse Alex oftând.

Dacă supraviețuia acestei nopți, era hotărâtă să obțină un pașaport. Era dispusă să-și consume restul economiilor — toți banii lui Kevin obținuți din droguri. Să scape de ochiul vigilent al guvernului american i se părea cel mai frumos vis.

— Dacă..., începu Alex. Dacă nu primești niciun semn de la noi până mâine-dimineață, du-te la Zhang. Dac-o să pot, am să te sun de la un telefon public.

— Ai numărul meu, spuse Val cu un mic zâmbet. Știi, e un tip... Poate reușesc să fac rost de o vestă pentru un câine însoțitor.

Alex se uită lung la ea, cuprinsă de tristețe. Cu noul ei plan sinucigaș, nu avea nicio posibilitate să-l țină pe Einstein în siguranță.

— Asta-i o idee grozavă. Mă face să mă simt mai bine.

Dar expresia de pe chipul ei sugera altceva.

Val întinse piciorul gol și-l mângâie pe Einstein pe spinare. Câinele dădu din coadă, dar fără prea mult entuziasm.

— În regulă, spuse Val pe un ton mai vesel. Ești gata. O să-mi pun costumația și o luăm din loc.

În timp ce Val se duse să se schimbe, Alex își examină noua față. Val făcuse din nou o treabă excelentă. Alex arăta drăguț, dar fără să bată la ochi. Părul era în mod evident al ei, acesta fiind un amănunt important. În seara asta cu siguranță va fi cercetată îndeaproape, iar o perucă ar fi trădat-o imediat. Arăta mai mult sau mai puțin credibil pentru rolul pe care-l alesese. Bineînțeles, s-ar fi simțit mai în largul ei fără niciun fel de machiaj.

Îngenunche pe podea lângă Einstein. Acesta ridică spre ea o privire imploratoare. Îl mângâie pe bot, apoi pe urechi.

— Am să fac tot ce-am să pot, îi promise ea. N-am să mă întorc fără el. Dacă dau greș, Val o să aibă grijă de tine. O să fie bine.

Privirea lui Einstein nu se schimbă. Nu accepta nici pretexte, nici premii de consolare. Nu făcea decât să implore.

— Am să-*ncerc*, zise ea.

Își lăsă fruntea pe urechea lui doar o clipă. Apoi, cu un oftat, se ridică în picioare. Einstein își puse botul pe labe și oftă și el.

— Val? strigă Alex.

— Două secunde, îi răspunse Val.

Vocea ei se auzi de departe, ca și cum s-ar fi aflat în celălalt capăt al unui teren de fotbal. Baia asta era plăcută — ca o baie din apartamentul unui hotel elegant —, dar nu extravagantă, așa cum era cea de la celălalt apartament al lui Val.

O auzi pe Val închizând ușa și ridică privirea. Noua înfățișare a lui Val îi provocă un mic șoc, dar apoi dădu aprobator din cap.

— Arăți bine, spuse ea.

— Mulțumesc, zise Val. Cred că aș putea să mă descurc cu unele aspecte ale profesiei de spion.

Costumația lui Val nu era deloc discretă. Purta o rochie largă, care o acoperea de la bărbie până la podea. Semăna cu un sari. Niște eșarfe cădeau în cascadă în jurul ei, mascându-i forma trupului. Rochia părea desprinsă direct de pe un podium de prezentare a modei avangardiste, şi probabil chiar aşa stăteau lucrurile. Era o apariţie memorabilă. Dar, din spate, nu ieşea atât de mult în evidenţă. Pe cap avea o perucă neagră şi deasă, cu bucle. Şi asta atrăgea atenţia, dar în acelaşi timp îi estompa forma capului şi-i acoperea părţi ale chipului. Ochii avea să şi-i ascundă în spatele ochelarilor de soare mari şi negri pe care-i ţinea în mână.

— Mergem? întrebă Val.

Alex trase aer adânc în piept şi încuviinţă.

*

Parcă vechiul Jaguar verde lângă un aparat de taxare; de-acolo se vedea o clădire mare de birouri, din beton cenuşiu-murdar. Val insistase să ia maşina verde — un cadou de la un alt admirator, fireşte. După cum spusese ea, era o maşină căreia n-o să-i simtă lipsa dacă va fi nevoită s-o scufunde într-un lac.

Din acest unghi, Alex putea să vadă intrarea în parcarea subterană. La drept vorbind, era trist că fostul ei şef, Carston, nu reuşise să se mute într-un birou mai bun. Poate că-i plăcea decorul deprimant. Poate i se părea adecvat pentru jobul lui. Probabil că nu-i trecuse niciodată prin cap să-i facă lui Alex viaţa mai uşoară, dar era bine că lucrurile ieşiseră aşa.

Ea şi Val rămaseră în maşină mai bine de o oră, timp în care Val coborî o dată ca să introducă monede în aparat. Nu vorbiră; mintea lui Alex era la kilometri distanţă, lucrând intens ca să găsească deficienţe în planul ei şi încercând să le repare atât cât era posibil. Erau prea multe lucruri pe care fusese nevoită să le lase la voia întâmplării, deşi detesta asta.

Alex îşi imagina că Val se gândea la Beijing. Era un loc bun unde să fugă. Poate chiar va fi în siguranţă acolo. Alex îşi dorea ca ea şi Daniel să se urce chiar în clipa aceea în avionul pentru Beijing.

Probabil că nici Daniel nu era mai încântat de aşteptare decât ea. Trebuia să fi ajuns în parc acum, neavând cu ce să-şi umple timpul până sosea Alex şi nicio modalitate de a şti ce se întâmplă. Măcar Alex o avea pe Val lângă ea, chiar dacă niciuna dintre ele nu era o companie prea plăcută.

În sfârşit, Alex văzu ceva şi se ridică în scaun. Bariera vopsită în dungi roşii şi albe de la gura garajului se ridica pentru a permite ieşirea cuiva. Până acum fuseseră doar camioane de livrări, dar de data asta un sedan închis la culoare ieşea din garaj. Alex porni motorul şi ieşi în stradă. Cineva claxonă în spatele ei, dar nu-i aruncă nici măcar o privire. Nu-şi lua ochii de la maşină. Din depărtare, părea să semene cu BMW-ul negru al lui Carston. Abia trecuse de 4:00 după-amiază, o oră nu tocmai potrivită pentru ca angajaţii guvernamentali să plece de la serviciu.

Aici era primul lucru important care ţinea de şansă. În clipa în care Erin Carston-Boyd ar fi fost sigură că fiica ei lipsea, l-ar fi sunat panicată pe Carston. Corect? Erin ştia că tatăl ei avea o slujbă importantă la guvern. Era normal să-l considere puternic şi capabil. Nu s-ar fi bizuit doar pe poliţie ştiind că fiica ei fusese răpită. De ce să fi durat atât de mult? Când Alex reuşise să verifice ultima oară, Carston nu primise niciun telefon şi era încă în birou. Dirijând, fără îndoială, interogatoriul lui Kevin.

Alex credea că se va duce la fiica lui. Părea să fie singura reacţie posibilă din partea lui Carston. Dar dacă avea alte opţiuni? Dacă trimitea în schimb o echipă de operaţii speciale? Era el atât de stăpân pe sine? Dacă trebuia să fie... probabil că da.

Dar cu siguranţă că Deavers putea să se ocupe şi singur de interogatoriu câteva ore. Corect?

Alex adoptă un stil agresiv de şofat în timp ce-şi croia drum înainte, refuzând să oprească la lumina galbenă a semaforului. Cunoştea cele mai bune două trasee de la biroul lui Carston la grădina zoologică, de unde presupunea că telefonase Erin. Ar fi părăsit Erin ultimul loc în care o văzuse pe fiica ei înainte de a fi absolut sigură că fetiţa nu se ascunsese pe undeva? Dacă apelul venise de la una dintre numeroasele secţii de poliţie din apropiere, Carston putea să o ia pe mai multe rute diferite.

Prea multe lucruri lăsate la voia întâmplării.

BMW-ul o luase pe strada corectă, cea pe care şi ea ar fi ales-o drept cea mai rapidă rută spre grădina zoologică. Carston şofa şi el destul de agresiv. Alex se menţinea cu prudenţă cu două maşini în spatele lui. Nu voia să-l sperie.

Da, a lui era maşina. Numerele de înmatriculare corespundeau. Şi din spate şoferul semăna cu Carston.

Alex îi căută privirea în oglinda retrovizoare, dar el părea concentrat la drum. Alex ajunse pe banda paralelă.

Îşi zise că ar trebui să se simtă mai bine, partea asta se desfăşura potrivit planului. Dar avea un gol în stomac; când opri lângă maşina lui Carston, simţi că se sufocă. Pentru că, dacă partea asta funcţiona, trebuia să meargă cu planul până la capăt.

Semaforul din faţă se schimbă în galben. Trecură câteva maşini, dar Carston încetini, ştiind că era prea departe ca să ajungă la timp. Şi maşina din faţa lui frână. Pe banda ei, Alex ar fi putut să înainteze până la linie, pentru că maşina din faţă cotise la dreapta. În loc de asta, se opri chiar lângă Carston.

Îi făcu semn cu mâna. Mişcarea fusese deliberat amplă, menită să-i atragă atenţia.

Carston se uită din reflex în direcţia mişcării, cu mintea rătăcită şi cu o expresie preocupată. Avu nevoie de o secundă ca să realizeze ce vedea. În acel moment de şoc, înainte ca el să calce acceleraţia, să scoată pistolul sau să formeze un număr de telefon, Alex îi arătă telefonul pe care se putea vedea imaginea mărită a chipului fetiţei adormite.

Carston încremeni pe măsură ce începea să înţeleagă.

Alex sări iute din maşină şi întinse mâna spre portiera din dreapta a BMW-ului. Nu se uită înapoi să o vadă pe Val trecând la volan, dar auzi portiera închizându-se în spatele ei. Alex aşteptă cu degetele pe mâner până auzi încuietorile deblocându-se. Se urcă lângă el. Întregul schimb mut durase câteva secunde. Poate că şoferilor din spate li se păruse ceva ciudat, dar până la următoarea intersecţie aveau să uite întâmplarea.

— Ia-o la stânga, îi spuse ea lui Carston în timp ce Val cotea la dreapta, spre est.

Jaguarul dispăru după colţ.

Carston îşi reveni repede. Porni girofarul şi trecu pe banda din stânga; aproape lovi duba care se apropia de semafor. Alex îi luă telefonul din suportul pentru pahar, îl opri şi îl băgă în buzunar.

— Ce vrei? o întrebă el.

Vocea lui părea calmă, dar tonul neutru nu reuşea să ascundă încordarea.

— Am nevoie de ajutorul tău.

Carston avu nevoie de un moment ca s-o înţeleagă.

— La intersecţia următoare, faci la dreapta.

Carston se conformă.

— Cine e partenerul tău?

— Am angajat pe cineva. Nu te priveşte.

— Chiar am crezut că ai murit de data asta.

Alex nu-i răspunse.

— Ce i-ai făcut lui Livvy?

— Nimic cu efect permanent. Deocamdată.

— Are doar trei ani, spuse el şi vocea îi tremură.

Alex se întoarse spre el uimită, inutil însă, căci Carston nu-şi lua privirea de drum.

— Serios? Chiar te aştepţi să-mi pese de civili în clipa asta?

— Nu ţi-a făcut nimic.

— Dar ţie, Carston, ce ţi-au făcut trei oameni nevinovaţi în Texas? zise Alex. Nu contează, de fapt. Întrebarea mea a fost retorică, evident.

— Ce vrei de la mine?

— Pe Kevin Beach.

Urmă o nouă pauză prelungită.

— La următoarea intersecţie, faci la stânga! îi ordonă Alex.

— *Cum* ai..., începu Carston, dar se răzgândi şi clătină din cap. Nu-i la mine. CIA îl are.

— Ştiu cine-l are. Şi mai ştiu că tu îl dirijezi pe Deavers în acest interogatoriu, spuse ea. Specialistul tău e cel care conduce procedura. Sunt sigură că ştii unde se ocupă de el.

Carston privea înainte, cu faţa împietrită.

— Nu înţeleg ce se întâmplă, bâigui el.

— Atunci hai să vorbim despre ce înţelegi, spuse Alex cu glas sumbru. Sunt sigură că-ţi aminteşti de un mic preparat pe care eu şi Barnaby l-am creat pentru tine. Se numea *Termen final*.

Tenul lui bolnăvicios începu să se coloreze, pete roşcat-maronii înflorindu-i pe obraji şi pe gât. Alex ţinu telefonul la vedere şi ochii lui se mişcară din reflex spre el. Poza era acum la dimensiunea normală, lăsând să se vadă clar în fundal perfuzia legată de braţul fetiţei. În imagine erau punga cu soluţie salină, punga pentru nutriţie şi o pungă mai mică, de culoare verde-închis, ataşată dedesubt.

El privi lung fotografia, apoi se uită din nou la drum.

— Cât timp? întrebă el printre dinţi.

— Am fost generoasă. Douăsprezece ore. Din care o oră a trecut deja. Operațiunea asta n-ar trebui să dureze mai mult de patru ore. Apoi Livvy va fi înapoiată mamei sale, fără nicio vătămare vizibilă.

— Iar eu o să mor?

— Am să fiu sinceră și-am să-ți spun că sunt șanse mari ca niciunul dintre noi să nu scape teafăr din povestea asta. Multe depind de calitățile tale de actor, Carston. Spre norocul tău, amândoi știm cât de convingător poți să fii.

— Ce se-ntâmplă dacă, fără ca eu să am vreo vină, tu mori?

— Ghinionul lui Livvy. Și al maică-sii, la drept vorbind. Lucrurile au fost puse în mișcare. Dacă-ți pasă de familia ta, vei face tot, dar absolut tot ce-ți va sta în putință ca să mă scoți vie de-acolo.

— De unde știu că nu minți cu nerușinare? N-ai avut niciodată atâta sânge-rece.

— Politicile se schimbă. Oamenii se schimbă și ei. Vrei să-ți spun un secret?

Îi lăsă un moment să răspundă, dar Carston privea drept înainte, cu maxilarele încleștate.

— Kevin Beach n-a fost în Texas când Deavers a trimis plutonul de execuție. *Eu* am fost.

Lăsă cuvintele să plutească în aer un moment înainte de a continua.

— Nu mai sunt cea pe care-ai cunoscut-o, Carston. Ai fi surprins să afli de ce sunt capabilă acum. Prima la dreapta!

— Nu știu ce speri să obții cu asta.

— Hai să n-o mai lungim, spuse Alex. Unde e Kevin?

Carston răspunse fără să ezite.

— Într-o clădire situată la vest de oraș. Înainte era un complex de interogare al CIA, dar n-a mai fost folosită de câțiva ani. Oficial, e abandonată.

— Adresa?

Carston o recită din memorie.

— Măsurile de securitate?

El își întoarse capul și o studie o secundă înainte de a-i răspunde:

— N-am aceste informații. Dar, știindu-l pe Deavers, sunt mai multe decât ar fi necesar. E în stare să sară peste cal, pentru că e îngrozit de Kevin Beach. De-aia a și născocit toată nebunia aia cu fratele. *Fără riscuri*, așa i-a zis.

Carston chicoti o dată. Dar era un râs amar.

— Știe cum arăt?

Carston tresări și se uită la ea surprins.

— Vrei să intri acolo?

— O să mă recunoască? insistă ea. Cât de mult din dosarul meu a văzut? I-ai arătat filmarea din metrou?

Carston își țuguie buzele.

— Am convenit de la început să aibă fiecare... treaba lui. Cu ani în urmă, ar fi avut acces la vechiul tău dosar de recrutare, la însemnările de la câteva interogatorii. Și acum le-ar putea obține pe cele vechi, dar nimic recent. Singura poză din dosarul ăla vechi era de la înmormântarea mamei tale. Erai foarte tânără și aveai părul mai lung și mai închis...

Ezită, părând cufundat în gânduri.

— Deavers nu-i un om al detaliilor. Mă-ndoiesc că ar fi în stare să facă legătura între tine și poza aia. Nu mai semeni deloc cu Juliana Fortis de la nouăsprezece ani.

Alex spera ca el să nu se înșele.

— Nu e doar viața mea în joc, îi reaminti ea.

— Sunt conștient. Și... pe asta aș putea să pariez. Dar nu știu ce crezi c-o să faci când o să ajungi înăuntru.

— Ce-o să *facem*, Carston, noi doi. Și, probabil, o să fim doborâți de o rafală de gloanțe.

— Și Livvy plătește? Asta e inadmisibil protestă el.

— Atunci, dă-mi mai mult material de lucru.

Carston trase aer adânc în piept, şi Alex se uită la el. Părea epuizat.

— Ce zici? insistă ea.

Acum mergea pe intuiție. Îl ascultase pe Carston vorbind exasperat la telefon despre un anumit *ins* şi se gândi că-şi poate imagina despre cine era vorba. În definitiv, planul lui Deavers eşuase atât de spectaculos, în repetate rânduri.

— Ar fi potrivit să spun că eşti nemulțumit de felul în care Deavers gestionează această operațiune comună?

Carston mormăi ursuz.

— Tu şi Deavers nu v-ați pus de acord cu privire la cum ar trebui procedat?

— Se poate spune asta.

— Deavers e convins că tu ai încredere că el poate gestiona interogarea lui Kevin Beach?

— Nu. În acest moment, aş spune că Deavers ştie că nu-l cred în stare nici măcar să se încheie corect la pantaloni.

— Vorbeşte-mi despre specialistul tău în interogări.

Carston făcu o față acră.

— Nu-i al meu. E lacheul lui Deavers şi e un imbecil. I-am spus lui Deavers că un anchetator obişnuit o să-l omoare pe Beach înainte de a-l face să vorbească. Poți să stai liniştită, dacă asta te îngrijorează. N-or să-l facă să cedeze. Beach n-a spus nimic despre tine, exceptând faptul că te-a ucis. Cred că nici măcar n-au mers mai departe pe linia asta. Ca să fiu sincer, şi eu am crezut la fel.

Alex se arătă surprinsă:

— Deci, nu m-ai înlocuit niciodată?

— Am încercat, zise Carston, clătinând din cap. N-am mințit în privința asta la început — mai ții minte? „Adevăratul talent e o marfă rară."

Carston oftă.

— Deavers are de multă vreme o influență nefastă asupra departamentului, încă de când „am pierdut un om valoros, dar periculos". CIA mi-a blocat procesul de recrutare şi a închis aproape tot, cu excepția laboratorului. Iar lucrurile pe care le producem acum pot fi create de orice farmacist mediocru.

Clătină din cap.

— Se poartă de parcă nu ei ar fi motivul principal pentru care tu eşti periculoasă.

— Tot mai pretinzi că n-ai fost implicat în luarea acelei decizii?

— Dacă am fost, îmi primesc pedeapsa chiar acum, spuse Carston cu o expresie sumbră.

— Deavers ar fi şocat dacă ar afla că ți-ai educat talentul în secret?

Carston se prindea întotdeauna repede. Îşi țuguie buzele şi dădu aprobator din cap în timp ce vorbea.

— Preț de o fracțiune de secundă, apoi ar fi doar furios. E convins sută la sută de valabilitatea programului curent, dar ştie că îndoielile mele sunt mai mari. Nu, n-o să fie aşa de surprins.

— Nu-ți place cum procedează Pace? Pare o persoană pragmatică, mă gândeam c-o să vă înțelegeți.

— Deci, ai pus lucrurile cap la cap, până la urmă. M-am gândit eu. Dar pariez că n-ai fi reuşit dacă Pace n-ar fi avut o reacție exagerată. Nu mă deranjează perfidia, dar prostia, da. Oamenii mai fac greşeli, dar Pace are o înclinație deosebită de a combina o greşeală cu a doua, care-i mai gravă. Şi apoi cu a treia. Ne-a băgat pe toți în rahatul ăsta.

— Ce tot spui acolo, Carston? Că suntem în aceeaşi tabără? Toată lumea face greşeli, cum ai zis, dar nu te baza din nou pe naivitatea mea.

— Nu mă aştept să mă crezi, dar asta-i situaţia. N-am nimic de câştigat din planurile curente. Dacă Pace are succes, Deavers va avansa. Va ajunge director al CIA. Munca mea de-o viaţă e deja distrusă. Suntem în aceeaşi tabără mai mult decât îţi închipui.

— Dacă te face fericit să spui asta... Ceea ce nu schimbă planul, totuşi.

— Intrăm împreună, spuse el gânditor. Tu eşti protejata mea secretă. Eu insist ca tu să iei locul măcelarului lui Deavers. Până în acest punct, poate să funcţioneze. Nu ştiu ce crezi că se va întâmpla după aia.

Alex încercă să-şi ascundă tresărirea când Carston rosti cuvântul *măcelar*. Foarte multe depindeau de starea în care se găsea Kevin.

— Vom vedea, spuse ea, străduindu-se să-şi păstreze vocea calmă.

— Nu, să nu-mi spui. E inteligent să procedezi astfel. Cu condiţia să ai un plan.

Alex nu-i răspunse. Planul ei nu era suficient de solid.

— Doar din curiozitate, zise Alex, încercând să-i abată atenţia lui Carston de la reacţia ei. Când a murit Dominic Haugen?

— La două săptămâni după ce laboratorul din Jammu a fost distrus.

Alex dădu din cap. Prin urmare, se întâmplase aşa cum bănuise. Barnaby văzuse ceva şi începuse pregătirile.

— Am o idee, zise Carston.

— Ar trebui să fie bună.

— Ce părere ai avea dacă te-ai preface rănită? Să-ţi prinzi braţul într-o eşarfă, poate? Am avut un caz în Turcia acum nouă zile, am obţinut nişte informaţii importante de la un caporal ager la minte. Exact genul de persoană pe care aş fi fost interesat s-o recrutez, dar situaţia s-a împuţit. Caporalul n-a supraviețuit tentativei de salvare a forțelor ostile. Dar poate că informațiile au fost, de fapt, obținute de protejata mea, care *a reușit* să scape cu viață.

Alex îl privi lung.

El ridică mâna, într-un gest de renunțare.

— În regulă, nu trebuie să facem cum spun eu. Era doar o idee. Deavers știe povestea, așa că nu are de ce să i se pară nejustificat faptul că te duc acolo.

— Cred că pot să capăt niște răni false, spuse sec Alex.

*

Recapitulară povestea de câteva ori până ajunseră la punctul de întâlnire, iar Carston îi descrise în detaliu camera de interogare. Nu era o imagine prea plăcută, și Alex simțea că șansele lor de supraviețuire erau tot mai mici.

Carston intră în parcarea de lângă micul parc municipal și opri BMW-ul lângă singura mașină parcată acolo, așa cum i se ordonase. Deși se aștepta la asta, Alex tresări când îl văzu pe bărbatul blond și corpolent care aștepta pe o bancă în parc.

Ăsta era primul test, iar dacă Daniel nu-l trecea, Alex avea de gând să anuleze totul. Carston văzuse cu siguranță fotografia lui Daniel la știri, oricât de mult ar fi ținut el și Deavers să nu se amestece unul în treburile celuilalt. Îl privi pe Carston cu coada ochiului, evaluându-i reacția. Pe chipul acestuia nu se putea citi nimic.

— Cine-i ăsta? întrebă el.

— Noul tău asistent.

— E nevoie de asta?

— Oprește motorul.

Daniel se ridică și se apropie de ei cu pași repezi. Alex îl privi pe Carston ca să surprindă vreo schimbare pe chipul lui.

— Nu pot să te urmăresc în fiecare secundă, Carston, spuse ea cu blândețe prefăcută. Deschide portbagajul.

Alex și Carston așteptară în tăcere ca Daniel să mute echipamentul din spatele sedanului în portbagajul BMW-ului. Când termină, Daniel se postă lângă mașina lui Carston, așteptând.

— Coboară, spuse Alex.

Încet, ținându-și tot timpul mâinile la vedere, Carston deschise ușa și coborî. Alex văzu cum îl cerceta pe Daniel din priviri. Încercă și ea să-l evalueze pe Daniel cu detașare. Era un bărbat înalt și părea capabil să se descurce cu noua lui înfățișare. În situația dată, Carston era logic să fie precaut și probabil înfricoșat, deși nu se trăda prin nimic.

Așa cum fusese instruit, Daniel rămase tăcut. Își încrucișă privirea cu cea a lui Alex doar o fracțiune de secundă, dar își păstră expresia neutră. Avea maxilarul ușor încordat, ca atunci când îi intimidase pe tinerii beți din Oklahoma City. Îl făcea să pară mai periculos, dar și să semene mai mult cu Kevin. Văzuse Carston fotografii cu Kevin?

Daniel se opri lângă portieră, cu brațele lăsate relaxat pe lângă corp, pregătit.

— Mâinile pe capotă! îi ordonă Alex lui Carston. Nu te miști până nu mă-ntorc.

Carston luă poziția unui suspect aflat la mașina poliției. Își ținea capul lăsat în jos, dar Alex observă că examina reflexia lui Daniel în geamul mașinii. Nu văzu niciun semn de recunoaștere pe chipul lui, dar nici nu putea fi sigură că acesta nu-și ascundea reacția. Alex observă cum scânteiau luminile din parcare, reflectate de cheliile celor doi bărbați.

— Dânsul e domnul Thomas, îi spuse ea lui Carston. Dacă încerci să mă trădezi, să fugi sau să-mi faci vreun rău, vei fi mort în aproximativ două secunde și jumătate.

O picătură de sudoare se forma pe tâmpla lui Carston. Dacă simula şi asta, atunci Alex era cu adevărat impresionată.

— N-am să fac nimic care să-i pună viaţa în pericol lui Livvy, şopti el.

— Bun. Mă-ntorc imediat. Mă duc să-mi fac rost de nişte răni.

Daniel îşi mişcă fulgerător ochii albaştri spre Alex când auzi cuvântul „răni", dar imediat îşi impuse să se uite la Carston.

Toate lucrurile ei erau puse în ordine în portbagajul BMW-ului. Desfăcu fermoarul genţii în care se găseau instrumentele de prim ajutor şi scotoci repede până găsi ceea ce căuta, apoi tăie o bucată de pansament şi de leucoplast. Îşi luă geanta de mână şi se întoarse, lăsând portbagajul deschis. Toaleta publică era în cealaltă parte a micului teren de joacă. Intră repede şi aprinse lumina.

Nu era nicio poliţă pe care să-şi pună geanta, aşa că o ţinu pe umăr, mai ales că nu se mai făcuse curat acolo de zile, poate chiar de săptămâni. Folosi praful de săpun grunjos ca să-şi îndepărteze de pe faţă machiajul aplicat de Val. Era mai bine aşa. Machiajul nu se potrivea cu personajul, iar plasturele din piele artificială ar fi fost un semnal de alarmă pentru oricine s-ar fi uitat mai atent. Evident că vânătăile şi bandajele vor atrage atenţia, dar în acelaşi timp o vor face mai greu de recunoscut.

Văzu cu satisfacţie urmele de vânătăi de la ochi şi forma gălbuie a rănii de pe obraz. Lipitura cu adeziv de pe maxilar era prea rudimentară, dar nu trebuia să scoată bandajul.

Nu erau prosoape de hârtie, doar un uscător de mâini, şi ăla stricat. Se şterse pe faţă cu tricoul, apoi îşi lipi pansamente pe falcă şi pe ureche — meticulos, ca să pară o treabă făcută de un doctor. Tricoul negru şi colanţii groşi erau potriviți — hainele comode erau o componentă a jobului, iar halatul de laborator din portbagaj avea să-i dea aspectul profesionist pe care și-l dorea.

Afară începea să se întunece și, pe când se întorcea la mașină, îl auzi pe Carston încercând să-l antreneze în conversație pe Daniel, dar acesta îl privea de sus cu buzele strânse.

Alex își îmbrăcă halatul, netezindu-i cutele cu palmele. În sfârșit, se declară mulțumită și, închizând portbagajul, deschise ușa din spate a mașinii.

— Pe loc repaus, Lowell! îi spuse ea lui Carston, care se îndreptă cu precauție. Noi doi o să mergem în spate, iar domnul Thomas o să conducă mașina.

— Taciturn individ, comentă Carston în timp ce se urca în mașină pe bancheta din spate.

— Nu e aici ca să converseze cu tine, ci ca să te-mpiedice să faci vreo prostie.

Alex închise portiera și ocoli mașina ca să se urce în cealaltă parte. Carston se holbă la ea.

— Fața ta... ai făcut o treabă foarte realistă, Jules. Subtilă. Acum zici că n-ai pe față niciun fel de machiaj.

— Mi-am dezvoltat multe aptitudini noi și mă cheamă dr. Jordan Reid. Te rog să-l îndrumi pe domnul Thomas spre destinație. Când mai avem cinci minute până acolo, îți primești înapoi telefonul.

Ochii ei se întâlniră în oglinda retrovizoare cu ai lui Daniel, care mișcă imperceptibil din cap. Cât rămăseseră singuri, Carston nu spusese nimic care să-i dea de înțeles lui Daniel că îl recunoscuse.

Daniel porni motorul. Carston îi dădu adresa și câteva indicații sumare, apoi se întoarse spre Alex și întrebă:

— Presupun că acum e cineva cu Livvy?

— Nu e bine niciodată să mergi pe presupuneri, știi bine.

— Jules, dacă fac tot ce pot şi cum pot eu mai bine..., începu Carston, cu o voce dintr-odată răguşită. Te rog... Te rog să-i dai drumul lui Livvy. Dă telefon, fă tot ce trebuie să faci. Chiar dacă... chiar dacă nu mai ieşi. Ştiu că ai toate motivele să-mi faci rău, dar, te rog, nu-i face rău copilului.

Spre final, vocea i se stinse. Alex prefera să creadă că vorbise din suflet, în măsura în care avea aşa ceva.

— Dacă nu scap, nu pot să fac nimic pentru ea. Îmi pare rău, Carston, aş fi vrut să procedez altfel, dar n-am avut nici timp, nici resurse.

Carston îşi încleştă mâinile în poală şi coborî privirea.

— Ar fi bine să ştii ce faci.

Alex nu-i răspunse. Probabil că el bănuia ce înseamnă asta.

— Dacă ne ducem pe copcă, spuse Carston mai tare, măcar ia-l pe nemernicul de Deavers cu noi. Poţi să faci asta?

— Va fi o prioritate.

*

— Mai avem cam cinci minute.

— În regulă. Uite.

Alex îi înapoie telefonul lui Carston, care îl porni şi, după o secundă, alese un număr din agendă. Telefonul sună de două ori în difuzorul maşinii.

— De ce mă întrerupi? răspunse o voce de bărbat.

Părea iritat.

Şi Carston era iritat.

— Presupun că lucrurile n-au progresat deloc.

— N-am timp pentru asta.

— Niciunul dintre noi n-are timp pentru asta, ripostă Carston. Gata! Ajung la poartă în două minute. Ai grijă să fim aşteptaţi, eu şi asistenţii mei.

— Ce... începu Deavers, dar Carston puse capăt convorbirii.

— Eşti dur, comentă Alex.

— E forma noastră normală de interacţiune.

— Aşa sper.

— O să-mi joc rolul, Jules. Dacă n-ar fi implicată Livvy, cred că mi-ar face plăcere povestea asta. Dobitocul ăla infatuat mă *oboseşte* teribil.

Clădirea lângă care opriră ar fi părut abandonată dacă n-ar fi fost cele două maşini parcate lângă intrare. Terenul mic era protejat pe trei laturi de diguri abrupte, clădirea modestă din beton, cu un singur nivel, ocupând cea de-a patra latură. Faţada clădirii nu era vizibilă decât când ajungeai în curte. Locul era ascuns printre o grămadă de depozite şi clădiri administrative ce semănau cu nişte blocuri de locuinţe sovietice, toate aparţinând cu siguranţă cine ştie cărui departament al guvernului şi toate părând goale. Aşa cum era şi labirintul de drumuri care şerpuiau printre ele. Alex îşi zise că era foarte uşor să te rătăceşti aici şi se bucura că-l avea pe Carston drept ghid. Spera ca Daniel să fi fost atent. Încercase să memoreze traseul, dar era puţin probabil să-l poată îndruma la plecare.

Nu se vedeau lumini la ferestrele mici, acoperite de storuri, dar asta era de aşteptat. Totul la parter era camuflat.

Carston coborî şi ocoli maşina ca să-i ţină portiera deschisă, deja intrat în rol. Alex aproape că zâmbi, amintindu-şi cum se desfăşurau lucrurile când ea era *talentul.* Ei bine, ăsta era rolul pe care trebuia să-l joace în seara asta. Trebuia să intre în pielea personajului.

Daniel scoase din portbagaj trusa de instrumente şi i-o aduse. Cineva probabil că-i urmărea deja, deşi Alex nu vedea unde erau ascunse camerele.

— Ai grijă cu aia, îl admonestă ea pe un ton sever, trusa.

Își îndreptă manșeta de la mâna stângă și-și scutură un fir de praf imaginar de pe mânecă. Daniel se postă lângă umărul drept al lui Carston. Alex observă inelul de aur de pe degetul lui mic. Nu prea se potrivea cu imaginea de ansamblu, însă restul era în regulă — deși era întuneric în parcare, costumul lui negru arăta exact așa cum trebuia, conservator, fără să fie scump; orice agent FBI din țara asta avea ceva identic în șifonier. Fără insignă, dar, pe de altă parte, nimeni nu se aștepta ca o persoană care lucra ca asistent la departamentul *acesta* să poarte elemente de identificare. Nu era o organizație care să pună preț pe însemne.

Alex își îndreptă umerii și se întoarse spre clădirea întunecată, încercând să se împace cu ideea că, probabil, nu va mai vedea niciodată parcarea asta urâtă.

Capitolul 30

— Pe aici, doctor Reid, spuse Carston, conducându-i la o uşă cenuşie simplă.

Daniel îl urmă îndeaproape, iar Alex mergea vioi în spatele lor, străduindu-se să țină pasul cu picioarele ei scurte.

Carston nu bătu la uşă, doar se aşeză în fața ei. Aşteptând, ca şi cum deja apăsase butonul soneriei.

Uşa se deschise într-o clipă. Bărbatul care stătea în fața lor purta un costum nu foarte diferit de-al lui Daniel, deşi acesta era atât de nou, încât nu-şi pierduse încă luciul specific. Era mai scund decât Daniel şi mai lat în umeri. La subsuoară avea o umflătură vizibilă.

— Domnule! spuse bărbatul şi-l salută pe Carston.

Avea părul ridicat pe creştet şi Alex bănuia că omul s-ar simți mai în largul lui în uniformă. Dar aspectul lui făcea parte din camuflaj. Soldații în uniforme trebuiau să fie la parter.

— Trebuie să-l văd pe Deavers imediat.

— Da, domnule, ne-a informat că veți sosi. Pe aici.

Soldatul făcu stânga-mprejur.

Alex îl urmă pe Daniel într-un spațiu de birouri mohorât: covor gri, câteva compartimente strâmte, scaune incomode după cum arătau. Uşa se închise în urma lor cu o bufnitură puternică şi un clic ameninţător. Fără îndoială erau urmăriţi de cineva; nu-şi putea permite să privească în spate ca să se uite la încuietoare. Spera că avea doar rolul de a-i împiedica pe oameni să intre, nu să iasă. Soldatul nu avusese nevoie de mult timp ca să le deschidă uşa.

Soldatul o luă brusc pe un hol slab luminat, îi duse dincolo de nişte încăperi întunecate cu uşile deschise, apoi se opri în capăt, la uşa pe care scria MATERIALE PENTRU CURĂŢENIE. Omul scoase din mâneca stângă un cablu spiralat cu o cheie. Descuie uşa şi îi conduse înăuntru.

Camera era vag luminată de un indicator pentru ieşire de urgenţă amplasat deasupra uşii de pe peretele opus. Mopuri şi găleţi erau rezemate de perete, probabil recuzită. Soldatul deschise uşa de urgenţă care dădea într-o boxă cu pereţi metalizaţi. Un ascensor. Alex se aştepta la asta; spera că Daniel îşi controla expresia feţei.

Intrară în ascensor împreună cu soldatul. Când se întoarse cu faţa spre uşi, Alex constată că erau doar două butoane. Soldatul apăsă butonul de jos şi Alex simţi imediat coborârea. Nu era sigură, dar avu senzaţia că diferenţa între nivele fusese de cel puţin trei etaje. Categoric, chestia asta te tulbura puţin. Chiar dacă această clădire nu fusese folosită pentru acelaşi tip de interogatorii pe care le efectuase ea, totul era menit să-l facă pe subiect să se alarmeze şi să se simtă izolat.

Şi avea efect; Alex simţea cum o cuprinde neliniştea.

Ascensorul se opri brusc, iar uşile se deschiseră într-o anticameră puternic luminată. Arăta ca punctul de control al unui aeroport, doar că mult mai puţin aglomerat şi în tonuri şterse. Acolo erau alţi doi bărbaţi; aceştia purtau uniforme militare bleumarin. Alex văzu un detector de metale standard, cu un mic pupitru, şi tăviţe din plastic pentru curele şi chei. Uniformele îi dădură de înţeles că aceştia erau oamenii lui Pace.

Camerele de supraveghere erau foarte vizibile în această încăpere.

Carston o luă înainte, nerăbdător şi sigur pe el. Puse telefonul în tăviţă şi o mână de mărunţiş. Apoi trecu prin cadrul dreptunghiular. Daniel se mişcă repede în spatele lui, punând cheile de la maşină în altă tăviţă şi apoi recuperând obiectele lui Carston, pe care i le înapoie acestuia înainte de a-şi lua la rândul lui cheile.

Alex împinse trusa de instrumente lângă detector.

— Mă tem că va trebui să verificaţi asta manual, spuse ea în timp ce trecea prin cadru. Am o mulţime de instrumente metalice. Vă rog să aveţi grijă, unele obiecte sunt fragile, iar altele sunt presurizate.

Cei doi soldaţi se uitară unul la celălalt, evident nesiguri pe ei. Se uitară la faţa şifonată a lui Alex, apoi la trusa de instrumente. Cel mai înalt dintre ei se lăsă într-un genunchi ca să deschidă compartimentul de deasupra al trusei, în vreme ce soldatul mai scund se mai uită o dată lung la faţa ei.

— Te rog să ai grijă, repetă ea avertismentul. Seringile alea sunt delicate.

Soldatul scund se uita cum camaradul lui ridica tava de deasupra plină cu seringi doar ca să găsească o tavă identică dedesubt. Le aşeză cu grijă la loc, fără să le mai verifice pe cele două de mai jos. Deschise al doilea compartiment, după care se uită în sus la celălalt soldat. Apoi la Carston.

— Domnule, nu avem voie să lăsăm arme să treacă de acest punct.

— Dar bineînţeles că am nevoie de bisturiele mele, spuse Alex, pe un ton voit iritat. N-am venit aici să joc scrabble.

Soldaţii se uitară din nou la ea, părând că încep să înţeleagă.

Da, îi venea lui Alex să spună. *Sunt genul* ăla *de vizitator.*

Cel mai înalt se ridică şi spuse:

— Trebuie să cerem autorizaţie pentru asta.

Se întoarse şi trecu prin uşa metalică dublă din spatele lor.

Carston scoase un oftat de exasperare şi-şi încrucişă braţele la piept. Alex arboră o expresie de nerăbdare. Daniel stătea neclintit lângă umărul drept al lui Carston, cu o faţă imobilă. Se descurca bine. Nimeni nu-i acordase niciun fel de atenţie. Pentru soldaţi, el era doar unul dintre acei purtători anonimi de servietă, adică exact lucrul pe care Alex îl sperase. Val avusese dreptate până aici — ea era cea care atrăgea atenţia în cea mai mare măsură.

Trecură doar două minute până se deschiseră din nou uşile. Soldatul înalt se întorsese, însoţit de alţi doi indivizi.

Era uşor să-ţi dai seama care dintre ei era Deavers. Era mai mic de statură şi mai sfrijit decât sugerase vocea, dar mişcările lui trădau o autoritate evidentă. Nu ţinea cont de ceilalţi când mergea; se aştepta ca aceştia să-l ocolească. Purta un costum negru bine croit, mult mai scump şi mai stilat decât ceea ce purtau Daniel şi paznicul de la uşă. Avea părul cărunt, dar încă des.

Judecând după lipsa lui de formalism, Alex bănuia că omul din spatele lui Deavers era anchetatorul. Era îmbrăcat într-un tricou şifonat şi pantaloni negri ce păreau a fi de uniformă de spital. Părul lui era lins, slinos şi nepieptănat. Avea pungi sub ochii injectaţi. Deşi era evident că avusese o zi lungă, Alex observă că îi cerceta foarte atent halatul de laborator şi apoi trusa de instrumente, cu tava plină de bisturie încă la vedere.

— Ce-i asta, Carston? răbufni el.

Nici Carston, nici Deavers nu se uitară la el. Erau prea concentraţi să se înfrunte din priviri.

— Ce faci tu aici? întrebă Deavers cu o voce egală.

— N-am de gând să-l las pe salahorul ăsta să omoare subiectul când am o variantă mai bună.

Deavers se uită la Alex pentru prima oară. Deşi încerca să dea impresia de calm, Alex simţea că inima îi bate nebuneşte în timp ce ochii lui Deavers o examinau, zăbovind pe leziunile de pe faţă.

Deavers se întoarse spre Carston:

— Şi unde-ai găsit aşa, dintr-odată, varianta asta mai bună?

Măcar n-o recunoscuse imediat. Şi nici la Daniel nu se uitase atent. Cei doi bărbaţi erau concentraţi unul asupra celuilalt.

— Mi-am dezvoltat soluţii ca să salvez programul. Iar această soluţie deja s-a dovedit a fi mai mult decât valabilă.

— Cum s-a dovedit?

— Uludere, zise Carston, ridicând puţin bărbia.

Deavers făcu din reflex un pas înapoi şi răsuflă iritat. Se uită din nou la faţa bandajată a lui Alex, apoi la adversarul său.

— Trebuia să-mi dau seama că în Turcia se-ntâmplă şi alte chestii. Carston, cazul ăsta îţi depăşeşte autoritatea.

— În prezent abilităţile mele sunt subapreciate. Încercam să mă pun mai mult în valoare.

Deavers îşi ţuguie buzele şi se uită din nou la Alex.

— E bună?

— Ai să vezi, zise Carston.

— Dar am ajuns într-un punct critic, protestă anchetatorul. Nu puteţi să mă daţi la o parte acum.

Carston îi aruncă o privire nimicitoare.

— Ciocu' mic, Lindauer! Eşti complet depăşit de situaţie.

— În regulă, spuse Deavers pe un ton acru. Să vedem dacă varianta ta mai bună ne poate oferi ce ne trebuie.

*

Camera era aşa cum o descrisese Carston. Pereţi din beton netencuiţi, podea din beton simplă. O uşă, o oglindă unidirecţională mare care separa încăperea de camera de vizionare, o plafonieră rotundă.

Cândva, aici ar fi fost un birou, două scaune şi o veioză foarte puternică. Subiecţii erau chestionaţi, obligaţi să asculte predici moralizatoare, ameninţaţi şi supuşi presiunilor, dar cam la asta s-ar fi rezumat totul.

Acum locul biroului fusese luat de o masă chirurgicală. Părea desprinsă dintr-un film despre Primul Război Mondial: o placă solidă de oţel inoxidabil, neacoperită, având nişte rotile ca de brancardă. Într-un colţ, un scaun pliant. Încăperea nu era nici pe departe atât de funcţională precum camerele de interogare înalt tehnologizate de la departament, dar era clar că acest interogatoriu nu era consemnat nici în cele mai secrete dosare.

Alex inspectă locul cu un aer cât mai detaşat şi se rugă în gând ca Daniel să aibă stăpânirea de sine necesară pentru asta.

Daniel îi însoţise pe Carston şi pe ceilalţi în camera de vizionare şi era invizibil pentru ea în spatele geamului. Până la divizarea grupului, nici Deavers, nici ceilalţi nu se uitaseră la faţa lui. Alex spera ca el să nu facă nimic care să le trezească suspiciunea.

Kevin stătea întins pe masă sub sursa de lumină, imobilizat cu cătuşe la mâini şi la picioare. Era dezbrăcat şi pielea îi lucea, acoperită de sudoare şi sânge. Arsuri lungi se vedeau în josul pieptului. Pe coaste avea tăieturi subţiri, pielea zdrenţuită fiind albită pe margini — probabil cu acid. Tălpile picioarelor erau pline de băşici. Lindauer turnase acid pe ele. Lui Kevin îi lipsea încă un deget de la piciorul stâng, cel de lângă primul ciot.

Sculele lui Lindauer erau împrăştiate pe podea, pline de sânge şi de amprentele lui murdare. Alex ştia că pe jos trebuia să fie şi un deget, dar nu reuşi să-l localizeze.

Se aşteptase la un decor curat, clinic, aşa cum era obişnuită. Dar aici era vorba de primitivism. Se strâmbă dezgustată.

Kevin era treaz şi atent. Controlându-şi bine expresia feței, o privea de când intrase în spatele anchetatorului.

Cu o precizie menită să ridiculizeze stilul de lucru al lui Lindauer, Alex se aplecă şi scoase din trusa de instrumente câteva dintre tăvile ei cu seringi.

— Ce-i asta? întrebă Kevin cu un glas răguşit.

Alex ridică privirea cu un gest automat şi văzu că el se adresa oglinzii unidirecționale, nu ei.

— Credeți că o fătucă mă poate face să cedez? Am crezut că unul mai prost decât lacheul ăsta nu se poate. Dar, sincer, văd că țineți cu tot dinadinsul să mă dezamăgiți.

Lindauer, care insistase să fie prezent în cameră, se aplecă furios peste masă. Înfipse un deget într-o rană de pe pieptul lui Kevin, făcându-l să geamă şi să-şi încleşteze maxilarele.

— Nu-ți face griji, domnule Beach. *Fătuca* e pentru tine doar o mică perioadă de odihnă. Ai grijă să-ți recapeți puterile. Am să mă-ntorc mai târziu şi-atunci o să avem nişte discuții productive.

— Destul, *doctore!* se răsti Alex. Ți-am permis să asişti, dar acum fii amabil şi lasă-mi subiectul în pace.

Lindauer privi către oglinda unidirecțională, aşteptând să fie susținut. Când primi drept răspuns doar tăcere, se încruntă posomorât şi se duse spre scaun. Păru că se prăbuşeşte pe el, fie de epuizare, fie de ruşine.

Alex se întoarse cu spatele la Lindauer şi îşi puse o pereche de mănuşi albastre din latex. Mica piesă metalică pe care o ascunsese în palmă rămase invizibilă sub mănuşa de la mâna dreaptă.

Se apropie de masă, evitând cu grijă mizeria lăsată de Lindauer.

— Bună ziua, domnule Beach. Cum te simţi?

— Numai bun pentru alte câteva reprize, dulceaţă. Se pare că cineva s-a ocupat deja de tine, nu? Sper că individul s-a distrat bine.

În timp ce Kevin rostea cuvintele printre dinţi, Alex începu să-l examineze, luminându-i ochii cu o lanternă minusculă, apoi evaluându-i venele de la braţe şi de la mâini.

— Uşor deshidratat, cred, spuse ea.

Se uită direct la geam în timp ce-şi aşeza mâna dreaptă pe masă, lăsând cheia subţire sub palma lui.

— Am presupus că voi găsi aici o instalaţie pentru perfuzii. Puteţi să-mi aduceţi un suport, vă rog? Am eu soluţiile şi acele necesare.

— Vezi că suportul ăla e prea mic pentru un dans la bară, dacă asta ţi-ai propus, spuse Kevin.

— Nu-i nevoie să fim bădărani, domnule Beach. Acum, că sunt aici, lucrurile vor fi mult mai civilizate. Îmi cer scuze pentru condiţiile curente şi totala lipsă de profesionalism.

Alex pufni dispreţuitor, săgetându-l pe Lindauer cu o privire usturătoare. Acesta se uită în altă parte.

— Iubito, dacă ai venit să-mi vinzi povestea cu poliţistul cel bun, îmi pare rău, dar te anunţ că nu prea eşti genul meu.

— Te asigur, domnule Beach, că nu sunt poliţistul cel bun. Sunt o specialistă şi, trebuie să te avertizez de pe-acum, n-am să mă pretez la jocurile stupide cu care acest... *anchetator* — dorinţa de a folosi un cuvânt mai puţin măgulitor era clară în inflexiunea vocii ei —, te-a făcut să pierzi vremea. O să trecem imediat la chestii serioase.

— Da, scumpete, să trecem la chestii serioase, despre asta vorbeam.

Kevin încerca să-şi păstreze tonul batjocoritor, dar Alex vedea câte eforturi depunea pentru asta.

Uşa se deschise în spatele ei şi Alex îl zări în oglindă pe soldatul înalt care aducea un suport pentru perfuzii. Până în acel moment, Alex văzuse doar patru alţi inşi în afară de Deavers şi Lindauer, dar probabil că mai erau şi alţii ascunşi.

— Pune-l te rog la capul mesei, mulţumesc, spuse ea pe un ton condescendent, fără să se întoarcă spre soldat.

Se aplecă să-şi ia seringa potrivită.

— Şi-acum o să dansezi pentru mine? murmură Kevin.

Alex îl privi pe Kevin cu răceală.

— Asta va fi doar o mostră pentru ceea ce vom face în seara asta, îi spuse ea în timp ce înconjura masa.

Aşeză seringa lângă capul lui în timp ce atârna punga cu soluţie salină şi furtunurile. Uşa se închise, dar ea nu-şi dezlipi privirea de Kevin. Îi examină din nou venele, apoi alese braţul lui stâng. Kevin nu se opuse. În timp ce insera cu grijă acul, încercă să vadă unde era cheia pe care i-o dăduse, dar aceasta dispăruse. Alex culese de pe jos cuţitul cel mai mare şi-l aşeză lângă braţul lui drept.

— Vezi, eu n-am nevoie de arme atât de brutale; am ceva mai bun. Întotdeauna am fost de părere că e mai corect să-l fac pe subiect să înţeleagă ce-l aşteaptă înainte să-i arăt de ce sunt capabilă. Spune-mi ce părere ai.

— Am să-ţi spun ce părere am...

Kevin se lansă într-o avalanşă de obscenităţi care puseră în umbră toate izbucnirile lui de până atunci. Omul ăsta avea talent.

— Îţi apreciez curajul, serios, spuse Alex când termină.

Ţinea vârful seringii lipit de branulă.

— Dar te rog să înţelegi că efortul e inutil. Joaca s-a terminat.

Alex înfipse acul în plastic şi apăsă pistonul.

Kevin reacţionă aproape imediat. Respiraţia i se acceleră şi deodată începu să ţipe.

Lindauer ridică brusc capul. Alex îşi dădu seama că acesta nu obţinuse niciodată o astfel de reacţie de la Kevin, în ciuda eforturilor depuse. Cei de dincolo de oglinda unidirecţională se dădură mai aproape şi Alex auzi un murmur slab de voci. I se păru că desluşeşte un ton surprins, şi asta o mulţumi. Deşi, sincer, totul se datora performanţei actoriceşti a lui Kevin.

Ştia cum se simţea el acum când energia îi umplea venele şi toată durerea dispărea. Folosise mai mult decât cea mai mare doză de *Supravieţuire* pe care şi-o administrase vreodată, ţinând cont de constituţia lui diferită. Zbieretele lui erau primitive, aproape triumfătoare. Alex spera să fie singura care observă acea nuanţă şi că el nu va uita că vătămările aduse corpului său rămâneau foarte reale, fie că le mai simţea sau nu.

Aşteptă doar cinci minute — bătând din picior şi privindu-l imperturbabilă — cât să-şi joace rolul, urlând tare şi constant. Voia ca el să aibă la dispoziţie cât mai mult timp cu drogurile în organism. Când acestea aveau să-şi piardă efectul, nu va mai fi în stare de nimic.

— Bun, domnule Beach, spuse ea în timp ce injecta soluţie salină obişnuită în circuitul perfuziei.

Alex îi dădu indiciul de care avea nevoie.

— Cred că acum ne putem înţelege, ca să pot pune capăt la ce fac aici. Ce zici, stăm de vorbă?

Kevin lăsă să treacă mai mult timp decât ar fi trebuit ca să-şi revină, dar, pe de altă parte, nu-i cunoştea drogurile.

Simulă o ieşire lentă din starea anterioară şi Alex era bucuroasă că Daniel stătea aproape de Carston, cu inelul acoperit cu venin pregătit. Carston era singurul care putea să-şi dea seama de înşelăciune.

Kevin continua să respire greu şi chiar i se zăreau lacrimi pe faţă. Era uşor ca Alex să uite că avea în faţa ei un profesionist al operaţiunilor sub acoperire, pentru că nu-l văzuse niciodată în acţiune, dar ar fi trebuit să ştie că-i va ieşi de minune această reprezentaţie.

— Deci, domnule Beach, ce facem acum? Continuăm la turaţie maximă sau vrei să vorbeşti?

El o privi cu ochii măriţi de o groază convingătoare.

— Cine eşti tu? şopti.

— O specialistă, aşa cum ţi-am spus. Cred că acest *gentleman* — zise pe un ton sarcastic, arătând cu capul spre Lindauer — are nişte întrebări pentru tine.

— Dacă vorbesc, spuse el, tot în şoaptă, ai să pleci?

— Desigur, domnule Beach. Nu sunt decât un mijloc pentru atingerea unui scop. După ce le vei da satisfacţie şefilor mei, nu va mai fi nevoie să mă vezi niciodată.

Lindauer privea acum cu gura căscată, dar Alex era cuprinsă de îngrijorare. Trebuiau să meargă mai departe, dar, în acelaşi timp, oare avea să creadă cineva că omul de pe masă putea să cedeze atât de uşor?

Kevin gemu şi închise ochii.

— N-or să mă creadă, spuse el.

Alex nu ştia sigur cum, dar i se păru că una dintre cătuşe, cea de la dreapta, nu-i mai imobiliza încheietura. Cele două jumătăţi ale brăţării erau foarte puţin depărtate. Nu credea că mai putea cineva să observe asta în afară de ea.

— Eu am să te cred, dacă-mi spui adevărul. Spune-mi ce voiai să spui.

— Am fost ajutat... dar... nu pot...

Alex îi prinse mâna între palme, ca şi cum ar fi vrut să-l liniştească. Simţi cheiţa căzând în palma ei.

— Ba *poţi* să-mi spui. Şi, te rog, nu-ncerca să tragi de timp. Răbdarea mea e limitată.

Îl bătu uşor pe mână, apoi dădu ocol mesei ca să examineze furtunul perfuziei.

— Nu, bâigui el slăbit. Nu trag de timp.

— În regulă, atunci, spuse ea, ce vrei să-mi spui?

Alex îşi lăsă mâna peste mâna lui stângă, strecurându-i cheiţa între degete.

— Am fost ajutat... de un trădător din interior.

— *Ce?* lăsă Lindauer să-i scape.

Alex îl săgetă cu o privire urâtă, apoi se întoarse spre oglindă.

— Omul vostru e incapabil să se controleze. Vreau să fie scos din această cameră, spuse ea cu severitate.

Un pârâit electronic răsună în încăpere. Alex se uită după difuzor, dar nu-l găsi.

— Continuaţi! ordonă vocea fără trup a lui Deavers. La prima abatere, va fi escortat de acolo.

Alex se încruntă la imaginea ei reflectată şi se apleacă peste Kevin.

— Am nevoie de un nume, insistă ea.

— Carston, şuieră el.

Nu!

Cu nervii deja întinşi la maximum, Alex se stăpâni cu greu să nu-l plesnească. Dar bineînţeles că bietul Kevin n-avea de unde să ştie cum ajunsese ea acolo.

Auzi agitaţie în camera de vizionare şi se grăbi să continue pe un ton ridicat:

— Mi se pare foarte greu de crezut, domnule Beach, dat fiind că domnul Carston este motivul pentru care noi doi vorbim în acest moment. Nu m-ar fi trimis aici dacă ar fi vrut să evite adevărul. Ştie de ce sunt capabilă.

Kevin îi aruncă o privire scârbită printre pleoapele întredeschise, apoi gemu din nou.

— Ăsta-i numele pe care mi l-a dat persoana de contact. Nu pot să spun decât ce mi s-a spus.

„Hai, c-ai dres-o bine“, îşi zise ea sarcastic.

Agitaţia de dincolo de oglindă nu încetase. Alex auzea voci ridicate şi ceva mişcare. Lindauer era şi el neatent, cu privirea aţintită spre oglindă.

Alex făcu o nouă încercare, scoţând o altă seringă şi strecurând în buzunar un mic dispozitiv aflat sub aceasta.

— Iartă-mă dacă am crezut că totul va fi prea simplu...

— Nu, stai! răsuflă Kevin, ridicând puţin vocea. Deavers l-a trimis pe tip; el ştie despre ce vorbesc.

Ei bine, poate că asta va tulbura puţin apele. Acum ambele nume erau pe tapet.

Totuşi, replica lui Kevin nu reuşi să pună capăt agitaţiei din camera de vizionare. Alex trebuia să facă ceva. Partea bună era că, în mod evident, cei de dincolo de oglindă nu o mai urmăreau cu atenţie. Acum era momentul.

— Domnule Lindauer! strigă ea cu asprime, fără să se uite în direcţia lui.

Uitându-se în oglindă, văzu că individul era şi el preocupat de ceea ce se întâmpla în camera învecinată. Capul lui se răsuci brusc către Alex.

— Sunt îngrijorată că aceste cătuşe de la glezne sunt prea strânse. Circulaţia sangvină trebuie să fie perfectă. Ai cumva cheia?

Kevin putea să ghicească despre ce era vorba. Îşi încordă muşchii, pregătindu-se. Lindauer se apropie grăbit de picioarele lui Kevin. O voce se auzea mai tare decât celelalte din camera de vizionare.

— Nu ştiu despre ce vorbeşti, se plânse Lindauer, cu ochii pe gleznele şi picioarele schilodite ale lui Kevin. Astea nu-i întrerup circulaţia. N-ar fi deloc bine să i le slăbim. Nu ştii cu ce fel de om ai de-a face.

Alex făcu un pas către el, vorbind încet, astfel ca bărbatul să fie nevoit să se aplece către ea. În buzunar, ţinu degetul mare lipit de condensatorul minuscul al emiţătorului de impulsuri electromagnetice.

— Ştiu exact cu ce fel de om am de-a face, murmură ea.

Activă condensatorul cu mâna stângă, iar cu dreapta înfipse seringa în braţul lui Lindauer.

Lumina din tavan pâlpâi şi se auzi un pocnet. Cioburile becurilor sparte căzură pe abajurul din plexiglas al corpului de iluminat. Din fericire, impulsul electromagnetic nu făcuse să explodeze şi plexiglasul, caz în care pielea lui Kevin ar fi avut de suferit. Camera rămase în beznă.

Impulsul nu fusese suficient de puternic ca să ajungă în camera învecinată. Prin oglindă răzbătea o lumină estompată şi Alex vedea siluete întunecate mişcându-se dincolo de sticlă, dar nu desluşea cine ce făcea şi ce se întâmpla acolo.

Lindauer apucă să scoată un ţipăt slab înainte de a se prăbuşi pe podea zvârcolindu-se. Alex îl auzea mişcându-se şi pe Kevin, deşi mişcările lui erau mai silenţioase şi mai coordonate decât ale lui Lindauer.

În ciuda întunericului, Alex ştia cu precizie unde se afla trusa ei cu instrumente. Se răsuci şi căzu în genunchi, trase afară penultimul sertar, goli tava cu seringi pe podea şi căută pe pipăite compartimentul ascuns de dedesubt.

— Ollie? şuieră Kevin.

După zgomot, Alex bănui că se dăduse jos de pe masă şi era acum aproape de suportul pentru perfuzii.

Luă primele două pistoale pe care le găsi şi se repezi în direcţia de unde venea vocea. Se ciocni de pieptul lui, iar

Kevin ridică brațele ca s-o împiedice să cadă pe spate. Alex îi lipi pistoalele de abdomen chiar în clipa în care în cealaltă încăpere răsunară două împuşcături. Fiindcă nu auzi zgomot de sticlă spartă, înțelese că nu trăgeau în camera de interogare. Urmară al treilea şi apoi al patrulea foc de armă.

— Danny e în camera aia, şuieră Alex în timp ce Kevin îi smulgea pistoalele din mâini.

Alex se lăsă din nou în genunchi şi scoase din trusă celelalte două pistoale, unul având forma familiară a PPK-ului ei, iar pe celălalt nu-l recunoscu pe întuneric. Îi dăduse din greşeală lui Kevin Sig Sauer-ul.

Nu conta. Dusese la bun sfârşit principalele obiective ale strategiei sale: să-l elibereze pe Kevin şi să-l înarmeze cu un pistol încărcat. Acum rolul ei era mai ales de susținere. Era nevoită să spere că vedeta show-ului era într-o formă îndeajuns de bună ca să îndeplinească sarcina pe care i-o repartizase. Dacă rănile provocate de sadicul Lindauer erau prea grave... ei bine, moartea îi aştepta pe toți.

Probabil că Lindauer încă mai era viu, dar nu pentru mult timp. N-avea să se bucure deloc de ceea ce-i mai rămăsese din viață.

După o fracțiune de secundă, o altă împuşcătură răsună asurzitor în mica încăpere, iar de data asta era scrâşnetul înăbuşit al geamului securizat.

Dâre de lumină gălbuie se împrăştiară ca o pânză de păianjen pe suprafața geamului când patru focuri de armă răspunseră în succesiune rapidă. Împuşcăturile de răspuns de dincolo nu modificară modelul crăpăturilor luminoase; nici de data asta nu erau ațintite spre camera de interogare. Cei din camera de vizionare continuau să se împuşte între ei.

Alex înaintă cât mai aproape de podea, cu pistoalele îndreptate spre dreptunghiul de sticlă spartă în cazul în care cineva s-ar fi aruncat prin el, sfărâmându-l. Dar mişcarea veni din lateral; o umbră întunecată năvăli în mozaicul fragmentelor de sticlă şi se aruncă în cealaltă încăpere.

Bărbaţii din camera de vizionare erau la numai trei metri de ea, cu mult mai aproape decât baloturile de paie cu care se antrenase, astfel încât i se părea prea uşor să-i nimerească. Îşi propti mâinile pe masa din oţel şi trase spre uniformele care umpluseră camera. Nu-şi îngădui să se îngrijoreze că nu-i vedea nici pe Daniel, nici pe Carston. Îi spusese lui Daniel să se arunce jos când încep împuşcăturile, iar el trebuia să-i respecte ordinele.

O furtună de gloanţe izbucni, dar niciunul dintre ele nu-i era adresat lui Alex. Soldaţii trăgeau în bărbatul dezbrăcat şi plin de sânge care se năpustise în mijlocul lor cu o rafală de gloanţe. Erau şase indivizi în uniformă acum, iar Alex doborî rapid trei dintre ei, până să-şi dea seama că erau atacaţi pe două fronturi. Ochii bărbatului în costum erau concentraţi asupra ei când Alex ţinti, dar deja se pusese în mişcare în clipa în care glonţul părăsi ţeava pistolului; nu era sigură dacă-l mai nimerise şi altundeva în afară de braţ când omul se făcu nevăzut.

Alex nu vedea unde se afla Kevin, dar ceilalţi trei soldaţi erau acum la pământ. Din acea poziţie, nu mai avea în cine să tragă.

Alergă spre fereastra deschisă, călcând pe cioburile de sticlă, şi se lipi cu spatele de zidul de lângă aceasta.

— Ollie? strigă Kevin, cu glas puternic şi stăpânit.

Simţi un val de uşurare când îi auzi vocea.

— Da!

— Totul e liber. Vino aici. Danny e rănit.

Un fior de gheaţă o străbătu la fel de rapid ca valul de uşurare pe care-l simţise mai devreme.

Puse pistoalele în buzunare, îşi înfăşură mâinile în poalele halatului şi sări peste pervazul plin de cioburi al ferestrei. Podeaua era înțesată de cadavre în uniforme închise la culoare; petele roșii întunecate scoteau totul în evidență — fețele, podeaua, pereții. Kevin tocmai se descotorosea de un cadavru pe care în mod evident îl folosise drept scut. Mișcările nu încetaseră cu totul și se auzeau ici-colo gemete. Deci nu aveau cale liberă, dar Kevin simțise de bună seamă că stăpânea situația și, evident, trebuiau să se grăbească.

Daniel se afla în colțul din spate, în dreapta. Alex îi vedea părul blond-albicios mărginindu-i pielea palidă a capului; două cadavre în uniformă păreau să se fi prăbușit peste el. Carston era jos, nu departe de Daniel, cu cămașa plină de sânge. Pieptul încă i se mișca.

Alex văzu toate acestea în mai puțin de o secundă, fiind deja în mișcare în timp ce evalua situația, îndreptându-se spre Daniel.

— Deavers e viu, murmură ea când trecu de Kevin și, cu coada ochiului, îl văzu pornind aplecat spre celălalt colț al camerei.

Pe hainele soldatului lungit peste pieptul lui Daniel era foarte puțin sânge, dar fața lui avea o culoare vineție nesănătoasă, și pe buze i se formaseră balonașe roz. O privire rapidă spre individul culcat pe picioarele lui Daniel îi dezvălui același lucru. Ambii muriseră otrăviți de veninul de pe inelul lui Daniel. Pe buzele primului bărbat apăru din nou o spumă sângerie când Alex încercă să-i tragă corpul paralizat de pe Daniel.

O parte din ea era foarte detașată de ceea ce se întâmpla. Trebuia să rămână concentrată și lipsită de emoții. Mai târziu, era timp și pentru manifestări isterice. Acum trebuia să fie un medic pe câmpul de luptă, să se miște rapid și sigur.

Reuși să-l rostogolească pe individ de pe pieptul lui Daniel și dintr-odată văzu sânge pretutindeni. Rupse cămașa îmbibată de sânge și găsi cu mare ușurință sursa.

Toată pregătirea ei medicală, tot timpul petrecut ca doctor cu simbrie îi spuneau că ajunsese mult prea târziu.

Era o împuşcătură mortală perfectă, exact în partea din stânga-sus a pieptului. Cel care trăsese ştiuse cu precizie ce face. Era una dintre acele puţine împuşcături drept în inimă, care doborau instantaneu ţinta, omorând victima înainte ca aceasta să atingă pământul. Murise probabil fără să simtă vreo durere.

Nu mai putea face nimic. Îl lăsase să vină aici ca s-o protejeze, iar acea decizie îl ucisese la fel de sigur ca un glonţ în inimă.

Capitolul 31

Nu trebuia să se întâmple aşa. Alex şi Kevin erau țintele. În confuzia creată, nimeni nu trăsese în ea — nici măcar o singură dată; scăpase fără nicio zgârietură. Daniel trebuia să stea undeva în spate, invizibil. N-ar fi fost niciun motiv să iroseşti un glonț tras cu atâta precizie pe un asistent anonim. Acel trăgător priceput ar fi trebuit să se concentreze pe Alex.

Ştiuse că planul avea deficiențe majore, dar nicio clipă nu visase să iasă teafără din schimbul de focuri. Daniel trebuia să fie supraviețuitorul.

Un şir de chipuri fără nume — gangsteri pe care nu reuşise să-i salveze — se perindă rapid prin mintea ei. Unul avea nume — Carlo. Murise exact la fel. Nu fusese în stare să facă nimic. Cum spusese Joey G? *Uneori câştigi, alteori pierzi*. Dar cum avea să trăiască *ea* după această pierdere?

Partea din Alex care voia să țipe începea să iasă la iveală. Doar şocul îi amortiza suferința. Undeva, foarte departe, auzea o încăierare şi pe Kevin strigând cu vocea lui cea mai aspră: „Unde ți-e ultimul perimetru acum, Deavers?" Alex simțea duhoarea fetidă a victimelor pe care le făcuse inelul ei şi miasma caldă şi *vie* a sângelui proaspăt. Auzea şi respirația chinuită din spatele ei, unde zăcea Carston.

Apoi, deodată, un şuierat slab, aproape de ureche.

Deschise brusc ochii, pe care nici nu sesizase că-i ţinea închişi. Sunetul îi era cunoscut.

Cu gesturi frenetice îşi smulse mănuşa din mână şi o lipi peste gaura din pieptul lui Daniel. Nu-i veni să creadă când văzu cum plămânul lui chinuit încerca să tragă aerul prin latex. Ridică marginea mănuşii pentru expiraţie, lăsând aerul să iasă, apoi întinse din nou mănuşa peste rană pentru inspiraţie.

Daniel *respira*.

Cum era posibil? Ca printr-un miracol, glonţul nu nimerise inima, deşi părea perfect plasat. Cercetă rapid locul şi îşi dădu seama că de fapt nu era atât de mult sânge cum crezuse iniţial. În orice caz, nu suficient ca să sugereze că era vorba de o gaură în inimă. Şi, în plus, respira, ceea ce nu s-ar mai fi întâmplat dacă glonţul şi-ar fi atins ţinta.

Îşi vârî cealaltă mână sub umărul lui Daniel, căutând înfrigurată rana de ieşire. Găsi ruptura din sacou şi încercă să astupe cu degetele gaura din spatele lui Daniel, ca să oprească fluxul de aer. Gaura nu părea să fie mai mare decât cea din piept. Glonţul trecuse fără oprelişti prin el.

— Kevin!

Din ţipătul ei răguşit răzbătu toată panica pe care era prea amorţită ca s-o mai simtă.

— Am nevoie de trusa de instrumente. Acum!

Sesiză din nou mişcare, dar nu mai ridică privirea ca să vadă dacă era Kevin care venise s-o ajute sau era Deavers, victorios, apropiindu-se ca să-i aplice lovitura de graţie. Constată că nici măcar nu-i păsa dacă era Deavers. Nu-i era teamă de nimic din ce-i putea face acesta. Pentru că, în cazul în care Kevin fusese doborât şi nu-i putea aduce imediat lucrurile de care avea nevoie, Daniel putea să moară în câteva minute.

Avea mai mult decât i-ar fi fost necesar în maşină, dar nu ştia cum să-l readucă pe Daniel în simţiri.

Un zgomot metalic răsună lângă cotul ei drept.

— Pungile sigilate! ordonă ea frenetic. Compartimentul de jos, în stânga, şi leucoplast — trebuie să fie aproape de capac.

Kevin lăsă lucrurile de care Alex avea nevoie pe pieptul lui Daniel, aproape de mâna ei. Repede, pe expiraţie, ea schimbă mănuşa cu punga de plastic şi-i spuse lui Kevin să o prindă bine cu leucoplast pe trei laturi. Nu avea nimic care să acţioneze ca o supapă pentru a ventila excesul de aer, aşa că era nevoită să lase deschisă a patra latură. Urma să se lipească de gaură, când Daniel inspira, şi apoi să lase aerul să iasă, când expira.

— Împinge-l spre mine, trebuie să-i astup rana de ieşire.

Grijuliu, Kevin îşi mută pe-o parte fratele inconştient. Alex spera ca noua poziţie să preia o parte din presiunea de pe plămânul teafăr al lui Daniel. Trebuia să întrerupă o clipă contactul cu rana cât timp Kevin îl mişca şi apoi încă o secundă preţioasă în care să-i taie cu bisturiul cămaşa şi sacoul. Îi lipi de piele a doua pungă de plastic în timp ce examina băltoaca de sânge de sub el. Nu era foarte mult. Ca printr-o minune, glonţul trecuse pe lângă inimă şi nu atinsese nici vasele principale de sânge. Rana de ieşire arăta curată şi nici fragmente de os nu se vedeau. Dacă reuşea să-i menţină respiraţia aşa, avea să o scoată la capăt în ora următoare.

Vocea lui Kevin îi întrerupse gândurile frenetice.

— Carston e încă în viaţă. Ce vrei să fac cu el?

— Poate fi salvat? întrebă ea în timp ce-i verifica lui Daniel căile respiratorii şi tensiunea.

Pierduse prea mult sânge. Era în stare de şoc. Putea să-i simtă pulsul la încheietură, dar era slab şi scădea în intensitate. Luă o seringă din tava de sus şi-i injectă ketamină, apoi un analgezic.

— Mă-îndoiesc. Starea lui e foarte gravă. Cred că mai are câteva minute. Oh... ăă, hei, îmi pare rău, bătrâne.

Vocea lui se schimbă la final. Nu mai vorbea cu ea.

— E lucid? întrebă Alex, controlându-i braţele şi picioarele lui Daniel să vadă dacă mai are şi alte răni.

— Jules? spuse Carston cu glas răguşit şi slăbit.

— Kevin, adu masa de operaţii aici. Trebuie să-l ducem pe Daniel la maşină.

Alex trase aer adânc în piept şi spuse:

— Lowell, e în regulă. N-am otrăvit-o pe Livvy. Bineînţeles că n-am făcut asta. E doar sedată. Indiferent dacă ajung sau nu acasă, până dimineaţă o să fie cu mama ei.

În timp ce-l linişte pe Carston — fără să-l scape din priviri pe Daniel — îl auzi pe Kevin plecând şi apoi întorcându-se. Se auzi un zgomot metalic greu când Kevin împinse masa prin fereastră, urmat de un bufnet amortizat de cadavrele de pe podea. Alex îşi muşcă buza şi continuă să se ocupe de Daniel, scoţându-i din gură piesele de cauciuc ca să nu se sufoce cu ele, apoi îndepărtându-i cu grijă şi lentilele de contact. Cât timp mai era până când Kevin se prăbuşea? Mai avea cam cincizeci de minute în care să beneficieze de efectul drogurilor din organism, dar nu ştia cât de mult putea efectiv să reziste corpul lui. Trebuia să-ncerce să nu uite că nu mai era acelaşi Kevin, cel care putea să facă orice. Trebuia s-o lase mai uşor cu el. Dar cum? Rapiditatea era esenţială pentru salvarea lui Daniel. Dacă ar putea să-l ducă la maşină...

— Sunt mândru de tine, Jules, zise Carston, respirând greu. Ai reuşit să-ţi salvezi sufletul. Impresionant...

Ultimul cuvânt aproape că nu se mai auzi, acoperit de un horcăit. Alex continuă să asculte, dar în spatele ei se aşternuse tăcerea.

Îi supravieţuise lui Carston, o realizare pe care n-ar fi pariat nicio clipă. În locul sentimentului de triumf la care se aşteptase întotdeauna, avea o stare incertă. Poate că senzaţia aceea avea să vină mai târziu, după ce va dispărea panica sufocantă.

— Putem să-l ridicăm? întrebă Kevin.

— Cu mare grijă. Încearcă să-i ţii pieptul cât mai nemişcat cu putinţă. Îl apuc eu de picioare.

Împreună îl săltară cu atenţie pe Daniel pe masa argintie. Alex îi controlă din nou încheietura mâinii, vrând parcă să-i impună pulsului să rămână perceptibil.

— Dă-mi două secunde, Ollie, spuse Kevin, începând să-l dezbrace pe soldatul care căzuse peste picioarele lui Daniel. Câţi mai sunt sus?

Alex se uită la feţele de pe podea. I se păru că-l recunoaşte pe paznicul mai scund de la detectorul de metale.

— Cel puţin unul nu-i aici, asta e sigur. Era la uşă. Mi s-a părut cam pustiu acolo, sus, dar nici înainte n-am văzut prea mulţi.

Kevin îşi trăsese pantalonii şi apoi ciorapii peste picioarele schilodite, iar acum încerca pantofii. Erau prea mici. Îl descălţă pe celălalt soldat. Pantofii acestuia păreau puţin cam mari, dar Kevin strânse bine şireturile.

— Va trebui să tai chestiile alea, îi spuse Alex.

Kevin încheie nasturii cămăşii albe, peste care îmbrăcă vestonul bleumarin, fără să-şi mai bată capul cu cravata.

— Am să fac ce trebuie când o să scăpăm vii de-aici. Dă jos halatul, e plin de sânge.

— Aşa e, spuse Alex şi-şi vârî cu gesturi stângace pistoalele la spate, în elasticul colanţilor, care abia dacă putea să susţină armele.

Dezbrăcă halatul şi-l lăsă să cadă pe podea.

— În regulă, spuse Kevin. Hai să ducem masa pe lângă cadavrele astea şi pe urmă ar trebui s-o poţi manevra singură în hol. Eu o să merg înainte şi-am să mă ocupe de cei care-au mai rămas.

În câteva secunde, Alex împingea pe hol masa pe care era întins Daniel, aproape alergând, în vreme ce Kevin dispăru în întuneric, sprintând de-a binelea. Apoi ajunse în sala cu detectorul de metale, unde o aştepta Kevin, ţinând ascensorul deschis. Sala era goală; toţi trebuie să fi fugit în camera de vizionare când începuseră împuşcăturile. Alex intră repede în ascensor.

Kevin întinse mâna ca să apese butonul în timp ce uşile se închideau silenţios în urma ei. Alex privi lung la mâna lui dreaptă de pe buton şi deodată înţelese totul, dând glas unui hohot de râs aproape delirant.

Kevin îi aruncă o privire tăioasă.

— Ollie, ţine-ţi firea!

— Nu, nu, ştii, e vorba de *inima* lui, Kevin. E în cealaltă parte... pe *dreapta*. De-aia n-a nimerit-o glonţul.

Îşi înăbuşi încă un hohot de râs.

— E viu pentru că sunteţi gemeni în oglindă.

— Potoleşte-te! îi ordonă el.

Alex dădu din cap şi trase aer adânc în piept, ca să se liniştească.

Ascensorul se opri şi uşa se deschise; dădea într-o magazie. Kevin ridică masa peste marginea ascensorului şi apoi se duse la uşă.

Alex se aştepta s-o deschidă uşor, dar Kevin o dădu de perete cu o bufnitură răsunătoare.

— Ajutor! zbieră el. Avem nevoie de ajutor aici, jos!

După care o luă la fugă fără să mai spună nimic. Alex auzi paşi zgomotoşi venind către ei din cealaltă cameră — un singur om, de asta era sigură. Îl împinse pe Daniel înainte cât mai liniştit cu putinţă.

Kevin era pe poziţie înainte ca paznicul să apară de după colţ. Acesta trecu repede pe lângă el, ţinând pistolul îndreptat în jos. Kevin avea deja pistolul ridicat şi-l împuşcă pe paznic în ceafă. Individul se prăbuşi pe podea. Kevin se apropie şi-i mai trase un glonţ în cap, pentru mai multă siguranţă.

Holul era prea strâmt ca Alex să poată manevra brancarda pe lângă cadavru. Kevin îl apucă cu ambele mâini şi-l ridică deasupra. Alex îi dădu şi ea o mână de ajutor, ştiind însă că partea cea mai mare din greutate era preluată de Kevin. Nu ştia cum reuşea Kevin să funcţioneze atât de bine şi se temea să nu moară în urma acestor eforturi supraomeneşti.

Nu mai era niciun paznic.

— Du-l în maşină! îi ordonă Kevin. Am de terminat ceva aici.

Nimeni nu încercă s-o oprească. Nimeni nu trase în ea de la vreo fereastră întunecată în timp ce alerga în parcare. Cerul era în întregime negru acum. Scotoci în buzunarele lui Daniel până găsi cheile lui Carston. Deschise portbagajul şi scoase de-acolo trusa de prim ajutor.

Ştia exact unde se afla echipamentul pentru resuscitare. Se aşteptase ca fie ea, fie Kevin — sau amândoi — să fie împuşcaţi şi se pregătise pentru o astfel de eventualitate. Nu avea nevoie de garou sau de pansamentele QuikClot, dar luă câteva pansamente ocluzive HALO, care aveau să fie mai utile decât pungile ei de sendvişuri. Mai luă şi o pătură de supravieţuire din Mylar şi câteva antibiotice puternice cu administrare intravenoasă. Gloanţele erau nişte chestii murdare şi exista riscul unei infecţii... dacă-l putea ţine în viaţă pe Daniel atât de mult.

Ştia că n-o să poată; cu ce avea aici, poate cel mult douăzeci şi patru de ore. Mâinile îi tremurau în timp ce rupea ambalajele.

Apoi Kevin apăru lângă ea. Aruncă un fel de cub greu, negru-argintiu în portbagaj.

— Hard diskul pe care au fost salvate înregistrările făcute de camere, explică el. O să-l aşez pe Danny în spate.

Alex aprobă, umplându-şi braţele cu materialele necesare.

Când se strecură în spaţiul dintre banchete, Kevin făcuse tot ce trebuia. Daniel era întins pe partea stângă. Avea capul sprijinit pe tetiera şoferului, pe care Kevin o smulsese din suport — violent, după cum se vedea. Verifică din nou căile respiratorii şi pulsul lui Daniel; încă îl simţea la carotidă. Ketamina avea să-l ţină adormit o vreme. Nu simţea nicio durere. Organismul lui va rămâne cât mai nesolicitat cu putinţă.

Maşina porni. Kevin încerca să meargă cât mai lin, dar chiar şi-aşa mişcările puteau să-i facă rău lui Daniel.

— Opreşte, spuse ea. Am nevoie de un minut ca să pun lucrurile la punct.

— Grăbeşte-te, Ollie, spuse Kevin apăsând frâna.

Dură doar câteva secunde ca să schimbe improvizaţiile din pungile de plastic cu pansamentele ocluzive. Introduse repede perfuzia şi suspendă punga de partea de sus a spătarului banchetei.

— În regulă.

Când vorbi de data asta, abia dacă-şi mai recunoscu vocea — ştia că nu mai putea să facă nimic, iar disperarea începea s-o copleşească.

— Poţi să porneşti, îi spuse lui Kevin.

— Nu mă lăsa singur acum, Oleander! o dojeni el cu glas răguşit. Eşti puternică. Ştiu că eşti capabilă să faci asta.

— Dar nu mai pot să fac nimic, îngăimă ea. Am făcut tot ce puteam să fac, însă nu-i de-ajuns.

— Lasă că rezistă el.

— Kevin, trebuie dus la un centru pentru traume grave. Are nevoie de o intervenție la torace, într-o sală de operații adevărată. Nu pot să-i sterilizez rănile sau să-i fixez un tub toracic într-un BMW nenorocit!

Kevin rămase tăcut.

Deşi lacrimile îi şiroiau pe obraji, Alex nu simțea încă durerea sufletească. Era doar furioasă... pe faptul că era nedrept ceea ce se întâmpla, pe situația în care se aflau, pe ea însăşi pentru acest eşec uriaş.

— Dacă l-am lăsa la o secție de urgențe..., zise ea printre suspine.

— Ar însemna să-l dăm pe mâna nenorociților. Spitalele ar fi primul loc unde ar verifica.

— O să moară, şopti ea.

— Mai bine aşa decât să ajungă într-o cameră ca aia din care tocmai m-ai scos.

— Dar nu i-am omorât adineauri pe nenorociți?

— Ollie, nu uita că Pace e încă la butoane, până când şi-o pune pe mână plasturele care trebuie şi, ținând cont de nivelul actual de stres, nu m-ar mira să se-apuce din nou de fumat. Dacă nu moare... chiar şi fără partenerii lui, are în subordine forțe considerabile. Spitalul iese din discuție.

Alex lăsă capul în jos, înfrântă.

Secundele treceau, iar Alex le marca trecerea după pulsul slab, dar constant de la gâtul lui Daniel. Poate că ea ar fi trebuit să conducă. Nu ştia cum mai rezista Kevin, care nu părea deloc afectat de rănile pe care le avea. Era ca un tanc. Bine măcar că Daniel avea aceeaşi constituție de fier... Dar deja era o prostie să caute un pretext ca să spere în continuare.

— Dacă..., începu Kevin gânditor.

— Da?

— Dacă te-aş putea duce într-un loc unde să operezi... dacă ţi-aş face rost de lucrurile de care ai nevoie... Ai putea să ţii locul unui chirurg specializat în intervenţii toracice?

— Nu-i specialitatea mea, dar... cred că m-aş descurca în chestiile elementare.

Alex clătină din cap.

— Kev, cum să ajungem noi la o sală de operaţii funcţională? Dacă eram în Chicago, sigur, s-ar putea să cunosc pe cineva, dar...

Kevin râse scurt.

— Ollie, am o idee!

*

Alex habar n-avea cât era ceasul. Poate 3:00 dimineaţa, poate 4:00. Era ruptă de oboseală, dar în acelaşi timp extrem de agitată şi cu nervii întinşi la maximum. Mâna cu care ţinea al şaptelea pahar de plastic cu cafea tremura atât de tare, încât suprafaţa lichidului arăta ca o furtună pe mare în miniatură. Dar nu era nicio problemă, pentru că nu mai avea nevoie de mâini ferme.

Joey Giancardi. Niciodată nu s-ar fi gândit că ar putea să simtă atâta căldură pentru fostul ei şef mafiot, dar în noaptea asta îi binecuvântase numele. Dacă n-ar fi făcut ceea ce echivala cu un curs intensiv de traumatologie cu Mafia, n-ar fi reuşit sub nicio formă să-l salveze pe Daniel. Fiecare bodyguard sau gangster pe care îl reparase îi oferise un plus de experienţă, totul având drept rezultat faptul că în noaptea asta putuse să ducă la bun sfârşit două sarcini: de paramedic şi de chirurg. Poate c-ar fi trebuit să-i trimită lui Joey o carte poştală cu mulţumiri.

Îşi trecu mâna tremurândă prin păr şi îşi dori brusc să fi fost fumătoare, ca Pace. Întotdeauna fumătorii par atât de senini cu o ţigară între degete. Avea nevoie de ceva care s-o liniştească, dar singura alinare pe care-o găsi era ceaşca de cafea neagră din mâinile ei, dar n-o prea ajuta să se relaxeze.

Doctorul Volkstaff sforăia pe o canapea veche între două dulapuri cu materiale medicale lipite de peretele din spate al cabinetului său. Se dovedise a fi surprinzător de capabil — în ciuda vârstei şi a specializării sale. Fuseseră nevoiţi să adune în grabă multe dintre lucrurile de care aveau nevoie în teatrul lui de operaţiuni, dar doctorul era inventiv şi îşi cunoştea bine instrumentarul, în vreme ce Alex acţiona cu frenezia dată de disperare. Împreună formaseră o echipă redutabilă. Reuşiseră chiar să improvizeze o valvă Heimlich ce părea să funcţioneze perfect. Semnalul blând al aparatului care-i monitoriza inima lui Daniel era sunetul cel mai liniştitor pe care-l auzise vreodată. Chiar dacă nu-i domolea agitaţia provocată de cofeină. Absentă, mai luă o gură de cafea.

Daniel avea acum o culoare sănătoasă şi respira regulat. Se părea că avea aceleaşi caracteristici fizice ca şi Kevin: fusese conceput pentru supravieţuire. Doctorul Volkstaff spusese că nu mai văzuse nicicând o procedură atât de bine realizată şi, de-a lungul timpului, avusese de-a face cu o mulţime de leziuni pulmonare, deşi de regulă provocate prin perforare cu obiecte ascuţite. Prin urmare, era posibil ca Daniel să plece de-acolo în ziua următoare.

Alex lăsă cu băgare de seamă paharul cu cafea pe masă şi, cu pumnii strânşi, se duse încet şi se aşeză pe taburetul de lângă patul lui Daniel. De fapt, erau două paturi lipite, pentru că nu găsiseră nimic care să fie îndeajuns de lung pentru Daniel.

Îşi rezemă capul pe perna subţire, acoperită cu plastic, şi închise ochii.

Deavers şi Carston erau morţi. S-ar fi putut să nu mai fie nimeni — în afară de Wade Pace — care să ştie de existenţa ei. Iar orele lui erau numărate. Dacă totul mergea bine.

Kevin sforăia pe podea, având sub cap un coş de pânză pentru câini, în loc de pernă. Alex îi administrase doza maximă permisă, iar Volkstaff îi curăţase rănile după ce Daniel scăpase de orice pericol. Somnul era acum cel mai bun remediu pentru Kevin.

Între timp, Val trebuie să o fi lăsat pe Livvy la centrul pentru îngrijiri de urgenţă — ales fiindcă nu avea camere de supraveghere exterioare —, împreună cu biletul de scuze scris de Alex cu greşeli gramaticale şi pătat de lacrimi. Se întrebă cât de serios va continua poliţia să-l caute pe răpitor. Livvy era nevătămată, fără nicio amintire despre răstimpul în care fusese separată de Erin. Cu siguranţă că poliţia din Washington DC nu-şi va irosi timpul încercând să găsească o mamă înnebunită dusă cu pluta, care crezuse că fetiţa semăna leit cu copilul ei, pe care i-l furase în urmă cu doi ani tatăl plecat de-acasă. Era imposibil să nu existe câteva cazuri de copii dispăruţi care să se potrivească cu informaţiile dezlânate furnizate de biletul lui Alex. Acestea aveau să ţină autorităţile pe o pistă greşită. Poate că vor face legătura între răpirea lui Livvy şi moartea bunicului ei în aceeaşi zi, dar probabil că nu. Existau nenumărate alte motive de cercetat pentru moartea violentă a lui Carston. Va părea că n-a fost nimic altceva decât o coincidenţă oribilă.

Personajele din umbră aflate la putere, cei care trăgeau sforile, vor fi nevoiţi să acopere rapid totul. Un element avea să le sară în ochi: al doilea om din ierarhia CIA şi directorul unui program ultrasecret, care nici nu trebuia să existe, se împuşcaseră unul pe celălalt, victime căzând şi câţiva soldaţi americani. Maeştrii păpuşari probabil că vor demola întregul complex înainte de a avea timp să înţeleagă ceva din dovezile de la faţa locului. Vor spune că a fost un accident groaznic, o clădire prăbuşită din cauza unor defecţiuni de construcţie, ce păcat!

Alex se gândi la ultimele lucruri spuse de Kevin înainte să adoarmă.

— Poţi să faci asta, Ollie. Ştiu că-i vei salva viaţa. Pentru că trebuie. Şi pe urmă vom fi cu toţii în siguranţă. Asta nu trebuie să i se întâmple iar lui Danny, aşa că ai grijă *să-l scoţi la liman.*

Oare Kevin chiar avea atâta încredere în ea sau doar încerca s-o împiedice să intre în panică? Dar, dacă n-ar fi crezut în ceea ce spusese, ar mai fi putut el să adoarmă liniştit?

— Alex?

Alex sări de pe scaun şi se aplecă peste Daniel, prinzându-i mâna.

— Sunt aici, zise ea uitându-se imediat la perfuzie.

Între timp, organismul lui trebuie să fi eliminat ketamina, dar analgezicul intravenos care-i era administrat acum avea să-l împiedice să simtă vreun disconfort.

— Unde suntem?

— În siguranţă, deocamdată.

Ochii lui Daniel se deschiseră încet. Îi luă un moment ca s-o găsească şi apoi încă unul ca să-şi focalizeze privirea.

Fusese destul de convinsă că Daniel urma să deschidă ochii din nou, dar culoarea lor verde-cenuşie atât de familiară aproape c-o lăsă fără aer. Simţi că-i dau lacrimile.

— Eşti rănită? o întrebă el.

— N-am nicio zgârietură, răspunse ea pufnind.

Daniel zâmbi uşor şi întrebă:

— Kevin?

— E foarte bine. Zgomotul pe care-l auzi nu e de la un fierăstrău circular — e sforăitul lui.

Daniel avea o expresie îngrijorată.

— Nu-ți face griji pentru el. O să fie bine.

— Arăta... rău de tot.

— E mai puternic decât oricine... cam seamănă cu tine.

— Îmi pare rău, zise Daniel cu un oftat. Am fost împușcat.

— Mda, am observat.

— Carston a luat pistolul de la tipul de lângă mine în momentul în care Deavers a îndreptat arma spre el, explică Daniel, deschizând ochii foarte puțin. S-a mișcat repede pentru un om de vârsta lui. Au început să urle unul la celălalt, dar toți soldații au făcut corp comun cu Deavers.

— Așa primiseră ordin, spuse Alex, confirmând cu o mișcare din cap.

— Deavers a dat ordinul, și unul dintre ei a tras în Carston și apoi în mine. Carston a căzut în genunchi, dar a început să tragă. Eu n-aveam pistol, așa că i-am apucat de glezne pe indivizii de lângă mine, cu inelul tău.

— Ai procedat bine.

— Voiam să pun mâna pe-un pistol, dar cei doi inși pe care i-am atacat au căzut peste mine. N-am mai putut să-i ridic. Nu-mi puteam mișca brațele cum trebuie.

— De fapt, cel care-a căzut peste pieptul tău probabil că ți-a salvat viața. A ținut rana acoperită până când am reușit să ajung acolo.

Daniel deschise ochii din nou.

— Am crezut că am murit.

Alex simți un nod în gât.

— Sincer, și eu am crezut la fel o vreme.

— Voiam să rezist până ajungi acolo. Voiam să-ți spun niște lucruri. M-am simțit groaznic când mi-am dat seama că nu voi rezista.

— E-n regulă, spuse ea, mângâindu-l pe obraz. Ai reuşit. Ai rezistat.

Acum îi venea mult mai uşor să-i liniştească pe alţii. Se schimbase foarte mult de când îl cunoscuse pe Daniel.

— Voiam doar să ştii că nu regret nimic din ce s-a întâmplat. Sunt recunoscător pentru fiecare secundă trăită cu tine — chiar şi pentru cele rele. Nu le-aş fi dat pentru nimic, Alex.

— Nici eu, spuse Alex sprijinindu-şi fruntea de capul lui.

Rămaseră nemişcaţi o vreme. Alex îi asculta respiraţia, sunetele uniforme scoase de monitoare şi sforăitul zdravăn al lui Kevin în fundal.

— Te iubesc, murmură el.

Alex râse o dată — un râs nervos, care se potrivea cu tremurul mâinilor ei.

— Mda, cred că am înţeles şi eu chestia asta. Mi-a luat ceva timp, nu? Oricum, şi eu te iubesc.

— În sfârşit vorbim aceeaşi limbă.

Ea râse din nou.

— Tremuri, observă Daniel.

— Am băut prea multă cafea, trebuie să mă detoxific.

Afară era încă noapte, aşa încât era greu să-ţi scape zgomotul unei maşini care oprea în spatele clădirii. Alex era surprinsă de cât de anemic reacţionau nervii ei, semn că nu-i mai rămăsese multă vlagă. Se simţea obosită când se îndreptă şi îşi eliberă mâinile. Scoase PPK-ul de la şold.

— Sper din toată inima să fie Val, murmură ea.

— Alex..., şopti Daniel.

— Să nu care cumva să te mişti cu vreun centimetru măcar, Daniel Beach, îi răspunse ea în şoaptă. Am petrecut prea mult timp ca să te peticesc şi nu vreau să strici ceva acum. Sunt doar precaută. Mă-ntorc într-o clipă.

Se duse repede la uşa din spate şi se uită pe furiş pe lângă marginea perdeluţei. Era maşina pe care o aştepta — Jaguarul verde şi urât — cu Val la volan. Pe scaunul din dreapta era Einstein.

Alex ştia că trebuia să simtă mai mult, acum când totul se terminase şi toate firele destrămate fuseseră înnodate la loc. Trebuia să fie entuziasmată, uşurată, recunoscătoare, poate chiar să verse lacrimi de fericire. Dar corpul îi era complet stors de puteri. După ce efectul cafelei va trece, ea va intra în comă.

— E Val, aşa cum am crezut, îi spuse ea lui Daniel cu glas liniştit, în timp ce punea pistolul pe marginea patului improvizat.

— Arăţi de parcă o să leşini dintr-o clipă-n alta.

— Curând, admise ea. Dar nu chiar acum.

— Alex? strigă Val când intră pe uşă.

— Da.

Einstein năvăli în cameră, mişcându-şi capul în toate direcţiile în căutarea lui Kevin. Se opri şi scoase un mic scheunat când îl găsi pe podea. Einstein îşi înclină capul într-o parte şi apoi îl linse pe Kevin de două ori pe faţă. Sforăitul lui Kevin încetă.

Alex se aştepta ca Einstein să se culce lângă prietenul lui cel mai bun, dar câinele se întoarse şi veni în fugă la ea, dând din coadă energic. Sări cu labele pe şoldurile ei ca s-o poată linge pe faţă. Alex se rezemă de patul lui Daniel ca să nu fie răsturnată.

— Uşurel, Einstein!

Câinele lătră scurt, aproape ca un răspuns. Apoi se lăsă în patru labe şi se duse la Kevin, cuibărindu-se lângă el, şi începu să-l lingă pe gât.

Alex tresări şocată când îl auzi pe Kevin vorbind. Drogurile pe care i le administrase ar fi trebuit să-l ţină inconştient timp de... de fapt, nu prea mai ştia cât trecuse. Creierul ei era prea epuizat chiar şi pentru un calcul simplu.

— Hei, băiete, ce faci, măi! spuse Kevin, vocea lui auzindu-se ca de obicei — prea tare.

Glasul lui părea imposibil de puternic pentru starea în care era corpul lui.

— Ți-a fost dor de mine? Dragul de tine. Le-ai spus ce s-a întâmplat. Ştiam c-aşa ai să faci.

— Kev? întrebă Daniel.

Alex îi puse ferm palma pe frunte când el se mişcă de parcă ar fi vrut să se ridice.

— Danny? aproape că strigă Kevin.

Volkstaff fornăi şi se întoarse pe-o parte. Kevin se ridică în capul oaselor, tresărind.

— Cred c-ar fi mai bine să nu te mişti..., începu Alex şi apoi, văzând că el o ignoră complet: Hei, măcar ai grijă cu tălpile!

— N-am nimic, bombăni Kevin.

— Eşti un idiot! îi mustră cu asprime Val. Stai şi tu locului două secunde.

Val scăpase de rochia ei ciudată, acel *sari* demn de o prezentare de modă avangardistă, şi acum purta pantaloni de trening şi un tricou. Ieşi pe o uşă pe care scria HOL. Kevin aşteptă, nedumerit, îngenuncheat pe linoleum, cu o mână sprijinită pe perete. Val se întoarse aproape imediat, împingând un scaun de birou cu rotile, şi având o expresie supărată pe chip. Dacă ar mai fi avut vreun strop de energie, Alex ar fi fost invidioasă. Val arăta absolut incredibil pentru o femeie nefardată, cu părul prins în coadă, şi care nu apucase să doarmă mai mult decât oricare dintre ei.

— Sunt sigură că n-au cărucioare rulante aici, aşa că deocamdată ne descurcăm cu ăsta, zise Val. Aşază-te!

Deşi vocea ei suna profund iritată, Val îi întinse mâna ca să se ridice. Kevin scoase un răcnet şi se clătină când atinse podeaua cu tălpile, dar, de îndată ce se aşeză, încercă să le folosească pentru a împinge scaunul mai aproape de Daniel.

— Of, încetează! îl certă Val, împingând scaunul prin încăpere, în vreme ce Kevin îşi ţinea tălpile cu grijă la câţiva centimetri de podea.

Val se opri când Kevin ajunse lângă Alex, care se dădu un pas înapoi pentru a-i face loc.

Kevin se uita şocat la ochii deschişi ai lui Daniel şi la culoarea vie din obrajii acestuia. Cu băgare de seamă, îi mângâie uşor părul, temându-se în mod vădit să-i atingă orice altă parte a corpului.

— Se pare că Madam Vitriol s-a descurcat până la capăt, spuse Kevin cu o voce aspră. Totuşi, nu ştiu care-a fost treaba cu deghizarea aia a ta în suedez chelios.

— Val a avut ideea asta.

Kevin dădu din cap absent.

— Nu trebuia să veniţi să mă salvaţi. N-am vrut să faceţi asta.

— Şi tu ai fi făcut-o pentru mine.

— Nu-i totuna.

Kevin clătină din cap când Daniel dădu să protesteze.

— Dar o să fii bine, nu-i aşa?

Kevin se uită la Alex în aşteptarea răspunsului. Ea răsuflă adânc şi încuviinţă.

— După toate aparenţele, o să se vindece complet. Nu înţeleg care-i secretul vostru. Sunteţi siguri că mama voastră n-a avut o aventură de-o noapte cu un supraom obţinut prin inginerie genetică?

Când Kevin întinse fulgerător mâna spre ea, Alex crezu că întrecuse măsura cu comentariul legat de mama lor. Dar până să apuce să se pregătească pentru o lovitură, Kevin o trase cu brutalitate într-o îmbrățișare zdravănă. Alex ajunse pe jumătate în poala lui, cu brațele țintuite sub ale lui, și nu mai putu să reacționeze când el hotărî s-o sărute zgomotos pe buze.

— Hei! protestă Daniel. Nu te-atinge de Madam Vitriol! E a mea!

Alex își trase capul, în sfârșit capabilă să simtă ceva — greață.

— Îh, dă-mi drumul, psihopatule!

O auzi pe Val râzând. Kevin se întoarse cu scaun cu tot.

— Ollie, ești un geniu. Nu-mi vine să cred ce-ai făcut!

— Du-te și pupă-te cât vrei cu Volkstaff, el a făcut jumătate din treabă.

Kevin nu voia să-i dea drumul. Ai fi zis că nici nu bagă de seamă că Alex încerca — violent — să se desprindă.

— Ce performanță! Nu-mi vine *să cred* că ai intrat pur și simplu acolo și m-ai scăpat! Să nu-ncerci să mă convingi că nu ești de la operațiuni sub acoperire... draga mea, ești exact ce *visează* ăia să aibă în rândurile lor!

Einstein scheună, și Alex simți cum îi prinde încet încheietura mâinii între fălci, trăgând ușurel, încercând s-o ajute să scape. Kevin nu păru să observe.

Alex știa exact unde erau rănile cele mai dureroase ale lui Kevin și, la nevoie, avea să se folosească de acest avantaj.

— Dă-mi drumul!

— Kevin, spuse Daniel, cu o voce măsurată, dar glacială. Dacă n-o lași imediat jos pe Alex, te-mpușc cu pistolul ei.

În sfârșit, Kevin lăsă brațele jos. Alex se desprinse de el și amândoi se întoarseră neliniștiți spre Daniel.

— Nu te mișca! spuseră la unison.

Alex îndrăzni să respire din nou abia când văzu că Daniel nu încercase de fapt să pună mâna pe pistol.

— Volkstaff? întrebă Daniel. Mi-e cunoscut numele ăsta... unde suntem?

— Îl ții minte pe doctorul Volkstaff? spuse Kevin. Când eram în clasa a cincea, i-a salvat viața celui mai bun prieten al meu — după ce-a căzut într-o capcană pentru urși. Nu se poate să fi uitat întâmplarea asta.

— Tommy Velasquez a căzut într-o capcană pentru urși? întrebă el, clipind consternat.

— Tommy n-a fost prietenul meu cel mai bun, spuse Kevin zâmbind.

Îl mângâie pe Einstein pe cap, iar câinele își frecă botul de piciorul lui Kevin, nespus de bucuros.

— Ia stai... *Volkstaff?* repetă Daniel, prinzându-se în sfârșit. Adică m-ai dus la *veterinar?*

Alex îi puse mâna pe frunte.

— Șșt. A fost bine că te-am adus aici. Volkstaff e un supermeseriaș. Ți-a salvat viața.

— Ei haide, haide, interveni vocea gâjâită a lui Volkstaff. N-am fost decât asistentul tău, doctor Alex. Nu încerca să-mi atribui meritul salvării lui Danny.

Volkstaff stătea pe canapea, încercând să-și netezească smocurile rebele de păr care alcătuiau un halou dezordonat în jurul capului său. Lui Alex îi amintea de Barnaby și își dădu seama de ce lucrase atât de în largul ei cu bătrânul cumsecade, care părea să fie încă devotat familiei Beach.

— A fost o onoare pentru mine să lucrez alături de tine, doctore, continuă Volkstaff în timp ce se apropia șovăielnic de ei.

Acum părea șubrezit de vârstă, dar în timpul lungii nopți nu arătase niciun pic de slăbiciune. Îi zâmbi lui Daniel.

— Mă bucur să te văd treaz, băiete.

Își coborî glasul într-o șoaptă teatrală.

—Ai tras lozul cel mare, tinere. Ai grijă să nu o feşteleşti cu ea.

— Oh, ştiu asta, domnule.

Alex se încruntă. Nu spusese nimic despre sentimentele ei pentru Daniel, iar Daniel fusese în stare de inconştienţă. Cum de erau acestea atât de evidente?

— Ce exemplar splendid! spuse Volkstaff întorcându-se. N-are cum să fie Einstein, nu-i aşa? Au trecut atâţia ani.

— E nepotul lui, de fapt, îl lămuri Kevin.

— Ce frumuseţe! zise bătrânul aplecându-se să-i mângâie urechea lui Einstein.

Einstein îi linse mâna. În noaptea asta, câinele era plin de bunăvoinţă faţă de toţi oamenii.

— Acum, Kevin, spuse Volkstaff îndreptându-şi spatele. Tu vrei să mai mergi vreodată? Pentru că, dacă asta vrei, va trebui să-ţi ţii picioarele alea ridicate, iar voi, ceilalţi, aveţi nevoie de odihnă. Nu te uita la mine aşa, tinere. Poţi să te întinzi pe canapeaua mea de colo. Ăă, domnişoară...

Volkstaff făcu ochii mari când o văzu pe Val. Alex îl prevenise că al patrulea membru al echipei lor avea să vină mai târziu, dar era limpede că bietul de el nu se aşteptase să apară un model de la Victoria's Secret.

— Poţi să-mi spui Valentine, gânguri Val.

— Da, mulţumesc, bine. Domnişoară Valentine, ai putea să-l împingi pe Kevin până la canapea şi să-l ajuţi să se culce pe ea? Exact... mulţumesc.

Alex privea, din nou amorţită, cum Val îl împingea pe Kevin de pe scaun pe canapea. Avea o expresie iritată, dar Alex o văzu aplecându-se brusc ca să-l sărute pe frunte.

— Şi tu, domnişoară doctor...

Alex se întoarse încet spre Volkstaff.

— Vezi că mai sunt canapele în sala de aşteptare. Du-te şi întinde-te pe una dintre ele. E un ordin.

Alex ezită, legănându-se pe loc şi uitându-se lung la Daniel.

— Eii, fir-ar să fie, voi doi! spuse Val în timp ce traversa cu paşi apăsaţi încăperea. Alex, culcă-te până nu te prăbuşeşti. Eu am prins câteva ore de somn. Stau eu cu ochii pe el.

— Dacă se schimbă ceva, *cât de mic*, la monitoare, cea mai mică variaţie...

— Te apuc de părul tău aranjat şi te târăsc până aici, îi promise Val.

Alex se aplecă şi-l sărută încetişor pe Daniel.

— Eu şi Volkstaff ne-am dat peste cap ca să te reparăm, murmură ea cu buzele lipite de-ale lui. Să nu ne iroseşti munca.

Buzele lui Daniel le atingeau pe ale ei când vorbi:

— Nici prin cap nu mi-ar trece aşa ceva. Fii fată cuminte şi du-te să dormi, aşa cum ţi-a ordonat bătrânul veterinar al familiei mele.

— Dă-mi voie să te informez că sunt în floarea vârstei, obiectă Volkstaff.

— Haide, spuse Val pe neaşteptate direct în urechea lui Alex. Să mergem cât mai eşti în stare să umbli. Sunt sigură că aş putea să te car, dar *nu vreau.*

Alex o lăsă pe Val s-o conducă la uşă şi apoi pe hol. Se concentra pe mişcarea picioarelor şi pe nimic altceva. În jurul ei totul era o ceaţă întunecată. Val trebui s-o ajute să se întindă pe canapea, dar Alex era sigură că ar fi fost la fel de mulţumită şi pe podea. Adormi pe loc.

Capitolul 32

Era o dimineață stranie.

Pentru Alex, era totodată o dimineață care se prelungea foarte mult. În spitalul veterinar pustiu era linişte şi nimeni n-o deranjase. A aflat ulterior că Volkstaff îşi sunase toți angajații, anulase toate consultațiile şi pusese la geam un afiş pe care scria: ÎNCHIS PENTRU O URGENȚĂ DE FAMILIE.

Era un loc ciudat în care să se simtă în siguranță — un loc nefamiliar, un loc în care nu mai pregătise nici capcane, nici sisteme de apărare.

Dar lucrurile se schimbaseră. Nu se gândise decât la salvarea lui Kevin, dar acțiunile lor din noaptea trecută le modificaseră poziția într-un mod semnificativ.

Kevin era la fel de energic ca oricând, în ciuda faptului că era din nou imobilizat pe scaunul de birou, cu tălpile înfăşurate în pansamente şi ridicate pe un taburet cu rotile. Val dispăru imediat ce-o zări pe Alex ca să-i ia locul pe canapea. Daniel îşi ținuse ochii închişi ca să-l ignore pe fratele lui, dar „se trezi" de îndată ce auzi glasul lui Alex. Volkstaff fusese după mâncare. Ceilalți îi lăsaseră şi ei o chiflă şi nişte brânză cu smântână.

Imediat ce încheie examinarea lui Daniel — care se vindeca mai repede decât ar fi crezut oricine nu avusese de-a face cu Kevin Beach —, Alex își luă micul dejun și ziarul pe care Volkstaff îl adusese cu chiflele. Citi cu înfrigurare în timp ce mânca. Ajunseseră pe prima pagină — deși lucrul ăsta îl știau doar cei aflați în cameră.

— Faza asta mi se pare dezamăgitoare, Ollie, se plânse Kevin, folosind o mătură ca să-și împingă scaunul în cerc prin cameră. Ar fi fost mult mai distractiv dacă-l împușcam.

Titlul principal al zilei era despre anevrismul fatal suferit de Wade Pace. Jurnaliștii nu insistau prea mult pe subiectul acesta, continuând să facă presupuneri legate de strategia pe care președintele Howland o va aplica pentru a-și găsi noul partener electoral.

— Măcar ai avut satisfacția că l-ai împușcat pe Deavers.

— Eram prea stresat din pricina lui Danny ca să mă pot bucura, spuse Kevin gânditor.

Kevin nu le dăduse prea multe explicații legate de modul în care Deavers ajunsese în acea postură avantajoasă. Alex înțelegea că era jenat, dar asta nu-i schimbă părerea despre el. Cum putea cineva să fie pregătit pentru extremele la care paranoia îl împinsese pe Deavers? Peste patruzeci de oameni, organizați în trei perimetre, dintre care unul era la aproape doi kilometri de poziția în care se afla Deavers. După ce Deavers a apăsat butonul de panică, perimetrele s-au strâns spre interior. Kevin susținea că, dacă nu și-ar fi ignorat instinctul și și-ar fi adus un lansator de rachete, ar fi reușit să iasă de-acolo.

Nu mai era nimic altceva la rubrica de știri, nimic despre un schimb de focuri violent într-un buncăr subteran de la periferia orașului. Niciun cuvânt despre dispariția directorului adjunct al CIA. Nicio mențiune despre Carston, nici măcar în legătură cu răpirea nepoatei sale. Poate la știrile de a doua zi.

Kevin era de altă părere.

— Va fi invocată explozia unei conducte de gaz sau ceva de genul ăsta. Povestea reală va fi îngropată atât de adânc, încât, până să iasă ceva la suprafață din toate astea, vom afla că Jackie Kennedy a fost cea care l-a împuşcat pe JFK.

Probabil că avea dreptate.

Nu puteau fi siguri 100%, fireşte, şi vor continua să se poarte cu precauție, dar tensiunea se risipise considerabil. Alex ştia că va fi copleşită de uşurare dacă se va putea convinge vreodată să creadă în norocul lor.

După prânz, Volkstaff îi scoase lui Alex copcile de la ureche şi-l felicită pe Daniel după ce află că el făcuse cusătura. Alex era uimită de calmul cu care bătrânul cu părul alb accepta lucrurile aşa cum erau. Deşi niciunul dintre ei nu încercase să-i explice cum căpătaseră acele răni neobişnuite sau măcar să născocească ceva drept pretext, Volkstaff nu pusese nicio întrebare şi nici nu manifestase vreo curiozitate evidentă. Nu s-a arătat contrariat nici de faptul că fratele lui Daniel trebuia să fi murit în închisoare, deşi — după cum a informat-o Daniel în şoaptă — Vokstaff luase parte la înmormântarea lui Kevin. A întrebat doar de vechile cunoştințe din copilăria lor şi, mai ales, de animalele pe care le avuseseră. Deşi Alex abia învățase ce înseamnă dragostea, se gândi că era posibil să se îndrăgostească puțin şi de Volkstaff.

Totuşi, nu puteau să trăiască mereu într-un spital veterinar. Volkstaff avea alți pacienți. După câteva minute de discuții despre variantele pe care le aveau, Val o surprinse pe Alex oferindu-se să-i găzduiască din nou în apartamentul ei de lux, acum că situația nu mai prezenta riscuri. Contra unui tarif, fireşte. Kevin se arătă cel mai şocat de oferta ei.

— Să nu cumva să ți se urce la cap, îi spuse ea. Vreau câinele. Şi, la drept vorbind, Alex şi Danny chiar îmi plac. Aproape tot atât de mult cât nu pot să te sufăr pe tine.

Apoi îl sărută — un sărut suficient de lung ca să-i facă pe toți să se simtă jenați. Volkstaff se întoarse politicos cu spatele, dar Alex rămase să-i privească în continuare. N-avea să înțeleagă niciodată ce văzuse Val la Kevin.

*

— Deeeci..., începu Kevin.

Alex se întrerupse din ce făcea; încă nu începuse să pregătească bagajele. Kevin stătea la intrare în camera pe care Alex şi Daniel o împărțiseră în casa lui Val, cu brațul stâng prins de partea de sus a tocului uşii. Preț de o secundă, Alex se simți, fără nicio legătură cu situația, invidioasă pe oamenii înalți, în general. În zilele astea, în care fusese mereu înconjurată de uriaşi, sentimentul o încercase destul de des. Se strădui să-l alunge.

— Deci, ce?

— Deci care-i rezultatul consultației de azi? La ce concluzie ați ajuns tu şi Volkstaff?

Nu era nevoie să întrebe unde se afla Daniel acum — ştia după serenadele care se auzeau la duş — şi probabil ar fi avut probleme cu vecinii dacă ceilalți chiriaşi ai clădirii ar fi fost mai aproape. Faza Bon Jovi nu-i trecuse încă; în acel moment, îi plăcea foarte mult piesa „Shot Through the Heart"[1]. Lui Alex nu i se părea teribil de amuzant, dar încerca să n-o arate.

— Veterinarul crede că Daniel poate să plece, iar eu sunt de aceeaşi părere. Rasa Beach e fermecată.

Alex clătină din cap, încă nevenindu-i să creadă cât de repede şi de complet se vindecase Daniel.

— De asemenea, vrea să se uite la picioarele tale.

---

1 „Împuşcat în inimă". (*N.t.*)

— Picioarele mele sunt foarte bine, zise Kevin, încruntându-se.

— Nu trage în mesager. Şi o spun în sensul propriu al expresiei.

Încruntarea lui se transformă într-o expresie normală, dar continuă să stea în uşă, uitându-se lung la ea.

— Deeeci...? spuse ea ca un ecou.

— Deci... aveţi vreo idee despre locul spre care plecaţi?

Alex făcu un gest de indiferenţă.

— Nimic foarte precis, deocamdată.

Se întoarse la geanta ei de voiaj uzată şi se uită din nou la substanţele chimice aşezate acolo, verificând dacă erau îndeajuns de protejate. Poate că exagerase cu organizarea, recunoscu în sinea ei. Probabil că nu trebuiau ordonate alfabetic. Dar avusese foarte mult timp la dispoziţie şi, în afară de a naviga pe internet în căutare de posibile noi locuinţe, nu prea avusese ce să facă. Daniel se împotrivise să fie examinat de mai mult de patru ori pe zi.

— Ai vorbit cu Danny despre asta?

Alex dădu aprobator din cap, tot cu spatele la Kevin.

— Zice că oriunde vreau să merg, el e de-acord.

— Bănuiesc că are de gând să vină cu tine.

Vocea lui Kevin părea indiferentă, dar Alex ştia că era un chin pentru el să vorbească aşa.

— N-am discutat subiectul cu el, dar, da, aşa par să stea lucrurile.

Kevin tăcea, iar Alex chiar nu mai avea ce face cu geanta. Se întoarse încet spre el.

— Mda, spuse Kevin, mi-am dat seama că într-acolo merg lucrurile.

Avea pe chip o expresie de indiferenţă. Doar ochii trădau intensitatea suferinţei lui.

Alex nu voia să-i spună toată povestea, dar s-ar fi simțit vinovată dacă ar fi ținut-o doar pentru ea.

— Dacă te face să te simți mai bine, pare să presupună că vei fi şi tu acolo.

Chipul lui Kevin se relaxă.

— Serios?

— Da. În acest moment, nu-l atrage ideea unei noi despărțiri.

Kevin lăsă capul în jos.

— Asta pot s-o înțeleg. A trecut prin multe.

— Îşi revine binişor.

— E-adevărat, dar n-ar fi indicat să-l mai traumatizăm. Să nu facă iar o cădere.

Alex ştia unde voia să ajungă Kevin. Îşi înăbuşi un oftat şi un zâmbet totodată, păstrându-şi o expresie neutră.

— Adevărat, spuse ea pe tonul ei de doctor serios. Cel mai bine ar fi să-i oferim un mediu cât mai stabil cu putință, în afară de toate schimbările inevitabile.

Kevin nu-şi înăbuşi oftatul. Răsuflă îndelung şi zgomotos şi îşi încrucişă brațele la piept.

— Probabil c-o să fie o suferință enormă, dar cred c-o să pot să stau prin preajmă până când se adaptează.

Alex nu se putu abține să nu-l înțepe un pic.

— Sunt sigură că n-ar vrea să te dai peste cap. O să supraviețuiască.

— Nu, nu, îi sunt dator frățiorului meu. O să fac ce trebuie să fac.

— O să aprecieze asta.

Kevin îi susținu privirea cu o expresie candidă, care deveni dintr-odată sfioasă. Momentul trecu şi Kevin zâmbi larg.

— Şi cam spre ce zonă v-ați orientat? întrebă el.

— Mă gândeam, poate, să mergem în Sud-Vest sau în Munții Stâncoși. Un oraș de mărime medie, să ne stabilim undeva în suburbii. Ceva obișnuit.

Din câte știau, nimeni nu-i căuta, dar lui Alex îi plăcuse întotdeauna să evite riscurile, pentru orice eventualitate. Oricum ar fi, va trebui să folosească un nume fals — Juliana Fortis era moartă din punct de vedere juridic.

Daniel se întrerupse din cântat, după care reîncepu, dar acum se auzea înăbușit.

— Știu un oraș care s-ar putea să fie potrivit.

Alex clătină încet din cap. Probabil că deja închiriase o casă și făcuse rost de identități noi. Era hotărâtă să-și aleagă singură numele, orice ar fi făcut Kevin.

— Bineînțeles că știi.

— Ce părere ai de Colorado?

Epilog

Adam Kopecky îşi aşeză dosarele de astăzi pe birou şi întinse mâna după telefon, zâmbind. Avea cea mai bună slujbă din lume.

Să lucrezi ca asistent de producător pentru un show itinerant al unui maestru bucătar celebru putea să însemne multe lucruri, dar pentru Adam însemna ore de lucru flexibile, un mic birou liniştit şi o stare aproape permanentă de optimism.

Răspundea de organizarea vizitelor la diferitele localuri familiale pe care *chef*-ul lui le prezenta în cadrul show-ului şi, cu toate că uneori îi invidia pe Bess şi Neil, care erau mereu pe drumuri şi vizitau toate birturile şi cârciumile întâlnite în cale, Adam considera că ceea ce făcea se potrivea mai bine cu temperamentul său. În plus, Bess şi Neil erau nevoiţi să mănânce multe chestii oribile ca să găsească diamantele din noroi, iar Neil pusese pe el cel puţin 11 kilograme în acest ultim an de show. Adam îşi improvizase un birou la care să stea în picioare, astfel încât slujba sa mai sedentară să nu înceapă să-l afecteze. Şi pe urmă nimeni nu ştia cine erau Bess şi Neil, aşa că nimeni nu era deosebit de entuziasmat să primească un telefon de la ei.

După-amiaza zilei de joi era preferata lui Adam. Astăzi îi va suna pe cei aleşi.

Spectacolul se îndrepta spre regiunea Denver cam într-o lună, şi fericiţii câştigători erau un local de barbecue din Lakewood, o patiserie din centrul oraşului şi apoi selecţia pentru categoria „excepţionali", un *bar and grill* care era mai aproape de Boulder decât de Denver. Adam îşi exprimase scepticismul, dar Bess insistase ca Hideaway să fie momentul culminant al episodului. Dacă era posibil, trebuiau să ajungă acolo într-o seară de vineri. În local se organizau şi sesiuni de karaoke foarte apreciate de public. Adam le detesta, dar Bess insistase.

— Nu e ceea ce crezi, Adam, îl asigurase ea. Localul ăsta e atât de drăguţ, încât toată lumea o să fie încântată. Nu arată cine ştie ce din afară, dar are un stil aparte. *Je ne sais quoi* şi toate celelalte. În plus, proprietarii sunt foarte telegenici. Pe bucătar îl cheamă Nathaniel Weeks — şi e drăguţ foc, dă-mi voie să-ţi spun. Nu-mi place să recunosc că am fost neprofesionistă, dar chiar m-am dat la el. Nicio reacţie. Chelneriţa mi-a şoptit că e însurat. Toţi bărbaţii buni sunt luaţi, nu-i aşa? Dar se pare că are o bunăciune de frate. Noaptea face pe bodyguardul la bar. Cred c-am să-l însoţesc pe *chef* la chestia asta.

Bess făcuse mai multe poze cu iPhone-ul. Aşa cum spusese, exteriorul nu era deloc ieşit din comun. Putea să fie orice cârciumă din Vest. În stil *saloon*, lemn de culoare închisă, rustic. În celelalte poze se vedeau farfurii cu mâncare ce păreau să fie prea rafinate pentru un local cu nimic ieşit din comun. Câteva poze trebuie să fi fost cu bucătarul de care-i plăcuse atât de mult — înalt, bărbos şi cu părul ondulat şi des. În opinia lui Adam, tipul nu era grozav de atrăgător, dar ce ştia el? Poate că Bess avea o preferinţă pentru genul lumbersexual. O femeie scundă cu părul negru tuns scurt apărea în fundalul multor fotografii, niciodată cu fața la aparat... asta o fi fost nevasta bucătarului. Avea numele tuturor proprietarilor din autorizația pentru băuturi alcoolice. Nathaniel Weeks era bucătarul-şef, aşa încât Kenneth trebuia să fie fratele bodyguard, iar Ellis, soția.

Adam își păstrase scepticismul, dar Hideaway obținuse şi aprobarea entuziastă a lui Neil. Cea mai bună mâncare de care avusese parte în ultimele trei sezoane.

Întotdeauna erau prevăzute şi două rezerve — o cafenea din Parker şi un mic local care servea doar micul dejun în Littleton se aflau pe listă —, dar rareori se întâmpla ca Adam să fie nevoit să contacteze rezervele. Show-ul lor era renumit pentru faptul că aducea o creştere a vânzărilor cu un procentaj sănătos în primele două luni după transmiterea episodului, trendul ascendent menținându-se şi în restul anului. Întotdeauna se găsea câte un grup de suporteri care încercau să meargă după *chef* şi să mănânce în toate localurile pe care le prezenta. Maestrul le făcea mereu cinste, iar show-ul atrăgea în fiecare seară de duminică aproape un milion de vizionări. Era cea mai bună reclamă din lume, şi gratuită pe deasupra.

Aşa încât Adam era pregătit pentru reacția celor de la Whistle Pig, localul de barbecue din Lakewood. De îndată ce a pronunțat numele spectacolului, patroana a început să țipe. Lui Adam i se păru chiar că aude tropotul picioarelor ei pe podea. Era ca şi cum te-ai fi prezentat la uşa cuiva cu un cec din acela uriaş de la Publishers Clearing House.

După ce patroana s-a mai calmat, Adam şi-a ținut discursul obişnuit, stabilind cu ea data filmării, dându-i informațiile de contact necesare, vorbindu-i despre condițiile pentru o bună desfăşurare a show-ului şi aşa mai departe. În tot acest timp, femeia îi mulțumea întruna lui Adam şi din când în când anunța în gura mare vreun client care tocmai intra în local.

Adam avusese deja opt asemenea convorbiri, dar de fiecare dată îl lăsau cu un zâmbet mare pe față şi simțindu-se ca Moş Crăciun.

Discuția cu cei de la patiserie a fost la fel, dar în loc de țipete, maestrul patiser a izbucnit într-un hohot de râs atât de molipsitor, încât Adam n-a avut încotro şi a râs cu el. Convorbirea aceasta a durat mai mult decât prima, dar în cele din urmă Adam a reuşit să se liniştească, deşi patiserul din Denver nu s-a domolit nicicum.

Adam lăsase la urmă Hideaway, ştiind că organizarea unui eveniment karaoke într-o seară de vineri era ceva mai complicată. Adam se temea să nu fie o abatere prea mare de la formatul show-ului, dar presupunea că vor putea obține câteva materiale filmate atât de la servirea cinei, cât şi de la reprezentațiile concurenților, după care la montaj se va vedea ce intră şi ce nu.

— Aici e Hideaway, răspunse o voce feminină de alto. Cu ce vă putem fi de folos?

Adam auzea în fundal zgomotele obişnuite — clinchetul vaselor curate aşezate în suporturi, cuțitul pe tocător, murmurul câtorva conversații purtate cu glas scăzut. Curând, Adam era sigur de asta, vor creşte în intensitate.

— Alo, spuse Adam cu entuziasm. Aş putea să vorbesc cu doamna Weeks — doamna Ellis Weeks — sau cu oricare dintre domnii Weeks?

— Doamna Weeks la telefon.

— Excelent! Bună ziua. Mă numesc Adam Kopecky şi vă sun din partea emisiunii *Marea călătorie culinară americană.*

Adam aşteptă. Uneori, dura un minut până se producea efectul. Se întrebă dacă doamna Weeks avea să țipe sau să icnească. Poate că era o plângăcioasă.

— Da, răspunse calm doamna Weeks. Cu ce vă pot ajuta?

Adam râse încurcat. Se mai întâmplau şi din astea. Nu toată lumea era familiarizată cu show-ul, deşi în zilele astea devenise foarte popular.

— Ei bine, suntem un reality show despre arta culinară, îl însoţim pe *chef* în expediţiile lui gastronomice şi…

— Da, ştiu emisiunea, zise femeia, în vocea ei răzbătând o undă de nerăbdare. Şi cu ce vă pot fi de folos?

Adam era un pic derutat. Reacţia ei sugera o suspiciune ciudată, ca şi cum ar fi crezut că e vorba de o escrocherie. Sau poate ceva şi mai grav. Adam nu reuşea să-şi dea seama despre ce era vorba.

Se grăbi să-i dea lămuriri.

— Vă sun pentru că localul Hideaway a fost ales să fie prezentat în show-ul nostru. Spionii noştri — râse — s-au întors acasă entuziasmaţi de meniul dumneavoastră, ca şi de programul de divertisment. Am aflat că aţi devenit un local foarte căutat în zonă. Am fi încântaţi să vă dedicăm o emisiune — ca să poată auzi de dumneavoastră toţi cei care nu vă cunosc încă.

Cu siguranţă că acum o să-i pice fisa. Ca una dintre patroanele restaurantului, era imposibil să nu întrezărească avantajele financiare. Aşteptă primul ţipăt.

Nimic.

Auzea în continuare clinchetele, zgomotul cuţitului care toca, murmurele şi, în depărtare, doi câini care lătrau. Altfel ar fi crezut că legătura se întrerupsese. Sau că îi închisese telefonul în nas.

— Alo? Doamna Weeks?

— Da, sunt aici.

— Păi, atunci… ăă… felicitări! Intenţionăm să ajungem în zona dumneavoastră în prima parte a lunii viitoare şi avem o oarecare flexibilitate a planificării ca să ne putem sincroniza cu programul pe care-l aveți. Am auzit că serile de vineri sunt cele mai solicitate, aşa că poate aranjăm pentru...

— Îmi pare rău... domnul Kopecky, parcă aşa ați zis?

— Da, dar puteți să-mi spuneți Adam, vă rog.

— Îmi pare rău, Adam, dar, deşi suntem... măguliți, nu cred că va fi posibilă participarea noastră.

— Oh, spuse Adam.

Era în acelaşi timp un oftat şi un geamăt.

Avusese câteva cazuri în care orarele nu se potriviră, în care apăruseră evenimente neprevăzute — nunți, înmormântări, transplanturi de organe —, dar participanții fuseseră foarte dezamăgiți şi arătaseră asta. O biată femeie din Omaha plânsese cu sughițuri la telefon timp de cinci minute bătute pe muchie.

— Vă mulțumim foarte mult că v-ați gândit la noi...

Ca şi cum ar fi fost o simplă invitație la aniversarea unei rude îndepărtate.

— Doamnă Weeks, nu sunt sigur că ați înțeles ce beneficii poate aduce această emisiune afacerii dumneavoastră. Aş putea să vă trimit nişte statistici. Ați fi uimită să vedeți în ce măsură pot să vă crească profiturile prezența în cadrul show-ului.

— Nu mă-ndoiesc că aveți dreptate, domnule Kopecky...

— Ce este, Ollie? interveni o voce gravă şi foarte sonoră.

— Mă scuzați un moment, continuă doamna Weeks, apoi se auzi din nou vocea ei, dar uşor înăbuşită. Am înțeles, spuse ea adresându-se vocii sonore. E de la programul ăla — *Călătoria culinară americană*.

— Şi ce vor?

— Să prezinte Hideaway, se pare.

Adam inspiră încet. Poate că unul dintre ceilalți patroni o să răspundă cum se cuvine.

— Oh, făcu vocea gravă, şi tonul bărbatului îi aminti lui Adam de primul răspuns al femeii.

Neutru.

Cum putea să fie asta o veste proastă? Adam avea senzaţia că e victima unei farse. Aşa se gândiseră Bess şi Neil să facă mişto de el?

— Serios? strigă cineva din depărtare — tot o voce gravă, dar de data asta mai entuziastă. Vor să ne bage în programul lor?

— Da, răspunse doamna Weeks. Dar nu...

Câteva chiote o întrerupseră. Adam nu se relaxă. Nu putea să simtă nicio schimbare venind direct de la celălalt capăt al liniei.

— Vrei să vorbesc eu cu el, Ollie? întrebă vocea sonoră.

— Nu, tu du-te şi ocupă-te *de ei*, spuse doamna Weeks. S-ar putea ca Nathaniel să aibă nevoie de o băutură tare. Poate că şi chelnerii. Mă ocup eu de asta.

— 'Nţeles.

— Îmi cer scuze pentru întrerupere, domnule Kopecky, spuse doamna Weeks, vocea auzindu-i-se clar din nou. Şi sincer, vă mulţumesc mult pentru ofertă. Dar îmi pare nespus de rău că nu se poate.

— Nu înţeleg.

Adam putea să-şi audă dezamăgirea din ton şi era sigur că nu-i scăpase nici doamnei Weeks.

— Cum v-am spus, putem fi flexibili. N-am... n-am întâlnit niciodată pe cineva care să nu vrea asta.

Acum vocea ei deveni mai însufleţită — liniştitoare, amabilă.

— Şi noi ne-am dori, fără doar şi poate, dacă ar fi posibil. Vedeţi... (O scurtă pauză.) Avem o problemă, una de natură juridică, cu care ne confruntăm. O situaţie cu o garanţie dată fostei iubite a cumnatului meu. A fost un împrumut de afaceri, a fost un cadou personal? Bla, bla, bla... înțelegeți cum stă treaba. Totul e foarte delicat — dificil, știți, și deocamdată e mai bine să nu atragem atenția presei. Trebuie să fim cât mai discreți cu putință. Sper că ne veți înțelege. Chiar *suntem* foarte măguliți.

Adam auzea cum fratele cu glas sonor se certa cu cineva în fundal, alte lătrături și câteva bombăneli ce păreau să exprime niște nemulțumiri.

Ei, așa mai venim de-acasă. Un motiv concret, chiar dacă nu înțelegea întru totul cum putea un proces juridic să influențeze negativ implicarea restaurantului în program... decât dacă nu cumva se temeau să nu aibă de plătit vreun procentaj din valoarea localului?

— Îmi pare rău să aud asta, doamnă Weeks. Poate altă dată, în viitor? Aș putea să vă dau...

— Absolut. Vă mulțumesc foarte mult. Vă sun eu dacă vreodată vom fi în măsură să acceptăm.

Convorbirea se întrerupse. Nici măcar nu-l lăsase să-i dea numărul de telefon.

Adam se uită lung la hârtiile din fața lui, încercând să se scuture de impresia pe care i-o lăsase discuția. Semăna foarte mult cu dezamăgirea provocată de un refuz la o invitație la balul absolvenților.

Trecuseră câteva minute de când nu reușea să-și dezlipească privirea de telefon. În cele din urmă, clătină din cap și întinse mâna după dosarul cu rezerve. Cei de la cafeneaua din Parker vor fi cât se poate de recunoscători că au fost aleși. Adam chiar avea nevoie de câteva țipete de entuziasm.

Mulțumiri

Povestea asta nu e una pe care aş fi putut s-o scriu singură şi le port o recunoştinţă imensă tuturor celor care m-au ajutat cu timpul, răbdarea şi competenţa lor.

Ajutorul cel mai preţios l-am primit de la dr. Kirstin Hendrickson de la Facultatea de Ştiinţe Moleculare a Universităţii Statului Arizona şi de la colegul ei, dr. Scott Leffler. Dr. Hendrickson m-a ajutat foarte mult explicându-mi o serie de metode de ucidere şi torturare cu substanţe chimice a unor personaje fictive — îi sunt foarte recunoscătoare pentru asta.

Asistenta mea medicală preferată, Judd Mendenhall, m-a ajutat, de asemenea, enorm să-l ţin în viaţă pe Daniel Beach, descriindu-mi pas cu pas cum se procedează în cazul unei răni deschise în zona toracică, tot ea propunând şi soluţia cu cabinetul veterinar.

Fără ajutorul extraordinar al doctorului Gregory Prince în domeniul biologiei moleculare şi al anticorpilor monoclonali, Alex n-ar fi avut parte de trecutul pe care-l merita.

Un mulţumesc imens pentru fiecare dintre următorii oameni nemaipomeniţi: Tommy Wittman, agent special pensionat, Biroul pentru Alcool, Tutun şi Arme de Foc, care mi-a ţinut un excelent curs despre măştile de gaze;

Paul Morgan şi Jerry Hine, care mi-au explicat cum funcţionează un mecanism-capcană; sergentul Warren Brewer de la Departamentul de Poliţie din Phoenix, cu care m-am consultat în privinţa tranzacţiilor cu droguri; Daniel Colton, fost căpitan în cadrul Corpului de Justiţie Militară al Forţelor Aeriene ale SUA, care mi-a împărtăşit cunoştinţele sale de specialitate de care am avut nevoie ca să creez trecutul lui Kevin; subofiţer clasa I John E. Rowe, care e mereu bucuros să discute cu mine despre arme sau despre orice alt lucru care mi-a stârnit curiozitatea.

Şi, de asemenea, mulţumiri din toată inima surselor mele care au preferat să rămână anonime. Ajutorul vostru este foarte apreciat.

Toată dragostea mea se îndreaptă spre suspecţii de serviciu: familia mea înţelegătoare, care a avut atâta răbdare cu accesele mele maniacale şi insomniace de scris; redactorul meu genial şi blând, Asya, care nu-mi spune niciodată că sunt nebună, nici atunci când sunt; agentul meu ninja, Jodi, care inspiră teamă tuturor celor care i se opun (şi uneori şi celor care nu i se opun); agentul meu de film superstilat, Kassie, pentru că vreau să fiu ca ea când o să mă maturizez; partenera meu de producţie, Meghan, care poartă pe umeri toată greutatea proiectului Fickle Fish, astfel încât să meargă mai departe şi în absenţa mea. Şi, bineînţeles, inima mi-e plină de iubire pentru toţi oamenii care-mi aleg cărţile şi le dau o şansă: vă mulţumesc pentru că-mi îngăduiţi să vă spun poveşti.

În sfârşit, îi mulţumesc lui Pocket, splendidul şi nu foarte inteligentul meu ciobănesc german, care, la cel mai mic semn de primejdie, imediat se face mic după picioarele mele. Care n-o să mă iubească niciodată aşa cum îl iubeşte pe soţul meu. Care nici acum n-a înţeles principiile elementare ale jocului simplu care începe cu comanda „aport!“ Te iubesc şi pe tine, frumosule, aşa mare, tont şi fricos cum eşti!

46BFCB6EF5

0776785643 7

Tipar: ARTPRINT
Email:office@artprint.ro
Tel: 021.336.36.33